近世小説の研究

――啓蒙的文芸の展開――

湯浅佳子著

汲古書院

目次

凡例

一、本文引用にあたっては、漢文・片仮名文については原則として平仮名文に直し、場合により適宜濁点・句読点・送り仮名・鉤括弧等を付けた。

一、漢字は原則として新字体・常用体に改めた。

一、誤字・脱字・仮名遣いの誤りについては適宜改めたが、破損等で判読が困難な場合は、□或いは（……カ）と傍注を施した。また必要に応じて（ママ）と傍注を施した箇所もある。

一、振り仮名については原則として原本どおりに付けた。ただし、読みにくい漢字に振り仮名を付けた箇所もある。

一、／は改行を示す。

一、本文引用は「　」で示した箇所もあるが、必要に応じて一行空け・二字下げで示した。また作品の梗概は、一行空け・一字下げで示した。

一、本文引用の際には、丁数を（　）に記した。活字本を引用する際は、原則として注に頁数を示した。先行論文を引用する際も、注に頁数を示したが、引用が広範囲に亘る場合は、特に頁数を示さなかった。

一、〈　〉には図書館・文庫の請求番号を記した。

一、先学の氏名の引用の際は敬称を省略した。

一、引用文には、現在人権に抵触し不適切と認められる語が見られるが、学術的な観点を勘案してそのまま残した。

近世小説の研究

――啓蒙的文芸の展開――

序　論

一、はじめに

日本近世小説は、仮名草子・浮世草子・読本・草双紙・談義本・滑稽本・洒落本・人情本と、ジャンルが複雑に細分される。また、文芸性とともに啓蒙・教訓・娯楽・実用的要素が備わることも特徴で、中世物語や近現代小説とは異なる独自の様式と内容を有している。

本書は、近世小説の特徴の一つである啓蒙性について主に注目し、その性格と生成の背景、方法、変容と普遍性についてを考察したものである。

二、近世小説とは

近世小説について、潁原退蔵は「近世小説史――前半期」で次のような時代的区分をする。(1)

前半期

第一期　寛永・正保―寛文・延宝　仮名草子時代　約四十年

第二期　天和・貞享―享保　浮世草子・八文字屋本時代　約五十年

後半期
第一期　元文—寛政・享和　　洒落本・黄表紙時代　　約六十年
第二期　文化・文政—明治初年　　読本・中本・合巻時代　　約八十年

また中村幸彦「近世小説史」の目次には、仮名草子・浮世草子（西鶴作品・八文字屋本）・舌耕文芸（中国白話小説の通俗物・談義本・勧化本・実録）・滑稽本・洒落本・読本・人情本・草双紙の分野があげられている。(2)「近世小説様式の多様さは、中世までの物語や説話や近代小説の比ではない」と長島弘明が述べるように、(3)特に版本の作品において、内容と体裁で幾つものジャンルに区分できるのが近世小説の大きな特徴である。

中村は「近世に入って、文学界を、伝統的な第一文芸と、新興の第二文芸にわかつ意識が生じた」として近世文芸を雅・俗の二領域に区分し文芸的特徴を捉えている。そして仮名草子期にはすでに「談奇や戯笑の文学が出現し、この要素は第二文芸としての小説界に、長く大きい流れとなって行った」とする。そして第二文芸としての俗文学とは「教訓や娯楽等の実用性が、文学様式の中で、完全に形象化されていない」もので、作者も読者も「実用性あるを以て特色とみていた」ジャンルであったとする。この実用性とは、「思想面での教訓性、素材面の報道性、表現面で、文学が娯楽である以上の娯楽性などさす」(4)という。

第二文芸としての近世小説に実用的要素が備わることの背景には、まず近世小説が主に板本として行われ、量産と商品化が求められたことがある。前田金五郎は、「寛永以後は、整版印刷が盛んになった。この印刷技術の転換は、商業ベースによる出版事業を可能にし、従来の貴族好みの道楽出版から、不特定多数の読者即ち一般大衆を買手とする商品生産者としての「本屋」の出現を招来した。本屋は多数の人が買ってくれる本を刊行しなければ営業できないのである。従って、本の内容も大衆の娯楽・教養・実用向きに変化し」たとする。(5)近世小説の成立と展開に出版事情が深く関わっていることについては、例えば浅井了意作の仮名草子『東海道名所記』（六巻六冊、万治二（一六五九）年頃刊）は、江戸から京都までの東海道を、主人公の楽阿弥陀仏と大坂の若者が二人連れで旅をする道中記である。本書は前代の紀行文の系譜にあるが、旅の折々で二人が珍体験をしたり騒動を起こしたりするという可笑味と滑稽味を持つのが特徴である。これは後代の滑稽本『東海道中膝栗毛』へも継承されていく娯楽性である(6)。加えて本作品には、旅に際しての注意事項や道案内の事細かな情報や、道々の名所旧跡の由来伝承がしばしば説明されており、旅行ガイドブック的な実用性と、知識提供としての啓蒙性も備わる。『東海道名所記』は、従来の紀行文にはない近世小説としての性格を有するのである。なお、本作品には林羅山の『丙辰紀行』『本朝神社考』が随所に引用されているが(7)、これは、林家により成された権威ある書として意識的に利用されたのではないかとも考えられる。近世小説の啓蒙的性格を考えるにあたっては、当代為政者による思想的統治政策との関わりについても考慮すべきであろう。

本書では、近世小説に備わる教訓・報道・娯楽の三点を実用性として捉える中村幸彦の説を基本とし、そのうちの教訓と報道という啓蒙的性質に注目する。そして近世小説の周辺領域としての説話考証随筆をも視野に入れ、それら散文俗文芸における啓蒙性がどのように生成され展開していくのか、また文芸性をいかに獲得していったかについて考察する。

本書は二部構成で、第一部を近世小説の生成期として捉え、仮名草子と近世軍書について考察する。第二部は近世小説の展開期として談義本と読本について考察する。なお説話考証随筆『広益俗説弁』は小説ではないが、正徳から享保期の儒学者らによる説話考証の学風の上に成立した書としての意義を持ち、思想・内容の上で後代の近世小説に影響を与えた書として取り上げる。第一部では、仮名草子・近世軍書における啓蒙性について、それらが中世文芸や記録、中国小説を素材とし、教訓や三教一致思想説を交えたり知識の集大成を行ったりすることで、情報性・教訓性・思想性が付加され、近世化が行われていることを述べる。また読み物としての内容構成が整えられることも明らかにする。第二部では、説話考証随筆『広益俗説弁』、増穂残口・大江文坡の談義本・曲亭馬琴の読本等を取り上げ、素材や思想の拠り所を明らかにし、虚構世界の構築方法について考察する。

注

（1）潁原退蔵「近世小説史——前半期」（『潁原退蔵著作集』第十八巻、中央公論社、一九八〇年、初出一九四七年一月）八頁。なお、一部引用内容を整理して示した。
（2）中村幸彦「近世小説史」（『中村幸彦著述集』第四巻、中央公論社、一九九一年、初出一九八七年）三〜五頁。
（3）長島弘明「近世小説のジャンルを縦断する」（『国文学　解釈と教材の研究』四四—二、一九九九年二月）四九頁。
（4）中村2書、一二頁、中村幸彦「近世文学の特徴」（『中村幸彦著述集』第五巻、一九九三年、初出一九六一年五月）一四頁、中村幸彦「近世文学精神の流れ」（『中村幸彦著述集』第三巻、一九九〇年、初出一九五九年一〇月）五一頁。
（5）前田金五郎『日本古典文学大系　仮名草子集』（岩波書店、一九七八年）解説、六頁。
（6）和田恭幸は、教義問答体の仮名草子や『東海道名所記』が作中人物を造形し、読み物としての娯楽性を創出する手法をとるとする（「仮名草子と仏教」『江戸文学からの架橋——茶・書・美術・仏教』竹林舎、二〇〇九年）三七四頁。
（7）岸得蔵「『道中記』『丙辰紀行』『東海道名所記』」（『仮名草子と西鶴』成文堂、一九七四年、初出一九六〇年一月）三六〜三八頁。神谷勝広「名所記と『本朝神社考』『野槌』」（『近世文学と和製類書』若草書房、一九九九年、初出一九九五年七月）。

三、第一部の概要——仮名草子とその周辺——

第一部では、近世前期小説としての仮名草子や軍書がどのような先行書や思想に基づき、どのような方法で書かれているか考える。

教義問答体形式の仮名草子『清水物語』（二巻二冊、朝山意林庵作、寛永十五（一六三八）年刊）は二、三千部もの売れ行きで、当代としてはベストセラー作品であったという。清水寺に参詣する巡礼と翁らとの問答形式で学問や道の論等が展開する。江本裕は、平和な世としての当代に要請される武士像や世界観の提示が下巻においてなされているとする。[1]また野田壽雄は、登場人物を設定し問答させるという小説的構成の上に「小説の効用をたくみに利用した談義の方法」があるとする。[2]清水寺参詣の人々が集まって世相を語り、君主論や人の道を説くという虚構の世界に託して機知を披露しようとする作者の意図がそこにはある。同じく『為愚痴物語』（八巻八冊、寛文二（一六六二）年刊）では、一休や西慶という過去の実在人物が登場し、禅の教えや世過ぎの心得を説く。『古老軍物語』（六巻六冊、万治四（一六六一）年刊）では、武辺咄としての興味の中にあるべき武士の理想像が説かれる。

仮名草子には、先行作品から諸情報を集め編集するという方法がある。渡辺守邦は、うそ姫をめぐる鳥たちの恋物語を描いた『あだ物語』（二巻二冊、三浦為春作、寛永十七（一六四〇）年刊）が、『謡抄』『藻塩草』『歌林良材集』等の中世の注釈書を用い、和歌に関する知識を集めて衒学的に示したとする。[3]また渡辺は、艶書小説『薄雪物語』（二巻二冊、寛永九（一六三二）年刊）が、お伽草子『十二段草子』を用いつつ小説としての構成結構を新たに作っているとする。[4]本書は園部右衛門と薄雪姫の悲恋物語であり、同時に艶書文例としての和歌的知識が取り揃えられた実用書でもある。仮名草子において、啓蒙性と文芸性はほぼ同等のレベルで存しているといってよい。『薄雪物語』より後の『錦木』（五巻五冊、寛文元（一六六一）年刊）も、類題和歌集や歌学書の利用で和歌的知識を充実させつつ、悲喜こもごもの男女の恋を描いている。『本朝女鑑』（十二巻十三冊、寛文元（一六六一）年刊）は、上代以来の貞女賢女を取り揃えた女訓書であるが、濱田啓介は本書が『日本書紀』『太平記』等の説話を素材とし、新たな虚構化を行っているとする。[5]

なお、寛文・延宝頃刊の近世軍書にも仮名草子と類似する性格が見られる。井上泰至は、『鎌倉北条九代記』（十二巻十二冊、延宝三（一六七五）年刊）が林家関連の歴史刊行書類を情報源としつつ歴史読み物として編集しているとする。(6) この頃の仮名草子や軍書に、知識の集大成と小説化、俗化が行われていることがわかる。

注

（1）江本裕「教義問答体小説の実相」（『近世前期小説の研究』若草書房、二〇〇〇年、初出一九八九年五月）五二頁。
（2）野田壽雄『仮名草子集　上』（『日本古典全書』一九七二年）解説、六四頁。
（3）渡辺守邦「『あだ物がたり』考」（『仮名草子の基底』勉誠社、一九八六年、初出一九七〇年三月）。
（4）渡辺守邦「『薄雪物語』とお伽草子」（3書、初出一九七三年七月）。
（5）濱田啓介「刊行のための虚構の発生――本朝女鑑の虚構」（『近世小説・営為と様式に関する私見』京都大学学術出版会、一九九三年、初出一九八六年八月）。
（6）井上泰至「読み物的刊行軍書の確立――『北条九代記』を中心に――」（『近世刊行軍書論　教訓・娯楽・考証』笠間書院、二〇一四年、初出二〇〇四年四月）九二～九五頁。

（1）第一章　仮名草子と古典

本章では、中世以前の文芸に取材した仮名草子をとりあげる。

『詞花懸露集』（三巻三冊）は寛文元（一六六一）年刊だが、内容は中世以前成立の伝阿仏尼作「庭のをしへ」「堀河院艶書合」そして艶書文範集「詞花懸露集」を合わせたものである。このうち「詞花懸露集」と「堀河院艶書合」の仮名文例については、小川剛生より二条良基作『思露《おもいのつゆ》』との関わりが指摘されている。(1) 東山御文庫所蔵『思露』（南北朝期成立）は艶書を書くための故実・文例集で、板本『詞花懸露集』はこの『思露』に後人が改編を加えた書で、

『思露』の文辞や表現を通俗化させた書という。本章では、『詞花懸露集』の諸本と文中の和歌・歌ことばの出典を調査した上で、本文や挿絵の表現に留意し、中世仮名文例集の近世における展開について考察する。

『薄雲恋物語』（二巻二冊、万治二（一六五九）年刊）は、お伽草子の申し子譚や恋物語の話型を枠組みとし、謡曲や先行仮名草子の場面を趣向として取り入れつつ、男女の立場を逆転させた面白さを持つ仮名草子である。

『錦木』（五巻五冊、寛文元（一六六一）年刊）は『詞花懸露集』の流れを汲む艶書文例集であるが、類題和歌集等や歌学書の利用によって和歌に関する知識を網羅しようとした点に特色がある。一方で恋文の中には、手紙文例としての性格を逸脱した創作的な内容もあることから、和歌に関する辞書的性格と、読み物としての文芸性を備えた作品といえる。

『安倍晴明物語』（七巻七冊、寛文二（一六六二）年刊）は、安倍晴明の一代記を作るにあたり、『簠簋抄』を大枠とし、中世の辞書や注釈書、仏書等から様々な言説を取り入れつつ話の面白さの工夫をも施している。本書には、晴明に関わる知識と、読み物としての興味が備わっている。

（2）第二章　仮名草子と思想

仮名草子には、仏教唱導を目指した『七人比丘尼』（三巻三冊、寛永十二（一六三五）年刊）、『あみだはだか物語』（二巻二冊、明暦二（一六五六）年刊）、平仮名本・片仮名本『因果物語』（鈴木正三・浅井了意作）や、儒教思想に基づいた『清水物語』（二巻二冊、朝山意林庵作、寛永十五（一六三八）年刊）、『為人鈔』（十巻十冊、中江藤樹作、寛文二（一六六二）年刊）、『女郎花物語』（三巻三冊、万治四（一六六一）年刊）等の作品がある。

また、儒・仏・老三教一致思想に基づいた仮名草子もある。潁原退蔵は、中国由来の三教一致思想が、近世民衆への教化のための調和思想として、仮名草子をはじめ談義本・洒落本に用いられてきたとする。(2) また青山忠一は、『大仏物語』（二巻二冊、寛永十九（一六四二）年刊）・『糺物語』（二冊、承応三（一六五四）年刊）、『見ぬ京物語』（三巻三冊、万治二（一六五九）年刊）等の仮名草子に示される三教一致思想が、儒家による仏教批判に対する擁護や仏教宣伝のために説かれたとする。[3] これに関して和田泰幸は、仏家宗論の仮名草子『見ぬ京物語』に『帰元直指集』等の中国護法書の利用があるとする。[4]

これらは仏家による三教一致思想仮名草子について論じたものであるが、一方で川平敏文は、老荘や禅に基づいた三教一致説と近世前期文芸との関わりを論じている。それによると、『磐斎抄』（加藤磐斎作）等の近世前期の『徒然草』注釈書には、儒・禅・老の三教一致思想による精神修養の方法が『徒然草』をとおして説かれているという。[5] また山岡元隣の仮名草子や『一休ばなし』（四巻二冊、寛文八（一六六八）年刊）等にも、老荘思想と禅が一体化された形で説かれているという。[6] こうした近世前期文芸における老荘・禅中心の三教一致思想は後代の佚斎樗山や大江文坡の談義本にもみられ、談義本の思考的素地が仮名草子にすでに作られていたことがわかる。

本章では、山岡元隣『他我身のうへ』（六巻六冊、明暦三（一六五七）年刊）や清水春流『嵯峨問答』（二巻一冊）の仮名草子に、通俗化された教養としての思想が記されていることを述べる。また、浅井了意の怪異小説『伽婢子』（十三冊十三巻、寛文六（一六六六）年刊）について、儒仏思想に基づいた道徳的価値観が加味されることで、原典の中国小説の世界が日本的なそれへと描き直されていること、そして仮名草子『うしかひ草』（一冊、寛文九（一六六九）年刊）が「十牛図」の禅の思想を俗化させ平易に説いた書であることを述べる。

（3）第三章　仮名草子と怪異譚

穎原退蔵は、『曽呂里物語』（五巻五冊、寛文元（一六六一）年刊）が御伽衆の咄を基本として作られたとし、これを近世怪異小説の一源流として位置づける。[7] この『曽呂里物語』と、後に板行された姉妹作『宿直草』（五巻五冊、延宝五

（一六七七）年刊）と話の作り方を比較すると、『曽呂里物語』は、時・場所・人物等についての説明が曖昧で、話の構成や体裁が整っておらず、聞書をそのまま聞き記したような内容である。それに比べ『宿直草』は、話の筋が整い、時間の推移や場の設定、人物関係が明らかで、話の展開が工夫されている。また怪異譚の前後に語り手による教訓的言説や物事の道理を説く一言が付けられている。さらに、怪異を客観的に検証しようとしたり、人間描写を重視したり、場面を叙情的に表現しようとしたりする姿勢がある。本章ではこうした『宿直草』の創作性について考察する。

　また、『曽呂里物語』の典拠については不明な点が多いため、諸話の類話を後世の作品も含めて調査し、話型の流布状況について考察する。

（4）　第四章　近世軍書の研究

　近世初期から中期にかけて、戦国時代の戦乱を記した近世軍書が刊行される。その中には『大坂物語』（二巻二冊）のように平仮名絵入の体裁で仮名草子に含まれる作品もある。この『大坂物語』や同じ寛永年間（一六二四～四三）刊『太閤記』（二十二巻二十二冊、小瀬甫庵作）は、板を重ねよく読まれたようである。渡辺守邦は『大坂物語』を「虚構を交えて錯綜する情報に整理をつけた内容」の報道文学であるとする。[8] また沢井耐三は、甫庵が「秀吉を立身出世、刻苦精励といった通俗的パターンで描いて見せたところに、『太閤記』が多くの人に受け入れられた理由がある」とする。[9] 両氏の指摘するように、これらの作品は、前代の軍記と同様に、歴史を虚構の世界の中で描き直すということを行っている。

　本章では、『大坂物語』『太閤記』の後、寛文・延宝期（一六六一～八〇）に板行された『鎌倉北条九代記』『鎌倉管領九代記』が、前代の歴史書類をどのように利用し読み物化を行っているかを考察する。また、両書に影響を与えたとされる『北条記』（写本）について、諸本の系統付けを行い、併せて『北条記』を板本化した『北条盛衰記』における歴史の虚構化の方法についても考える。

『鎌倉北条九代記』は、『本朝将軍記』を作品の骨子に複数の関連資料を用いて鎌倉幕府の歴史とした。創作的といえるのは、あらゆる文献から引いた歴史的事項を編集して叙述するという姿勢である。

一方『鎌倉管領九代記』も、『喜連川判鑑』関連書を骨子に複数の関連資料を組み合わせて関東公方をめぐる戦国時代の歴史を作っている。その点両書の構成方法は同一であるが、しかし『鎌倉管領九代記』には出典不明の箇所が多く、そのうち合戦描写や人物の言動などには同様の表現が繰り返し用いられていたりしており、その部分などは創作して加えたようである。戦国期の関東に関する文献が少ないために新たに話を創ったということも考えられる。

『鎌倉北条九代記』は片仮名文で、目録の各章段の下には丁数が示されており、事項の検索のし易さに工夫を置いている。それに対し『鎌倉管領九代記』は平仮名絵入り本である。この文体の違いは、知識を得るための書か、絵入り草子として楽しむ書かの区別を明確に示しているのだが、井上泰至の「近世刊行軍書年表稿」に示されるように、『鎌倉管領九代記』以降の軍書には平仮名本が少なくなる。[10] これは、平仮名草子の体裁にはそぐわない情報量を作品が有するようになったためとも考えられる。こうして平仮名絵入『鎌倉管領九代記』から歴史的知識を整備させた片仮名文『鎌倉北条九代記』へ、仮名草子から通俗軍書へと、ジャンルが新たに生成されたといえる。

注

（1）小川剛生「中世艶書文例集の成立――『堀河院艶書合』から『詞花懸露集』へ――」（『国文学研究資料館紀要』三〇、二〇〇四年二月）。

（2）潁原退蔵「仮名草子の三教一致的思想について」（『潁原退蔵著述集』第十七巻、中央公論社、一九八〇年、初出一九三二年一二月）。

（3）青山忠一「三教一致思想の本質」（『近世前期文学の研究』桜楓社、一九八一年）、「仏教宣布文学の研究　大仏物語　糺物語　見ぬ京物語」（『近世仏教文学の研究』おうふう、一九九九年、初出一九七七年一二月・一九八三年三月・一九九〇年三月）。
（4）和田恭幸「『見ぬ京物語』――中国怪異談の出典とその意義――」（『芸能文化史』一一、一九九一年九月）。
（5）川平敏文「「つれづれ」の季節――江戸前期文芸思潮論――」（『語文研究』一一〇、二〇一〇年一二月）。
（6）川平敏文「江戸前期における禅と老荘――山岡元隣論序説――」（『江戸の文学史と思想史』ぺりかん社、二〇一一年）。
（7）潁原退蔵「近世怪異小説の一源流」（潁原2書、初出一九三八年四月）九六頁。
（8）渡辺守邦『新日本古典文学大系　仮名草子集』（岩波書店、一九九一年）「大坂物語」解説、二頁。
（9）沢井耐三「乱世の文学」（『岩波講座　日本文学史　第七巻　変革期の文学Ⅱ』岩波書店、一九九六年）四六頁。
（10）井上泰至『近世刊行軍書論　教訓・娯楽・考証』（笠間書院、二〇一四年、初出二〇〇九年一一月）第一章第二節。

四、第二部の概要――説話考証随筆・談義本・読本の研究――

第二部では、近世前期小説の後代への展開という視点から、近世中期（談義本）・後期小説（読本）における啓蒙的内容の性格や背景について考察する。論点は、啓蒙的要素が作品の構成や主題にどのように関わってくるのかということが中心となる。また、正徳から享保期にかけて刊行された井沢蟠竜の説話考証随筆『広益俗説弁』の説話収集の方法と考証の姿勢について考察する。

怪異説話集『百物語』（二巻二冊、万治二（一六五九）年刊）、『諸国百物語』（五巻五冊、延宝五（一六七七）年刊）等の百物語シリーズ[1]の系譜にある『古今百物語評判』（五巻五冊、山岡元隣作、貞享三（一六八六）年刊）は、怪異を合理的な視点から説明しようとする「弁惑物」としての性格を有した作品である。水谷不倒「選択古書解題」には次のようにある。

寛文以降、怪談異聞の流行につれ、之が妄を弁じ、世人の惑を解かんと試みた書が若干ある。山岡元隣の『古今百物語評判』の如きがそれで、此種の書は、先づ怪説異聞を掲げ、理を解き出所をただし、信ずべからざるを論じ、虚誕を是正するに努めてゐる。(2)

怪異を合理的に解釈しようとする弁惑物は、このほかにも『本朝俗談正誤』（三巻三冊、元禄四（一六九一）年刊）、『万物怪異弁断』（八巻八冊、西川如見作、正徳五（一七一五）年刊）、『本朝怪談故事』（四巻四冊、厚誉作、享保元（一七一六）年刊）などがあり、元禄から寛延頃にかけて刊行されている。

説話考証随筆『広益俗説弁』は、白石良夫のいう「考証の季節」(3)とも言うべき時代に成立刊行した書である。本書は、項目ごとにあらゆる説話を収集・整理する点、俗説をあげた後に考証を加える点、由緒正しきとされる書の説と比較して俗説の正誤を正そうとする点、儒学の立場から仏説を批判するという点において、林羅山『本朝神社考』（六巻六冊）の叙述方法と類似する。また俗説考証の文言や内容についても『本朝神社考』に拠った箇所があり、『広益俗説弁』が考証の拠り所として羅山学を一つの拠り所にしていたことがわかる。

ただし『本朝神社考』の場合は大本の漢文体で、『日本書紀』等の正史類や『元亨釈書』等の仏書、縁起、軍記などから伝承説話を引いている。一方『広益俗説弁』は、半紙本の平仮名文という体裁である。そして中世説話や謡曲・室町物語といった文芸書からの引用も行われ、より平易な内容で、儒学的思考による考証が行われる。

享保から享和頃（一七一六～一八〇三）には『広益俗説弁』と同じく半紙本・平仮名文様式の談義本が刊行される。『田舎荘子』（四巻四冊、佚斎樗山作、享保十二（一七二七）年刊）は、『荘子』の注釈書『荘子鬳斎口義』や禅の思想を基本とし、渡世における人の持つべき心得等を説いた書である。各話は短篇で、寓話の形式を持つ点に文芸性をみることができる。このほか、談義本の中でも思想色の強い作品として、例えば仏教の教義を説く『八尾地蔵　通夜物語』

（五巻五冊、林義内作、明和八（一七七一）年刊）や、中国思想に基づく『異国風俗　笑註烈子』（五巻五冊、笑止亭作、天明二（一七八二）年刊）などがあり、寓話に著者の見識を託している。中でも談義の語り口に面白さがある作品に、増穂残口の神道八部書や大江文坡の『成仙玉一口玄談』（五巻五冊、天明五（一七八五）年序）がある。残口は神国思想に基づいた神像設置説を、文坡は神仙教なる教えを説くが、両者ともに、人の理想的な心の持ちようを教え導くことを主眼とする。教説の拠り所として、前者は偽書『先代旧事本紀大成経』（七十四巻、延宝四（一六七六）年刊ほか）等の説をもとに神道を旨とする三教一致思想を、後者は中国道書や禅の教説を用いて説きつつ、寓言に趣向を凝らし、虚構の世界の中に処世術を説く。これらの談義本の意図としては思想を説くことが第一であるが、語りのレトリックをいかに工夫し巧みに自説を展開するかという表現にも重点を置いている。

また読本と思想との関わりについて、『南総里見八犬伝』（九十八巻百六冊、曲亭馬琴作、柳川重信ほか画）、読本『聖徳太子伝図会』（六巻六冊、若林葛満作、西村中和画、享和四（一八〇四）年刊）と、ほか一作品を取り上げて考察する。この二作品については、延宝期（一六七三～八〇）刊行の偽書『先代旧事本紀大成経』の影響下にあることが考えられる。談義本で残口はその思想に託して神道説を語ったが、両読本においてはむしろ『大成経』の説話的な要素が利用される。殊に『八犬伝』の場合は、『大成経』の聖徳太子の仁の物語が犬江親兵衛のそれとして作り替えられている。

馬琴読本において、勧善懲悪の道理は、教導的意図ではなく、作品の枠組や構想を形づくるために用いられる。そして勧善懲悪の理念と因果応報の道理が働く世界の中で、主人公があらゆる危機苦悩を越えて善を全うするまでの、話の興趣が作品の主眼となる。また馬琴読本には、しばしば超人的な霊力を持つ存在が主人公を救済するという筋立てがあるが、これも啓蒙を目指したものではなく、作者の思想や宗教的世界観によって形成された構想の一つと見ることができる。かつての仮名草子に顕著であった啓蒙性は、読本になると、作品世界を描出する際の思考性として働き、作品の前面に押し出されなくなる。

（1）第一章『広益俗説弁』の研究

井沢蟠竜作『広益俗説弁』（四十六巻、正徳五（一七一五）～享保十二（一七二七）年刊）は、「神祇」「天子」「皇子」以下の諸項目を立てて、和漢の説話を分類し、その正誤を儒学の理論で論じた書である。白石良夫は、本書が朱子学における格物窮理の立場から説話考証を行い、庶民教化のための読み物とした最初の書とする。(4)

本章では、『広益俗説弁』全編の説話について典拠調査をし、それらが中世説話や『太平記』等の軍記、歴史書、お伽草子、謡曲等から引かれていることを明らかにする。また考証の方法や思想的拠り所として、林羅山や貝原益軒らの書をふまえていることも指摘する。

（2）第二章　談義本・読本と思想

中村幸彦は、仮名草子の三教一致論が儒・仏・老荘一致思想を基本としていたのが、談義本になると神道思想を中心とした儒・仏・神三教一致思想を拠り所にするようになり、それが明治期への神国思想の萌芽となるとする。(5)その談義本において神道第一主義を唱えたのが増穂残口であった。

『広益俗説弁』刊行と同年の正徳五（一七一五）年、増穂残口の『艶道通鑑』が刊行、その後も「残口七部書」が出されると、その言説をめぐって様々な反駁書や賛同書が出される。中野三敏は、この残口談義本の主論となる仏法批判が、熊沢蕃山の「時、処、位」の心学に基づくものであるとし、また神道を中心とした残口の講釈が仏家の談義説法の方法をふまえているとする。(6)本章では、残口の神道説が、神道を旨とする三教一致思想を説いた偽書『先代旧事本紀大成経』に拠ることを述べる。また、天明から寛政期にかけて成された大江文坡の談義本には「神仙教」なる教えが説かれる。中野によると、それは中国明末の道家による三教一致的傾向の神仙教に倣ったものという。(7)

本章では、前期談義本の増穂残口、そして後期談義本の大江文坡の作品をとりあげ、啓蒙的通俗文芸の近世中期における展開の様相を捉える。また、神・儒・仏三教一致思想の経典の書として板行された偽書『先代旧事本紀大成経』における聖徳太子伝承が、『聖徳太子伝図会』や『南総里見八犬伝』の読本世界を創出する素材として利用されていることを述べる。

（3）　第三章　馬琴読本の世界

本章では、曲亭馬琴の読本における先行文芸や説話伝承の利用、小説としての構成方法について考察する。〈稗史もの〉読本『三七全伝南柯夢』（六巻六冊、文化五（一八〇八）年刊）は、三七ものの浄瑠璃を原拠とするが、霊木信仰を作品の軸とし、様々な人物の思惑が描かれる中で、信仰を是とする善人がやがて救済され、信仰を非とする悪人が糾弾されていくという話を作っている。また『松浦佐用媛石魂録』（前編三巻、文化五（一八〇八）年刊、後編七巻、文政十一（一八二八）年刊）は、佐用媛伝承や説経「まつら長者」「をぐり」の場面を趣向として取り入れつつ、母と妻の情愛が主人公の忠義を救済するという構想を作っていることを述べる。『新累解脱物語』（五巻五冊、文化四（一八〇七）年刊）は、勧化本『死霊解脱物語聞書』を基本に、累物の浄瑠璃や『雨月物語』の趣向を取り入れる。『死霊解脱物語聞書』が祐天上人の仏力の偉大さを記すことに主眼を置いていたのに対し、『新累解脱物語』では仏教の威徳は説かず、因果応報の道理の支配する世界において、登場人物自身の行動が最終的に悪を糺し善を救済している。原典の仏教勧化の性格はなくなり、累をめぐる人間模様を描写することが作品の眼目となっている。

以上のように、本章では、仮名草子にはじまる近世の啓蒙的文芸が、やがて近世後期の江戸読本に至り創作世界を確立する過程を考察する。

注

（1）太刀川清『近世怪異小説研究』（笠間書院、一九七九年）に諸作品の解説がある。
（2）水谷不倒「選択古書解題」（『水谷不倒著作集』第七巻、中央公論社、一九七四年、初出一九二七年一一月）八〇頁。
（3）白石良夫「考証の季節」（『江戸時代学芸史論考』三弥井書店、二〇〇〇年、初出一九九三年一〇月）。
（4）白石3論文、一〇一頁。
（5）中村幸彦「近世小説に於ける三教一致思想の推移」（『中村幸彦著述集』第三巻、中央公論社、一九九〇年、初出一九四三年一月）。
（6）中野三敏「増穂残口の事蹟」（『戯作研究』中央公論社、一九八一年、初出一九七三年一月）一一一・一一六頁。
（7）中野三敏「文坡仙癖」（『江戸狂者伝』中央公論新社、二〇〇七年、初出一九六五年七月）三〇七頁。

第一部　仮名草子とその周辺

第一章　仮名草子と古典

第一節　近世艶書文芸における『詞花懸露集』

一、はじめに

『詞花懸露集』（三巻三冊）は、平安期の歌合『堀河院艶書合』（康和四（一一〇二）年閏五月二日、同七日）と艶書文例集（甲・乙）、そして中世の女訓書『庭のをしへ』（略本系、『乳母の文』とも）という、成立期もジャンルも異なる内容を合わせ、寛文元（一六六一）年に絵入り板本として刊行された書である。

本書が近世書簡体小説の源流として位置づけられること、また和歌・和文の教養の書、そして女子教育の書でもあったことは、暉峻康隆(1)、市古貞次(2)、萩谷朴(3)、今井源衛(4)による指摘がある。また小川剛生は、本書の「堀河院艶書合」および「詞花懸露集」の艶書文例について、二条良基『思露《おもいのつゆ》』を後人が改編したものであるとする(5)。これにより『詞花懸露集』が中世の歌論・連歌論をふまえた仮名文例の流れを汲むものであることが明らかになった。

本節では、先学の指摘をふまえつつ『詞花懸露集』諸本の系統付けを行い、次に、本書の二種類の艶書文例（甲・乙）について、それぞれの仮名文の作られ方と特徴を明らかにした上で、本書が近世艶書文芸の系譜にいかに位置づけられるかを考察したい。

『詞花懸露集』には、写本と板本がある。このうち板本は、次の五つの内容から成る。

㋐「堀河院艶書合」

㋑艶書文例集（文例甲）

㋒　艶書の書き方を記した文（「艶書のかきやう」）
㋓　艶書文例集（文例乙）
㋔　「庭のをしへ」

写本については、諸本により㋐～㋔を様々に収録するが、板本は基本的に㋐～㋔の全てを収める。書名については、㋐を収録することから、『堀河院艶書合』とする諸本もあるが、ここでは『詞花懸露集』と称することにする。次に、諸本（板本・写本）の書誌的内容を述べる。

二、諸　本

（一）板　本

『詞花懸露集』の諸本は、次のように確認できる。

1、寛文元年板系
（1）寛文元年京谷口三余板
（2）寛文元年京田中文内板
（3）刊年不明京吉野屋藤兵衛板
（4）寛文元年京野田藤八板
（5）刊年不明京野田藤八板

2、無刊記板（1の覆刻）

3、元禄十一年板系（1の覆刻）

（1）元禄十一年江戸みすや又右衛門板A

（2）元禄十一年江戸みすや又右衛門板B

（3）元禄十一年板元不明板

（4）刊年不明板

（5）元禄十一年大坂宣英堂奈良屋長兵衛板（みすや板を修訂・一部改板）

次に、諸本の書誌的事項について記す。所蔵図書館・文庫の請求番号は〈　〉で示した。

1、寛文元年板系

（1）寛文元年京谷口三余板

①　国立国会図書館本（巻下、一冊。巻上欠）〈二一〇／一九〉

表紙　紺色地。縦二十六・七センチ　横十七・二センチ。

題簽　原題簽。子持辺。左肩。「詞花懸露集　下」。

序　なし。

目録　なし。

内題・内容

巻下　巻一「詞花懸露集巻第一」㋒「艶書のかきやう」・㋓文例乙。

巻二「詞花懸露集巻第二」㋔「庭のをしへ」。

尾題　巻下　巻一「詞花懸露集第一」（18ウ）。

　　　巻二「詞花懸露集終」（14ウ）。

構成・丁付　巻一　本文十八丁「○一（～○十八終）」。

　巻二　本文十四丁「○一（～○十四）」、奥付一丁「○十五終」。

挿絵　巻一　半丁三図（2オ・6オ・13ウ）。

　巻二　半丁三図（4ウ・9オ・13オ）。

柱刻　上部に柱題、下部に丁付がある。

柱題「懸露一（二）」。

匡郭　四周単辺。

　巻下　巻一　縦十六・七センチ　横十一・五センチ（1オ）。

　　巻二　縦十六・九センチ　横十一・五センチ（1オ）。

本文　漢字平仮名交じり。

行数　本文　毎半丁十行。

句読点　「。」。

奥付　「寛文元年辛巳歳林鐘上浣／洛陽書林　谷口三余梓行」（巻二、十五丁表、中央）、「新町通長者町下ル本頂妙寺町」（巻二、十五丁表、左下枠内）。

備考・『詞花懸露集』板本諸本のうち、管見の限りでは最も早印と思われる。

・大本だが横幅が狭い装丁。巻上は欠で、内容は「堀河院艶書合」（㋐㋑）と思われる。

・刊記は本文丁とは別の丁（十五丁目）に、奥付のかたちで付けられる。

（2）寛文元年京田中文内板

①　国文学研究資料館本（三巻一冊）〈サ二／九〉

表紙　紺色地。縦二十六・二センチ　横十六・八センチ。

題簽　子持辺。左肩。「堀川院艶書合□」（下部欠）。

内題・内容

巻上　「堀河院艶書合」　㋐艶書合・㋑文例甲。

巻下　巻一「詞花懸露集巻第一」　㋒「艶書のかきやう」・㋓文例乙。

巻二「詞花懸露集巻第二」　㋔「庭のをしへ」。

尾題　巻上　「堀川院艶書合終」（20オ）。

巻下　巻一「詞花懸露集第一」（18ウ）。

巻二「詞花懸露集終」（14ウ）。

構成・丁付

巻上　本文二十丁「〇一（～〇二十終）」。

巻下　巻一　本文十八丁「〇一（～〇十八終）」。

巻二　本文十四丁「一（～〇十四）」、奥付丁「〇十五終」。

挿絵　巻上　半丁四図（4ウ・9オ・15オ・19オ）。

巻下　巻一　半丁三図（2オ・6オ・13ウ）。

巻二　半丁三図（4ウ・9オ・13オ）。

柱刻　上部に柱題、下部に丁付がある。
柱題　巻上「艶書合」。
　　　巻下「懸露一（二）」。
匡郭　四周単辺。
　　　巻上　　　縦十六・四センチ　横十一・五センチ（1オ）。
　　　巻下　巻一　縦十六・七センチ　横十一・五センチ（1オ）。
　　　　　　巻二　縦十六・九センチ　横十一・五センチ（1オ）。
本文　漢字平仮名交じり。
行数　毎半丁十行。
句読点　「。」。
奥付　「寛文元年辛巳歳林鐘上浣／洛陽書林　田中文内梓行」（巻二、15オ、中央）。
印記　「兎角庵」「兎角文庫記」（小田果園）ほか。
備考　（2）本は、谷口板の刊記の書肆名を削り、入木で「田中文内」とする。また、巻上、十三丁表の挿絵、右の女房の後ろ髪を修訂で新たに加える。

②　和歌山大学附属図書館紀州藩文庫本（巻上、一冊）〈九一三／二五〉国文研マイクロフィルム
題簽　中央。墨書「堀川院艶書合　完」。
内容　巻上　㋐艶書合・㋑文例甲。
印記　「紀伊国学所印」（和歌山藩校）ほか。

備考・本文最終丁（二十丁）裏は匡郭と柱のみ。刊記の丁は二十一丁目で、もともと巻下、巻二にあった刊記を、巻上の最終丁として付ける。裏丁は後表紙見返に貼付。
・田中板の中でも早印と思われる。

③早稲田大学図書館伊地知鐵男文庫本（三巻一冊）〈文庫二〇／二六四〉
表紙　紺色地。縦十九・〇センチ　横十三・八センチ。
題簽　左肩。墨書「堀川院艶書合　全」。
備考　他本に比して小型である。
印記「伊地知氏書冊」「濃州表佐／飯沼氏収蔵書」「飯沼」。

④愛知県立大学学術研究情報センター長久手キャンパス図書館本（三巻三冊）〈九一一・二／一一三／一四七八〉国文研マイクロフィルム
題簽　子持辺。中央。
巻上「堀河院艶書合　上／詞花懸露」（墨書）。
巻中「□□院艶書合　中／詞花懸露」。
巻下「□□院艶書合　下／詞花懸露」。
内容　巻上　㋐艶書合・㋑文例甲。
巻中　㋒「艶書のかきやう」・㋓文例乙。
巻下　㋔「庭のをしへ」。

奥付　なし。奥付の丁（巻下、十五丁目）なし。
印記　「後藤蔵書」ほか。
備考　巻上、四丁裏の挿絵、少年の髪先に修訂が施されている。
巻中、六丁表の挿絵、女性側の御簾の柱に星印が新たに付けられる。

⑤東京大学文学部図書室本居文庫本（三巻三冊）〈本居五二〇／国文一五一五〉
表紙　濃紺色地。縦二十一・八センチ　横十四・八センチ。
題簽　子持辺。左肩。
巻上「堀川院艶書合　上」。
巻中「堀川院艶書合　中／詞花懸露」。
巻下「堀川院艶書合　下／詞花懸露」。
内容　巻上　㋐艶書合・㋑文例甲。
巻中　㋒「艶書のかきやう」・㋓文例乙。
巻下　㋔「庭のをしへ」。
奥付　なし。奥付の丁（巻下、十五丁目）なし。
印記　「本居文庫」ほか。
備考　本書の題簽の板木は、（2）④・（2）⑧・（2）⑨・（3）①本等にも利用される。

⑥ノートルダム清心女子大学附属図書館黒川文庫（三巻三冊）〈G八七〉

表紙　薄茶色地。縦二十一・六センチ　横十五・二センチ。
題簽　左肩。墨書「堀河院艶書合」「詞花懸露集　一（二）」。
印記　「黒川真道蔵書」ほか。

⑦
西尾市岩瀬文庫本（三巻三冊）〈四一六二／五二／八三〉
表紙　縹色地。菱形万字繋ぎに牡丹・蝶の空押。縦二十一・七センチ　横十五・二センチ。
題簽　無辺。左肩。墨書「哥合堀河院艶書合／詞花懸露集　上　共三」「堀河院艶書合／詞花懸露集　中」
「堀河院艶書合　下　共三丁」。
匡郭　四周単辺。
印記　「参河国羽田八幡宮文庫」。
奥付　なし。奥付の丁（巻下、十五丁目）なし。
備考・巻下、二十丁裏（空白丁）に「羽田野常陸たか雄識」の墨書識語あり。
・巻下が「堀河院艶書合」と文例甲で、上下巻が逆の構成。

⑧
慶應義塾図書館本（三巻三冊）〈二三二／四七〉
表紙　紺色無地。縦二十二・〇センチ　横十五・四センチ。
題簽　子持辺。左肩。巻中・下の匡郭の下部は無辺で、一センチ程の余白がある。
巻上「堀川院艶書合　上」。
巻中「堀川院艶書合　中／詞花懸露」。

巻下「堀川院艶書合　下／詞花懸露」。
印記「五十嵐甚蔵図書記」「廣瀬」。

⑨京都大学文学研究科図書館本（三巻三冊）〈EvII／五七〉
表紙　鳥の子色地。縦二十二・七センチ　横十六・〇センチ。
題簽　子持辺。左肩。
巻上「堀川院艶書合　詞花懸露」（「中」の字なし）。
巻中「堀川院艶書合　上」。
巻下「堀川院艶書合　下／詞花懸露」。

⑩早稲田大学図書館服部文庫本（二巻二冊、巻上欠）〈イ一七／六五六〉
表紙　黒色地。縦二十二・九センチ　横十五・四センチ。
題簽　なし。
内容　巻中　㋒「艶書のかきやう」・㋓文例乙。
巻下　㋔「庭のをしへ」。
奥付　なし。奥付の丁（巻下、十五丁目）なし。
備考　一冊目の後表紙がなく、二冊目の表紙がないことから、もともと一冊本か。

（未見）果園文庫本（一冊）

（3）刊年不明京吉野屋藤兵衛板

①　多和文庫本（三巻三冊）〈二九／二〉国文研マイクロフィルム

題簽　子持辺。中央。

巻上「堀川院艶書合　上」。

巻中「堀川院艶書合　中／詞花懸露」。

巻下「堀川院艶書合　下／詞花懸露」。

内容　巻上　㋐艶書合・㋑文例甲。

巻中　㋒「艶書のかきやう」・㋓文例乙。

巻下　㋔「庭のをしへ」。

刊記　巻下、十四丁裏、左下枠内に「寺町通二条下ル町／吉野屋藤兵衛」。十五丁目（奥付の丁）なし。

印記「香木舎文庫」（松岡調）、「友部蔵書」ほか。

備考・（2）本に比べると、本文の濁点が消えかかっており（巻上、十一丁裏二行目「は」、十行目「と」、十四丁表三行目「は」等）、匡郭の切れが多い（巻上、十二丁表・巻中、三丁裏等）ことから、（2）より後印である。

・刊記の枠が本文匡郭の線に重なっていることから、刊記は入木ではなくスタンプ式の印によるものと思われる。

（4）寛文元年京野田藤八板

①　益田家本（三巻三冊）〈二六七〉国文研マイクロフィルム

題簽　子持辺。左肩。「堀河院艶書合　上（中・下）」。

内容　巻上　㋐艶書合・㋑文例甲。

　　　巻中　㋒「艶書のかきやう」・㋓文例乙。

　　　巻下　㋔「庭のをしへ」。

奥付　巻下、十五丁表中央に「寛文元辛巳歳林鐘上浣／二条通富小路西江入／洛陽書林　野田藤八版梓行」。

広告　巻下、十六丁表に「平安書林　橘枝堂蔵板目録　京二条通富小路西江入町／野田藤八」とあり、目録二丁。

備考・題簽は、次の②③、（5）①本ともに同じ。

・（3）以前の諸本の挿絵にあった雲の横線模様が消え、空白部が多くなる。

・刊記は（2）板の書肆名「田中文内」を削除し「野田藤八版」とする。また行間に「二条通富小路西江入」を加える。この「野田藤八版」の「版」の文字は下の「梓行」の文字と重なっており、スタンプ式の印によるものと思われる。

②　姫路文学館金井寅之助文庫本（三巻三冊）〈五五〇一―五五〇三〉

表紙　浅黄色地。縦二十一・〇センチ　横十四・八センチ。

題簽　子持辺。左肩。「堀河院艶書合　上（中・下）」。益田家本と同じ。

奥付　巻下、十五丁裏中央に「寛文元年辛巳歳林鐘上浣／二条通富小路西江入／洛陽書林　野田藤八版梓行」。

備考・巻下、①益田家本と同じ広告が付く。

・刊記「野田藤八版」は益田家本と同印だが、益田家本のように「梓行」の上に文字が重なっておらず、上の位置にある。益田家本よりも後印。

③ 刈谷市中央図書館村上文庫本（三巻三冊）〈二二五五〉
表紙　茶色地。木目模様。縦二十二・二センチ　横十五・一センチ。
題簽　原題簽。子持辺。左肩。「堀河院艶書合　上（中・下）」。
奥付　十五丁表中央に「寛文元年辛巳歳林鐘上浣／洛陽書林　野田藤八梓行」。
備考　刊記「野田藤八」は入木で、①②よりも字体を小さくし、スペースに収まるようにしている。

（5）刊年不明京野田藤八板・無刊記板

① 静嘉堂文庫本（三巻三冊）〈八二／四一〉
表紙　鳥の子色地。貨幣模様（茶色）。縦二十二・二センチ　横十五・一センチ。
題簽　原題簽。子持辺。左肩。「堀河院艶書合　上（中・下）」。
奥付　なし。奥付の丁なし。
印記　「西村氏印」（西村藐庵）、「小越本」ほか。
広告　十五丁表に「平安書林　橘枝堂蔵板目録　京二条通富小路西江入町／野田藤八」として目録一丁あり。

② 龍谷大学図書館写字台文庫本（三巻三冊）〈九一一・二九／二三W〉

表紙　鳥の子色地。縦二十二・六センチ　横十五・九センチ。
題簽　子持辺。左肩。
　巻上「堀河院艶書合　上」。
　巻中「堀河院艶書合　詞花懸露」（「中」の字なし）。
　巻下「堀河院艶書合　下／詞花懸露」。
内容　巻上　㋐艶書合・㋑文例甲。
　巻中　㋒「艶書のかきやう」・㋓文例乙。
　巻下　㋔「庭のをしへ」。
奥付　なし。奥付の丁なし。
印記　「写字台蔵書」。

③　早稲田大学図書館本（巻上欠、二巻一冊）〈へ／一〇／三〇〇三〉
表紙　紺色地。縦二十二・三センチ　横十五・八センチ。
題簽　子持辺。左肩。「堀川院艶書合　上下／詞花懸露」。
印記　「橋本蔵書」「立木氏図書」。水谷不倒旧蔵本。

④　陽明文庫本（三巻一冊）〈近ホ／一〇〉国文研マイクロフィルム
表紙　扇絵模様。左肩に墨書「堀河院艶書合」。
題簽　なし。

（未見）本居宣長記念館本（三巻三冊）

表紙　紺色地、金泥秋草模様。縦二十一・九センチ　横十五・二センチ。

印記　「鈴屋之印」。（『本居宣長記念館　蔵書目録（三）』八二頁による）

早印（1）の寛文元年谷口三余板は、巻下（巻一・二）のみの存である。巻一の内題は「詞花懸露集巻第一」で、㋒「艶書のかきやう」・㋓文例乙を収める。巻二の内題は「詞花懸露集巻第二」で、㋔「庭のをしへ」が収録される。巻上は現存しないが、同板の（2）①国文研本から推測すると、恐らく「堀河院艶書合」の内題で、㋐艶書合・㋑文例甲と推測される。こうした内題の付け方から、（1）谷口板『詞花懸露集』は、「堀河院艶書合」（巻上）と、「庭のをしへ」を含む「詞花懸露集」（巻下）という二系統を合わせて板行しようとしたことがわかる。なお、巻下巻二「庭のをしへ」は教訓であり、対して巻下巻一は恋文指南と文例集である。この二つは恐らくは女性向けの実用教訓的内容として一括りにされたと思われる。しかし後印になると、「庭のをしへ」は独立した巻となり、『詞花懸露集』は上下二巻から上・中・下三巻の体裁に変わっていく。

板面については、（1）国会本谷口板の㋒「艶書のかきやう」（巻下、巻一）に、匡郭上部の九箇所に「一」が付けられているが、（2）⑧慶應本ではこれが六箇所となり、（4）①益田家本では四箇所に減る。こうした板面の傷みは、すでに（1）国会本の巻下㋔「庭のをしへ」十三丁表の挿絵丁に、匡郭の切れ目が目立って現われ、右側匡郭がほぼ損なわれ、右側の女房の顔が掠れている。こうした板の傷みから、寛文元年板では挿絵の修訂がしばしば行われている。（2）③早大本・⑤東大本の挿絵に手が加わっていることは今井源衛の指摘にあるが[6]、そのほか（2）①④本においても、備考で述べたように、人物の顔や髪、有職畳の柄や柱、雲などに修訂がなされている。刊行時期については、（4）①益田家本の広告に「勧善桜姫伝　五冊」の書名等が確認できることから、寛文元年板は修訂を重ね、京の板元を主として近世後期まで板行されていたことがわかる。本作品の挿絵は王朝風で、恐らく参考とした絵画資料があるかもしれない。例えば、㋔「庭のをしへ」十三丁表の挿絵で、扇を広げて後ろ向きに立つ女性は、源氏絵「花宴」の朧月夜の姿を想起させる。度重なる修訂は、そうした格調のある画風を保とうとしたためとも思われる。

なお、寛文元年板『詞花懸露集』に先行する万治二年京谷岡七左衛門板『堀河院艶書合』（含文例甲）がある。板本『詞花懸露集』㋐「艶書合」、㋑「文例甲」の本文は、この万治二年板『堀河院艶書合』のそれとほぼ同一であることから、万治二年板かその系統の本に拠って作られたと思われる。

2、無刊記板（1の覆刻）

① 石川武美記念図書館成簣堂文庫本（三巻三冊）〈三七六／五／三〉

表紙　枇杷茶色地。縦二十二・三センチ　横十五・八センチ。

題簽　子持辺。左肩。

巻上「堀河院／艶書御哥合／上」。巻上の題簽は剥落するも現存。

巻中「堀河院／詞花懸露集／中（下）」。

巻下「堀河院」は別枠にあり、横書。

内題・内容

巻上「詞花懸露集巻第一」　㋒「艶書のかきやう」・㋓文例乙。

巻中「詞花懸露集巻第二」　㋔「庭のをしへ」。

巻下「堀川院艶書合」　㋐艶書合・㋑文例甲。

尾題　巻上　なし（最終丁裏が後表紙に貼付）。
　　　巻中　なし（同右）。
　　　巻下　「堀川院艶書合終」（20オ）。
構成・丁付
　　　巻上　本文十八丁「〇一（〜〇十八終）」。十丁目に巻二の十丁目が入るが、柱に乱れはない。
　　　巻中　本文十四丁「〇一（〜〇十四）」。十丁目に巻一の十丁目が入る。
　　　巻下　本文二十丁「〇一（〜〇二十終）」。
挿絵　巻上　半丁三図（2オ・6オ・13ウ）。
　　　巻中　半丁三図（4ウ・9オ・13オ）。
　　　巻下　半丁四図（4ウ・9オ・15オ・19オ）。
柱刻　上部に柱題、下部に丁付がある。
柱題　巻上「懸露一」。
　　　巻中「懸露二」。ただし、十丁目「懸露一」、十四丁目「懸露二終」。
　　　巻下「艶書合三」（一〜三、十五、十七丁）。
　　　　　「艶書合」（四、七、九〜十二、十六、十八〜二十丁）。
　　　　　「艶書合二」（五、六、八、十三、十四丁）。
匡郭　四周単辺。
　　　巻上　縦十六・二センチ　横十一・五センチ（1オ）。
　　　巻中　縦十六・八センチ　横十一・五センチ（1オ）。

巻下　縦十六・二センチ　横十一・五センチ（1オ）。
本文　漢字平仮名交じり。
行数　本文　毎半丁十行。ただし巻二、十四丁表は十三行。
句読点　「。」「・」。
刊記　なし。
印記　「徳富氏珍蔵記」「洒竹文庫」。徳富蘇峰旧蔵本。
備考　本文に朱書で傍注が付けられる。

本書は1寛文元年板の覆刻である。刷りは良く、比較的早印と思われる。印行時期については、1の諸本の板面と比較すると推測できる。まず寛文元年板（1）谷口板の巻下・巻一「艶書のかきやう」の、丁の頭の九箇所に「一」が付けられているが、後印になると摩滅で薄くなり消えていく。一方、本書には七箇所（二丁裏・三丁表裏・五丁表裏・六丁裏・七丁表）の頭に「一」がある。次に、本書には巻下・巻二「庭のをしへ」の十丁目の柱題に「懸露　一」という誤刻がある。これら二点を有する1寛文板は（2）田中板⑥ノートルダム本であることから、本書は当本が刷られた時期の板の覆刻と思われる。

ただし、巻中の十三丁裏・十四丁表（最終丁）は、寛文元年板を版下として用いていない。また、巻上の十八丁表（最終丁）および巻中の十二丁裏に、行や文字を詰める操作が見られる。もともと寛文元年板の巻下（巻一・二、十八丁目・十四丁目）には、裏丁まで本文があったが、本書では行や文字を詰めて表丁で終わらせ、裏丁を空白にして裏表紙に貼り付けている。そのため、巻上・中のそれらの丁には書式の乱れがある。

本書は1寛文板と比べると、文字の線が太くて粗く、濁点やルビが少ない。句読点は「。」と「・」を併用する。

挿絵についても、人物の顔つきや調度品・衣服の文様などの微細な部分の描写に粗さがある。

なお、次の後述の3元禄十一年みすや又右衛門板も、本書と同じく1寛文元年板の覆刻であるが、2板とは異板である。この3みすや板の方が現存本も多く、後代まで出版されていたようである。

3、元禄十一年板系（1の覆刻）

（1）元禄十一年江戸みすや又右衛門板A

①　神宮文庫本（三巻三冊）〈一七八八〉

表紙　紺色地。水辺に草虫模様。縦二十二・八センチ　横十六・二センチ。
題簽　白色。子持辺。中央。「堀川院／詞花艶書集上（中・下）」（「堀川院」は円の中）。
内題・内容
　巻上「詞花懸露集巻第一」㋒「艶書のかきやう」・㋓文例乙。
　巻中「詞花懸露集巻第二」㋔「庭のをしへ」。
　巻下「詞花懸露集巻第三」㋐艶書合・㋑文例甲。
尾題　巻上「詞花懸露集第一」（18ウ）。
　巻中「詞花懸露集終」（14ウ）。
　巻下　なし。
構成・丁付
　巻上　本文十八丁。ノドに丁付。「上ノ一」～「上ノ十八」。
　巻中　本文十四丁。ノドに丁付。「中ノ一」～「中ノ十四」。ただし十三丁目は長方の黒塗り。

挿絵　巻下　本文十九丁半、刊記半丁。ノドに丁付。「下ノ一」～「下ノ廿」、「下十九」。
　　　巻上　半丁三図（二オ・六オ・十三ウ）。
　　　巻中　半丁三図（四ウ・九オ・十三オ）。
　　　巻下　半丁四図（四ウ・九オ・十五オ・十九オ）。
柱刻　なし。
匡郭　四周単辺。
　　　巻上　縦十六・五センチ　横十一・四センチ（1オ）。
　　　巻中　縦十六・六センチ　横十一・五センチ（1オ）。
　　　巻下　縦十六・一センチ　横十一・四センチ（1オ）。
本文　漢字平仮名交じり。句読点「。」。
行数　本文毎半丁十行。
句読点　「。」。
刊記　「元禄十一年戊寅正月吉日」（巻下、二十丁裏、中央）、「江戸日本橋南佐門町／みすや又右衛門刊」（同、左下）。
印記　「寄付　林韓／神苑会書籍／五百弐拾部」「神宮文庫」。
備考・1寛文元年板の覆刻だが、2板とは板が異なる。
・2無刊記板の句読点が「.」「。」の二種類なのに対し、本書は「。」のみである。また2板と比べると濁点やルビが多く、文字や挿絵の線が細い。3板では、2板の板面の粗さが直されているといえる。

・2板では、巻上・中の最終部の丁に、文字や行を詰める操作が見られたが、本書は1板の体裁どおり、全ての丁の行数が半丁十行である。このことから、3板は2板の板面の粗さや書式の乱れを整えようと、改めて刻されたと思われる。
・刊記は新刻で、巻下「堀河院艶書合」最終丁（二十丁）裏にある（二十丁表は本文）。
・1、2板の内題が「詞花懸露集」「堀河（川）院艶書合」の二称であったのが、3板では内題・尾題ともに「詞花懸露集」の称に統一される。

（2）元禄十一年江戸みすや又右衛門板B

①　名古屋市鶴舞中央図書館本（三巻三冊）〈河シ／五五〉

表紙　鳥の子色地。縦二十二・七センチ　横十五・七センチ。

題簽　原題簽。単辺。左肩。

巻上「堀川院艶書合／上」。

巻中「堀川院艶書合／中」。

巻下「堀川院艶書合／下」。

内題・内容

巻上「詞花懸露集巻第一」㋒「艶書のかきやう」・㋓文例乙。

巻中「詞花懸露集巻第二」㋔「庭のをしへ」。

巻下「懸露集巻第三」㋐艶書合・㋑文例甲。

尾題　巻上「詞花懸露集巻第一」（18ウ）。

巻中「詞花懸露集終」（14ウ）。
巻下　なし。

構成・丁付
巻上　本文十八丁。ノドに丁付。「上ノ一」～「上ノ十八」。
巻中　本文十四丁。ノドに丁付。「中ノ一」～「中ノ十四」。ただし十三丁目は白抜きで「下十三」。
巻下　本文十九丁半、刊記半丁。ノドに丁付。「下ノ一」～「下ノ廿」、「下十九」。

挿絵　巻上　半丁三図（2オ・6オ・13ウ）。
巻中　半丁三図（4ウ・9オ・13オ）。
巻下　半丁四図（4ウ・9オ・15オ・19オ）。

柱刻　なし。

匡郭　四周単辺。
巻上　縦十六・六センチ　横十一・五センチ（1オ）。
巻中　縦十六・五センチ　横十一・五センチ（1オ）。
巻下　縦十六・一センチ　横十一・五センチ（1オ）。

本文　漢字平仮名交じり。句読点「。」。

句読点　「。」。

刊記　「元禄十一戊寅正月吉日」（巻三、二十丁裏、中央）、「江戸日本橋南　みすや又右衛門刊」（同、左下）。

印記　「尾張河村復太郎秀根蔵」。

備考・巻下（堀河院艶書合）の内題「詞花」、刊記「佐門町」を削除する。

・巻中の十三丁目の丁付は、神宮本が長方の黒塗りであったのを、白抜きで「下十三」と丁付を入れている。
・（1）神宮文庫本に比べると、文字の掠れや匡郭の切れが多く、後印である。

②祐徳稲荷神社中川文庫本（巻一、一冊）〈三四四二〉国文研マイクロフィルム
題簽　なし。左肩に墨書「詞花懸露集　上」。
内容　巻上　ⓤ「艶書のかきやう」・ⓔ文例乙。

③国立国会図書館本（三巻一冊、巻中のみ2板）〈八一七／一二〉
表紙　浅黄色地の行成表紙。縦二十二・〇センチ　横十五・八センチ。
題簽　無辺。左肩。「堀川院艶書合／□」（下部右側欠損）。
内題・内容
巻上「詞花懸露集巻第一」　ⓤ「艶書のかきやう」・ⓔ文例乙。
巻中「詞花懸露集巻第二」（「二」は墨消）。ⓞ「庭のをしへ」。
巻下「懸露集巻第三」　ⓐ艶書合・ⓘ文例甲。
尾題　巻上「詞花懸露集第一」（18ウ）。
巻中　なし。
巻下　なし。
構成・丁付

巻上　本文十八丁。ノドに丁付。「上ノ二」～「上ノ十八」。
巻中　本文十四丁。柱に「〇二」～「〇十四」。
巻下　本文十九丁半、刊記半丁。ノドに丁付。「下ノ二」～「下ノ廿」、「下十九」。

挿絵　巻上　半丁三図（2オ・6オ・13ウ）。
巻中　半丁三図（4ウ・9オ・13オ）。
巻下　半丁四図（4ウ・9オ・15オ・19オ）。

柱刻　巻中のみ。

柱題　巻中「懸露二」。ただし十丁目「懸露一」。十四丁目「懸露二終」。

匡郭　四周単辺。
巻上　縦十六・六センチ　横十一・五センチ（1オ）。
巻中　縦十七・〇センチ　横十一・三センチ（1オ）。
巻下　縦十六・一センチ　横十一・四センチ（1オ）。

本文　漢字平仮名交じり。

行数　本文　毎半丁十行。ただし巻中、十四丁表は十三行。

句読点　巻上・下「。」、巻中「。」「・」。

刊記　「元禄十一戊寅正月吉日」（巻下、二十丁裏、中央）、「江戸日本橋南　みすや又右衛門刊」（同、左下）。

印記　「秋能屋文庫」ほか。今井俊太郎寄贈本。

備考・巻上、下は3（2）①鶴舞本と同だが、巻中は2①成簣堂本と同じで覆刻無刊記板。巻中の丁の横幅寸法は、巻上下より狭く、取り合わせ本。

・題簽の文字「堀川院艶書合」は、3（2）①鶴舞本と似るが板は異なる。
・巻上、下は、本文匡郭の切れが3（2）①鶴舞本よりも多く、本書の方が後印と思われる。

（3）元禄十一年板元不明板

① 宮内庁書陵部本（三巻三冊）〈四一五七四／三／鷹二四〉

表紙　紺色地。縦二十二・二センチ　横十五・七センチ。
題簽　紅色地。子持辺。左肩。「近代名歌／艶書歌合／恋の玉章并ニ哥尽　上（中・下）」。
内容　巻上　㋒「艶書の書様」・文例乙。
　　　巻中　㋓「庭のをしへ」。
　　　巻下　㋐艶書合・㋑文例甲。
匡郭　四周単辺。
　　　巻上　縦十六・五センチ　横十一・四センチ（1オ）。
　　　巻中　縦十六・五センチ　横十一・五センチ（1オ）。
　　　巻下　縦十六・〇センチ　横十一・四センチ（1オ）。
刊記　「元禄十一戊寅正月吉日」（巻下、二十丁裏、中央）。
印記　「鷹司城南館図書印」「城南／館印」。
備考　（2）元禄十一年みすや又右衛門板の書肆名を削除。巻下、十二丁・十四丁目の丁付（ノド）が消えている。

②
静嘉堂文庫本〈三巻三冊〉〈一二五六四／二／五二二／一〇〉
表紙　鳥の子色地の行成表紙（3（2）③国会本と同じ）。縦二十二・八センチ　横十五・七センチ。
題簽　なし。
印記　「松井氏／蔵書章」ほか。松井簡治旧蔵本。
備考　巻下、十二・十四丁目の丁付なし。

③
京都女子大学図書館吉澤文庫本〈三巻一冊〉〈YW九一四／S〉
表紙　縹色地。縦二十二・八センチ　横十五・九センチ。中央に墨書「艶書合　一」。
題簽　なし。
備考・巻中と巻下の十三丁目が入れ替わる。
・ノドの丁付に掠れや滲みがある。
・巻下、二十一丁目に広告一丁半あり。「寛政訂正改之　吉文字屋市左衛門板」（20オ、左下枠内）、「浪華書肆　心斎橋南二丁目　吉文字屋市兵衛板」（22オ、左下枠内）。

④
筑波大学附属図書館本〈三巻一冊〉〈ル一八五／二六〉
表紙　鳥の子色地。薄茶の横縞模様。縦二十一・一センチ　横十五・七センチ。
中央に墨書「堀河院艶書合」、左肩に墨書「詞花懸露集　全」。
題簽　なし。
印記　「小澤文庫」「養間斎蔵書記」ほか。

備考・巻上、十五丁目の丁付なし。巻下、六丁目は補写、匡郭、丁付なし。
・巻中、十三丁目の丁付「下十三」（白ヌキ）。巻下、十三丁目の丁付は滲みで判読不能。この十三丁目と十四丁目（下ノ十四）の間に一丁あったのを、切断削除している。

（4）刊年不明板

①龍谷大学図書館写字台文庫本（二巻二冊、巻下欠）〈九一一・二九／二二W〉
表紙　枇杷茶色地。垣根に花の白色文様。縦二十二・八センチ　横十六・一センチ。
題簽　なし。
印記　「写字台／之蔵書」。
刊記　不明。

（5）元禄十一年大坂宣英堂奈良屋長兵衛板（みすや板を修訂・一部改板）

①宮内庁書陵部本（三巻一冊）〈四一五五九／一／鷹三〇〉
表紙　浅葱色地。縦二十二・〇センチ　横十五・八センチ。
題簽　白色地。無辺。左肩「堀河院艶書合　全」。
内題・内容
巻上「堀川院艶書合」　㋐艶書合。
巻中「艶書文例　一名詞花懸露集」　㋒「艶書のかきやう」・㋓文例乙・㋑文例甲。
巻下「阿仏尼消息　一名庭のおしへ」㋔「庭のをしへ」。

尾題　なし。
構成・丁付　巻上　本文十丁。ノドに丁付「〇一」「二（～十）」。
巻中　本文二十八丁。ノドに丁付「上ノ一（三・四・五・七～十七・十九・二十～廿八）」「二（六）」「上十八　上ノ十」（十八丁目）。
巻下　本文十四丁。ノドに丁付「〇一（～〇十四）」。
挿絵　巻上　半丁三図（4ウ・9オ）。
巻中　半丁四図（2オ・6オ・15ウ・23オ・27オ）。
巻下　半丁三図（4ウ・9オ・13オ）。
柱刻　なし。
刊記　巻下、十四丁裏左下枠内に「元禄十一年戊寅正月吉旦／大坂書林　宣英堂奈良屋長兵衛」。
印記　「鷹司城南／館図書印」ほか。
備考　みすや板を次のように修訂・改板する。
・各巻の内題を修訂し、「堀河院艶書合」を巻一に置く。
・㋐艶書合に付いていた㋑文例甲を㋓文例乙の後に付け、文例甲乙を一つにまとめる。それにあたり、みすや板の巻下の㋑文例甲の冒頭部分、十丁表七行目から十行目までの四行と、裏丁全文十行「〇おとこはじめて女のもとへやるべき躰《てい》」から「〇住《すみ》よしのきしのしら波《なみ》よるべあらばあふな」までを削除する。そして巻上㋓文例乙の最後の部分に当たる十八丁目の板を改め、㋓文例乙の終わりの本文「われにつれなき心みすらん」（18オ、一行目）から「なをつれなさのあまりなりけれ」（18ウ、一行目）を、文字と行を詰めて十八丁表の八行目までに記し、その次行（九行目）から十八丁裏には、みすや板の巻下から削除した㋑文例甲の冒頭箇所「〇おとこはじめて女のもとへやるべき躰《てい》」から「〇住よしのきしのしら波《なみ》……」の文を記す。そして次丁（十九丁目）にはみすや板の文例甲の十一丁から二十丁の板木をそのまま移し、丁付を改め、十九丁から二十八丁とする。以上のような修訂と改板により、文例甲が文例乙の後に移り、甲乙が一つになる。その結果、本書の巻上「堀川院艶書合」は㋐艶書合のみの十丁となり、文例甲が加わった巻中の丁数が増えて二十八丁となる。

・みすや板の文例甲乙にそれぞれ付けられていた文例の通し番号「第一」～「第十一」は削除される。

・ノドの丁付は、文例甲を移したために表記が不統一になる。また、みすや板の刊記は削除される。

・匡郭は全体に線が細くなるが、みすや板と本書の匡郭や文字には同箇所に切れやかすれがあることから、巻上十八丁目を除き、本書とみすや板とは同板である。

②　射和文庫本（三巻一冊）〈X一一／五四〉国文研マイクロフィルム

題簽　無辺。中央。「堀川院艶書合　全」。

内題・内容

巻上「堀川院艶書合」　㋐艶書合。

巻中「艶書文例　一名詞花懸露集」　㋒「艶書のかきやう」・㋓文例乙・㋑文例甲。

巻下「阿仏尼消息　一名庭のおしへ」　㋔「庭のをしへ」。

③　国立国会図書館本（三巻一冊）〈八五五／二〇〉

表紙　老竹色地。銀箔付。縦十八・一センチ　横十二・五センチ。
題簽　無辺。左肩。金箔付。「堀河院艶書合　艶書文例／阿仏尼消息　合冊」。
序　「文化五といふとし三月十日の日／日狭典澄しるす」（1ウ）。
備考　巻一、一丁目に序文がある。本書は他本よりひとまわり小さく、中本仕立てである。

（未見）東北大学附属図書館狩野文庫本（一冊）〈四／一一五六九／一〉
カリフォルニア大学バークレー校三井文庫本（一冊）〈二／九／三九〉
住吉大社御文庫本（一冊）〈六八／二四〉
豊橋市美術博物館森田家文庫本（二冊）〈八九六／四五〉

3元禄十一年板は1寛文元年板の覆刻で、おそらくは、2板の後、板面を整えて改めて成されたと思われる。3板は（1）～（4）江戸みすや又右衛門板系と（5）大坂宣英堂奈良屋長兵衛板の二系統に分けられる。（1）～（4）のみすや又右衛門系板は、寛文元年板に「詞花懸露集」「堀河院艶書合」の二種の内題があったのを、「詞花懸露集」に統一している。これに対し、（5）宣英堂奈良屋長兵衛板では逆に、「艶書文例」「阿仏尼消息」「庭のおしへ」といった新たな内題を付けている。また、板本に先行する写本の段階から㋐「堀河院艶書合」には㋑文例甲が付けられていたのを、（5）本では㋑文例甲と㋒文例乙とを併せ、㋐「堀河院艶書合」を独立させて巻一とする。このように、（5）宣英堂板はみすや板系とは異なる方針で、㋐～㋔を、㋐艶書合・㋑㋒㋓「艶書のかきやう」と文例甲乙・㋔随筆と、ジャンルで区別・整理した点に特徴がある。これらは、作品に新たなイメージを与えるための工夫とも思われる。
書肆みすや又右衛門については、塩村耕(7)、小川武彦(8)によると、「翠簾屋（みすや・見須屋・簾屋）又右衛門　日本橋南、左内町」とあり、『増補江戸名所はなし』（元禄七（一六九四）年刊）等の江戸に関する書や『好色酒呑童子』（元禄十（一六九七）年刊）等の好色物、『絵入西行撰集抄』（九巻九冊、貞享四（一六八七）年大坂河内屋善兵衛の求版）等を出版している。また宣英堂奈良屋長兵衛は、市古夏生『元禄・正徳板元別出版書総覧』(9)によると、『太神宮或問』（二冊、正徳五（一七一五）年刊）、『無名抄』（二冊、同年刊）等を出版している。両者の活動の詳細は不明だが、3元禄十一年板は、京板の1寛文元年板とは別ルートの、江戸と大坂で刊行されたようである。

（二）写　本

『詞花懸露集』と題される写本には、次の七本がある。

①　九州大学附属図書館細川文庫本（一冊）〈五四三／シ／四一〉

表題　「詞花懸露集　附　庭のをしへ」。

内題・内容　「詞花懸露集」㋒「艶書のかきやう」・㋓文例乙（九丁）。㋔「庭のをしへ」（八丁）。

備考　『補訂版国書総目録』に「江戸中期写」とある。

②　愛知教育大学附属図書館本（一冊）〈八一六・八／SI／C〉当館マイクロフィルム

表題　なし。

内題・内容　「詞花懸露集」㋒「艶書のかきやう」・㋓文例乙。全十五丁。

奥書　「慶安第四林鐘中五日一刻ヲ／みてすして校合迄畢」（15ウ）。

備考　今井源衛によると曼珠院旧蔵本とあり。枡形本。

③　宮内庁書陵部本（一冊）〈二五一六／五〇一／七四七〉

表紙　鳥の子色地。貝に水草文様。

題簽　紅色地。無辺。左肩「堀川院艶書合　詞花懸露集」。

内題・内容　「堀川院艶書合」㋐艶書合・㋑文例甲（十一丁）。

「詞花懸露集」　㋒「艶書のかきやう」・㋓文例乙（十丁）。

備考　『補訂版国書総目録』に「江戸初期写」とある。

④　京都女子大学図書館谷山文庫本（一冊）〈〇九〇／Ta八八／四三九〉

表題　「詞花懸露集」。

内題・内容　「詞花懸露集」　㋒「艶書のかきやう」・㋓文例乙（十一丁）。

印記　「谷山蔵書」ほか。

備考　「土御門院御集」「老若歌合」「近通仮名遣」と合。

⑤　賀茂別雷神社三手文庫本（一冊）〈歌／西／三八三〉国文研マイクロフィルム

表題　「堀河院艶書合／詞花懸露集」。

内題・内容

「堀河院艶書合」　㋐艶書合・㋑文例甲（十四丁半）。

「詞花懸露集巻第一」　㋒「艶書のかきやう」・㋓文例乙（十四丁半）。

「詞花懸露集巻第二」　㋔「庭のをしへ」（十五丁半）。

⑥　初瀬川文庫本（一冊）〈二九／二五九〉国文研マイクロフィルム

表題　「詞花懸露集　全」。

内題・内容

「詞花懸露集巻第一」　㋒「艶書のかきやう」・㋓文例乙（十四丁）。

「詞花懸露集巻第二」　㋔「庭のをしへ」（十丁）。

「懸露集巻第三」　㋐艶書合・㋑文例甲（十六丁半）。

備考　「げんじ（源氏）」を「ぐゑんじ」、「思ひ」を「思へ」とする等の独特の表記がみられる。

（未見）大阪天満宮御文庫本（三巻二冊、元禄十一年写）〈六八／一〇〉

今井源衛は、写本①②③と板本とでは写本の方が優れており、中でも①が良本であるとする。また①②③の「艶書のかきやう」には、「あひそめて後ならはしみ〳〵と」の後に「たゝし此比の人はたゞうるまのしまの人おなし事なれはもしろくしみ〳〵と」（①本）という、板本にはない文があるとする。[10]なおこの文は④京都女子大本にもあるが、⑤三手文庫本と⑥初瀬川文庫本にはない。この文の有無により、写本はおおよそ①②③④系統と⑤⑥系統に分けられる。このうち、⑤⑥系は板本と近しい関係にある。板本は⑤⑥系統にあり、⑤三手文庫本に最も近い。⑤三手文庫本と板本の本文を比較すると、両者の本文に大きな異同は殆どなく、⑤本には寛文元年板と同じ内題があり、本文にはルビが付き、㋑㋓の文例には「第一」以下の通し番号が付くなど、寛文元年板と同じ体裁であることから、両者は近しい関係にあると思われる。なお⑥初瀬川文庫本の内題は3元禄十一（一六九八）年みすや板（2）①鶴舞本と同じで、㋑㋓には通し番号が付けられており、こちらにも板本との影響関係が考えられる。

三、『詞花懸露集』における先行作品の利用方法

次に、寛文元年板『詞花懸露集』（以下板本『詞花懸露集』と称す）の「堀河院艶書合」（㋐艶書合・㋑文例甲）、「詞花懸露集」（㋒「艶書のかきやう」・㋓文例乙）、「庭のをしへ」（㋔）のうちの㋑〜㋓について、それぞれがどのような先行作品に基づいて成立しているのか考える。

小川剛生によると、板本『詞花懸露集』㋒「艶書のかきやう」・㋓文例乙・㋔文例甲の原型に、南北朝末期に二条良基が関わって成立したとされる艶書文例集『思露』があるという。では板本『詞花懸露集』文例甲・乙の文章は、艶書文例としての仮名文を『思露』に基づきながらどのように作っているのだろうか。ここでは、板本『詞花懸露集』の文例甲・乙の文の素材となった和歌的資料を探りつつ、文例甲・乙それぞれの性格について考察する。

(1) 文例甲の性格

板本『詞花懸露集』巻上「堀河院艶書合」は、男女の歌合四十八首（㋐）と十一の艶書文例甲（㋑）からなる。萩谷朴によると、『堀河院艶書合』の最古の写本とされる室町後期の長享元（一四八七）年写二年奥書の宗覚本に「文例甲」の原型である艶書文例（十段）がすでに付加されているという。[11] 板本『詞花懸露集』の文例甲は、それに一例を加えた全十一文例から成る。うち第一〜六、九・十文例は、男女の文の応酬形式である。

板本『詞花懸露集』の文例甲を、小川剛生が紹介するスウェーデン王立図書館蔵『思露』（一冊、室町後期写〈三三五〉国文研マイクロフィルム）の本文と比較すると、一部の表現の相違や文の順序が違うものの、第十一文例を除く全ての内容を『思露』に確認できる。

なお、小川が翻刻紹介するもう一つの『思露』に、東山御文庫本（一冊、室町中期写〈勅封一一五／九〉）がある。板本『詞花懸露集』文例甲の第十一文例は、この東山御文庫本『思露』第十六段の「をよばぬ枝に心をかけたる文」とある文例の一部を改変し、「第十一　くらゐたかき人に心のいろをあらはすべき体」としたものである。これらのことから、板本『詞花懸露集』文例甲の全文例が二種の『思露』をふまえてできていることがわかる。

では文例甲の仮名文は、どのような先行作品を素材として作られているのだろうか。本論末の資料編に、板本『詞花懸露集』（国文研本）の文例甲・乙の本文を翻刻し、その横に典拠と思われる先行作品の内容を示した。次に、そのうちの第三文例をあげる。本文の後に二字下げて出典を示し、番号と傍線で対応箇所を示した。なお適宜読点を付した。

第三
おとこ後朝《のちのあした》の文の躰《てい》
①くらふ山にやどりもとらまほしかりつれども、あやにくにあけゆく空《そら》の心まよひに、②みち芝《しば》のつゆもきえぬべきを、③かたみばかりにとまるうつりがをなぐさめにて、又ゆふぐれに心もとなく、まつはひさしくおぼゆるは、④げに千夜《ちよ》をひと夜にもあかざるへきにやと、われながらうちつけなるほども、おもひしられて、やがてまどろまねば、⑤あかぬなごりはゆめにもむすびがたくて
あけゆけばゆふつけ鳥《どり》のいまはとてたゞなく〳〵も⑥おきわかれつゝ
（『詞花懸露集』上、文例甲、12オウ）

①くらぶの山に宿もとらまほしげなれど、あやにくなる短夜にて
（『源氏物語』「若紫」）

②たれゆきてきみにつげましみちしばの露もろともにきえなましかば
（『新古今和歌集』十三、恋歌三、一一八七）
（『源氏物語』「夕顔」）

③逢ふまでの形見ばかりと見しほどにひたすら袖の朽ちにけるかな

④秋の夜の千夜を一夜になずらへて八千夜し寝ばやあく時のあらむ
秋の夜の千夜を一夜になせりともことば残りてとりや鳴きなむ
（『伊勢物語』二十二段）

⑤夢をまつあかぬなごりのあさねがみかかるなみだぞなほみだれそふ
（『夫木和歌抄』三十六、雑部十八、洞院摂政家百首、後朝恋、一七二二九）

をんなのかへし
うきものとだにまだしらぬ命《いのち》の、つれなくいま、できえやらで、おどろかさるゝにつけても、⑥ことふにつら《(ママ)》さの袖のなみだは、をさへてもあまりなるまで、くやしきこゝろもよのつねならずや
⑦おきわかれ是やかぎりのあさぢふに身をしる秋の風をうらみん
（『詞花懸露集』上、12ウ13オ）

⑥日数ふる後も今さらせきかねつ問ふにつらさの袖の涙は
（『新拾遺和歌集』十、哀傷歌、九〇七）

⑦まだ知らぬ暁露におき別れ八重たつ霧にまどひぬるかな
（『狭衣物語』三）

小川剛生によると、『思露』の仮名文には『源氏物語』『狭衣物語』等の古典についての教養がうかがえるという。

たしかに文例甲には、右に示したように古典や和歌に基づいたと思われる用語が鏤められている。①には『源氏物語』「若紫」の藤壺宮との逢瀬の短夜を歎く源氏の心情が託されている。そして②は「女の許にまかりて、みちのれいならず侍りければ、かへりてつかはしける」という詞書のある『新古今和歌集』の恋歌、③は『源氏物語』「夕顔」の伊予国に下向する空蟬に源氏が贈った歌、④は『伊勢物語』二十二段の復縁した男女の贈答歌、⑤は後朝恋を詠んだ『洞院摂政家百首』の歌、そして⑥は『新拾遺和歌集』の和歌、⑦は『狭衣物語』の狭衣が一品宮に贈った後朝文の和歌をふまえたと考えられる。

なお文例甲の第一文例では『古今和歌集』の恋歌を引き、浅からぬ思いに迷う恋心を記している。また第九文例は『和漢朗詠集』『新撰朗詠集』の漢詩の一部を引用し、夏の夜明けや夜の情景に思いを託している。また第八から第十例では、各文例の見出しに春・夏・秋と記して季節を表現したり、仏教語を取り入れたりと、様々な資料から言葉を抽出し仮名文に取り入れている。このようにして文例ごとに様々な趣向の仮名文が記され、王朝文学や和歌的世界を仮名文に投影させるという知的遊戯的な創作が行われているのである。

なお論末の資料編に示したように、文例甲・乙の仮名文の一部には、『和歌題林抄』の題意文との表現の類似が見られる。『和歌題林抄』は南北朝以前成立の歌題集成の書で、(12)四季・恋・雑の歌題があり、例歌に付けられた題意文には、題詠の際の心得や用語の例が示されている。『詞花懸露集』の文例甲・乙は、『和歌題林抄』に示された中世歌学の和歌の作法に則って作られているのである。

(2)「艶書のかきやう」・文例乙の性格

板本『詞花懸露集』巻下・巻一「艶書のかきやう」は、艶書を書くための心得や方法を述べたものである。小川剛生により紹介された東山御文庫蔵『思露』と比較すると、板本『詞花懸露集』「艶書のかきやう」は、『思露』の一部を変えつつも概ねその内容をふまえている。

板本『詞花懸露集』は、「それ艶書《えんじよ》のかきやうは、たゞやうもなくしみ〳〵もみ〳〵とおもしろく、さめきたるがよきなり」（1オ）と始まる。そしてまず規範とすべき書として『源氏物語』をはじめとする王朝文学があげられる。

貫之《つらゆき》も、人のこゝろをたねとしてと、いゝて侍り。此みちもまたおなじことなるべし。源氏《げんじ》さごろものことを、よくみおぼゆるひとの、かくべきことなり。ふるき歌枕《うたまくら》、万葉集《まんえうしう》やうの、おそろしきことも、えんありてとりたるはよきなり。順徳院《じゆんとくゐん》も、かようの文は、源氏《げんじ》が本《ほん》にてあるべしと、あそばせ給ふ。

（『詞花懸露集』下・一「艶書のかきやう」1オウ）

続けて、藤壺や紫の上の文を特に範とすべきことや、柏木や六条の御息所の文ことばなどが良いとする。このように『源氏物語』を重んじ、『万葉集』なども用いてよしとする説は、次の中世の歌論書にも見ることができる。

源氏一部の詞は、皆歌によむなり。句ごとに歌にならぬはなし。されば中院殿の源氏講読のときに、烏丸殿宣ふは、源氏はすべての歌の注なりと宣へば、中院殿いかにもさなりと宣ひし由なり。

（『資慶卿口授』）

万葉の古語も三代集の艶言も、ひろく学びて俗言俗態をさるべきなり。

（『愚問賢註』）

また、てにをはの使い方や言葉づかいについての説は、次のような歌学書の言説と通じている。

哥《うた》も文字《もじ》の一にても、てにをはのたがへば、いたづらものなり。ふみもまたしかるべし。
（『詞花懸露集』下・一「艶書のかきやう」1オ）

首尾病とは上句発端の詞と下句の終と、てにをはそむくやうの歌なり。
（『聞書全集』二「歌の病之事」）

ことのはのおほき、返々あさましき、つたなき事にて侍るなり。たゞ一ことばかくべき也。
（『詞花懸露集』下・一「艶書のかきやう」5ウ）

歌は詞すくなきをよしと、俊成、定家も申されき。
（『近来風体』）

このように「艶書のかきやう」の諸言は、中世歌学の説に則り、それらをより平易な言葉で記している。小川剛生は、この『詞花懸露集』「艶書のかきやう」の典拠『思露』の言説が二条良基の歌論・連歌論を適用させたもので、王朝物語の世界を用いる際には作品への深い理解が必要とされる詠歌の作法を、仮名文創作の心得として説いているとする。そうした『思露』の理念は、表現の一般化・俗化を伴いつつも『詞花懸露集』「艶書のかきやう」へも継承されている。

次に、「艶書のかきやう」に続く「文例乙」については、小川が指摘するように、東山御文庫蔵『思露』をふまえながらもそれとはかなり隔たった内容になっている。文例乙は文例甲と同じく十一項目の文例から成るが、このうちの第一・二・四・十文例の一部の表現が東山御文庫蔵『思露』と一致するのみで、密接な関わりは認められない。しかし、文例の後に付けられる「哥あらばかくへし」といった説明や、文例中の用語の出典と証歌を文例の後に示したりする形式は、板本『詞花懸露集』にも継承されている。次に、板本『詞花懸露集』文例乙の第十一文例までの題を並べてみる。

第一「はじめたるかたへは」「返し」
第二「又」「返し」
第三「たび〳〵ふみなどやりてのち、なをこゝろつよきかたへは」
第四「あひそめて後《のち》までどをなるかたへは」「返事」
第五「あひそめてのちのあしたには」
第六「又」
第七（無題）
第八（無題）
第九（無題）
第十（無題）
第十一（無題）「返し」

『堀河院艶書合』の文例甲では、ある歌ことばをキーワードにして男女の文が交わされていたが、右に示したように、文例乙では男女の応酬形式は第一・二・四・十一の四例のみで、その他の文例は内容的にそれぞれが独立している。文例甲では、恋の始まりから終わりまでの何パターンかの物語的構想を感取できる配列がなされているのだが、文例乙の文例は羅列的で、艶書物語的な創作を目指す意図は希薄である。

文例乙の特徴としては、先述のように、仮名文例中のことばについての解説がしばしば示されることがある。例えば資料編の「第三」文例を見ると、仮名文例中の①「うつせみの御心づよき」とは『源氏物語』「帚木」の話をふまえた表現であり、②「くもゐがくれのたつ」、③「ゆふつけ鳥」には出典の和歌が示され、②についてはさらに『六百番陳状』にもある漢の葉公の故事を引いて言葉の由来を解説している。また、文例甲では和歌や王朝文学のみならず漢詩や仏教語をも用いて文例の趣向に工夫を施していたが、文例乙の場合は文例甲ほどに出典の多様さはみられない。

さらに、各文例の仮名文の後に添えられる和歌の役割にもそれぞれ特徴がある。文例甲の和歌は、仮名文に認められた書き手の心情を受け、それを詠嘆的に言い止めるという働きがある。ところが文例乙の場合、和歌は、文例甲のように仮名文の趣を包括するものとしてではなく、仮名文中に用いられたことばの出典として示されている。文例甲の和歌が創作的であるのに比べると、文例乙の和歌は注釈・説明的なのである。二条良基の周辺で成立したとされる二つの『思露』は、板本『詞花懸露集』の文例甲・乙という異なる性質の文例集へと展開し、文例甲には創作性が、文例乙には啓蒙性が強調されていったと思われる。その二つの性格は、板本『詞花懸露集』の巻の構成にも反映され、巻上は和歌と仮名文章としての文芸的内容（ア艶書合・イ文例甲）、そして巻下は啓蒙的内容（ウ「艶書のかきやう」・エ文例乙・オ「庭のをしへ」）と、巻の上下で区別される。

さらに板本『詞花懸露集』には挿絵が付けられ、これにより視覚的に古典的世界を味わうという娯楽性も加わることになる。こうして板本『詞花懸露集』には、文芸・啓蒙・娯楽という仮名草子に近似した性格が備えられたといえる。

四、まとめにかえて

お伽草子『はにふの物語』『ふくろふ』『玉虫の草子』『あさかほのつゆ』は、男女の艶書の応酬で恋が展開する物語である。そこでも『思露』や『詞花懸露集』と同じように、歌ことばを駆使した艶書仮名文が記される。また『物くさ太郎』『小男の草子』『鉢かづき』『浄瑠璃御前物語』には、歌ことば（謎言葉）のやりとりで男女が心を交わし合う場面がある。仮名草子『竹斎』『露殿物語』『薄雪物語』『恨の介』『小倉物語』『薄雲恋物語』なども、こうしたお伽草子の恋物語の形式を継承した作品である。これらの作品と比べると板本『詞花懸露集』における創作性は弱い。しかし、解説（地の文）を従とし、文例を主とする叙述形式、そしてある程度の創作性と、啓蒙性を兼ね備えた内容は、暉峻康隆が述べるように、後の『錦木』（五巻五冊、寛文元（一六六一）年刊）・『吉原くぜつ草』（『吉原用文章』一冊、寛文年間（一六六一～七二）刊）・『小夜衣』（五巻五冊、天和三（一六八三）年刊、城坤散人茅屋子作）・『当流雲のかけはし』（五巻五冊、享保頃（一七一六～三五）刊、柳心作）・『薄紅葉』（五巻五冊、享保七（一七二二）年刊）、さらには西鶴『万の文反古』（五巻五冊、元禄九（一六九六）年刊）等の作品へと継承される。そうした点において、板本『詞花懸露集』は近世書簡体小説の萌芽的作品といえる。

注

（1）暉峻康隆「日本の書翰体小説」（『近世文学の展望』明治書院、一九五三年）一三四～一三六頁。以下の暉峻論文も同じ。
（2）市古貞次「艶書小説の考察」（『中世小説とその周辺』東京大学出版会、一九八一年、初出一九三七年一月）一一七頁。
（3）萩谷朴『増補新訂　平安朝歌合大成』第三巻（同朋舎出版、一九九六年）一六四一頁。
（4）今井源衛「女子教訓書および艶書文学と源氏物語」『紫林照径――源氏物語の新研究――』（角川書店、一九七九年）二四五～二五一頁。
（5）小川剛生「中世艶書文例集の成立――『堀河院艶書合』から『詞花懸露集』へ――」（『国文学研究資料館紀要』三〇、二〇〇四年二月）。以下の小川論文も同じ。

(6) 今井4論文、二四八頁。
(7) 塩村耕「近世前期江戸の出版界について」(『近世前期文学研究——伝記・書誌・出版——』若草書房、二〇〇四年) 三八二頁。
(8) 小川武彦『近世文学資料類従　西鶴編』(勉誠社、一九七五年) 解題、四〇〇頁。
(9) 市古夏生『元禄・正徳板元別出版書総覧』(勉誠出版、二〇一四年) 三九一頁。
(10) 今井4論文、二四八・二四九頁。
(11) 萩谷3論文、一六二九頁。
(12)『和歌文学大辞典』(古典ライブラリー、二〇一四年) 武井和人解説、一三二六頁。

(本文引用)
・『詞花懸露集』…国文学研究資料館本〈二二〇／一九〉。
・『伊勢物語』『源氏物語』…『新編日本古典文学全集』(小学館、一九九四〜九六年)。
・『狭衣物語』…『日本古典文学大系』(岩波書店、一九六五年)。
・『新拾遺和歌集』『夫木和歌抄』…『新編国歌大観』第一巻・第二巻(角川書店、一九八七・八八年)。
・『愚問賢註』(一二四頁)、『近来風体』(一四五頁)…『日本歌学大系』第五巻(風間書房、一九七二年)。
・『聞書全集』(八三頁)、『資慶卿口授』(二六八頁)…『日本歌学大系』第六巻(風間書房、一九七二年)。

【資料編】『詞花懸露集』文例甲・乙の翻刻および文例の注釈

（文例甲）

第一

○おとこはじめて女のもとへやるべき躰《てい》

①風《かぜ》をたよりとたのみても、あとなきなみのうへはゆくゑしりがたきを、②あまのつりなはうちはへて、くるしきそこの心ふかさを、かつはをしはかりつゝ、③あさかのうらのあさからぬことゞもは、おもひしらせ給へ

住《すみ》よしのあさかのうらにあさりてもかひあるほどの行衛《ゆくゑ》しらせよ

①白浪のあとなき方に行く舟も風ぞたよりのしるべなりける　（『古今和歌集』十一、恋歌一、四七二）

②いせのうみのあまのつりなは打ちはへてくるしとのみや思ひ渡らむ　（『古今和歌集』十一、恋歌一、五一〇）

③すみよしのあさかの浦の身をつくしさてのみしたにくちやはてなん　（『続後撰和歌集』十一、恋歌、六六三）

女のかへし

うはのそらなる①かぜのたよりは、いとゞたのみがたくて、なをふかゝらぬ③あさかのうらの④あた浪《なみ》は、かけてくやしくとのみおぼえん

○住《すみ》よしのきしのしら波《なみ》よるべあらばあふなる草《くさ》のなにやしられん

④おとにきくたかしのうらのあだなみはかけじや袖のぬれもこそすれ
（『金葉和歌集』二度本、八、恋部下、四六九）

第二

○おとこふみのかずをつくせども、をんなうけひかねば、うらむる躰《てい》

①菊《きく》のしたみづながれをくみて、よはひをのぶるためしありとも、なさけ見るべき心ならぬにやと、返〻もつらきにつけて、あすをもまたぬ②露のいのちきえはてなんは、なにかあだものとおしはかるまじけれど、それにかへつとも、③しらぬうらみは、④こけのしたにもくちはてがたきを、たゞ一もじのことの葉《は》をたに、おもひゆるされば、⑤かぎりあらんみちのつとにも、いかばかりかはうれしかるべき

○あはれしれ人はつれなき思ひよりけふりとならんゆふぐれのそら

①山川のきくの下水いかなればながれて人の老をせくらむ
（『新古今和歌集』七、賀歌、七一七）

①仙菊なれば、酌㆓下流㆒ちとせをふる物なり
（『八雲御抄』三、草部「菊」）

①山路の菊といひつれは、つゆのまに千とせをへ、おく露つもりて淵となるなどもいふ。したゆく水をくみてよはひをのべ
（『和歌題林抄』上、秋「菊」）

②いのちかはなにぞもつゆのあだものをあふにしかへばをしからなくに
（『古今和歌六帖』四、二一五四）

③きりぎりすただこの閨に声はあれどしらぬうらみぞきけば悲しき
（『延文百首』三四九）

④よをへてもあふべかりけるちぎりこそ苔のしたにもくちせざりけれ
（『玉葉和歌集』十八、雑歌五、二六〇四）

⑤かぎりあらむ道こそあらめこの世にて別るべしとはおもはざりしを
（『千載和歌集』七、離別歌、四八四）

をんなかへりこと
ゆふべのけふりは、なべて世のならひにあはれなるべきを、ましてよそならぬおもひならば、⑥くゆる心もしらまほしけれど、ひくてあまたにき丶そめて、一かたになびきがたくてすぐる月日を、ひたみちに我⑦いは木《き》にはとりなされがたくや
○我《われ》ゆへの思ひはそれとわかかね共けふりの末《すゑ》や表《あはれ》なるべき
⑥たき物のくゆる心はありしかどひとりはたえて寝られざりけり
（『大和物語』一三五段）
⑦あふことのかくかたかればつれもなき人の心やいは木なるらん
（『千載和歌集』十二、恋歌二、七五八）

第三
○おとこ後朝《のちのあした》の文の躰《てい》
①くらふ山にやどりもとらまほしかりつれども、あやにくにあけゆく空《そら》の心まよひに、②みち芝《しば》のつゆもきえぬべきを、③かたみばかりにとまるうつりがをなぐさめにて、又ゆふぐれに心もとなく、まつはひさしくおぼゆるは、④げに千夜《ちよ》をひと夜にもあかざるへきにやと、われながらうちつけなるほども、おもひしられて、やがてまどろまねば、⑤あかぬなごりはゆめにもむすびがたくて
○あけゆけばゆふつけ鳥《どり》のいまはとてた〻なく〳〵も⑥おきわかれつ丶
①くらぶの山に宿もとらまほしげなれど、あやにくなる短夜にて
（『源氏物語』「若紫」）

②たれゆきてきみにつげましみちしばの露もろともにきえなましかば　（『新古今和歌集』十三、恋歌三、一一八七）
③逢ふまでの形見ばかりと見しほどにひたすら袖の朽ちにけるかな　（『源氏物語』「夕顔」）
④秋の夜の千夜を一夜になずらへて八千夜し寝ばやあく時のあらむ
秋の夜の千夜を一夜になせりともことば残りてとりや鳴きなむ　（『伊勢物語』二十二段）
⑤夢をまつあかぬなごりのあさねがみかかるなみだぞなほみだれそふ　（『夫木和歌抄』三十六、雑部十八、洞院摂政家百首、後朝恋、一七一二九）

をんなのかへし

うきものとだにまだしらぬ命《いのち》の、つれなくいまゝできえやらで、おどろかさるゝにつけても⑥こ（ママ）とふにつらさの袖のなみだは、をさへてもあまりなるまで、くやしきこゝろもよのつねならずや
⑦おきわかれ是やかぎりのあさぢふに身をしる秋の風をうらみん

⑥日数ふる後も今さらせきかねつ問ふにつらさの袖の涙は　（『新拾遺和歌集』十、哀傷歌、九〇七）
⑦まだ知らぬ暁露におき別れ八重たつ霧にまどひぬるかな　（『狭衣物語』三）

第四

○はじめておとこをんなのもとへ
たえぬおもひをしるべにて、あらはれそむる袖のいろにつけても、こゝろのうちの①しのぶのみだれは、あさからずをしはからせたまへ

○色《いろ》にいでんみだれそめにし袖の露《つゆ》しのぶもくるししのぶもぢずり

①かすがののわかむらさきのすり衣しのぶのみだれかぎりしられず　（『新古今和歌集』十一、恋歌一、九九四）

女のかへりこと

いつしか②かはりやすき、なみだの色ときくにつけても、ゆくすゑの心もいとゞたのみがたう

○みちのくのしのぶもぢずりいろ見えぬ心のおくをいかゞたのまん

②くれなゐになみだのいろもなりにけりかはるは人のこころのみかは　（『詞花和歌集』七、恋上、二二〇）

第五

○文のかずをつくせども女うけひかねばうらむる躰

つらきにつけてもやまぬこゝろに、①つもるかひなきことのはのみ、なをかきたらぬ①とし月もへにけるを、たゞ②なをざりの露のあはれをだに、かゝらぬ袖のなみだは、日《ひ》にそへてふかきうらみも、いとゞしのびがたくて

○見るめなき人をうらみはつもれどもなをこりずまのあまのもしほ火《び》

①よそにのみおもひふりにし年月のむなしきかずぞつもるかひなき　（『新勅撰和歌集』十二、恋歌二、七四三）

②なをざりのをののあさぢにをく露も草場にあまる秋の夕暮　（『拾遺愚草』下、部類歌「秋」二二四九）

女のかへりこと

かきつもるあまのすさひのもしほ草《ぐさ》かれねかひなきうらみのこさで

第六

○のちのあしたのふみの躰

あやにくなるみじか夜は、①ゆめよりもほどなき心ちして、①思ひねに見しよな〳〵とのみたどらるれば、くれをまつこゝろもなを①うつゝとはさだめがたく、かきくらされて

○うつゝとは思ひぞわかぬ夢《ゆめ》よりもはかなき程の夜半《よは》の名残《なごり》を

①思ひねのよなよな夢に逢ふ事をただかた時のうつつともがな（『後撰和歌集』十一、恋三、七六六）

女かへり事

②うきものとのみおもひしりぬる空《そら》のけしきは、中〳〵に③ゆめと思ひはてなば、さめては③あはするかたもやとおぼえん

○うつゝともわかぬなみだのむすぼゝれまださめやらぬ明暮《あけぐれ》の空《そら》

②まことにや花のあたりは立ちうきとかすむる空のけしきをも見む（『源氏物語』「若紫」）

③そのままにおもひあはするかたぞなきあだにみし夜のうたたねの夢（『風雅和歌集』十二、恋歌三、一一一〇）

第七

○はじめておとこのもとより

あはつかに、なをうは〳〵しきかひまみはならはぬ身にて、思ひとぢめんとのみかくしわびつゝ、なをおしきとりのあとはましてつゝましながら

○われは我身《わが》をしなにはのいそまくらあだにも波《なみ》のおもひかけめや

第八

○はじめて女のもとへやる躰　春

高砂《たかさご》すみのえの松《まつ》も、春《はる》のいろふかくあらはれ、よし野はつせのあらしも、をとしづかなるを、①うきはおもひのみ②こけのしたみづむもれはてゝ、生死《しやうじ》のゆめのうちに、無量劫《むりやうごう》のかなしひをかさねんこと、われのみつみふかゝるべきならねば、身を③うらむるほどのなぐさめもやとて

○人しれぬおもひを空にかすめてもふじのけふりをあはれとはみよ

①伊勢のあまのたくもの煙空にのみうきは思ひのあまりなりけり　（『紫禁和歌集』「寄海恋」一二六〇）

②むもれてよすめばすむ世をわが庵におもひもならへこけの下水　（『宗祇集』下、恋部、二四五）

③ことのはの枯れにし後はまくず原うらむるほどのなぐさめもなし　（『新後拾遺和歌集』十五、恋歌五、一二四七）

第九

○後朝《のちのあした》　夏

①くもの外《ほか》なる一こゑもあくる空をうれへ、①くさむらのほとりにもゆるほたるも、ためしある心ちしつれど、③おもはぬをおもひ④いとふをしたひ、ながき日をなげきみじか夜をうらむるまでも、⑤あやにくなるちぎりなれば、②深更軒《しんかうのき》しろき月のまへにたちいづる心のうち、⑥ひるよるやせちのかりのわかれまで、おもひしられて

○思ひしる袖にあはれは残りけり世ゝのちぎりもふかきよの月

①一声山鳥曙雲外　万点水蛍秋草中　（『和漢朗詠集』上、夏「郭公」）

②空夜窓閑蛍度後　深更軒白月明初　（『和漢朗詠集』上、夏「夏夜」）

③思はぬをおもふは何のむくいぞとしらぬ世にまでうき契かな　（『新千載和歌集』十三、恋歌三、一三一〇）

④言のはに過ぎても猶ぞたのまるるいとふをだにもしたふ身なれば　（『続後拾遺和歌集』十二、恋歌二、七九一）

⑤いかにせん後の世までと契りても猶あやにくにあかぬこころを　（『風葉和歌集』十三、恋三、九四〇）

⑥中夜八十之火　仮唱二鶴林之煙一　（『新撰朗詠集』下、雑「仏事」）

女のかへし

ふかゝりける月のいろは、みじかき夜はのうらみもなくや

○なをざりのたかおもかけにのこるらんおもへばつらし山のはの月

第十

○たえてとはぬおとこのもとへ、をんなのやる躰　秋

①秋のつゆたもとにみてるなみだも、すぎにしいろふかく、②よるの雨《あめ》のまどをうつをときくもの思ひも、ふかきあ

はれはわすれがたきをならひなるを、③庭《には》のよもぎあとたえんつゆのしげく、④のこるまくらちりつもるまで、いつはらふべしともなきねやのうちとだにしられぬは、うかりけるちぎりをおもふにも、むなしきおもかげさへつらくて
○物おもふやどのあさぢにをくしものかれなでつらき色《いろ》にみゆらん
（『とはずがたり』巻一）

①思ひやれ過ぎにし秋の露に又涙しぐれて濡るゝ袂を

①秋の夜のながきをあかしかねて、かべにそむけるともし火の、ほのかなるかげをあはれみ、②窓うつ雨にめをさまして夜もすからねられぬことをなげき
（『和歌題林抄』下、雑「上陽人」）

②耿々残燈背レ壁影　蕭々暗雨打レ窓声
（『和漢朗詠集』上、秋「秋夜」）

②恋しくは夢にも人をみるべきにまどうつ雨にめをさましつつ（略）和云、まどうつ雨とは上陽人の事、まぼろしとは楊貴妃の事なり。文集云、蕭々暗雨打レ窓声と云ふ事を題にてよめるなり
（『色葉和難抄』七「まどうつ雨」）

③ならひこしたがいつはりもまだしらでまつとせしまの庭のよもぎふ（『新古今和歌集』十四、恋歌四、一二八五）

④秋風のみ音づれ、つらかりし鳥のこゑも、ひとりねのとこに待あかし、枕のうへのちりをいく夜つもりぬとかぞへ
（『和歌題林抄』下、恋「遇不逢恋」）

おとこの返し

流《る》伝《てん》三界《がい》のうち、四恩《をん》なをすてがたきを、⑤むしのねとりのこゑも、おなじまくらにきゝ、⑥月のいろ日のひかりをも、ともに⑥ながめすぎにしなごり、たとひ天《てん》ながく地《ち》ひさしく、あらたまりがたけれど、世をわたるなみだのうみに、⑦あふせたえたるあしわけ小ぶね、さこそはうらみもふかゝらめと、⑧いろみえぬこゝろのほとも、いましもお

どろかれて
○きりの葉《は》もあとなき庭《には》の秋風につもる思ひの色ぞかなしき

⑤ながき夜のね覚のとこのきりぎりすおなじ枕にねをのみぞなく
（『続拾遺和歌集』八、雑秋歌、六一九）
⑤ほととぎすなくねをそへて過ぎぬなりおいのねざめのおなじ涙に
（『続拾遺和歌集』七、雑春歌、五四四）
⑥物おもひてながむるころの月の色にいかばかりなるあはれそむらん
（『新古今和歌集』十四、恋歌四、一二六九）
⑥ながめわびぬ光のどかにかすむ日に花さく山は西をわかねど
（『拾遺愚草』上、歌合百首「遅日」八一一）
⑦あしわけ舟によせて、さはりがちなるあふことをなげき
（『和歌題林抄』下、恋「遇不逢恋」）
⑧色見えぬこころばかりはしづむれどなみだはえこそしのばざりけれ
（『金葉和歌集』二度本、八、恋部下、四四四）

第十一
○くらゐたかき人に、心のいろをあらはすべき躰
くやしとてあなかしこ、①とこの山なることにて候へ。②おらぬなげきもなか〳〵に、おもひたえたるやうに候ながら、③まくらのみこそ人しれぬ、なみだのはても、あはれをきはにしてやと、せんなうおぼえ候て、げにきもふときものは人のこゝろにて候けると、我ながらうとましくこそ候へ。ことのつゐでには御ひろうも候なんや。やがてあとなきけふりにて候べし

①いぬがみのとこの山なるなとり河いさとこたへよわがなもらすな
（『古今和歌集』墨滅歌、十三、一一〇八）

①「まことはうしや世の中よ」と言ひ合はせて、「とこの山なる」と、かたみに口がたむ。
（『源氏物語』「紅葉賀」）

②よそに見て折らぬなげきはしげれどもなごり恋しき花の夕かげ
（『源氏物語』「若菜上」）

③わがこひを人しるらめや敷妙の枕のみこそしらばしるらめ
（『古今和歌集』十一、恋歌一、五〇四）

（文例乙）

第一

○はじめたるかたへは

①こゝろのおくのしのぶ山《やま》も、袖《そで》のしぐれとあらそひかねて、②からくれないゐのふかきおもひをも、③かぜのたよりのうしろめたう候ながら、むねの雲《くも》まのはるゝこともやと、③うはの空《そら》なるたのみばかりにてあなかしこ

うたあらばおくにかくべし

①○こひわびぬこゝろのおくのしのぶ山露もしぐれも色にいでじと

④もろこしのからくれなゐつねによめり

①（『続古今和歌集』十一、恋歌一、九九二。下の句「いろにみせじと」）

②いかばかり物思ふときのなみだ河からくれなゐにそでのぬるらむ
（『新勅撰和歌集』十二、恋歌二、七三三）

④もろこしもおなじ空こそしぐるらめからくれなゐにもみぢするころ
（『風雅和歌集』七、秋歌下、六九〇）

返し

③うはの空《そら》よりちりくる御ことの葉《は》は、うき身には我身《わがみ》のうへともわきかねて、御人《ひと》たがへもやと、⑤いとゞみちしばの露のまも、心をかれてあなかしこ

③吹く風のたよりにつけてこととはばうはの空にや人のおもはん（『玉葉和歌集』十一、恋歌三、一五四六）

③かくばかりうはのそらなることのはをたれかたのむのかりのたまづさ（『新和歌集』八、恋歌下「寄書恋」六三七）

⑤たれゆきてきみにつげましみちしばの露もろともにきえなましかば（『新古今和歌集』十三、恋歌三、一一八七）

⑤きえかえりあるかなきかのわが身かなうらみてかへるみしばの露（『新古今和歌集』十三、恋歌三、一一八八）

⑤暁の道しばの露わけぬより、たもとにむせび（『和歌題林抄』下、恋「後朝恋」）

第二

○又

①たかまの山のしらくもも、いまは我身にかゝり候心ちして、②よるのちぎりの神《かみ》のちかひの、めぐみにもれ候ぬる身のうさに、いとゞぬれまさり候たもとも、御ゆへとおもひ候へば、うきながらまたなぐさむかたもこそ候へ

①○よそにのみみてややみなんかづらきのたかまの山のみねのしら雲

②○くれまたんいのちもしらず岩《いは》はしのよるとはたれかちぎりそめけん

くめぢのはしの事くはしく袖中抄《しうちうせう》にあり以《よてりやくす》畧之

①（『新古今和歌集』十一、恋歌一、九九〇）

②（『続古今和歌集』十一、恋歌一、一〇四〇）

②ひとことぬしのなげきをおしはかり　　　　（『和歌題林抄』下、恋「雑恋」）

返し

たのみがたうさふらふ、風の心のうしろめたさに、ちりくる御ことのは、、数ならぬわが身のうへとは、さだめがたう候ながら、心のひかれ候をたよりにして、此一筆《ふで》にとりむかひ候へば、①さわらびのたねとなり候とも、②とこの山なる御事にて候へば

風の心のうしろめたさ、つねによむことにや。①わらび草《くさ》の名《な》にあり。とこの山は延喜《ゑんぎ》の御かどのあふみのうねめにたぶ哥に

②○いぬかみのとこの山なるいさや川《がは》いさとこたへてわかなもらすな

①さわらびははつ蕨なり（略）わらびといふにつきて、焼のにもえいづる心をもいふ。うらわかきわらびは、をれどもたまらずとも、ものうしとも、もえいづるをりにくるよしなどもよむ（『和歌題林抄』上、春「早蕨」）

②（『古今和歌集』墨滅歌十三、一一〇八。下の句「いさとこたへよ」）

第三

○たび〳〵文などやりてのち、なを心つよきかたへは

①うつせみの御心づよき、うき身ゆへとはおもひしられ候ながら、②くもゐがくれのたつも、思ふ人にはみえけるためしをいのちにて、きえわび候ぬる露のうき身をさへ、つれなきかずにかこちわびてこそ候へ。やがてたくものけふ

りとなされ候へ。よしなきことゆへ、③名《な》とり川《かは》のせもなをあさく、うきなは③たつたのみねも、こえぬべう候へば、ゆふつけ鳥《とり》のたぐひにて

①うつせみの心つよきは、げんじのは丶きぎのまきにあり。くもゐがくれのたつも、おもふ人にはみえけるためしとは

②○くちおしやくもゐがくれにすむたつも思ふ人には見えたるものをといふ哥の心にて侍るべし。これは漢朝に、葉公といふ人、竜を見んとねがひて、かたちをかく時に、竜げんじて、棟梁のあひだに、わだかまるをよめる也。③ゆふつけ鳥のたぐひにてとゞめたるは、うきなはたつたの山もこえぬべうとあれば也。

③○たがみそぎゆふつけ鳥からころもたつたの山におりはへてなく
此心にて侍るべし。

①つれもなき人の心はうつせみのむなしきこひに身をやかへてむ　（『新古今和歌集』十二、恋歌二、一一四六）
②法性寺殿御歌合に、俊頼朝臣恋歌に、くちをしや雲ゐがくれにすむ竜も思ふ人にはみえけるものを　是は葉公が、竜をみむとねがひて、竜之形を画ける時、竜下りて棟梁之間にわだかまる事をよめりけり　（『六百番陳状』恋九「寄レ絵恋」）
③（『大和物語』一五四段、『袖中抄』二十「ゆふつけどり」）

第四
○あひそめて後《のち》まどをなるかたへは

いつとなき、①人めをせきのわりなさも、たゞ御こゝろのすゑと思ひ候にも、いとゞ身のうきほどもしられて、ひとかたならぬ袖《そで》の②露けさ、かたのゝさとのさゝのいほも、かくばかりやはと、けしからぬやうに候も、たゞ③みなれ木《き》の御心もしられてこそ候へかしく

②○あふ事はかたのゝさとのさゝのいほしのにつゆちる夜半《よは》のとこかな　（『新千載和歌集』十一、恋歌一、一〇七九）

①人めせく袖のしがらみ朽ちぬまに涙の淵はみくさゐにけり　（『新古今和歌集』十二、恋歌二、一一一〇）

③言の葉の色を見せてもみなれ木のめづらしげなき中やいとはん　（『草根集』「寄木恋」七八〇六）

返事

④ゆふざれはまつちの山もよそならぬ身のしき、④とを山鳥《どり》のをのづから、たちきく人も候はゞ、あはれともおぼしめし候なましを、⑤あまのすむ里《さと》のしるべにのみ、なりはて候ぬる袖のうへ、いとゞなみだにてこそ候へ

④○夕ざれは君をまつちの山どりのなく〳〵ぬるをたちもきかなん

⑤○あまのすむ里のしるべにあらなくにうらみんとのみ人のいふらん

④（『古今和歌六帖』二「山鳥」九二六）

⑤（『古今和歌集』十四、恋歌四、七二七）

⑤こぼるゝ露を袖にかけ、あまのすむさとのしるべかとうたがひ　（『和歌題林抄』下、恋「恨」）

第五

○あひそめてのちのあしたには

さても、①あらつのはまのけさの露けさ、②むかしは物をおもはざりけりと、おもひしられ候につけても、いつしかなる③松山《まつやま》のなみさへ心にかゝりて、ひとかたならぬ③袖のうへ、④なにはほりえのみをづくしも、かくばかりやはと、ことはりにもすぎてこそ候へ。⑤こゝろをみすることのはも候はであなかしこ〳〵

①あらつのはまの袖のわかれにとよめり

③○まつ山とちぎりやをかんつれなくて袖のしらなみたちまさるとも

⑤○こひしともいはゞなべてになりぬべし心を見することのはもがな

①しろたへのそでのわかれをかたみしてあらつのはまにやどりするかも　（『万葉集』十二、問答歌、三二二九）

①しろたへの袖のわかれをかたみにてあらつのはまにやどりぬるかも　（『綺語抄』中、財貨部、衣「しろたへのそでのわかれ」）

②あひ見てののちの心にくらぶれば昔は物もおもはざりけり　（『拾遺和歌集』十二、恋二、七一〇）

③末の松山なみこすといふ事は、（略）男も女もことふるまひするをば、すゑの松山波こすと読也　（『袖中抄』十八「すゑの松山」）

④さみだれになにはほりえのみをつくしみえぬやみづのまさるなるらん　（『詞花和歌集』二、夏、六七）

⑤（『続古今和歌集』十一、恋歌一、九五八）

第六

○又

①おほぬさのたのみがたさも、わきてうき身にしられ候ながら、こゝろひかれ候まゝに、③いはしろのまつのちぎりの、千代《ちよ》もかはらぬ御こゝろにて候へかしと、いつしか④ふかみ草《ぐさ》の露ばかりの一ふで、わが身ながらはかなう候てとゞめ候　②たゞすのもりのしめしばかりの、こ

①○大ぬさのひくてあまたになりぬればおもへどえこそたのまざりけれ

③○いは代《しろ》のはま松がえをむすびをきて真幸《まさちし》あらば今かへりこん

②たゞすのもりのしめなはは、心のひかるゝによめり

④ふかみ草は牡丹《ぼたん》の異名《いみやう》なり

①（『古今和歌集』十四、恋歌四、七〇六。『伊勢物語』四十七段）

②ひとすぢにかけても神をたのむかなき名ただすのもりのしめなは　（『長慶天皇千首』恋「寄注連恋」一四六）

③（『袖中抄』十七「いは代の松」）

③いはしろの松にたとへてとける下ひもをうらみ　（『和歌題林抄』下、恋「雑恋」）

④牡丹　ふかみ草。廿日をかぎりてさく花也　（『八雲御抄』三、草部「牡丹」）

④人しれずおもふこころはふかみぐさ花さきてこそ色にいでけれ　（『千載和歌集』十一、恋歌一、六八四）

第七

①さゝめかる、あら田《だ》のおものたみの袖も、我身ゆへとは、おもひしられ候ながら、②かずならぬにはよらぬうらみの、むかしのためしに、うき身のほどをわすれ候て、なをこりずまのうらめしう、又この一筆《ふで》にとりむかひ候。わが

心をさへつれなきかずに、かこちわび候ぬる袖のつゆ、さすがにあはれと御らん候事もとて
①○さゝめかるあらだのおもにたつたみも身のためにこそ袖はぬれしを
②○あはれとて人の心のなさけあれなかずならぬにはよらぬうらみを

①（『千載和歌集』十五、恋歌五、九五六。下の句「袖はぬるらめ」）
②（『新古今和歌集』十四、恋歌三、一二三〇。下の句「よらぬなげきを」）

第八

①あしがきのまぢかき御しるしも候はねば、すゞろにしほれまさりぬる袖のうへ、みるめなきうらのあま人さへ、かくばかりやはとことはりにもすぎて、きえかへり候ぬる、うたかたのあはれとだにも、おぼしめしより候はゞ、②せきもりのうちぬるよひも候なましを、みなれ木《き》の御心もうき身ゆへと、おもひしられてこそ候へかしく
①あしがきのまぢかき程にかつみれどうときは人のこゝろなりけり
②人しれぬわがかよひぢのせきもりはよひ〳〵ごとにうちもねなゝん

①（『新葉和歌集』十二、恋歌二、七三二）
②（『古今和歌集』十三、恋歌三、六三二。『伊勢物語』五段）
②恋をのみ、しがのうらに、みるめのなきことをなげき（略）相坂をこえかねて、ゆるさぬ関守を恨み
（『和歌題林抄』下、恋「不逢恋」）

第九

さても①宮木引《みやぎひく》、いづみの杣《そま》の、しげきことはりにもすぎ候ぬる袖の②露、なにぞとだにもとふ人も候はぬに、きえかへり候身のかなしさ、③しづのをだまきもいと〻おもひしられて、なみだのほかは④ことのはも候はで

①〇宮木引いづみの杣にたつたみのたえずも人にこひわたる哉

②〇しらたまか何《なに》ぞと人のとひし時《とき》露とこたへてきえなまし物を

③〇かずならばか〻らましやは世中《よのなか》にいとかなしきはしづのをだまき

④〇こひしともいは〻なべてになりぬべし心をみすることのはもがな

①みやぎひくいづみのそまにたつたみのやむときもなくこひわたるかも　（『万葉集』十一「寄物陳思」二六五三）

②（『伊勢物語』六段）

③（『新古今和歌集』十五、恋歌五、一四二五）

④（『続古今和歌集』十一、恋歌一、九五八）

第十

①まどをなるのきばの草の名《な》さへうらめしうて、露のいのちのか〻る御ことのはさへ、かれ〳〵になりゆくにつけても、②ふししばのかねてよりも、おもひまうけ候事にては候へども、いまさらうき身の程もしられて、一かたならぬ③袖のみなと、もろこしぶねのよる〳〵のうきねのとこ、よそながらあはれとだにも御らんじ候へかし

①〇ふるさとの軒《のき》におふなる草の名《な》のわすられてよにあらる〻物か

②〇かねてより思ひし事よふし柴《しば》のこるばかりなるなげきせんとは

③〇恋すれば袖はみなと丶なりにけりもろこしぶねをよするばかりに　（『後拾遺和歌集』十三、恋三、七三七）

①わがやどののきのしのぶにことよせてやがてもしげるわすれぐさかな　（『八雲御抄』三、草部「忘草」）

①忘草　わすれ　普通には軒にあり

①軒に生る草の葉の露も、みをつめばあはれ也　（『和歌題林抄』下、恋「忍恋」）

②（『千載和歌集』十三、恋歌三、七九九）

③思ほえず袖にみなとのさわぐかなもろこし舟の寄りしばかりに　（『伊勢物語』二十六段）

③袖のみなとにはもろこし舟もよせつべく　（『和歌題林抄』下、恋「雑恋」）

第十一

①みこもかるしなの丶まゆみ、つよき御心もさすがにひきかへす御事もやと、又このふでにとりむかひ候につけても、②たな丶しをぶね、うかれまさり候身のしき、③あふのまつばらよその名に、つれなきいろをかこちわび候てかしく

①〇しゐてよもいふにもよらじみこもかるしなの丶まゆみつよきこ丶ろは

②〇さても又人の心のつらきえにたな丶しをぶねなをやこがれん

③〇たがためにあふのまつばら名をとめてわれにつれなき心みすらん

①（『新後拾遺和歌集』十二、恋歌二、一〇二七。下の句「ひかぬ心は」）

②（『続古今和歌集』十四、恋歌四、一二二八）

③（『続古今和歌集』十二、恋歌二、一〇八六。上の句「たがためか」）

返し

④ちりくる御ことのはに、わが身の秋もおもひしられ候ながら、⑤つらしとも、おもひもはてぬ心をも、おぼしめししる御事も候はじと、せんなきなみだばかりにてかしく

④〇人ごゝろわが身の秋になればこそうきことのはゝしげくちるらめ

⑤〇つらしとも思ひもはてぬ心こそなをつれなさのあまりなりけれ

④（『続古今和歌集』十五、恋歌五、一三三一）

⑤（『続古今和歌集』十四、恋歌四、一三〇四。下の句「なほこひしさの」）

（本文引用）

・和歌は『新編国歌大観』第一～八巻（角川書店、一九八九～九〇年）に拠る。

・『綺語抄』『袖中抄』『色葉和難抄』『八雲御抄』『六百番陳状』『和漢朗詠集』『新撰朗詠集』『和歌題林抄』…『日本歌学大系』別巻一・二・三・五・七（風間書房、一九七二・八一・八六年）。

・『伊勢物語』『大和物語』『源氏物語』…『新編日本古典文学全集』（小学館、一九九四～九六年）。

・『狭衣物語』…『日本古典文学大系』（岩波書店、一九六五年）。

・『とはずがたり』…『新日本古典文学大系』（岩波書店、一九九四年）。

第二節　『薄雲恋物語』考

一、仮名草子の恋物語

男女の恋を主題として描いた仮名草子に、『恨の介』（二冊、元和初年頃古活字版他）、『薄雪物語』（二巻二冊、慶長頃（一五九六～一六一四）古活字版他）等の作品がある。これらは前田金五郎の分類によると、「中世物語的なもの」(1)に分類され、市古貞次のいう室町物語の「公家小説」(2)の作品群の流れを汲むものである。いずれも「男女の出会い→文の応酬→逢瀬→離別→（放浪・旅）→出家・死・再会」という中世物語以来の話型を持つが、そこに当代の風俗や世相を投影させている点に新しさがある。(3)

仮名草子『薄雲恋物語』（二巻二冊、万治二（一六五九）年刊）もこうした中世物語的な古風さと近世的な娯楽性を兼ね備えた作品である。(4)本稿では『薄雲恋物語』が従来の恋物語の世界をどのように継承し展開させているかについて、謡曲やお伽草子『はにふの物語』『あさかほのつゆ』等との関わりを視野に入れつつ考察する。

二、物語の特徴

『薄雲恋物語』の話の筋は、①播磨国室津の漁師かなおか夫婦の孝行譚②室の明神の申し子薄雲姫の誕生③賀茂社での姫と桜の宮の出会い④姫の恋煩い⑤姫の旅立ち⑥書簡の応酬⑦賀茂神の霊験と逢瀬⑧賀茂神の霊験、かなおかの参内と出世、というものである。これを見ると、桜の宮と薄雲の恋物語（③〜⑦）の外枠に、かなおかの出世譚（①②、⑧）と薄雲の申し子譚（②）が設けられていることがわかる。

以下、このうちのいくつかの場面をあげながら、本作品の恋物語としての特徴について考えてみたい。

1、薄雲の誕生（孝行譚と申し子譚）

『薄雲恋物語』の発端は、播磨国室津の漁師で孝行者のかなおかが父の求めで熊の肝を得るために山に入る、跡を追った妻が室の明神の託宣により夫の孝行の報いとして一子を得る、女児は薄雲と名付けられ成長する、という話である。

物語は、かなおかが漁を生業とし親を養っていたという話から始まるが、これはお伽草子『浦島太郎』に「明け暮れ海のうろくづをとりて父母を養ひける」とあるように、孝行者としての浦島太郎を想起させる。また、かなおかが老親の求めで食物を探しに山に入り、そこで孝行の報恩を得るという話は、本文に「おやかう〳〵のみちは、もろこしの二十四かうと申共、これにはいかてまさるべき」（巻上、1ウ）[5]とあるように、お伽草子『二十四孝』「孟宗」の話に類似する。

また、物語の女主人公の薄雲を室の明神から授かった子として描いたことは、薄雲が何らかの超人的力を持ち、いずれかなおか夫婦に幸福をもたらす存在であることを予想させる。ただし薄雲はかなおかの親孝行の報いとして室明神より授かった子であり、かなおかが神仏に子宝を望んだわけではない。これは申し子譚としては不自然で、お伽草子の申し子譚と孝行譚とを組み合わせたような話の作り方をしているといえる。

2、かなおか・薄雲の賀茂社参詣

薄雲は二度、室津から賀茂へと船で上っている。一度目はかなおかに連れられ、舟で難波へ上り、そこから賀茂神社へと向かう。二度目は、恋煩いとなった薄雲が、乳母のいざよいと母の協力のもと、桜の宮を慕い、いざよひと共に上京する。

二度目の出立の時、薄雲の母親は「みやこのかもの明神と、此所のうぢかみとは、一たいふんじんの御かみなれば」（巻上、9オ）娘の上京によりやがて神の利生があるだろうと語る。薄雲は室の明神の申し子として、また賀茂明神とも関わりを持つ人物として、室津から賀茂へと船で上り、桜の宮との恋を成就させ、二神の恵みをかなおか一家にもたらす者として描かれている。この薄雲の物語のように、室の明神や賀茂明神の世界、そしてそれらにまつわる恋物語を描いた作品としては、謡曲「賀茂」「室君」「水無瀬祓」がある。謡曲「賀茂」は、播州室の明神の神職が「都《みやこ》の賀茂《かも》と当社室《たうしやむろ》の明神《みやうじん》とは御一体《ごいつたい》にて御座《ござ》候[6]」と思い立ち、室津から船で賀茂の社を目指す話である。また謡曲「室君」は、播州室の明神の神職が室の君たちを船に乗せ神前へ参る神事を描く。田中貴子によると、これは遊女の風俗をとおして神遊びのめでたさを表現した作品であるという。[7] そこでは、神に仕える室君らが、船上で神官の求めに応じて「われも尋《たづ》ね尋ねて、恋《こひ》しき人《ひと》に近江《あふみ》の」と恋歌を謡う。さらに謡曲「水無瀬祓」もまた、播磨国室津の遊女が男を慕って上京し、賀茂社で男に再会するという話である。室津の女は賀茂川から「澄《す》みてます賀茂《かも》の宮《みや》、誓《ちか》ひ糺《たゞす》すの神《かみ》ならば、頼《たの》みをかけて憂《う》き人《ひと》に、廻《めぐ》り逢《お》ふべき小車《をぐるま》の」と、恋しい男を求めて賀茂社に入り、そこで男にめぐり会う。そして二人は「げにや思《おも》へば影頼《かげたの》む、恵《めぐ》み普《あまね》き室《むろ》の戸《と》に、立《た》つ神垣《かみがき》も隔《へだ》てなき、御名《みな》もからはぬ賀茂《かも》の宮居《みやゐ》、げにまことありがたや、誓《ちか》ひは同《おな》じ名《な》にし負《お》ふ、室君《むろぎみ》の操《みさを》を知《し》るもただこれ、糺《たゞず》の御神《おんがみ》の御恵《おんめぐ》みなりと同《おな》じく、二度伏《ふたたびふし》し拝《をが》みて妹背《いもせ》うち連《つ》れ、帰《かへ》りけり」と、賀茂神の恵みを喜び、連れだって帰る。

これらの作品には、いずれも室の社と賀茂社を舞台とし、室津と賀茂を船で往来する人々や、神に仕える者としての室の遊女、そして男を慕って室津から賀茂へ上る女が描かれる。一方『薄雲恋物語』の薄雲もまた、室の明神の申し子という神に近しい女性であり、桜の宮を慕って京の賀茂へと船出する。薄雲には、謡曲に描かれる京の男を恋慕う室津の女・神に仕える遊女としての面影を見ることができる。

3、薄雪の恋

薄雲の二度目の上京のきっかけは、一度目の上京の折、賀茂社にて美男の誉れ高い桜の宮と出会ったことであった。その時の桜の宮の姿については次のように描かれている。

たをやかなりしあをやぎのゐだに、さくらの花さきて、むめがにほひをもたせたりとも、かほとまではよもあらじ、やうがんひれいの御かたち、なか〳〵ふでにもをよばれず。きせんくんじゆの人ゝも、たちかへりつゝながめては、こゝちまよはぬ人もなし。

（『薄雲恋物語』巻上、6ウ7オ）

お伽草子や仮名草子作品での男女の出会いは、男が女を見初めるという伝統的な恋愛形式が多い。しかし『薄雲恋物語』の出会いの場においては、逆に「御こゝろもうてうてんとなり給ひ」（巻上、7オ）と、薄雲が美貌の桜の宮を見初めているのが特徴である。

同じく巻下では、薄雲が乳母のいざよひと桜の宮の乳母のあおやぎに勧められ、桜の宮への恋文をしたためる。それは「もみぢがさねの、うすやう一かさねに、ふでのたてやう、じんぢように」（巻上、16オ）という、伝統的な恋文の体裁で、文面も歌語を取り入れた七五調の文に和歌を添えた古風なものであった。

しかし、文がまず女君である薄雲の方から送られるという設定は、従来の恋物語にはあまりないかたちといえる。桜の宮は薄雲の文に心を動かされるが、「ま丶ならぬよのならひ、よそのそしりもいかゞにをはしまし候へは、思ひながら御げんなりがたく」（巻下、4オ）と退ける。送られてきた恋文をまず断るのは、そもそも女性の側の振る舞いである。薄雲はさらに頑なな桜の宮の心を開こうと、日暮れに宮の邸に忍び入り求愛する。このように『薄雲恋物語』では、従来の恋物語における男女の立場を逆転させているのである。

もっとも、お伽草子の中には、女が男の姿に恋心を抱くという話がないわけではない。例えば『はにふの物語』は、大納言の姫君が石山寺参籠の折に垣間見た稚児に心を寄せ思いの種となるが、これを心配した侍従の働きでやがて稚児と結ばれる。両話は、女に近しい者（いざよひ・侍従）の活躍により女が恋する男と結ばれ、最後に一族が繁栄するという話の大枠において類似している。また男女の間で恋文がしばしば交わされ、文の応酬によって互いに心を通わせる場面が描かれることも両作品に共通する特徴である。

しかし『はにふの物語』の姫君は、父大納言が神仏に祈誓して授かった子であり、物語の最後には姫君がじつは石山観音の化現であったことが示されている。一方『薄雲恋物語』の薄雲にはそうした申し子譚として常套的な本地ものの終わり方は設定されていない。また『はにふの物語』では、姫君の恋煩いが「年月の人のおもひのつもりけるむくいなるへし」(8)と、かつて犯した罪障ゆえのものとされる。さらに、大弐の尼によって稚児の不運な身の上が明かされたり、稚児との密会を親に咎められ謹慎の戒めを受ける姫君の苦難が記されたりする。一方で『薄雲恋物語』にはそのような悲話は描かれず、むしろ薄雲の一途さが強調されている。『薄雲恋物語』は、『はにふの物語』の恋物語の大枠をふまえながら物語の仏教的な要素を取り除き、恋に積極的な薄雪の姿を描くのである。

4、道　行

『薄雲恋物語』では、薄雲が乳母いざよひを供とし室津から賀茂へ再び出立する。そこでは京への旅の様子が七五調の道行文で記され、作品の読みどころの一つとなっている。

『薄雲恋物語』以前の作品で、恋人を求めての道行が記されるのは、例えばお伽草子『あさかほのつゆ』（二冊、寛永（一六二四〜四三）頃刊）、『秋月物語』（二冊、承応・明暦（一六五二〜五七）頃刊）、『美人くらべ』（二冊、万治二（一六五九）年刊）、『伏屋の物語』（明応八（一四九九）年写本他）等がある。このうち『秋月物語』には、二位中将が姫を探して西国に下る時に箱崎宿で詠んだ長歌が次のようにある。

物うきことを、箱さきや、納をきても、あまりあり、しらぬ旅ねに、まよひきて、あふへき人に、あはさるは、いつをかきりの、あふせそと、命もしらぬ、あちきなや。

（『秋月物語』二）(9)

また『美人くらべ』にも、丹後少将が姫を捜して旅をする道中に詠んだ長歌が道行文となっている。

をつるなみだと、もろ共に、ながれきたりて、しなのなる、ひとりふせやに、たびねして、みやこのかたを、はるゝゝと、思ひやるこそ、かなしけれ。

（『美人くらべ』下）(10)

『秋月物語』『美人くらべ』は継子譚で、右の二歌は、継母に妬まれ追放された姫を神仏のお告げを頼みに求め歩く男君が詠んだものである。いずれも旅のつらさや、彷徨の悲哀が込められている。

また『あさかほのつゆ』にも、継母・浮草の前の隠謀により追放された朝顔姫を露の宮が捜し求める時の道行文がある。これは京から板東、奥州、越州、中国、筑前、日向、四国、紀州と、ほぼ全国を旅するという長いもので、そこには名所の風景に露の宮の悲哀が掛詞として記される。

君にはいつか、あふしうまて、はる〱きぬる、たひころも、やつれはてたる、わかすかた、いつくのつちか、われをまつしま、をしまのとまや、ひらいつみ

（『あさかほのつゆ』下）[11]

傍線部のように、姫と必ず再会しようという露の宮の一念が詠み込まれている。こうした露の宮の一途な恋心は、『薄雲恋物語』の、桜の宮との再会を願い旅をする薄雲にも同じように次の文に見られる。

たきつこゝろをせきかねて、われてもすへにあはんとぞ、わだのみさきをこぎ過て、むこ山おろし、ふくわらや、あしやのさとにとふほたる、思いにもゆるも身のうへと、おもひやられてあはれなり。（『薄雲恋物語』巻上、11オ）

薄雲一行の旅は、室の津から高砂、明石、須磨、和田岬、芦屋、住吉、枚方、関戸の院、伏見、深草から都に入るという船と陸路を使ったものである。ただしこの薄雲の道行と、御伽草子三作品とのそれとを比べると、薄雲の旅には悲壮感が希薄である。『薄雲恋物語』にはまた次のような表現もみられる。

ゆんでは、ひらかた、いちのみや。こいちにまよふ、しづの身を、せきどのゐんと、ふしをがみ、すゐをはるかに、みわたせば、みねにはたまの、のきをならべ、ふもとに、りんかを、つらね。ゐんじのばんしやうのこゐ、きこゆをや、たから寺となん、いひけん。

（『薄雲恋物語』巻下、11ウ12オ）

ここには宝寺（現在の京都府乙訓郡の宝積寺）周辺の賑わいと繁栄ぶりが記されており、道々の名所旧跡の風景を楽しみながら旅をする薄雲らの心情がうかがえる。

このように、恋人の行方を捜す旅でありながら旅そのものの楽しさを記した作品としては、例えば『露殿物語』の主人公露殿が吉原の太夫の行方を求めて京へと東海道を上る場面に次のような描写がある。

小夜《さよ》の中山《なかやま》うち過ぎて、日坂《につさか》に着き給ふ。その所の家々に、若き女房の飯匙《いひがひ》とりて鍋の中をこねまはし、「この蕨餅《わらびもち》と申すは、貴《たつと》きも召し、賤しきも喰《く》ふ。何かは苦しう候べき、御休みあれ」と口々声々に呼びかくる。露殿これを聞き給ひ、（略）馬よりおり、茶屋の縁に腰をかけ給へば、かの餅に黄名粉《きなこ》といふ物ふりかけ、器物《うつはもの》に入れてもて来たる。風味よき物なれば、露殿心よげに聞こし召し（略）（『露殿物語』巻中）(12)

右のように『露殿物語』の露殿の旅には、道行の情緒や悲哀よりもむしろ諸国道中記としての娯楽が先行している。また恋物語ではないけれども『薄雲恋物語』とほぼ同時期刊の『東海道名所記』（六巻六冊、浅井了意作、万治三（一六六〇）年頃刊）は、楽阿弥ら二人の男の道中記で、東海道の名所旧跡案内とともに、所の名物や珍事を面白可笑しく記した作品である。『薄雲恋物語』は、そうした仮名草子と同じく、道行の描写に旅への興味を取り入れている。さらに『薄雲恋物語』の道行には、次のような場面もある。

かなたこなたをながむれば、いざよひのつぼね、くさむらにかいつくもふていたもふを、下女立よりて「何したまふ」ととひければ、いざよひ、とりあへす一しゆ

○なにするととふひとあらはすまのうらにしとをたれつゝあるとこたへよ

とさまかくさまいひあざける所に、舟人きたり、「日も山のはにかたふけば、はや〱舟に召れよ」といへば、我さきにとあはてふためき、とりのつて、なみぢはるかにこがれ行。

（『薄雲恋物語』巻上、10ウ11オ）

この乳母いざよひの粗相や道中の慌ただしい出来事で薄雲の恋の道行としての情趣はなくなり、旅のひとときの笑いが描かれる。こうした旅人の滑稽な描写は『竹斎』にも次のようにある。

睨《にらみ》の介《すけ》と竹斎《ちくさい》は、主従《しう〴〵》二騎《き》にて過行けば、今《いま》井の四郎兼平《かねひら》に、少《すこ》し姿《すがた》は鳰《にほ》の海《うみ》、舟は数々《かず〱》浮《う》かべども、御足無《おあしな》ければ乗《の》せもせず。海原遠《うなばらとを》く出る舟の、漕《こ》がれて物を思《おも》はする。

（『竹斎』下[13]）

『平家物語』の木曽義仲と今井の四郎兼平という悲劇の武者に喩えられた睨の介と竹斎だが、懐具合が乏しくて船には乗せてもらえないという情景が可笑味をもって描かれている。

中世文芸に記された道行文、例えば『平家物語』「海道下」や『太平記』「俊基朝臣再関東下向事」などには、人物の悲痛な心情が道中の風景に託されていた。そうした情趣はお伽草子の道行にも継承されるのだが、仮名草子においては、むしろ旅を楽しもうとする人物らの描写が主となってくるのである。

5、恋の成就と家の繁栄

姫君が恋する男君に会うために出奔・放浪した末に逢瀬を果たすという話は、お伽草子では例えば『七夕』があり、必ずしも『薄雲恋物語』において新奇な構想だったわけではない。しかしそうした前代の物語と比べてみても、薄雲の恋への積極さは際立っている。そこには男女を逆転させることの可笑味を描こうとする意図があるともいえるが、物語をとおしてみたときに、そうしたパロディの物語としての印象はそれほど強調されない。それは、作品の冒頭と結末にかなおか夫婦をめぐる物語が設けられているためである。

物語の発端で、かなおか夫婦は孝行の報恩として室明神より薄雲を授かる。やがて恋しい桜の宮のもとを訪れた薄雲は、賀茂の明神の加護により桜の宮との逢瀬を遂げる。その後賀茂社に奇瑞があり、勅諚あって、かなおか・桜の宮はともに出世を遂げる。そして物語は次のような言葉で終わっている。

是と申も、かなをか殿、おやこう〳〵なるゆへに、まご〻のすゑにいたるまて、ゐいくわの家とさかへ給ふ。此人〻の御いせい、めでたかりけるしだひなり。

（『薄雲恋物語』巻下、14オ）

このように桜の宮・薄雲の恋物語は、かなおかの出世という結末へと展開していく。かなおかは孝行の報いとして薄雲を得、室の明神の申し子としての薄雲の力で幸いを得る。『薄雲恋物語』は、薄雲の恋物語の外枠にかなおかの孝行・報恩譚を置くことで、孝行により幸いを得た者の物語という教訓的な要素を付加させているのである。

三、まとめにかえて

以上、『薄雲恋物語』が、中世物語の話の型を用いながら、そこに娯楽や教訓といった近世的な要素を取り入れていることを述べた。

小原亨[14]は、お伽草子『文正さうし』との話の構図の類似や、男君の桜の宮に若衆歌舞伎の美少年の姿が投影されていること、道行文に狂歌的方法が施されていることから、本作品における当代性を指摘する。そのことからも『薄雲恋物語』が中世的なものと近世的な新しさを兼ね備えた作品であることがわかる。

『薄雲恋物語』に続く仮名草子の王朝風恋物語としては、『錦木』（五巻五冊、寛文元（一六六一）年刊）、『小倉物語』（三巻三冊、寛文元（一六六一）年刊）、『是楽物語』（三巻三冊、明暦頃（一六五五～五七）刊）等がある。それ以後は西村本の作風として主に展開していく。また『薄雲恋物語』の薄雲のような女性像は、以降の浄瑠璃作品にもみることができる。例えば古浄瑠璃『比翼連枝之由来』（一冊、寛文十二（一六七二）年刊）は、連枝丸と比翼の前の恋物語であるが、まず比翼の前が文を渡し思いを告げている。そして『東山殿子日遊』（一冊、延宝九（一六八一）年刊）には八雲の前が源義正の小姓勝元に恋心を告げる場面があるなど、近世前期の演劇や草子には恋のため積極的に行動する女性が描かれる。『薄雲恋物語』はそうした近世的恋物語の一つに位置付けられるだろう。

注

（1）前田金五郎『日本古典文学大系　仮名草子集』（岩波書店、一九六五年）。

（2）市古貞次『中世小説の研究』（東京大学出版会、一九五五年）七〇頁。

（3）青山忠一「露殿物語をめぐって」（『近世文芸』一四号、一九六八年一月）、野間光辰『日本古典鑑賞講座　御伽草子・仮名草子』（角川書店、一九六三年）解説、一八九・一九〇頁等の論が備わる。

（4）暉峻康隆『江戸文学辞典』「薄雲物語」（冨山房、一九四〇年）三三頁、野田壽雄「薄雲恋物語」（『日本近世小説史　仮名草子編』勉誠社、一九八六年）三五四～三五五頁、小原亨「『うすぐも恋物語』の時好性」（『日本文学と人間の発見』世界思想社、一九九二年）、入口敦志「恋の七五調」（『本文研究　考証・情報・資料』第六集、二〇〇四年）一一～一八頁等に論考がある。

（5）『薄雲恋物語』の本文引用は、『仮名草子集成』第六巻（東京堂出版、一九八五年）に拠る。

（6）謡曲「賀茂」「室君」「水無瀬祓」の本文引用は、『謡曲大観』第二・五巻（明治書院、一九五四年）に拠る。

（7）　田中貴子「作品研究「室君」」（『観世』一九九二年三月）三二頁。また阿部泰郎「聖俗のたわむれとしての芸能――遊女・白拍子・曲舞の物語をめぐりて」（『大系　仏教と日本人7　芸能と鎮魂』春秋社、一九八八年、一八九頁）にも、謡曲「室君」について、「室君のあそびがそのままに神社の本地垂迹の二面にまたがる遊戯《ゆげ》の相なのである。」とある。

（8）　『はにふの物語』の本文引用は、『室町時代物語大成』第十巻（角川書店、一九八二年、底本は刈谷市中央図書館蔵写本）に拠る。五七五頁。

（9）　『秋月物語』の本文引用は、『室町時代物語大成』第一巻（角川書店、一九七三年、底本は高山市歓喜寺蔵写本）に拠る。一七二頁。

（10）　『美人くらべ』の本文引用は、『室町時代物語集』第三巻（井上書房、一九六二年、底本は万治二（一六五九）年刊本）に拠る。一三九頁。

（11）　『あさかほのつゆ』の本文引用は、『室町時代物語集』第三巻（同右書、底本は寛永頃（一六二四～四三）刊本）に拠る。四一九頁。

（12）　『露殿物語』の本文引用は、『新日本古典文学全集　仮名草子集　浮世草子集』（小学館、一九七一年）に拠る。八七頁。

（13）　『竹斎』の本文引用は、『日本古典文学大系　仮名草子集』（岩波書店、一九六五年）に拠る。一三三頁。

（14）　小原4論文。

第三節　仮名草子『錦木』の性格

一、はじめに

『錦木』（五巻五冊、寛文元（一六六一）年刊）[1]は、手紙による男女の恋の応酬を記した平仮名絵入りの仮名草子である。本作品については、市古貞次[2]・暉峻康隆[3]により、艶書文範としての実用・啓蒙性を有した作品との指摘がある。また水谷不倒[4]は、文の応酬で恋の展開を表現した小説とし、野田壽雄[5]は、実用的な往来物の一種としながらも、巻四の遊女の手紙において小説的構想が見えるとする。同様に有働裕[6]も、巻四「寄遊女恋」の話に物語としての性格があるとする。

登場人物による恋文の応酬が作品の主な読みどころとなる物語としては、室町時代物語『はにふの物語』（一冊、明応六（一四九七）年成立）・『ふくろふ』『たまむしのさうし』『浄瑠璃御前物語』『わらひくさのさうし』等がある。続いて近世期には『薄雪物語』『竹斎』『露殿物語』『恨の介』『薄雲恋物語』『小倉物語』『ねごと草』などの仮名草子、そして物語ではないけれども恋文（艶書）文例集『詞花懸露集』（『堀河院艶書合』、三巻三冊、寛文元（一六六一）年刊）等が出される。これらは、和歌や古典の世界を仮名の恋文として表現することに興味を置いた作品である。『錦木』は、そうした恋の物語・草子の流れを汲むもので、恋文に和歌や歌ことばが多用されることが一つの特徴であり、後の西村本浮世草子『薄紅葉』『小夜衣』『当流雲のかけはし』や遊女評判記『吉原用文章』など書簡体の読み物草子の先例として位置づけられる。

本節では、『錦木』の恋文の作られ方に注目し、和歌や歌ことばの出典を明らかにしつつ、艶書文範としての性格と、恋の物語としての創作性について考察したい。

二、艶書文範としての性格

『錦木』には無記名の序文二丁が付いている。それによると、『太平記』巻二十一（古活字版）や『薄雪物語』巻下にも引かれた「重きが上の小夜衣」をめぐる高師直・塩冶判官の妻・吉田兼好の逸話をあげ、兼好を歌よみの道人と称えた上で、「艶書《えんじよ》の文章《ぶんしやう》、恋《こひ》の哥《うた》あしくよむべきものにあらざる事はしるべし」（1ウ）と、兼好を称えて説く。その上で、和歌・連歌誹諧を「学智《がくち》を鍛錬《たんれん》するがため」（2オ）のもの、『源氏物語』『狭衣物語』『伊勢物語』を「人をいましめ身をおさめん心をしゆる」（2オ）ための書とし、本書は「文《ぶん》をねり哥をねりて心をのべ、おもひをのべて文道和歌《ふんたうわか》の片端《かたはし》のなくさみにもと思ふばかり也」（2ウ）との目的で成したとする。ここでは、艶書（恋文）が歌学や古典学への道標となるとの説が掲げられている。

各巻の目録には「〇〇恋」という形式の章段名が連なる。例えば巻一目録には、「寄《よする》二幼女《ようぢよに》一初恋《はつこひ》」「後朝恋《こうてうのこひ》」「見《み》初恋《そむるこひ》」「行空帰恋《ゆきてむなしくかへるこひ》」（巻一、3オ）とあり、類題和歌集の目録の体裁を模している。巻二以降も同様で、「不《ざる》レ堪《たへ》レ忍恋《しのぶにこひ》」（巻三目録、1オ）、「恨《うらむる》二待《まつに》不《ざるを》レ来《こ》一傾城《けいせい》文」（巻四目録、1オ）、「懸《かくる》レ命《いのちを》恋」（巻五目録、1オ）等と、章段名で本文のおおよその内容を予想できるようになっている。

本文は仮名文に和歌を添えた形式の男女の恋文から成り、恋文の後に時々書き手の評が付く。恋文の仮名文は『詞花懸露集』の文例と同じく、歌ことばや王朝物語の用語をとり入れたもので、文に添えられた歌は一四〇首にのぼる。本論の終わりに資料編としてこれらの和歌と出典一覧を記した。勅撰集や私撰集、歌合等に同歌を見るが、多くが類題和歌集『和歌題林愚抄』（二十六巻、伝山科言緒編、室町中期成立、寛永十四（一六三八）年刊）に入集される和歌である。また、歌枕のある和歌の殆どが『類字名所和歌集』（八巻八冊、里村昌琢編、元和三（一六一七）年古活字版）にも見られる。

『和歌題林愚抄』は、勅撰集・私家集・私撰集・定数歌・歌合等から一万余首を選び歌題ごとに例歌として添えた題詠の初心者のための手引き書で、古今時代から文安年間（一四四四〜四八）の和歌を収録する。(7)また『類字名所和歌集』は、二十一代集から諸国の名所和歌を選び、名所ごとに編集した書である。(8)本節末の『錦木』の和歌一覧に示したように、『錦木』は『和歌題林愚抄』の恋部から歌題を、『類字名所和歌集』から地名を手がかりに和歌を選び、またそれらをふまえて新たに歌を作ったと思われる。

なお『錦木』巻五の終わりには、「詞之義理《ことばのぎり》」「一躰畳句之哥《ていたいみくのうた》」と、恋題や歌の体、歌ことばについての解説と例歌が示されているが、これについても『和歌題林愚抄』そして『歌林良材集』との関係がある。例えば「詞之義理」の文言と『和歌題林愚抄』の文とを比べると、両書の内容は次のようにほぼ一致する。

初恋《はつのこひ》といふは、みても聞《き》ても思ひそむるはじめの心をいふなり。又もとより心にはおもひながら、今はじめてかのかたへかくといひしらせ、文などつかはすをもみな初恋《はつのこひ》と名《な》づく。

（『錦木』巻五、15ウ）

初恋といふは、みてもきゝてもはじめて思ひそむる心をいふ。又もとよりこゝろにおもへどもはじめてかくといひしらせ、文などをやるこゝろをも、いづれをもともに詠むべし。

（『和歌題林愚抄』恋部一、4オ）(9)

また「一躰畳句之哥」については、『歌林良材集』(10)（二巻、一条兼良作、寛永二十（一六四三）年刊）巻上―一「出詠哥諸躰」、九「一首中毎句有畳詞哥」から四首の例歌を、同書巻上、第三「虚字言葉」、第四「実字言葉」から歌ことばとその解説を引用し、簡略かつ平易な表現に直して記している。こうして『錦木』は、『和歌題林愚抄』『歌林良材集』に拠って和歌の解説を行っているのである。

三、和歌・歌ことばの利用方法

では『錦木』の本文において、和歌や歌ことばはどのように引用されているのだろうか。次に巻一「初恋《はつのこひ》　寄《よする》幼《よう》女《じよ》」を例としてあげる。

「ちらと御すがたをみそめまいらせてより」及ばぬ恋とは知りながら、後の世までの障りとなる程の思いとなったと、男は次のような歌を読む。

（男）

①今ぞしるうきむさし野《の》のゆかりとは思ひそめにしむらさきの色《いろ》

（『錦木』巻一「初恋　寄幼女」4オウ）

これは、傍線部「ゆかり」「思ひそめ」「むらさきの色」から、『和歌題林愚抄』の次の歌をふまえて作られたと思われる。以下、同歌・類歌については「＊」で示す。

＊①思ひそむる心の色をむらさきの草のゆかりにたつねつるかな

（『和歌題林愚抄』恋部一、初尋縁恋、続千、法皇、5オ）

本章段の題目「初恋　寄幼女」に相応しく、男は「紫のゆかり」から『源氏物語』「若紫」の世界を歌に詠み、思いを告げている。これに女は「心にもあらぬ御文にむねとゞろき候て」と、次のように答える。

（女）
鳩《はと》の峰《みね》にしおふる②女郎花《をみなへし》にあらねば、かりそめにも②おとこ山のあたりちかくは②たてる事もなき身を、いかなる隙《ひま》よりいつのころまみえまいらせ候らひけん、いとまことしからずや、かゝる御事《こと》のおはしますべしとは、げにちかひても③しらまゆみ、ひきみんとおぼしめさるゝかや、かくれすむ窓《まど》の外《ほか》にもれなば、④あだ名《な》の立《たち》候はんも心うし、わが身かやうの御事は⑤生野の道《いくののみち》なればそもしらず（略）（『錦木』巻一「初恋　寄幼女」4ウ5オ）

＊②をみなへしうしと見つつぞゆきすぐるをとこ山にしたてりと思へば
（『古今和歌集』秋歌上、ふるのいまみち、二二七）(11)

＊③人はいさ思ひおもはすしらま弓又たかゝたにこゝろひくらん
（『和歌題林愚抄』恋部四、寄弓恋、宝治百首、実雄卿、64オ）

＊⑤おほえやまいくののみちのとほければふみもまだみずあまのはしだて
（『金葉和歌集』雑部上、小式部内侍、五五〇）

②は、女が謡曲「女郎花」にも引用される『古今和歌集』の歌に拠ったもので、男山に咲く女郎花ではありませんのに（恋人を待つ身でもありませんのに）、と答えている。これに対し男は「女郎花」に因み⑥の和歌をもって次のように

返している。

（男）

⑥女郎花《をみなへし》にはあらずとおほせの候こそ⑥なまめきたてり給ふとは中〳〵申さず、又③しらま弓引《ゆみひき》みんためとは神《かみ》かけて思ひまいらせず候（略）⑤生野の道《いくののみち》と御入候は、恋路《こひぢ》の事はまだ⑤ふみもみぬよし、あまり御ことはり過《すぎ》まいらせ候

⑦ふみそむるほどはくるしき恋ぢぞとまよふをしゐておもひ入かな

（本文略）

⑧あふまでのすゑまだしらぬ恋の道ふみ見るからぞ契りなりける

（『錦木』巻一「初恋　寄幼女」6オウ）[12]

＊⑥秋の野になまめきたてる女郎花あなかしかまし花も一時（『和歌題林愚抄』誹諧哥、題しらず、僧正遍昭、5オ）

＊⑦ふみそむるほとはくるしき恋ちそとまよふをしひて思ひ入哉

（『和歌題林愚抄』恋部一、初恋、新後撰（新後拾遺カ）、前関白近衛、4ウ）

＊⑧あふまてのその行末はまたしらすおもひそむるそ契り成ける

（『和歌題林愚抄』恋部一、初恋、嘉元百首、公顕卿、4ウ）

男は続けて、女のいう⑤「生野の道なればそもしらず」に呼応する⑦⑧の歌を詠んで女を誘う。そして④点線部のように「あだ名の立」つことを案じる女に、次の④「名取川」と④「なにたてる」の歌をもって説く。

（男）

さりながら④御名《な》の立候はんをおぼしめし候かや

④恋渡《こひわた》る水《みづ》の心はしらねどもいなせのなきは名取川《なとりがは》かな

（本文略）

④名《な》にたてるあはでの浦《うら》の海《うみ》だにもみるめはかづく物とこそきけ

なに事も〳〵逢《あふ》をかぎりのいのちとばかり、おもひをきまいらせ候、かしこ

（『錦木』巻一「初恋　寄幼女」7ウ8オ）

＊④名に立る阿波手浦の海士たにもみるめはかつく物とこそ聞

（『類字名所和歌集』第六「阿波手浦杜尾張」金葉恋下、源雅光、六一四二）

この男からの④「なにたてる」の歌に対し、女は⑨「すゑとをらず」と⑩「真葛はふ野」の言葉をもって次のように拒む。

（女）

まことすくなき世のならひに、中〳〵人を頼《たの》みそめて、⑨すゑとをらずと、かこちわすられにけりと、うらみ候はんより、つれなしといふ④名《な》に立《たち》たるはまさり候はんや、風雅《ふうが》とかや申す哥《うた》の集《しふ》に、実性法印《しつしやうはふいん》よませ給ふ

⑨かよふとていかゞたのまんいたづらに⑨すゑもとをらぬ水ぐきの跡《あと》

よく〳〵おもへば、かねてより⑩うらめしかるべき契《ちぎ》りならば、⑩真葛《まくず》はふ野《の》といはれながらもありなんと思ひ

まいらせ候

⑩今よりは山のかれ木に身をなして風はふくともなびかじとおもふ

（『錦木』巻一「初恋　寄幼女」8ウ）

＊⑨かよふとていかゝたのまんいたつらにすゑもとをらぬ水くきの跡

（『和歌題林愚抄』恋部二、通書恋、風、法印実性、32オ）

＊⑩かれはてん後もうらみしまくすはふ夏のゝ草をかる人もかな

（『和歌題林愚抄』夏部下、夏草、宝治百首、真観、30オ）

⑨「すゑもとをらぬ」、⑩「真葛はふ野」は、やがてあなたに忘れられて恨めしく思うことになるかもしれません、という女の疑いの心を表している。これに対して男はさらに『伊勢物語』六十九段の文言をもって次のように返す。

（男）

つれなくはたゞ一かたにつれなくはおはしまさで、空《そら》だのめなるあだしごゝろかと御うたがひおはしますにて、身のをきどころなきよろこびとなりまいらせ候。⑪夢《ゆめ》かうつゝかとよみ給ひし斎《いつき》のみやに御返《かへ》り事《こと》すとて、⑪夢《ゆめ》うつゝとはこよひさだめよと、在五《さいご》ちうじやうよみたまひしごとくに、わするべき契《ちぎ》りにや、絶《たゆ》べきなさけにや、とにかくになびきたまひてこそ⑪さだめ候らはめや

（『錦木』巻一「初恋　寄幼女」9オ）

＊⑪君やこし我や行きけむおもほえず夢か現かねてかさめてか

＊⑪かきくらす心の闇にまどひにき夢うつつとはこよひ定めよ

（『伊勢物語』六十九段）

以上、巻一「初恋　寄幼女」を例にあげて『錦木』の和歌や歌ことばの用いられ方を考察した。男女の文には『古今和歌集』『金葉和歌集』『伊勢物語』や『和歌題林愚抄』の歌ことばが用いられ、そこから醸し出される物語や和歌の世界に書き手の立場や心情が託されている。恋文に歌ことばが示されると、受け手はそこに込められた書き手の心情を察し、返しの文に同じ歌ことばを用い、自らの思いをまた表現する。そうした歌ことばに思いを託した文の応酬により、男女の恋が展開していく。

こうしたかたちの男女の恋の応酬は、『浄瑠璃御前物語』や『薄雪物語』等の室町物語や仮名草子にも描かれている。『錦木』もこれら中世以来の恋物語の形式を継承しているのだが、留意すべきは、本作はそれまでの作品には類をみない多くの和歌や歌ことばを用い、様々な場面からなる恋文が作られていることである。それを成すにあたり和歌的知識の情報源の一つとなったのが類題和歌集『和歌題林愚抄』なのである。

類題和歌集とは、もともと和歌の題詠のための検索や習練のために作られたもので、辞書的な性格が備わり、後には和歌の世界だけではなく連歌・俳諧の手引き書としても使われる。それが仮名草子『錦木』においても、和歌的な知識の拠り所として利用されたのである。

寛永十四（一六三七）年刊『和歌題林愚抄』は、恋部・春部・夏部・秋部・冬部・雑部の部から成る。恋部が集の始めにあるのが特徴で、歌題は他の部に比べても多く、恋部の目録三丁には全四五二首もの歌題が並べられている。本文はというと、行頭に「寄船初恋」「続古」といった歌題と出典が示され、その下に和歌と作者名が記される。そのようにして歌題ごとに分けられた膨大な量の古歌が羅列されるが、そこから和歌を検索するには、まず目録で歌題を探し、そこから本文に当たるのがよいように作られている。こうした形式から、『錦木』が恋題を定め、それに類する恋文を創作する際に利用するには至便の書であったと思われる。

こうして『錦木』は、歌ことばを鏤めた仮名文に和歌や説話が添えられるという室町物語の恋文の表現形式をふまえつつ、『和歌題林愚抄』を利用することで、多様な恋文のパターンを集めた恋文文例集としての性格を有している。

四、読み物としての性格

『錦木』の各巻目録に並べられた題目を見ると、様々な恋の話を予想することができる。そこで各巻本文の章題（題目）を、話の展開に沿ってまとめると、次のような①～⑩の十話があることがわかる。（　）には恋話としての特徴を示した。

巻一①「初恋」～「後朝恋」　計八通…（少女に寄せる恋）。
　　②「見初恋」～「行空帰恋」　計十通…（後朝の慌ただしい別れ）。
巻二③「初恋」～「慕恋」　計九通…（親に咎められた女が出家）。
　　④「忍心恋」～「被嫌恨恋」　計七通…（女が男の容姿を嫌う）。
巻三⑤「不堪忍恋」～「待恋」　計八通…（言葉遊びの文を交わす）。
巻三⑥「求媒始恋」～「帰恨恋」　計八通…（浮名が立ち、逢瀬が途絶える）。
巻四⑦「寄遊女恋」～「恨待不来傾城文」　計七通…（傾城と間夫の口舌）。
　　⑧「遺端傾城文」　計四通…（端傾城と鍛冶屋の二蔵とのやりとり）。
　　⑨「始恋」～「乍靡疑恋」　計四通…（女が男を疑って終わる）。
巻五⑩「忍久恋」～「被捨恋」　計十一通…（女の空情が知れて恋が終わる）。

これを見ると、①②③などは和歌的情趣を備えた恋文であるが、④や⑦、⑧⑩には男女の口舌、端傾城の稚拙な文、虚心などの艶書文範としての範疇を超えた、恋にまつわる男女の様々な心情と話の展開が記されている。その一例として次に、巻二の④の話をあげる。

④は、男女の恋が成就せずに終わった話である。男の告白の文を「あらけなくはらだち引きやぶりて、庭にちらしすて」（『錦木』詞書、13オ）た女に、男は『徒然草』の文言を引いて次のように説く。

いかにかくあらけなき御心ばせはおはしますらん、⑬おそろしきものながらも、ふすゐのとこといふからには、やさしう聞《きこ》えまいらするに（略）

（『錦木』巻二「男無返歎恋《おとこなきをかへしなげく》」13ウ）

＊和歌こそ、なほをかしきものなれ（略）⑬おそろしき猪《ゐ》のししも、「ふす猪《ゐ》の床《とこ》」と言へば、やさしくなりぬ

（『徒然草』十四段）(13)

しかし「文を手にだにもとらざりし」（15オ）女に、男は『歌林良材集』にも記される「鬼のしこ草」という歌ことばを用いて次のように言う。

名《な》はおそろしけれども、⑭物わすれせぬといふ鬼《おに》のしこ草《くさ》を、こなたの園《その》にうへまいらせ候て、つれなき人をわすれかね候て（略）

みちのくのあら野《の》の牧《まき》の駒《こま》だにもとればとられてなれゆく物を

（『錦木』同、15オ）

＊⑭鬼のしこくさは紫苑の名也。物忘れせぬ草也　（『歌林良材集』巻下、五、五十四「おにのしこ草の事」44ウ）(14)

それに対して女は、「返しのこと葉《ば》はなくして」（16オ）、次のような歌のみを返す。

⑮なにをかも心づくしの海《うみ》におふるわろきみるめはあまもかづかじ　（『錦木』同、16オ）

＊⑮伊勢の海に年へてすみしあまなれどかかるみるめはかづかざりしを　（『後撰和歌集』雑四、伊勢、一二七九）

この女の返答に「かぎりなくはづかしくもくちおしく」（16ウ）思った男は、『女郎花物語』（板本）にもある為重卿の次の話を引いて恨む。

中比《なかごろ》に、藤《ふち》はらの為重卿《ためしげきやう》ある日の事なりしに、内裏《だいり》女房《にようばう》にざれことをいひかゝり、「かならずこよひ逢《あひ》給へ」と契《ちぎ》りけるを、女房《にようばう》はしたなく聞えて、「心にもあらず、⑮みめわろくて」と申ければ、為重卿《ためしげきやう》はめんぼくなくて、とりあへずかくぞよまれける

⑯さればこそよるとはちぎれかづらきの神《かみ》もわが身もおなじこゝろに

と申されしかば、女房かほうちあかめ、返事にも及《をよ》ばて、後《のち》には人のわらひ草《ぐさ》となりけるとうけたまはりまいらせ候、かのかづらきの一言主《ひとことぬし》は、⑮みめわろき御神にて、たゞよるばかりかたちをあらはし給ふ故《ゆへ》に、⑯よるの契《ちぎ》りとよむ哥は、このかづらきの御神のためしとかや（略）ある哥に

⑰あづまにておひそだてぬる人の子はしたゞみてこそものはいひけれ
声《こゑ》をかしくあらけなきうちなまりたるしたつきを⑰だみたるとは申すことなれ

（『錦木』巻二「被《るゝ》レ嫌《きらは》恋《こひ》」「被《はれて》レ嫌《きら》恨《うらむる》恋《こひ》」16ウ〜19ウ）

*為重卿《ためしげきやう》、内裏《だいり》の女ばうに、されことをいひかゝりて、こよひとちきられけるに、⑮「みめわろくて」と女ばう申ければ、めんぼくなくおもはれけるか、とりあへず

⑯さればこそよるとはちぎれかづらきのかみもわが身もおなじこゝろに

とよみて侍れは、をんな、かほうちあかめ、返事《かへりこと》もせず侍き。（『女郎花物語』巻中、三十九）⑮

*かづらきにまします、ひとことぬしといふかみ、⑮かたちはなはだ見にくきにはぢて、よる〳〵ばかり役《やく》をつとめて、ひるは橋をわたさゞりければ、行者いかりをなし侍し事を、おもひよせて、かほのみにくきゆへに、⑯よるとはちきりしよしをよみける也。（『女郎花物語』巻中、三十九）

*⑰あるうたに

あづまにておひそだちぬる人の子はしただみてこそものはいひけれ

したゞむとは、物いひあら〳〵しく、なまりたる事なり。（『女郎花物語』巻下、四十一）

これに対し女は「此文をみて大にはらたちつゝ、返しにはあらでかきをくりし」（地の文、20オ）と、『平家物語』巻一「殿上闇討」より太宰の権師季仲卿が色黒を人々にからかわれた話を男の身の上に準えて引き、その上で次のように返し、話はそれで終わっている。

そなたの御かたにはいかにおほせ候とも、万葉《まんよう》の哥に
⑱あひ思はぬ人をおもふはおほ寺《てら》のがきのしりへにぬかづくがごと

（『錦木』巻二「被《はれて》レ嫌恨《きらうらむる》恋《こひ》」21オ）

＊⑱万　あひおもはぬ人を思ふはおほ寺のかきのしりへにぬかつくかこと

（『歌林良材集』巻上―四、一二三「ぬかつく事」39オ）

このように、ここでは⑬「ふすゐの床」⑭「鬼のしこ草」⑮「みるめ」⑯「よるの契り」⑰「しただむ」といった歌ことばを用い、『後撰和歌集』『徒然草』『女郎花物語』『平家物語』『歌林良材集』からそれに関する和歌や説話を引いている。歌ことば・和歌や恋の説話にことよせて思いを述べるという方法は、従来の中世恋物語を踏襲したものであるが、しかしその内容は、和歌的世界の興趣からは逸脱した、現実的で卑俗なものとなっている。

『錦木』以前の仮名草子『薄雪物語』には、そのべの衛門から薄雪へ、わけへだてなき情けの道が求められ、薄雪は貞節という問題に悩みながらもそれに答えようとする、そうした主人公の心の持ちようを「優し」とする描き方があった。しかし『錦木』の右の話では、「みめわろき」という表現で率直に男を厭う、「優し」にはほど遠い女の振舞いのために、男の心が恋情から次第に恨みや怒りへと変化していく。こうして伝統的恋物語の型からずれていく展開を描くことが本話の主眼といえる。同じように、巻四⑦「寄遊女恋」の端女郎の文には、貧しさを訴え米や身の回りの必要品を客に無心する文言があり、当代の下級女郎の卑俗な実態を見せている。これもやはり和歌的な優美さが求められる遊女の恋文にはそぐわないもので、文範として逸脱した点に滑稽味が加えられている。(17)

さらに、恋文の前後に付けられた、語り手による解説も、恋文が書かれた場の説明を効果的に行っている。例えば巻二③中の「媒絶恋」には、文の前に「文かよはすといふ事をおや聞つけてなかだち絶けれは、又男あるたよりをも

とめてつかはしける」（巻二、５ウ）という語り手による説明が添えられ、男女が恋の危機におかれているという状況が示される。また文の後には「かくはいひけれど絶はてにけり。たがひにうたがふまじき所にうたかひけるゆへなりかし」（14ウ）と、恋が終わったことと、そうなった理由を説明する。恋文に付けられた語り手によるコメントで、人物の振舞いの善し悪しを評したり、道理を説いたり、文中での出来事を分析・説明したりする。このように『錦木』は、和歌的知識の啓蒙書としての性格を有しつつも、そこから逸脱した当世の男女による恋の物語を描いているのである。

五、おわりに

以上、『錦木』における和歌・歌ことばの利用方法と、恋物語としての創作性について述べた。

仮名草子における類題和歌集の利用については、『伽婢子』『狗張子』が『和歌題林愚抄』『明題和歌全集』を用いているとの冨士昭雄の指摘がある。[18]また岸得蔵により、『東海道名所記』（六巻六冊、浅井了意作、万治三（一六六〇）年頃刊）における『類字名所和歌集』の利用が指摘される。[19]そのほか『狂歌咄』（五巻五冊、浅井了意作、寛文十二（一六七二）年刊）の『歌林良材集』の利用もある。[20]このことは、当代に類題和歌集が和歌の辞書として使われていたことを示すものであろう。

仮名草子はしばしば啓蒙的・実用的な性格と言われるが、そうした要素を整えるために、板行された物の本とも言うべき学問的な書に拠ることがある。『錦木』の場合は、『和歌題林愚抄』を主とする歌書や古典を情報源とし、恋を中心とする和歌についての知識を充実させ、平仮名絵入本の平易な体裁で情報を提供しようとした書である。その一方で、文の応酬があらゆる恋の展開を描くようになり、時には和歌的な雅の情趣を逸脱した、卑俗で滑稽な内容の文も記される。また、語り手が恋文中の出来事を説明したり、人物の批評をしたりするコメントが付加されることにより、恋文の世界が虚構化される。こうして『錦木』は恋文文例集・和歌の啓蒙書としての性格から逸脱し、手紙文で虚実を描く読み物として成立している。その方法は、後に西鶴の浮世草子『万の文反古』（五巻五冊、元禄九（一六九六）年刊）の書簡体文芸へと継承されるのである。以上のことから、啓蒙と文芸性を備えた仮名草子としての『錦木』の性格を見ることができる。

注

（1）『錦木』の諸本には、寛文元（一六六一）年板と無刊記板がある。寛文元年板は管見の限りでは龍門文庫本のみ。『龍門文庫善本書目』（阪本龍門文庫、川瀬一馬編、一九八二年、四四八頁）によると、「寛文元年刊。単辺、十一行、振仮名付。絵入。挿画は師宣風の趣が見られる。初印。美濃本。版心「錦木（巻数）（丁数）」。藍色三ッ鱗形から押し文様表紙に原題簽の一部を存する」とある。刊記は、巻一の最終丁（二十四丁）裏、匡郭内中央に「寛文元年辛丑九月吉日」。諸本の書誌については、『仮名草子集成』第五十六巻（東京堂出版、二〇一六年）解題に記した。本節での本文引用は、都立中央図書館加賀文庫本。

（2）市古貞次「艶書小説の考察」（『中世小説とその周辺』東京大学出版会、一九八一年）一二三頁。

（3）暉峻康隆「日本の書簡体小説」（『近世文学の展望』明治書院、一九五三年）一三五頁。

（4）水谷不倒「新撰列伝体小説史」（『水谷不倒著作集』第一巻、中央公論社、一九七四年）一二〇～一二一頁。

（5）野田壽雄『日本近世小説史　仮名草子編』（勉誠社、一九八六年）五一五～五一七頁。

（6）有働裕「『万の文反古』試論——書簡体小説における書き手の位置」（『学芸国語国文学』一九号、一九八四年三月）。

（7）『新編国歌大観』第六巻（角川書店、一九八八年）、井上宗雄ほか解説、九六五～九六六頁。

（8）『日本古典文学大辞典』第六巻（岩波書店、一九八五年）「類字名所和歌集」村田秋男解説。本文引用は、元和三（一六一

七）年古活字版を底本とする村田秋男『類字名所和歌集　本文篇』（笠間書院、一九八一年）に拠る。
（9）『和歌題林愚抄』の本文引用は、寛永十四（一六三七）年板本に拠る。なお、『聞書全集』や『和歌題林抄』の「初恋」にも同様の文がある。
（10）『歌林良材集』の本文引用は、慶安四（一六五一）年板本に拠る。
（11）勅撰和歌集、『伊勢物語』『袖中抄』の和歌の引用は、『新編国歌大観』（角川書店）に拠る。
（12）「女郎花」をめぐっての応酬は『藻塩草』に「八幡　山城　おとこ山（略）女郎花（略）はとのみね」、「女郎花　なまめきたてるなと又おとこ山にたてるとも」とあることから、あるいはそうした俳諧の寄合に従って作ったと考えられる。
（13）『徒然草』の本文引用は、『新編日本古典文学全集』（小学館、一九九五年）に拠る。『八雲御抄』六「用意部」や『野守の鏡』にも同様の記述がある。
（14）『狂歌咄』（五巻五冊、寛文十二（一六七二）年刊）巻二―十六にも、『歌林良材集』「おにのしこ草の事」を利用したと思われる箇所がある。
（15）板本『女郎花物語』の本文引用は、『仮名草子集成』第八巻（東京堂出版、一九八七年）に拠る。
（16）室町時代物語および『薄雪物語』における「情け」の意味については、松原秀江「薄雪物語とものゝあはれ」（『薄雪物語と御伽草子・仮名草子』和泉書院、一九九七年、初出一九七九年四月）に論考がある。なお『薄雪物語』が室町物語『十二段草子』『横笛の草子』『道明のさうし』に拠り、それらを小説優先の姿勢で改変しているとの渡辺守邦の指摘がある（『薄雪物語』とお伽草子」『仮名草子の基底』勉誠社、一九八六年、初出一九七三年七月）。
（17）『吉原用文章』（寛文初年頃刊）にも、遊女の滑稽味のある文例をみることができる。
（18）冨士昭雄「伽婢子の方法」（初出一九六六年二月）、「浅井了意の方法――狗張子の典拠を中心に――」（初出一九六七年三月）、「伽婢子と狗張子」（初出一九七一年一〇月）。
（19）岸得蔵「仮名草子における名所記遊覧記――『東海道名所記』を中心として――」（『仮名草子と西鶴』成文堂、一九七四年、初出一九六三年二月）二七八頁。

(20)　『狂歌咄』巻四—二は『歌林良材集』巻上、一—九「一首中毎句有畳詞哥」を、巻四—三は同「無同文字哥」を、巻四—四は巻上、一—三「卅四字哥」を利用している。

【資料編】仮名草子『錦木』の和歌と出典一覧

仮名草子『錦木』に掲載される和歌一四〇首について、典拠を示した。『錦木』の和歌には通し番号を付け、典拠とは言えないが、表現の類する歌には「△」を示した。なお使用したテキストは次のとおり。

『錦木』（『仮名草子集成』第五十六巻、東京堂出版、二〇一六年。底本は都立中央図書館加賀文庫蔵無刊記板）。

『和歌題林愚抄』福井市図書館越國文庫本（八冊、寛永十四（一六三七）年村上平楽寺板）〈文三一三／六―三／二―三〉国文研マイクロフィルム。

『歌林良材集』（『日本歌学大系』別巻第七、風間書房、一九八六年）。

『類字名所和歌集』（『類字名所和歌集　本文篇』村田秋男編、笠間書院、一九八一年）。

『袖中抄』『正徹物語』『大和物語』等の歌学書・物語和歌、勅撰和歌集、私撰和歌集、私家和歌集、歌合については『新編国歌大観』（角川書店）に拠る。

巻一―一

「寄幼女初恋」

1　今ぞしるうきむさし野《の》のゆかりとは思ひそめにしむらさきの色《いろ》〔男4オ〕

・思ひそむる心の色をむらさきの草のゆかりにたつねつるかな　（『和歌題林愚抄』恋部一、初尋縁恋、続千、5オ）

2　ふみそむるほどはくるしき恋《こひ》ぢぞとまよふをしゐておもひ入かな〔男6ウ〕

・ふみそむるほとはくるしき恋ちそとまよふをしひて思ひ入哉　（『和歌題林愚抄』恋部一、初恋、新後撰、4ウ）

3 あふまでのすゑまだしらぬ恋《こひ》の道《みち》ふみみるからぞ契《ちぎ》りなりける〔男6ウ7オ〕
・あふまてのその行末はまたしらすおもひそむるそ契り成ける（『和歌題林愚抄』恋部一、初恋、嘉元御百首、4ウ）

4 恋渡《こひわた》る水《みづ》の心はしらねどもいなせのなきは名取川《なとりがは》かな〔男7オ〕
△いなせともいひなゝたれずうきものは身を心ともせぬ夜なりけり（『歌林良材集』三八七）

5 名《な》にたてるあはでの浦《うら》の海《うみ》だにもみるめはかづく物とこそきけ〔男8オ〕
・なにたてるあはてのうらのあまだにもみるめはかづく物とこそきけ（『類字名所和歌集』六「阿波手　浦杜　尾張」六一四二）

6 かよふとていかゞたのまんいたづらにすゑもとをらぬ水ぐきの跡《あと》〔女8ウ〕
・かよふとていかゝたのまんいたつらにすゑもとをらぬ水くきの跡（『和歌題林愚抄』恋部二、通書恋、風、32オ）

7 今よりは山のかれ木に身をなして風はふくともなびかじとおもふ〔女8ウ9オ〕
（不明）

8 うれしさの後《のち》のこゝろを神《かみ》もきけひくしめなはのたえじとぞおもふ〔男9ウ〕
・うれしくは後の心を神もきけ引しめなはのたえしとそ思ふ（『和歌題林愚抄』恋部一、誓恋、千、12ウ）

9 水《みづ》ぐきの跡《あと》はたえせぬ中川《なかがは》にいつまでよどむ逢瀬《あふせ》なるらん〔男9ウ〕
・水くきの跡はたえせぬ中河にいつまでよとむ逢せなる覧（『和歌題林愚抄』恋部二、通書恋、新千、32オ）

10 わがいのる神《かみ》には君《きみ》もなびけかしぬしにつれなき心なりとも〔男10オ〕
・我たのむ神に心のなひけかし身にこそつらきちきり成とも（『和歌題林愚抄』恋部一、祈恋、永徳御百首、13オ）

11 ちらすなよ忍《しの》ぶの杜《もり》の忍《しの》び〳〵かきかよはせしことの葉《は》のすゑ〔女10ウ〕
・ちらすなよ忍ふのもりのことのはに心のおくのみえもこそすれ（『和歌題林愚抄』恋部二、忍通書恋、新拾、32オ）

12　さりともとおもふにまけていつはりのある世なからも猶《なを》たのむかな〔女11オ〕
・さりともと思ふにまけて偽のある世なからも猶たのむ哉
（『和歌題林愚抄』恋部一、憑恋、続拾、16オ）

13　さすがまた人には人ももらさじとつゝむばかりをたのむ也けり〔女11オ〕
・さすか又人には人ももらさしとつゝむ計をたのむ中かな
（『和歌題林愚抄』恋部一、相互忍恋、新千、8オ）

「後朝恋」

14　あかつきのわかれをしらでくやしくもあはぬつらさをうらみけるかな〔男12ウ〕
・暁の別をしらてくやしくもあはぬつらさをうらみける哉
（『和歌題林愚抄』恋部二、後朝恋、新後拾、23オ）

15　いつしかと今朝《けさ》やる文のことの葉《は》はあふうれしさとあかぬうらみと〔男13オ〕
・いつしかとけさやる文のことのはゝあふうれしさとあかぬうらみと
（『和歌題林愚抄』恋部二、朝恋、六百番歌合、35ウ）

16　をのづからあふ夜ばかりをたのみにてうきにはこりぬわがこゝろかな〔女13ウ〕
・をのつからあふよはかりをたのみにてうきにはこりぬわかこゝろかな
（『和歌題林愚抄』恋部二、稀恋、続後拾、20ウ）

17　その夜しもまつかひありて君来《きみこ》なばふけつるとてもよしやかこたじ〔女13ウ〕
・こよひたに待かひありてさはらすはふけつるほともよしやかこたし
（『和歌題林愚抄』恋部一、待恋、康暦二年内裏廿首、17ウ）

巻一―二

「見初恋」

18 隙《ひま》とめていかでしらせん玉《たま》すだれけふよりか丶るおもひありとは〔男14オ〕

・ひまとめていかてしらせん玉すたれけふよりか丶る心ありとも　（『和歌題林愚抄』恋部一、初恋、後拾、4オ）

19 人しれぬ心やかねてなれぬらんあらましごとのおもかげにたつ〔男16オ〕

・人しれぬ心やかねてなれぬらんあらましことの面かけにたつ　（『和歌題林愚抄』恋部一、未対面恋、続拾、10ウ）

20 みしまえや芦《あし》まにおふる白菅《しらすげ》のしらぬおもひに我ぞみだる丶〔女17オ〕

・ふかき江のあしまにおふるしらすけのしらすいくよか思ひみたれん　（『和歌題林愚抄』恋部三、寄草恋、続後拾、50オ）

21 岩瀬山谷《いはせやまたに》のした水うち忍《しの》び人のみぬまはおちて流《なが》る丶〔男18オ〕

・岩瀬山谷の下水うちしのひ人のみぬまは流れてそふる　（『類字名所和歌集』一「磐瀬　山　杜」後撰、恋一、一七七）

22 みしまえや芦《あし》まにおふる白菅《しらすげ》のしらぬおもひを苅《かり》てほさせよ〔男18オ〕

（不明）

23 をのづから逢夜《あふよ》まれなる契《ちき》りをば忍《しの》ばずとてもたれかしらまし〔男18ウ〕

・をのつからあふよまれなる契りをはしのはすとてもたれかしらまし　（『和歌題林愚抄』恋部二、希会恋、新拾、21ウ）

24 岩瀬山谷《いはせやまたに》のした水流《なが》るれど木の葉《は》のせけばおちやらぬかな〔女19ウ〕

（不明）

25 もとよりもあはでの杜《もり》にはふ葛《くず》を名にもらしてはうらみはつへき〔女19ウ〕

（不明）

26　いかなれば心も空にうき雲のかゝる恋する身と成にけん〔男20ウ〕
・いかなれは心も空にうき雲のかゝる恋する身と成にけん（『和歌題林愚抄』恋部三、寄雲恋、六百番歌合、40オ）

27　せめてたゞ目にみぬ風のつてにだになびくときかんことの葉もがな〔男20ウ〕
・せめてたゝめにみぬ風のつてにたになひくときかんことのはも哉（『和歌題林愚抄』恋部三、寄風恋、延文御百首、41オ）

28　つれもなき人にみせはや浦《うら》にやくもしほの煙《けふり》なびきけるとも〔男21オ〕
・つれもなき人にみせはやうらにやくもしほの煙なひきけるとも（『和歌題林愚抄』恋部三、寄煙恋、宝治百首、43ウ）

29　わが袖《そで》に涙《なみだ》の滝《たき》ぞおちにける人のうきせを水上《みなかみ》にして〔女21ウ〕
・わか袖になみたの滝そ落まさる人のうきせをみなかみにして（『和歌題林愚抄』恋部三、寄滝恋、新拾、46ウ）

30　うつゝともまださだめなしあふことを夢《ゆめ》にとだにも人にかたるな〔女22オ〕
・うつゝともおもひさためぬあふことを夢にまかへて人にかたるな（『和歌題林愚抄』恋部二、忍逢恋、続千、20ウ）

「行空帰恋」

31　逢《あふ》までの君《きみ》が思ひは数《かず》ならでわかれしわれぞ恋《こひ》はじめける〔女23オ〕
・逢までの思ひはことの数ならてわかれそ恋のはしめ成ける（『和歌題林愚抄』恋部二、別恋、六百番歌合、22オ）

32　わが心なぐさめとてや別《わか》れゆく君《きみ》がおもかげのこしをくらん〔女23オ〕

33　しぬばかりおしき別《わか》れのわが涙命《なみだいのち》にかへしむくひなるらん〔男23ウ〕
・わが心なくさめとてや別ちにかはらしとのみちきりをくらん（『和歌題林愚抄』恋部二、別恋、新後撰、22オ）

34　くらべみば我身《わがみ》のかたやまさりなんおなじ涙《なみだ》の袖《そで》の別《わか》れぢ〔男23ウ24オ〕
・しぬはかりおしきわかれの暁や命にかへしむくひなるらん（『和歌題林愚抄』恋部二、暁別恋、続拾、22オ）

35　衣《きぬ》〳〵の床《とこ》にきえなばしら露《つゆ》のおきてもかゝるうさはなげかじ〔男24オ〕
・くらへみは我身のかたやまさりなんおなし涙の袖のわかれち（『和歌題林愚抄』恋部二、惜別恋、続千、22ウ）
・衣〳〵のとこに消なはしら露のおきてもかゝるうさはなけかし（『和歌題林愚抄』恋部二、後朝恋、藤葉、23オ）

巻二―一

「初恋」

36　今こそはおもふあまりにしらせつれいはでみゆべき心ならねば〔男2ウ〕
・いまこそはおもふあまりにしらせつれいはてみゆへき心ならねは（『和歌題林愚抄』恋部一、初言恋、玉、9ウ）

37　石《いそ》の上《かみ》ふるの中道中《なかみち》〳〵に見ずは恋《こひ》しと思はましやは〔男2ウ〕
・いそのかみふるのなかみちなかなかにみずはこひしとおもはましやは（『袖中抄』五三五）

38　うはのそらふく風ゆへにはづかしのもりのことの葉《は》ちらさしとおもふ〔女4ウ〕
・ちらすなよ忍のもりのことのはに心のおくのみえもこそすれ（『和歌題林愚抄』恋部二、忍通書恋、新拾、32オ）

「疑恋」

39　きぶね川《がは》なみに思はゞ神もきけ恋《こひ》にしかゆるわがいのちとは〔男5オ〕

（不明）

40　あはれわが恋《こひ》に命《いのち》をかけ橋《はし》のさていつまでか頼《たの》みわたらん〔男5オ〕

・あはれわか恋に命をかけはしのさていつまてかたのみわたらん

（『和歌題林愚抄』恋部三、寄橋恋、宝治百首、45ウ）

41　春風《はるかぜ》のふかずは花《はな》もさかましをちるにつけてぞうらみられける〔男5ウ〕

（不明）

「媒絶恋」

42　いとせめて占《うら》とふ橋《はし》よまさしかれあはたといは、待《まち》もわたらん〔男6オ〕

・なくさめてうらとふ橋よまさしかれつれなき中を待も渡らん

（『和歌題林愚抄』恋部三、寄橋恋、宝治百首、45ウ）

43　あらましも今はむなしく逢《あふ》ことをへだつる関《せき》の関《せき》もりぞうき〔男6オ〕

・むなしくて月日はこえつあふことをへたつる関の中の通ち

（『和歌題林愚抄』恋部三、寄関恋、新千、45オ）

44　おもへども忍《しの》ぶつらさに身をまけて世にすむ甲斐《かひ》のあるはあるかは〔女7ウ〕

・ひとりのみ年へけるにもおとらじをかずならぬ身のあるはあるかは

（『拾遺和歌集』十九、雑恋、一二五〇）

「別帰恋」

45　契《ちぎ》りをくのちを待《まつ》べきいのちかはつらきかきりのけさの別《わか》れに〔男8オ〕

・ちきりをくのちを待へき命かはつらきかきりのけさの別に

（『和歌題林愚抄』恋部二、契別恋、続拾、22ウ）

46　関守《せきもり》はあか月ばかりうちもねよわか通《かよ》ひぢを忍《しの》ぶわかれに〔男8ウ〕

47　・せきもりはあか月はかりうちもねよ我かよひちを忍ふ別に（『和歌題林愚抄』恋部二、忍別恋、続千、22ウ）
おき別《わか》れあくるわびしき槇《まき》の戸《と》をさしも思《おも》はで出《いで》にけるかな〔男8ウ〕

48　・おきわかれあくるわひしき槇の戸をさしも思はて出でにける哉（『和歌題林愚抄』恋部二、後朝恋、続後拾、23オ）
別《わか》れつる涙《なみだ》のほどをくらべばやかへるたもと、とまるまくらと〔女9オ〕

49　・わかれつる涙のほとをくらへはやかへるたもと、とまるまくらと（『和歌題林愚抄』恋部二、後朝恋、続拾、23オ）
にゐ枕《まくら》かはせし夜半《よは》のむつごとを君わするなよまたあはずとも〔女9ウ〕

・わするなよむすぶ一夜の新まくら夢ばかりなる契なりとも（『続千載和歌集』十三、恋歌三、一三二一）

「慕恋」

50　恋渡《こひわた》る今日《けふ》の涙《なみだ》にくらふればきのふの袖はぬれし数《かず》かは〔男10ウ〕

・恋わたるけふのなみたにくらふれは昨日の袖はぬれしかすかは（『和歌題林愚抄』恋部二、遂日増恋、千、23ウ）

51　今よりはしづのをだまきくるしくもあはで世をふる身をいかにせん〔男11オ〕

・恋をのみしつのをたまきくるしきはあはて年ふる思ひ成けり（『和歌題林愚抄』恋部二、思恋、千、24オ）

52　思ひやれ春《はる》のあしたの雨《あめ》のうちに軒にあらそふ袖《そで》のなみだを〔女11ウ〕

・思ひやれ春のあしたの雨のうちにのにあらそふ袖のなみたを（『和歌題林愚抄』恋部二「閑居増恋」古女院の彼岸御念仏会六首内、24オ）

53　そむくとてなにかしたはん世の中を君もわすれよわれもわすれん〔女11ウ〕

（不明）

巻二―二

「忍心恋」

54　恋《こひ》すればもゆる蛍《ほたる》と鳴蟬《なくせみ》もわが身の外《ほか》の物とやはみる〔男13オ〕

・恋すれはもゆる蛍もなくせみもわか身のほかの物とやはみる
（『和歌題林愚抄』恋部二、夏恋、千、34オ）

「無返歎恋」

55　逢《あふ》までのすゑはしられぬむらさきの思ひそむるぞ契《ちぎ》りなりける〔女13ウ〕

・あふまてのその行末はまたしらすおもひそむるぞ契り成ける
（『和歌題林愚抄』恋部一、初恋、嘉元御百首、4ウ）

56　ちらばちれ岩《いは》せの杜《もり》の木《こ》がらしにたえずつたへんおもふことの葉《は》〔女13ウ14オ〕

・ちらばちれいはせのもりのこがらしにつたへやせましおもふことのは
（『新勅撰和歌集』十一、恋歌一、六六〇）

57　岩《いは》ねうつあらいそ波《なみ》のたかきこそまだ余所《よそ》ながら袖《そで》はぬれけれ〔女14オ〕

・いはねうつあらいそ波のたかきこそまたよそなから袖はぬるなれ
（『和歌題林愚抄』恋部三、寄海恋、六百番歌合、47オ）

58　思ひ川ながるゝ水《みづ》のあはれとも見らくほしきは水ぐきの跡《あと》〔女15オ〕

・おもひ川ながるる水のあはれともいふ人なしに消えかへりつつ
（『新葉和歌集』十一、恋歌一、六四九）

59　堀《ほり》えこぐ棚《たな》なし小舟行《をぶねゆき》かへりおなじ人にや恋《こひ》わたりなん〔男15ウ〕

・ほり江こぐたななしを舟こぎかへりおなじ人にやこひわたりなむ
（『古今和歌集』十四、恋歌四、七三二）

60　みちのくのあら野《の》の牧《まき》の駒《こま》だにもとればとられてなれゆく物を〔男15ウ〕

・みちのくのあらののまきのこまだにもとればとられてなれゆくものを　（『歌林良材集』二一六）

61　わがたのむむすぶの神もつれなくて君《きみ》がこゝろのとけやらぬかな　〔男16オ〕

（不明）

62　なにをかも心づくしの海《うみ》におふるわろきみるめはあまもかづかじ　〔女16オ〕

・伊勢の海に年へてすみしあまなれどかかるみるめはかづかざりしを

（『類字名所和歌集』一「伊勢海　伊勢」古今、恋二、一二四九、『後撰和歌集』十八、雑四、一二七九）

「被嫌恋」

63　花のいろはうつりにけりないたづらにわが身世にふるながめせしまに　〔男17オ〕

・花の色はうつりにけりないたづらにわが身世にふるながめせしまに　（『古今和歌集』二、春歌下、一一三）

64　さればこそよるとはちぎれかづらきの神《かみ》もわが身もおなじこゝろに　〔男17ウ〕

・されはこそよるとはちぎれかづらきの神も我が身もおなじ心に　（『正徹物語』上、一六）

65　あまだにもすつるみるめはあしのやのなだめて猶《なを》うらめしの身や　〔男18オ〕

（不明）

66　色にそむ心はおなじかづらきの神のすがたを身にぞしりける　〔男18オ〕

・色にそむ心はおなしむかしにて人のつらさに老をしる哉　（『和歌題林愚抄』恋部二、老恋、六百番歌合、31ウ）

「被嫌恨恋」

67　あづまにておひそだてぬる人の子はしたゞみてこそものはいひけれ　〔男19ウ〕

・あづまにてやしなはれたる人のこはしただみてこそ物はいひけれ（『拾遺和歌集』七、物名、しただみ、四一三）

68　みちのくのあたちが原のくろつかにおにこもれりといふはまことか〔男19ウ〕

・みちのくのあだちが原の黒塚に鬼籠れりと聞くはまことか（『大和物語』、謡曲「黒塚」）

69　あひ思はぬ人をおもふはおほ寺《てら》のがきのしりへにぬかづくがごと〔女21オ〕

・あひ思はぬ人を思ふは大寺のがきのしりへにぬかづくがごと（『歌林良材集』四八一、六四六、『万葉集』四、相聞、六一一）

巻三―一

「不堪忍恋」

70　いつしかとはつ山あひの色《いろ》に出て思ひそめつる袖をみせばや〔男2オウ〕

・いつしかとはつ山あひの色にいてゝ思ひそめつる程をみせはや（『和歌題林愚抄』恋部一、初恋、新千、4オ）

71　おもへどもいはで月日をすぎの門《かど》さすがにいかゞ忍びはつべき〔男2ウ〕

・おもへともいはて月日は杉の門さすかにいかゝしのひはつへき（『和歌題林愚抄』恋部一、欲言出恋、新古、9ウ）

72　君《きみ》か袖《そで》はつ山あひにそめつともおもはぬわれはしたにしかめや〔女3オ〕

△みせばやなはつ山あひのすり衣思ひそめぬる色のふかさを（『新葉和歌集』十一、恋歌一、六七七）

73　いかにしてからきおもひを杉《すぎ》の門《かど》さしてそれとも我《われ》は思はず〔女3オ〕

△こと〻へとこたへぬ霜の杉の門つらきちきりのしるし成けり（『和歌題林愚抄』恋部一、尋恋、藤葉、11オ）

「作文恋」

74　おもふ人おもはぬ人のおもふ人おもはざらなんおもひしるべく〔男4オ〕
・思ふ人おもはぬ人の思ふ人おもはざらなむおもひしるべく
（『後撰和歌集』九、恋一、五七一、『歌林良材集』三七）

75　おもふおもひおもひはれずはおもひしねおもひにしづむおもひでにして〔男4オ〕
（不明）

76　おもはじと思ふおもひはおもふよりおもひのほるのおもひなりけり〔男5オ〕
・世の中をおもふもくるしおもはじと思ふも身にはおもひなりけり
（『玉葉和歌集』十八、雑歌五、題しらず、二五四五）

77　おもふおもひおもひはれなばおもひしれわれもおもふはおなじおもひと〔男5ウ〕
（不明）

「後朝又後恋」

78　別《わか》れぢの今朝《けさ》のおもひにくらぶれはあはぬむかしの恋はものかは〔男6オ〕
・待ちあかす今朝のおもひにくらぶればそのきぬぎぬのうさはものかは
（『菊葉和歌集』十一、恋三、一三四八）

79　逢瀬《あふせ》をばまたいつかはとまつらぶねほにあらはれてこがれこそすれ〔男7オ〕
（不明）

80　別《わか》れぢの今朝《けさ》のおもひをかねてよりしらばなにしになびかましやは〔男7ウ〕
（不明）

「待恋」

81 待《まつ》よひの鐘《かね》も別《わか》れの鳥《とり》の音《ね》もこぬつらさにはいかでまさらん〔女8オ〕

△まつよひのふけしつらさも今は身のよそにのみきくかねの音哉

（『和歌題林愚抄』恋部四、寄鐘恋、延文御百首、66ウ）

82 身にかへて何《なに》思《おも》ひけんうつ蟬《せみ》の世にたのまれぬ人のこゝろを〔女8ウ〕

・身にかへてなにしか思ふうつせみのよはたのまれぬ人のこゝろを

（『和歌題林愚抄』恋部四、寄虫恋、続古、55ウ）

83 うきをなを忍ぶにかゝるさゝがにのいとはかなきはわがこゝろかな〔女8ウ〕

・うきを猶しのふにかゝるさゝかにのいとはかなきはわかおもひ哉

（『和歌題林愚抄』恋部四、寄虫恋、宝治百首、56オ）

84 待よひの鐘《かね》もわかれの鳥の音もゆかぬ我しもまつなげきしを〔男9ウ〕

△まつよひのふけ行かねのこゑきけばあかぬわかれの鳥はものかは

（『新古今和歌集』十三、恋歌三、一一九一）

85 身にかへておもふ心はうつ蟬《せみ》のもぬけて君がたもとにぞすむ〔男10オ〕

△かひなしやかけはなれぬる空蟬のもぬけの衣形み計は

（『草根集』隠恋、三八）

86 恋《こひ》わびて逢瀬《あふせ》祈《いの》りしきぶね川そこの心は神ぞしるらん〔男10オ〕

△今も猶あふせいのらはきふね河物おもふとて神やいさめん

（『和歌題林愚抄』恋部一、祈恋、二条太閤第会、12オ）

巻三―二

「求媒妬恋」

87　余所にのみみし計なる太山木《みやまぎ》のその名もしらぬ人に恋つゝ〔男11オ〕
・よそにのみみしはかりなるみ山木のその名もしらぬ人に恋つゝ
（『和歌題林愚抄』恋部三、寄木恋、宝治百首、48ウ）

88　山ふかきなけきこるをのおのれのみくるしくまよふ恋《こひ》の道かな〔男11オ〕
・山ふかきなけきこるをのおのれのみくるしくまとふ恋の道かな
（『和歌題林愚抄』恋部四、寄樵夫恋、六百番歌合、68オ）

89　我恋《わかこひ》は涙《なみだ》を袖にせきとめて枕《まくら》の外《ほか》にしる人もなし〔男11ウ〕
・わか恋はなみたを袖にせきとめて枕のほかにしる人もなし
（『和歌題林愚抄』恋部一、初尋縁恋、新勅、6ウ）

90　枕《まくら》より外《ほか》にはしらぬ恋《こひ》ならば夢《ゆめ》にみし人やおもひ初《そめ》けん〔女13オ〕
△ちらすなよなみだかたしくまくらよりほかには恋をしる人もなし
（『為家千首』恋二百首、六一〇）

91　見そめしは夢《ゆめ》かうつゝかとにかくに恋《こひ》しきことは君《きみ》そ恋《こひ》しき〔男13ウ〕
（不明）

92　なびくともほにはいてじとしのずゝき忍《しの》びし中は忍《しの》ばれにけり〔女14オ〕
・なひくともほには出しとしのすゝき忍ひし中は霜かれにけり
（『和歌題林愚抄』恋部三、寄薄恋、新拾、52オ）

93　跡《あと》たえて後《のち》うきふしとなりやせん風吹《ふき》みだす猪名《ゐな》の篠《さゝ》はら〔女14ウ〕
・跡たえて又うきふしと成にけりさしもわけこし道のさゝはら
（『和歌題林愚抄』恋部三、寄篠恋、延文御百首、51ウ）

94　恋《こひ》すてふ心の色は三輪《わ》の山しるしの杉《すぎ》をそれとだにしれ〔男15オ〕
△みわの山しるしの杉はうせずとも誰かはとの我をたづねむ
（『歌林良材集』五二六）

95　うきふしになるもならずも笛竹《ふえたけ》のねて後《のち》をこそ神《かみ》にちかはめ〔男15オ〕
　△うきふしにたへぬ恨みを笛竹の音にたてゝだにいかにしらせん（『為村集』恋之部、一六七八）

96　君にわがすゑの松山波《まつやまなみ》こさば神《かみ》も御舟にいかりおろさん〔男16オ〕
　△いかにせんすゑの松山波こさはみねのはつ雪きえもこそすれ（『和歌題林愚抄』冬部下、雪、金、27オ）

97　三輪《わ》の山しるしの杉《すぎ》の二もとにいざ立《たち》ならび色くらべせん〔女16ウ〕
　（不明）

98　今はわか心ぞ君により竹の一よのふしを千夜《ちよ》のはじめに〔女16ウ〕
　△よりたけの君によりけんことぞうき一よのふしにねのみなかれて（『六百番歌合』一〇八八）

99　われもつゝみ人もつゝみのかたからば名《な》とりの川《かは》の水《みづ》はうけしを〔女17オ〕
　（不明）

「帰恨恋」

100　忘《わす》れじのことの葉《は》いかになりぬらんたのめし暮《くれ》は秋風《あきかぜ》ぞふく〔男17オ〕
　・わすれしのことのはいかに成りにけんたのめし暮は秋かせそふく（『和歌題林愚抄』恋部二、逢不遇恋、新古、24ウ）

101　わがかたにうへし早苗《さなへ》にいつしかも秋風立《あきかぜたち》ていねといひけん〔男17ウ〕
　（不明）

102　こと浦《うら》に煙《けふり》のすゑはなびくとももしほたれつるかたを忘《わす》るな〔男17ウ〕
　・こと浦に煙のすゑはなひくとももしほたれつるかたを忘るな（『和歌題林愚抄』恋部三、寄煙恋、新後撰、43オ）

103　かしかまし野《の》もせにすだくむしのねよわれだにものはいはでこそ思へ〔女19オ〕
・かしかましのもせにすだく虫のねよ我だに物はいはでこそ思へ
（『源平盛衰記』三十二、一六〇）

104　いねといふは心おくてのたねならずまたおはせ田《だ》のかりことぞかし〔女19ウ〕
（不明）

105　ことうらになびかましやは夕煙《ゆふけふり》君《きみ》にこがる丶あまのもしほ火〔女20ウ〕
△ことうらになひく煙もあるものをわか下もえの行かたそなき
（『和歌題林愚抄』恋部三、寄煙恋、続千、42ウ）

巻四―一

「寄遊女恋」

106　その人とわきて待《まつ》らん妻《つま》よりもあはれはふかき水《みづ》の流《なが》れて〔男2オ〕
・その人とわきて待らんつまよりもあはれはふかき波のうへ哉
（『和歌題林愚抄』恋部四、寄遊女恋、六百番歌合、67オ）

107　波《なみ》の上にうかれてすぐるたはれめもたのむ人にはたのまれぬかは〔女3オ〕
・波のうへにうかれてすくるたはれめもたのむ人にはたのまれぬかは
（『和歌題林愚抄』恋部四、寄遊女恋、六百番歌合、67ウ）

「遊女恨恋」

108　とにかくに恋しねとてや終夜《よもすがら》夢にはみえてをとづれもせぬ〔女3ウ〕
（不明）

109　恋《こひ》しさの心ぞかよふ夜《よ》もすがら君も夢《ゆめ》にてまことぞとしれ〔男5オ〕
（不明）

「侘帰傾城文」　和歌なし

「恨待不来傾城文」　和歌なし

「遣端傾城文」

110　おもへども逢《あひ》にいかねばうそになるおこめたかくてがゝへげる世は〔女8ウ〕
（不明）

111　これほどにおこめたかきにがゝへげておなかにつれて知音衆《ちいんしゆ》もへる〔女10オ〕
（不明）

「恨不来傾城文」　和歌なし

巻四―二

「始恋」

112　いかにせんいかにせんとぞいはれける物思ふ時のひとりごとには〔男11ウ〕
（不明）

113　ますらおのさとる心も今はなし恋のやつごに我はしぬべし〔男12オ〕
・ますらをのさとり心も今はなし恋のやつこに我はしぬべし
（『万葉集』十二、正述心緒、二九一九、『歌林良材集』四四八）

「慕好色恋」

114　おもひわびいのるもくるしかたそ木のゆきあひがたき人をこふとて〔男13ウ〕
・思ひわひいのるもくるしかたそきのゆきあひとほき人の契は（『和歌題林愚抄』恋部一、祈不逢恋、続後撰、12オ）

115　ゆく蛍《ほたる》もえそふ影《かげ》をそれとみておもひはさぞと君もしれかし〔男14オ〕
・ゆく蛍をのれもえそふ影みせて人の思ひもさそとつけこせ（『和歌題林愚抄』恋部四、寄蛍恋、玉、56オ）

「乍靡疑恋」

116　蛍《ほたる》よりもゆといひても頼《たの》まれずひかりにみゆる心ならねば〔女14ウ〕
・蛍よりもゆといひてもたのまれす光にみゆる思ひならねは（『和歌題林愚抄』恋部四、寄蛍恋、新後拾、56オ）

117　思ふてふ人の心の隈《くま》ごとに立かくれつゝみるよしもがな〔女14ウ〕
・思ふてふ人の心のくまことに立ちかくれつゝ見るよしもかな（『和歌題林愚抄』雑部下、誹諧歌、題しらす、15オ）

巻五

「忍久恋」

118　思ふこといはての森《もり》の紅葉々《もみぢば》は色《いろ》ふかしともしる人ぞなき〔男2オ〕

・おもふこといはて心のうちにのみつもる月日をしる人そなき　（『和歌題林愚抄』恋部一、忍久恋、続拾、7ウ）

119　忍《しの》ぶ草《ぐさ》ふかき軒《のき》ばに秋《あき》かけていく夜か露のをきかさぬらん〔男2ウ〕

・秋をへてふかき軒はの忍草しのひに露のいくよをくらん　（『和歌題林愚抄』恋部一、忍久恋、宝治百首、7ウ）

120　いはで思ふ心ひとつを契《ちぎ》りにて忍《しの》ぶか中のいのちともせよ〔女3ウ〕

・いはておもふ心ひとつのちきりこそしられぬなかの命なりけれ　（『和歌題林愚抄』恋部一、忍久恋、続拾、7ウ）

「互忍恋」

121　さすがまた人には人ももらさじとつゝむ中《なか》ともたのむころかな〔男4オ〕

・さすか又人には人ももらさしとつゝむ計をたのむ中かな　（『和歌題林愚抄』恋部一、相互忍恋、新千、8オ）

122　命《いのち》をばさらにもいはじ世にもらんうき名《な》にかへてあふよしもがな〔男4ウ〕

・命をはさらにもいはし世にもらんうき名にかへぬあふこともかな　（『和歌題林愚抄』恋部一、忍不逢恋、元亨三七廿一内裏三首、8オ）

「忍不逢恋」

123　ながらへて逢《あひ》みんまでのなき名をば世にもらさじとせく涙《なみだ》かな〔男5オ〕

・なからへてあひみんまでのなき名をは世にもらさしとせく涙哉　（『和歌題林愚抄』恋部一、忍不逢恋、元亨三七廿一内裏三首、8オ）

124　難波《なには》なる芦《あし》のしたねのしたむせびたつ夕煙《ゆふけぶり》ゆくかたもなし〔男5ウ〕

・なにはなるあしのしたねの下むすひたてしや煙ゆくかたもなし

125　よるべなき芦分《あしわけ》をぶねこがれてやさはる人めのひまもとむらん〔男6ウ〕
（『和歌題林愚抄』恋部一、寄煙忍恋、続後撰、9オ）
・よるへなき芦分を舟こかれてやさはる人めのひまもとむらん
（『和歌題林愚抄』恋部一、忍不逢恋、永和元九十三御会、8ウ）

「名立恋」

126　たちしよりはれずも物をおもふかなうき名や野辺《のべ》の霞《かすみ》なるらん〔女7オ〕
・たちしよりはれすも物をおもふかななき名やのへの霞なるらん
（『和歌題林愚抄』恋部一、名立恋、新千、11ウ）

127　ありとてもあふ夜もしらぬ命をばなにのたのみにおしみはつべき〔女7オ〕
・ありとてもあふよもしらぬ命をはなにのたのみに猶惜むらん
（『和歌題林愚抄』恋部二、恋命、玉、31ウ）

「懸命恋」

128　いける身のためとぞ思ふあふことを命にかへばかひやなからん〔男8オ〕
・いける身のためとそ思ふあふことを命にかへてかひやなからん
（『和歌題林愚抄』恋部二、懸命恋、藤葉、31ウ）

129　よしさらば命にかへてあふことをのちの世に契《ちぎ》れ君かまに〳〵〔男8オ〕
（不明）

「変契恋」

130　名はたちてさはりはてぬる人めこそつらき契《ちぎ》りのかごと成けれ〔男9ウ〕

・つゐにさてさはりはてぬる人めこそつらきかことの契り成けれ（『和歌題林愚抄』恋一、違約恋、新後拾、18ウ）

131 いつはりと思ひながらもとはるればたがまことよりうれしかりけり〔男9ウ10オ〕

・いつはりと思ひなからも待よひのふくるはつらき山のはのつき（『和歌題林愚抄』恋一、待恋、続後拾、27オ）

132 いつはりをたのむばかりにながらへばつらきぞ人のいのちなるべき〔男10オ〕

・偽をたのむ計になからへはつらきそ人のいのちなるへき（『和歌題林愚抄』恋部一、契空恋、続古、15ウ）

133 今はわれ涙《なみだ》の玉《たま》もぬきとめず恋《こひ》の乱《みだ》れのをだえせしより〔女10ウ〕

・今はわれ涙の玉もぬきとめす恋のみたれのをたえせしより（『和歌題林愚抄』恋部四、寄玉恋、宝治百首、57ウ）

134 われやうき人やはつらきもろ友にうらむる中ぞとをざかりゆく〔女10ウ〕

・我やうき人やはつらきもろともにうらむる中そとほさかり行（『和歌題林愚抄』恋部二、互恨恋、玉、30ウ）

「誘引恋」

135 しきたへのまくらまでこそかたからめことの葉《は》をだにかはさざるらん〔男11ウ〕

・しきたへの枕まてこそかたからめことのはをさへかはさゝるらん（『和歌題林愚抄』恋部一、不逢恋、新千、13オ）

136 いかにせんあまのすむてふうらみてもこひしきかたにかへる波《なみ》かな〔男12オ〕

・いかにせんあまのすむてふうらみても恋しきかたにかへるなみ哉（『和歌題林愚抄』恋部一、恨不逢恋、続拾、14ウ）

137 世を忍び人めをもるもくるしきに身をかくしてんいざ君とわれ〔男12オ〕

（不明）

「絶恋」

138　しばしこそ人め思ひしかたらひを忍《しの》ぶかたより絶《たえ》はてにけり〔男13オウ〕

・しはしこそ人めおもひしよひ〳〵のしのふかたよりたえやはつへき

（『和歌題林愚抄』恋部二、忍絶恋、新後拾、29ウ）

139　いつのまにおひかはりけん忍《しの》ぶ草《ぐさ》わするゝ種《たね》と茂《しげ》りゆくかな〔男13ウ〕

△いはざりきわが身ふるやのしのぶ草思ひたがへてたねをまけとは

（『新後撰和歌集』十六、恋歌六、一一六八）

「被捨恋」

140　はかなくも人のこゝろをまだしらでとはるへき身とおもひけるかな〔女14ウ〕

・はかなくも人の心をまたしらてとはるへき身とおもひける哉

（『和歌題林愚抄』恋部二、忘恋、新後撰、27オ）

第四節　『安倍晴明物語』と中世の伝承

一、はじめに

近世前期に出版された仮名草子『安倍晴明物語』（七巻七冊、伝浅井了意作、寛文二（一六六二）年刊）は、陰陽師安倍晴明についての伝承と、晴明の学問の礎とされる陰陽道書『三国相伝陰陽輨轄簠簋《ほき》内伝金烏玉兎集』（以下『簠簋』と称す）の由来を描いた作品である。作品の内容は大きく二部に分かれ、前半（巻一～巻三）は内題を「安倍晴明記（一・二・三）」とし、晴明と『簠簋』を中心とした物語とする。後半（巻四～巻七）の内題は「安倍晴明物語（天文巻秘伝四・日取之巻秘伝五・人相之巻秘伝六・七）」とあり、天象・方位・暦や人相の占いという実学・実用的な内容となる。

渡辺守邦[1]は、本作品前半部を『簠簋』の注釈書『簠簋抄』（三巻三冊、正保四（一六四七）年刊）に拠るとし、その要所要所に言葉を加え敷衍拡大させ、読み物としての面白さを追求していると述べる。また和田恭幸[2]・木村迪子[3]は、『元亨釈書』や了意作の仏書と本作品との関わりを指摘する。それらの典拠をもとに、本作品においては天象を占い不測の力を持つ人物としての安倍晴明伝と、晴明をめぐる様々な事象についての説が記される。本節では、『安倍晴明物語』の典拠をさらに明らかにし、読み物としての晴明伝の作られ方を考察する。

二、主典拠『簠簋抄』の利用方法

『安倍晴明物語』の主典拠『簠簋抄』は、安倍晴明に仮託された室町期成立の偽書で、密教や陰陽道の談義・講釈の場に関わる人物によって成されたとされる。(4)『安倍晴明物語』前半は、この『簠簋抄』を大枠として以下のような話を作っている。

・伯道上人、文殊菩薩より秘書百六十巻を伝授される。（巻一―二）
・安倍仲麿、入唐するも幽閉され鬼となる。（巻一―三）
・吉備真備、玄宗帝からの三つの難題を解決する。（巻一―四・五・巻二―一）
・吉備真備、『簠簋』を安倍の子孫に伝授するも学ぶ者なし。（巻二―二）
・篠田狐の子（安倍の童子）が竜宮で仙薬をもらう。（巻二―三・四）
・安倍の童子、鳥語を聞いて天皇の病を治し、博士晴明となる。（巻二―五）
・道満法師が晴明に知恵比べで負け、弟子となる。（巻二―六・七）
・渡唐した晴明が伯道上人より『簠簋』を伝授され帰朝する。（巻二―八）
・道満、晴明の妻梨花と謀り、『簠簋』を盗み写し晴明を殺す。（巻三―一）
・伯道上人、帰朝して晴明を蘇生させ、道満と梨花を討つ。（巻三―二）

物語の前半では、文殊菩薩由来の『簠簋』が、伯道上人・安倍仲麿・吉備真備により天竺から唐、日本へ伝来し、やがて篠田狐の子安倍晴明に渡り、その力で晴明が博士となるまでの経緯が記される。『安倍晴明物語』は『簠簋』の日本伝播を記した一種の仏教説話であり、また安倍晴明がその神秘的な力を次第に表していく物語ともいえる。

ではそうした話は、『簠簋抄』を主筋としつつ、他のどのような資料を用いて作られているのだろうか。次に『安倍晴明物語』前半（巻一～巻三）からいくつかの話をあげて考えてみたい。

三、その他の作品の利用方法

（1）安倍仲麿の出自と経歴（巻一―三「安倍仲麿入唐の事」）

『安倍晴明物語』巻一―二から巻二―二までは、晴明出生前の話として、安倍仲麿と吉備真備をめぐる話が展開する。そのうち巻一―三には、安倍仲麿について次のような逸話をのせる。本文中の二重傍線部は①『篚篋抄』からの引用である。傍線部については後述する。

①元《げん》正天皇《わう》の御宇に、安倍仲麿《あべのなかまろ》といふ人あり。その先祖《ぞ》は、②孝元《かうげん》天皇の御子《みこ》、太彦命《ふとひこのみこと》の後胤《こういん》、倉橋麿《くらはしまろ》の末孫《ばつそん》として、中務《なかつかさの》太輔《たゆふ》正五位上、安倍朝衡《あべのともひら》が子也。博学才智《はくがくさいち》のほまれ有ければ、霊亀《れいき》二年八月廿三日に、遣唐使《けんたうし》となりて、もろこしに渡りぬ。しかるに、仲麿《なかまろ》は熒惑星《けいわくしやう》といふ星《ほし》の分身なり。（略）今、仲麿も、日本のまつりごとをたすけて世をおさめ、太唐国《たいたうこく》にしたがはずは、あしかるへしとて、日本に帰さす、たかき楼閣《ろうかく》にあげをきたり。あながちに故郷をおもひ、日本にかへりたくなげきかなしみけるが、月のさやかに出たるを見て　あまの原ふりさけみれは春日なるみかさの山にいでし月かも（略）

（『安倍晴明物語』巻一―三「安倍仲麿入唐《あべのなかまろにつたう》の事」10オウ）[5]

①大唐ヨリ日本へ伝来スルコトハ、（略）遣唐使《ケンタウシ》安部仲丸《アベナカマル》、若《ジヤク》少ニシテ渡海ス。其ノ時、日本ハ四十四代元正《ケンシヤウ》ノ帝（略）

（『篚篋抄』巻上、2オ）[6]

『安倍晴明物語』では右の『篚篋抄』からの説に加え、傍線部のように仲麿の出自をさらに詳しく述べる。このうち仲麿熒惑星説については『百人一首抄』（三巻三冊、細川幽斎作、寛永八（一六三一）年刊）等の歌学書に、陰陽道の説を引いた仲麿伝承があると山下琢巳(7)の指摘がある。そこで『百人一首抄』より該当部分をあげると次のとおりである。

②安倍仲麿《アベノナカマロ》　孝元《カウゲン》天皇ノ御子、太彦命《フトヒコノミコト》ノ後《ノチ》也。〔倉橋丸《クラハシマロ》左大臣ノ始メ也〕一名仲麿《ナカマロ》。一説内麿《ウチマロ》。古伝ニ云ク、船《フナ》守《モリ》ノ子《コ》〔中務ノ大輔正五位上〕従三位安倍朝衡《アベノトモヒラ》カ息《ソク》ト云々。（略）元正《ゲンセイ》天皇霊亀《レイキ》二年八月廿三日、学生ト為《ナ》ッテ唐《タウ》朝《テウ》ニ渡ル（略）件ノ仲丸、渡唐《トタウ》ノ後チ、帰朝《キテウ》セズ、漢家《カンカ》ノ楼《ロウ》上ニ於テ餓死《ガシ》ス。（略）或記《アルキ》ニ曰ク、仲麿《ナカマロ》ハ蛍惑星《ケイコクセイ》ノ分《フン》身《ジン》也。和国ニ降《クダ》ッテ正《セイ》道ヲ輔《タス》ケ、異《イ》国ノ天文陰陽《モンヲンヤウ》ヲ到《イタ》ス。（略）もろこしにて月をみてよみける　天原ふりさけみれは春日なる三笠の山に出し月かも（略）

（『百人一首抄』巻上、11ウ～12ウ、片仮名文の原文漢文(8)）

これを見ると、『安倍晴明物語』と『百人一首抄』とは、仲麿熒惑星分身説だけでなく、その出自や渡唐の件についても同様の説を有していることがわかる。『安倍晴明物語』は、主典拠『簠簋抄』に『百人一首抄』の言説を加えることで、より詳細で神秘的な仲麿の人物像を記しているのである。

（2）囲碁の由来（巻一―四「吉備大臣入唐付殿上にて碁をうつ事」）

『安倍晴明物語』巻一―四の囲碁の由来譚は、吉備真備が唐の玄宗皇帝より囲碁の才を試されるところを、赤鬼となった安倍仲麿に助けられるという『簠簋抄』からの話の間に挿入される。この類話としては、次にあげる中世の辞書『異制庭訓往来』と囲碁の指南書『棊《き》経』（宋張擬撰）、そして『ぢんてき問答』（一冊、寛永九（一六三二）年刊）の説がある。まず『安倍晴明物語』と『異制庭訓往来』とで対応する部分を二重傍線で示した。傍線部・波線部については後述する。

それ①囲碁《ゐご》の術《じゆつ》は、いにしへ尭王《げうわう》、その御子《みこ》丹朱《たんしゆ》の、天性《むまれつき》つたなきをあはれみ、才智《さいち》を練《ねる》べき策《はかりこと》に、囲碁《ゐご》をたくみて、をしへ給ひしより、おこれり。②盤《はん》の長さ一尺二寸は十二月《つき》をあらはし、③三百六十一は、三百六十日をあらはす。一は其数のもとをあらはす。④九の星は九曜《よう》をあらはす。⑤黒白《こくびやく》の石は陰陽《いんやう》をあらはす。⑥盤《はん》は四角にしてしづかなり。石はまろくしてうごく。一陰一陽たがひにきざして、めぐるがごとく、黒白《こくびやく》たがひに是をうつ。⑦盤《ばん》のすぢを線道《せんだう》と名づく。竪横《たてよこ》のまじはる所を網羅《まうら》と名づく。（略）

（『安倍晴明物語』巻一—四、12ウ13オ）

①囲碁《ゴ》・双六（略）是又唐尭・虞《グ》舜之聖主、其子ノ商均《シヤウキン》・丹朱《タンシユ》之愚ナルヲ怜《アハ》レンテ、仍テ之ヲ作リテ教ユル者也。

（『異制庭訓往来』天文十四（一五四五）年写「一月状」、原文漢文[9]）

尭王を囲碁の始原とする説は、このほかにも囲碁の書『碁立《ごたて》』（一冊、刊年不明）の序に、「囲碁《いご》の起《おこ》れる、尭帝《ぎやうてい》の子丹朱《たんしゆ》の愚《おろか》なるに教《をし》へ給ひしより世々に伝《つた》へ」（1オ）という由来譚がある。また傍線部・波線部の、囲碁が表す世界については、碁の指南書『棊経』と、事物由来の書『ぢんてき問答』に次のようにある。

夫れ万物の数は一より起こる。局の路は③三百六十有一。一は数を生するの主にして、其の極に據《よ》りて四方を運《めぐら》す也。③三百六十を以て周天の数に象《かたど》り、分けて四と為すを以て四時に象り、隅各《おのおの》九十路なるを以て其の日に象り、外周七十二路なるを以て其の候に象る。枯棊の三百六十、⑤白黒相ひ半ばするを以て陰陽に法《のつと》る。⑦局の線道、之を枰《へい》と謂ふ。線道の間、之を罫《けい》と謂ふ。⑥局は方にして静なり。棊は円くして動なり。

（『棊経』「論局編第一」1オ、原文漢文）⑽

ごは十かいをへうす。ばんは二尺二寸四方、四きをかたどるなり。④九つのもくめは九ようのほしをまねひ、③三百六十目は一年の日かすなり。（略）又すご六ばんは、②ながさ一尺二寸、これは十二月をへうす。（略）これはきび大臣《だいじん》のひろめ給ふ。

（『ぢんてき問答』8ウ9オ）⑾

右の『ぢんてき問答』の波線部にいう「一尺二寸」は、囲碁ではなく双六盤の長さのことであるが、仮名草子『ひそめ草』（三巻三冊、正保二（一六四五）年刊）にも「双六《すぐろく》は、いにしへ吉備《きび》大臣《じん》のひろめ給ふ。盤《ばん》は長《なが》さ一尺二寸」（巻中、22ウ）とあることから、『安倍晴明物語』の方が双六・囲碁の両説を混同したのではないかとも思われる。囲碁や双六を天文世界の表象として捉えるこうした説は、『月庵酔醒記』「囲碁事」、『塵荊鈔』『塵添壒嚢鈔』などの中世の随筆や辞書にもあり、『安倍晴明物語』はそうした中世の書物に行われた言説を取り入れている。

（3）吉備真備、「野馬台之詩」を解読す（巻二―一「吉備公野馬台之詩をよむ」）

『安倍晴明物語』巻二―一には、吉備真備が玄宗皇帝より「野馬台之詩」をはじめとする種々の宝を授かり帰朝するという『簠簋抄』に拠る話がある。その後に「野馬台之詩」について、その文言の意味の説明が次のように続く。

耶馬台之詩《やばたいのし》　①東海姫氏国といふは、此日本をさす也。太唐国よりは東にあたりて、大海の中に日本国これあり。㋐これを姫氏《きし》の国と名づくる事は、いにしへ周《しう》の氏《うぢ》は、これ姫氏《きうぢ》にして、呉《ご》の泰伯《たいはく》、身を文《もどろ》かして、国をゆづりて出給ひしが、日本に来りて世をおさめられし故に、日本を姫氏の国と名づくといへり。又、日本地神のはじめ、㋑天照《せう》太神は女躰《たい》にて世をおさめ給ひし故に、姫氏の国と名づくともいへり。（略）今野馬台といふも、おなじくこれ日本をさしていふ。日本国をば㋒耶摩止乃久邇《やまとのくに》と名づく。野馬台《やばたい》とは、やまとといへる五音の連《れん》声《しやう》なり。②百世代天工といふは、人王の世にいたりて、天神のまつりことにかはりて、天下をおさめ給ふこと也。百世とは、百は大数《すう》の名なり。かならず人王百代にかぎるといふにはあらず。③右司輔翼為《ゆうしふよくた》りとは、天児《あまつこ》屋根命《やねのみこと》の苗裔《べうえい》、政事《せいじ》を司《つかさ》どりて翼《つばさ》のごとく也。扶翼をたすけのつばさとよめり。④衡主元功《かうしゆけんこう》を建《た》つといふは、衡《かう》は阿衡《あかう》とて摂政《せつしやう》にあたる。推古《すいこ》天皇の御時、聖徳《しやうとく》太子摂政たり。又太子は、これ太唐の南岳衡山《なんがくかうさん》の思大師《しだいし》の再誕《さいたん》なれば、衡王《こうしゆ》といふ。元功《けんこう》とは、十七条の憲法《けんほう》をたてゝ、よく四海《かい》太平におさめらるゝ、これ元功《けんこう》也。

（『安倍晴明物語』巻二―一、3ウ〜6オ）

右の『安倍晴明物語』引用文の二重傍線部①〜④については、次の室町期成立の未来記「野馬台序」（『長恨歌琵琶行　野馬台』の内、一冊、寛永四（一六二七）年刊）に概ね対応している。

①東海姫氏国《トウカイキシコク》〔本朝ハ后稷ノ裔《エイ》也。故ニ姫氏国ト云フ也〕②百世《モヽヨ》天工ニ代《カハル》〔人王ハ天工也。庶民ヲ理《ヲサムル》コト百代ニシテ、政コト王者ヨリ出《イテ》ン〕③右司輔翼《フヨク》ト為《ナル》〔昔シ神代ニ天児屋根命《アマノコヤネノミコト》、天太玉命《アマツフトタマノミコト》二人、天照大《アマテラスヲホン》神ノ勅ヲ奉リテ、左右ノ臣《シ》ト為テ扶翼《フヨク》ス。（略）〕④衡主《カウシユ》建元功ヲ建《タ》ツ〔衡主トハ聖徳《シヤウトク》太子ヲ謂《イ》フ也。衡岳ノ恵思《ヱシ》大師ノ後身也。推古《スイコ》天皇ノ朝ニ、摂政ト為《ナル》《タリ》。好《ヨ》ク官位十八階《カイ》ヲ定ム也。（略）聖徳太子ノ十七箇条ノ憲法《ケンボウ》ヲ以テ世ヲ治ル者也。（略）〕

（「野馬台序」）[12]

両書はともに、詩中の語句を掲げた後に意味を説明するという形式をとる。また両書には吉備真備が蜘蛛の動きに従って読んだという「耶（野）馬台野詩」と同じ図があることから、影響関係が考えられる。

次に『安倍晴明物語』の傍線部㋐〜㋒については、『日本書紀』神代巻の注釈書『日本書紀神代巻抄』（十一巻七冊、天文五（一五三六）年成、清原宣賢作、寛永十七（一六四〇）年刊）に次のような類似する内容がある。

四　耶馬台国《ヤハタイコク》（東漢書注、一ニハ耶馬堆《ヤハタイ》ト作ス。耶馬台ノ字、意義無シ。㋒耶麻止《ヤマト》ノ音ヲ借リ用フノミ。（略））

五　㋐姫氏国《キシコク》（宝志ニ出ツ。（略）蓋シ姫氏周姓。周《シウ》ノ大王ノ長子、呉《ゴ》ノ大伯《ハク》、国ヲ譲《ユツ、》テ荊蛮《ケイハン》ニ逃グ。髪ヲ断《タツ》テ身ヲ文《モトロ》ニシテ、以テ竜蛇ノ害ヲ避ク。呉、東海ニ瀕《チカ》シ。本朝ノ俗《ソク》、皆ナ面ニ點《（ママ）スニメ》シ、髻《たぶさ》ヲ押ス。故ニ大伯《ハク》ノ後ナリト称《セウ》ス。則チ国ニ名ツケテ姫氏《キシ》ト曰フ。（略）㋑姫ハ婦《フ》人ノ美称《ヒセウ》ニシテ、天照大神、始祖ノ陰霊《ヲンレイ》、神功皇后、中興《コウ》ノ女主、故ニ国俗《フリ》、或ヒハ仮ニ借リ之ヲ用フ。（略））

（『日本書紀神代巻抄』巻一「起」14ウ15オ、原文漢文）(13)

『安倍晴明物語』と完全に対応するわけではないが、「耶麻止」の音文字のことや、日本を周の大伯（泰伯）のルーツから「姫氏国」と称する等の説が概ね一致する。

これらのことから、『安倍晴明物語』は『歌行詩』「野馬台序」系統の注釈を基本とし、『日本書紀神代巻抄』等にある説をも加えつつ、吉備公が唐から日本に持ち帰ったという未来記「野馬台之詩」がいかなる書であるのかを説明しているのである。

（4）耆婆と薬王樹、公冶長と仙薬の話（巻二―四「安倍の童子小蛇をたすけ幷竜宮に行て秘符を得たる事」）

『安倍晴明物語』巻二―四では、晴明が安倍の童子と称されていた時のこと、小蛇を助けた恩返しに竜宮に案内され、乙姫から鳥語を理解する仙薬などをもらい、人間界に戻るという『簠簋抄』に拠った話を述べる。その後、童子は安倍家に伝わる吉備公伝来の『簠簋』を学び、やがて天地人の三才に通じる学者となる。『安倍晴明物語』では、安倍の童子のそうした類いなき才能を喩えるために、天竺の耆婆と唐の公冶長の逸話を次のようにあげる。

むかし①天ぢくの耆婆《ぎば》は、薬王樹《やくわうじゆ》の枝を買もとめてより、人の五蔵《さう》六苻《ふ》（ママ）残りなく外より見とをし侍へり。②又もろこしの公冶長《こうやちやう》は、仙人《せんにん》にあひて薬を耳に入けるより、鳥のこゑを聞わけて、そのこと葉に通《つう》じたりといひつたへし。

（『安倍晴明物語』巻二―四、15オ）

これら傍線部①②の話は、『法華経直談鈔』（十巻二十冊、栄心作、寛永十二（一六三五）年刊）に次のようにあげられている。

①医者ノ始事、天竺ニハ耆婆大臣也。（略）此ノ人、幼少ノ時、遊行スルトテ柴ヲ売ル市人ニ値ヘリ。彼ノ束ネタル柴ノ中ニ薬樹王（ママ）ト云薬ノ木一本有リ。常ノ人、之ヲ知ラザレドモ、耆婆ハ之ヲ見テ市人ニ乞ヒ取リテ、病有ル者ノ身ニ当テ、之ヲ見ルニ、五臓六腑ヲ明ラカニ知リ、病ノ根元ヲ知リテ、薬ヲ与フル間タ、一切ノ病悉ク平愈セズト云事之無シ。

（『法華経直談鈔』巻八本―十六「耆婆事」23ウ24オ、原文漢文）(14)

②昔大唐ノ周ノ代ニ、孔子ノ弟子ニ公冶長ト云者有リ。鳥ノ鳴声ヲ聞キ、「是レハ五日ノ内ニ大乱起キルベシ」ト云ヒタリ。（略）

（同書、巻八末―二十三「公冶長事」31ウ）

『安倍晴明物語』は、こうした仏書で説かれる諸話を取り入れ、晴明物語としての話の肉付けを行っているのである。

（5）聖人に夢なしの説（巻三―一「晴明殺さるゝ事」）

『安倍晴明物語』巻二・巻三では、天下に名声を施すようになった晴明の前に芦屋道満という人物が現れ、晴明に対抗する。その一話に、晴明の秘蔵する『簠簋』を夢で文殊菩薩から授かったと道満が嘘をつくのに対し、夢での伝授はあり得ないと晴明が否定する論争の場面がある。ここではそれに続く晴明・道満の問答を次にあげる。①の二重傍線部は主典拠『簠簋抄』からの引用部分である。②の傍線・③の波線部については後述する。

①晴明は、酔《えい》のまぎれに何心もなく、「①夢は妄想顛倒《まうざうてんだう》の心よりみる事なれば、たとひ千金を手にとるとみるも、覚ぬれば更にこれなし。されば③聖人《せいじん》は夢なしとは此事也」といふ。道満がいはく、「天ぢくにては、②枳栗奇《きりき》王《わう》の十種《しゅ》の夢、摩耶夫人《まやぶにん》の五種の夢、みなこれ釈尊《しやくそん》夢原《あはせ》して説法し給へり。（略）古《いに》しへ三国《ごく》ともに、夢の寄《き》特《どく》ためしおほし。いかでか③聖人《せいじん》に夢なしと申すべき」といふ。晴明がいはく、「③聖人、更に夢を見ずといふにはあらず。真《しん》人は物の理に通達《つうだつ》して心法よくおさまる故に、妄想《まうざう》の夢なしといふなり。汝のことくなる名利我《が》慢《まん》のあだし心もちたる人に、聖人とおなじき正夢《まさゆめ》有べしとは思ひもよらず」（略）

（『安倍晴明物語』巻三―一「晴明殺さるゝ事」3オウ）

①其ノ時晴明ガ云ハク、「夢ハ妄想顛倒《モウサウテンタウ》ノ偽《イツハリ》、既ニ千金ヲ手ニ取ルト夢見ルトイヘ共、夢覚《サメ》テ更ニ之無シ。

（『簠簋抄』巻二、14ウ）

『安倍晴明物語』では、『簠簋抄』に拠った晴明の言葉に対して道満が反論する。それは傍線部②のように、摩耶夫人や枳栗奇王の夢の奇瑞の話を引くものである。これは、次の『法華経鷲林拾葉鈔』（二十八巻二十四冊、尊舜作、永正九（一五一二）成、慶安三（一六五〇）年刊）にも見える説で、『安倍晴明物語』はそうした仏説を引用し、聖人も夢は見るのだという道満の反論としている。

②摩耶夫人、白象王天ヨリ下リテ我胎内入ルト見玉フ。相者ノ云ハク、智人ヲ生ムベシト云云。即チ釈尊詑胎（ママ）シ玉フ也。（略）又倶舎ニハ、枳利喜王ト云人、十夢ヲ見玉フ。（略）五道輪廻ノ間、種々ノ作業ハ皆是夢中ノ事、之ノ為ニ仏出世シテ、一代五時ノ法問ヲ説ク。衆生ノ夢ヲ寤《サマシ》テ、法性ノ覚リニ帰セント説法シ玉フ也。

（『法華経鷲林拾葉鈔』巻十四「四安楽行人夢唱八相事」37ウ、原文漢文）(15)

さらに、二人の論点となる③波線部「聖人に夢なし」の説については、『荘子』「大宗師」にも「古の真人は、其の寝ぬるや夢見ず、其の覚むるや憂ひ無し」とあり、『安倍晴明物語』はそれをふまえたかとも考えられるが、仮名草子『悔草』（三巻三冊、正保四（一六四七）年刊）や『世話支那草』（三巻三冊、寛文四（一六六四）年刊）にも同様の文言はある。

③聖人《せいじん》に夢なしといへとも、なきにはあらじ。しかはあれと、凡夫《ほんぶ》の見る夢とは替《かは》るへし。（『悔草』巻下、14ウ）(16)

③聖人《セイジン》に夢《ユメ》なしといふ言（略）聖人《セイジン》は行住坐臥《キヤウチウサクワ》心道にあるゆへ、少も妄念妄想《マウネンマウサウ》なし。たとひ睡夢《スイム》の間といふとも、豈《アニ》みだり事ならんや。みなあたることあるべし。

（『世話支那草』巻下、6ウ7オ）(17)

『安倍晴明物語』の波線部③の晴明の反論は、こうした当代の書で行われた言説をふまえたもので、それを晴明の言葉として生かしているのである。

（6）晴明蘇生後の話（巻三―三～七）

巻三―一・二で、晴明は道満に殺されるが、変事を知った晴明の師匠の伯道が日本に渡り、晴明を蘇生させる。生き返った晴明は道満を殺し、もとの天文道の博士に還任する。その後の巻三―三以降の話では、様々な霊力を発揮する晴明が描かれる。それらの話の典拠・類話は次のとおりである。

巻三―三「人形をいのりて命を転じ替たる事」　（謡曲「鉄輪」[18]、室町物語『かなわ』）
巻三―四「庚申の夜殿上の人々をわらはせし事」　（『宇治拾遺物語』巻十四―十一[19]、『鎌倉北条九代記』巻二―十五[20]）
巻三―五「花山院の御遁世をしる事」　（『大鏡』「花山院」、『蒙求』「厳陵去釣」[21]）
巻三―六「三井寺鳴不動の事」　（『元亨釈書』巻十二「三井証空」、『本朝神社考』下之六「安部《ママ》晴明」）
巻三―七「壓魅の法をもつて蛙をころす事」　（『宇治拾遺物語』巻十一―三[22]）

以上の話は、先行する文芸・仏書等に記された晴明伝を編集して作られている。そこには、命を転じ替えたり、人の感情を操ったり、帝位を占ったりするといった強い霊力を持った人物としての晴明が描かれている。

四、まとめ

以上、『安倍晴明物語』の典拠と、読み物としての性格について考察した。一つには、主典拠に他書からの内容を挿入し話と話をつないでいくという方法で、話としての興味とともに、多くの知識を提供しようとする。例えば『簠簋抄』に『百人一首抄』の説を加えた安倍仲麿の物語には、仲麿についてのあらゆる情報が盛り込まれている。二つ目には、登場人物に託して諸説を語らせたり、本来は別の話であったのを晴明伝として作り替えるという方法である。「聖人に夢なし」の説を登場人物の問答として取り入れたりするのがそれである。それを読む者は、そこに使われている素材が何であるかに気づく時、創作の面白さを味わうことができる。そのようにして『安倍晴明物語』は、読み物としての工夫を行いながら常に知識の提供を意図している。これは、中世から近世への過渡的時期に行われた仮名草子というジャンルの作品が等しく有する性格といえるだろう。『安倍晴明物語』もまた、文芸と啓蒙を兼ね備えた読み物といえる。

＊　本文引用の際、割注は〔　〕で示した。

注

（1）　渡辺守邦「清明伝承の展開――『安倍晴明物語』を軸として――」（『仮名草子の基底』勉誠社、一九八六年、初出一九八一年一一月）。

（2）　和田恭幸「『安倍晴明物語』に関する考察（一）――説教との関わりについて――」（『仏教説話の世界』宮本企画、一九九二年）。
（3）木村迪子「『安倍晴明物語』構成の手法――法道仙人譚と道満伝承を軸に――」（『国文』一一三、二〇一〇年七月）。
（4）真下美弥子・山下克明「簠簋抄（序）」『日本古典偽書叢刊』第三巻（現代思潮新社、二〇〇四年）解説、一六四頁。
（5）『仮名草子集成』第一巻（東京堂出版、一九八〇年）に拠る。
（6）寿岳章子蔵本（国文学研究資料館マイクロフィルム）に拠る。
（7）山下琢巳「阿部仲麿入唐説話――その近世的変容をめぐって――」（『国語と国文学』七三―五、一九九六年五月）三五頁。
（8）国文学研究資料館蔵本〈タニ／八〇〉に拠る。
（9）『日本教科書大系　往来編　古往来（四）』（講談社、一九七八年）に拠る。
（10）『百部叢書集成　守山閣叢書　碁経』に拠る。なお筆者の勤務校の授業で、院生の岩森円花より、本説の典拠として『玄玄碁経集』（一冊、宋晏天章・元虞集編、元代刊）が報告された。本稿での「碁経」引用文は当作品とほぼ同じ。
（11）渡辺守邦「版本・ぢんてき問答――翻刻と解題――」（『国文学研究資料館紀要』九、一九八三年三月）に拠る。
（12）国文学研究資料館蔵本〈ワ四／九〇〉に拠る。
（13）内閣文庫蔵本『日本書紀神代巻抄』〈一四三／〇三七二〉に拠る。
（14）『法華経直談鈔』第三巻（臨川書店、一九七九年）に拠る。
（15）『法華経鷲林拾葉鈔』第三巻（臨川書店、一九九一年）に拠る。
（16）『仮名草子集成』第二十四巻（東京堂出版、一九九九年）に拠る。
（17）『仮名草子集成』第四十四巻（東京堂出版、二〇〇八年）。このほか『見ぬ京物語』や『聖徳太子伝暦備講』にも類話がある。
（18）木村3論文、一九頁。
（19）岩森10の報告。
（20）諏訪春雄「伝説上の安倍晴明」（『安倍晴明伝説』ちくま新書、二〇〇〇年）五六頁。

（21）10の授業での院生の湯浅恵の報告による。

（22）加賀佳子「古浄瑠璃『しのだづま』の成立――なか丸とあべの童子――」（『芸能史研究』一一五、一九九一年一〇月）四四頁。

第二章　仮名草子と思想

第一節　『他我身のうへ』の三教一致思想

一、はじめに

山岡元隣は、北村季吟の高弟として和歌・俳諧を学び、漢詩や注釈書、仮名草子を著した人物である。[1]思想面では、儒・老・荘・仏の思想を平易に説く啓蒙家としても知られている。[2]

山岡元隣の俳諧に、『荘子鬳斎口義』（以下『口義』と記す）の注に基づいた『荘子』寓言論が大きな影響を与えていること、季吟とその周辺においても『荘子』の寓言論が学ばれていたことについては、諸先学の論が備わる。[3]三浦邦夫は、山岡元隣の仮名草子『他我身のうへ』（六巻六冊、明暦三（一六五七）年刊）が『徒然草』や林羅山の『野槌』からの影響のほか、林希逸の『口義』に基づき、自己の表現を形成しているとする。[4]三浦の指摘のように、元隣が『口義』を引用したことは、季吟周辺に『口義』が浸透していたがゆえと考えられ、元隣はそこから寓言論を学び、仮名草子の表現として生かしたと思われる。

本節では、『他我身のうへ』における儒書や『口義』引用の方法と、三教一致思想との関わりについて考察する。その上で、元隣がどのような処世観を持ち、それをいかに教訓として作品に記しているかを述べる。

二、『四書集註』の利用

まず、『他我身のうへ』では、人の保つべき心の持ちようがしばしば次のように説かれる。

誠《まこと》に後世《ごせ》を大切《たいせつ》に思《おも》はんとならば、先《まづ》一番《ばん》に我《が》まんをやめ、次《つぎ》に慈悲《じひ》を専《もつはら》とすべし。

（『他我身のうへ』巻一—一「後世《ごせ》のねがひやうにしな〴〵有事」2ウ）(5)

こうした平易な言葉で人の心のあり方が説かれているのだが、それに当たって引用されるのが『徒然草』や『野槌』、そして『口義』注や朱子『四書集註』の文言である。例えば巻二—二「中庸《ちう》の事」では、「中庸」について次のように述べる。

能分別《よくふんべつ》をして、其理《そのり》の当然《たうぜん》を能味《よくあぢは》ひ、たとひ壱人のかたなりとも、よき道理《だうり》を持《もち》たらん方《かた》へつく事《こと》を、其中《そのちう》をとるとの給《たま》へり。

（『他我身のうへ』巻二—二、3ウ）

「中をとる」とは良い道理を判断することだという。そして、「中庸」ということについて、『四書集註』の『中庸章句』の序の文言を引き、その由来と意味を次のように述べる。傍線部が『中庸章句』と対応する。

中庸《ちうよう》のおこりは、いにしへの聖人《せいじん》、かの天《てん》よりあたへられしすぐなる心《こゝろ》に、人欲《よく》のわたくしを、微塵《みぢん》もまじえずして、至極《しごく》の道理《だうり》をたてたまひし道統《たうたう》の伝《てん》也。是即《これすなはち》儒者《じゆしや》の血脈《けつみやく》也。彼大尭《かのだいけう》、舜《しゆん》に天下《てんか》を譲《ゆづ》り給《たまひ》しときに、「允《まこと》に厥中《そのちう》を執《と》れ」と教《をし》へられし也。さて又、舜《しゆん》の禹王《うわう》に天下を譲《ゆづ》られし時《とき》、「人の心《こゝろ》惟《こ》れ危《あや》うし。道《みち》の心、惟《こ》れ微《び》也《なり》。惟《こ》れ精《せい》、惟《こ》れ一つに、允其中《まことそのちう》を執《と》れ」と教《をし》へられし也。右《みぎ》の尭《げう》の仰《おほ》せられし「允《まこと》に厥中《そのちう》を執《と》れ」といへる一言《ごん》にて、天下万物《てんかばんぶつ》の至極《しごく》の道《だう》理、ことごとくそなはりし（略）。

（『他我身のうへ』巻二―二、5オ）

人の心、惟れ危うく、道の心、惟れ微かなり。惟れ精、惟れ一に、允に厥の中を執ると云は、舜の以て禹に授くる所なり。

（『中庸章句』序1オ、原文漢文）[6]

『他我身のうへ』では続けて、人の心について次のように説明する。

人の心と云へるは、猶海《なをうみ》を渡《わた》る舟《ふね》のごとし。道《みち》の心といへるは柁《かぢ》なり。若此人《もしこのひと》、心の舟《ふね》に、道《みち》の心を梶《かぢ》とせざれは、舟《ふね》のなみにたゞよふごとく、其人《ひと》の心の悪《あく》におもむくといへる説《せつ》もあり。

（『他我身のうへ』巻二―二、5ウ6オ）

人の心は海を渡る船のようで、善悪どちらにも傾き易く危ういものであること、ゆえに道の心を舵として「聖賢《せいけん》を師《し》として善《せん》をえらみ、悪《あく》をしりぞくる道《みち》をしる、惟精《これせい》也。惟《これ》一にといへるは、それをよく身に行《をこな》ふ事也」（『他我身のうへ』巻二―二、6オ）と加えている。これと同様の説は、『中庸章句大全』巻一に次のような言がある。

形気は猶船のごとし。道の心は、猶柁のごとし。船、柁無くして之を縦《ほしいまま》に行くときは、時として波濤に入ること有り。時として安流に入ること有り。一定すべからず。惟だ一の柁有りて、以て之を運らすときは、則ち波濤に入ると雖ども害はなし。

（『中庸章句大全』「中庸章句序」2ウ、原文漢文）[7]

『他我身のうへ』では続けて、道を行う時の心得について、『中庸章句』の次の内容を引用し、「道《みち》はしばらくもはなるべからず、はなるべきは道《みち》にあらず」（巻二—二、6ウ）と述べる。

道は、須臾も離るべからず。離るべきは道に非ず。是の故に、君子は其の睹せざる所にも戒慎し、其の聞かざる所にも恐懼す。

（『中庸章句』2オ）

このように、『他我身のうへ』巻二—二は、中庸ということについて、『中庸章句』やその注釈書を引きながら説いている。

そのほか儒書を利用した箇所として、巻三—三「数奇者《すきしや》と鞠《まり》ける人の論《ろん》の事」の芸の道については『論語』「述而」を引用し以下のように述べる。

「道《みち》に志《こころざ》し、徳《とく》に拠《よ》り、仁《じん》に拠《よ》り、芸《げい》に游《あし》ぶ」と孔子《こうし》ののたまひしにも通《かよ》ふべし。「志《こころざし》」とは、心《こゝろ》の之《ゆく》所《ところ》の謂《い》ひ」と註《ちう》せられし也。「志《こころさし》」とは、我《わ》が心《こゝろ》東《ひがし》へゆかんと思《おも》ふ、即《すなは》ち東《ひがし》への志《こころざし》なり。「道《みち》」とは、人たるもの、、なさずしてかなはぬ道《みち》也。「徳《とく》に拠《よ》り」、「拠《より》」とは「執《と》り守《まも》る」と註《ちう》せられて、我《わが》せんと思《おも》ふ事《こと》に、めを付《つ》てゐるやうなる事《こと》也。

（『他我身のうへ』巻三—三、8ウ9オ）

また巻三—十三「むこいりの事」では、「礼」について「八佾」を、巻四—三「我身《わがみ》つみて人のいたさしる事付恕の字の事」では「恕」について「里仁」の語句をそれぞれ引用し、平易な言葉で説明している。

三、『荘子鬳斎口義』の利用の仕方

『他我身のうへ』では、儒書を引いて心の修養を説こうとする一方で、我欲の苦しみを去った「心の楽」を求めるための言及もなされている。

ある人、世《よ》の中《なか》になにをか楽《らく》と定《さだめ》申べき。（略）本《もと》より天命《てんめい》さだまれば、俄《にはか》に富《とみ》も求《もと》めえじ。我身《わがみ》を達者《たつしや》とねがふとも、生《むま》れ付《つき》て病弱《びやうじや》なるもの、いかで達者《たつしや》にもなるべき。また隠遁《いんとん》をねがふとも、とてもうき世《よ》もそむきがたければ、みづからねがふ所《ところ》にははんべらず。（略）我《わが》ねがはしく思《おも》ふは心《こゝろ》の楽《らく》也。（略）万事《はんじ》心持《こゝろもち》ゆへ、おもしろくもうたてくもある物《もの》也。とても楽《らく》こそねがひなば、ねがふてかなふ楽《らく》をこそ、よきねがひとも申べし。

（『他我身のうへ』巻二―五「至楽《しらく》の事」12オウ）

これは『荘子』の、

人の臣子為る者は、固《まこと》に已むことを得ざる所有り。事の情《まこと》を行ひて、而して其の身を忘る。

（『口義』巻二、内篇「人間世」本文、24オ、原文漢文）(8)

という、人の君臣・親子の関係とは揺るがしがたい運命であり、人はそうした現実において我が身を忘れ無心に生きていくほかはないという言葉を想起させる。

また傍線部「心の楽」とは、『口義』巻一「逍遥遊」にいう次の言葉をふまえたものと思われる。

無何有の郷、広莫の野とは、言は、造化自然至道の中に、自ら楽しむべきの地有るなり。

（『口義』巻一、内篇「逍遥遊」注、14ウ）

「無何有の郷」（物一つない世界）、「広莫の野」（人ひとりいない広野）とは、人が造化の力や物事の本来性に身を任せることで至る境地（自ら楽しむべきの地）という。こうした「心の楽」の境地については、また次のような言葉でも言い表されている。

いかなるをか無心《むしん》といふ（略）つながぬ舟《ふね》の心なき心をもつて人にまじはらば、少《せう》々人の耳《み》にあたる事《こと》を謂《いひ》たりとも、人とがむまじ。いはんや此無心《このむしん》をもつて、人を教化《けうけ》して、仏果《ぶつくは》にいたらせんにおいておや、何《なに》の欲《よく》といふ事のあるべき。

（『他我身のうへ』巻一―二十三「無心之《むしんの》事付つながぬふねのたとへの事」20オウ）

一生《しやう》無我《むが》を行《おこな》ふ事《こと》こそなるまじけれ、一時《とき》にても無我《むが》を行《おこな》ひ、又偽《いつは》りながらも無我《むが》を行《おこな》ふ人は、仏《ほとけ》の御心にちかゝるべし。神仏《かみほとけ》にいのりてなりとも、此心になりたきもの也。

（『他我身のうへ』巻五―四「他人はくひよりの事付無我《むが》のさた」7オ）

と、「無心」「無我」の境地が仏果を得る行程であるという。『他我身のうへ』では、「心の楽」「無心」「無我」といった我欲のない心の持ちようで世を過ごすことを勧めるにあたり、仏説や『荘子』の説を平易な言葉で説いている。

『他我身のうへ』におけるこれらの言説の思想的な拠り所は、『口義』の例えば次のような禅・荘一致の説にあると思われる。

「大に覚る」とは、道を見る者なり。禅家の所謂大悟なり。（『口義』巻一、内篇「斉物論」注、48オ）

「是非・美悪を蔵《をさ》めず」とは、仏家の所謂不思善・不思悪なり。（『口義』巻四、外篇「天地」注、54オ）

以上、『他我身のうへ』の教訓的言説が『口義』の禅・荘一致の思想をふまえていることを述べた。本書ではさらに『荘子』にいう無為、また仏教にいう悟りの境地への勧めを読者に説くにあたり、次のような留意点を添える。

善悪《ぜんあく》不《ふ》二といへるとても、善《ぜん》あれば悪《あく》あり、悪《あく》あれば善《ぜん》あり、わづかに善《ぜん》といへる名《な》のあるも、はや悪《あく》といへるものがあれば、あくのはじめる所《ところ》などいひて、かの莽々《まう〳〵》蕩々として、わざはひをまねくやからの、とうやらん無《む》のけんへ落つる、かきやぶりさうなる義《ぎ》には、ゆめ〳〵侍らず。こゝにまぎれ道具《だうぐ》おほくあるところなり。よく〳〵つゝしみ給ふべし。善《ぜん》は善《ぜん》、悪《あく》は悪《あく》と、きつかりと事の上に立て、さて其上に、不思善《ふしぜん》・不思悪《ふしあく》の道理《だうり》の手《て》の下《くだ》しがたき所有《ところあり》て（略）（『他我身のうへ』巻五―五「つれ〳〵草《くさ》のふしん付不思善不思悪《ふしぜんふしあく》の事」11ウ12オ）[9]

つまり、禅にいう「善悪不二・不思善不思悪」とは、善悪を混乱させ、無の見に陥るような虚妄の義ではないこと、善悪の倫的規範を弁えた上に無為・悟りの境地があるとする。

さらに『他我身のうへ』巻五―五では、『徒然草』二四三段の「仏はいかなる物か候らん」ということについて、次のように述べる。

もし此段《このだん》の心をよく会得《ゑとく》したるものならば、此をはりにいへる、八つになりし年《とし》、父《ち丶》に問《とふ》ていはく、「仏《ほとけ》はいかなる物か候らん」と、とはれし心も大かた通じ侍るべし。此段《このだん》は、儒《じゆ》にして論語《ろんこ》・中庸《ちうよう》、もし仏家《ふつけ》にこれをいはゝ、善悪不二《ぜんあくふ》、不思善《ふしぜん》・不思悪《ふしあく》、邪正一如《じやしやうによ》、有無《うむ》一致《ち》の理《り》もかよふべし。（『他我身のうへ』巻五—五、11オウ）

ここには、『論語』『中庸』の教義が、禅にいう「善悪不二」（善悪の区別のない悟りの境地）に等しいとする儒仏一致の説がある。このように『他我身のうへ』においては、儒説をあげて倫理的教義を説く一方で、『荘子』や禅の無為の境地を求めるという、一見そぐわない言及がなされているのだが、それは、じつは元隣の『口義』注に基づく『荘子』解釈に拠る所以と考えられる。

では『口義』の思想とはいかなるもので、『他我身のうへ』はそれにどのように拠っているのだろうか。次に考察してみたい。

四、『荘子鬳斎口義』の儒・仏・荘一致思想

『口義』巻二「養生主」冒頭本文と注には次のような説がある。

（本文）吾か生は涯《かぎ》り有り。知《をもたこと》は涯り無し。涯り有るを以て、涯り無きに随ふは、殆《あやう》きのみ。殆きにして知を為《す》る者は、殆うからくのみ。

（注）涯は際なり。人の生なり。各涯際有り。言ふ心は尽る処有るなり。知は思なり。心思ふは却《ま》た窮まり尽く

ること無し。尽くること有る身を以て、尽くること無きの思ひに随ふ。紛々擾々として、何れの時にしてか止まん。（略）其の危殆の中に於ひて、又且つ心を用ひて思筭して自ら以て知と為し、能と為す。吾其の危殆に終わることを見んのみ。（略）此の所謂る「殆」は、即ち書の所謂惟《これ》危しと云なり。

（『口義』巻二、内篇「養生主」本文と注、1オウ）

ここでは、人の生涯の短さに比べ、思いの尽きることの無いことをいい、その上で、その思いに絆されること、また自身を知者であると思い込むことの危うさを指摘している。なお傍線部は、『中庸章句』の「人の心、惟れ危うく、道の心、惟れ微かなり」（序、1オ）の引用で、『荘子』と『中庸』の説が一致するとする。

また『口義』では、『荘子』の無為の世界への道程を儒書の教えに求める。例えば『荘子』雑篇「譲王」第二十八に、世俗の執着を捨てきれず苦悩する隠者魏牟について「未だ道に至らずと雖も、其の意有りと謂ふべし」（『口義』巻九、18オ）とある本文の注として、

此語は、即ち中庸勉めて行ふと云者の事なり。

（『口義』巻九、雑篇「譲王」注、18ウ）

とあり、『口義』が『荘子』に説く「道」に、「中庸」という語を付会させて説明している。同様に、『荘子』外篇「至楽」第十八に、荘子が妻の死にあたり、盆を打って歌を歌ったという話について、

人の心の迷著の者を指して破らんと欲す。故、此の過当の挙を為す。此れ便ち是道の心惟微なり。以て世に独り行ふべからず。所以に、中を執れと云の訓へ有り。（略）特に世を矯《たゞ》し、俗を厭ふ。故に此の論を為すのみ。

（『口義』巻六、外篇「至楽」注、22オ）

と、『荘子』本文から、非常の時には「道の心惟微」となる人心の危うさから、中庸を実現することの大事を説いている。このように『口義』では、無為自然の境地に至るための段階として、中庸を修めることが不可欠であると述べるのである。こうした『口義』における儒説の用い方は、序文にも次のように示される。

語・孟・中庸・大学等の書に精くして、理を見ること素より定まり、文字の血脈を識り、禅宗の解数を知りて、此の眼目を具して、而して後に其の言意、一一に帰着する所有ることを知らん。未だ嘗て跌《てつ》蕩せずんばあらず。未だ嘗て戯劇せずんばあらず。大綱領・大宗旨、未だ嘗て聖人と異ならず。若し此の眼、未だ明ならずして、強ひて意見を生じて、非するに異端・邪説を以て之を鄙んせば、必す其れが為に恐動せられん。

（『口義』発題、4オ）

つまり『荘子』は、儒・禅を習得して初めて理解しうる書であること、その言説は締まりが無く放言を重ね、芝居がかっているのだが、しかしその教理は聖人と変わることがなく、表現に惑わされてこれを異端邪説と難ずれば、後にその真意に気づき、恐れ驚くことになるだろうと述べている。『荘子』は儒説に、そして禅の教えにも通じるとする儒・仏・荘一致の思想が、『口義』の『荘子』解釈の特徴とされる。仮名草子『他我身のうへ』はこの『口義』における『荘子』解釈に倣い、『荘子』という無為自然の、また「心の楽」「無我・無心」の境地へ至る手立てとして、『四書集註』の類を引き、心の修養を解いたとすることができる。

三浦邦夫は『他我身のうへ』の『口義』引用の意味について、老荘思想に親しむ立場から、林羅山『野槌』における『徒然草』『荘子』批判への反駁の意図があったと述べる。(10) 三浦の指摘のように、「大なる夢」を求め、元隣が老荘思想に憧憬の念を抱いていること、その立場から『荘子』を虚無の説と見なす羅山への反駁の意図があったことは確かであろう。ただし、元隣の説く「大なる夢」とは、あくまでも儒の教えにそって人倫を修めて後に得ることのできる世界であった。『荘子』や禅にいう無心・無我の境地とは、儒学との融合の上に成り立つものであるとするのである。その拠りどころとなったのが儒・仏・荘一致を説く『口義』の『荘子』注だったといえるだろう。

『口義』の『荘子』解釈の特徴として、荒木見悟は、儒・荘一致に加え禅と老荘を結合させた点に林希逸の本意があったとする。(11) それは中国儒教界を風靡していた朱子学への反発であり「禅心と人間性とを密着させ、そこに高次の自由と新しい人倫意識の創造をくわだて」るものであったと述べる。

そうした『口義』の思想を背景とする『他我身のうへ』は、『四書集註』類の説をもしばしば引用し、それらを平易に説いている。元隣はその人生において持ち得る「心の楽」という内的世界をそこから求めようとしたのであろう。

五、『他我身のうへ』と北村季吟の俳論

元隣の師である北村季吟が『荘子』寓言論に触れた説として、俳論『誹諧用意風躰』（一冊、延宝元（一六七三）年成、延宝四（一六七六）年刊）の、次のような内容が従来指摘されている。(12)

荘子が寓言は、根なし詞に託《ダク》して道をとけるを、是をもよのつねのうそつきの類《タグヒ》とせんは、よく荘子を見しれる人とはいふべからず。希逸か註の旨かくのごとし。仏の方便《ベン》の説をも皆実《カイジツ》《ミナジツニシテ》不レ虚《フコ》《ナラ》の内証をしらで、たゝにそらごとし給へりと、世の虚妄《コマウ》の人とひとしくいはゞ、まことに仏道の罪人なるがごとく、先師の誹諧も、たゞ

に詞の末をのみ見て、浅くかろくは思ふまじきわざなるべし。

（『誹諧用意風躰』「続連珠誹諧用意問答」10ウ11オ）(13)

ここにいう傍線部「根なし詞」とは、次の『口義』にいう「過当」「鼓舞」の論のことを指すものであろう。

其れ書を著す初めの意、正に世俗の儒を鄙夷せんと要す。故に言語に過当の処有り。

（『口義』内篇、巻一「逍遥遊」注、11オ）

荘子が此語を観るは、何ぞ嘗て心を正し身を脩めざらん。其の尭・舜・夫子・曽史・伯夷を戯侮すること、初めより実論に非ず。特に、其の筆端を鼓舞するのみ。（略）荘子を看来るに、亦是れ世を憤《いきどを》り、邪を疾《にく》みて、而して後に此の書を著《あらは》す。其の見又高く、其の筆又奇なり。所以に過当の処有り。

（『口義』外篇、巻三「駢拇」注、50オウ）

『口義』注では、『荘子』の反儒説とされる説や、一見奇抜に思われる説を「過当」「鼓舞」の表現として留意するよう促している。季吟はこの『口義』注の解釈をふまえ、俳諧もまた『荘子』の寓言と同様に、根拠のないでたらめとのみ軽んずべきではないとする。そしてさらに俳諧の理想についても次のように述べる。

問、古今の誹諧歌は、唐《モロコシ》の滑稽《コッケイ》にひとしといへり。今の誹諧連歌もおなじかるべきにや。答、古今の誹諧哥、今の誹諧、いかでかかはり侍らん。滑稽は誹諧なりとは、『史記』の姚察《ヨウサツ》が註の詞也。誹諧の字義《ジギ》、『古今集』の説にさま〳〵古今の沙汰し給へるといへど、わきて宗祇の、「誹諧は正道に非ずして正道を進め、道に非ずして道を教ゆる」となん、これ今の世に誹諧の連哥をする人の思ふべき所なるべし。

（『誹諧用意風躰』「続連珠誹諧用意問答」3ウ4オ）

これによると、俳諧とは滑稽によって正道へと導く教えであるとする。同じく季吟の『誹諧埋木』（一冊、延宝元（一六七三）年刊）「誹諧之事」にも「誹諧は王道にあらずして、しかも妙義をのべたる哥なり」（2ウ）と、和歌の誹諧歌と同様に、当世の俳諧もまた、滑稽にして正道を守り、菩提心を求めるためのものと述べている。元隣の『他我身のうへ』巻四―七「発句の仕やう俳諧の徳義の事」に、俳諧の徳として「おかしき事にて儒仏の道にも引き入る」とあるのは、季吟のこうした論をふまえたものともいえる(14)。

三浦は、『他我身のうへ』が『荘子』本文や『口義』注に拠って成した話として、巻三―一「けいせいぐるひのいけんの事」の、息子に傾城通いを勧めた庄屋の話、巻三―九「けんくわずきの事」の、息子に芸として兵法を習わせた町人の話、巻五―七「人まねしてあしき事」の、幸福の人の名にあやかって自身と息子を同名にしてしまった話などをあげている。これらの話は、『口義』にいう「過当」「鼓舞」の表現に相当するもので、常識外れで愚か者の滑稽な話を提供し、読者を教えに導くことを目指したものといえる。『他我身のうへ』は季吟の俳諧論を基本としつつ、『口義』の「過当」「鼓舞」の説に沿った話を創作し、仮名草子としての教訓話へと展開させたといえる。

六、まとめ

以上、元隣の『他我身のうへ』における言説の思想的背景について考察した。本作品の特徴として、第一に、『口義』の儒仏道三教一致説を用いたことがあげられる。第二に、『口義』の「過当」「鼓舞」という表現方法を用いたことがある。いずれも『口義』注の特徴を捉えた方法である。
『他我身のうへ』が刊行された明暦三（一六五七）年から時代の下ること約七十年後の享保十二（一七二七）年に、佚斎樗山の『田舎荘子』が刊行され、『荘子』寓言論に倣った談義本の先駆となった。この『田舎荘子』が近世中期の老荘思想の流行の中で成されたことについては、夙に中野三敏[15]の指摘が備わる。『口義』は、仮名草子や談義本に影響を及ぼし、日本近世期における啓蒙的小説の形成のための一端を担った書といえる。そして仮名草子『他我身のうへ』はそうした『口義』の思想を、いち早く取り入れた作品として位置付けられる。

注

（1）水谷不倒「山岡元隣」（『新撰列伝体小説史』『水谷不倒著作集』第一巻、中央公論社、一九七四年）七四頁。
（2）榎坂浩尚「山岡元隣――季吟との関係を中心に――」（『近世文芸　資料と考証』五、一九六六年二月）三三頁。雲英末雄「山岡元隣研究（一）季吟と元隣――万治三年までの交流――」（『文芸と批評』二―二、一九六六年九月）五八頁。
（3）今栄蔵「談林誹諧覚書――寓言説の源流と文学史的実態――」（『国語国文研究』七、一九五三年七月）。野々村勝英「談林誹諧の寓言論をめぐって」（『国語と国文学』三三―一一、一九五六年一一月）。小西甚一「芭蕉と寓言論（一）」（『日本学士院紀要』一八―二、一九六〇年六月）。小西甚一「芭蕉と寓言説（二）」（『日本学士院紀要』一八―三、一九六〇年一一月）。川平敏文「俳諧寓言説の再検討――特に林註荘子の意義」（『文学』八―三、二〇〇七年五月）等。
（4）三浦邦夫「『他我身の上』論」（『仮名草子についての研究』おうふう、一九九六年、初出一九九一年五月）。
（5）『他我身のうへ』本文引用は、『仮名草子集成』第四十八巻（東京堂出版、二〇一二年、底本は明暦三（一六五七）年本）に拠る。
（6）『中庸章句』本文は、『中庸章句』（一冊、無刊記板、惕斎点、全四十六丁、架蔵本）に拠り、書き下しは『新釈漢文大系』を参考にした。

（7）『中庸章句大全』の本文は、『四書集註大全』（二十二冊、明胡広編、鵜飼石斎訓点、慶安四（一六五一）年刊、内閣文庫本〈二七七／〇〇四二〉）に拠る。

（8）『荘子鬳斎口義』本文は、『和刻本諸子大成』（汲古書院、一九七九年）十一・十二巻所収の寛永六（一六二九）年古活字版、二条通観音町風月宗知刊本に拠る。

（9）同様の言は、元隣注『一休水鏡増註』（一冊）にも、「是《ぜ》は是《ぜ》、非《ひ》は非《ひ》にしてをき、生《しやう》はしやう、死《し》はし、花は花、水は水、草《くさ》はくさ、つちは土《つち》」の注として、「和尚《おしやう》つねに生死《しやうじ》一致《ち》の理《り》をいふのみにあらず。爰《こゝ》に至《いたつ》て是非《ぜひ》を生死よりさきにいへるにて、天下の礼義《れいぎ》、国《くに》の法度《はつと》をよく守《まも》れと、衆人《しうじん》にをしへをたれ給ふ」（17ウ18オ）とある。

（10）三浦4論文、一三八～一三九頁。

（11）荒木見悟「林希逸の立場」（『中国哲学論集』七、一九八一年）。

（12）今3論文、六頁。

（13）『誹諧用意風躰』の本文は、尾形仂編『季吟俳論集』（古典文庫、一九六〇年）に拠る。

（14）雲英2論文に、季吟の儒教的教養による功利主義的見解が元隣の中にかなり大きく影響されて入ってきている例として、『他我身のうへ』巻四―七の当話をあげている。

（15）中野三敏「近世中期に於ける老荘思想の流行」（『戯作研究』中央公論社、一九八一年、初出一九六五年三月）。

第二節　清水春流と護法書

一、はじめに

清水春流は、寛文・延宝期に、儒家を名のり仮名草子を手がけた人物である。その学問については、朱子学をこととする傍ら三教一致思想にも触れていることが上野洋三[1]により指摘されている。また舌耕者として民間啓蒙に努めていたことが市古夏生[2]・野田千平[3]により言及されている。

本節では、春流作『寂莫草新註』（四冊、寛文七（一六六七）年刊）、『儒道法語』（一冊、寛文九（一六六九）年刊）、『嵯峨問答』（二巻一冊、寛文十二（一六七二）年序）、『儒家十馬図』（一冊、寛文十三（一六七三）年序、延宝二（一六七四）年刊）における春流の言説が、中国仏教における神不滅論をふまえていることを指摘する。

神不滅論[4]とは、人の死後にその形は滅しても神魂は不滅で、そのために輪廻転生や因果応報の道理が働くという霊魂の存続を唱える仏家の説である。対して儒家では、万物は気によって自然と生成され、死後にその気は散じて身体も魂も滅するという神滅論、魂聚散説をとる。神滅不滅をめぐる儒仏の論争は、もともと中国仏教史[5]をとおして論争を展開させていった。日本においては近世期に中国の護法書の和刻本が出版されるようになる。

ここでは春流の儒仏思想に影響を与えたと思われる護法の書として『尚直編』（一冊、明釈景隆撰、寛永十八（一六四一）年刊[6]）と、これと一部同内容の『帰元直指集』（二巻、明釈一元作、寛永二十（一六四三）年刊[7]）、『原人論』の注釈書『原人論発微録』（六巻、宋浄源作、明暦元（一六五五）年刊[8]）の三作品をあげる。またこれら護法書の影響下にあって日本で成された護法書の中から『三教弁論』（『儒釈問答』、五巻、禿帚軒作、寛文七（一六六七）年刊）、『摧邪評輪』（一冊、寛文七（一六六七）年刊）、『儒仏合論』（九巻、隠渓智脱作、寛文八（一六六八）年刊）、『儒仏問答』（三巻、林道春問・頌祐答、刊年不明）、『指月夜話』（七巻、潮音道海作、写本）を取り上げ、春流の著作にみられる思想的要素との関連をみたい。

二、『嵯峨問答』と護法書

春流の仮名草子『嵯峨問答』は、春長老と水青叟という二人の儒仏問答で、仏者の春長老が儒者の水青叟に導かれて儒・仏・道の三教一致の教えを会得するという内容である。留意すべきは、三教一致がそもそも仏家の説であったのを、『嵯峨問答』では儒家の側の人物がそれを仏者に説き示すという設定になっていることである。

そこで水青叟は、儒家に因果の道理を説く例があると述べる。その例として、中国の鮑靚と羊祜の話を次のようにあげる。

晋《しん》の鮑靚《はうせい》、生れて五歳の時、父母にかたりて曰、「我は過去生にては曲《きよく》陽の李《り》家の児なりしが、九歳の時、井におちて死する」と。其父母その時の事を一〱といふに、いさゝかたがはす。是則李氏の子が生れかはりし也。又羊祜《やうこ》生れて五歳の時に乳母にいひて、本もてあそびし金環《くはん》をとらしむる。乳母が「汝《なんぢ》さきに此物なし」といへば、「隣《となり》の東の垣《かき》の桑樹《さうじゆ》の下にあり」といひて、さぐりて得たり。隣家の主人おどろきて、「此金環は、吾死したる子のうしなひし物なり」といひけり。これ亦、隣の子が死して羊祜《やうこ》となりし事、うたがふべからず。此二人の事は、『晋書』の「列伝《れつ》」に侍る。是生を引儒者の証拠《しやうこ》なり。

（『嵯峨問答』巻上、11ウ～12オ[9]）

ここでは鮑靚・羊祜の二話が、傍線部のように「生を引」き、輪廻転生を語る話とする。
鮑靚・羊祜は『晋書』「列伝四」「羊祜」と「列伝第六五芸術」「鮑靚」のほか、『蒙求』五十三「鮑靚記井」・五十四「羊祜識環」にも同話を載せることから、『嵯峨問答』はあるいは『蒙求』等の比較的コンパクトな啓蒙書類を見て記したとも思われる。

しかし『晋書』や『蒙求』には、『嵯峨問答』傍線部のように、二話から仏教の輪廻転生を説く文言はない。これは、仏書類で行われた仏教を擁護する書、護法書にみられる説である。例えば隠渓智脱『儒仏合論』には次のようにある。

『晋書』に、鮑靚、字は太玄、東海の人なり。学内外を兼ね、天文河洛の書を明らかにす。後南海の大守に遷る。年五歳のとき父母に語りて曰く、「本は是曲陽李家の児、九歳のとき井に堕ちて死す」と。其の父母訪問するに皆符験あり。又、羊祐、字は叔子、泰山南城の人、世に清徳を以て聞こゆ。魏の高貴郷公の時、公車を以て徴して中書侍郎に拝す。年五歳の時、乳母をして弄する所の金環を取らしむ。乳母の曰く、「汝先に此の物無し」と。祐即ち隣家の東垣に詣て、桑樹の中に之を探り得たり。主人驚て曰く、「此は吾が亡児の失ふ所の物なり。何ぞ持ちて去るや」乳母具さに之を言ふ。李氏悲惋す。時の人、之を異として、「李氏が子は即ち祐の前身なり」と謂ふ。彼等適《さき》に死する則は、謂ふ所の人死して鬼と為る者に非ずや。又再生して人と為る則は、鬼復た人と為るに非ずや。理は荒昧なりと雖ども事は甚だ昭彰たり。艮卿、只陰陽の換尽するを見て、別に一霊の陰陽に混ずる有ることを知らざるなり。

（『儒仏合論』巻二「魂神の不滅　其二」9ウ10オ、原文漢文）(10)

傍線部では、鮑靚・羊祜の説を引用した上で、陰陽二気は散じても不滅の霊の存在があると説いている。この鮑靚・

羊祜の説は、このほかにも『儒釈質疑論』（一冊、嘉靖十六（一五三七）年刊）(11)、『尚直編』『帰元直指集』『三教弁論』『摧邪評輪』、『鬼神俚諺鈔』（三巻、無褌作、貞享四（一六六七）年刊）(12)等にある。このうち『帰元直指集』『摧邪評輪』には次のような評が添えられる。

『事文類聚』『蒙求』等の書を見ずや。羊祜、環を識《し》り、鮑靚、井を記す。（略）是を以て之を証すれば、則ち儒家の書、固《まこ》とに輪廻の説有り。乃《いま》し釈氏輪廻の説を以て非と為《す》ること、何其《なんそれ》ぞ之を察せざる。

（『帰元直指集』巻下、29ウ30オ、原文漢文(13)）

羊祜《ようこ》環《くわん》をしり、鮑靚井《はうせい》を記す事は『蒙求』にあり。三世・因果・地獄・天堂の事、仏法の偽と云事、罪業《ざいごう》を仏仏家にうくるのみならず、儒書を以て儒書をそしるにあらずや。

（『摧邪評輪』19ウ20オ(14)）

これらは、『事文類聚』『蒙求』等の「儒書」に、鮑靚・羊祜の説を引いて輪廻転生や因果応報を説いていると指摘するものである。このほか『原人論発微録』『尚直編』『三教弁論』にも鮑靚・羊祜の説を引いており、中国・日本の護法書にしばしば引用される話であることがわかる。そしてそれらの書においても、『嵯峨問答』引用文の傍線部と同様に、両説を「生を引く儒書の証拠」と見なしている。

このことから、『嵯峨問答』において「儒書の中にも因果あり」（巻上、10ウ）とあるのは、儒家の説の矛盾を指摘し仏教優位を目指そうとする護法書の論理に拠ったものといえる。

三、『寂莫草新註』と護法書

春流による『徒然草』の注釈書『寂莫草新註』では、中国の魏顆という人物の話をあげて、儒家にいう「無の見」、そして仏家にいう霊魂不滅の説について次のように述べている。

①儒者《じゆしや》の無の見《けん》におちたる事をあらく〳〵いはん。（略）死《し》する時は、本来の太虚《たいきよ》にかへりて分散《ぶんさん》し、一物もとゝまらず。何者かのこりて我をひかんと観たるを、無の見とはいふとぞ。無の見《けん》におちたる人は、仏神の寄特《きどく》物毎《ごと》の妙《めう》といふものを皆うちやぶり侍る也。（略）晋《しん》の魏武士《ぎぶし》が病中に、其の子魏顆《ぎくわ》に遺言《ゆいげん》して、「我妾《おもひもの》をなき跡にて嫁《よめり》させよ」といふ。又病おもりし時に、「我死に殉《したがは》せておひばらきらせよ」といへり。父死して後、嫁させたり。魏顆《ぎくは》がいふやうは、「父の病かろく、心《しん》のたゞしき時の言を用ひん」となむ。其の後、魏顆、秦《しん》の国と合戦《かつせん》する時、秦の大将杜《と》回《くわい》といふ人とたゝかふ。いづくともなく老人来りて、草をむすびてこれをふせぐ。杜《と》回《くわい》、草に蹶《けつまつい》てたふれたる故にこそ、合戦にはかちたるなれ。其の夜、魏顆が夢に彼老人のいはく、「我は妾《おもひもの》が父、今はなき人なれど、わがむすめをたすけて嫁させし。其の恩徳《おんどく》を報《ほう》ぜんが為に、かくのごとし」と見えけるとぞ。②是則《すなはち》陰徳《いんとく》あれば陽報《やうほう》必ずある事ならずや。天地の感応《かんをう》の理は、易《えき》の大伝《でん》にも見え侍る。若感《もしかん》応《をう》なきものならば、聖人《せいじん》の天地・山川・先祖《せんぞ》の神をまつるといふ事も有まじ。亦神も廟《びやう》にいたるといふ事も侍らじ。我心の誠《まこと》だに致《いた》しぬれは、鬼神《きしん》の応《をう》ずる事、必然《ひつぜん》の理也。

（『寂莫草新註』巻二、七十段、4オ〜5オ）[15]

魏顆の話はもともと『春秋左氏伝』宣公の十年の項や『蒙求』「魏顆結草」にあり、右の『寂莫草新註』の話もそれらとほぼ同話である。しかし『寂莫草新註』では、傍線部①のように、朱子学にいう神滅の論を「無の見」に落ちて仏神の妙理を損なう説として批判する。

また傍線部②では、天地・鬼神の感応があるからこそ、聖人は神を祭り、我が心の誠を尽くすのであると述べ、儒家にいう鬼神の説が仏家にいう不滅の霊魂説に通じると位置づけている。こうした説は仏家の護法書『原人論発微録』や『尚直編』にも同様の説がある。例えば『原人論発微録』には同じく魏顆という人物の話をあげて次のように述べる。

①鬼神の霊知、断ざることを験《あら》はすときは、則ち知りぬ、死後気散じて欻無なるに非ざることを。（注）（略）小史に云く、晋の大夫魏武士、寵妾有り。武士疾す。其の子の顆に命じて之に告げて曰く、「吾死せば必ず此の妾を嫁せよ。我言に違《もと》ること無かれ」疾困するに及びて、復た顆に命じて曰く、「必ず妾を殺して我に従へ」と。顆、之を思ひて曰く、「父の清釈の言に従ひて、昏乱の語に従はず」後乃ち之を嫁す。秦、杜回を以て将と為して晋を伐つ。晋、顆に命じて将と為して之を拒《こば》む。剋明にして交戦す。顆、夜一人を夢《ゆめみ》る。顆に語りて曰く、「将軍、明辰早く戦へ。我れ鬼を率て、以て助けて必ず勝つことを取らしめん」と。曰く、「君は是れ何人ぞ。而して能く助けらるゝ」答へて曰く、「我は是れ将軍の亡父の嬖妾が父なり。将軍我が女《め》を殺さずして、之を改め嫁することを感ずるが故に、鬼兵を率て、以て相ひ助く」顆、喜びて晨を侵して動戦して、以て秦の軍を繋ぐ。杜回、草の為に、之に囲まれ進退路無し。晋の師《お》さの為に敗らる。語に云、「鬼役結草」とは此の謂ひなり。

（『原人論発微録』巻二、21ウ〜22オ、原文漢文）[16]

右の傍線部①は、『寂莫草新註』の傍線部①の「死する時は（略）一物もとゞまらず」に対応する部分である。また『儒仏合論』でも、魏顆の説を引いた後に、「礼記の所謂人死して鬼と為る者の霊に非ずや」（巻二、9ウ）と、儒家の鬼神の説が仏の霊魂の説に通じるとし、儒家にも神魂不滅説を認める説があると示している。このほか劉謐『三教平心論』[17]（二冊、承応二（一六五三）年刊）、『三教弁論』『鬼神俚諺鈔』[18]、湛澄述・鷲宿注『有鬼論評註』[19]（一冊、正徳元（一七一一）年刊）等の護法書にも魏顆の説を引く。これらの護法書における当話の扱い方は、春流の『寂莫草新註』の説と同様であり、春流が当代に行われた護法書の影響を受けていることがわかる。

四、『儒家十馬図』の思想

では、春流はどのような立場から護法書を利用したのであろうか。

護法書から仮名草子への影響については、千葉真也により、如儡子『百八町記』（五巻五冊、寛文四（一六六四）年刊）が『尚直編』『帰元直指集』を踏襲しているとの指摘がある。[20]また和田恭幸は『見ぬ京物語』（三巻三冊、万治二（一六五九）年刊）の諸話が『帰元直指集』に拠るとする。[21]さらに和田は、浅井了意作『伽婢子』（十三巻十三冊、寛文六（一六六六）年刊）の序文や本文には、『元亨釈書』『仏説十王直談』『儒仏合論』『内外明鑑』といった仏書や護法書にいう儒仏論争からの影響があるとする。[22]

これらの仮名草子は、いずれも仏教側の人物により著されたものである。しかし春流の場合、本来は儒説と相容れない神不滅論を、儒家と称する立場から認めようとする点に特徴がある。そうした春流の立場をよく示した作品として『儒家十馬図』がある。

禅書『四部録』の一部で、廓庵禅師「十牛図」[23]とは異なる図柄を持ち、主に中国明代に流行した普明「十牛図」は、日本ではほどんど行われなかったが、春流の『儒家十馬図』（一冊、寛文十三（一六七三）年序、延宝二（一六七四）年刊）

は、この普明「十牛図」の和刻本、雲棲蓮池袾宏『新刻禅宗十牛図』（一冊、明暦二（一六五六）年刊）に拠っている。春流は、牛の図を馬に変えたほかは、ほぼ『新刻禅宗十牛図』に拠って『儒家十牛図』を描いている。また図に付せられた頌についても、典拠の袾宏と雲庵の和頌を、春流と寒渓のものとして作り替えている。両作品の内容にはさほどの相違点はないが、最終図の禅の真境を表す次の第十図「春流詠双泯」の頌に、やや意図的な改変を見る。

（略）

人無く馬無く亦何もなし。足を添へれは図すと雖ども是れ蛇に非ず。太極の形容、筆を弄することを休めよ。

（『儒家十馬図』第十図「春流詠双泯」14オ、原文漢文）(24)

ここでは、典拠『新刻禅宗十牛図』「双泯」の頌にいう「明月光寒にして万象空し」（12オ）という無心の境地を「太極」に改めて表している。このように、儒説にいう傍線部「太極」と、仏説にいう悟りの境地とが一致すると見なす考え方はもともと護法書の類にみられるもので、例えば黄檗僧潮音道海の『指月夜話』（七巻七冊、写本）には次のようにある。

仏教に三諦有り。謂ふ所、真諦・俗諦・中諦也。苟くも強ひて儒仏を和会する寸は、儒の太極は仏の中諦也。（略）儒の太極を徹見る寸は、仏の中諦を鮮得す。仏の中諦を得る寸は、儒の太極を徹見す。畢竟大道豈に二有らん哉。

（『指月夜話』巻七「大道不二」原文漢文）(25)

仏説にいう三諦のうちの「中諦」と、周濂渓の『太極図説』にいう太極とは通じるものと述べる。同じく『儒仏合論』巻一「大道之本論」、『帰元直指集』巻上「三教真如本性説二十五」にも、無極・太極を仏説にいう空の境地や法界観と一致させる。また『尚直編』巻下や『帰元直指集』巻下「儒宗参究禅宗」、『三教弁論』巻三、『儒仏合論』巻七「宋朝崇仏賢臣」、『指月夜話』巻六「釈学之功」には、太極図の出自が禅家にあること、宋の周濂渓が太極図をなしたのは、その師穆修禅師の教示にあること等が記されており、護法書類にはしばしば見られる論理であったことがわかる。(26)

『儒家十馬図』は、護法書の儒仏一致説を「十牛図」に取り入れて説いたものであったが、さらに、牛の図を馬に変えて描いたことにも注目したい。『儒家十馬図』の序には、

夫れ釈氏は心を以て牛に譬へ、我が儒門は牧馬を図して以て心を表す。所以に道ふ、心学の根源、儒仏一致、馬牛同獣、何の我佗・彼此と云ことか之れ有らん。（『儒家十馬図』序、3オ、原文漢文）

と、禅による心の修養の過程を牛と童子の図によって表そうとする禅家の「十牛図」に対し、儒家の立場から、馬をもってこれを説こうとする旨が記されている。これについては『朱子語類』の太極（理）についての論に次のようにある。

理に動静有るとも、理は見るべからず。因りて陰陽にして後に知る。理は陰陽の上に搭《の》りて在り。人の馬を跨《また》ぐに相ひ似たり。（『朱子語類』九十四、「周子之書」「太極図」8ウ）(27)

太極（理）と陰陽（動静、気）とは、あたかも人が馬に乗るような関係で常に連動するものであるという。こうした朱子学の理論を考えると、『儒家十馬図』は、心の修養の方法を牛飼いになぞらえ、悟りに至るまでの過程を段階的に

記した禅家の「十牛図」に倣い、太極（理）を人に、陰陽（気）を馬に譬え、人が本然の性（太極）に帰する、その過程を絵図としたものととれる。「十牛図」をふまえて「十馬図」を描くという方法には、護法書の儒仏融合論に拠りながら、仏説にいう因果や輪廻、悟りといった人倫を越えたところの不測の理を、儒家の言葉で語ろうとする春流の姿勢があるといえる。つまり、春流の「儒者」としての儒仏一致の思想は、実は仏家の論理をふまえたものであったのである。

五、まとめにかえて

春流の『嵯峨問答』序にいう、「仏学をすればます〳〵我儒に明なりと」との説は、例えば『帰元直指集』序の「儒、能く仏を体せば、以て真儒となるべし」といった護法書で説かれた儒者への提言に拠ったものである。

こうした中国の護法書の説に基づき、日本で儒仏論を展開させた人物としては黄檗僧の潮音道海がいる。道海は神道や儒学にも通じており、その方面の著作としては、聖徳太子信仰のもとで神仏儒三教一致融合思想を説く『聖徳太子十七条憲法注』（寛文十（一六七〇）年刊）や、偽書『先代旧事本紀大成経』を支持する書『扶桑護仏神論』（写本）、『扶桑三道権輿録』（二巻一冊、元禄七（一六九四）年自序、写本）、『指月夜話』（写本）などがある。『指月夜話』からは、仏教を学んでこそ儒学の真はあるという道海の儒仏観を知ることができる（巻六「釈学之功」）。さらに当書では、儒者を「吾儒」「真儒」と「異儒」「俗儒」と二通りに区別し、道海自身を「吾儒」と称し（巻四「異吾学異」・巻六「異吾儒差」）、「異儒」について次のように述べる。

古儒は鬼神三光を祭る、吾国と一般也。中古より以往の異儒、鬼神三光を敬ひて之を祭ることを知らず。故に吾国の儒生、之に効ひ、三光の祭を為す者を視て愚なりとして之を笑ふ。

（『指月夜話』巻三「儒祭三光」）

孔子・孟子の古儒の教えに背く中古以来の「異儒」とは朱子をはじめとする宋儒のことを指すと思われる。また「吾国の儒生」については、仏家の出自にして排仏を唱える林羅山や藤原惺窩のことを「真儒為るか」（巻六「釈学之功」）と評している。また山崎闇斎や熊沢蕃山については、古儒の教えに従わず祭祀を排する者として、これを「真儒と謂ふべからず」（巻六「儒門罪人」）と批判する説があることから、それらの当代に名だたる儒学者を指すものと思われる。

対して「吾儒」については、同著『扶桑三道権輿録』に、次のようにある。

彼（注：異儒）は生中に限り、我（注：吾儒）は死外を兼ぬ。彼は人機に闕くる所有り。我は人機に闕くる所無し。是れ、彼と我と一に似て一に非ざる所以なり。本朝の儒者、此義を弁ぜず。偏に異端を立て、、吾儒に敵し、国法を背く。学ばざるには如かざる也。

（『扶桑三道権輿録』10ウ11オ、原文漢文）(28)

「吾儒」とは「死外を兼ぬ」つまり仏説同じく三世のことや神不滅論を説く者とする。道海は、「異儒」に対する「吾儒」を立て、これを正当な儒者と位置づけることにより、宋儒とその影響下にある当代儒者の排斥を目指そうとしたものとわかる。春流が、自身を儒者と称しながらなお仏説を説く姿勢は、道海のこの「吾儒」論に通じるといえるだろう。

春流の知人、幽石なる人物による『嵯峨問答』の跋文には、潮音道海について、僧木庵の高弟であることや、寛文十二（一六七二）年五月十五日に春流が黄檗山で両僧と見えた旨が記される。このことは、春流と道海との間に何らかの交流があったことを窺わせるが、道海側の記録類[29]からはそうした記事を見いだすことが出来ず、関係は明らかではない。しかし、春流が道海ら黄檗僧によって成された護法論を何らかのかたちで享受し、『嵯峨問答』や『寂莫草新註』『儒家十馬図』等を著したことは確かなようである。

春流の『寂莫草新註』では易学に関する説もなされている。また同著『釣虚三編』（一冊、寛文九（一六六九）年刊）には、理・気・性の論、陰陽五行論や潮の説[30]を記すほか、特に朱子学を尊重する姿勢がみられる。このことから、従来春流は儒学をこととする人物として論じられてきた。しかしこれまで述べたように、春流が自らを「儒者」と称する時、仏家側の唱える「真儒」説をも背景としていることも見逃してはならない。

ただしこうした春流の考え方は、特定の思想や宗教を守る者としてのものではない。市井の舌耕者としての春流にとって、朱子学も護法論も当代によく行われ、等しく学ぶべき学説ではなかったか。そうした比較的自由な立場にある春流の著作からは、中国儒仏思想が日本の仮名草子へ享受されていく一端を見ることができる。

注

（1）　上野洋三「清水春流攷――『難波百絶詩草』をめぐって」（『近世初期文学と出版文化』若草書房、一九九八年、初出一九七三年三月）。

（2）　市古夏生「清水春流と出版書肆」（『近世文芸　研究と評論』三、一九七二年一〇月）。

（3）　野田千平『睡余操筆』（『近世文学資料類従　仮名草子編』十六、勉誠社、一九七三年）解題に、「春流は尾張近辺を舌耕の徒として廻り、京に往来して和歌・俳諧をはじめ宋学を身につけた」（五〇二頁）とある。

（4）　津田左右吉「神滅不滅の論争」（『津田左右吉全集』第十九巻、岩波書店、一九六五年、初出一九四二～四三年）、久保田量遠『中国儒仏道三教史論』（国書刊行会、一九八六年、初出一九三一年）第五章「霊魂滅不論」。

（5）梁の僧祐編『弘明集』（五一八年成）および唐道宣『広弘明集』（六六四年成）は、神不滅論を説く書として後世に影響を与えている。そのほか『折疑論』（五巻、元釈子成撰、一三五一年成）、『三教平心論』、『儒釈質疑論』、『覚迷蠡測』（二冊、明管志道作、一六〇〇年刊）、『三教品』（二冊、明李贄編）といった漢籍や、『内外明鑑』（三巻一冊、日迢作、万治三〈一六六〇〉年刊）、『鳴道集説』（金李純甫作、天和二〈一六八二〉年刊）、『竹窓随筆』（三巻三冊、明袾宏作、承応二〈一六五三〉年刊）などの和刻本がある。

（6）正統五年（一四四〇）序、同年刊、万暦二十八年（一六〇〇）重刊。なお国会本『尚直編』〈八二一／一九一〉は『尚理編』と合綴。刊記「寛永十八歳正月吉辰／二条通鶴屋町／田原仁左衛門梓行」。本書は儒仏の有益性や、宋学が禅より出たこと等を記し、特に朱子の仏家批判の反駁を眼目とした書である。明においても『罪知録』などの三教一致論の書に影響しているとされる（間野潜龍『東洋史研究叢刊　明代文化史研究』同朋社、一九七九年、四二九〜四三三頁）。

（7）隆慶年間（一五六七〜七二）序、同四（一五七〇）年・寛永二十（一六四三）年刊。本書は「明の宗本禅師が学道の人々のため願浄土、修徳に資すべき古今の遺文九十七編を集成したもの」（『仏書解説大辞典』第二巻、大東出版社、一九七四年、二三三頁）で、その一部に儒仏関連の内容があり、『尚直編』との重複文もみられる。『鬼神俚諺鈔』は本書の影響下にある。

（8）『原人論』の思想的意義については、「一種の仏教概説というべきものであり、儒道二教に対して仏教の優秀なることを強調したもの」で、中国思想、朝鮮仏教に影響を与えた。また日本でも江戸時代以降に仏教の入門書として読まれ、『原人論発微録』をはじめ明治時代に至るまで多くの注釈書がなされた（鎌田茂雄『中国古典新書　原人論』明徳出版社、一九七三年、二五頁）。また鎌田茂雄「原人論の思想史的意義」（『中国華厳思想史の研究』東京大学出版会、一九六五年）、『原人論』の注釈書に『原人論抄』（一巻、寛永十六〈一六三九〉年刊）、『原人論発微録訓蒙記』（二巻、宣道作、万治三〈一六六〇〉年刊）、『原人論発微録鈔』（六巻、尊海作、寛文十〈一六七〇〉年刊）等がある。

（9）『嵯峨問答』の本文引用は、国会図書館蔵本（二巻二冊、寛文十二〈一六七二〉年序〈二一二／一三〉）に拠る。

（10）『儒仏合論』の本文引用は、香川県善通寺蔵本（九巻九冊、寛文八〈一六六八〉年京田中長左衛門・田原仁左衛門板〈一七／三一〉国文研マイクロフィルム）に拠る。

(11)「三世万物生生して絶えざるは、精神之を主と為す。精神の五陰とする処、猶人の屋宅とする処のごときのみ。(略) 羊姑《(ママ)》(略) 斯れ亦た証とすべし」(巻下、20オウ、内閣文庫蔵本〈三一〇／〇〇六三〉)。

(12) 三巻、貞享四(一六八七)年刊。鮑靚・羊祜の話は、巻上「鬼神顕て人と交りを結ふこと」(22オ〜23オ) とある。また『見ぬ京物語』にも「鮑大玄・羊叔子」として当話を載せる。

(13)『帰元直指集』は、駒澤大学図書館蔵本 (二巻、寛永二十 (一六四三) 年村上平楽寺板〈三八四・四／八一一〉) に拠る。

(14)『摧邪評輪』の本文引用は、玉川大学図書館蔵本 (一冊、寛文七 (一六六七) 年刊〈W一八一／サ〉) に拠る。

(15)『寂莫草新註』の本文引用は、『近世文学資料類従　仮名草子編十六』(勉誠社、一九七三年) に拠る。

(16)『原人論発微録』の本文引用は、大正大学附属図書館蔵本 (六巻六冊、京平楽寺村上勘兵衛板〈一二七／五／六一四〉) に拠る。

(17)「邪誕妖異、儒教に於ひても則ち之れ有り。(略) 晋に魏顆老人を見る」(巻上、15オ、国会本〈一六〇／六八〉二巻一冊、承応二 (一六五三) 年京三浦勘兵衛尉板)。

(18) 魏顆の話は巻上「鬼神恩《きしんをん》を感《かん》じて来《きた》ること」(17ウ〜18オ) にある。

(19)「晋の太夫魏顆《ぎくわ》と云し人の幽霊あらわれて草《くさ》を結《むす》びけり (略) 幽霊の事はなはだ多し。仏書ばかりの云ことにはあらず (略) 魏顆《ぎくは》とは左伝宣公十五年の伝に出《い》づ」(13オ〜15オ、原文片仮名文、国会本〈二一〇／二〇九〉)。以下に当話を載せる。

(20)「『百八町記』の典拠について」(『国語国文』五一―一二、一九八二年一二月)。

(21)「『見ぬ京物語』――中国怪異談の出典とその意義――」(『芸能文化史』一一、一九九一年九月)。

(22)「『伽婢子』考　序文釈義」(『見えない世界の文学史――江戸文学考究』ぺりかん社、一九九四年三月)。また巻四「幽霊逢夫語」、巻十「了仙貧窮付天狗道」にも、地獄の閻魔王が魂聚散説を説く儒者を批判する話がある。

(23) 廓庵「十牛図」、普明「十牛図」の成立や内容、日本への伝来、諸本等については柳田聖山『十牛図　自己の現象学』(ちくま学芸文庫、一九九四年) 解題に詳しい。柳田によると、当代に「十牛図」を一種の人生読本とする風潮があったこと、『儒家十馬図』は日本における普明「十牛図」の最初の成果だとする。また普明の作品が袾宏の再版によって日本に伝えられ、朝鮮刊本の影響もあって江戸中期には和刻本も作られたとする。

(24)『儒家十馬図』の本文引用は、国会図書館蔵本(『うしかひ草』『釣吸問答』と合、延宝二(一六七四)年中村七兵衛尉板〈一四六／一八〇〉)に拠る。

(25)『指月夜話』の本文引用は、国会図書館蔵本〈一〇六／一〇〉に拠る。

(26)『尚直編』「濂渓太極図説、無極の真、妙合して凝(此の二句、華厳経の法界観に出づ)無極にして太極等の語の、全く是東林の口訣、『周子通書』『濂洛集』等、皆此に根づく。周程、仏語を多く取り用ふ。此に類す」(巻下、17オ)。『帰元直指集』巻下「儒宗参究禅宗」に「真儒禅を学びて道を得る者の計ることを知るべからず(略)国一禅師、道学を以て寿涯禅師に伝ふ(略)放、穆修に伝ふ(略)穆修又た伝ふる所の太極図を以て濂渓の周子に授く(略)」(17ウ)とある。『儒仏合論』巻七(26ウ27オ)も同意。

(27)『朱子語類』の引用は『縮印本朱子語類(下)』(中文出版社、一九七九年)。なお『儒仏合論』にも、「真西山、楊文公が書す所の『遺教経』に題して曰く、「今此経を観るに、端心正念を以て道と為して、持戒を言ひて、禅定智恵の本と為す。心を制すること牛を牧すが如く、馬を御するが如く、縦逸ならしめず、瞋を去り、妄を息め、欲を息め、求むることを寡くして、然して後、遠離に由りて、以て精進に至り、禅定に由りて、以て智恵に造り、具に造次・梯級有り」と云ふ」(巻六「下学上達」2オ)とある。

(28)『扶桑三道権輿録』の本文引用は、内閣文庫蔵本(一冊、元禄七(一六九四)年潮音道海自序自筆本〈一九三／六四二〉)に拠る。

(29)『黒滝潮音和尚年譜』(二巻、元峋編)二十丁裏、寛文十二(一六七二)年五月に、尾州剣光寺を訪れる記事があるが詳細は不明。

(30)同説は『天原発微』(十冊、鮑雲竜撰、寛文九(一六六九)年刊)巻一「弁方」、仮名草子『秋の寝覚』(三巻三冊、寛文九(一六六九)年序)巻二「海水」にもある。

第三節　『うしかひ草』と「十牛図」「牧牛図」

月坡道人の仮名草子に『うしかひ草』（寛文九（一六六九）年刊）という作品がある。これは中国由来の禅画「十牛図」になぞらえて十二の図を描き、それに仮名文の物語と和歌を付したものである。

「十牛図」は、禅の修行の過程を十の図に表したもので、宋の時代、十二世紀末に成立したといわれ、「三祖智禅師信心銘」「証道歌」「坐禅儀」と併せて『禅宗四部録』として一書にまとめられた。日本で最も流布したのはこの廓庵禅師の作「十牛図」で、五山版、古活字版をはじめ、江戸初期を中心に板本としても行われた。一方、近世の中国で流布したのは太白山普明禅師の「牧牛図」で、日本にも漢籍や和刻本数種がある。(1) 柳田聖山は、この『うしかひ草』が全体の構成を廓庵「十牛図」に拠りながら「牧牛図」の思想をも統合しつつ廓庵の主題を平易に説いているとし、また普明「牧牛図」の影響を受けた日本で最初の書に『儒家十馬図』（延宝二（一六七四）年識、清水春流作）があるとする。

本節では、これらの先行研究をふまえつつ、仮名草子『うしかひ草』が禅書「十牛図」「牧牛図」とどのような関わりを持っているのか考えてみたい。

一、『うしかひ草』と「十牛図」の内容比較

まず『うしかひ草』と、本書が基本としたと思われる「十牛図」との内容を比較してみる。「十牛図」の内容は、

寛永八（一六三一）年板『四部録』「十牛図」に拠った。比較にあたっては、『うしかひ草』の本文内容を○、「十牛図」の内容を●で示す。

①○睦月の雪なお深き頃、近江国のある貧家の息子が、父から与えられた牛を逃がしてしまう。父は怒って牛を探し出すように諭す。（こゝろをおこす）

●該当内容なし

②○如月半ば、桜の初花の頃、童子は旅支度をして泣く泣く家を出る。（いゑをいつる）

●該当内容なし

③○弥生、春深い山里で、童子は一心に牛を求めて彷徨う。（うしをたつぬる）

●牛を求めて山奥に迷い、池と森の辺で物思いに耽る。（第一図「尋牛」）

④○卯月初夏の山中に彷徨い、川辺で呆然としていると、草むらの中に牛の足跡を見つける。（あとを見る）

●川の辺、林の木陰に、探していた牛の足跡を見つける。（第二図「見跡」）

⑤○五月雨の中、期待に胸を弾ませて山奥へと牛の足跡を追う。心細い一夜を明かすと、片辺の丘にそれらしき影を見つけ、そろそろと近寄る。（うしを見る）

●暖かな春の日、威風に満ちた牛を見つける。（第三図「見牛」）

⑥○水無月の雷雨の中、荒れる牛を捕らえ、手懐けようと苦心する。（うしをうる）

●頑固な牛を捕らえしっかりと手綱を取る。鼻頭を摑み引っ張り行く。（第四図「得牛」）

⑦○荒れる牛を放すまいと連れていく。文月の初秋の景色に故郷を恋しく思う。牛はやや人馴れたかのように見え、心安堵する。（うしをかふ）

●手綱を離さず、よく飼い慣らすと牛は大人しくなり、人に付いてくる。（第五図「牧牛」）

⑧〇牛は人に戯れるまでに馴れる。牛の背に乗り、歩むに任せてはるか家路を辿る。頃は葉月の秋の月夜である。（うしにのる）

●牛に跨って、歌を口ずさみ、童歌を笛吹きながら家路を辿る。（第六図「騎牛帰家」）

⑨〇長月の半ば、うら枯れの景色、月影高き秋の野に野宿する。（うしをわするゝ）

●帰宅後牛は姿を消す。夢心地で一日長閑に暮らす。（第七図「忘牛存人」）

⑩〇神無月の末の冬枯れの景色である。降りしきる初時雨がやがて雪に変わり、月も時折雲に隠れる。（うし人、友にわするゝ）

●人も牛も空に帰す。ここで漸く祖師の心と一つになる。（第八図「人牛俱忘」）

⑪〇我が家は人跡絶え、荒れ果てていた。しかし昔と変わらぬ庭の緑や、なにげない家のさまに趣を見る。（家にかへる）

●無為の境地にいると、川や山、花の自然の摂理が見えてくる。（第九図「返本還源」）

⑫〇人に会っても知っているようで知らぬ心持ちで、破屋に一人心のままに暮らす。師走の市中、肌も露わな格好で道に笑み立ち、子供と雪の歌を唱う。（いちくらに入）

●胸を露わにし裸足で街にやってくる。泥まみれで笑い、秘術を行う。会う人に名を問うことができるなら、悟りの境地に入ったのである。（第十図「入鄽《てん》垂手」）

両書を対応させてみると、柳田聖山の指摘に、十二の絵から四季を描き人生読本的な性格を加味しているとあるように、(2)『うしかひ草』は、童子が親元を離れ、牛を探しに家を出てから戻るまでの物語を十二の月に配する。章ごとに移り変わる自然の中で、童子は牛を追い、それを得、やがて忘却する。牛を忘れた男が、家族のいない荒れ果てた我が家に戻ってみると、「かはかり、あれはてむとは、おもはす」と、世の移り変わりに呆然とするが、よく見てみると「庭のをさゝ、松のいろ、むかしに、かはりたるさまは見へす」ということに気付く。これは「十牛図」「返本還源」にいう「庵中には見ず、庵前の物。水は自から茫茫、花は自から紅なり。（庵の中に居ては外の風景は何も目に入ってこない。水は水で果てもなく流れ、花は花で紅色に咲いている。）」に当たる部分で、「十牛図」が時を越えた自然の不思議な摂理を説いているところを、『うしかひ草』では、失った時間を嘆く男が、なお変わらずにある自然の風景に心を慰められるという物語にしている。このように本書では「十牛図」をもとに、男の心が牛や自然と時に離れ、あるいは一つになりながら、それらと同じように移ろっていく様子を描いているのである。

二、「十牛図」「牧牛図」の諸本

次に、『うしかひ草』の絵図の系統について述べてみたい。本書が「十牛図」「牧牛図」からどのような影響を受けているのかについて考えるため、以下に管見に入った限りの諸本（主に板本）を整理した。分類にあたっては、図柄の類似によって系統付をした。

Ⅰ　五山版

五山版「十牛図」については、川瀬一馬の研究がある。『五山版の研究』（東京日本古書籍商協会、一九七〇年）では、最も古い鎌倉末期のものから応永二十六（一四一九）年刊本を含め八種の版について言及している。

Ⅱ　古活字版『四部録』大本一冊（本文、絵）

内閣文庫蔵本『四部録』〈三一一／五一〉は、「三祖鑑智禅師信心銘」「永嘉真覚大師証道歌」「座禅儀」「住鼎州梁山廓庵和尚十牛図」からなる（全二十三丁）。このうちの「十牛図」各章は本文（漢文と「頌」「又」「和」三編の漢詩）と絵からなる。この書の絵は他のどの板本とも異なり、川瀬一馬『古活字版の研究』によると高木文庫蔵本と同一であるという（七八九頁）。なお、この内閣文庫本と同板の絵を持つ正教蔵文庫（大津市西教寺内）蔵古活字版『四部録』二本（ともに一冊、〈禅宗一番箱〉国文研マイクロフィルムによる）がある。

また同書によると、別本に天理大学図書館蔵本（寛永頃刊）があり、巻中に墨書の識語「此四部書近来雖有板行字画不正倭点多誤方今求善本以鏤于梓請見者識之旹寛永八年辛未歳夏五吉旦　四条京極時心堂親刊」があるという。これは、次のⅢの2（1）①本の三丁裏に刻された識語・刊記と同内容である（ただし天理本には「親刊」、板本では「新刊」）。さらに『古活字版の研究』図録篇に掲載の上記天理本の十三丁裏「尋牛序一」の図（図録第七九〇図）は、Ⅲの1・2（1）本、十三丁裏の図柄と比較的類似し、本文の構成・レイアウトも同様である。これらのことから、天理大学図書館蔵古活字版とⅢの1・2（1）本とは何らかの影響関係があると考えられる。Ⅲ2本の刊記にある時心堂は京四条京極の書肆で、『改訂増補近世書林板元総覧』に、寛永八年、四部録（絵入大本）を刊行とある。

では次に、「十牛図」の諸板本を、絵柄によって分類整理する。

Ⅲ　板本（和本）

1．寛永六年板『四部録』

大本一冊、全二十五丁。「三祖鑑智禅師信心銘」（1オ～3オ。3ウ空白）・「永嘉真覚大師証道歌」（4オ～10ウ）・「住鼎州梁山廓庵和尚十牛図」（11オ～22ウ、うち12ウ空白）・「座禅儀」（23オ～25オ）。「十牛図」は、本文（漢文・漢詩三編・

和歌）と絵図からなる。2の寛永八年板とは異板。

①国文学研究資料館本〈ヤ五／四六八〉

刊記「介時寛永六己巳歳仲春吉日　開板之」（25ウ）。

2．寛永八年板『四部録』系本

大本一冊、全二十四丁。「三祖鑑智禅師信心銘」（1オ～3オ）・「永嘉真覚大師証道歌」（4オ～10ウ）・「住鼎州梁山廓庵和尚十牛図」（11オ～22オ）・「座禅儀」（22ウ～24ウ）。十牛図は、本文（漢文・漢詩三編・和歌）と絵図からなる。1の寛永六年板とは異板。

（1）①国文学研究資料館本〈ヤ五／五〇五〉

刊記「信心銘」の裏丁（3ウ）、子持枠内に「此四部書近来雖有板行字画／不正倭点多誤方今求善本以／鏤于梓請見者識之旹／寛永八年辛未歳夏五吉日／四条京極時心堂新刊」とあり。これはⅡ天理本と同内容。

（2）①国立国会図書館本〈八二一／三七〉（1）の覆刻。

刊記　①に加え、「二条鶴屋町　田原仁左衛門新刊」（24ウ）。

②国立国会図書館本〈八二一／二五九〉

刊記「辛未歳夏五吉日／時心堂新刊」（3ウ）。

①の刊記「寛永八年」「四条京極」を削除。「座禅儀」の後に「平安書誌／興文閣蔵版目録」として一丁あり（25オウ）。「京　小川源兵衛」（25ウ左下）。

③駒澤大学図書館本〈一〇三／八〉刊記は②に同じ。

④駒澤大学図書館本〈一〇三／九〉刊記は②に同じ。広告一丁半（25オ〜26オ）。二十六丁表左下に「京　小川源兵衛版」。

＊③④ともに京興文閣（小川源兵衛）の蔵版目録あり。

⑤駒澤大学図書館本〈一〇三／九A〉

＊「京師書林柳枝軒蔵」（24ウ）。後表紙見返に京貝葉書院の広告あり。明治期以降の刊。

（3）①静岡市立芹沢銈介美術館本〈2書籍二四〉国文研マイクロフィルム。（1）の覆刻。（2）とは異板。

②刈谷市中央図書館村上文庫本〈一六四〉国文研マイクロフィルム

①の「寛文八年……時心堂新刊」を削除、「正保乙酉孟春中旬／杉田勘兵衛尉新刊」と入木。

（4）①国文学研究資料館本〈ヤ五／四一二〉（1）の覆刻。（2）（3）とは異板。

刊記の「寛永八年辛未歳夏五吉旦」を「慶安元年戊子仲冬吉旦」とする。

3．『十牛決』系本

（1）正保二年板『十牛決』大本一冊、全七十三丁。「住鼎州梁山廓庵和尚十牛図頌并序」（1オ〜27ウ）と「十牛決」（28オ〜73オ）からなる。「十牛決」は、本文（漢文・頌のみの詩・注）のみ。

①駒澤大学図書館蔵『十牛決』〈一二四／二〇七〉

識語「応永壬午歳結制後七日観白老比丘周及欽記」（73オ）。

刊記「正保二歳乙酉孟夏吉辰」（73ウ）。

（2）無刊記板『東福仏通禅師十牛決』大本一冊、全六十一丁。「住鼎州梁山廓庵和尚十牛図頌并序」（1オ〜21ウ）と

「十牛図」（21ウ～60ウ）からなる。「十牛図」は、本文（漢文・頌のみの漢詩・注・和歌）と絵図からなる。

①内閣文庫本〈一九三／三二七〉

識語「応永壬午歳結制後七日観瀑老比丘／周及欽記」（61オ）。

②大谷大学図書館本〈内余大三四三八／一〉識語あり。

③龍谷大学図書館本〈二六七・二／六二W〉識語あり。

④駒澤大学図書館本〈一二四／一三六〉識語なし。

（3）慶安二年板『四部録』大本一冊、全二十丁。内容は「三祖鑑智禅師信心銘」（1オ～2ウ）・「求嘉真覚大師証道歌」（3オ～8オ）・「住鼎州梁山廓庵和尚十牛図」（8オ～19オ）・「座禅儀」（19オ～20ウ）。構成・内容は1・2『四部録』と同じだが異板で、識語や時心堂の刊記はない。「十牛図」は、本文（漢文・漢詩三編・和歌）と絵図からなり、絵柄は『十牛決』系である。

①駒澤大学図書館本〈一〇三／六〉

刊記「慶安二己丑孟春日／二条通松屋町山屋治右衛門」（20ウ）。

②国文学研究資料館本〈ヤ五／四三七〉

（4）元禄七年板『冠註四部録』大本一冊、全二十四丁。構成・内容は1『四部録』と同じだが異板で、全丁に頭注・傍注が付く。4の元禄十一年板冠注本の先駆けと言えるが異板で、頭注には空白が目立つ。十牛図は、本文（漢文・漢詩三編・和歌）と絵図。

①駒澤大学図書館本〈一〇三／一七〉

刊記「元禄七歳甲戌五月吉祥日」（24ウ、中央枠内）。

②早稲田大学図書館本〈ハ五／三二四一〉無刊記。浜和助旧蔵本。

③日本大学文理学部武笠文庫本〈M一五五／二〉無刊記。

4．元禄二年板『袖珍四部録』

小本一冊、全三十四丁。「三祖鑑智禅師信心銘」（1オ～4ウ）・「永嘉真覚大師証道歌」（5オ～14オ）・「住鼎州梁山廓庵和尚十牛図」（14ウ～31オ）・「座禅儀」（31ウ～34ウ）。十牛図は、本文（漢文・漢詩三編、和歌）と絵図から成る。内容・構成は1・2『四部録』に同じ。

（1）浅見吉兵衛板本

①麗澤大学図書館田中文庫本〈一八八・八四／Sh二一〉国文研マイクロフィルム

刊記「元禄二年己巳正月下旬／洛陽　浅見吉兵衛板」（34ウ）。

（2）出雲寺和泉掾板本

①駒澤大学図書館本〈一〇三／一八〉

刊記「元禄二年己巳正月下旬／洛陽／出雲寺和泉掾」（34ウ）当館マイクロフィルム。

＊①本の刊記の書肆名を入木で変えている。

②矢口丹波記念文庫本〈七二五〉国文研マイクロフィルム

③金沢市立玉川図書館村松文庫本〈三一一・一―七三〉

5．元禄十一年板『首書四部録』系本

大本一冊、全四十一丁。「三祖鑑智禅師信心銘」（1オ～5ウ）、「永嘉真覚大事証道歌」（6オ～19ウ）、「住鼎州梁山廓庵和尚十牛図」（20オ～37オ）、「座禅儀」（37ウ～40ウ）から成る。3の（4）本と同じく頭注・傍注が付くが、絵図の丁には注の枠がない。十牛図は、本文（漢文・漢詩三編・和歌）と絵図から成る。絵の線が全体に柔らかな印象になる。

（1）元禄十一年板『首書四部録』

①駒澤大学図書館本〈一〇三／七〉

跋文「……旹元禄十一竜集著雍摂堤杉林鐘中澣日／駿陽散人宍峯叟著礀之胡」（41ウ）。

刊記「元禄十一戊寅歳九月吉旦／書林／京錦小路通新町西へ入町　永田調兵衛／同下立売通大宮西へ入町　山本八左衛門／大坂高麗橋一町目　浅野弥兵衛」（41ウ、跋文の後）。

②早稲田大学図書館特別資料室中村進午文庫本〈文庫五／四七九〉

③新潟大学附属図書館佐野文庫本〈一三／八八／一〉

④新潟県北蒲原郡黒川村公民館本〈九一〉

⑤日本大学文理学部武笠文庫本〈M一五五／一〉

⑥駒澤大学図書館本〈一二四／一三八〉

⑦玉川大学図書館本〈W一八八・八／シ二〉

⑧早稲田大学図書館特別資料室本〈ハ五／二八三一〉

⑨国立国会図書館本〈W四八八／N三七〉

⑩金沢大学附属図書館暁烏文庫本〈B二・九二五一／K一六〉

題簽「□□／四部録　全／校正」。

＊⑥⑦は「三祖鑑智禅師信心銘」がなく、二十丁目から始まる。

＊⑧⑨⑩は刊記「山本八左衛門」の「八左衛門」と「浅野弥兵衛」の「弥兵衛」を削除。

（2）明治九年板『冠鼇四部録』（大本一冊、全四十一丁、（1）の後印）

①金沢市立玉川図書館稼堂文庫本〈〇九一・一／四七〉

題簽「冠鼇／四部録　全／校正」（（1）⑩と同じ）。

刊記「明治九年五月八日版権免許／下京第廿三区花屋町油小路東入町／出版人　永田調兵衛」（41ウ）。

（1）本の刊記を削除・入木したもの。

蔵版目録「皇都書林文昌堂蔵版目録／花屋町西洞院西へ入町／永田調兵衛」（刊記丁の後、目録三丁）。

②金沢市立玉川図書館雅堂文庫本〈〇九七・一／三一〉全四十丁。跋・刊記なし。

③駒澤大学図書館本〈一〇三／一〇〉

＊後表紙見返しに、永田長左衛門ら四名の奥付あり。

④金沢大学附属図書館暁烏文庫本〈B二一・九二五一／K一六〉

題簽「冠註四部録」。

刊記「明治九年五月八日／発行兼版権免許／京都市下京区三条通高倉東入／発行兼版権所有者／出雲路文治郎」（41ウ）。

＊後表紙見返しに貝葉書院の奥付あり。

⑤金沢市立玉川図書館松宮文庫本〈〇九九一／九五〉

題簽「冠註四部録」。

刊記　④に同じ。広告一丁あり。後表紙見返しに貝葉書院の奥付あり。

（3）明治十九年板『冠註一鹹味』（大本一冊、全四十一丁、鷲嶺韜谷閲、本宮恵満編輯、（1）（2）とは異板）十牛図の絵図には円相が無く、匡郭内全体に描かれる。

①駒澤大学図書館本〈一一三／二〇〉

刊記「明治十九年三月十九日出版々権御願／同十九年四月七日版権免許／同年四月十五日刻成発兌」、編輯人に木宮恵満、出版人に出雲路文次郎、永田長左衛門の名あり（41ウ）。

②金沢大学附属図書館暁烏文庫本〈B二・九二五一／K八一〉

③和田恭幸架蔵本

6．寛政十年板『修証円備録』

半紙本一冊、全三十四丁。「考定著言」（1オ～2ウ）、「第一仏祖相承座禅儀」（3オ～5オ）、「第二善慧大士心王銘」（5ウ～6ウ）、「第三十牛唱和之編什序并頌」（6ウ～22ウ）、「第四鑑智禅師信心銘」（23オ～26オ）、「第五永嘉大師証道歌」（26ウ～33ウ）からなる。「十牛図」は、本文（漢詩三編と、漢字表記による和歌）と絵図からなる。絵柄は5（1）『首書四部録』と類似する。

①駒澤大学図書館本〈忽／八八〉忽滑谷文庫

刊記「寛政十戊午歳首夏吉辰／京師恵山退畊庵蔵板」（34オ）。

Ⅳ　唐本・和刻本

1．唐本『牧牛図頌』

①駒澤大学図書館本〈忽／一一二六〉大本一冊、全三十一丁。

「刊牧牛図頌序…康煕戊子年仏誕日白山納信稽首撰」（一丁）、「牧牛図頌原序…万歴己酉仏誕日後学袾宏謹書」（一丁）、「又序…康煕四十四年仏誕日武林南礀夢庵超格識」（一丁）、「夢庵格禅師輯牧牛図頌目録」（一丁半、1オ～2ウ）、「未牧第一」（なし）、「初調第二」～「双泯第十」（3オ～20ウ）、「牧牛又十頌」（21オ～30ウ）、「跋…大清嘉慶丙辰元年端陽日信官永来重刊」（31オウ）。「牧牛図頌」は第一頌がなく、「初調第二頌」から「双泯第十頌」まで。頌と絵図からなる。

2．唐本『禅浄切要牧牛図頌』

①駒澤大学図書館本〈一二四／一二六〉大本一冊、全五十丁。

「禅浄切要原序…光緒十三年清和月八日郷野世休序」（一丁）、「禅浄切要牧牛図頌目録」（二丁）、「禅浄切要巻上」（二十五丁）、「牧牛図頌序巻中」（二十二丁）、「歌偈讃詠巻下」（四十七丁）。各巻の下に「古杭間居月塘寺郷野世休述輯（述・編）」とある。「牧牛図頌」は「末牧第一頌」から「双泯第十頌」、頌と絵図、注釈からなる。「牧牛図頌」の本文はⅣ1本と異なる部分もあるが、絵柄は類似する。

3．『牧牛図頌』

①金沢大学附属図書館暁烏文庫本〈B二・九二五一／P九八三〉万暦三十七年袾宏序、光緒二十四（一八九八）年刊。

いずれも『うしかひ草』板行以降の刊記を持つ。『うしかひ草』板行以前の「牧牛図」としては、次の和刻本『新刻禅宗十牛図』があげられる。

4．和刻本『新刻禅宗十牛図』

①大倉精神文化研究所附属図書館本〈エ九／六四七〉

②駒澤大学図書館本〈一二四／一三七〉

大本一冊、全十四丁。内題「新刻禅宗十牛図」、その横下に「雲棲　蓮池　袾宏著」。「十牛図者…」（1オ〜2オ）、「牧牛図頌」は「未牧」から「双泯」まで（2ウ〜12オ）、「苦楽因縁之図」（12ウ）、「昔有優填国王…」（13オ〜14ウ）、「頌曰」「総題」（14ウ〜15ウ）。「牧牛図頌」は、普明と雲庵の頌と絵図からなる。刊記「明暦元年応鐘吉旦」（15ウ、左下枠内。枠内の左側一行分空白）。

雲棲蓮池袾宏は中国の禅僧で、『竹窓随筆』『阿弥陀経疏鈔』等を著す。本書の絵柄はⅣ1本と類似する。

三、『うしかひ草』と「十牛図」「牧牛図」

以上が管見に入った「十牛図」「牧牛図」の諸本である。『うしかひ草』は寛文九（一六六九）年の刊行であるから、それ以前に刊行された「十牛図」としては、Ⅰ五山版、Ⅱ古活字版、そしてⅢ1・2『四部録』、Ⅲ3（2）『東福仏通禅師十牛決』・Ⅲ3（3）慶安二年板『四部録』が先行本といえる。また「牧牛図」にはⅣ4の明暦元年刊和刻本『新刻禅宗十牛図』がある。このうちの板本の絵図は、大きくⅢ1・2「四部録」系、Ⅲ3「十牛決」系、Ⅳ4「牧牛図」系の三系統に分かれる。そこで、それら三系統の「十牛図」（図②、図③）、「牧牛図」（図④）の絵図と、仮名草子『うしかひ草』（図①）の各絵図を後掲の対照図表に示した。

これを見ると、図①『うしかひ草』の第三図以降の絵と対応するのは図②『四部録』と図③『十牛決』である。ただし、必ずしも忠実な対応ではない。第九図の『うしかひ草』は月夜の野辺に寝そべるという絵で、図②③とは異なる。また第十一図の『うしかひ草』は庵に座り松を眺める図だが、図②③は川辺に梅の図である。このように、『うしかひ草』は特定の「十牛図」の書に拠ったというよりはむしろ、当時板行された数種の「十牛図」からそれぞれの図柄を参考にしつつ独自の世界を描いているといえる。『うしかひ草』の図の中で、童子はいつの間にか成長し、老いていている。これは図②③の「十牛図」で童子が僧形に変化する（第九図）のとは異なる展開のしかたといえる。『うしかひ草』では、親から自立し、牛を得て成長し、老いていく一人の人間が描かれている。無我や無心といった禅の教えは、そうした人としてごく普通の人生の中に込められているのである。

次に図④『新刻禅宗十牛図』との関係である。本書の「牧牛図」は、「未牧」「初調」「受制」「廻首」「馴伏」「無碍」「任運」「相忘」「独照」「双泯」の十図から成るが、これらは一対一で『うしかひ草』と対応せず、図②③と比べると比較しにくい。しかし柳田聖山によると、『うしかひ草』で黒から白へと牛の色が変化している点に「牧牛図」からの影響があるという。たしかに、図④では、はじめは黒牛であったのが、やがて頭から白くなっていき、「相忘」で全体が完全に白くなる。このことから、『うしかひ草』は「牧牛図」の図も利用し、童子がやがて牛の執着を忘れていくことを、牛の色によって分かりやすく示そうとしたものと思われる。

さらに第六図をみると、『うしかひ草』では雲が立ちこめ、稲妻と雷雨の中、荒れる牛を手なずけようと童子が格闘している。同様に図④「未牧」でも、荒れる牛の頭上に黒雲がある。このことからも『うしかひ草』が図④の影響を受けていることがわかる。

以上、仮名草子『うしかひ草』と「十牛図」「牧牛図」との関係について述べた。『うしかひ草』は、当時行われていた「十牛図」「牧牛図」をもとに、それを平易に、平仮名文と絵で表した作品であるが、本書の内容を理解し味わうためには、「十牛図」「牧牛図」に関する禅の知識が求められる。仮名草子『うしかひ草』が成立・刊行された背景には、町版の「十牛図」が版を重ね、また唐本「牧牛図」の和刻本化が行われ、「十牛図」「牧牛図」ともに流布していたという当代の出版状況があったといえる。

注

（1）上田閑照・柳田聖山『十牛図　自己の現象学』（ちくま学芸文庫、一九九四年）解題（柳田）。以下の柳田論文も同じ。
（2）中村文峰『禅・十牛図』（春秋社、一九九五年）にも『うしかひ草』の作品紹介、および『廓庵十牛図』『普明牧牛図』の図の対照表を載せており参考になる。

「うしかひ草」「十牛図」「牧牛図」の対照図表（二〇〇～二〇二頁）

図①『うしかひ草』（寛文九（一六六九）年西田庄兵衛板、国立国会図書館蔵本〈一四六／一八〇〉）。

図②Ⅲ1①『四部録』（寛永六（一六二九）年板、国文学研究資料館蔵本〈ヤ五／四六八〉）。

図③Ⅲ3（2）①『東福仏通禅師十牛決』（無刊記板、内閣文庫蔵本〈一九三／三二七〉）。

図④Ⅳ4①『新刻禅宗十牛図』（和刻本、大倉精神文化研究所附属図書館蔵本〈エ九／六四七〉）。

対照図表

第四図	第三図	第二図	第一図	
				①うしかひ草
				②四部録
				③十牛決
				④新刻禅宗十牛図

第　八　図	第　七　図	第　六　図	第　五　図	
				①うしかひ草
		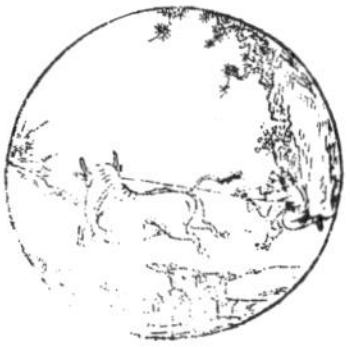		②四部録
				③十牛決
				④新刻禅宗十牛図

第十二図	第十一図	第　十　図	第　九　図	
				①うしかひ草
				②四部録
		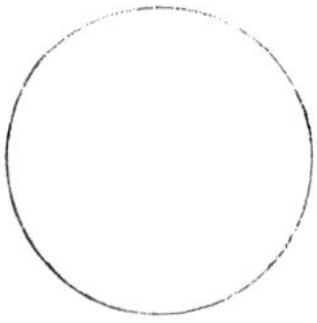		③十牛決
				④新刻禅宗十牛図

第四節　『伽婢子』の仏教説話的世界
――教養としての儒仏思想の浸透――

一、はじめに

近世初頭から前期に成立・刊行された仮名草子とは、平仮名または片仮名文の、作品によっては挿絵入りの体裁で、啓蒙・教訓と実用性を備えた読み物の総称である。印刷技術の発達に伴い、写本のみならず板本として幅広い読者に受け入れられた。

中世において説話文学として類される仏教説話は、近世になると仮名草子の一群として位置づけられる。仮名草子の分類については諸説備わるが(1)、前田金五郎によると、仮名草子のうち仏教的要素を有した作品は「教義教訓的なもの」に分類される。作品としては『女郎花物語』(三巻三冊、万治四(一六六一)年刊)、『為愚痴物語』(八巻八冊、寛文二(一六六二)年刊)などがあるが、これらは仏教に儒教を融合させた思想にもとづいている。

近世前期の仮名草子作者で浄土真宗僧の浅井了意(～元禄四(一六九一)年)は、万治・寛文期を中心に、仏教や中国の三教一致思想や説話に根ざした多くの作品を著している。例えば平仮名本『因果物語』(六巻六冊、寛文元(一六六一)年刊)は、曹洞宗僧の鈴木正三の片仮名本『因果物語』に改変を加えたもので、仏教にいう殺生や邪淫の罪を因果応報譚として説く。また『本朝女鑑』(十二巻十二冊、寛文元(一六六一)年刊)は、中国の列女伝に倣い、『元亨釈書』『源平盛衰記』等に材を求めつつ、貞節や孝行といった儒教の徳目に沿った日本歴代の名女の行状を、仏教者の視点から記したものである。仏教とその周辺の思想は、仮名草子という読み物のスタイルで平易に説かれ、当代の知識人の教養として享受された。

同じく了意作『伽婢子』（十三巻十三冊、浅井了意作、寛文六（一六六六）年刊）は、『剪灯新話』『剪灯余話』『金鰲新話』『五朝小説』等の中朝小説を翻案した近世怪異小説の嚆矢とされる仮名草子である。本作品についても、これまで仏教との関わりが様々に論じられたきた。宇佐美喜三八(2)は、原話の中国小説に仏教的色彩を添えることで、日本古来の説話文学の系統に通じる作品に改めたとする。また麻生磯次(3)・冨士昭雄(4)は、本作品に仏教の因果応報・勧善懲悪の思想が新たに付加されると述べ、さらに藤井乙男(5)・江本裕(6)は本作品に仏教的教訓性を見る。これらはいずれも『伽婢子』が原典を仏教的世界により新たに書き直した作品であることを指摘したものである。

以下、『伽婢子』におけるストーリーの作り方と仏教的要素の内容について、諸話をグループ化しながら考察する。

二、悪人断罪の話

『伽婢子』では、仏教的世界としての異界がしばしば描かれる。異界は、天・海・山・地下・夢中といったところにあり、天帝・神仏・竜王・閻魔大王・冥官・異類・亡者などが住まう。そこは不老不死の仙境や冥界・地獄であったりする。また、人間が理想とすべき正しき道が行われる所でもある。

人物が異界を訪れる話としては、巻一―一「竜宮の上棟《むねあげ》」（竜宮）・巻一―二「黄金百両」（山中）・巻二―一「十津川の仙境」（山中）・巻三―二「鬼谷に落て鬼となる」（山中）・巻四―一「地獄を見て 蘇《よみがへる》」（地獄）・巻四―二「夢のちぎり」（夢）・巻六―一「伊勢兵庫仙境に到る」（離島）・巻八―一「長鬚国」（離島）・巻九―二「下界の仙境」（地界）・巻十一―一「隠里」（地界）等がある。また、異界に住まう者が現世の人物のもとを訪れるという話も多い。女の霊が男を来訪する話としては、巻三―三「牡丹灯籠《ぼたんのとうろう》」・巻四―五「幽霊逢夫語《ゆうれいあふてをっとにかたる》」等がある。いずれも、異界と現世が交錯する世界で、神仏や亡者、異類と人間との交流が描かれている。

このうち竜宮を舞台とする巻一―一「竜宮の上棟」では、竜宮に招かれた真上阿祇奈君《まかみあきなぎみ》が、雷母の鏡・雷公の鼓・哨風《そうふう》の皮袋・洪雨の瓶《みずがめ》という品々を見聞する。これらは盧俊偉(7)が指摘するように、いずれも人間世界を揺るがすほどの威力を持ったものである。『伽婢子』において竜宮とは、それらの物を司り、人間界の天象を支配する場所なのである。

また巻三―二「鬼谷に落て鬼となる」・巻四―一「地獄を見て蘇」・巻七―二「廉直頭人死司官職《れんちょくのとうにんし、てつかさどるくはんしょくを》」等での冥土や地獄においては、人間の悪事が裁かれる。以下、それらの物語が典拠をふまえどのように描かれているのか考える。

①巻三―二「鬼谷に落て鬼となる」

本話は、『剪灯新話』巻四―二「太虚司法伝」を典拠とする。典拠では、傲慢で鬼神を信じない馮大異という人物が、鬼谷にて鬼王らに責められ鬼の姿にされるが、死後に天帝に訴え鬼たちを滅ぼし、自らは太虚殿の司法となるという話である。これを『伽婢子』では、驕慢で仏法を誹る主人公の蜂谷孫太郎が鬼谷にて鬼王の責めにあい、鬼にされてしまう話とする。

両話ともに、鬼の棲む世界に堕ちて責めを受けるという筋は同じであるが、原話では結果的に馮が天帝の力を得て鬼退治をした話であったのを、『伽婢子』では逆に、驕慢の罪で鬼と化した男の話に作り替えている。北島晶子(8)は、原話に比べると『伽婢子』本話では鬼の行為が孫太郎に対する罰として正当化されているとし、塚野晶子(9)も、孫太郎の人物像が卑小化されていると述べる。また花田富二夫(10)は、原話の最後にある馮の鬼たちへの復讐話を削除することにより、主人公が仏教や鬼神を侮ったことの悪報を受けるという因果応報譚として再構成されていると述べる。諸氏の指摘のように、本話は孫太郎が驕慢の報いで鬼王に懲らしめられるという仏教教訓的な話として改変されている。

②巻四―一「地獄を見て蘇」

これは巻三―二の孫太郎と同様に、儒学を専らとし仏道を否定する才知人の浅原新之丞が主人公である。ただし本話では、仏法を誹謗した罪で冥土に連行された新之丞が、閻魔王との問答で驕慢の心を改め仏道に専心するという結末となる。

本話は『剪灯新話』巻二―一「令狐生冥夢録」に拠るが、『伽婢子』の新たな点は、新之丞の冥土批判を閻魔王が聞き入れたことを契機に、新之丞が「ねがはくは、地ごくのありさまを見せて、我にいよ〳〵信をおこさしめ給へかし」と仏教への信仰心を抱くことである。また、罪人らが地獄の責め苦を受ける様子を見た新之丞が、改心して儒学を捨て建長寺に籠もり、醍醐発明の道人となるという話の終わり方も、やはり原話にはない展開である。江本裕[11]が「鬼谷に落て鬼となる」ともども、仏教的教訓意識がより鮮明に出されている」とし、また金永昊[12]が「仏教的な理念を伝える唱導物語としての『伽婢子』の創作意図が最も効果的に達成されている」と述べる所以の要素が、本話には新たに加味されている。

③巻七―二「廉直頭人死司官職」

この話は、典拠『五朝小説』「霊鬼志」「蘇韶」の、蘇という人物が、死後に修文郎となった従兄弟の韶から、死後の世界のことを聞くという話に拠り、三保庄八が、死後に地府の修文郎となった伯父の芦沼から死後の世界の話を聞き、驕慢を改める話とする。

『伽婢子』本話では、芦沼から庄八に、「心だて正直慈悲《じひ》ふかく、私《わたくし》の邪《よこしま》なき」者は死後に地府の役人となり、「邪欲奸曲《じやよくかんきよく》にして私あり、君に忠《ちう》なく、親に孝《かう》なく、まことをおこなはざるもの」は地獄に堕ちるという、冥界で行われる正しき道理に基づいた成敗のことが説き諭される。これにより、始め「百姓を虐《しへた》げ、欲《よく》ふかくむさぼりければ、この人ひさしくつゞくべからずと、つまはじきをしてにくみきらひけり」と人々から悪まれていた庄八の悪性は、「うき世を思ひはなれ、念仏をこたらず来迎《らいかう》往生をとげにけるとぞ」と改まる。このように『伽婢子』では、現世の人間の善悪を司り、心を律し、仏教に帰依させるところとして異界が描かれ、原話にはなかった仏教的世界が示されている。

④巻十―六「了仙貧窮《れうせんびんぐう》付天狗道《てんぐだう》」

これは、学智への慢心ゆえに死後に天狗道に堕ちた了仙が、僧栄俊の目前で報いとして天より下った熱鉄の湯を飲むという話である。

典拠『剪灯新話』巻四―三「修文舎人伝」では、博学清廉の人・夏顔の亡霊が友人の前に現れ、冥土の役所で役職に就いていること、冥土の世界が人間世界と比べ公平であること等を語る。そして生前に著した『汲古録』『通玄志』の遺稿の刊行を願ったので、友人がそれを世に広める。その恩返しとして、夏顔は友人に冥土の修文府職を勧め、その後友人は亡くなるという話である。

渡辺守邦[13]によると、原話と『伽婢子』本話との一致は、「生来の学殖と抱負に恵まれながら、この世にあっては認められずに、死後の世界に志を達した者の物語」にあるとし、『伽婢子』の独自の点は、世界を天狗道にとり、了仙が生前の慢心の報いを受けることにあるという。『伽婢子』の栄俊が目の当たりにした了仙一行の「魏《ぎ》々堂々《たうく》たる事、国師《こくし》・僧正の儀式《ぎしき》に似たり」という道中姿は、学頭の職に誇る了仙の「名利《みやうり》の心」の現れであった。また了仙が最後に変じた「つばさあり、はなたかく、まなこより光りかゝやき、すさまじきかたち」も、了仙の慢心そのものの姿であった。

その了仙が、天から下った釜の中の熱鉄の湯を「おそれたるけしきにて」飲む場面は『伽婢子』に新たに加えられたもので、人の悪心に覿面に報いる仏罰の恐ろしさを記したものである(14)。

⑤巻十三—一「天狗《てんぐ》塔中《とうちゅう》に棲《すむ》」

これは『五朝小説』「諾皐記」「博士丘濡説云々」の野叉に掠われた女人の見聞記を、天狗に掠われた童子のそれとして描き直したものである。『伽婢子』では、将軍家主催の猿楽能の見物客を脅かし、京法勝寺の塔に棲まい、往来の人々に災いを及ぼす天狗の魔力の様々が童子の見聞談として語られる。

それによると、天狗が災いをもたらすのは「邪欲《じゃよく》・非道《ひだう》・慢心《まんしん》」ある人で、天狗はそれらの者たちを「みなわれらが一族《ぞく》となし、たよりをもとめて、心をうばふなり」という。一方で天狗が恐れるのは、「道心ふかく、慈悲《じひ》正直《ぢき》に信心《しんぐ》あつき人」であるという。人の悪心に取り憑き、善心を恐れるということから、ここでの天狗は邪神の如きものとして描かれているのだが、天狗が慈悲・正直者や道心深き者を恐れるのは、その者の背後に神仏の力を見るからである。本話では、天狗という魔物の邪悪ぶりを描くとともに、それを凌ぐ絶対的な存在としての神仏の威力が示されているのである。

ここであげた五話は、いずれも「邪欲・非道・慢心」という人間の悪心が地獄や天狗道において懲らされる話である。『伽婢子』では、人の善悪を明らかにする世界としての異界を描くことにより、読者に仏教的な教訓をもたらし、善を勧めるためのよすがとしているのである。

三、悪霊退散

『伽婢子』には、神仏や高僧が悪霊を退散させるという話がある。左に示すのは、『伽婢子』の巻章名と悪霊を退けた神仏・僧名で、その下に典拠を対応させる。（　）中は退治された妖魔・邪神である。

巻二―三「狐《きつね》の妖怪《ようくわい》」高雄の祐覚僧都（狐）　『剪灯余話』三―五「胡媚娘伝」道士尹澹然（狐）
巻三―三「牡丹灯籠」東寺の卿公《きやうのきみ》（弥子《いやこ》の霊）　『剪灯新話』二―四「牡丹灯記」魏法師（麗卿の霊）
巻七―七「雪白《ゆきしろの》明神」雪白明神（鬼）　『五朝小説』「博異志」「馬侍中」胡二姉（夜叉）
巻八―二「邪神《じやしん》を責殺《せめころす》」鹿島明神（大蛇）　『剪灯新話』三―二「永州野廟記」神（大蛇）
巻十―一「守宮の妖《ばけもの》」塵外首座（井守）　『五朝小説』「諾皐記」「大和末荊南云々」士人（井守）
巻十一―四「七歩蛇《ふじや》の妖」五帝竜王（七歩蛇）　『五朝小説』「鉄囲山談叢」「劉器之安世元祐臣云々」土神（蛇）
巻十一―五「魂《たましい》蛻《もぬけ》吟《さまよふ》」聖徳太子（水神）　『五朝小説』「集異記」「裴珙」貴人（小鬼）
巻十三―四「伝尸《でんし》禳去《じやうこ》」牛頭天王（伝尸虫）　『五朝小説』「異疾志」「徐明府」道術師徐明府（癆病）

これを見ると、『伽婢子』において悪霊や妖魔・悪神を懲らすのは、東寺の卿公や鹿島明神といった高僧・神仏である。また聖徳太子や牛頭天王などの当代に信仰されていた神々も登場させている。このように原話では道教の神が登場したところを、『伽婢子』では日本でなじみ深い神仏の世界に置き換えているのである。

ではこれらの話における仏教的世界はどのように作られているのであろうか。数話をあげて考えてみたい。

①巻三―三「牡丹灯籠」

本話は、典拠『剪灯新話』巻二―四「牡丹灯籠」の、魏法師が喬に取り憑いた符麗卿の霊を退ける話を、東寺の卿公が荻原新之丞に取り憑いた弥子の霊を退ける話に作る。ただし『伽婢子』では、原話の最後部分の、鉄冠道人が祟りを成す喬・麗卿・金蓮の霊を罰するという箇所を削除し、新之丞の一族が一千部の法華経と一日頓写で新之丞・弥子の霊を供養したと新たに作る。典拠では、「鬼神を考劾し法術は霊験あり」という道力の持ち主の鉄冠道人が、喬らを地獄に連行し罰するという活躍をして終わるのに対し、『伽婢子』では、新之丞・弥子の祟りを鎮めた法華経の力を記して終わるのである。北島晶子[15]・坂巻甲太[16]・富澤慎人[17]は、最後部分を亡者の魂を浄化させるための回向譚に変えたことにより、仏教思想を基調とした作風としたと述べる。諸氏の指摘のように、本話は、原話の鉄冠道人による悪霊膺懲の話を、仏による悪霊消滅の話へと変容させ、物語を仏教的世界に置き換えている。

②巻八―二「邪神を責殺」

これは『剪灯新話』巻三―四「永州野廟記」を典拠とし、書生の畢応祥が、神廟を乗っ取って祟りをなしていた大蛇を神に訴えたところ大蛇が成敗されたという話をふまえ、畢応祥を僧性海に、神を鹿島明神として記す。その上で、原話の最後部分の、応祥が地獄で大蛇に勝訴して大王から延命十二年の褒美をもらうという話を削除し、大蛇が鹿島明神に成敗されるところで話を終わらせている。江本裕[18]が「神徳があまねくいきわたるように仕立て変えている」と述べるように、本話は性海の信仰心が神に通じ、それによって妖蛇が鹿島明神に退治されるという神の霊験譚として作り直されている。

③巻十一―四「七歩蛇の妖」

本話は『五朝小説』「鉄囲山談叢」「劉器之安世元祐臣云々」をもとに、そこに出現する蛇を七歩蛇という仏典上の伝説の蛇に変える。さらに、南禅寺の僧が七歩蛇の伝説を語るという内容を最後に加え、原話の妖蛇退治譚に仏教色を添えている。

このほか、巻二―三「狐の妖怪」では、祐覚僧都が妖狐に犯された石田市令助を祈禱によって救済する。巻七―七「雪白明神」は、堅田又五郎が鬼に襲われるのを雪白明神が救う話である。巻十―一「守宮の妖」は、井守の妖怪の妄念を禅僧塵外首座が鎮魂する話である。巻十一―五「魂蛻吟」では、聖徳太子が水神の悪戯を懲らし友勝を救う。巻十三―四「伝尸禳去」では、牛頭天王が尼公を伝尸虫から救う。

このように『伽婢子』では、神仏が悪霊を退散させる話がしばしば記され、その威力の灼かなことが説かれているのである。

四、善者の物語

（一）　慈悲・正直者の物語

『伽婢子』にはさらに、登場人物がその善行の報いを神仏により授かり、災難から免れたり、富裕となる話がある。

①巻一―二「黄金百両」

主人公の文《あやの》兵次が池の中の神聖の世界に迷い込み、翁より、悪人応報の道理を聞くという話である。これは『剪灯新話』巻一―二「三山福地志」を典拠とし、主人公の元自実が井の中の異界で道士に会い、そこで身の不運が前世の報いであることを聞くという話をふまえている。

『伽婢子』本話で新たに加えられるのは、兵次が前世より泊瀬観音を信仰しており、その果報により前世の罪が赦されたとする点である。太刀川清[19]が、兵次の観音信仰への霊験が示されることに本話の意味があると述べるように、本話では、人物の神仏への信仰という善行が恵みを受けるのである。

②巻五―三「焼亡有《ぜうもうあり》二定《さだまる》限《かぎり》一」

本話は、『五朝小説』「集異志」「漢末糜竺云々」を典拠とする。糜竺という人物が都からの帰途に、ある婦人を、求めに応じて車に乗せる。婦人はじつは天の使いで、これから糜竺の家を焼く予定だが車に乗せてもらった恩にこのことを話すのだと告げたので、糜竺はさっそく家から財物を持ち出して火事を免れたという話である。

この話をふまえ、『伽婢子』本話では、主人公を西の京の住人冨田《とんだの》久内という「わかきときより、なさけふかく、慈悲《じひ》あつき心ざし」ある人物とする。久内はある日北野天神参詣から下向途中の茶店で、とある小法師へ餅を恵み与える。小法師はじつは火神の使者で、明日、北野・内野・西の京を焼くことを久内に告げたので、久内は家から家財を持ち出し、火事を免れたという話である。ここでは、『五朝小説』の話の筋を利用しつつ、主人公が慈悲の報いとして災厄を免れた話として新たに作り、善行の勧めとしている。

③巻七―七「雪白明神」

この話は『五朝小説』「博異志」「馬侍中」を典拠とする。それは主人公の馬燧が、胡二姉の加護により敵軍と夜叉襲来の難を逃れる話であるが、本話はこの話に基づき、佐々木高頼の郎等堅田又五郎なる人物を主人公とし、「常に仏神をうやまひ、後世をねがふ心ざしあさからず」という善人として設定する。城を落ちた又五郎が、安養寺の山奥で敵軍と鬼に襲われそうになるが、又五郎の日頃の「慈悲《じひ》ふかく、神仏をうやまひ、後世をもとめてをこたりなき」行いに感じた雪白明神の使いが又五郎の危機を救う話とするのである。

江本裕[20]は「堅田又五郎が助かる理由に仏神を敬う点をあげて、信心ある故の怪異としている」と述べる。そのように本話では、人物の神仏への信仰心の報いとして雪白明神の加護がなされた話としている。

④巻十二―五「盲女を憐《あはれみ》て報《むくい》を得《へたり》」

典拠『五朝小説』「茅亭客話」「庚子歳天兵討益部賊云々」は、孤児となって死んだ盲目の娘を隣家の婦人が憐れみ供養し、さらに娘の衣の中から得た白金一両で娘の画像を僧に献じたという「誠」を伝えた話である。

本話はこの筋をふまえ、隣家の寡婦が、娘女の帯にあった黄金二両で少女を供養して布施した話とする。さらに、その後黄金十両を得たので、その噂を聞いた武田信玄より、「仏道に布施《ふせ》する事たぐひなき廉直《れんちょく》の女」であるがゆえに「天道あはれみて黄金十両をあたへ給ふなるべし」と称えられたという話を新たに加えている。これにより本話は、寡婦の「慈悲」と「まことの心ざし」が天の恵みを得るという霊験譚に改変されている。

（二）　孝行・貞節の物語

『伽婢子』には、慈悲や正直・信仰心への報恩譚のほかに、貞節や孝行ゆえに人物が死後に天帝の恵みを得、その魂が夫を訪れるという話がある。次の巻六―三「遊女宮木野《ゆうぢよみやぎの》」と巻八―三「歌を媒《なかだち》として契《ちぎ》る」がそうした話である。

①巻六―三「遊女宮木野」

本話は、『剪灯新話』巻三―四「愛卿伝」の次のような話に基づく。

才色兼備で貞淑な名妓・羅愛卿は、資産家の趙の妻となる。愛卿は貞淑な妻として婦道を守り趙に愛される。その後、趙は官吏を志して上京する。やがて趙の母が病気となり、愛卿の献身的な看病にもかかわらず亡くなる。戦乱が起こり、趙の家も劉万戸に占拠される。劉は愛卿に目を付けて我が物にしようとするが、愛卿は劉を騙して自害、劉は亡骸を庭に埋葬する。戦乱が終わり、家族のいない故郷に戻った趙は、老僕より、愛卿が献身的に姑に尽くしたこと、敵軍の侵略があり、愛卿が操を守って自害したことを聞き、嘆く。ある夜、趙のもとに愛卿の霊が現れ、貞烈の報いとして、明日無錫《むしやく》の宋家の男児に転生すること等を趙に語る。翌朝、趙が無錫に行くと、赤子が誕生していた。趙から事情を聞いた宋夫婦は、赤子を羅生と名付け、趙と親戚付き合いをしたという。

「遊女宮木野」ではこの話をふまえ、愛卿を駿河国府中の遊女宮木野に、趙を裕福な風流人の藤井清六とし、舞台を永禄十一（一五六八）年の駿河国とする。そして、清六の上京、宮木野の姑への献身、信玄軍の駿州攻略と狼藉、宮木野の自害、その幽霊と清六の再会、宮木野の男児への転生という話の筋を「愛卿伝」の右の話に倣って作る。

両話ともに記されるのは妻の「貞」であるが、「遊女宮木野」において新たに強調されるのは、宮木野の姑への「孝」である。原話にも愛卿の姑への孝行ぶりは記されるのだが、『伽婢子』では次のように繰り返し「孝」「貞」の文言が見られる。引用文中の傍線と注は論者が付した。

・宮木野も今はひたすら姑《しうとめ》につかふる事わがまことの母のごとく、孝行《かうく》の道さらにたぐひすくなふぞおこなひつとめける。
・新婦《よめ》として我につかへ給ふ事、誠《まこと》の子といふともいかでかくあらん。孝行《かうく》なる事世にたぐひなし。（姑の宮木野

への言葉）
・兵どもその（注：宮木野）貞節《ていせつ》を感《かん》じて後の柿《かき》の木《こ》もとに埋みし（略）（下男の言葉）
・わが老母に孝行《かうく》ありし事、その身をころして貞節《ていせつ》をまもりし事（略）
・貞節孝行《ていせつかうく》の徳により、天帝地府《ちふ》われを変《へん》じて男子となし（略）（宮木野の言葉）

こうした宮木野の貞節と孝行を記すにあたり、本話ではまず姑についての描写が詳細に行われている。例えば、清六が宮木野を身請けし妻とした時、清六の母は「遊女を妻とせむはこれ本意《ほい》なけれども」と、一旦は躊躇するが、やがて宮木野の美貌としとやかな品格を愛で、「世にいとおしみかしづきけり」と、宮木野への心境を変化させる。また息子の清六の旅立ちの件では、原話では都にいる父方の親戚からの勧めで趙が官吏を目指し江南へ旅立つとあるのを、「遊女宮木野」では、京にいる母方の叔父が危篤で、それを見届けて欲しいという母の頼みで清六が上京したとする。そして出立の時、清六と宮木野が名残の和歌を交わして嘆くのを、「あないま〳〵し。やがて帰るべき道を、これまで名ごりをおしみける事よ」と、清六の母が嗜める場面もある。このように「遊女宮木野」では、清六の母の様々な心情や言動が描かれる。それにより母の気持ちに応えようとして働く清六と宮木野の「孝」の振舞いも際立って記されるのである。

例えば清六が上京を決意する場面において、宮木野は清六に対し、もし母の願いに背いて上京しないなら、「ひとつにはみづからに心とゞまりて叔父《をぢ》の事をわすれたりといはん。ふたつには母の心にそむく不孝《かう》の名をうけ給はん」と諫める。一方原話では、愛卿が「丈夫《じようぶ》は壮《そう》にして身を立て名を揚げ、以《もつ》て父母を顕《あきら》かにせんとするなり」と、立身出世をして家名を上げる男子としての心構えを夫に説いている。これに対し「遊女宮木野」の宮木野は、傍線部のように妻への愛情よりも母への孝心を優先すべきことを夫に告げるのである。江本裕[21]がこの場面の宮木野を「孝をもって夫を送り出した貞節の妻」と述べるように、ここでは宮木野の姑への「孝」なる言動が、夫への慎ましい貞節とともに記されるのである。

宮木野の「貞」のあり方は、宮木野の霊が清六の前に現れ、転生を告げる場面からもうかがえる。原話では、愛卿の「貞烈」を憐れんだ冥司が愛卿を男子として生まれ変わらせようとしたが、愛卿は、「妾《しよう》は君との情縁の重きを以て、必ず君と一見するを俟《ま》ちて、懐抱を叙せんと欲するを以ての故に、之《これ》に遅るること歳月あらしむるのみ」と、夫とのいま一度の再会を願い、転生を延引していたのだと夫に語る。これに対し『伽婢子』の宮木野の霊は、原話の愛卿のように夫との再会を望んで転生を止まることをしない。それにより『伽婢子』では、夫への情愛よりも、来世に男子と転生することを望む宮木野の心情が強調されている。つまり、孝貞の行いを全うすることで仏道に帰依できるという儒仏一致的な仏教世界にあって、夫への愛情を越えて彼岸を志す宮木野の孝貞ぶりが描かれているのである。このように本話は、原話の話の筋をふまえながら、儒教の教えに即して主人公が描き直されているといえるだろう。(22)

儒教的徳目を登場人物の言動に託そうとする『伽婢子』のこうした姿勢は、次の巻八―三「歌を媒《なかだち》として契《ちぎ》る」にも見ることができる。

②巻八―三「歌を媒として契る」

本話は「遊女宮木野」と同じく、戦乱で自死した妻の霊が夫に会いに来るという物語である。『金鰲新話』二「李生窺檣伝」を典拠に、風流才知で美男の李生を永谷兵部少輔に、李生の妻の遊女を山名一族の娘で才色兼備の牧子とし、時代と場所を応仁の乱の京都とする。そして原話の筋に従い、仲睦まじい男女が親の許しを得て夫婦となるが、戦乱で妻は軍兵の狼藉を拒否して自死、その霊が夫を訪ね再会を果たすという話とする。その時、牧子の霊が次のように兵部に語る。

みづから貞節《ていせつ》の義に死《し》せし事を、天帝《てい》あはれみ給ひ、君が心ざしにひかれて今あらはれまいりたり。

（『伽婢子』巻八―三）

冥数躱《かわ》すべからず。天帝妾と生と縁分未だ断たず、又罪障無きを以て、仮に幻体を以て、生と暫《あからさま》に愁腹を割く。

（『金鰲新話』「李生窺墻伝」）

両話を比べると、『金鰲新話』では天帝が女と李生の因縁を断ち切っておらず、また女に罪障がないということで、妻が仮の姿で李生の前に姿を現せたのだという。一方『伽婢子』では、牧子の貞節が天帝の恵みを受け、夫に会いに来られたのだとある。ここでも『伽婢子』では、①話と同じく、男女の愛情を主題とする原話の描き方を妻が貞節の果報を得た話へと改変している。さらに話の結末に兵部の発心譚を書き加えることで仏教的要素を加えている。

なお巻四―五「幽霊《ゆうれい》逢《あふて》夫《をつとに》レ話《かたる》」にも、妻の霊が夫の前に現れ、黄泉国において夫への貞節を守り続けていることを語り、夫もまた出家して来世での一蓮托生を願うという話がある。これらの話では、仏教的な世界の枠組みの中で儒教にいう貞や孝が説かれ、教訓的意図をもって読者に示されているのである。

五、亡者の妄執の物語

これまで、『伽婢子』における仏教的世界の描かれ方や、その中での儒仏の教義的な要素の示され方について述べた。本章ではさらに、人間の妄執を描いた物語について考えてみたい。

巻十―一「守宮の妖」は、義鑑坊が美童への愛執ゆえに井守と化す。巻十―二「妬婦《とふ》水神となる」は、妻が嫉妬ゆえに水神となり祟りをなす。巻十三―三「蛇瘤《へびこぶ》の中より出《いづ》」は、殺された女の怨念が蛇となって祟る話である。これらはいずれも『五朝小説』を典拠としつつ、人間の悪念を描いたものである。また、亡者の亡霊が尽きることのない無念を語るという話もある。ここでは戦乱の世に死した武者の霊が現れる話をあげ、それらの妄執がどのように描かれているか述べる。

①巻二―一「十津川の仙境」

本話は薬種商の長次が十津川の山中で平維盛に会うという話で、『剪灯新話』巻二―二「天台訪隠録」の、徐逸という人物が天台山奥のとある村に迷い込み、宋代末の戦乱で都を逃れた太学の陶上舎なる人物に出会う話に拠る。「天台訪隠録」では、陶から、宋代末の都の動乱のこと、権勢を誇った賈似道《かじどう》をはじめとする人物の様々な逸話・評判や、時局の急変で出世が叶わなかった身の上の無念が語られる。

一方『伽婢子』では、平維盛から、一門の悪行ゆえに家運傾き源氏に追討され十津川の山中に隠棲したこと、「まのあたり魂《たましい》をけし、むねをひやし、うきめを見聞かなしさ、生をかゆるともわすするべき事かや」という逃亡中の記憶が語られる。維盛によると、平家の零落は祖父清盛と伯父宗盛らの非道不義により始まったという。つまり維盛の身の不運は、かつて清盛らが犯した悪行の報であり、そこに抗えない運命にある維盛の悲嘆が描かれるのである。

②巻五―二「幽霊評《ゆふれいひようす》二諸将《しよしようを》一」

これは『剪灯新話』巻四―一「竜堂霊怪録」を典拠とし、武田信玄の家臣鶴瀬安左衛門が、甲斐国恵林寺辺にて、多田淡路守（武田信玄家臣）・直江山城守（長尾謙信家臣）・北条左衛門佐（北条氏康家臣）・山本勘介（武田信玄家臣）・長野信濃守（上杉憲政家臣）の霊が互いの武将を批評するのを見聞するという話である。このうち長野信濃守の霊が武田信玄と山本勘介主従の三つの大罪を言い立て、その非道と無策を難じる場面は、原話の、呉の伍子胥の霊が越の范相国の三大罪を批判する話に基づいている。

右の上州箕輪城主の長野信濃守については「関東の上杉憲政《のりまさ》の家臣《かしん》、譜代《ふだい》の侍《さぶらひ》として智謀無双《ちぼうぶさう》の者なるが、武田信玄といどみたゝかふ事七年にして、つゐに病没」した人物とある。長野信濃守の霊が信玄主従を激しく批判するのは、没落した関東管領上杉憲政に最後まで仕えた忠臣としての自負と、死後に城を落とされたことへの無念ゆえである。

信濃守より非難を受けた山本勘介が返答に窮して座を退いた後、多田淡路守の取りなしで酒宴となるが、やがて「貝《かい》・太鼓《たいこ》の音聞えしかば、庭中のともがら、「心得たり」とて、傍《そば》なる太刀かたな、をつとり〳〵はしり出るとぞみえし、一人も残らず跡かたなく消うせて」と、状況が急変して戦の様相となり、武者たちは鶴瀬の前から消え去る。この最後の場面は、典拠にはなく『伽婢子』独自の展開である。そこには、死後もなお戦乱の中にある武者らの修羅道のごとき世界が描かれている。

③巻八―四「幽霊僧にまみゆ」

これは、巡礼僧の前に応仁元年の戦で亡くなった少年藤四郎の霊が現れ、後世を弔い過去帳に名を記すよう僧に願うという話である。

本話も②と同じく、僧と語らっていた藤四郎の霊の様子がやがて急変する。「まなこざし俄にかはり、くるしげにいきつき出し、「何ぞ、只今ぞや、心得たり」とて、傍《そば》にたてたる太刀をつとり、障子《しやうじ》をひらき立出るとみえし、跡かたなくうせにけり」と、僧の前から消え去る。ここにも、死後もなお戦の中にある武者の苦患が描かれている。

なお本話の結末には、事情を聞いた藤四郎の母が出家して息子の菩提を弔うという、亡者への仏教的な救済が記される。こうした終わり方は、次の巻七―六「菅谷九右衛門」にもみられる。

④巻七―六「菅谷《すげのや》九右衛門」

この話は、織田信長家臣の菅谷九右衛門が、伊勢国山田郡辺で、北畠家の郎等柘植《つげの》三郎左衛門と滝川三郎兵衛の霊に出会い酒宴を開くというものである。原話は『剪灯新話』巻一―三「華亭逢故人記」で、全と賈《か》という侠気と豪勢を誇る二人の男が、明の攻撃の際に張士誠の援軍に加わるが敗北死し、その霊が華亭辺で知人の石若虚《せきじやくきよ》に会い、酒宴となるというもの。そこでは全と賈の霊が、兵火に流離う魂の苦悩や大志を果たさずに死んだ無念を詩に詠む。その感傷的な詩風が、生前の二人の豪気さとは裏腹な様子であったので、聞き手の若虚が驚くという話である。

一方『伽婢子』本話では、柘植と滝川の霊が、信長に内通して悪君の伊勢国司北畠具教《とものり》を滅ぼし威を振るったものの、やがて伊賀一揆に討たれて終わったことの無念を語る。

本話は森暁子[23]の指摘のように『甲陽軍鑑』品第十七や『古老軍物語』（六巻六冊、万治四（一六六一）年刊）に類話があり、それを『伽婢子』が参考にしたとも考えられる。両書には、柘植三郎左衛門と滝川三郎兵衛について次のようにある。

此木作が内の者に、つげの三郎と申者あり。此三郎左衛門、人前にて人逢勝《ひとあいすぐれ》たる男なり。もとより武編（変カ）もよき者にて、己《おのれ》が身を一人ねたかき侍と存、伊勢一国の内に居ては、立身如何《いかゞ》ゝと分別するにより、信長家老の滝川伊予と云侍の処へ立入《たちいり》、時分を見合、我身を持上《もちあぐ》るならば、日の出るごとくなる信長を憑《たのみ》て尤なりと相心得一人の分別にも及ばずとて思案するに、木作の源城寺とてたゞ大形ならぬ俗儀のはりたる坊主にて、才覚利根性《せい》発《はつ》なる事、結句右のつげの三郎左衛門にも増《ます》程の出家なれば、此坊主と三郎左衛門談合にて、滝川伊予の守をも

つて信長に内通いたし（略）

（『甲陽軍鑑』品第十七、三六二〜三六三頁）

木作《こつくり》殿の郎等《らうどう》につげの三郎左衛門といふものは、男《おとこ》がら人にすぐれ、兵法《へいほう》に達《たつ》し、智慮《ちりよ》さかしき武勇《ぶよう》のものなり。人をちかづけて馴《なれ》むつぶに、みな、かうべをかたふけてうやまひしたがふ。されば、つげは、をのれが身をたかくおもひ、いかにも立身《りつしん》すべしと、こゝろがくれども、さして木作《こつくり》の館《たち》にありては、いつの世にか名をしらるゝほどの立身《りつしん》なるべしとも見えず。爰《こゝ》に尾州《びしう》織田信長《をたのぶなが》の家老滝川伊予守《からうたきがはいよのかみ》は、縁者《えんじや》なるゆへ、これをたのみて、出る日《ひ》のごとく大身《しん》になりたち給ふ。信長《のぶなが》につかばやとおもひ、木作《こつくり》の源城寺《げんじやうじ》の住僧《ぢうそう》義春房《ぎしゆんばう》といふ法師《ほうし》は、力量《りきりやう》ありてこゝろ剛《かう》なる者《もの》なるが、したしくむつびたりければ、此ほうしと心をあはせ、一味《み》して、伊予守《いよのかみ》をもつて信長《のぶなが》に内通《ないつう》いたしけり。

（『古老軍物語』六―六「伊勢の国司ほろびし事」17ウ〜18ウ）

両書ともに、二人は武勇知略に秀で、立身のために主君の伊勢国司を裏切り信長と内通した者とし、傍線部のように二人の慢心の様を記す。一方『伽婢子』には柘植と滝川について次のようにある。

武勇智謀《ぶようちぼう》あるものなりければ、時にとりて名をほどこしけり。しかるに国司《こくし》具教その甥《をい》民部少輔おなじく奢《をごり》をきはめ国民をむさぼり、佞奸《ねいかん》の者に親《した》しみ、国政《こくせい》正しからざる故に、行すゑたのもしからずとおもひ、拓殖と滝川二人心をあわせ、信長公に内通して、つゐに伊勢の国を信長公に属《しよく》せしめ、国司《こくし》をほろぼし、すなはち勧賞《けんじやう》をかうふり、立身《りつしん》して権《けん》をとり威《い》をふるひけり。

（『伽婢子』七―六「菅谷九右衛門」）

ここで留意すべきは、柘植・滝川の謀反が、波線部のように主君の悪政を案じたゆえであるとする点である。このような描き方は、先行の『甲陽軍鑑』『古老軍物語』にはない『伽婢子』独自のものである。こうして「逆心《ぎやくしん》の君」の家臣という新たな設定を行うことにより、主君の不義を臣下の立場で誅したとして二人の行動は正当化される。

しかし『伽婢子』の二人の霊が取り沙汰するのは、忠節ありながら追放の憂き目にあった佐久間右衛門の例や、「逆心《ぎやくしん》の君につかへながら、つゐによく禍《わざわひ》をまぬかれた」「智慮《ちりよ》ふかき」小寺官兵衛らのことである。二人の霊は、自分らと似た境遇にあった者たちの運不運を思い返しては、不覚の死で「恥を万事にのこ」したわが身の僂さを悔やむ。武勇智謀の英雄としての名誉を全うできなかった武将たちの無念がここに描かれているのである。

本話の結末には、菅谷九右衛門が「ひそかに僧を請《しやう》じ、二人の菩提を弔《とふらひ》ける」という内容が加えられるが、これは③話と同様に、亡者の魂を済度して終わるという仏教説話の形式といえる。

以上、異界における亡者の妄執を描いた四話をあげ、仏教的世界との関わりについて述べた。いずれの話においても、不遇に終わった武者の無念や、戦いに死んだ者らの修羅の世界が描かれている。その中には亡者らと接触した人物が霊の菩提を弔う話もあり、典拠の中国小説にはなかった仏教的要素が加味されている。

六、おわりに

『伽婢子』に描かれる異界とは、神仏が絶対的な力で人間世界を支配し、人心の善悪を司る場所であった。慈悲・正直・孝行・貞節の者には神仏より果報がもたらされ、驕慢には悪報が下る。また、報われずに迷う亡者の妄念は、帰依者がその菩提を弔うことで浄化される。『伽婢子』は、儒教・仏教的世界としての異界を新たに設定することで原話を描き直した作品である。関山和夫は、『伽婢子』における怪談とは仏教教化のための巧みな譬喩であるとする。(24)関山の指摘のように、たしかに本作品には儒仏思想に基づく教訓性が原話より濃厚である。しかしそうした教訓性だけではなく、『伽婢子』には異界の神秘的な情景や、人物の欲望や悲哀、情愛、そして抗うことのできない運命や世の矛盾に翻弄され苦悩する人間の姿も描かれている。『伽婢子』は、儒・仏の教義に基づいた教訓性と、人物の様々な情念を描くという文芸性を兼備した作品といえる。

注

（1）渡辺守邦「仮名草子──近世初期の出版と文学」（『新日本古典文学大系　仮名草子集』岩波書店、一九九一年）。解説に、前田金五郎の説をはじめとする諸説を引く。
（2）宇佐美喜三八「伽婢子に於ける翻案について」（「国語と国文学」一二─三、一九三五年三月）三〇八頁。
（3）麻生磯次「怪異小説に於ける影響」（『江戸文学と中国文学』三省堂、一九五五年）五九頁。
（4）冨士昭雄「伽婢子──怪異と超現実へ」（『国文学　解釈と鑑賞』四五─九、一九八〇年九月）二四頁。
（5）藤井乙男「支那小説の翻訳」（『江戸文学研究』内外出版、一九二四年）一〇三頁。
（6）江本裕『伽婢子　1・2』（『東洋文庫』、平凡社、一九八八年）各話の「出典」。また江本は『伽婢子』挿絵における地獄絵の利用についても触れている（「近世小説と挿絵」『一冊の講座　絵解き』有精堂、一九八六年）。
（7）盧俊偉「『伽婢子』における典拠の再生──〈批判〉の独自性をめぐって──」（『第三十六回国際日本文学研究集会会議録』国文学研究資料館、二〇一三年三月）四八頁。
（8）北島晶子「翻訳小説集としての「伽婢子」」（『国文』三八、一九七二年一二月）四二頁。
（9）塚野晶子「『伽婢子』の方法──異界に翻弄される人間──」（『近世文芸　研究と評論』六七、二〇〇四年一一月）三頁。
（10）花田富二夫「伽婢子の批判性──原話離れを中心に──」（『仮名草子研究──説話とその周辺──』新典社、二〇〇三年、初出一九八一年一月）二一五頁。
（11）江本6書、1、一〇二頁。

（12）金永昊「『剪灯新話』の翻案とアジア漢字文化圏怪異小説の成立——地獄譚「令狐生冥夢録」の翻案を中心に——」（『大学院紀要　二松』二二、二〇〇八年三月）三〇三頁。
（13）渡辺守邦「近世怪異小説」（『岩波講座　日本文学と仏教』第二巻、岩波書店、一九九四年）二〇四頁。
（14）『伽婢子』巻十一六話について、麻生磯次・花田富二夫は、本話が了仙の慢心の悪報譚として構成されていると述べる（麻生3論文、五八頁、花田10論文、二二四頁）。
（15）北島8論文、四一頁。
（16）坂巻甲太「死生交婚譚　その三——牡丹燈籠——」（『浅井了意　怪異小説の研究』新典社、一九九〇年、初出一九八七年一二月）二七五頁。
（17）富澤慎人「時代を超えて生き続ける怪異——伽婢子」（『アジア遊学』一二五、二〇〇九年八月）九九頁。
（18）江本6書、1、二三七頁。
（19）太刀川清「仮名草子の伽婢子」（『近世怪異小説研究』笠間書院、一九七九年）一五一頁。
（20）江本6書、1、二二二頁。
（21）江本6書、1、一七六頁。
（22）和田恭幸は、『伽婢子』が三教一致思想（儒・仏・道）の立場で著されたとする（『伽婢子』考　序文釈義」『見えない世界の文学史』ぺりかん社、一九九四年）。『伽婢子』と道教思想との関わりについては、王建康「『太平広記』と近世怪異小説——『伽婢子』の出典関係及び道教的要素」（『芸文研究』六四、一九九三年一二月）、小川陽一「明清小説と善書——日本近世小説も視野に入れて」（『近世文芸』七九、二〇〇四年一月）、花田富二夫「『伽婢子』考——五朝小説の諸版と構想の一端に関して——」（『芸能文化史』二二、二〇〇五年七月）等がある。
（23）森暁子「『古老軍物語』と『甲陽軍鑑』および『北条五代記』」（『人間文化創成科学論叢』一一、二〇〇八年三月）二頁。
（24）関山和夫「唱導家浅井了意」（『庶民仏教文化論　民衆教化の諸相』法蔵館、一九八九年、初出一九七七年三月）四二頁。

＊本文の引用は以下の書に拠った。
・『新日本古典文学大系　伽婢子』（岩波書店、二〇〇一年）。
・『中国古典小説選　剪灯新話〈明代〉』（明治書院、二〇〇八年）。
・早川智美『金鰲新話　訳注と研究』（和泉書院、二〇〇九年）。
・渡辺守邦「『五朝小説』と『伽婢子』（一）～（四）」（『実践国文学』七〇～七三、二〇〇六年一〇月、二〇〇七年三月、二〇〇七年一〇月、二〇〇八年三月）。
・『甲陽軍鑑』（『戦国史料叢書3　甲陽軍鑑（上）』人物往来社、一九六五年）。
・『古老軍物語』（『仮名草子集成』第三十巻、東京堂出版、二〇〇一年）。

第五節　『先代旧事本紀大成経』における歴史叙述
――聖徳太子関連記事を中心に――

一、はじめに

『先代旧事本紀大成経』（正部四十巻、続部三十四巻、以下『大成経』と称す）は、天照大神の本宮を伊雑宮とする記述により伊勢内宮からの抗議を受け、天和元（一六八一）年に絶版処分となった偽書である。(1) 河野省三によると、本書は聖徳太子を礼賛、神道を旨とする儒仏神三教一致思想を提唱し、神道・神道学の大成を目指そうとしているとされる。(2)

本書の成立に関わった人物としては、上州沼田の長野采女、真言神道の高野山按察院光宥、忌部神道の広田丹斎、浄土宗僧で仮名草子作者でもある浅井了意、そして出版協力者として神人大崎兵大夫、黄檗僧潮音道海らの名があげられており、それらの人物により組織的に作られた書であるとされる。(3) 本書は絶版処分後もなお、仏家神道の偏無為や僧大我や沼田侯直邦などの熱心な信奉者を持ったという。

筆者は先に、近世前期に仏者や儒学者によって行われた三教一致思想や儒仏論争が仮名草子作品に享受されていることを述べた。(4)『大成経』もそれらと同時代の延宝期の刊行であるが、思想的には、当時の主流であった儒・仏・道（荘）ではなく、儒・仏・神の一致思想を説く点に特徴がある。そしてこの『大成経』が文芸界に影響を及ぼすのは、仮名草子や浮世草子より後の、近世中期以降の談義本や読本の時代となる。

『大成経』のもう一つの特徴として、『日本書紀』等の歴史書を利用しつつ、そこに三教一致説に基づく新たな内容を挿入し、独自の歴史を作っていることがあげられる。特に日本に仏教が渡来する欽明天皇から推古天皇の時代においては、聖徳太子を中心とする記事が増補され、宗教色の濃厚な内容に改変されている。

本節では『大成経』の諸本を確認した上で、『大成経』「帝皇本紀」（巻二十九～巻三十四）の聖徳太子関連記事に注目し、『大成経』の歴史叙述の方法について考察する。

二、諸　本

『大成経』の諸本は次のとおりである。

1、古活字版(5)

序、目録、「神代本紀」～「帝皇本紀」の、神代から推古天皇までの歴史を記す。全三十一巻。『大成経鷦鷯伝』とも。寛文十（一六七〇）年の跋文が付く本もある。

2、延宝七年江戸戸嶋惣兵衛板本

序、目録、「神代本紀」～「聖皇本紀」。神代から推古天皇までの歴史を記す。全四十巻。古活字版をもとに増補加筆したもの。十巻本『先代旧事本紀』とは別本である。刊記は巻三十八「聖皇本紀」六十六丁裏、左下に「江戸室町三丁目／戸嶋惣兵衛敬刊」。

3、写本

広島大学大学院文学研究科日本史学研究室本（七十五冊）、京都府立総合資料館本（七十二冊）、静嘉堂文庫本（三十七冊）、宮内庁書陵部本（『先代旧事本紀偽撰』十六冊）、大谷大学図書館本（七十一冊）、国文学研究資料館本（二十冊）、京都大学附属図書館本（五十四冊）など。

本稿では、このうちの2延宝七（一六七九）年板本を考察の対象とする。

『大成経』は、巻一「神代本紀」から巻三十四「帝皇本紀」の推古天皇の事項までを、主に『日本書紀』に拠り、その抜粋記事の間に独自の記事を挿入し、編年体で記している。また巻三十五から巻三十八の「聖皇本紀」は、『聖徳太子伝暦』を主典拠としている。

そのうち、年代の重複する巻が三箇所ある。第一は、巻二「先天本紀」、巻三「陰陽本紀」、巻四「黄泉本紀」で、いずれも伊弉諾尊・伊弉冉尊について、各々巻異なった視点で記している。なお巻二「先天本紀」は、古活字版『大成経鷦鷯伝』にはなく板本で新たに加えられた巻である。第二は、巻五・六「神祇本紀」と巻七・八「神事本紀」で、これらは同じく天照大神（大日霊尊）について記したものである。第三は、巻三十〜三十四「帝皇本紀」と巻三十五〜三十八「聖皇本紀」で、「欽明天皇」から「推古天皇」までの歴史を、聖徳太子の業績を中心に年代を重複させて記している。

なお「聖皇本紀」は、「先天本紀」と同じく『大成経鷦鷯伝』にはなく、延宝七年板本で新たに追加された巻である。このことから「先天本紀」の伊弉諾尊・伊弉冉尊や天照大神の場合と同様、聖徳太子の事蹟をより強調しようとする『大成経』板本編者の意図がうかがえる。

三、『先代旧事本紀大成経』と『日本書紀』

「帝皇本紀」（巻二十九〜巻三十四）は、継体天皇から推古天皇までの歴史を『日本書紀』を柱とし、そこに新たに記事を加えているが、この新たな内容には神託に関する記事が多いことが特徴である。

次の一覧は、『大成経』「帝皇本紀」の、欽明天皇から推古天皇の時代まで、新たに加えられた記事の中から、神託に関する事項を周辺の関連記事とともにあげたものである。〔　〕は『日本書紀』から引用された記事である。(6)

巻三十「帝皇本紀」上巻下「欽明天皇」〔『日本書紀』巻十九〕

元年九月二十三日　神乳山の児大神の神託により斎食祭始まる。金峰権現神を祭る（5オ）。

十三年五月十五日　吉野御幸。王政を守護する勾大兄天皇現じ、斎戒と無為の大事を説く（8ウ〜9ウ）。

〔十三年十月　百済聖明王、仏像経論を献上。物部尾輿と蘇我稲目、対立す。疫病流行る。天皇、仏像を難波堀江に流し、寺院を焼く。大殿に類火す。〕

十四年五月　〔河内国泉郡茅渟海に光り輝く樟木現ず。〕天皇、三輪神と五十神に問うと、仏像を建立し国中の災厄を払うべしと神託あり（13オ〜14オ）。〔天皇、仏像を建立。〕

三十一年四月十五日　豊前国に誉田八幡丸現ず。国政を摂る太子を世に遣わすとの神託あり（27オ〜29オ）。

三十二年三月一日　王爾、築石国より来る。神託あり、祠を造る由奏上す（29ウ）。

三十二年四月　住吉大神の神託に、新羅抗戦のため蝦夷を召せとあり。群臣の反対により天皇は神託に従わず（29ウ30オ）。

〔三十二年四月　　　天皇崩御。〕

巻三十一「帝皇本紀」中上「敏達天皇」（『日本書紀』巻二十）

〔十三年九月　　百済より仏像伝来す。その年、馬子、仏殿を建立して信仰し、仏舎利の霊験を見る。〕

十四年二月　　〔馬子、大野丘の北に宝塔を建て、舎利を奉納する。〕守屋・勝海、これを嫉み憎む。〔国に疫病流行、死者夥し。〕八幡大神の託宣に、大事には必ず神意を問へとあり（20ウ～21ウ）。

〔十四年三月一日　　守屋と勝海、疫病は馬子の仏法信仰ゆえと奏上。〕馬子、天皇に仏法信仰を説くが、天皇はこれを受けず（22オウ）。

〔十四年三月三十日　　守屋、仏殿仏像を焼き払う。善信尼らを罰せらる。〕

〔十四年三月〕十八日　　〔天皇、守屋ら瘡を煩う。仏法迫害の罪ゆえと人々噂す。〕

巻三十二「帝皇本紀」中巻下「崇峻天皇」（『日本書紀』巻二十一）

二年八月　　厩戸皇子、威勢ある臣下へも仁徳をもって対するよう、天皇を諫める（10オウ）。

二年八月十八日　　厩戸皇子、天皇に善悪を説く（11オ～12ウ）。

二年八月二十四日　　天皇、臣下の威を恐れ祈禱。三諸岳大社の神託に、天は非理や不信心を受けずとあり（12ウ～13ウ）。

二年九月　　天皇苛政を行う。馬子の諫め聞かず（13ウ14オ）。

二年十二月十七日　　天皇の心定まらず、群臣恐れ、諸国疲れる（14ウ）。

三年　　天皇婬楽に耽る。貴賤厭然となる（14ウ15オ）。

四年四月二十二日　天皇、重税を課す。民疲れ夷夷の襲来を願う（15オウ）。

四年四月十六《ママ》日　天皇、婬楽に耽る（15ウ）。

四年四月二十四日　鹿島の祠松倒れ、群鹿大鳴騒する。群臣、東国の危機を奏上するも天皇信じず。鹿島大神の神託に、不祀を咎めるが天皇聞かず（16ウ17オ）。

四年七月　天皇、倹約令を布く。民飢餓す。賊起り、都焼亡す（17ウ18オ）。

四年八月　大風起り、家屋・穀物、壊滅す。蝦夷蜂起す。厩戸皇子の計によりこれを撃つ（18オ～19オ）。

五年五月　菟狭大神の託宣に天皇の不敬を責める。厩戸皇子、怒る天皇を諫める（21ウ～23オ）。

〔五年十月四日　天皇、山猪の首を指し、嫌う者を斬りたいと言い、武器を準備する。馬子、郎党を招集す。〕

〔五年十一月三日　馬子、東漢直駒に命じ天皇を弑す。〕

巻三十三・三十四「帝皇本紀」下之上・下「推古天皇」〔『日本書紀』二十二〕

〔即位前紀十二月　天皇即位。〕

〔元年正月十五日〕　五瀬宮の神楽主媛の神託あり、天皇怖れ、仏舎利を金壺銀箱に納める（2オウ）。〔天皇、仏舎利を法興寺仏塔の心柱の中に納める。〕

〔七年四月二十七日　地震。〕太子の勧めで（12オ）〔天皇、地震の神を祭る。〕

〔二十年五月五日　薬狩。〕学者ら、太子の勧めで薬狩の礼の重き所以を神に問う。三輪神の神託あり。天皇、各国神社に像鏡を奉納す（44ウ～46オ）。

二十年　住吉大神の神託により、太子、三番の面を作り、神前で舞わせる。四海治まる（47オウ）。

〔二十四年一月　桃李実る。〕太子、天の教えとす。菟狭大神の神託あり、天皇、太子の勧めで諸民に粟を施

〔二十五年六月　　　出雲国より大瓜献上。〕三輪神より徳報との神託あり（53オ）。
〔二十六年　　　　　河辺臣、勅命により安芸の舶木を伐る。雷神が咎めるも、船完成す。〕皇太子、臣の勇を称えつつ諫める（55オウ）。
〔二十七年四月四日　淡海国蒲生河に人形のような物あり。〕太子、天下の事とは無関係という（55ウ）。
〔二十八年十二月一日　天に赤気。〕夜に輝く。三輪神の託宣に、来年春に天下闇となるとあり。太子、五十宮は神代のままにすべきと説く（58ウ～59ウ、以上巻三十三）。
三十二年四月　　　　三輪神、得狭子に、神代の事二千余言を説き、世に伝えよと命ず（6オウ）。
三十二年四月九日　　天照大神の分魂、田村王に神託、天皇神祠を造る。諸民参詣、諸願叶う（12オウ）。
〔三十五年五月　　　蠅大発生し、碓井坂から東上野へ向かい散失。〕三輪神の託宣あり。天皇薨去を願い、神涙す（18ウ19オ）。
〔三十六年三月七日　天皇崩御。〕

右に示したように、「帝皇本紀」には『日本書紀』にはない神託の話が随所に挿入されている。特に崇峻天皇紀には、天皇が神託に反して悪政を行う記事が目に付く。また、欽明天皇紀には、仏教伝来や聖徳太子誕生に関する神託がある。

そこでまず、欽明天皇十三年十月の仏教伝来記事を取り上げ、『大成経』が『日本書紀』を用いて歴史をどのように作っているか、詳しく見ていきたい。

欽明十三年十月、百済聖明王から釈迦仏の金銅像一体と経論等が献上される。天皇は仏教の教義を喜び、臣下に問う。蘇我稲目は仏教信仰を奏上するが、物部尾輿と中臣鎌子は、自国の神を守る立場から退ける。稲目は、天皇から賜った仏像を小墾田の家に安置する。折しも疫病流行し、尾輿らはこれを稲目の仏法信仰のせいとする。天皇は仏像を難波堀江に流すよう命ず。尾輿は寺院を焼き打ちにするが、それが磯城島宮の大殿に類火し大被害を蒙る。

（『日本書紀』欽明十三年十月、梗概）

『大成経』「帝皇本紀」は、『日本書紀』のこの記事をほぼ忠実に引用し、続けて『日本書紀』の欽明十四年五月の次の記事をも引用する。

河内国泉郡茅渟海に梵音が雷の如く響き渡る。光彩を放った樟木が海上に浮かび、朝廷に献上される。天皇はそれから仏像二体を造らせ、吉野寺に安置する。

（『日本書紀』欽明十四年五月、梗概）

『大成経』「帝皇本紀」では『日本書紀』のこの記事に、さらに次の内容を新たに付け加えている。

天皇之を得、深く慮りて詔して曰く、「是の木、太だ異し。焉《これ》人の業に非ず。即ち天の所作《わざ》なり。当に何物を作るべき」と群臣に問ひ下ふ。群臣弁ぜず。即ち亦た詔して曰く、「是奇異《あやしき》物なり。安に非《あだ》し物を作らば、即ち天の責を招かん」乃ち勅して五十大神、及び三輪太神に卜問《うらと》ふ。三輪大神、小童に託りて曰く、「浮木は天の木なり。異し物に中《あた》らず。当に仏の像を作り上るべし。国の中の疫気、年に中り速かに止まん」五十大神、磐《いわほ》隈姫の命、皇女に託りて曰く、「其の光り樟木は、是れ吾《あ》が意也。（略）霊し樟の神木《あやしき》は、汝天皇に与ふ。彼の聖り真をして、神の中の神の像を造りて、当に国の中の巨多《こゝたく》の災害を払ふべし。（略）」天皇審に之を聞き、国の多《さは》の災ひを除かんことを知る。甚だ悦び、即ち造工《たくみ》に命じて仏の像二軀を作らしむ。今吉野寺に在り。放光《ひかり》樟の像是なり。未だ仏の像、成り已《をは》らざるに、国疫皆止む。時に人皆謂ふ、「天《あめ》の為《わざ》は自然《をのつから》なり」吾国仏像を造る、是其の縁なるのみ。

（『大成経』「帝皇本紀」巻三十、13オ～14オ、原文漢文）

天皇はこの不思議を五十大神と三輪神に尋ねた。するといずれの神のお告げにも、樟木で仏像を造り、仏教を信仰して災厄を退けよとのことであった。そこで天皇が仏像二体を造らせると、たちまち国疫は止んだ、という内容である。ここでは、『日本書紀』の仏教伝来の記事に、五十大神・三輪神による神託の話を加えることにより、仏教が神意のもとに日本に伝来したことを示そうとしている。

このように『大成経』「帝皇本紀」には、『日本書紀』にある出来事を、何らかの神意によるものと解釈しようとする意図がある。このことについて、次に馬子の崇峻天皇殺害の件をあげ、さらに考察する。

四、『大成経』の崇峻天皇評

『大成経』巻十七「神皇本紀」の、神武天皇より以降の天皇については、記事中に人物批評が付けられている。その中には武烈天皇や雄略天皇への批判的評価がみられるほか、崇峻天皇についても次のような評がある。

天皇性《みこゝろ》邪敏、智に似て環りて愚也。恒に臣の咎を制すことを楽しむ。

（『大成経』「帝皇本紀」巻三十二、24ウ）

こうした話のように、『大成経』巻三十二には崇峻天皇についての次のような悪しき素行が『日本書紀』の記事に加えて記される。

崇峻天皇は馬子の威勢を畏れるがゆえに、数度の神託や聖徳太子の忠告にも耳を貸さず、刑罰を厳重にし、重税を課し、倹約令を布くといった苛政を次々と行い、一方自らは淫楽に耽るようになる。臣下民衆は苦を強いられ疲弊困憊する。天災が起こり、やがて蝦夷が蜂起し、次第に国情が乱れていく。

（『大成経』「帝皇本紀」巻三十二、概要）

先に示した一覧では、崇峻天皇二年八月二十四日・四年四月二十四日・五年五月の三度にわたり神託があるが、それにもかかわらず次第に神の意に背いていく崇峻天皇の言動が記される。様々な災いはその報いであるかのように描かれるが、ついに五年十月（これ以降は『日本書紀』の記事になる）四日に天皇による挑発的な言動があり、十一月三日に馬子の計らいで東漢直駒によって殺される。こうした崇峻天皇の悲運も天皇の神への背徳ゆえであったと、『大成経』「帝皇本紀」では述べている如くである。

ただしこうした悪政者としての崇峻天皇像は、必ずしも『大成経』だけのものではなかったようである。例えば『聖徳太子伝暦』（二巻二冊、寛永五（一六二八）年刊）には、崇峻天皇を評して次のようにある。

天皇の性為《ひと、なり》剛腹にして、物の非を容《ゆる》し玉はず。太子常に諫めを納《い》れ玉ふこと数《あまた、び》。

（『聖徳太子伝暦』巻上、19ウ、原文漢文）

『上宮太子拾遺記』（七巻、正和三（一三一四）年成、法空撰）ではこれをふまえ、崇峻天皇に関して次のように述べる。

天皇、性剛腹為り。物の非を容れず。（略）孝経に曰く、主、諫に逆らふ時は則ち国亡ぶ。[7]

（『上宮太子拾遺記』第三「血気事」及び裏書、原文漢文）

また『愚管抄』（七巻）にも、崇峻天皇弑殺の件について次のような言説がある。

崇峻のころされ給ふやうは、時の大臣をころさんとおぼしけるをきゝかざどりて、その大臣の国王をころしまいらせたるにてあり。それにすこしのもとがもなくて、つゝらとしてあるべしやは。なかにも聖徳太子おはしますおりにて、太子はいかに、さては御さたもなくて、やがて馬子とひとつ心にておはしましけるぞと、よに心えぬ事にてあるなり。さて其後かゝりければとて、これを例と思ふをもむき、つや〳〵となし。このことをふかく案ずるに、①たゞせんは仏法にて王法をばまもらんずるぞ。仏法なくては、仏法のわたりぬるうへには、王法はゐあるまじきぞといふことはりをあらはさんれうと、（略）これをばたれがあらはすべきぞといふに、観音の化身《けしん》聖徳太子のあらはさせ給《たまふ》べければ、かくありけること、さだかに心得らるゝなり。（略）仏法に帰《き》したる大臣の手本にて、この馬子の臣は侍《はべり》けりとあらはなり。この大臣を、②すこしも徳をはしまさず、たゞ欽明の御子といふばかりにて位につかせ給《たまひ》たる国王の、この臣をころさんとせさせ給ふ時、馬子の大臣、仏法を信じたるちからにて、かゝる王を我がころされぬさきに、うしなひたてまつりつるにて侍れは、唯このをもむき也。

（『愚管抄』巻三「推古」、原文片仮名文）[8]

これは、馬子の崇峻天皇殺害を、日本史上あまり例のない臣下による天皇殺害事件として取り上げ、時の聖徳太子をいかに評するかに論点を当てた説である。ここで著者慈円は、崇峻天皇を②「すこしも徳もをはしまさず、たゞ欽明の御子といふばかりにて位につかせ給ひたる国王」と評し、その上で、観音の化身としての聖徳太子には、傍線部①「仏法なくして王法なし」の道理を示す思惑があったと説く。

以上の『聖徳太子伝暦』『上宮太子拾遺記』『愚管抄』の三説はともに、崇峻天皇の非を挙げることで聖徳太子を擁護し、太子が馬子の天皇殺害を黙殺したことを正当化しようとする仏教側の論理に立つものである。この太子擁護説は、近世期になると、林羅山による排仏論の一環として行われた聖徳太子批判に対抗するための、仏教側の護法論として表れるようになる。澄円『神社考志評論』（三巻一冊、延宝七（一六七九）年刊）は、馬子の崇峻天皇殺害を評するにあたり、孟子の次のような言葉を引用している。

斎の宣王問て曰く、「臣、其の君を弑す、可ならんや」と。孟子対へて曰く、「仁を賊《そこな》ふ者、之を賊と謂ふ。義を賊ふ者、之を残と謂ふ。残賊の人、之を一夫と謂ふ。一夫の紂を誅することを聞く。未だ君を弑することを聞かず」と。

（『神社考志評論』巻下、31オ、原文漢文）

ここでは、武王を馬子に、紂を崇峻天皇に喩え、馬子が弑したのは仁義を失した一夫にすぎなかったとする。このように『大成経』の他にも、崇峻天皇の非をあげて聖徳太子を擁護しようとする論理があった。『大成経』「帝皇本紀」の崇峻天皇説は、これら中世以前から当代に至るまで行われた仏家の崇峻天皇批判説に基づいたもので、崇峻天皇を神意に反した者として強調させているのである。

「帝皇本紀」では、繰り返し神意の絶対なることを主張している。例えば敏達天皇十四年二月、八幡大神の神託に、這の瑞朗《みつほ》の中つ国《くに》は、是れ吾が有《たもて》るの国也。天皇我れ有《たもて》ると思ひ下ふな。故れ大事有らば、則ち必ず吾に問ひ下へ。吾、事毎に験《けやけ》く答ふべし。新初《あらこと》を、難知《いさこと》を致する、過《す》ぎ禄《たまもの》、大賞《ふとたまもの》を行《た》ぶ、大臣・大連を罰《つみな》ふ、皆吾に問ひ下へ。若し身が有《あ》ると思《あ》ひて、問はず妄《みた》りに行《をこ》なはば、必ず当に悔ひ有るべし。（略）夫れ其の世間《かみ》の是非《よさわろさ》は、神と雖ども小神《さはへなす》は知らず。況んや学《まな》び識《し》る間《ま》の凡人・学識・凡夫の、理を度《はか》り、断を慮る、十か一つ二つ、其れ然る者有れ、他は皆差《たが》ふ。人慮を頼み下ひそ。吾国の法は是れ斎元なり。他国の人法と異なり。是を以て人を専らにすな。

（『大成経』「帝皇本紀」巻三十一、20ウ～21ウ）

と、我が国は他国と異なる「斎元」の国であるから、大事の時は必ず神意を測るべきであり、たとえ天皇であっても妄りに私に政治を行ってはならないという。崇峻天皇は、そうした『大成経』にいう天皇のあるべき姿に反する悪しき例として示されたに他ならない。

では、そのような天皇観のもと、聖徳太子はどのように描かれるのであろうか。次に「帝皇本紀」太子誕生譚の記され方について考えてみたい。

五、神託の記事

三の年表をみると、「帝皇本紀」では、推古天皇七年四月二十七日の地震、同二十年五月の薬狩、同二十八年十二月一日、天に赤気あったことなど、『日本書紀』の記事を取り上げ、それらが何らかの神意に関わるものとして記している。また聖徳太子については、神意を天皇や臣下に説く人物として記されている。その一例として、欽明三十一年四月十五日の誉田八幡神による託宣の記事を次にあげる。

戊戌《なかのいつか》、豊前国表を上りて奏して曰く、「三月十五日、菱潟池《ひしかた》の辺《ほとり》の民《たみ》、根深目《ねふかめ》と云者の女《め》、年始三歳、異《あや》し語《こと》して人を集《つど》ふ。乃ち神み託りて曰く、「我は是れ、誉田の八幡丸也。我れは本、日《ひ》の輪《みかた》の天《あま》つ荒魂也。（略）早く朝廷に奏して、新霊宮《あらみやらか》を造《つく》り、当に我が荒魂魄の大ひ威力《いきをひのいきます》神を崇《あか》め祭《まつ》り奉るべし。我れ応に、日の胤《みたね》の宝祚《あまつひつき》、神ん産《う》みの国《なか》つ界《くに》を守護すべし。（略）」天皇大に歓び、群臣に勅して曰く、「宣しく神勅に任せて、大殿を造立《をさめ》て、大神を鎮座上るべし」と。

（『大成経』「帝皇本紀」巻三十、27オ～28オ）

これは、豊前国菱潟池の辺に住む根深目という三歳の女子の口を借りて誉田八幡丸の託宣があった。八幡神は、神託を奏上してわが荒魂を祭り奉れ、そうすればこの日本の国を守護しようと言った、という話である。

これには『東大寺八幡験記』に似た話がある。そこでは欽明三十二年正月一日の記事として、誉田八幡丸の託宣が次のように記されている。

欽明天皇三十二年辛卯正月一日、豊前国宇佐郡厩《うまやの》峯菱形《ひしかた》の峯菱形池の間に、三歳の小児現ず。竹葉を立て、始めて託宣して曰く、「我是日本人皇第十六代誉田天皇広幡八幡麿也。我名をば護国霊験威力神通大自在菩薩と曰。国々所々に跡を神道に垂る」已上、当に知る、上宮太子吾が国に降誕し、西土の教法を本朝に伝ふべきの嘉瑞哉。

（『東大寺八幡験記』、原文漢文）[9]

このうち傍線部のように、豊前国菱形池のあたりで、三才の童子によって誉田八幡丸神の託宣がなされたという点が、『大成経』の記事と同一事項として確認できる。同様の記事は『八幡愚童訓』『誉田八幡縁起』『足助八幡縁起』などの八幡縁起の類のほか、『上宮太子拾遺記』等の太子伝や『扶桑略記』『神道集』『本朝神社考』などにもみられる。

また波線部に、この奇瑞が上宮太子化現のしるしであったとすることについては、『大成経』「帝皇本紀」に次のような話がある。

船吏の辰爾、敏才にして正直、造宮の使と為る。乃ち王辰爾に詔奉りて、豊の前の国、荒狭《あらさ》の県に向至《いた》る。忽ちに大光有り、其色金赤《きあけ》。光の本を尋ね至る。大松樹の上に素雪《ましろ》の鷹有《くちあ》り。大さ大鷲の如し。須臾に体変化《かは》りて、大白《ましろ》の竜王《わだつみ》と成る。亦、須臾に体変化りて大霊光の日輪と成る。

（『大成経』「帝皇本紀」巻三十、28オ）

王辰爾とは、『日本書紀』によると欽明十四年七月より船長に命ぜられ、船史の姓を賜った、後の船連の先祖である。辰爾が造宮の使者として豊前国の荒狭県（現在地未詳）に至ると、松の上に大白鷹が現れ、たちまち大白竜となり、さらに日輪・天照大神と化現したという。

神吽『八幡宇佐宮御託宣集』（十六巻、正和二（一三一三）年成立）(10)には、宇佐八幡神の数々の託宣が記されているが、その中に、八幡神が宇佐郡の大河のあたりで鷹と化して瀬を渡り、東岸の松に止まったという話がある。『大成経』の本話も、これら八幡縁起の類に拠りながら創られたのであろう。

さらに『大成経』「帝皇本紀」の話を続けると、日輪神が辰爾に向かって言うには、

船吏に告げて曰く、「吾れ人の皇為るの時、明らかに知《し》りき。吾れ帝王《すめらぎ》は、吾が為《な》せる主皇《すめらぎ》には非ず。天の神の

帝皇《すめらぎ》なり。吾か践所宝祚《あまつひつぎしるし》は、吾か為《な》す鴻業《あまつひつぎ》に非ず。天の神の日祚也。豈に天の神の為《な》せる皇帝《すべらぎ》を以て、吾が為《な》します帝《みかど》と事物《わざこと》を自在《わがまゝ》にせんや。豈に天の神の為《な》します日祚を以て、吾が為す祚《くらゐ》と禅《ゆづ》り即《つ》くこと自在《わがまゝ》にせんや。故れ帝皇に危無く、大業《あまつひつぎ》絶ゆること無き也。吾が如く諸の皇、物を物し、事を事《こと》にせよ。心や内つ物、身や外事《とつわざ》、一小物《こと》も、善からざる不公《わたくし》有るときは、則ち心帝に非ず、身を棄つ」

（『大成経』「帝皇本紀」巻三十、28オウ）

と、帝皇とは天より下された身であるのだから、天皇は全ての所行において私心無くせよ、と告げたとある。託宣はさらに続き、

「帝為る太子をして政を摂らし、其の国の事を知らしむ。爾諸帝等《みなかとたち》は、思を休《や》め、身を密《ひそ》めて、欲求《もとめ》無きを以てし、無為閑行《わざなくた、あり》にして、而も居《をりゐ》の上皇《みかと》にませ」

（『大成経』「帝皇本紀」巻三十、28ウ～29オ）

と、帝に比する太子を遣わすので、天皇に代わりこれに政事を執らせよと告げたとある。八幡神の託宣によって聖徳太子誕生が予告される場面である。この箇所が先述の『東大寺八幡験記』の波線部に相当する。なお同様の話は『上宮太子拾遺記』(11)に次のようにある。

『扶桑記』云、三十二年辛卯正月一日。

間人皇女の夜夢○此より以降、賑有るを知り、八月を経。言を外に聞く。又同じ比、八幡大明神、筑紫に顕はる。

（略）欽明天皇三十二年、救世観音、大和国高市郡の豊日皇子宮に託胎す。八幡大菩薩、豊前国宇佐郡馬城峯菱

溜池の間に顕じ給ふ。然れば則ち此の歳吾が朝に初めて二菩薩応化を垂る。定めて知り兼ねて其の時節を契り給ふか。（『上宮太子拾遺記』第一「在胎十二箇月事」）

ここではまず、『聖徳太子伝暦』に記される、救世観音が間人皇后に託胎した話をあげ、それと同じ頃に八幡大菩薩の託宣があったとする。同様の話は、『太子伝玉林抄』（三巻、訓海作、文安四（一四四七）～五年成）にも次のようにある。

羽翼集云、扶桑記云中太子懐胎の比、八幡（「菩薩也」と併記）大明神筑紫に顕はる（略）。（『太子伝玉林抄』巻第二、原文漢文）(12)

『大成経』「帝皇本紀」では、これら八幡縁起や太子伝の文献にいう八幡神の託宣を引用し、神託により太子誕生が予告されたという話を作っている。そうして、神意を世に具現するために現れた人物として聖徳太子を位置づけたのである。

六、まとめにかえて

以上、『大成経』「帝皇本紀」の聖徳太子関係記事に注目し、「帝皇本紀」における『日本書紀』改変の意図を考察した。そして、「帝皇本紀」欽明天皇から推古天皇までの記事には、『日本書紀』に太子伝関連の文献から引用した話を組み合わせるという方法で新たに作られた話があること、そのうえで神国日本に相応しい天皇のあるべき姿が提示されていること、そして聖徳太子は、八幡大神（天照大神の分身）の託宣のもとに神国を統べるべく世に現れた人物として記されていることを述べた。

『聖徳太子伝暦』をはじめとする従来の聖徳太子伝によれば、太子は専ら救世観音の化身であり、或いは天竺勝曼夫人の再生、南岳慧思禅師の後身であった。しかし「帝皇本紀」ではそれらの説に触れることはなく、仏教信仰の象徴としての聖徳太子とは異なった太子像を描いている。仏教より神道を優先させる、反本地垂迹説に則っているといえるだろうか。

両部習合神道の『鼻帰書』（一巻、伝智円律師作、正中元（一三二四）年成）は、天照大神に密教的解釈を施した書であるが、そこで聖徳太子について次のように述べている。

聖徳太子も（注：天照大神）当社の御再誕と聞たり。何の疑ひ有らん。(13)

これは、天照大神が釈迦と化現し唐土天竺へ渡り仏法を広めたと、日本神道が仏教に優越すると説いた説である。また吉田兼倶の三教枝葉花実説とは、聖徳太子密奏の伝で、神道を根本とする説である。(14)『大成経』「帝皇本紀」聖徳太子伝は、これら反本地垂迹や三教枝葉花実思想に基づいた聖徳太子による理想的な神国日本国家の設立の経緯を、歴史として具現化させた書といえるだろう。

注

（1）河野省三『旧事大成経に関する研究』（芸苑社、一九五二年）一「旧事大成経の性格」、二「大成経著作の目的」。岩田貞雄「皇大神宮別宮伊雑宮謀計事件の真相——偽書成立の原由について——」（『國學院大学日本文化研究所紀要』三三、一九七四年三月）。

（2）河野1書、三「大成経の成立とその内容」。
（3）河野1書、四「大成経の著作者と祖述者」。岩田1論文。小笠原春夫『国儒論争の研究』（ぺりかん社、一九八八年）第二編「旧事大成経の投影」。
（4）本書第二章―第一・二節。
（5）河野1書に、板本、写本についての概説がある（三頁、一八～一九頁）。鎌田純一「先代旧事本紀諸本概説」（『國學院大学日本文化研究所紀要』一、一九五七年一〇月）。古活字版『大成経鶚鵜伝』については、川瀬一馬『古活字版の研究』（安田文庫、一九三七年）二編、第八章第二節に、「寛永中の活字に若干の新雕活字を混じて摺刷し」とある（五八四頁）。また『改訂版内閣文庫和漢書目録』には「刊（木活）」、岩崎文庫蔵本の帙題簽には「寛文銅活字版」とあり、木版・銅版と諸説ある。
（6）『日本古典文学大系　日本書紀　下』（岩波書店、一九八〇年）。
（7）『大日本仏教全書』第七十一巻、史伝部十（講談社、一九七三年）二一八頁、二二七頁。
（8）『日本古典文学大系　愚管抄』（岩波書店、一九七一年）一三六～一三八頁。
（9）『続群書類従』第三輯上（一九五九年）二三二頁。
（10）『八幡宇佐宮御託宣集』「日本御遊化の部」（重松明久編、現代思想社、一九八六年）一二一～一二二頁。
（11）7書。一九四頁。
（12）『法隆寺蔵尊英本　太子伝玉林抄』上巻（吉川弘文館、一九七八年）一二六頁。
（13）『神道大系　論説編二　真言神道（下）』（神道大系編纂会、一九九二年）五〇九頁。原文漢文。
（14）河野1書、三「大成経の成立とその内容」六八頁。

第三章　仮名草子と怪異説話

第一節　『曽呂里物語』二話
――その怪異性について――

『曽呂里物語』（五巻五冊、寛文三（一六六三）年刊）は、『伽婢子』『因果物語』等とともに後世の怪異説話や奇談に影響を与えた仮名草子である。本節では、本作品の怪異性について『諸国百物語』（五巻五冊、延宝五（一六七七）年刊）、『宿直草』（五巻五冊、延宝五（一六七七）年刊、改題本に『御伽物語』）の類話をあげつつ考える。

まず、『曽呂里物語』巻二―七「天狗のはなつまみの事」は、三河国平岡のある深山の宮で、怖いもの知らずと評判の坊主道心が怪異に遭う話である。話中には三度の怪異が描かれる。一つ目は、道心が道中で死人に出会う場面である。「みちのほとりなりければ、はらふみてとをるに、かの死人、坊主のすそをくはへて引とゞむ。たちもどり、はらをおさへければはなしけり。ふみけるとき口をあけ、あしをあげゝるにはなし侍る」（15オ）。不審に思った道心は、寺の門前の大木にしっかりと死人を縛り、家に入って寝た。するとその夜更けに二度目の怪異が起きる。死人が道心の名を呼び、「「われをばなにとてしばりけるぞ。とけや〳〵」といへども、なをとりあはず。「さらばとかん」とて、なはをふつ〳〵ときりて、寺にはいり、戸ふたへをいりける時」（15ウ16オ）、道心が死人の右腕を切り落とすと、死人は消えうせるが、夜明けにさらに怪異が起きる。毎朝参詣に訪れる老女に、道心が夜のことを語ると、老女はその右腕を見たいと言う。道心が見せると、老婆は、それは自分の手だといって腕に差し接いで立ち去り、辺りは暗闇になる。道心はこの時初めて驚き、肝を潰した。やがて真に夜が明け、訪れた本物の老女や人々が道心を介抱した。以来、道心は臆病者となり、やがて行方不明になったということである。

剛気な道心が初めて恐怖を感じたのは、三度目の怪異の時である。鬼の化けた老婆が斬られた片腕を奪って去るという話は渡辺綱の物語を彷彿とさせるが、夜明けと知人の老婆の訪れは怪異世界の消滅であり、道心が現実の世界に戻れたことを告げるしるしであった。しかし、老婆が腕を差し接いだことや、老婆が実は死人の変化であったことで、未だ怪異の世界が続いていたことを知り、道心は「此ときにこそ、はじめておとろき、きえ入ばかりに成」（16ウ）ったのである。

この話では、怪異世界が三度にわたり次第に道心の身近に迫ってくる。一度目に死人が口を開け閉めしたのは、腹を踏むことで起きる物理的現象のようでもあった。しかし二度目に、死人は明らかに言葉を放ち動いている。そして三度目に知人の老婆の出現により怪異世界が完全に道心を支配してしまう。

『諸国百物語』巻一―三「河内の国 闇峠《くらがりとうげ》道珍天狗に鼻はぢかる、事」に類話がある。また『宿直草』巻二―六「女は天性肝ふとき事」では、死人を踏んで渡り男のもとに通った肝太い女の話となり、死人が動き回る怪異に眼目を置いた『曽呂里物語』の話とはやや主題を異にしている。

次に、『曽呂里物語』巻四―六「悪縁にあふも善心のすゝめとなる事」は、信濃国守護に仕える者が、ある時誤まって人を殺め、夜に紛れて身重の妻を連れ逐電する。山道で妻が産気づいたため、ある辻堂に宿を借りてしばし息をつく。そこへ、男の家の召使いのはるが訪れ、長年の恩返しのため後を追って来たと訴える。男は怪しみながらもはるを中に入れ、やがて夫婦が寝入ると、はるが背後から妻の首の周りを舐めまわし始める。妻は驚いて、「「なふ〳〵、はるが我をねぶりておそろしきに、これへよらせ給へ」といふ。はるがいはく、「かやうのときは、御血《ち》の心にて、さやうの空ごとをも、おほせあるものにて候。すこしもくるしき御事にては候はず。をともせで御やすみ候へ」といふ」（13ウ）。男がはるの言葉に油断していると、いつの間にか妻とはるの姿が消える。慌てた男が探し回るが妻は見つからず、その後、山上や谷底から叫び声がし、やがて夜が明ける。男は麓の寺の長老の助けでなお探し回ると、妻は大木の上にずたずたに切り裂かれて掛けられていた。男は自害しようとするが長老に諫められ、出家をして妻の菩提を弔い、道心堅固に暮したという。

この話の類話に、『諸国百物語』巻二―十一「熊野にて百姓わが女ばうを変化にとられし事」、『宿直草』巻二―四「甲州の辻堂にばけものある事」がある。このうち『宿直草』の話は、武田家方に奉公する男が、家の没落にあい、主命により身重の主人の妻を連れ密かに上京するという設定である。二人は苦難の旅を経、主人の妻が産気づいたために、化物の出るという山中の茶屋の辻堂にやむなく宿を取る。その夜半、茶屋の娘と名乗る女房が世話をしたいと宿を訪れ、産まれた赤子を預かる。男がうとうとしていると、「なふおそろし、あの女房《にょうばう》のわが子をくふ」（９ウ）と妻が呼ぶ。すると女房は妻を抱えて虚空に消え、やがて天井から悲鳴が聞こえ、四五人ほどの物を食ふ音がする。化物は男も食おうとするが、男が所持する刀のために近づけない。夜明け、男は茶屋の主人に事情を語る。天井には山積みの骨があり、主人の妻のものと思しき新しき骨もあった。男は嘆きつつ遺骨を葬り、味方の軍も皆討死と聞いたので、今はこれまでと主人の名刀を布施にし、黒谷で出家して主人夫婦を弔ったという。

『宿直草』のこの話は、男が女を連れて逐電し、深山の宿で化物に女を殺され、悲嘆した男が出家するという筋立てにおいて『曽呂里物語』と同じである。しかし、『曽呂里物語』の男が殺人ゆえの逐電であったのに対し、『宿直草』の男の場合は主命ゆえの逐電であり、悲劇の因果性が無いために、グロテスクな食人鬼の恐怖が話の中心となっている。一方『曽呂里物語』のはるは、妻を舐めまわした上に八つ裂きにする。そこには、身重の妻へ向けられた執念、怨念のごとき感情が見え隠れする。『曽呂里物語』では話として記されてはいないが、悪縁の内に必然的に生じたはるの夫婦への何らかの怨恨が、次第に発現していく過程を描くことに眼目が置かれているように思える。

『曽呂里物語』の怪異性は、日常にふと近づいてくる異界への怖れを描いたことにあるといえる。怪異の発現が段階的で、道理や教訓を強調せず、話の所在もことさら明らかにしようとしない『曽呂里物語』諸話は、どこにでも起こり得そうな怪異の闇を語ろうとする。本作品は、そうした「咄」としての普遍性を備えているといえる。

＊『曽呂里物語』『宿直草』の本文引用は、『仮名草子集成』第四十五巻、第五十五巻（東京堂出版、二〇〇九年、二〇一六年）に、『諸国百物語』の本文引用は、『叢書江戸文庫　百物語怪談集成』（国書刊行会、一九九一年）に拠る。

第二節　『曽呂里物語』の類話

一、はじめに

『曽呂里物語』（五巻五冊、寛文三（一六六三）年刊）は、近世怪異小説の一源流とされる仮名草子である。各話の出典・類話や後世への影響については、穎原退蔵、檜谷昭彦をはじめとする諸氏によって指摘がなされてきた。本節では、それらの先行研究をふまえつつ、『曽呂里物語』諸話の類話をあげ、当作品の成立の背景についての手がかりとするものである。

次に類話一覧では、『曽呂里物語』の章段ごとに類話とされる作品をあげる。〈　〉はその先行研究で、論末に一覧を示した。＊には私見を記した。

二、類話一覧

巻一―一「板垣の三郎高名の事」

『諸国百物語』（五巻五冊、延宝五（一六七七）年刊）一―一「駿河の国板垣の三郎へんげの物に命をとられし事」〈太刀川〉

＊『曽呂里物語』の「大もり今川藤」は『諸国百物語』に「儀本《よしもと》」とあり。『諸国百物語』当話については、江本裕の指摘(1)があり、「儀本」には今川義元、「板垣の三郎」には武田信玄の重臣板垣三郎佐衛門信形がふまえられて

いるとする。なお、板垣が化物と遭遇したという「千本」の上の社は、『諸国百物語』には「浅間」とある。現在の静岡市浅間神社のことか。この浅間神社については、信玄と義元がそれぞれ当社との関わりを重視していた（『静岡県の地名』日本歴史地名大系、平凡社）。本話は、信玄の家臣板垣三郎が、府中の今川義元のもとで、その勇者ぶりを示すために肝試しに出かけた話と思われる。

巻一―二「女のまうねんまよひありく事」

『諸国百物語』一―三「越前の国府中ろくろくびの事」〈太刀川〉

＊『曽呂里物語』の「北庄《きたのせう》」は『諸国百物語』では「喜多の郡」、「かみひぢ」は「上市」、「北野真西寺」は「嵯峨のをく」とあり。「北の庄」は現在の福井の旧称。「上市」は福井県武生市上市町か（越前市武生柳町・若竹町）。京都北野の「真西寺」は不明。

『太平百物語』（五巻五冊、享保十七（一七三二）年刊）四―三十六「百々茂《どども》左衛門ろくろ首に逢ひし事」

巻一―三「女のまうねんは性《しやう》をかへても忘れぬ事」

『三国伝記』（十二巻、玄棟作、応永末～嘉吉（一四四三）頃成）二―二十七「信濃国遁世者往生事」〈和田〉

『榻鴫暁筆』（二十三巻、大永・享禄（一五二一～三一）頃成）十三「怨念」五「肥後国女」

＊『三国伝記』池上洵一注(2)、『榻鴫暁筆』市古貞次注(3)には、類話として『発心集』四―四十二、『私聚百因縁集』九―二十一「肥州僧妻為魔事」、『拾遺往生伝』下―二十、『沙石集』四―五「婦人の臨終の障たる事」をあげる。

『直談因縁集』（八巻二冊、天正十三（一五八五）年以前成）五「安楽行品下」二十六

『諸国百物語』二―八「魔王女にばけて出家の往生を妨げんとせし事」〈太刀川・和田〉

＊「摂州勝尾寺《かちおじ》」（大阪府箕面市の勝尾寺《かつおじ》）での話となる。

巻一―四「一条もどり橋のばけ物の由来の事」

巻一―五「ばけ物女に成て人をまよはす事」

『今昔物語集』二十七「狐、変人妻形来家語第三十九」

『諸国百物語』二―六「加賀の国にて土蜘女にばけたる事」〈太刀川〉

『太平百物語』二―十七「栄六娘を殺して出家せし事」

巻一―六「人を失ひて身にむくふ事」

『諸国百物語』五―十一「芝田主馬が女ばう嫉妬の事」

＊『曽呂里物語』は津の国大坂の兵衛次郎の話、『諸国百物語』は丹後国宮津の芝田主馬の話。

巻一―七「罪ふかきもの今生より業をさらす事」

平仮名本『因果物語』（六巻六冊、万治（一六五八～六〇）頃刊）三―十一「魂とび行て尸《しかばね》をくらひける事」

片仮名本『因果物語』（三巻三冊、鈴木正三作、寛文元（一六六一）年刊）下―十七「人ノ魂死人ヲ喰ラフ事付精魂寺エ来タル事」

＊平仮名本『因果物語』と同話。

『諸国百物語』一―五「木屋の助五郎が母夢に死人をくひける事」〈太刀川〉

＊老女の息子の名を木屋の助五郎とする。堤は、『曽呂里物語』『諸国百物語』には発心遁世譚がなく、作者の興味

は、貪女が夢中に人を食うという奇談そのものを描く点にあると指摘する。〈堤2〉

『新御伽婢子』（六巻六冊、天和三（一六八三）年刊）二―五「人喰老姥」

＊橋の袂に出現して人を食う老女の話という点が『曽呂里物語』と類似する。

巻一―八「狐人にむかひてわびことする事」

『古今著聞集』十七「変化」六〇六「大納言泰通、狐狩を催さんとするに、老狐夢枕に立つ事」

巻一―九「舟越大蛇をたいらぐる事」

＊生贄の娘が勇者によって救われる話は、『宇治拾遺物語』一一九「東人生贄を止むる事」や『今昔物語集』二十六「美作国神依猟師謀止生贄語第七」に、山陽道美作国の生贄を取る猿神と蛇神を、東の荒武者が飼い犬を使って退治し、娘を救うという話がある。また民間伝承にも、回国の僧が竹篦太郎を使って化物を退治し、生贄の娘を救う話がある（関敬吾『日本昔話大成7　本格昔話六』（角川書店、一九八二年）二五六「猿神退治」（cf. AT三〇〇））。しかしこの話はむしろ、以下の諸作品にみられる舟越の大蛇退治と同話である。

『本朝故事因縁集』（五巻五冊、元禄二（一六八九）年刊）四―八十八「淡路島大蛇」〈須田〉

『武将感状記』（『近代正説砕玉話』十巻十冊、熊沢淡庵編、正徳六（一七一六）年刊）巻八〈須田〉

『諸家深秘録』（二十四巻八冊、貞享～元禄（一六八四～一七〇三）頃編、写本）巻三「舟越三郎四郎殿射殺大蛇其身も被果事」

＊須田千里の指摘するように、『本朝故事因縁集』には『曽呂里物語』の最後の場面にいう舟越が死ぬ話がない。『曽呂里物語』により類似するのは『武将感状記』『諸家深秘録』で、『曽呂里物語』の生贄の話を除いた話とほ

ぼ同内容でより詳細である。このことから、それらは『曽呂里物語』と同系統の伝承に基づいたと考えられる。なお『老媼茶話』（八巻三冊、三坂春編撰、寛保二（一七四二）年序）「船越殺大蛇」には『武将感状記』に拠るとある。『弁惑金集談』（四巻四冊、河田正矩作、宝暦九（一七五九）年刊）巻四「舟越氏伝大蛇頭事」も『武将感状記』等に拠る。

巻一—十「狐をおどしてやがてあだをなす事」

『今昔物語集』二十七「於幡磨国印南野殺野猪語第三十六」
『諸国百物語』一—六「狐山伏にあだをなす事」〈太刀川〉
『諸国百物語』五—八「狸廿五のぼさつの来迎をせし事」
『太平百物語』二—十七「栄六娘を殺して出家せし事」の冒頭と結末
＊狸を脅して仕返しを受けるという話型が『曽呂里物語』『諸国百物語』と類似する。
『日本昔話大成7　本格昔話六』二七五A「山伏狐」
『日本昔話大成7　本格昔話六』二七七「葬式の使」

巻二—一「信心ふかければかならず利生ある事」

巻二—二「老女を猟師が射たる事」

『今昔物語集』二十七「猟師母成鬼擬噉子語第二十二」
『曽呂里物語』三—五「ねこまたの事」〈岡〉
『伽婢子』（十三巻十三冊、浅井了意作、寛文六（一六六六）年刊）九—五「人鬼」

『諸国百物語』三―十八「伊賀の国名張にて狸老母にばけし事」〈太刀川〉
＊『曽呂里物語』二―二と同話。両話にある「なんばり」「名張《なはり》」は、現在の三重県名張市。
『宿直草』（五巻五冊、延宝五（一六七七）年刊）四―一「ねこまたといふ事」〈岡〉
『因幡怪談集』（写本、寛延二（一七四九）年頃成）「石河又太夫、猫またを半弓にて殺す事」
＊当話は、『宿直草』四―一と類似。

巻二―三「おんねんふかき物の魂まよひありく事」

『諸国百物語』一―四「松浦《まつうら》伊予が家にばけ物すむ事」
＊『曽呂里物語』では「いよ」、『諸国百物語』では「松浦伊予」という人の家での出来事。

巻二―四「あしたか蜘の変化の事」

『諸国百物語』一―十六「栗田源八ばけ物を切る事」〈小澤〉
＊備後国艫《とも》（広島県福山市鞆《とも》町）の栗田源八郎という者の話となり、『曽呂里物語』最後の、大蜘蛛の足を斬り散らしたという部分がない。
『宿直草』二―三「百物がたりして蛛《くも》の足をきる事」〈潁原・岡〉
『新御伽婢子』二―二「古蛛怪異」
＊夜、大木から女が現れ男に近づくが男に殺され、蜘蛛の正体を現すという点が『曽呂里物語』の話と類似する。

巻二―五「行のたつしたる僧には必しるし有事」

『三国伝記』十二―十五「芸州西条下向僧逢児霊事」〈渡辺・花田〉
『伽婢子』八―四「幽霊出て僧にまみゆ」〈潁原、今野1・2、渡辺・花田〉
＊今野達は、『曽呂里物語』『伽婢子』当話について、大陸よりの伝来「唄う骸骨」「枯骨報恩」の東アジア的一形態が日本において多様に変貌しつつ拡散したものと指摘する〈今野1〉。『三国伝記』当話と『幻夢物語』との影響関係については、後藤丹治(4)、西沢正二(5)に指摘がある。後藤は、『曽呂里物語』当話が文章の比較上『幻夢物語』より『三国物語』に拠ったとする。
『諸国百物語』一―十「下野の国にて修行者亡霊にあひし事」〈太刀川・江本〉

巻二―六「しやうぎだふしの事」

『奇異雑談集』（二巻二冊、近世初期成立）四―二「下総の国にて、死人棺より出て霊供の飯をつかみくひて又棺に入。是よみがへるにあらざる事」
『諸国百物語』二―四「仙台にて侍の死霊の事」〈小澤〉
『善悪因果集』（五巻五冊、蓮盛作、宝永八（一七一一）年刊）一―六「愛執によりて屍の人を殺す事」

巻二―七「天狗のはなつまみの事」

『諸国百物語』一―三「河内の国暗闇《くらがり》峠道珍天狗に鼻はぢかるゝ事」〈太刀川〉
＊『曽呂里物語』に三河国平岡の奥の宮とあるのを、『諸国百物語』は「河内国くらがり峠」（東大阪市生駒山頂南西方にある峠。大和・河内の境で、奈良街道が通る）の山奥の宮とする。また『諸国百物語』では、道珍が死人と遭遇するのは今口《いまくち》という場所（不明）であり、道珍の寺を訪れたのは老女ではなく母である。

『宿直草』二―六「をんなは天性きもふとき事」〈潁原・岡〉

＊堤は、『曽呂里物語』当話が慢気の者を罰する天狗の災いという伝統的な民談の枠組内にあるとする。〈堤4〉

『槃下雑談』（五巻五冊、陳珍斎作、宝暦五（一七五五）年刊）一「女子有ㇾ勇」

＊近藤瑞木[6]は、『槃下雑談』の特徴に、巷談、笑話、先行怪異小説（『宿直草』等）の焼き直し等があると指摘する。

勇力の女おさんが角上山で女の死体を踏みつけると着物の裾を口で銜えられたという『宿直草』に基づく話。

『西院河原口号伝』（五巻五冊、章瑞編、宝暦十一（一七六一）年刊）巻二―四「林女西院河ニ死骸ヲ試ム」

＊堤は、『口号伝』は『宿直草』に拠るとし、宝暦・明和期の唱導界での説法談義の文芸的素材が近世初頭の小説類まで及んでいたと指摘する。〈堤2〉

巻二―八「越前の国白鬼女のゆらいの事」

『奇異雑談集』二―一「戸津坂本にて女人僧を逐て共に瀬田の橋に身をなげ大蛇になりし事」

『諸国百物語』一―十三「越前の国永平寺の新発意が事」〈太刀川〉

＊美僧が宿った場所は、『曽呂里物語』では「かいづのうら」（滋賀県高島市マキノ町海津か）だが、『諸国百物語』では「かい河《かわ》のうら」とある。また『曽呂里物語』には「へいせん寺」（福井県勝山市平泉町平泉寺か）とあるのを、『諸国百物語』では「永平寺」（福井県吉田郡永平寺町）の僧とする。また女が美僧に追いついたのは、『曽呂里物語』では「ひやきち」だが、『諸国百物語』では「しらきちよ」（福井県日野川中下流の白鬼女《しらきじよ》川）という場所となる。なお堤は、『曽呂里物語』等の話が、『越前国名蹟考』等にみられる龍泉寺ゆかりの白鬼女伝承に基づくとする。〈堤3〉

『新御伽婢子』四―八「名剣退ㇾ蛇」

＊大蛇に襲われるが、名刀の威力で難を逃れるという趣向において『曽呂里物語』当話と一致。

巻三―一「いかなる化生の物も名作の物にはおそるゝ事」

『今昔物語集』二十七「頼光郎等平季武値産女語第四十三」
『諸国百物語』一―二「座頭旅にてばけ物にあひし事」〈太刀川〉
『諸国百物語』四―六「丹波申楽へんげの物につかまれし事」〈小澤〉
＊『曽呂里物語』最後に、男の持つ脇差のために化物女が「近寄れない」と言うと、虚空から大声が聞こえるとある趣向が類似。
『諸国百物語』四―十「浅間の社のばけ物の事」
『宿直草』二―一「急なる時も思案あるべき事」〈岡〉
『宿直草』二―四「甲州の辻堂にばけものある事」〈岡〉
＊岡は、化物が「銘刀があるのであの男は喰えない」と言う点が類似するとする。
『太平百物語』一―九「経文の功力にて化者の難遁れし事」
＊僧が山家で人食い鬼女と子に襲われそうになるが、経文の功力で逃れるという話。

巻三―二「りこんといふ 熕《わづらひ》 の事」

『諸国百物語』一―十一「出羽の国杉山兵部が妻かげの 熕《わづらい》 の事」〈太刀川〉
＊『諸国百物語』では、侍の名を「杉山兵部」とする。また、杉山が一人を斬ったのは、それの両手が丸かったからだとする。そうした化物のしぐさから狐を連想させる。

『今昔物語集』二十七「狐、変人妻形来家語第三十九」
＊本話は、二人の妻が現れたので夫がこれを斬るという話において『曽呂里物語』と類似する。ただし、ここでは狐の仕業となっており、結果として妻は無事だったという点が相違する。狐が妻に化けて二人となり、殺されそうになるという話は、次の『本朝故事因縁集』にもある。
『本朝故事因縁集』四―八十七「四国狐不住由来」

巻三―三「れんだい野にて化物にあふ事」

平仮名本『因果物語』一―二「隣姫ふかき女、死して墳の焼たる事」〈堤2〉
＊嫉妬深い女の墓の上に穴が出来て火が燃えるという話。堤は、本話を鎮火譚の類型話とする。
『諸国百物語』一―七「蓮台野二つ塚のばけ物の事」〈太刀川〉
＊『諸国百物語』では、女が男に与えた物は金子百両であったと具体的に述べる。
『諸国百物語』三―七「まよひの物二月堂の牛王にをそれし事」〈小澤〉
＊冒頭に、墓が一夜に三度燃え、女の声で「人こいしや〳〵」という声がするので、若者三人が肝試しに行くという部分が類似。

巻三―四「色好みなる男みぬ恋に手をとる事」

『諸国百物語』二―一「遠江の国見付の宿《しゆく》御前《ごぜ》の執心の事」〈太刀川〉
＊商人は京から関東へ下る者であり、泊まったのは遠江国見付の宿（静岡県磐田市中心部）、女が突き落とされたのは天竜川となる。

巻三―五「ねこまたの事」
『曽呂里物語』二―二「老女を猟師が射たる事」〈岡〉
『宿直草』四―一「ねこまたといふ事」〈岡・潁原〉
『因幡怪談集』「石河又太夫、猫またを半弓にて殺す事」
巻三―六「おんじやくの事」

『諸国百物語』三―一「伊賀の国にて天狗座頭にばけたる事」〈小澤〉
＊『曽呂里物語』で信濃国すゑきの観音とあったのを、伊賀国の里から遠い山の堂とする。また『諸国百物語』では、座頭が若者の三刀を持ち去り、それが杉の木の枝にかけられていたという後日譚と、若者の高慢ゆえに天狗が災いをなしたのだという教訓的評言を加えている。
『諸国百物語』五―四「播州姫路の城ばけ物の事」〈小澤〉
＊ここでは姫路城主秀勝の話となる。秀勝が天守にいると、訪れた座頭から琴の爪箱を渡されるが、それが両手両足から離れなくなる。座頭は城の主と名乗り、鬼神となって秀勝を脅すという話。
『宿直草』二―二「くも人をとる事」〈岡〉
『宿直草』一―三「武州浅草にばけものある事」〈潁原・岡〉
＊化け物が肝試しをしに来た男を嬲り脅すという筋では『曽呂里物語』と同じだが、話の筋の上では『宿直草』二―二の方が『曽呂里物語』に類似している。
『日本昔話大成7　本格昔話六』二六九「蜘蛛女」

巻三―七「山居の事」

＊堤は、食人鬼説話として『緇白往生伝』（三巻三冊、了智作、元禄元（一六八八）年序）巻中「信誉上人」、『善悪因縁集』五「無慚の僧屍を食ふ事」や片仮名本『因果物語』下―十七等をあげ、『曽呂里物語』の結末が鬼の正体を僧の悪念と断ずるのみで、罪障深い者の発心機縁を主要モチーフに据える唱導説話の基本的立場が無化され、全般に奇談文芸特有の筆風を漂わせていると指摘する。〈堤2〉

巻四―一「声よきものをば竜宮よりほしがる事」

『今昔物語集』二十七「近衛舎人於常陸国山中詠歌死語第四十五」

巻四―二「御池町のばけ物之事」

巻四―三「狐二たびばくる事」

巻四―四「万の物年をへては必化《かならずばくる》事」

＊出石《いづし》寺は、現在の愛媛県喜多郡出石山の寺。『愛媛の面影』（五巻五冊、半井梧庵作、慶応三（一八六七）年刊）巻四「喜多郡」に「金山《きんざん》出石《いづし》寺《てら》」とある。

『宿直草』一―一「すたれし寺を取り立てし僧の事」〈潁原・岡〉

＊両話ともに化物退治によって寺が再興される結末となるが、『宿直草』では「只きえなん法灯《ほっとう》をかゝげたきのみ」と、僧の信仰心が記されるなど、人物像に脚色がなされている。

『一休諸国物語』（五巻、寛文頃（一六六一～七二）刊）四―五「ばけ物の事」

『怪談記野狐名玉』（五巻五冊、谷川琴生糸作、明和九（一七七二）年刊）二―「上町何某化生の事」
＊化け物屋敷に椿木の化物が現れる場面が類似する。
『日本昔話大成7　本格昔話六』二六〇「化物問答」（AT八一二）〈岡〉

巻四―五「常〳〵の悪業を死して顕す事」

巻四―六「悪縁にあふも善心のすゝめとなる事」
＊今野は、『曽呂里物語』当話の原説話が、文禄・慶長の頃よりすでに廻国遊行の徒により京阪地方から北奥の在所まで持ち運ばれていたと指摘する。(7)
『今昔物語集』二十七「産女行南山科値鬼逃語第十五」〈太刀川〉
＊『今昔物語集』二十七「在原業平中将女被噉鬼語第七」「東人宿川原院被取妻語第十七」、『宿直草』一―四「浅草の堂にて人を引きさきし事」にも、男女が人気の無い場所に泊まったところ、女が物の怪（鬼）に食われるという話がある。
『伽婢子』十三―七「山中の鬼魅」〈潁原・今野2・渡辺・花田・岡〉
『諸国百物語』二―十一「熊野にて百姓わが女ばうを変化にとられし事」〈小澤〉
『諸国百物語』四―六「丹波申楽へんげの物につかまれし事」
『宿直草』二―四「甲州の辻堂にばけものある事」〈潁原・岡〉

巻四―七「女のまうねんおそろしき事」
＊「さほ山」は、現在の滋賀県彦根市佐和山町の佐和山のことか。

巻四―八「座頭と変化のものとあたまはり合事」

巻四―九「耳きれうんいちが事」

『諸国百物語』一―八「後妻うちの事付タリ法花経の功力」

『宿直草』二―十一「こざいしやうの局のゆうれいの事」〈頴原・岡〉

＊堤は、法然の弟子住蓮の法脈にある浄土僧が展開した小宰相局伝承と壇ノ浦の「耳無し芳一」説話とを合わせ、「小宰相局」の幽霊譚として創作された話とする。〈堤6〉

『御伽厚化粧』（五巻五冊、筆天斎画作、享保十九（一七三四）年刊）四―十二「赤間関留幽鬼」〈頴原・岡〉

『日本昔話大成6　本格昔話五』二四二「耳切団一」〈岡〉

＊広瀬朝光(8)は、「耳無し芳一」説話の近世期における三系譜の一つに『曽呂里物語』当話を置く。また水野ゆき子(9)は、『曽呂里物語』当話と東北、北陸の昔話「三枚のお札」との関連を指摘。

巻四―十「おそろしくあひなき事」

『諸国百物語』二―二「相模の国小野寺村のばけ物の事」〈太刀川〉

＊『曽呂里物語』では「みちのく小野寺といふ山寺」、『諸国百物語』では「相模国の小野寺村」となる。

巻五―一「竜田姫の事」

『古今犬著聞集』（十二巻、椋梨一雪作、天和四（一六八四）年序）十一「猫、奉公人の女に妖事」

『諸国百物語』二―七「ゑちごの国猫またの事」〈太刀川〉

＊『曽呂里物語』と同話だが、越後国での話となる。

『宿直草』四―二「年へしねこはばくる事」〈頴原・岡〉

＊『新御伽婢子』一―八「遊女猫分食」は、長崎丸山の遊女町の美少年が化け猫だったという話で、当麻晴仁(10)はこれを『宿直草』四―二の類話とする。

巻五―二「夢あらそひの事」

＊堤は、結末に、関係者の発心譚が欠落し、妬婦の愛欲とその象徴である蛇性の夢中闘争に中心があることから、当話が信仰伝承から奇談咄に転生した末流の中世蛇髪譚であるとする。〈堤5〉

巻五―三「信玄せいきよのいはれの事」

＊信玄の死については様々な風説がある。『弁惑金集談』（四巻四冊、河田正矩作、宝暦九（一七五九）年刊）巻四「信玄禅僧を殺して逝去の事」には、信玄が禅僧の希庵を殺害した同月日に卒去したという説がある。

巻五―四「しんちやう夢物がたりの事」

巻五―五「因果さんげの事」

『今昔物語集』二十九「阿弥陀聖殺人宿其家被殺語第九」

＊山中で僧が男の荷物を奪い殺して逃げ、その夜に宿を借りるが、そこには殺した男の妻がおり、夫が僧に殺されたのを知った女が、里人とともに僧を捕らえようとする、という話の筋で『曽呂里物語』に共通する。ただし『今昔物語集』では僧が悪人として設定され、最後は男を殺した罪の報いを受け殺される、という話となる。

『宿直草』一―二「七命ほろびしゐんぐはの事」〈潁原・檜谷・岡〉
＊『曽呂里物語』五―六「よろつうへ〳〵の有事」の類話。
『宿直草』五―七「学僧ぬす人の家にやどかる事」〈潁原・檜谷・岡〉
『宿直草』五―八「道行僧山賊にあふ事」〈檜谷・岡〉

巻五―六「万うへ〳〵の有事」

『今昔物語集』十「荘子見畜類所行走逃語第十三」〈堤4〉
『北野天神絵巻』等の六道絵〈山本・岡〉
＊山本則之は、絵解きとしての話の構造と意図から、昔話「廻りもちの運命」より六道絵の方が『曽呂里物語』当話に近いとする。
『愛宕物語』（一冊、寛永十二（一六三五）年成）〈岡〉
『宿直草』一―二「七命ほろびしゐんぐはの事」〈潁原・檜谷・岡〉
『堪忍記』（八巻八冊、浅井了意作、万治二（一六五九）年刊）二―七「蟷の蟬をとる事」〈堤1、須田〉
＊蟷螂が蟬を、雀が蟷螂を、餌さしが雀を捕らえようとするが、餌さしは沼に踏み込んで泥まみれになるという教訓。
『本朝故事因縁集』五―一三七「狩人遁世」〈須田〉
＊猟師が改心すると虚空から声がかかるという点が『曽呂里物語』当話に類似する。
『金玉ねぢぶくさ』（八巻八冊、章花堂作、元禄十七（一七〇四）年刊）二―一「蟷螂蟬をねらへば野鳥蟷螂をねらふ」〈堤1〉

＊堤は、当話および『御前伽婢子』（六巻六冊、都の錦作、元禄十五（一七〇二）年刊）四―四の両話について、世俗的教訓を語ることに話の眼目があるとする。また同話材を扱った鎌倉期の浄土絵画（滋賀県聖聚来迎寺の六道絵等）では、畜生道の厭相を説いて殺生を戒める唱導説法が主題であったとする。

『諸仏感応見好書』（二巻二冊、猷山作、享保十一（一七二六）年刊）下「狐輪縄《わな》」〈須田〉

＊蟷螂が蝿を、雀が蟷螂を、餌さしが雀を取ろうとするのは、後ろに自分を害する物があることを知らない世俗の風勢と同じで、用心すべき、恐ろしいのは世の人心、という教訓がある。

『日本昔話大成10　笑話三』六三五「廻りもちの運命」（AT二三一、AT二〇）〈山本、岡〉

三、まとめ

『曽呂里物語』の類話は、仏教説話、中世説話、縁起、仮名草子、浮世草子、昔話といった多岐にわたる分野から見出すことができる。このうち特に影響関係が考えられるのは『諸国百物語』で、『曽呂里物語』全四十一話のうちの二十三話が類話で、そのうちの二十一話が同話である。『諸国百物語』には地名や人物名に『曽呂里物語』と似た表現があるが、細部で異同があり、記述はより具体的になっている。太刀川清や小澤江美子の指摘のように、『諸国百物語』の一部は『曽呂里物語』に基づいて記されたとも考えられる。

『諸国百物語』と同年（延宝五（一六七七）年）刊行の『宿直草』についても、『曽呂里物語』の十二話とに類話がみられるが、『諸国百物語』に比べると『曽呂里物語』との類似はそれほど緊密ではない。しかし例えば『曽呂里物語』巻五―五の長編話が『宿直草』で三話に分けられて記されていること等を考えると、『宿直草』もまた『曽呂里物語』に拠り、創作的姿勢をもって話を描きなおしたともいえる。

『曽呂里物語』の典拠については不明な点も多いが、『今昔物語集』『古今著聞集』『宇治拾遺物語』『三国伝記』『榻鴫暁筆』等の中世説話との類話を見る。関係話は、怨念・鬼女・幽霊・狐狸の幻術・殺生の応報・邪神退治といった類のもので、『今昔物語集』の分類でいえば「宿報」（巻二十六）・「霊鬼」（巻二十七）・「悪行」（巻二十九）に属する。一方で、近世の『直談因縁集』『因果物語』や『緇白往生伝』『善悪因縁集』『西院河原口号伝』『諸仏感応見好書』等の仏教説話集、そして『本朝故事因縁集』『諸家深秘録』『武将感状記』等の諸国説話や武辺咄、さらに民間伝承話との類似も確認できる。このことは、『曽呂里物語』の諸話が、書承・口承の中世期以来の説話文芸ジャンルと関わりを持ち、それらを奇談的要素の強い怪異譚として改変させたものであることを推測させる。


（一覧中に〈　〉で示した論文一覧）

〈頴原〉頴原退蔵「近世怪異小説の一源流」（『頴原退蔵著作集』第十七巻、中央公論社、一九八〇年、初出一九三八年四月）九五～一〇三頁。

〈檜谷〉檜谷昭彦「初期怪異小説の主役たち　曽呂利物語・御伽物語再考」（『国文学　解釈と教材の研究』一九―九、一九七四年八月）。

〈今野1〉今野達「〈枯骨報恩〉の伝承と文芸（上）」（『今野達説話文学論集』勉誠出版、二〇〇八年、初出一九六六年七月）四三二頁。

〈今野2〉今野達「遊士権斎の回国と近世怪異譚」（『今野達説話文学論集』、初出一九七九年一月）七〇八～七一四頁。

〈太刀川〉太刀川清『近世怪異小説研究』（笠間書院、一九七九年）四九～五七頁。

〈堤1〉堤邦彦「近世怪異小説と仏書・その一――殺生の現報をめぐって」（『芸文研究』四七、一九八五年一二月）五三～五四頁。

〈小澤〉小澤江美子「延宝期の怪異小説考――『曽呂里物語』から『諸国百物語』へ」（『大妻女子大学大学院　文学研究科論集』

二、一九九二年三月）二九・三一～三四頁。
〈山本〉山本則之「六道絵と『曽呂利物語』巻五第六話」（『説話文学研究』二七、一九九二年六月）。

〈須田〉須田千里『京都大学蔵　大惣本稀書集成』第八巻（臨川書店、一九九五年）「本朝故事因縁集」解題、四〇八頁。

〈和田〉和田恭幸「咄之本の素材――奇異雑談の世界――」（『講座日本の文学四　散文文学〈説話〉の世界』三弥井書店、一九九六年）三九二～三九三頁。

〈堤2〉堤邦彦『近世仏教説話の研究』（翰林書房、一九九六年）九〇・一一四～一一六・三二七頁。

〈堤3〉堤邦彦『近世説話と禅僧』（和泉書院、一九九九年）六六頁。

〈渡辺・花田〉渡辺守邦・花田富二夫『新日本古典文学大系　伽婢子』（岩波書店、二〇〇一年）脚注。

〈堤4〉堤邦彦『江戸の怪異譚　地下水脈の系譜』（ぺりかん社、二〇〇四年）二〇六・三六四～三六五頁。

〈堤5〉堤邦彦「地方資料の発掘――雑談、夜話の原風景」（『国文学　解釈と教材の研究』五一―一一、二〇〇六年一〇月）三六～三七頁。

〈江本〉江本裕「延宝期の仮名草子『諸国百物語』序説」（『西鶴と浮世草子研究』二、笠間書院、二〇〇七年）八二頁。

〈堤6〉堤邦彦『江戸の高僧伝説』（三弥井書店、二〇〇八年）第三編Ⅵ、三四三頁。

〈岡〉岡雅彦『新編日本古典文学全集　仮名草子集』（小学館、一九九九年）「御伽物語」頭注。

注

（1）〈江本〉論文、七六頁。
（2）池上洵一『中世の文学　三国伝記（上）』（三弥井書店、一九七六年）頭注。
（3）市古貞次『中世の文学　榻鴫暁筆』（三弥井書店、一九九二年）頭注。
（4）後藤丹治『中世国文学研究』（磯部甲陽堂、一九四三年）「児物語の研究」「幻夢物語」一〇二頁。
（5）西沢正二「『幻夢物語』と『三国伝記』との関係」（『国文学　解釈と教材の研究』一五―一六、一九六八年一二月）。

（6）近藤瑞木「怪談物読本の展開」（『西鶴と浮世草子研究』二、二〇〇七年一一月）一三三頁。
（7）〈今野2〉論文、七一〇頁。
（8）広瀬朝光「耳なし芳一の話」『小泉八雲論　研究と資料』（笠間書院、一九七六年、初出一九七〇年三月）三〇頁。
（9）水野ゆき子「耳なし法師のはなし――『曽呂利物語』を中心に――」（『金城国文』七八、二〇〇二年三月）。
（10）当麻晴仁「『新御伽婢子』考――片仮名本『因果物語』との関係――」（『青山語文』二二、一九九二年三月）六〇頁。

第三節　怪異説話の展開

――『曽呂里物語』と『宿直草』――

一、はじめに

『宿直草』（五巻五冊、延宝五（一六七七）年刊、『御伽物語』とも）は、六十八話の怪異説話集で、『曽呂里物語』『因果物語』『奇異雑談集』『伽婢子』『今昔物語集』をはじめとする中世・近世の説話集との話の類似が指摘されている。そのうち類話の最も多い『曽呂里物語』との影響関係については、潁原退蔵(1)、檜谷昭彦(2)、太刀川清(3)、市古夏生(4)、冨士昭雄(5)、小澤江美子(6)、岡雅彦(7)らの指摘が備わるが、両作品間の説話の交渉のあり方についてはいまだ意見が分かれている。本節では、『宿直草』と『曽呂里物語』との各話の内容を比較することにより『宿直草』の説話としての特色を考え、ひいては両作品の先後関係についても考察を述べたい。

二、『曽呂里物語』巻五―五と『宿直草』四話

（1）『曽呂里物語』巻五―五「因果さんげの事」

『曽呂里物語』巻五―五「因果さんげの事」は作品の中でも長い話で、従来『宿直草』との影響関係が指摘されて

いる。その概要は次のとおり。

①世を逃れて東へ向かう僧が信濃国木曽の深山道を歩いていると、四十歳余りの大刀を持った男が現れ、僧を脅して平包みを奪う。男に殺されると思った僧は、崖から男を突き落とし、平包みを取り返して山を下る。

②日暮れ、僧が女のいるある家に宿を借り、寝られずにいると、家の主人が戻り、坊主に突き落とされて怪我をしたと女に語る。それを聞いた僧が逃げると、男は村人を連れて男を追う。男は山に逃れて大木の上に隠れる。村人は松明を持って探し回り、弓を放つと、大木から落ちたのは荒熊で、村人に襲い掛かったので村人は逃げ帰る。

③不思議と難を逃れ上方へ向かった僧は、ある宿を借りるが、そこもまた女一人の家であった。僧が寝られずにいると、宿の主人が戻り、その後別の男が宿にやって来る。女が戸を開けると、中にいた宿の主人がその男を斬り殺す。これを見ていた僧が驚いていると、宿の主人が桶に入れた死体を僧に背負わせ、脅しながら山中を歩かせる。とある場所で宿の主人は僧に穴を掘らせるが、僧の疲れた様子を見て、代わって掘る。宿の主人に殺され埋められるのではないかと恐れた僧は宿の主人を刀で斬り、悪人の種を絶とうと宿に戻って女をも殺し、その後無事に美濃国に到着する。

④僧が辿り着いた次の宿は、またしても女一人であったため、僧はそこを避けて去り、ある古宮に辿り着く。その夜の僧の夢に、痩せ衰えた男が現れ、非業の死によって恨み尽きなかったが僧の順縁で敵を討ってくれたこと、どうか亡き跡を弔って欲しいことを願う。目覚めた僧は今までの浅ましい出来事を思い返し、都西山の辺りに庵室を構え、同心堅固に暮して一期を終えたという。

要するに本話は、世を逃れて旅をする僧が度々の災厄に遭遇するが、その都度不思議に身を助かり、最後は僧の夢に現れた男の霊の菩提を弔うという内容である。僧が遭遇する災難とは、追い剝ぎに二度襲われる（①②）・殺人事件に遭遇し、死体を埋める仕事を強いられる（③）というものであるが、①②③ともに僧は不思議に難を逃れている。また僧は①と③で殺人を犯しているが（①では未遂）、それは罪として描かれず、①は「はうべんのせつしやう」としての殺しであり、③は殺された男の仇を討ったということになっている。この主人公の僧については、なぜ東へ逃亡しているのかは明らかにされないが、災難に遭遇しては逃れ、悪人を成敗しては逃亡を続け、その結果として、④で殺された男の霊を救済する。つまりこの話は、とある僧が苦難を経て道心堅固な仏教者へと成長する話を怪異を交ぜながら描いているのである。

（2）『宿直草』巻一—二への展開

右の『曽呂里物語』巻五—五は、『宿直草』巻一—二「七命ほろびしゐんぐはの事」、巻五—四「曽我の幽霊の事」、巻五—七「学僧ぬす人の家に宿かる事」、巻五—八「道行僧山賊にあふ事」の諸話と影響関係を持つ話である。そこで、ここではまず『宿直草』巻一—二「七命ほろびしゐんぐはの事」と『曽呂里物語』巻五—五とを比較し、それぞれの話としての特徴について述べる。

『宿直草』巻一—二は、『曽呂里物語』巻五—五の③の部分を利用して次のような話を作っている。

猟人の家に宿を借りた旅僧が胸騒ぎに寝られないでいると、一人の男が宿を訪れ、女が戸を開ける。すると男は中にいた猟師を刺し殺す。男は僧に死体を入れた籠を背負わせ、山へ行き、穴を掘らせる。殺されると思った僧は難を逃れようと疲れを訴えると、男が代わって穴を掘る。その隙に僧は男を斬り、逃げようと思ったが、女に訴えられることを懸念して、土地の地頭に自ら出頭して事情を話す。すると地頭は僧の行いを称えて褒美を与え、女を罰する。

『宿直草』と『曽呂里物語』とを比べると、内容上の主な相違は次の三点である。

(1)『宿直草』で初めに殺されたのは宿に来た男ではなく、家の主人である猟人であるが、『曽呂里物語』ではその逆である。

(2)『宿直草』では、猟人殺しは猟人の妻と男の密通ゆえであるという理由が明示されているが、『曽呂里物語』には宿の主人による男殺しの理由は述べられていない。

(3)『宿直草』の僧は『曽呂里物語』のように女は斬らず、土地の地頭に訴えて事件を裁きに委ねる。

『宿直草』では、僧が殺したのは人妻と密通しようとして夫を殺した男であったという設定により、結果的に僧は殺人犯を成敗したという大義名分を持つことになる。また『曽呂里物語』で、僧が「あく人のたねをたゝんと思ひ」宿の女をも殺しているのを、『宿直草』では、僧は女を殺すことなく、地頭に正直に訴えたと改変している。これにより僧は地頭による公の成敗というかたちで許されている。これに対し『曽呂里物語』の僧は、最後に出家することで殺しの罪を免がれている。また『曽呂里物語』では、僧がいく度かの災難から逃れるたびに「けふは、ふしぎのことに、あひつるものかな」(10オ)・「とらのくちのなんをのがれけるふしぎさよ」(11ウ)・「あまのめぐみにや、あとよりおふ事もなく」(13ウ)と、僧の周辺に超人的な何かの力が働いているような語り方がある。このように両話を比べると、『曽呂里物語』には仏教色が濃厚であり、『宿直草』には神仏の力は描かれず、地頭の采配により僧が褒美を授けられるという現実的な話となっていることがわかる。

一方『宿直草』では、この話の前に、僧が、なめくじ・蛙・蛇・猪・猟人と順々に捕らえるのを見て強者伏弱の道理を感じ、猟人の行く末を案じるという話が備わる。これは岡雅彦の指摘のように、『愛宕物語』（寛永二十（一六四三）年写）や『曽呂里物語』巻五―六「よろつうへ〳〵の有事」、そして昔話「廻りもちの運命」にも同様の話があり、当代によく知られていた話のようである。『宿直草』ではその後、猪を殺した猟人が、妻の密通相手に殺され、さらに猟人を殺した男と猟人の妻が僧と公の裁きによって成敗されることで、なめくじから始まった「強者伏弱のことはり」が全うされることになる。話の最後には、密通した男に荷担して夫を殺した妻が罰せられたことを、因果応報の道理をもって教訓話としている。こうして『曽呂里物語』巻五―五の、とある僧が経験した不思議な怪異譚は、『宿直草』においては、より枠組みの堅固な因果応報譚へと展開しているのであるが、仏教色が希薄になることにも注目すべきであろう。

（3）『宿直草』巻五―七・五―八への展開

次に『宿直草』巻五―七「学僧ぬす人の家に宿かる事」について考える。本話もまた『曽呂里物語』巻五―五の、先述の②と類似する話である。

都の僧が関東に下る途中、ある民家に宿を借りると、宿の主人が仲間と僧を殺す相談をするので、僧は宿を逃れたが、主人らが松明をともしてこれを追う。木の上に隠れた僧を狙ってある者が鑓で突いたところ、大きな熊が木から降りて襲ったので、主人たちは逃げ帰る。翌朝、僧は密かにそこを逃れ関東に行き着いた。以上は、その後上京したその僧から聞いた話だと村の翁が語った。（『宿直草』巻五―七）

この『宿直草』の話と『曽呂里物語』巻五—五②話とを比べると、『曽呂里物語』が熊が旅僧の身代わりになったことの「ふしぎさ」を述べているのに対し、『宿直草』では熊に助けられた僧の話として奇談的に語られている。また『宿直草』巻五—八「道行僧山賊にあふ事」は、次のような話である。

ある僧が追剝をする山賊に遭う。山賊は僧に荷物を背負わせて山中を歩かせる。殺されると思った僧は、崖の上から山賊を突き落とす。難を逃れた僧がある小家に宿を借りると、そこには女一人がいて人を待っている様子である。やがて主人が戻ってきたが、それは僧が突き落とした山賊で、坊主に騙されて怪我をしたと女に語っている。それを聞いた僧は密かに逃げて広島に帰り着いた。

崖上から賊を突き落とした後、僧が泊まった宿が賊夫婦の家であったという点は『曽呂里物語』巻五—五の①と、②の前半部と同じであるが、『宿直草』のこの話に特徴的なのは、僧が宿を訪れた時の女の様子である。

「おつ」といひて、こゝろえがほの返事なり。さてわかき女ばう出て、僧を見て、そでないありさませり。僧「いや、ゆきわびたる者なり。やどかし給へ」といふ。女おもひよらぬふりに、いささめ返事もせざりしが、やうくに「かし申さん」といふ。（略）女ぼうはものまつ躰《てい》にして、火をたきて、ねもやらずありけり。

（『宿直草』巻五—八、19ウ）

女が世を忍ぶ山賊の妻で、まんじりともせず夫の帰宅を静かに待っている様子が生き生きと描かれている。本話では、僧が崖から賊を突き落とす場面とともに、この女のしたたかな姿もまた読みどころとなっている。

（4）『宿直草』巻五―四への展開

『宿直草』巻五―四「曽我の幽霊の事」は、先述の『宿直草』の三話や『曽呂里物語』巻五―五と同じく、旅僧がある宿を借りるとそこには女が一人おり、その後男が来て事件が起こるという話である。

ある旅僧が富士の麓を通りかかり、女一人で住まう家に宿を借りる。僧は、沸き返る熱湯を浴びるという人間ばなれした女の様子を隠れ見る。やがて鎧姿で重傷を負った男が帰ってきたが、その傷は直ぐ治る。男は曽我十郎祐成、女は大磯の虎の幽霊で、死後もなお執心が残り、僧に弔って欲しいと願う。また十郎は、来年秋には小田原の城主として生まれ変わるので再会しようと、僧に太刀の目貫を与える。翌秋、僧が小田原城の若君に対面すると、それまで開かなかった若君の左手から僧と同じ目貫が現れる。

曽我十郎の幽霊の出現と再誕という『曽呂里物語』巻五―五とは世界の異なる話となっているが、岡雅彦の指摘するように、本話と『曽呂里物語』巻五―五の④の話とは、旅僧が修羅の巷に落ちた男の訴えを聞くという点において共通している。ことに、魂魄が消えやらず、執心が今も残っているので、僧に弔って欲しいと語る『宿直草』の曽我十郎の言葉は、『曽呂里物語』の非業の死のために瞋恚の炎が燃え立っていたが、僧のおかげでその罪を逃れたこと、僧に弔って欲しいことを願った男の幽霊の言葉に通じている。堤邦彦は、『宿直草』が『曽呂里物語』の話を曽我十郎再誕の話として展開させているとする。（8）

これら『宿直草』四話を合わせると『曽呂里物語』巻五―五の内容が成り立つ。両作品の先後関係については、『宿直草』巻五―七・八両話は奇談としてまとまりがあり、それぞれが独立した話となっている。また、『宿直草』巻一―二では、旅僧が宿の女を殺さずに公儀に訴えるといった現実的な話となっている点、さらに『曽呂里物語』巻五―六にもある「廻りもちの運命」の話を冒頭に置くことにより、章話全体を支える主題を持たせた点などを考え合わせると、『曽呂里物語』巻五―五をふまえつつ『宿直草』が新たな構想を持って幾つかの話を創作したと考えるのが自然ではないかと思われる。

三、『曽呂里物語』巻四―四と『宿直草』巻一―一

『宿直草』が『曽呂里物語』をふまえていることについて、もう一例をあげて考えてみたい。『宿直草』巻一―一「すたれし寺をとりたてし僧の事」は、『曽呂里物語』巻四―四「よろづのもの年をへてはかならずばくる事」との類似が指摘されている。まず『宿直草』巻一―一の話をあげる。

知識徳業を兼ね備えた旅の高僧が、化物のために住職が亡くなったと土地の者に噂される荒寺の話を聞き、その住職になりたいと願い出る。人々は止めるが、僧は荒寺を再興しようと言って寺を預かる。真夜中に光物があって、寺の内外で「椿木」と「東野の野干」「南池の鯉魚」「西竹林の一足の鶏」「北山の古狸」と名乗る化物が現れて互いに呼び合い、寺に入って僧を脅すが、僧は動じず、やがて化物は消え去る。夜明けに様子を見に来た村人に、僧は化物の正体が狐・鯉・鶏・狸・椿の木であることを明かし、興隆仏法のためにと、これらを退治する。その後寺は繁盛した。僧は徳あって妖怪に邪魔されなかった。四つの化物は年を経て化ける術を覚えたのだろう。椿の木が光ったのも怪しいことで、化けるはずのないものが化けるのこそ話としては面白い。また恋を忍ぶ人もこれと同じく怖さを物ともしない化物である。

次に、『曽呂里物語』巻四―四の概要は次のとおりである。

伊予国出石に、住持が化物にさらわれたと噂される山寺があり、そこに関東からの学僧が立ち寄り、寺の住持を望む。寺の持ち主の二位が止めるが、僧は強引に寺に行く。夜、寺の内外で「ゑんえう坊」と「こんかのこねん」「けんやのはとう」「そんけいが三足」「こんざんのきうぼく」と名乗る化物が現れて応答し、寺に入って僧を脅す。僧は化物の正体が丸瓢箪・鯰・馬頭・蛙・古朽木であることを明かし、化物を棒で打ち砕く。化物の付き人もまた数百年を経た調度品であった。夜明けて二位の使いが訪れると、僧は無事で、夜のことを語る。僧は智者と称えられ寺の復興者となり、寺は仏法繁盛の地となった。

両話は、僧の化物退治の話として話全体の筋が類似している。ただ『宿直草』の僧には、宮の住持を願う動機に仏法再興のためという明確な意思があり、智行兼備の僧による化物退治という話の主題が立てられている。また最後に人もまた化物であるという西鶴の世界にも通じる談理を述べている点などには、怪異に劣らない人間の不可思議さにも興味を当てた『宿直草』の新たな視点を見ることができる。

四、『宿直草』と『曽呂里物語』の類話

以上、『宿直草』が『曽呂里物語』をふまえて話を作っていることを指摘した。『宿直草』の話は、『曽呂里物語』に異なる要素を加え、新たな展開をなしていることが多い。次にそうした例をいくつかあげ、『宿直草』の創作方法

についてさらに考えてみたい。

（1）『曽呂里物語』巻三―六と『宿直草』二話

ここでは『曽呂里物語』巻三―六「おんじやくの事」と、『宿直草』巻一―三「武州あさ草にばけ物ある事」および同巻二―二「蜘人をとる事」について考えてみる。

まず『曽呂里物語』巻三―六「おんじやくの事」は次のような話である。

ある無鉄砲な男が、信濃国末木の観音堂で夜を明かすという肝試しをする。夜半過ぎ、琵琶箱を持った座頭が一人訪れ、互いに名乗りあう。座頭は男の所望で平家を歌い、曲が終わると温石を琵琶の糸に塗る。興味を持った男が温石を手に取ると温石が両手に付いて離れなくなり、その手が縁側の板敷きにくっついて動けなくなる。すると座頭は鬼形となって男をなぶり脅しにして消える。ようやく温石が離れ、男が悔しがっていると、松明をかざして知人が駈けつけたので、男が出来事を語ると、知人たちは手を打ってどっと笑う。見るとそれらもまた化物であった。夜明けに本物の知人が来たが、男は正気を失ったままで、後に回復してこのように語ったのである。

次に、これと類似する『宿直草』巻一―三「武州あさ草にばけ物ある事」は、次のような話である。

元和の初め頃、浅草観音堂に化物がいるということで、江戸鷹匠で力技のある侍が、人が止めるのも聞かず堂に出かける。夜更け、二人の男が訪れて侍を咎めるが、侍が聞かずにいると二人の姿は消える。また五、六十人の僧侶が訪れて侍を咎めるが、なお侍が聞かずにいると、やはり姿が消える。さらに十六、七歳の小僧が訪れて礼拝する。

見ると顔形が様々に変わる。侍が刀を握り締めて睨みつけると、この化物も消える。夜明け、ようやく迎えの下男が馬を連れて来る。侍は馬に乗って夜の出来事を語ると、下男は、その顔はこうではなかったかと言って、昨夜の小僧の化物となる。侍は化物の馬から落馬する。やがて本物の下男が迎えに来て介抱し、侍はようやく帰ったという。侍は後の評判が良くなくて行方不明となった。勇気を化物に向けてしまったこの侍へは、何の褒め甲斐もないのである。

この話と『曽呂里物語』巻三―六とは、ある男が肝試しに堂で一夜を明かす・化物が男を脅す・やがて迎えが来るがそれも化物であり男は正気を失う・夜明けに本物の迎えが来て男を介抱する・男は笑いものになる、という全体の筋立てにおいて共通している。ただし『曽呂里物語』では温石で男を嬲る鬼の怪異であったのを、『宿直草』では様々な化物が現れ男を怖がらせるという怪異譚として書き直している。

次に『宿直草』巻二―二「くも人をとる事」は次のような話である。

早朝、ある人が宮の拝殿の天井で、大土蜘蛛が人に食いついているのを見つける。これを助けて事情を聞くと、その人は旅人で、それによると前夜に宮で世を明かしていると、座頭が訪れて話をする。やがて座頭がよこした香箱を手にすると手から取れなくなり、両手足がくっついてしまう。すると座頭は蜘蛛の姿となって旅人に巻きつき血を吸う。男は耐え難いところをその人に助けられたのだと、後に語った。

この話も『曽呂里物語』巻三―六と同じく、一人夜明かしをしていた男のもとを座頭が訪ね、ある小道具を男に渡したが、それが男の手足に付いて身動きができなくなり、そこで座頭が化物の正体を現して男を襲うが、夜明けに男は助けられる、という筋において共通している。この話では先の『宿直草』巻一―三では描かれなかった、小道具が手足に付着するという怪異を取り入れ、新たな話を作っている。つまり『宿直草』のこれら二話には、『曽呂里物語』の一話から趣向を取り出していくつかの新たな話を作り出すという、先述した『曽呂里物語』巻五―五から『宿直草』四話への展開と同じ創作方法が見られるのである。

（2）『宿直草』巻二―一と『曽呂里物語』二話

（1）では、『曽呂里物語』の一話から『宿直草』のいくつかの話が創作されていることを述べた。次に、逆に『曽呂里物語』の複数の話をもとに『宿直草』が作られていることについて、『宿直草』巻二―一「急なる時も思案あるべき事」を例に考えてみたい。

若侍がある古宮で夜を明かそうとしていると、真夜中に幼児を抱いた女が現れ、子どもに向かって、あそこに父親がいらっしゃるので抱かれよ、と言う。子どもが寄ってきたので、男が刀に手をかけて睨むと、子どもは母のもとに戻り、母はまた子を行かせようとする。それを何度か繰り返した後、こんどは女が男に近づいてきたので抜き打ちにすると、女は叫んで壁を伝って天井に上る。夜明けに天井を見ると、女郎蜘蛛が斬られて死んでいた。その辺りは人の死骸で埋っていた。子どもは古い五輪塔であった。もし男が女郎蜘蛛の企みにのせられて、焦って子どもを斬ったなら、刃も折れてしまっただろう。男に深慮あったのは幸運であった。

一方、『曽呂里物語』巻三―一「いか成化生の物も名作の物にはおそるゝ事」は次のような話である。

ある座頭が弟子一人を連れて山中の辻堂に泊まっていると、女が現れ家に誘うが、座頭が断ると、子を無理に預けようとする。座頭の怒りをよそに、代わって弟子が子を預かると、抱いていた子どもが次第に大きくなり弟子を食い殺してしまう。戻ってきた女が、何故師匠の座頭を食わないのだと訪ねると、子は、師匠の座頭には近寄れないのだと答える。座頭は家刀の宗近を取り出して辺りを斬りまわり、やがて女は消える。夜明けに座頭が出立しようとすると、また別の女が現れて家に案内し、座頭の脇差を見たいと願うが座頭が断ると、見せないなら殺せ、と周りで大勢の声がする。座頭が脇差を抜いてしばらく戦ううちに、真に夜が明け、そこはもとの辻堂であった。座頭は辛き命を助かったのである。

岡雅彦の指摘のように、両話は、化生の女が子どもを抱かせようとする部分に類似があるのだが、『宿直草』では、その後女が女郎蜘蛛の正体を現し、次に男が天井での惨状を知るという、『曽呂里物語』巻三―一とは異なる展開となる。なお女が女郎蜘蛛の正体を現す話については、『曽呂里物語』巻二―四「あしたか蜘のへんげの事」に、蜘蛛が六十歳ほどの女に化して現れるが、男に足を斬られるという話がある。また化生が人を食い殺したあとの死骸が残されているという話は、『曽呂里物語』巻三―七「山居の事」に、山寺の僧が鬼形となって人を食い、部屋に死骸が山積みになっていたという話があり、関連が考えられる。『宿直草』巻二―一は、『曽呂里物語』巻三―一の、女が子どもをけしかけて男を襲うが刀で近寄れなかった話、そして巻三―七「山居の事」の二話を取り合わせ、さらに子どもが実は五輪であったという話を加えて創作したと考えられる。

なお、『宿直草』巻二―四「甲州の辻堂にばけものある事」にも、化生が男の妻をさらって天井で食い殺し、翌朝男が天井裏を見ると人の死骸が山積みにされていたという話があり、『宿直草』作者が『曽呂里物語』巻三―七「山居の事」での趣向を繰り返し使っていたことがうかがえる。

五、まとめ

檜谷昭彦は、「『宿直草』には、怪異・奇談を語ることの興味にとどまらず、その事件の渦中におかれた人物の微細な行動までが語り手と聞き手の興味に支えられて描かれているのであり、その点に注目すれば潁原のいう文芸性の要素は充分に認められるであろう」という。(9)『宿直草』は、『曽呂里物語』の諸話を部分的に利用したり、あるいは趣向として何度も用いながら、小話としての結構を整えている。また物事の道理や教訓的な言説を添えたり、人間の振る舞いの不思議やしたたかさに焦点を当てた作品といえる。

『宿直草』の諸話は、『近代百物語』（三巻一冊、刊年不明）、『日待草』（二巻四冊、刊年不明）、『怪談笈日記』（五巻五冊、大江文坡作、明和五（一七六八）年刊）、『怪談とのゐ草』（五巻五冊、大江文坡作、明和五（一七六八）年刊）と題名を変え、また内容を少しずつ変えながら後世の説話集へと影響を及ぼしている。(10)それら後世の作品へと、怪異説話としての性質がどのように展開していくのかを考えることは、中村幸彦のいう仮名草子の「口誦性」(11)が後世へいかに展開するのかを探る上でも有効と思われる。

注

（1）潁原退蔵「近世怪異小説の一源流」（『潁原退蔵著作集』第十七巻、中央公論社、一九八〇年、初出一九三八年四月）。

（2）檜谷昭彦「初期怪異小説の主役たち　曽呂利物語・御伽物語再考」（『国文学　解釈と教材の研究』一九—九、一九七四年八月）。

（3）太刀川清「御伽の話と怪異小説」（『近世怪異小説研究』笠間書院、一九七九年、初出一九六四年一月）、「『御伽物語』成立考」(『国語国文研究』八六、一九九〇年九月)。
(4) 市古夏生「曽呂里物語」(『国文学　解釈と鑑賞』四五―九、一九八〇年九月)。
(5) 冨士昭雄「『宿直草』『御伽物語』の諸本」(『駒澤国文』一八、一九八一年三月)。
(6) 小澤江美子「延宝期の怪異小説考――『曽呂里物語』から『諸国百物語』へ――」(『大妻女子大学大学院　文学研究科論集』二、一九九二年三月)。
(7) 岡雅彦『新編日本古典文学全集　仮名草子集』(小学館、一九九九年)「宿直草」解説。以下の引用も同じ。
(8) 堤邦彦「曽我五郎再生譚の近世的展開――信玄奇誕説話と近世文芸」(『近世文芸』五三、一九九一年三月)。
(9) 檜谷2論文。
(10) 冨士5論文、『叢書江戸文庫　近世奇談集成［一］』(国書刊行会、一九九二年)高田衛解題。
(11) 中村幸彦「仮名草子の説話性」(『中村幸彦著述集』第五巻、中央公論社、一九九三年、初出一九五四年一二月)。
＊『曽呂里物語』『宿直草』の本文は、『仮名草子集成』第四十五、五十五巻(東京堂出版、二〇〇九年、二〇一六年)に拠った。

第四節　『宿直草』の創意

――巻四―十六「智ありても畜生はあさましき事」――

『宿直草』（五巻五冊、延宝五（一六七七）年刊、別称『御伽物語』）は、近世初期怪異小説の一作品として位置づけられる。本作品については、野間光辰[1]・高田衛[2]・岡雅彦[3]により類話典拠についての考察が行われ、さらにまた堤邦彦により、民間伝承や仏教説話、怪異説話との関連が指摘されている[4]。本節ではそれらの先行研究をふまえつつ、巻四―十六「智ありても畜生はあさましき事」の話をあげ、『宿直草』の説話としての特徴を考えてみたい。

『宿直草』巻四―十六「智ありても畜生はあさましき事」に関連する話としては、佐竹昭広[5]により、狂言「こんくわい」（別名「釣狐」）と『無門関』第二「百丈野狐」が指摘されている。それらの作品との関連を考察するにあたり、まず『宿直草』巻四―十六の梗概を①から⑥に分けて示す。

① 京の大仏の辺りに狐狩りをする浪人がいた。一匹の老狐が罠の餌を欲しそうにしている様子なのを、いつか狩ろうと狙っていた。

② ある夜、老狐は老婆に化けて僧の前に現れ、罠を仕掛けないよう浪人に伝えてくれと願い、そのお礼に会得した大乗小乗の学問を僧に悟らせようという。

③ 僧が老婆に、何故罠にかからないように気をつけないのかと尋ねると、老婆は、畜生の浅ましい性質のため、餌を見ると我慢できなくなり、迷いの心が起こるのだと答える。

④　老婆は、前世は僧であったが、智あって徳がないという偏った悟りであったために現世では野狐となったと語る。そして老婆は、自らの智識の豊かさを示し僧を驚かせる。やがて夜が明け、老婆は僧に、浪人に罠をやめさせるように伝えてくれと再度願い、去る。

⑤　翌日、僧は狐に言われたことを浪人に伝えようとしたが会えなかった。三日後に浪人に会うが、その時すでに浪人は狐を狩ってしまっていた。浪人は僧の話を聞き、狐が油断して狩られたのだろうと語ると、僧は後悔し嘆く。

⑥　（以下は語り手の言葉）老狐は前世のことを忘れられなかったのだろう。私は百丈禅師の話を思い出し、「狐は捕らえられた時に悟ったのではないか」とも思った。そして私は無可有の境地で熟睡した。(6)

次に、『無門関』第二「百丈野狐」の概略を以下に示す。

百丈和尚の説法を他の雲水とともに聞く老人がいた。ある日、老人は百丈和尚に打ち明け話をし、自身は実は寺の住職であったが、修行僧に「大悟した人は因果に落ちない」という間違った教えをしたために、野狐に五百回生まれたという。そして老人は百丈和尚に一転語（相手を悟らせる強い意味のある一言）を求め、野狐の身から解放されたいと願う。老人が「大悟した人は因果に落ちるか」と問うと、百丈和尚は「どんな人も因果の理法を昧ますことはできない」と答えた。すると老人はたちまち悟り、百丈和尚を拝し、葬式を行って欲しいと願ったので、百丈和尚は山の後から狐の亡骸を引き出し葬った。その後百丈和尚が雲水たちにその出来事を話すと、黄檗が正しい識見をもってそれに答えた。(7)

『宿直草』巻四―十六は、②の狐が老婆に化けて僧の前に現れ頼みごとをする場面、そして④の、前世では僧であったが弟子に誤った教えをしたために現世で狐に堕したと語る場面、および老人と僧の問答の場面が『無門関』をふまえたものである。また、⑥では百丈禅師が狐を教化し悟りに導いた話をあげ、背景に『無門関』があることを仄めかしている。

なお『宿直草』以前に『無門関』「百丈野狐」を説話化した作品として『三国伝記』[8]巻二第十七「智覚禅師事」がある。話はほぼ『無門関』「百丈野狐」をふまえたと思われ、唐の祖師智覚禅師の説戒に白衣の翁が訪れ、前世は寺の僧であったが「空有の法」について人に誤った教えをしたために、その咎によって現世で狐に堕したと語り、禅師に「空有の法」について問う。禅師の答えに悟った翁は喜んで帰り、その夜禅師の夢に現れ、禅師の教えによって天上に生まれたと礼を述べる。禅師が塚に行くと狐が死んでいた、という話である。

『無門関』の百丈和尚と狐の話は、譬え話としての性格を持ち、そこから禅の悟りについての教義が示されるのだが、『三国伝記』の智覚禅師と狐の物語の場合は、狐を天界に導いた禅師の威徳譚として仏教説話的な意味が強まっている。一方『宿直草』の話はというと、『無門関』の禅の教義も『三国伝記』のような僧の威徳譚も強調されることなく、むしろ狐の心情や身の上をより詳細に描こうとする点に特徴がある。例えば『宿直草』④では、『三国伝記』と『無門関』の、僧の一転語により狐が頓悟する場面をふまえつつも、「智」と「徳」について、逆に狐が僧に知識を披露する話となっている。また『宿直草』の①では、罠と知りつつも餌に迷う狐の姿が描かれ、さらに③④では狐の告白と嘆きが、⑤⑥では、罠にかかってしまった狐の心情を推する浪人と、狐の来世を案じる語り手の言葉がある。こうした狐に関するより細やかな描写は、『宿直草』において新たに見られる視点である。

ではこうした『無門関』『三国伝記』にはない、『宿直草』における狐についての描写は、他のどのような作品に由来しているのだろうか。佐竹昭広は、『宿直草』本話と狂言「こんくわい」との関連について、冒頭で狐が人に化け、狐を捕らないよう請うところと、最後に罠にかかってしまうところに共通点があるとする。[9]

「こんくわい」と『宿直草』を比べてみると、『宿直草』の④で老婆（狐）が知識を披露し僧を圧倒する場面は、「こんくわい」の、白蔵主（狐）が諸説を引用して狐の執心を説き、狐狩り人を恐れさせる場面を想起させる。また「こんくわい」では、狐が罠を仕掛けぬよう狐狩り人を説得した後、安心して帰る途中に罠にかかってしまう。同様に『宿直草』⑤にも、狐は僧を説得し果せたと油断して罠にかかったのだろうと語る浪人の言葉がある。さらに「こんくわい」には、狐が罠の餌を見つけた時の次のような場面がある。

様子《やうす》を見ませう、いゑ、むまくさや〳〵、一口食《く》おふか、や、此ねずみは親祖父《おやおふぢ》の敵ぢや、一打《ひとう》ち打《う》つて食《く》おふ（節）打《う》たれてねずみ音《ね》をぞ鳴《な》く。われには晴《は》る丶胸《むね》の煙《けぶり》こんくわいの涙《なみだ》なるぞ悲《かな》しき。（10）（「こんくわい」）

罠であると知りながらも餌を目の前に堪え難く、ついに口にして罠にかかるというこの部分は、『宿直草』の①で、罠の餌を目前に迷い、また③において、罠にかかる瞬間の心境を僧に打ち明けた狐の次のような言葉に通じている。

餌を見てこらへがたく、其時になりて、まよふが畜生のあさましき性《しやう》なり。三才の最霊万物の最長たる人の身は、そのこころたもちあり。我におゐてたもたれず。（『宿直草』巻四―十六）

餌を前に動揺し敢え無く罠にかかる「こんくわい」の狐の姿は、失敗譚として笑いを誘う場面でもある。しかし堂本正樹は、餌を目前に煩悶するこの場面が作品の見せ場で、人間の本能と理性が二重写しになっており、獣の悲しみが漲っていると指摘する。（11）そうした狐の嘆きは、『宿直草』にも、自らの「畜生のあさましき性」としての苦しみとして新たに描き直されている。

佐竹昭広は、[12]「こんくわい」と『宿直草』との関係について、『宿直草』に先行する同様の怪異譚があり、「こんくわい」はそれに拠ったものかと述べる。佐竹の指摘のように、両作品の成立には、何らかの共通する説話が存在した可能性もある。またあるいは、「こんくわい」を収録する『狂言記』正編が万治三（一六六〇）年に刊行されていることから、[13]延宝五（一六七七）年の刊記を持つ『宿直草』が「こんくわい」に拠ったということも考えられる。

網本尚子は、『古今著聞集』巻十七「大納言泰通、狐狩を催さんとするに、老狐夢枕に立つ事」をあげ、「こんくわい」の、狐が狐狩りをやめるよう人間に願いに来るという話型が先行説話にあるとする。[14]なおこれと同話が『曽呂里物語』（五巻五冊、寛文三（一六六三）年刊）巻一―八「狐人にむかつてわびことする事」にもある。また佐竹昭広は、「こんくわい」の類話として新潟県南蒲原郡の民間笑話をあげ、口承伝承との関わりを指摘する。[15]「こんくわい」は、こうした説話や口承伝承に拠り、人間に騙され迷う狐の姿を哀れに可笑しく語る。一方『宿直草』は、「こんくわい」の話型を用いつつ『無門関』の狐の悟りをめぐる因果譚を取り入れているのである。

『無門関』「百丈野狐」で百丈和尚と狐の間でなされた「不落因果」「不昧因果」の禅問答は、『宿直草』では「智徳」について狐の豊かな学識が披露される話となる。僧は狐を教化することもなく、ただ驚いて狐に問うばかりである。そこでは、優れた「智」を持ちながら畜生の身に堕したことで、我が身の「畜生のあさましき性」を意識せざるを得ない狐の苦悩が描かれる。『宿直草』の②と④で、狐は僧に、繰り返し浪人の狩りをやめさせるよう願っている。そのように狐が僧に嘆願するのは、死への恐れゆえということもあるが、餌を罠と見分ける「智」を持つために、罠と分かっていても畜生の性分としての食欲を抑え難くなるのを、人間に等しい心（理性）として浅ましく感じる、その苦しみゆえの嘆願ともいえる。「こんくわい」の狐もまた、罠の餌を目前に迷っていた。『宿直草』は「こんくわい」をふまえ、狐の行為に畜生としては卓越した「智」が働いていたと描くのである。

『宿直草』の⑤で、狐は僧に訴え安心したことで却って狩られてしまう。そのことを後に知った僧は、猟師に伝えるのが遅れたことを後悔し嘆く。しかし、次の⑥で語り手は、「つられたるとき幻滅ならんか」と言う。つまり、狐は僧を信頼したことで、初めて罠をかぎ分けてしまう自身の「智」から解放され、餌を貪る野狐としての本来の自由な心境を得たというのである。人間としての前世の記憶を忘れ、野狐としての心を我が物にし、悟りを得たのだろうと、語り手は述べているのである。そのように考えると、『宿直草』の僧は『無門関』の百丈和尚のように狐を説き示すことはしなかったけれども、結果的に狐を悟りへと導いたといえる。その意味において、『宿直草』本話は基本的に『無門関』の話の筋をふまえているのであり、「こんくわい」のような狐狩りの話に託して、その教義を分かりやすく説いたといえる。

『宿直草』の怪異性とは、『無門関』や『三国伝記』『古今著聞集』、あるいは「こんくわい」等の先行話をふまえつつも、そこに狐の苦悩を語らせることで、畜生の狐が人間と同様の思考を持ったことの奇妙さを描いた点にある。また視点を変えてみると、狐の餌に対する堪え難さとは、畜生のものというよりは、時に理性を保ち難くなる人欲の浅ましさそのものとも言える。それゆえに、狐の嘆きは怪異としてではなくごく現実的に持ち得る感覚として読者に受け止められる。作品中に僧の威徳は描かれず、僧から狐への訓戒もない。その点に『宿直草』と仏教説話との違いがある。

堤邦彦は、『宿直草』の特徴として、日常生活に役立つ処世訓の強調・女性の愛執の凄まじさ・怪異の知的理解等をあげ、教訓性と創作性を指摘している[16]。今回考察した巻四―十六においては、人の内面に潜む抑え難い性分と、それを悟ることの意味を狐の物語として描いた点に創作性を見ることができる。

『宿直草』は、『曽呂里物語』（五巻五冊、寛文三（一六六三）年刊）、『諸国百物語』（五巻五冊、延宝五（一六七七）年刊）、『伽婢子』（十三巻十三冊、浅井了意作、寛文六（一六六六）年刊）等の、寛文・延宝期に刊行された怪異説話集との類話が多い。中でも『曽呂里物語』とは密接な関係にあり、『曽呂里物語』が聞き書き的な性格であるのを、『宿直草』では話の結構を調え脚色を施している。『宿直草』は、素材となる原話に創作を加えていくという方法で、読み物としての近世怪異説話を成立させているのである。

注

(1)『お伽物語』(古典文庫、一九五二年)野間光辰解説。

(2)『近世奇談集成［一］』(国書刊行会、一九九二年)高田衛解説。

(3)『新編日本古典文学全集　仮名草子集』(小学館、一九九九年)岡雅彦注。

(4)堤邦彦『近世仏教説話の研究』(翰林書房、一九九六年)、『近世説話と禅僧』(和泉書院、一九九九年)、『江戸の怪異譚　地下水脈の系譜』(ぺりかん社、二〇〇四年)ほか。

(5)佐竹昭広「喜劇への道――狂言の「をかし」――」(『下剋上の文学』筑摩書房、一九七〇年)。

(6)『宿直草』の概略および本文は、『仮名草子集成』第五十五巻(東京堂出版、二〇一六年)に拠る。

(7)『無門関』「百丈野狐」の概略および教義については、『無門関　現代語訳』(大蔵出版、一九九五年)、『無門関入門　禅の悟りとは何か』(井上暉堂、朱鷺書房、二〇〇六年)等を参考にした。

(8)『三国伝記』の概略は、『中世の文学　三国伝記(上)』(池上洵一校注、三弥井書店、一九七六年)に拠る。

(9)佐竹5書、一九七頁。

(10)『狂言記』(新日本古典文学大系、岩波書店、一九九六年)五二～五三頁。

(11)堂本正樹「知りつつ掛かる罠――釣狐と猩々の関係――」(『文芸論叢』二七、一九九一年三月)三二～三三頁。

(12)佐竹5書、二〇〇頁。

(13)10書「狂言の中世と近世」「三　狂言記の出版」橋本朝生解説、六〇七頁。

(14)網本尚子「狂言「釣狐」試考」(『楽劇学』二、一九九五年三月)三四頁。

(15)佐竹5書、二〇〇頁。

（16）　堤4『江戸の怪異譚　地下水脈の系譜』三五四・三六三〜三六七頁。

第四章　近世軍書の研究

第一節　『鎌倉管領九代記』における歴史叙述の方法

一、はじめに

『鎌倉管領九代記』（九巻十五冊、寛文十二（一六七二）年刊）は、室町・戦国期の関東を中心とする戦乱の歴史を、鎌倉公方の九代記（足利基氏・氏満・満兼・持氏・成氏・政氏・高基・晴氏・義氏）の形式で記した書である。

本書については、室町・戦国軍記の享受と展開という視点から、『太平記』『鎌倉大草紙』、六巻本『北条記』（以下『北条記』と称す）、『北条五代記』『甲陽軍鑑』『上野国群馬郡箕輪軍記』との関係が指摘されている。(1)また本書は、『鎌倉北条九代記』（十二巻十三冊、延宝三（一六七五）年刊）と近しい関係にあるとも言われている。(2)

本節ではそれら先学の指摘をふまえ、『鎌倉管領九代記』の典拠を再検討し、本書がどのような方法と意識をもって歴史を記しているのかについて、『鎌倉北条九代記』との関係に触れつつ考察する。

二、『鎌倉管領九代記』の典拠と構成

『鎌倉管領九代記』の典拠については、まず『諸家系図纂』「喜連川」の系図（『御判鑑』『喜連川判鑑』(3)とも）との関係が考えられる。本節末の別表に示したように、『鎌倉管領九代記』は、作品をとおして「喜連川」と対応している。特に、巻一上―五から巻四下―五までの全章段における話の一部が「喜連川」の内容と一致する。その前後の章段に

ついても、主に鎌倉公方や管領上杉氏関連の事項において対応関係がある。

『諸家系図纂』は、水戸藩の史臣丸山可澄が彰考館の修史の過程で編集した家系図集(4)で、そのうちの「喜連川」は、鎌倉公方足利氏・古河公方の歴代とその後裔喜連川氏の系図と、鎌倉公方・上杉氏・喜連川氏に関連する事項を主に記したものである。

内閣文庫本『諸家系図纂』（三十巻七十五冊）「喜連川」（全五十四丁）は、巻一「清和源氏」の第四に収められる。これには喜連川昭氏の寛文十（一六七〇）年八月の記事までを載せ、奥書に「右喜連川系図壱篇旧名曰御判鑑以其家臣／二階堂主殿貞政本写焉／元禄丙子五月念一日／彰考館識」（54オ）と、元禄九（一六九六）年五月に喜連川の家臣二階堂貞政本を写したものとある。

本書は元禄期に水戸彰考館により成された書であることから、『鎌倉管領九代記』への直接の影響は考えられないが、『鎌倉管領九代記』が右の奥書の「御判鑑」の如き「喜連川」に先行する書（以下「「喜連川」関連書」と称す）に拠った可能性も否定できない。

「喜連川」のほかに当代を記した書には『鎌倉大草紙』（三巻、写本）、『鎌倉物語』（十巻、写本）、『足利治乱記』（二巻、写本）、『禅秀記』（一巻、写本）、『湘山星移集』（一巻、写本）、『見聞軍抄』（八巻八冊、三浦浄心作、寛永（一六二四〜四三）頃刊）等があるが(5)、これらのいずれの書よりも「喜連川」の方が『鎌倉管領九代記』に近い内容を有する。次に示すのは、『鎌倉管領九代記』巻三—三の応永七年の記事と、それに対応する「喜連川」の項目である。両書に対応する箇所には傍線を施した。

同五月廿五日、上杉憲方《のりかた》が次男安房守憲定《のりさだ》、伊豆の三嶋に参詣す。満兼の仰せによつて、直《すぐ》に上州におもむき、外戚《げしやく》の腹《はら》にて乙若《をとわか》殿と申す。後に元服《げんふく》して持仲《もちなか》とぞ号《かう》しける。これを迎《むかへ》て潜《ひそか》に鎌倉に入まいらせけり。

同き九月八日、斯波《しばの》左京権大夫詮持《あきもち》（ママ）、奥州にをひて宇都宮氏広《うつのみやうぢひろ》、其子氏公《うぢきみ》・嶋氏等《しまうぢら》を誅戮《ちうりく》して首級《しゆきう》を鎌倉に持参す。満兼《みつかね》すなはち侍所に出て実検《しつけん》し、詮持《あきもち》には宇都宮か一跡《せき》を給はりけり。

（『鎌倉管領九代記』巻三―三、5ウ）(6)

五月二十五日。上杉安房守憲定三嶋ニ参詣。満兼ノ仰ニ依テ、六月四日直ニ上州ニ赴キ、下戚ノ腹ノ乙若丸ヲ迎ヘ鎌倉ニ帰ル。後ニ号二持仲一。

九月八日。斯波左京大夫持詮、於二奥州一、宇都宮氏広父子ヲ誅シテ、首級ヲ鎌倉ニ持参ス。於二侍所一実検。持詮ニハ宇都宮カ一跡ヲ被レ下。

（「喜連川」19オウ）(7)

『鎌倉管領九代記』のこの記事は、『鎌倉大草紙』『鎌倉物語』『足利治乱記』『本朝将軍記』等の室町軍記や歴史書にはなく、管見の限りではあるが「喜連川」のみに確認しうる。こうした記事が『鎌倉管領九代記』には散見する。

『鎌倉管領九代記』はこの「喜連川」関連書を骨子とし、次のような書に拠り、四部に構成される。

1．巻一上・下（基氏）	
梗概	鎌倉公方が京都との関係を計りつつ、高師冬・新田一族・畠山道誓・芳賀禅可らを制し、執事上杉氏と連携し関東を掌握する。
典拠	「喜連川」関連書、『本朝将軍記』『太平記』『太平記評判秘伝理尽鈔』『古老軍物語』他
2．巻二～巻四中―六（氏満・満兼・持氏）	
梗概	京都と鎌倉、鎌倉公方と上杉氏との確執、新田の残党・小山義政父子・上総国本一揆・佐竹入道常元父子・小栗孫次郎・武田信長など関東諸勢力の動乱が起こる。

典拠	「喜連川」関連書、『本朝将軍記』他
3．巻四中―七～巻八中―四（成氏・政氏・高基・晴氏）	
梗概	永享の乱・結城合戦・足利成氏の古河落ち・上杉両管領の確執等の動乱により鎌倉公方の武威が衰え、一方で北条氏（早雲・氏綱・氏康）が台頭する。
典拠	「喜連川」関連書、『本朝将軍記』『北条記』(8)『北条五代記』『古老軍物語』他
4．巻八中―五～巻九下―十（晴氏・義氏）	
梗概	管領上杉氏の衰微、北条・今川・上杉謙信・武田信玄・織田信長の攻防を経、鎌倉公方家の断絶と豊臣秀吉の天下統一で終結する。
典拠	「喜連川」関連書、『本朝将軍記』『北条記』『北条五代記』『甲陽軍鑑』『古老軍物語』他

次に、各典拠と『鎌倉管領九代記』との対応関係について示す。

○「喜連川」関連書

「喜連川」の、暦応元（一三三八）年八月十一日の尊氏征夷大将軍補任（3ウ）から天正十八（一五九〇）年の秀吉の関東征伐（48オ）までの記事が『鎌倉管領九代記』と対応する。『太平記』『太平記評判秘伝理尽鈔』（以下『理尽鈔』と称す）、『本朝将軍記』『北条記』『北条五代記』と内容を重複させせつつ、『鎌倉管領九代記』の骨子として利用される。

○『本朝将軍記』（十六巻十七冊、浅井了意作、寛文四（一六六四）年刊）

右の表の1から4をとおして利用がある。巻六「源尊氏」から巻十「源義輝」までの、京都や西国関係の記事が主に引用される。

○『**太平記**』(四十巻四十冊、刊年不明)

1の主典拠として、巻二十六から巻四十の、関東に関する記事が主に引用される。

○『**太平記評判秘伝理尽鈔**』(四十巻四十四冊、刊年不明)

1の典拠として、巻二十九から巻四十の、基氏関連の話が主に引用される。

○『**北条記**』(六巻二冊、写本)

3と4の主典拠として、巻一冒頭章から巻六―十「氏政氏照最期事」までの記事がほぼ内容順に引用される。

○『**北条五代記**』(十巻十冊、三浦浄心作、寛永十八(一六四一)年刊)

3と4の典拠として、太田道灌の件や、北条氏を中心とする記事が引用される。

○『**甲陽軍鑑**』(二十巻二十三冊、明暦二(一六五六)年刊)

4の典拠として、武田信玄関連の合戦や上杉・北条・今川氏の関連話等が引用される。

○『**古老軍物語**』(六巻六冊、万治四(一六六一)年刊)

1・3・4において、龍若の処刑(巻五―十六)、北条左衛門大夫の武勇(巻六―十五)等の逸話が引かれる。

○その他

『旅宿問答』(一巻、写本)、『湘山星移集』(一巻、写本)、『結城軍物語』(二巻二冊、寛文三(一六六三)年刊)、『信長記』(十五巻八冊、小瀬甫庵作、寛永元(一六二四)年刊)、『上野国群馬郡箕輪軍記』(二巻、写本)等が引用される。

以上のように『鎌倉管領九代記』は、「喜連川」関連書を作品の骨子とし、『太平記』『北条記』を主典拠に『本朝将軍記』『理尽鈔』『北条五代記』『甲陽軍鑑』等から関連内容を加えるという構成で、鎌倉公方九代における関東の動乱の歴史を記している。

三、『鎌倉管領九代記』における典拠利用の方法と意図

では『鎌倉管領九代記』は、どのような方法と意図でそれらの先行書を引用しているのだろうか。戦乱の時代を記す『鎌倉管領九代記』は、合戦場面に多くの紙数を費やしている。一例として、巻九下―二の北条氏康と武田信玄が駿州で対陣する場面をあげ、典拠の利用のしかたとその意図について考える。

次に、『鎌倉管領九代記』『北条五代記』『甲陽軍鑑』の本文を示し、内容を①～④に分けて三書を対応させた。傍線部は『鎌倉管領九代記』と『北条五代記』、波線部は『鎌倉管領九代記』と『甲陽軍鑑』が対応する箇所である。また②の点線部は、『鎌倉管領九代記』で新たに書き加えられた箇所の一つである。なお、以下の全ての引用文については、本文の途中でも改行し、内容のまとまりごとに段落分けして番号を付けた。

①同十二年正月中旬、北条氏康《うちやす》父子、五万よ騎を率《そつ》して駿州《すんしう》に趣き、武田を追討《ついたう》し、氏真を見つかんとぞ催《もよを》されける。

②信玄仰けるは、「氏政《うちまさ》は信玄が聟《むこ》也。むすめは死《しに》けれ共、国王丸《こくわうまる》は孫にて侍べり。争《いかて》か信玄《しんげん》を敵《てき》とは思ふべき。別心なき子細をもつて氏真《うちさね》が不義を理《こと》はりみん」とて、寺嶋甫庵《ほあん》とて弁口才漢《べんこうさいかん》の者を小田原につかはされし処に、氏康《うちやす》すでに出陣あり、三島《みしま》にて行合たり。礼を厚《あつく》し言葉をたれて様〻謝《じや》し申けれ共、

③氏康《うぢやす》父子聞入られず、「しやつに物ないはせそ」とて甫庵《ほあん》を捕《とら》へて首に縄さし、高手小手を括《くゝ》りあげ、三枚橋《まいはし》に引出し、磔《はりつけ》にかけて、駿河に打入つゝ、薩埵《さつた》山・八幡平《まんたいら》・由井《ゆゐ》・蒲《かん》原こと〳〵く追却《ついきやく》し、薩埵《さつた》山に陣取たり。

④信玄は、山縣《かた》三郎兵衛に一千五百よ騎をさしそへて駿府に残し、山西の手の押《をさへ》とし、我身は一万八千の人数を興津河原《おきつかはら》・清見《きよみ》渡りに出して氏康《うちやす》に対陣《たいぢん》し、たがひに挑《いど》みた丶かふといへとも、中間に殺所《せつしよ》ありて、大合戦成かたく、日数をぞ送りける。

（『鎌倉管領九代記』巻九下―二、6ウ7オ）

①氏康・氏政《まさ》父子《ふし》、同十二年正月中旬《ちうじゆん》、五万余騎を率《そつ》し、駿河《するが》へ進発《しんぱつ》す。②信玄此よしを聞、急《いそ》ぎ小田原へ使者《ししや》として寺嶋甫庵入道《てらじまほあんにうだう》、宏才者《こうざいもの》を遣《つかは》す所に、同十三日、三嶋《しま》にて出合《いであひ》たり。氏真の不義《ふぎ》、信玄異心《しんげんいしん》なき旨謝《むねじや》すといへ共、③「しやつに物ないはせそ」と、首《くび》につなさし、三枚《まい》ばしに張付《はりつけ》にかけられたり。氏康駿河《やすするが》へ打入、信玄押《しんげんをう》領所《りやうしよ》ことく〴〵もて追討《ついたう》し、同十八日、蒲原《かんばら》・由井《ゆゐ》・薩埵《さつた》山へ取のぼり、はたを上られたり。④信玄是を見て、興津《おきつ》・清見辺《きよみへん》へ人数《にんじゆ》を出し、たがひにいどみた丶かふといへ共、中間《ちうけん》に難所《なんじよ》有て大合戦なりがたし。数日《すじつ》を送《をく》る所に（略）

（『北条五代記』巻六、12オウ）(9)

①同正月十八日に、小田原北条氏康、子息氏政、其勢《セイ》四万五千の人数をもつて、氏真を駿河へ本意のために出陣ありて、③先衆は薩埵《サツタ》山・八幡《マン》たいら・由井《ユイ》・蒲原《カンハラ》迄取つ丶き候。②信玄御使甫菴をば、伊豆《ツ》の北条へ越《コシ》候て、籠《ロウ》に入をきなされ候。

④信玄公、氏康の後詰《ゴツメ》をきこしめし、山縣《カタ》三郎兵衛千五百の一備《ソナヘ》を、山西をさへのために駿符《スンフ》に残《ノコ》しをき、壱万八千あまりの人数にて、興津《ヲキツ》河原へうち出、北条氏康父子四万の人数と、信玄公壱万八千余《アマリ》の勢《セイ》にて御対陣《タイヂン》あり。

（『甲陽軍鑑』巻十一上―三十四、14オウ）(10)

ここでは『北条五代記』の、北条氏康父子が信玄の使者寺嶋甫庵を処刑し駿河薩埵山に着陣、信玄に挑むという北条側からの記事（傍線部①〜④）に、『甲陽軍鑑』より武田側からの記事（波線部①〜④）を加え、双方の動向を具体的に記している。また『鎌倉管領九代記』②の点線部は、『北条五代記』にいう寺嶋甫庵派遣についての事情を説明するために作者が施した脚色と言える。

主典拠に関連資料を組み合わせて記す方法は、例えば『鎌倉管領九代記』巻八下―三の、駿州加島での北条氏康と武田晴信の合戦の場面にもみられる。そこでは『北条記』巻三―三「加島合戦之事」を主典拠に、北条方の桑原平内や原美濃守の活躍を記し、そこに『甲陽軍鑑』巻十上―三十一「北条氏康とせり合之事」より、武田方の小幡山城入道の子又兵衛や馬場民部、近藤らの武勇譚を加えている。

なおその際に、典拠の内容に言葉を加えて記すのも『鎌倉管領九代記』の特徴の一つである。次にその一例として、『甲陽軍鑑』を引用しての記し方をあげる。

関東牢人《くはんとうらうにん》、近藤《こんとう》右馬丞《うまのせう》と名のつてはせかゝる。原美濃守吃《みの、かみきつ》と見て、「やさしの心ばせや」とて太刀をぬきもち（略）

（『鎌倉管領九代記』巻八下―三、11オウ）

近藤《コンドウ》と申牢人《ラウニン》名乗《ナノツ》て、原美濃守近所へ刀《カタナ》をぬき持《モチ》てのりよる。原美濃守刀をぬきはづし（略）

（『甲陽軍鑑』巻十上―三十一、52ウ）

傍線部が『鎌倉管領九代記』において新たに加えられた言葉である。特に二番目の傍線部の原美濃守についての加筆は、人物の表情を描き場面に臨場感を添えようとしたものと思われる。

このように『鎌倉管領九代記』は、主典拠と関連資料の記事を組み合わせ、言葉を補いつつ諸勢力の動向や人物の活躍を記している。そうした叙述方法からは、複数の資料から得た情報で歴史を再構成し、言葉を補いながら平易に、創作的な興味を添えつつ記そうとする意図がうかがえる。

四、『鎌倉管領九代記』における人物批評

『鎌倉管領九代記』のもう一つの特徴として、歴史的事柄の間に人物批評に関する言説が随所に示されることがあげられる。まず仁慈・徳・武威を称賛されるのは次の人物である。

足利基氏（巻一下―六）・北条早雲（巻五―十七）・北条氏綱（巻七―一）・上杉憲房（巻七―五）・北条氏康（八中―七）

それとは逆に、悪政悪行を批判される人物は次のとおりである。

足利義詮（巻一下―五）・畠山道誓（同上）・足利持氏（巻四上―八他）・赤松満佑（巻五―一）・上杉定政（巻五―十三）・三浦時高（巻五―十九）・源義明（巻八上―五）・上杉憲政（巻八中―四他）・今川義元（巻八下―十）・今川氏真（巻九下―三他）・武田勝頼（巻九下―八）

これらのうち、登場順に（一）足利基氏・（二）上杉憲政・（三）北条氏康を例にあげ、『鎌倉管領九代記』における人物批評のされ方について考察する。

（一）　足利基氏

『鎌倉管領九代記』巻一上―十では、『太平記』の薩埵山合戦で直義が尊氏に負ける話を引き、その後に『理尽鈔』より基氏関連の記事を加えている。次に『鎌倉管領九代記』と、それに対応する『太平記』『理尽鈔』の本文をあげ、

傍線部（『太平記』）と波線部（『理尽鈔』）で対応部分を示す。

①高倉直義入道は、一支《さゝへ》もさゝえずして北条へ落てゆき、臆病神《おくひやうかみ》に魘《をそは》れて、猶北条にも怺《こらへ》すして伊豆の御山ふかく分入給ひしかば、将軍より御書《ごしよ》をつかはされ、畠山国清《くにきよ》・仁木頼章《よりあきら》を御迎ひにまいらせらる。禅門は今の命の捨がたさに、後の恥を忘れて降人《かうにん》に成て、将軍の陣に参り給ふ。（略）

②鎌倉の管領左馬頭基氏《もとうぢ》は、将軍御兄弟の御中不和なる事をあながちになげき思召、御合体《がつてい》の御あつかひを様ゝ申させ給ひしか共、恵源禅門《ゑけんぜんもん》更に許容《きよよう》これなし。左馬頭殿おほせけるは、「直義入道の御味方をいたさは、父にむかふて弓を引のおそれあり。又将軍のおほせに依て、禅門とそれかしと父子の契約《けいやく》これある故、これに対《たい》して軍《いくさ》せんも流石《さすか》なり」と、御身をもみてうれへたまふ。

（『鎌倉管領九代記』巻一上—十、29オウ）

①高倉《タカクラ》禅門一支《サヽヘ》モ不レ支シテ、北条《ホウデウ》ヘソ落行キ給ヒケル。（略）高倉《タカクラ》禅門ハ、余ニ気ヲ失テ、北条《ホウデウ》ニモ猶タマリ不レ得、伊豆ノ御山ヘ引テ、（略）又和睦《ワホク》ノ儀有テ、将軍ヨリ様々ニ御文ヲ被レ遣、畠山《ハタケ》阿波ノ守国清《クニキヨ》・仁木《ニツキ》左京ノ大夫頼章《ヨリアキラ》・舎弟越後ノ守義長《ヨシナカ》ヲ御迎ニ被レ進タリケレハ、今ノ命ノ捨難サニ、後ノ恥《ハチ》ヲヤ忘レ給ヒケン、禅門降人《カウ》ニ成テ、将軍ニ打連《ツレ》奉テ、正月六日ノ夜ニ入テ、鎌倉ヘソ帰給ヒケル。

（『太平記』巻三十、13オウ）(11)

②左馬頭殿モ御兄弟ノ不和《フワ》ナル事ヲ歎《ナケキ》思召シテ、如何ニモシテ御合《コ》体《カツテイ》候様ニト、種《シユ》々入道殿ヲナタメ申サセ給テ、御勢ヲ集《アツ》メ給事モナケレハ参者ナカリシ。之レ依鎌倉殿ハ、「禅門ヘ参ラン事ハ、父ニ向《ムカツ》テ弓ヲ引恐《ヲソレ》アリ。禅門又将軍ノ仰ヲ以父子《フシ》ノ契《チキリ》アレハ、是ト軍センモサスカ也。不レ然遁世修行《トンセイシユキヤウ》ニモ出バヤ」ナント仰不二一方一候。（略）左馬頭ハ、兄弟御合体事サマ〳〵宣ケレトモ、入道用《モチイ》給ハス。

（『理尽鈔』巻三十、36ウ〜37ウ）(12)

ここでは『太平記』の記事に、『理尽鈔』の基氏が将軍兄弟の不和を歎く話を加えている。こうした基氏の京都への誠心については、巻一下―七にも、基氏が上杉憲顕らに東国の政務を京都将軍の命に従い行うよう遺言する話が、『理尽鈔』巻四十（3オ～4ウ）に拠りつつ記される。

また巻一下―六では、基氏が自ら先陣を切って奮戦する話、基氏の家臣岩松治部太輔直国とその郎等金井新左衛門が身代わりに戦った話など、基氏主従の戦場での活躍ぶりを記す。その際、前者は『理尽鈔』巻三十九（27オ～28オ）に、後者は『古老軍物語』巻五―四（10オウ）に拠る。

このように足利基氏については、『太平記』に『理尽鈔』『古老軍物語』の関連話を加え、その武勇や京都への忠誠、家臣との結束のことを記している。その上で、

関東《くはんとう》その風《ふう》に帰《き》し、万民《ばんみん》此徳にあきて、管領《くはんれい》鎌倉殿の威勢《いせい》いよ〳〵おもく、大名諸侍《しよし》の一揆《き》もやみて、しづかに治《おさ》まる国となれり。（巻一下―六、27ウ）

と、基氏の武威と善政を評している。

（二）　上杉憲政

上杉憲政については、巻八中―四から巻八下―二において『北条記』『甲陽軍鑑』を引用し、その悪政ぶりが記される。

巻八中―四では、河越城の合戦で北条氏康に敗れ上州平井城に退いた上杉憲政を、『北条記』の説を用いて次のよ

うに評している。次に『鎌倉管領九代記』と、それに対応する『北条記』の本文を示す。傍線部が対応部分である。

①幼稚《ようち》のとき父管領憲房《のりふさ》にをくれ、我まゝに成人《せいじん》して、仮《かり》にも民のうれへをしらず、懸ても人のあざけりをかへり見ず、大に侈《をごり》を極《きは》め、はなはだ美《び》を好《この》み、色に淫《いん》じ酒に耽《ふけ》り、国家の政道《せいたう》は夢にも聞入給はず。（略）②菅野《すがの》大膳・上原《はら》兵庫とて佞奸邪欲《ねいかんじやよく》の者出頭《ものしゆつたう》して政務《せいむ》を己《をの》れがまゝにおこなひ、諂《へつらふ》て賄《まいなひ》を入るをば憲政《のりまさ》によく云なし、（略）③是に依て、上杉の家風衰廃《かふうすいはひ》に及び、強《つよ》きは弱《よはき》をむさぼり、小なるは大に圧《をさ》れ、国中に党《たう》を立る者《もの》、主《しゆ》をあざむき掟《をきて》をやぶり、（略）憲政《のりまさ》一人の不義《ぎ》よりおこりて国家の上下かくのごとし。上杉家の滅亡《めつはう》近きに有へしと、心有人は胸《むね》を押《をさ》へ眉《まゆ》をひそめて歎《なげ》きあへり。

（『鎌倉管領九代記』巻八中—四、13ウ～14ウ）

①此管領ト聞ヘシハ、幼少ニテ父憲房ニヲクレ、我儘ニ成人シ玉ヒ、仮ニモ民ノ愁ヲ不レ知、人ノ嘲ヲ不レ顧、侈リヲ極メ色ニ耽リ、酒宴ノミシテ日ヲ送ル。③依レ之佞人ハ日ヲ追テ集リ、賢人ハ自ラ遠ル。サレハ上杉家此時ニ至テ絶果ヘシト、見ル人眉ヲヒソメケル。②其比、管野（ママ）谷大膳・上原兵庫介ト云佞人アリ。（略）色々ヘツラヒ、憲政ノ気ニ入テ、政務ヲ己レカ儘ニ乱シカハ、③上杉ノ家風衰行コト日比ニ百倍セリ。強ハ弱ヲ貪リ、弱ハ強ニ随テ、国中ニ党ヲ立ル者多シテ、強ヲ頼ンテ主ヲ欺ク。

（『北条記』巻三—二、9オウ）(13)

上杉憲政については、①我意と奢侈、②悪臣の重用、③家風の衰微と国乱をもたらしたという人物像が『北条記』

を引用してまず示される。

次の巻八中―五～七では、憲政が菅野らに従い、長野信濃守の諫言を退けて碓氷峠に出陣するも武田晴信に敗れるという話を、『甲陽軍鑑』巻九下―二十六（16オ～23ウ）に拠り記す。また長尾伊玄家臣の毒死（『甲陽軍鑑』巻五―十三、39オ）、憲政の奢侈（同、31オ・32オ）のことを引き、

川越の軍《いくさ》に臆病起《おくびやうおこ》りて、きたなき負《まけ》をいたし、後代《こうだい》までの恥をまねき、（略）是より上杉家、いとゝ武威《ぶゐ》を落し、（略）国家のあやうき事旦夕《たんせき》に逼《せま》りて、傾敗《けいはい》の近きこと風前《ふうせん》の朽宅《きうたく》に似《に》たり。　（巻八中―七、23ウ24オ）

と批判する。[14]

さらに巻八下―一・二でも、『北条記』より、憲政の越後下向の話（巻三―二、9ウ10オ）、嫡子龍若が家臣目方新助らの謀で処刑される話（同、10オ～11オ）を引き、

「我身をのがれて命をつがんとて、軍《いくさ》のおそろしさに子をわすれて落られたる、不慈《じ》とやいはん臆病《おくびやう》とやいはん」と、諸人つまはじきをして笑《わら》ひあへり。　（巻八下―二、6ウ）

と、重ねて憲政への批判を加えている。

（三）　北条氏康

上杉憲政とは対照的に良将と評されるのが北条氏康である。巻八下―二では、『古老軍物語』巻五―十六より、氏

康が妻鹿田（目方）らの非道を難じた話（47ウ）を引き、氏康の義を重んじる人柄を記す。そして『北条記』の説をふまえ、氏康を次のように評す。傍線部が対応部分である。

氏康《うちやす》今年三十八歳《さい》、すでに管領上杉を追はらひ、武略《ぶりやく》の功名翅《こうめいつはさ》なくして高くあがり、猛将《まうしやう》の威徳足《ゐとくあし》なくして遠く聞えしかは、自国他国《じこくたこく》の諸将《しよしやう》士民《しみん》、手を束《つか》ね膝《ひざ》を屈《かゞ》めずといふものなし。

（『鎌倉管領九代記』巻八下―二、9オ）

今年氏康三十八、上杉ヲ追払ヒ、関東ノ大名、不レ残出仕ヲ遂シカハ、其威遠近ニ振ヒ、諸将手ヲ束ネ膝ヲ不レ屈ト云人ナシ。

（『北条記』巻三―二、11オ）

以上のように『鎌倉管領九代記』には、複数の資料を利用して人物の善悪を際立たせるという方法がみられる。足利基氏については『理尽鈔』『古老軍物語』を、上杉憲政・北条氏康については『北条記』『甲陽軍鑑』『古老軍物語』をそれぞれふまえ善悪を評している。本書にはこうした人物批評に重きを置いて歴史を記そうとする特徴がある。それにより、人物や一族の栄枯盛衰がその善行・悪行に起因するという歴史の道理を示し、足利から上杉・北条・武田・豊臣へと推移する関東での権力の趨勢を分かり易く述べている。

五、『鎌倉管領九代記』と『鎌倉北条九代記』

これまで『鎌倉管領九代記』の歴史叙述の特徴として、次の三点があることを述べた。

①「喜連川」関連書を作品の骨子とし、主典拠『太平記』『北条記』やその他の軍記・歴史書から関連内容を加えて歴史を記す。
②複数の資料の記事を組み合わせつつ、言葉を補い、創作的要素を加えながら平易に記す。
③人物批評をしばしば行い、その善悪を際立たせることで、歴史の趨勢を分かり易く述べる。

なお、これとよく似た手法のみられる書に、鎌倉幕府執権北条氏九代の時代の歴史を記した『鎌倉北条九代記』がある。

まず①については、『本朝将軍記』を作品の骨子とし、『吾妻鏡』『日本王代一覧』『承久記』『理尽鈔』等より関連記事を加えるという方法で歴史を記している。(15) 次に②については、例えば巻十一―一「蒙古襲来」では、『本朝将軍記』巻五の、元船が九州の筑紫に襲来するも神力による大風で沈没した話（17オウ）に、『日本王代一覧』巻五より、合戦前後の元軍の動向や宇都宮貞綱の話、伊勢風の宮の話（44オ～45オ）を加え、所々に脚色を施しながら元船と日本軍との合戦模様を記している。(16) ③については、歴史的事項の間に北条泰時や源頼家・北条高時らの善政・悪政ぶりを評している。(17)

井上泰至は、『鎌倉北条九代記』が当代に板行された諸資料のデータを収集・整理し読者に提供することを目指していること、小説的逸話に力点が置かれていることをあげ、『鎌倉北条九代記』を延宝期以降における長編歴史読物としての近世軍書類の嚆矢とした。(18) また笹川祥生は、延宝期以降の批判の文学としての近世軍書の一つに『鎌倉北条九代記』を位置づけた。(19)『鎌倉北条九代記』は、『鎌倉管領九代記』と同様の叙述方法を用いつつ、『吾妻鏡』『日本王代一覧』という、林家により権威付けられた板行の歴史書に拠ることで、作品の骨子をより堅固にし、歴史・思想的要素を備えた歴史書に準ずる片仮名本近世軍書としての一様式を整えたといえる。

一方『鎌倉管領九代記』は、『鎌倉北条九代記』とは異なる平仮名絵入本である。本書がこの様式を用いた理由の一つとしては、当代において、室町・戦国期の関東の歴史を整ったかたちで記した書が乏しく、系図や軍記類に基づかざるを得なかったことから、歴史的事項の整備において、片仮名本としての必要な要素を確保できなかったことがあると思われる[20]。

しかしながら、前述の三つの歴史的叙述の方法を有していた点において、『鎌倉管領九代記』は『鎌倉北条九代記』とともに、歴史読み物としての近世軍書の嚆矢として当ジャンルの様式の基礎を担った書と位置づけられる。井上泰至「近世刊行軍書年表稿[21]」に、慶長から延享期までに板行された軍書の一覧が備わる。そこに『鎌倉管領九代記』は取り上げられていないが、今回の考察により、本書を近世軍書の一作として新たに加えることができる。

ところで、『鎌倉管領九代記』『鎌倉北条九代記』両書に備わる①複数の典拠を用いての情報の収集と編集、②創作、③批判・啓蒙性という三つの方法は、当代に行われていた他の仮名草子にも見ることができる。例えば『堪忍記』における和漢説話の集成としての性格、『本朝女鑑』『安倍晴明物語』『法花経利益物語』の創作性、『伽婢子』の批判性についての指摘がある[22]。それらのことから、他の平仮名絵入の仮名草子、殊に浅井了意作や存疑作とされる作品にも類同する方法があることがわかる。『鎌倉管領九代記』のこうした仮名草子としての方法は、そのまま後続の『鎌倉北条九代記』へと継承されるのであり、その意味で『鎌倉管領九代記』は、仮名草子から近世軍書への過渡的作品として位置づけられる。

六、おわりに

本節では『鎌倉管領九代記』の歴史叙述の三つの方法について考察し、『鎌倉北条九代記』のそれと比較することにより、本書に近世軍書としての性格があること、また延宝期以降の近世軍書が仮名草子の世界から生み出されたことを指摘した。
なお、『鎌倉管領九代記』が『鎌倉北条九代記』とともに浅井了意作である可能性について、市古夏生[23]や森暁子[24]の指摘が備わる。本節では、両書の叙述方法の点から了意関連作品との関わりを考えたが、作者の問題については今後さらに検討を行いたい。

注

（1）白崎祥一「鎌倉管領九代記」（『室町軍記総覧』明治書院、一九八五年）一五九〜一六二頁。大津雄一「鎌倉公方・管領家の分裂」（『戦国軍記事典　群雄割拠篇』和泉書院、一九九七年）五二頁。梶原正昭「戦国軍記の展望（初稿）」（『室町・戦国軍記の展望』和泉書院、二〇〇〇年）三八三頁。
（2）北条秀雄は、浅井了意存疑作として両書を併記し、寛文末から延宝初年に前後して出版されたとする（『新修浅井了意』笠間書院、一九七四年）二三〇頁。また森暁子は、書誌調査から両書の求板のルートに共通性があるとする（「『鎌倉管領九代記』の研究——寛文十二年板諸本をめぐって——」『国文』一〇三、二〇〇五年七月）。
（3）『喜連川判鑑』については、稲葉隣作「喜連川判鑑」（『改訂房総叢書』第五輯、一九五九年）二七七頁、萩原竜夫「喜連川判鑑」（『群書解題』第三巻中、一九六二年）三二一〜三二三頁、新田英治「喜連川判鑑」（『国史大辞典』第四巻、一九八四年）一六三〜一六四頁、大津雄一「喜連川判鑑」（『戦国軍記事典　群雄割拠篇』）五六頁に解説がある。なお萩原竜夫は、続群書類従本が『諸家系図纂』「喜連川」を写したものとする。
（4）飯田瑞穂「諸家系図纂」（『国史大辞典』第七巻、吉川弘文館、一九八六年）六九一頁。
（5）鈴木孝庸「上杉禅秀の乱とその関係軍記」、梶原正昭「鎌倉物語」（『室町軍記総覧』）一六〜一八頁、四〇〜四三頁に解説がある。
（6）『鎌倉管領九代記』の本文引用は、臼杵市立臼杵図書館蔵本（九巻十五冊、無刊記板、〈四門／軍／一八〉国文学研究資料館マイクロフィルム）に拠る。

（7）「喜連川」の本文引用は、内閣文庫本『諸家系図纂』（三十巻七十五冊〈一五六／〇〇〇一〉）「喜連川」に拠る。

（8）『北条記』には、六巻本・十巻本・九巻本・五巻本等の異本がある。成立は寛永七（一六三〇）年以降、五巻本は寛文五（一六六五）年以前とされる。『鎌倉管領九代記』に内容上最も近しいのは六巻本である（岩沢愿彦「北条記」『群書解題』第四巻、一九七六年、一五二〜一五四頁。笹川祥生「北条記」『日本古典文学大辞典』第五巻、岩波書店、一九八四年、四三〇頁。大津雄一「北条記」『戦国軍記事典　群雄割拠篇』、一四〇〜一四四頁。拙稿「『北条記』（『東乱記』『小田原記』）について」『東京学芸大学紀要　人文社会科学系Ⅰ』六三、二〇一二年一月）。

（9）『北条五代記』の本文引用は、臼杵市立臼杵図書館蔵本（十巻十冊、寛永十八（一六四一）年二月板〈四門／軍／一六〉国文学研究資料館マイクロフィルム）に拠る。

（10）『甲陽軍鑑』の本文引用は、内閣文庫蔵本（二十巻二十三冊、明暦二（一六五六）年十一月村上平楽寺板〈一七〇／二二五〉）に拠る。

（11）『太平記』の本文引用は、国文学研究資料館蔵本（四十巻二十一冊、無刊記板〈タ四／三〇／一／二二〉）に拠る。

（12）『太平記評判秘伝理尽鈔』の本文引用は、土佐山内家宝物資料館山内文庫蔵本（四十五冊四十一巻（「恩地左近太郎聞書」一冊を含む）無刊記板、〈ヤ二一〇／一五一〉国文学研究資料館マイクロフィルム）に拠る。

（13）『北条記』の本文引用は、内閣文庫蔵本（六巻二冊、写本〈一六九／五〇〉）に拠る。

（14）『甲陽軍鑑』巻五―十三「弱過たる大将之事」にも、「山ノ内管領《クワンレイ》上杉則政公、臆病《ヲクビヤウ》にましま す故、無穿鑿《ブセンサク》にて、あしき上原兵庫《ヒヤウゴ》・すがの大膳《ゼン》次第にし給ふ故、如《シ》レ此《ノ》」（42オ）という憲政批判がある。

（15）『鎌倉北条九代記』の典拠論には、野口文子「『北条九代記』の研究――諸本及び回国使をめぐって――」（『国文』九八、二〇〇二年一二月）、井上泰至「読み物としての近世軍書」（『国語と国文学』八一―四、二〇〇四年四月）、拙稿「『鎌倉北条九代記』の背景――『吾妻鏡』『将軍記』等先行作品との関わり――」（『東京学芸大学紀要　人文社会科学系Ⅰ』六一、二〇一〇年一月）がある。

（16）『鎌倉北条九代記』が複数の典拠の記事を抜粋・編集して歴史を記していることは、井上15論文に指摘がある。
（17）『鎌倉北条九代記』の批判性については、笹川祥生「『北条九代記』論――「今」を「昔」に包み込むこと――」（『戦国軍記の研究』和泉書院、一九九九年、初出一九九七年一二月）、花田富二夫「「近世初期口頭のメディア――了意周辺――」（『仮名草子研究――説話とその周辺――』新典社、二〇〇三年、初出二〇〇一年一〇月）、拙稿「『鎌倉北条九代記』の歴史記述の方法」（『文学』五・六月号、岩波書店、二〇一〇年五月）に論がある。
（18）井上15論文、四六頁。
（19）笹川17論文。
（20）梶原正昭によると、『本朝通鑑』編纂の際、室町・戦国の動乱期には拠るべき史書が乏しく、軍記や合戦記に依存せざるを得なかったという（「幕府・諸藩の修史事業と戦国軍記――『寛永諸家系図伝』と『本朝通鑑』を中心に――」『早稲田大学教育学部　学術研究（国語・国文学編）』四三、一九九五年二月、二九～三〇頁）。
（21）井上泰至「近世刊行軍書年表稿」（『近世刊行軍書論　教訓・娯楽・考証』笠間書院、二〇一四年、初出二〇〇九年一一月）四七～六二頁。
（22）花田富二夫「堪忍記とその周辺」（17書、初出一九九七年五月）、濱田啓介「刊行のための虚構の発生――本朝女鑑の虚構」（『近世小説・営為と様式に関する私見』京都大学学術出版会、一九九三年、初出一九八六年七・八月）、渡辺守邦「清明伝承の展開――『安倍晴明物語』を軸として――」（『仮名草子の基底』勉誠社、一九八六年、初出一九八一年）、岡雅彦『法花経利益物語　上』（古典文庫、一九九三年）解説、花田富二夫「伽婢子の批判性――原話離れを中心に――」（17書、初出一九八一年一月）。
（23）市古夏生「『伽婢子』における状況設定」（『近世初期文学と出版文化』若草書房、一九九八年、初出一九八三年三月）五三頁。
（24）森2論文、一九～二〇頁。

（別表）『鎌倉管領九代記』の典拠一覧（○印が内容一致を示す）

「巻（章）」……『鎌倉管領九代記』の巻数（章番号）
「喜」……『諸家系図纂』「喜連川」　「将」……『本朝将軍記』　「太」……『太平記』
「理」……『太平記評判秘伝理尽鈔』　「北」……六巻本『北条記』　「五」……『北条五代記』
「甲」……『甲陽軍鑑』　「他」……その他の作品　「古」……『古老軍物語』
「湘」……『湘山星移集』　「旅」……『旅宿問答』　「結」……『結城軍物語』
「信」……『信長記』　「上」……『上野国群馬郡箕輪軍記』

巻（章）	基氏上											
	一上（1）	一上（2）	一上（3）	一上（4）	一上（5）	一上（6）	一上（7）	一上（8）	一上（9）	一上（10）	一上（11）	一上（12）
喜			○		○	○	○	○	○	○	○	○
将	○	○	○	○	○	○				○	○	○
太	○	○	○	○	○	○		○	○	○	○	○
理	○	○						○		○	○	○
北												
五												
甲												
他												

巻（章）	基氏下							氏満				
	一下（1）	一下（2）	一下（3）	一下（4）	一下（5）	一下（6）	一下（7）	二（1）	二（2）	二（3）	二（4）	二（5）
喜	○	○	○	○	○	○	○	○	○	○	○	○
将	○	○	○	○	○	○	○	○	○			
太	○	○	○	○	○	○	○		○			
理		○		○	○	○	○					
北												
五												○
甲												
他						古						

	巻（章）	喜	将	太	理	北	五	甲	他
氏満	二（6）	○							
	二（7）	○	○						
	二（8）	○	○						
	二（9）	○							
	二（10）	○	○						
	二（11）	○							
	二（12）	○							
	二（13）	○							
	二（14）	○							
	二（15）	○							
	二（16）	○							
	二（17）	○							
	二（18）	○							
	二（19）	○							
	二（20）	○	○						
	二（21）	○	○						
満兼	三（1）	○	○						
	三（2）	○	○						
	三（3）	○							
	三（4）	○							
	三（5）	○							
	三（6）	○							
	三（7）	○							
	三（8）	○							

	巻（章）	喜	将	太	理	北	五	甲	他
満兼	三（9）	○	○						
	三（10）	○							
持氏上	四上（1）	○							
	四上（2）	○							
	四上（3）	○							
	四上（4）	○							
	四上（5）	○							
	四上（6）	○							
	四上（7）	○							
	四上（8）	○							
	四上（9）	○							
	四上（10）	○	○						湘旅
	四上（11）	○	○						
	四上（12）	○	○						
	四上（13）	○							
持氏中	四中（1）	○							
	四中（2）	○							
	四中（3）	○							
	四中（4）	○							
	四中（5）	○							
	四中（6）	○							
	四中（7）	○				○			
	四中（8）	○	○			○	○		古
	四中（9）	○	○			○	○		

成氏										持氏下										持氏中				巻(章)
五(10)	五(9)	五(8)	五(7)	五(6)	五(5)	五(4)	五(3)	五(2)	五(1)	四下(10)	四下(9)	四下(8)	四下(7)	四下(6)	四下(5)	四下(4)	四下(3)	四下(2)	四下(1)	四中(13)	四中(12)	四中(11)	四中(10)	
○	○	○		○	○	○	○	○	○	○		○			○	○	○	○	○	○	○	○	○	喜
			○			○	○	○	○	○		○	○	○	○		○		○			○		将
																								太
																								理
○	○		○	○	○	○	○	○	○	○	○	○	○		○	○	○	○	○	○	○	○	○	北
○							○	○		○									○		○	○		五
																								甲
										結					結		結							他

高基					政氏								成氏											巻(章)
七(5)	七(4)	七(3)	七(2)	七(1)	六(8)	六(7)	六(6)	六(5)	六(4)	六(3)	六(2)	六(1)	五(21)	五(20)	五(19)	五(18)	五(17)	五(16)	五(15)	五(14)	五(13)	五(12)	五(11)	
○				○	○				○	○		○	○	○		○	○	○	○	○	○			喜
				○													○							将
																								太
																								理
○	○	○	○	○	○	○	○	○	○	○	○	○		○	○	○	○	○	○	○	○		○	北
	○	○		○	○		○	○	○	○	○	○		○	○	○	○	○	○	○	○	○		五
																								甲
							古																	他

	巻（章）	喜	将	太	理	北	五	甲	他
高基	七（6）	○				○	○		
	七（7）	○				○	○		
	七（8）					○	○		
	七（9）					○			
	七（10）	○							
晴氏上	八上（1）	○				○	○		
	八上（2）	○	○			○	○		
	八上（3）					○	○		
	八上（4）	○				○	○		
	八上（5）	○				○	○		
	八上（6）	○				○	○		
晴氏中	八中（1）	○				○			
	八中（2）	○				○	○		古
	八中（3）	○				○	○		
	八中（4）	○				○			
	八中（5）					○		○	
	八中（6）					○		○	
	八中（7）					○		○	
晴氏下	八下（1）	○				○			
	八下（2）					○		○	古
	八下（3）					○		○	
	八下（4）	○				○	○		
	八下（5）	○				○	○	○	古
	八下（6）	○				○			

	巻（章）	喜	将	太	理	北	五	甲	他
晴氏下	八下（7）							○	
	八下（8）					○	○	○	古
	八下（9）		○			○	○	○	
	八下（10）						○	○	信
	八下（11）	○				○	○		
義氏上	九上（1）	○				○	○	○	
	九上（2）					○		○	
	九上（3）					○	○		
	九上（4）						○	○	古
	九上（5）					○		○	上
	九上（6）							○	上
	九上（7）					○	○		
	九上（8）					○			
	九上（9）	○				○	○		
義氏下	九下（1）					○	○	○	
	九下（2）					○	○	○	
	九下（3）					○		○	
	九下（4）					○	○	○	
	九下（5）					○	○	○	
	九下（6）					○	○	○	
	九下（7）					○		○	
	九下（8）		○			○	○	○	
	九下（9）	○				○	○		
	九下（10）	○				○			

第二節　『鎌倉北条九代記』における歴史叙述の方法

一、はじめに

『鎌倉北条九代記』（十二巻十二冊、延宝三（一六七五）年刊）[1]は、鎌倉幕府の成立から滅亡までの約一五〇年間の歴史として、源頼朝より九代の将軍と、北条時政より九代の執権の事跡をほぼ年代順に記した書である。北条秀雄によると、本作品は浅井了意作として真偽未決の作品に分類されている[2]。

本書の内容的特徴について松田修は、史書として過去に託しつつ慷慨的な文辞と思想が濃厚に散見すると指摘する[3]。また増淵勝一は、為政者の正道・仁慈に基づく安国撫民・人民安穏を理想としているとする[4]。さらに井上泰至は、本書を近世軍書の長編歴史読み物の嚆矢として位置づけ、理想の治世者像を求める軍学の流れを汲みながら、林家を中心に編纂刊行された史書を利用しつつ読み物としての興味を加味した作品と指摘する[5]。

典拠については、松田修[6]により『本朝将軍記』（十六巻十七冊、浅井了意作、寛文四（一六六四）年刊）『吾妻鏡』、増淵勝一[7]により『太平記』『承久記』『保暦間記』『五代帝王物語』『増鏡』等、笹川祥生[8]、野口文子・花田富二夫[9]により『太平記評判秘伝理尽鈔』（四十巻、刊年不明、以下『理尽鈔』と称す）、井上泰至[10]により『職原抄』『日本王代一覧』（七巻七冊、林恕編、寛文三（一六六三）年刊）、諏訪春雄[11]により『安倍晴明物語』があげられている。加えて『元亨釈書』等の利用についても拙稿[12]でも触れた。

本節では、典拠をなお明らかにしつつ『鎌倉北条九代記』の歴史的叙述の方法と意図について考えてみたい。

二、『鎌倉北条九代記』と『太平記』

『鎌倉北条九代記』巻一―一「本朝将帥《しやうすい》の元始《げんし》」には『職原抄』『太平記』『理尽鈔』等の書に拠り、道臣命以来の本朝将軍の歴史が記される。また巻一―二「右大将頼朝草業《さうげう》」以降は源頼朝の鎌倉幕府設立から執権北条高時の滅亡までの歴史が記される。年表形式ではなく、各巻に章立てをし、関連する歴史的事項をまとめて記している点に、歴史物語としての性格を見ることができる。その歴史観は、『太平記』巻一「後醍醐天皇御治世の事付武家繁昌の事」(13)の、源頼朝から後醍醐天皇の治世に至る時代の概略を述べた内容に類似する。次にその概略を①から⑨に分けて示し、対応する『鎌倉北条九代記』の巻章を（　）内に示した。

① 後醍醐天皇の御代、武臣北条高時という者がいた。天皇は徳に背き、高時は礼を失っていたため、国内が乱れ万民が困窮した。（『鎌倉北条九代記』巻十二―三・五～九・十三）

② 国の乱れは、後白河院が頼朝を六十六箇国の総追捕使に補して以来、武家が守護・地頭を諸国に置いたことに始まる。（『鎌倉北条九代記』巻一―一・十七）

③ 源頼家・実朝と父子三代の将軍は四十二年で終わり、その後は頼朝の舅北条時政の子息義時が権柄を執り、勢いは国中に及ぼうとした。（『鎌倉北条九代記』巻一―一・巻四―十七・巻五―五）

④ 後鳥羽院は武威によって朝廷の権威が廃るのを憂慮し、義時を討とうとした時、承久の乱が起き、官軍は敗北し、院は隠岐へ流罪となった。義時はいよいよ全国を掌握した。（『鎌倉北条九代記』巻五―七・巻六―四）

⑤ 義時の後、泰時・時氏・経時・時頼・時宗・貞時の七代の武家政権が続き、その徳は窮民を救い、謙虚で仁恩を

施し礼儀を正した。

（『鎌倉北条九代記』巻六―十・十二〜十四・巻七―五・七・九・十・十二〜十四・十六〜十九・巻八―十五・十七・巻九―一・三・四・八・巻十一・十三・十七）

⑥　承久以後、親王・摂関家より理世安民の器を持つ貴族を関東に招き将軍とした。また承久三年より、都に二人の北条氏を両六波羅として置いた。さらに永仁元年より、鎮西に一人の探題を置いた。そうして天下は北条氏に従い、権威に服した。（『鎌倉北条九代記』巻五―一・二・巻六―四・巻八―一・十四・巻十―六・巻十一―八・十一・十八）

⑦　武家が朝廷を蔑ろにするわけではないのだが、在地では地頭が強く荘園主は弱く、国では守護の威が重く国司は軽かった。ゆえに朝廷は年々衰え、武家は日々に盛んになった。（②に同じ）

⑧　代々の聖主は、承久の乱の宸念を晴らすため、また朝政の衰微を嘆き、東夷を滅ぼそうとしたが叶わなかった。（『鎌倉北条九代記』巻八―二・七〜十二・巻十―三〜五）

⑨　時政より九代目の執権高時は、悪行悪政で人望を失っていた。そこに聖君後醍醐天皇が即位し、政道を立て直し、善に報い、寺院・学問を興したので、万民はその徳に帰した。（『鎌倉北条九代記』巻十二―五〜巻十二―十八）

このように『鎌倉北条九代記』は、『太平記』巻一「後醍醐天皇御治世の事付武家繁昌の事」の①〜⑨にいう、武家（源家と北条家）の台頭から天下掌握、それに伴う王権の衰微、そして北条高時の悪政による武家の衰退、聖君後醍醐天皇による公家一統政治の復活という歴史の梗概にほぼ添って記されている。

三、『鎌倉北条九代記』と『日本王代一覧』

では『鎌倉北条九代記』は、この『太平記』に述べられた歴史をどのように具体的に記しているのだろうか。まず、『太平記』②と⑦にいう武家の台頭と王法の衰微の説について、『鎌倉北条九代記』は『日本王代一覧』および『理尽鈔』に次のように拠って記している。

○往昔《そのかみ》は国司《こくし》職《しよく》五箇《か》年にして改補《かいふ》せられ、武将勲功《くんこう》大なれども、数箇《すか》国を官領《くはんりやう》する事なし。然るを後白川法皇叡慮《ゑいりよ》短《みじか》くおはしまして、平氏相国清盛《きよもり》に高位をさづけ、一類に給はる分国三十七箇《か》国、日本の半分に越《こえ》たり。是より武威《ぶゐ》盛《さか》りになり、主上・上皇・近臣の御悩《なやみ》と成にけり。是にも御後悔《こうくはい》のえいりよなく、頼朝を六十余州の惣追捕使《そうついふし》に補《ふ》せられ、暫《しば》らくは公家・武家牛角《ごかく》なりけるを、王法次第に衰微《すいび》になり、武家日を追て昌栄《しやうゑい》せり。

（『鎌倉北条九代記』巻一―一「本朝将帥《しやうすい》の元始《げんし》」1ウ2オ、傍線部が『太平記』②⑦に対応、原文片仮名文）

→

然るに此院、平相国《へいしやうこく》入道浄海《じやうかい》が一類に給る国、三十七箇国、日本の半分に越へたり。故《かるがゆゑ》に威を天下に振るひ、奢侈《しやし》雲《うん》上に至つて、近臣を罪せし。加之《しかのみならず》、院を鳥羽の離宮にをし籠め奉る。先賢の慮《をもんばか》り、掌《たなごころ》を指《さ》すが如し。是にしも悔ひ給はず、今頼朝を惣追補使に補せらる。それより已来《このかた》、且《しばら》くは公家・武家とて、車の両輪の如く成りしが、王法次第に衰へ、武家は日日《にちにち》に繁昌せり。是皆君の慮り正しからざるが故也。

（『理尽鈔』巻一、9ウ10オ、原文漢文）

○頼朝これより諸国に守護《しゆご》を置て国司《こくし》の威《ゐ》をおさへ、荘園《しやうゑん》に地頭《ぢとう》を居《すへ》て、本所《ほんしよ》の掟《おきて》を用ひず。王道は日を追て衰敗《すいはい》し、武威《ゐ》は月に随ひて昌栄《しやうゑい》す。（『鎌倉北条九代記』巻一―十七「惣追捕使《さうついふし》を申賜《たまはる》」25ウ26オ）

→

頼朝、諸国に守護ををき、荘園に地頭《とう》をいて、六十余州皆武家の下知にしたがふて、朝廷《てい》日々に衰ふ。（『日本王代一覧』巻四、46オ）

次に『太平記』③の、源氏三代の後、北条時政・義時が権柄を執ったことについて、『鎌倉北条九代記』は『日本王代一覧』に拠りながら次のように述べている。

○外祖《ぐはいそ》北条時政執権《しつけん》たり。始《はじ》め頼朝卿出張《しゆつちやう》の時より輔翼《ふよく》となりて威《ゐ》を振《ふる》ひ、いよ〳〵是より権勢盛《けんせいさかり》にして肩《かた》をならぶるものなし。（『鎌倉北条九代記』巻二―一「頼家卿御家督」1ウ）

→

外《ぐはい》祖北条の時政執権《しつけん》たり。頼朝出張の始より、時政輔佐《ほさ》となりて威を振《ふるひ》しが、此《これ》より其の権勢《けんせい》日々に盛《さかん》にして肩《かた》を並《ならぶ》る者なし。（『日本王代一覧』巻五、1ウ2オ）

○頼朝《よりとも》・頼家《よりいえ》・実朝《さねとも》を源家三代将軍と称《せう》ず。その間合せて四十年、公暁《くげう》は頼家の子、四歳にて父に後《をく》れ、今年十九歳、一朝《てう》に亡《ほろ》び給ひけり。（『鎌倉北条九代記』巻四―十七「禅師公暁《くげう》実朝を討《う》つ」29ウ）

→

頼朝・頼家・実朝を三代将軍と号す。其間合て四十年なり。公暁は四歳にて父頼家にをくれ、今歳十九なり。

（『日本王代一覧』巻五、15ウ）

そして、『太平記』④にいう承久の乱のきっかけについては、やはり『日本王代一覧』（巻五、16ウ17オ）に拠り次のように述べる。

同年四月の比より、後鳥羽の上皇、鎌倉を滅《ほろぼ》さんとおぼしめし立給ふ。往初《そのかみ》上皇御在位《さいゐ》の御時より、武臣すでに天下の権《けん》を取て、王威《わうゐ》を蔑《なゐが》しろに思ひ奉り、禁中の政道《せいたう》のおとろへゆくことを憤《いきどを》り（略）

（『鎌倉北条九代記』巻五―七「一院御謀反《ごむほん》の根元《こんげん》」9オウ）

また承久の乱後に北条義時が国政を掌握したことについても、巻六―四「後嵯峨院新帝践祚《ごさがのゐんしんていせんそ》」に、義時の計らいで、茂仁親王が即位し近衛家実が摂政となったことが『日本王代一覧』（巻五、19オウ）の内容に拠って記されている。

さらに『太平記』⑥については、藤原頼経が将軍職を藤原頼嗣に譲歩した件を『日本王代一覧』（巻五、28ウ）に拠りつつ次のように述べる。

実《じつ》には北条家権威《けんゐ》をほしゐまゝにせんとて、御幼稚《ようち》の間は崇《あがめ》奉りけれども、御成長《せいちやう》に及びては政事《せいじ》につけて私《わたくし》の計《はか》らひ成難し。これによつて推《おし》て官職《くはんしよく》を譲《ゆづ》らしめ、幼《いとけな》き頼嗣を将軍に補任《ふにん》じて、国政《こくせい》内外の諸事《しよじ》みな執権《しつけん》の計《はか》らひなり。

（『鎌倉北条九代記』巻八―一「将軍頼嗣御家督《かとく》」1ウ2オ）

そのほか、時宗・政村の計らいで僅か三歳の惟康親王を将軍に迎えた話（巻十―六）、北条兼時を鎮西探題としたこと

（巻十一―十二）も『日本王代一覧』（巻五、39オ～51ウ）に拠る。

さらに『太平記』⑧の、代々の帝がしばしば幕府を滅ぼそうとしたという説については『鎌倉北条九代記』には見られないが、鎌倉幕府の四代・六代将軍として招聘された藤原頼経、宗尊親王の周辺で、幕府への謀叛が企てられたとの話がある。巻八―二「越後守光時《みつとき》叛逆《ほんぎゃく》流刑《るけい》」では、越後守光時の謀叛発覚騒動を『吾妻鏡』（巻三十七、寛元四（一二四六）年五月二十二日～六月十三日）に拠って記しているが、加えて、光時が前将軍頼経に近習していたことを『日本王代一覧』（巻五、29ウ）より引用し、光時の謀叛と頼経との関係を仄めかしている。なお『鎌倉北条九代記』では、この事件落着の後、

　時頼これよりして威勢《ゐせい》高《たか》く耀《かゞや》きて、天下の権《けん》を執《と》りおさめて、頼嗣を扶翼《ふよく》いたされけり。

（『鎌倉北条九代記』巻八―二「越後守光時《みつとき》反逆《ほんぎゃく》流刑《るけい》」4オ）

と、これも『日本王代一覧』（巻五、29ウ）の文言を引き、北条の権勢が一段と増したと記している。また巻八―七「三浦泰村《やすむら》権威《けんゐ》」では三浦泰村の弟光時らが頼経を慕い、時頼への謀叛を企てた宝治合戦前夜の経緯が『吾妻鏡』（巻三十八、宝治元（一二四七）年五月二十八日）と『日本王代一覧』（巻五、30オ）に拠って記される。さらに巻十―三「将軍家御反逆」では、宗尊親王上洛の経緯について、『吾妻鏡』（巻五十二、文永三（一二六六）年四月二十二日から七月二十日）の記事を引き、そして『日本王代一覧』（巻五、38ウ）より、宗尊親王が和歌会にこと寄せて近習を集め時宗を討つ企てがあったこと等を述べる。

　このように『鎌倉北条九代記』は、主に『日本王代一覧』に拠り、『太平記』②から⑧にいう源頼朝以来の武家の台頭、とくに北条執権家の朝廷を凌ぐ権勢ぶりと王道の衰退の様を具体的に記し、巻十二―九「後醍醐帝御謀叛」か

らは『太平記』に拠り、⑨にいう聖主後醍醐天皇の挙兵から公家一統の世に治まるまでの経緯を記している。

なお、後白河院の代より武家が台頭し王法が衰微したという説は、[14]『本朝編年小史』（七巻七冊、鵜飼石斎作、寛文二（一六六二）年刊）や『桑華紀年』（七巻、野間三竹作、寛文十（一六七〇）年刊）、『七武』（一冊、林春斎著、寛文四（一六六四）年刊）等の寛文期頃に編纂された歴史書の類にも記されており、当代における通説でもあった。

では、『鎌倉北条九代記』に登場する歴史的人物はどのように描かれているのだろうか。

四、『鎌倉北条九代記』における人物批判

『鎌倉北条九代記』では、歴史上の人物への評価がしばしばなされる。まず批判の対象となる人物として、源頼家・北条高時があげられる。

北条高時については、先述の『太平記』巻一の①⑨にも、悪政により人望を失い国を乱した人物とされていた。

『鎌倉北条九代記』では、

> 高時は、その天性《むまれつき》甚《はなは》だ軽忽《きようこつ》にして、智慮《ちりよ》尤とも後《おく》れたり。すこぶる執権の器量《きりやう》に相応《さうおう》せず。（略）
>
> （『鎌倉北条九代記』巻十二―五「後醍醐《ごだいご》の帝践祚《ていせんそ》」5ウ）

と、『日本王代一覧』（巻五、50オ）の記述を用いて述べている。その具体的な行跡については、巻十二―十三「高時入道奢侈《しやゐ》」に、後醍醐天皇が隠岐配流となり、楠木正成が天王寺辺へ進出し六波羅軍と戦うという乱逆の時節にもかかわらず、高時が終日遊興田楽に耽り、「極信《ごくしん》正道のともがらを隔《へだて》て近付《ちかづけ》ず」（18ウ）諸国の訴えを聞かなかったこ

とや、奇犬を好み犬合に興じる様が『理尽鈔』（巻三、2オ～3ウ）及び『太平記』巻五「相模入道田楽を弄ぶ幷に闘犬の事」に拠りつつ記される。

次に、第二代将軍源頼家については、巻の二―四「問注所《もんぢうしよ》を移《うつ》し立《たて》らる」で、先代将軍の頼朝が諸国御家人の心を掌握するために、問注所での政務を行い、御家人へ出仕を呼びかけ、種々の催事に努めていたのを、頼家の代には万事略儀となり、政務を時政に任せて籠もり、遊興に耽ったとする。頼朝が諸国御家人との交流を図っていたことは、『理尽鈔』にも「人皆幼児の父を思ふが如くなりし」（巻一、16オ）とある。それとは反対に「今の頼家は然らず」（『理尽鈔』巻一、16オ）諸侍を退け、蹴鞠・和歌の友のみを近づけたとある。

また巻二―七「諸将連署《れんじよ》して梶原景時《かげとき》を訴《うつた》ふ」および巻二―八「梶原平三景時滅亡《かげときめつばう》」では、梶原景時が結城七郎朝光を頼家に讒訴したことで諸家人に訴えられたことにより失脚、滅亡する話が『吾妻鏡』（巻十六、建久十（一一九九）年十月二十五日～正治二（一二〇〇）年正月二十一日）に基づいて記される。ただし『鎌倉北条九代記』では景時の讒訴についての是非よりも、むしろ諸家人の訴えをそのまま受理した頼家の側に批判を当てていることが特徴である。

頼家卿かほどまで慮《おもん》ばかりの拙《つた》なくおはします故に、国主の器量《きりやう》は葉《は》よりも薄《うす》く、政道の智恵はかけはて給ひ、只常々は遊興《ゆうけう》を縡《こと》とし、鞠《まり》の友十余人、哥の友十余人、此外には近仕《きんじ》する人これなし。諸将・諸侍、次第にうとくなり、言語《げんぎよ》・行跡《かうせき》非道なるを見《み》聞奉りて、上を軽しむる故によりて、かゝる珍事《ちんじ》は起《おこ》り出たる。猶これより行末は又いかゞあるべきと、頼みなくこそおぼえける。

（『鎌倉北条九代記』巻二―七「諸将連署して梶原景時を訴ふ」13ウ14オ）

こうした頼家批判は、『理尽鈔』の次の言説に拠ったものである。

鞠《まり》の友十余人、歌の友十余人の外は、近仕する人稀《まれ》也。此故に、諸侍、次第に疎《うと》くなりし也。又其言《ものい》ひ愚かに、行跡《ふるまひ》非なるを見聞して、諸侍、主を軽く思ふに依て、連判を以て景時を訴ふる者也。されば国に主たる者は、言《ものい》ひと行《をこな》ひとを嗜《たしな》むべき事也。

（『理尽鈔』巻一、16ウ、傍線部は両書の文言の類似する部分）

凡そ主の威重き則《とき》は人近臣の善悪を謂はず、近臣を恐れて非義を行はず。主の威軽き時には臣として臣の非を訴ふ。近臣又主君を軽く思ふ故に非義の行ひ多し。訴ふる者又非義有り。主智有りて賞罰正しければ威重し。智無くして賞罰正しからざれば威軽し。智無く威軽ければ姦臣《かんしん》多く集まり、親しみを以て徳無きを是《ぜ》とし、私の宿意を以て咎無きを非とす。是乱国の端《はし》なり。君必ず臣の為に覆《くつがへ》され給ふ。今の頼家是也。（『理尽鈔』巻一、15オウ）

家臣を退け蹴鞠に興じるという政道の智恵に欠けた頼家の日頃の言行のために、武威が軽くなり、諸臣が景時を訴えるという事件が起きたのだと述べる点において、両書の説は通じている。

『鎌倉北条九代記』では、頼朝と頼家は対照的に描かれる。頼朝が「源家中興の英雄《えいゆう》たり」（巻一―五、7ウ）、「仁《じ》慈たぐひなき良将《りやうしやう》」（巻一―七、10オ）と称され、幕府設立のための様々な行跡が記されているのに対し、頼家については、蹴鞠の件・梶原景時の件の他にも、荒れ地に新田を耕作させた話（巻二―五）、安達弥九郎の妾を奪った話（巻二―六）、念仏を禁止した話（巻二―十三）、異僧源性を招き入れた話（巻二―十五）、神域である富士の人穴を探ろうとした話（巻三―九）等の行いが『吾妻鏡』を引用して記され、

将軍頼家公、天下の政事《せいじ》正しからず。よろづの仰せ、拙《つた》なくおはしましければ、上下疎《うと》みまいらせ、恨《うら》みをふく

（『鎌倉北条九代記』巻二―十三「念仏禁断《きんだん》」21ウ）

む者、甚だおほし。

と批判される。その後、頼家の息一幡公を世に立てようと謀った比企能員が北条時政に殺され（巻三―九）、頼家もまた時政の計らいで修禅寺の浴室で殺される（巻三―十三）というように、源家の政権が北条氏に侵されていく経緯が記される。

以上のように『鎌倉北条九代記』では、源家の政権が三代で終わったことの端緒を頼家の悪政に見ようとする。また朝廷をも凌ぐ権勢であった北条氏が滅びたのも高時の悪政によるものとし、ともに両人の奢侈と才智に欠けた言行のためであるとする。そうした『鎌倉北条九代記』の歴史観と、智を重んじる政道論は、いずれも『理尽鈔』をふまえたものなのである。

五、『鎌倉北条九代記』における善主像

『鎌倉北条九代記』において、北条高時とは対照的に善主として称賛されるのが、『太平記』⑤にもその名のみえる泰時・時頼・貞時である。

このうち泰時については、その廉譲倹約を旨とする行いの数々が記されている。例えば飢餓に苦しむ北条の郷民の借米の証文を破棄し、食物を恵んだ話（巻三―四）、物領でありながら父義時の遺跡の僅かな分しか取らなかったこと（巻六―十二）、貞永式目を定め、また貧弊飢凍の民に米を貸し与え、年貢を止めたこと（巻七―七）、世人の博奕を禁じたこと（巻七―九）等の行跡が『吾妻鏡』を引用しつつ記されている。

この泰時に関する記事についても『理尽鈔』からの引用がみられる。巻六―十四では、

廉譲《れんじやう》の道をおこなひ、倹約《けんやく》をもつて世を恵《めぐ》まれける故に、上下賑《にぎ》はひて悦びあへり。（略）自《みづか》ら謙《へり》くだつて礼《れい》義《ぎ》を守られけるほどに、人みな懐《なつ》き奉り、拝趨《はいすう》の心ざし、上部《うはべ》ならずに随ひ付て、此人の御事ならば、身命を捨《すて》ても惜《をし》からずとぞ思はれける。

（『鎌倉北条九代記』巻六―十四「泰時仁政《じんせい》」24オウ）

と評されているが、これは『理尽鈔』にも、泰時についての次のような内容がある。

内心に奸曲《かんきよく》無く、外に其の行正《たゞし》くして、自を忘《わす》れて万民を憐《あはれみ》給ひし故に、万民心有りて此の恩《をん》を報《ほう》ぜん事を思ふ。

（『理尽鈔』巻三十五、53オ）

また泰時が記録所で政務に努める話（巻七―十）も『理尽鈔』（巻五、4オ）に拠ったものであるが、その話の後に、泰時が若者に説いた次のような言葉がある。

たとひ万巻の書を読学《とくがく》すとも、時《とき》と相応《さうをう》の文《ぶん》を知《し》らずは口惜《くちをし》かるべし。その云所《いふところ》、一旦《だん》は義理《ぎり》に叶《かな》ふに似たる事あるも、時に相応《さうをう》せざらんには智者とはいふべからず。只古人《こじん》の吐出《はき》せる陳言《ちんげん》を囀《さえづ》るのみなり。国家の大用《ゆう》となるべからず（略）小智は亡国《ばうこく》の端《はし》、邪智《じやち》は害毒《がいどく》の根《ね》と申すことの候なり。

（『鎌倉北条九代記』巻七―十「泰時政務《せいむ》」11ウ〜12ウ、傍線部は『理尽鈔』と同文言の箇所）

これも『理尽鈔』に、泰時の言葉として記される次の内容に拠ったものである。

万巻の書を学《がく》すと云へども、時相応《さうをう》の文《ぶん》を知らざる、此れを衆愚《しゆぐ》の者、智者《ちしや》と思ひて其謂《ものいふ》を儘《まゝ》に行《をこな》んは、盲《まう》者《じや》に悪敷《あしき》道を教《をし》へ行《ゆく》が如くならんずるぞ。其人書を講読《こうどく》する時は、理《ことは》りあれども一分《ぶん》の義《ぎ》は善《よき》事少《すくなし》。下の意《こゝろ》、生得《しやうとく》の性《しやう》、大に愚《をろか》なる人なり。只古《こ》人の吐《はき》出せる言語《ことば》をさへづるのみ也。（略）小智は国の亡《ほろび》んずる端《はし》、邪《じや》智《ち》は人を損《そん》ずる端。（略）

（『理尽鈔』巻三十、21オ）

なお『理尽鈔』には、泰時の言葉としてではないが、孫子の故事によって武将のあるべき姿を説くのは「時と不相応《ふそうおう》、最悪《いとあし》き事」（巻二十二、17ウ）であり「時と相応の文の意を知《し》らざる故」（巻二十二、17ウ）であるとする文言がある。若尾政希は、『理尽鈔』の政治理念として、末世である当代を治めるには「時に相応の治国」、当代に即応した政治が必要という論理があると指摘する。[15] その理念を『鎌倉北条九代記』では引用しているのである。

さらに巻七―十六「諸寺《しよじ》の供僧《ぐそう》を評《ひやう》せらる僧侶《そうりよ》の行状《ぎやうじやう》」では、泰時が関東諸寺の供僧の堕落を禁止した話を『吾妻鏡』（巻三十二、暦仁元（一二三八）年十二月七日）より引用し、さらに、かつては神仏と王道は一体不二によって国家が安泰し、上下に秩序と忠義廉恥が備わっていたのを、中ごろに残賊の沙門が現れ、昨今は僧侶の堕落ぶりが政道の妨げになっていると批判したことを記す。この泰時の僧侶批判は、『理尽鈔』（巻十八、56オ～62ウ）の、仏法・王道・神道一体不二論と僧侶批判の説に拠ったものである。

次の巻七―十七「泰時奇物《きぶつ》を誡《いまし》めらる」では、関東の御家人と鎌倉伺候の者たちへ倹約を守るべき旨沙汰したという話を『吾妻鏡』（巻三十三、延応二（一二四〇）年三月十八日）から引き、さらに『理尽鈔』（巻九、27オ～28オ）の、泰時が大名の奇物と過奢を好む風潮を世の費えとして禁制した話を加えている。

巻七―十八「境《さかひ》目《め》論《ろん》批判《ひはん》」では、海野左衛門尉幸氏と武田伊豆入道光蓮の領地争いを、泰時が政道に私なき事を示すことの大事を説いて制した話を『吾妻鏡』（巻三十四、仁治二（一二四一）年三月二十五日・四月十六日）から引用し、続けて『理尽鈔』巻九（8ウ～9オ）より、昔頼朝が上総介広常を弑したことで家臣の邪義の訴えが治まった話をあげ、(16)「時にしたがひて、罰をおもく行《おこな》はざれば、道義《だうぎ》塞《ふさ》がることあり」（巻七―十八、26オ）と泰時が語る話を記す。

このように『鎌倉北条九代記』では、『吾妻鏡』『理尽鈔』を引用して泰時の善政が記されている。それは仁慈廉譲と倹約を旨とし、武家や僧侶の堕落を戒め、智を重んじ、時に応じて諸策を講じることを是とする政治である。

『鎌倉北条九代記』の北条時頼と貞時の善政については、野口文子・花田富二夫により『理尽鈔』との関わりが指摘される。それによると、巻八―十七「相模守時頼入道政務《せいむ》付青砥左衛門廉直《れんちょく》」の、時頼が青砥左衛門藤綱を起用した話は『理尽鈔』巻三十五（90ウ～94オ）に、また巻九―三「時頼入道青砥《あをと》左衛門尉と政道閑談《かんだん》」の、時頼が藤綱と閑談し、諸国の政道を正すために諸国巡視の使者を遣わした話は『理尽鈔』巻三十五（72オ～76ウ）に、続く巻九―四「時頼入道諸国修行付難波《なんば》の尼公《にこう》本領《ほんりやう》安堵《あんど》」の、時頼が諸国の悪政を聞き出すために巡業した話と、難波の尼公の話は『理尽鈔』巻三十五（76ウ～80オ）および『太平記』巻三十五「北野通夜物語事付青砥左衛門事」に、巻十一―十三「回国《くはひこく》の使私欲非法《しよくひほう》付羽黒《はぐろ》山伏の訴」の、羽黒山伏の訴えによって貞時が諸国使者の悪事を成敗した話は『理尽鈔』巻三十五（80オ～85ウ）に、巻十一―十七「貞時入道諸国行脚《あんぎや》付久我通基公《こがのみちもとこう》還職《げんしよく》」の、貞時の諸国行脚の話は『理尽鈔』巻三十五（85ウ～86ウ、88オ）および『太平記』巻三十五「北野通夜物語事付青砥左衛門事」に拠っている。

留意すべきは、いずれの話も、時頼と貞時が、諸国の奉行・頭人・評定衆・守護・地頭・目代といった役人の私欲と非道を監察し、賞罰を正しく行おうとする話であることである。

『理尽鈔』では、役人への賞罰について常人の罪よりも重くするべきだとし、その理由を次のように述べる。

君は民を以て体《たい》とすと謂《い》しは、君なければ天下に法なふして、奸曲・盗賊《とうぞく》の人多く、諸人苦《くるしん》で国治《くにをさま》る事なし。

民なければ君の徳《とく》なく、穀捧《こくさゝ》げずと也。是故に、君と民とは上下にして一体《たい》也。君は体、民は四支《し》なりとにや。君《きみ》、民《たみ》を遣《つかふ》に、我が四の手足《てあし》を遣ふ如くにせよと也。他《た》を思ふべからず。第一に、民の貧《ひん》なるを厭《いと》ひ悲《かなし》むを以て、明君の要《よう》とす。（略）民《たみ》、君を恨《うらむ》る則は、其の国久しからずして亡ぶ。此の故に古の明君は、大史・国司・奉行・政所・目《もく》代等に至《いた》るまで、よく其の器《き》を撰《えら》び給ひて、少罪《ざい》をも大罪に行ひ給ひし。

（『理尽鈔』巻三十五、38ウ39オ）

君主と民は「上下にして一体」であること、それゆえに役人は君主と民を結びつけるための重責を担うのだから、人選は慎重に、罰も殊更厳重にすべきだという。(17)

一方『鎌倉北条九代記』巻九―三には、青砥左衛門藤綱が時頼に政道を説く次のような言葉がある。

奉行、頭人、私欲《しよく》をかまへ、君の耳目《じぼく》を蔽《おほ》ひ塞《ふさ》ぎ、下《しも》の情上《じやうかみ》に達《たつ》せざれば、この御館《みたち》に座《おは》しましながら、百千万里をとをざかりたまふ。毎時《まいじ》かくのごとくならば、国民《くにたみ》たがひに怨《うら》みを含《ふく》みて、その罪《つみ》かならず一人に帰《き》し、蔓《はびこ》りてはつゐに天下の乱《みだ》れとなるべく候。

（『鎌倉北条九代記』巻九―三「時頼入道青砥《あをと》左衛門尉と政道閑談《かんだん》」7オ）

これは『理尽鈔』から引用した藤綱の言葉に新たに加えられた内容である。諸国役人の私欲が君主と民との間を遠ざけ、やがては民が君主を恨む原因となると説いたこの言葉は『理尽鈔』の説に通じている。

『理尽鈔』によると、君主が心得るべき三つの世の宝として「智」と「所領」と「諸民」があり、中でも「諸民は第一の宝」（巻一、23オ）で「主は下民を憐《あはれ》」（巻十二、21オ）むべきだという。『鎌倉北条九代記』は『理尽鈔』に拠りつつ、泰時・時頼・貞時の逸話から、民への仁慈を第一とすべきことを為政者への心得として述べているのである。

六、庶民へ向けられるまなざし

『鎌倉北条九代記』巻十一―十三、貞時が回国使者と諸国役人の悪事を成敗した話の冒頭には、諸国の守護・地頭が農民に重役を課して虐げる様が描かれる。こうした民の困窮の様子は、先述の頼家・高時ら為政者の悪政の話にも記されている。まず高時については、

費《つゐえ》に財宝《ざいほう》を散《ちら》し、正税官物《ぜいかんもつ》に募《つの》りて民《たみ》を貪《むさぼ》り、百姓を虐《はた》りけるほどに、諸国の郡県《ぐんけん》、人悴《ひとかし》け、家衰《をと》ろふ。

（『鎌倉北条九代記』巻十一―十三「高時入道奢侈《しやゐ》」20オ）

と、過奢によって民の生活を苦しめたとある。これは『理尽鈔』にも、高時の時代に民の費え多く、憂いが国中に満ち、大名・国人等が民を貪り、諸国の訴えが朝夕絶えなかったという話があり（巻三、2ウ）、それをふまえたものとも思われる。

次に頼家については、巻三―三に、大風大雨のため五穀損亡し民が飢餓する世相を『吾妻鏡』（巻十七、建仁元（一二〇一）年八月十一日）の記事を引いて記し、さらに

民家困窮《みんかこんきう》し、飢餓《きが》の者巷《ものちまた》に充つ。強盗《がうだう》おこりて物さはがしく、然るべき人の家に思ひも寄らず込入《こみ》て、財宝《ざいほう》をうばひ、米穀《べいこく》を偸《ぬす》む。昨日までは富栄《とみさかへ》たる輩、或は洪水《こうずい》に家を流《なが》して住所《すみ》を求め、或は宝《たから》を失《うし》なふて、食物《しよくもつ》なし。号哭《がうこく》の声日夜をいはず、洋々《やう〳〵》として耳にみてり。あはれなりける世の中なり。頼家卿は是をも知給はず、

鞠《まり》の曲《きよく》を好《この》み出て日毎《ひごと》の翫《もてあそび》とし給ふ。

（『鎌倉北条九代記』巻三―三「紀内所行景《きないどころゆきかげ》関東下向」7オウ）

と、天災による混乱と民の貧窮を無視した頼家の遊興を批判的に述べる。

また巻二―五「新田開作《しんでんかいさく》」では、荒地不作として減税の対象であった土地を新田に開作させて正税を取るよう、頼家が大江広元をとおして東国の地頭等に沙汰したことを『吾妻鏡』（巻十六、建久十（一一九九）年四月二十七日）の記事に拠って記す。続けて、耕作の労苦あっても守護・地頭ら官家によって収穫物を搾取され、公役と重税に苦しみ虐げられる農民と、富裕を極める官家の様子を述べ、

天理《り》の本《もと》を尋ぬれば、彼《かれ》も人なり、我《われ》も人なり、一気《き》の禀《うく》る所、その侔《ひと》しからざれば、上下の品《しな》はありといふとも、君として世をおさめ、臣として政《まつり》ごとをたすくるに、仁慈《じんじ》こそは行足《ゆきたら》ずとも、荒不作《あれふさく》の所に年貢《ねんぐ》を立《たて》て責《せめ》取給はんは、天道神明《しんめい》の冥慮《みやうりよ》も誠に計《はか》りがたしと、心ある輩は歎き悲しみ給ひけり。

（『鎌倉北条九代記』巻二―五「新田開作《しんでんかいさく》」7オ）

と、頼家の新田開作政策の非道さを主張する。

松田修は、当話に当代農政への批判が込められているとする。[18] また笹川祥生は、『徳川実紀』『池田光政日記』『集義和書』等に当代の新田開作政策や政権への批判的内容があることから、当話での頼家批判には家綱幕政への批判が仄めかされているとする。[19]

両氏の指摘のように、巻二―五「新田開作」の頼家批判には、歴史叙述という意識を越えて当代政治を批判しようとする著者の意図がうかがえる。『理尽鈔』には、先述のように「諸民は第一の宝」「主は下民を憐」という下々への

仁慈の精神が説かれており、この巻二―五「新田開作」の政道批判は『理尽鈔』のそうした君主の持つべき仁慈の思想にもとづいた言説とも考えられるが、「彼も人なり、我も人なり」等の文言からは、『理尽鈔』の論理を庶民に近い側で享受しようとする『鎌倉北条九代記』作者の立場がうかがえる。

『鎌倉北条九代記』にはしばしば天変地異の話が記されるが、それらの話からも作者の庶民へのまなざしを見ることができる。巻三―三「紀内所行景《きないどころゆきかげ》関東下向」のほか、巻五―四「鎌倉失火《しつくは》」、巻五―六「鎌倉変災《へんさい》」、巻六―八「大魚死《ぎよし》して浦《うら》に寄《よ》する付旱魃請雨《かんばつあまごひ》」、巻六―十九「鎌倉騒動《さうどう》」、巻の七―七「関東飢饉《ききん》」、巻九―十二「大雨洪水《こうずい》」、巻十一―十一「鎌倉大地震」では、天変地異や火災、政変等による災害の記事を『吾妻鏡』より引用し、被害の模様に加え、人々が逃げ惑い窮乏する様子を新たに書き加えている。その詳細な描写は、明暦の大火や京都の地震に取材した浅井了意の『むさしあぶみ』（二巻二冊、万治四（一六六一）年刊）や『かなめいし』（三巻三冊、寛文三（一六六三）年刊）に記される災害の様を彷彿とさせるもので、歴史上の出来事というよりは現実味を帯びた書き方である。

さらに鎌倉新仏教の隆盛を象徴する記事として、例えば寿福寺での栄西の説法（巻二―十二）や、源空の黒谷での浄土宗開宗（巻四―三）、日蓮の門下による宗門布教（巻九―二）、一遍の念仏勧進（巻十―十二）等の仏教関連の記事をしばしば取り入れている。それらの話は『吾妻鏡』『日本王代一覧』のほかに『元亨釈書』『日蓮聖人註画賛』（二巻二冊、刊年不明）、『黒谷法然上人一代記』（十巻十冊、寛文六（一六六六）年刊）、『一遍上人縁起』（十巻、万治二（一六五九）年刊）等に拠ったもので、鎌倉新仏教の開宗者たちの行跡が一代記風に記される。なおそれに加えて作者による仏教礼賛の文言が添えられ、さらに「聴聞《ちやうもん》の貴賤随喜《きせんずいき》の涙袂《たもと》をしぼる」（巻二―十三「栄西禅師の伝」21オウ）、「持経修道《ぢきやうしゆだう》男女貴賤《きせん》、諸国に今盛《さか》りなり」（巻九―三「日蓮上人宗門《しうもん》を開《ひら》く」5オ）と、貴賤群衆が熱心に教えを仰ぐ様子が記される。

このように『鎌倉北条九代記』では、重税と有為転変の世相に憂苦し、また仏道に帰依する人々の姿がまざまざと描かれ、いわば歴史の当世化が行われている。そうした叙述のしかたには、庶民救済を目指す仏教唱導者としての作者の視点がうかがえる。あるいは事件を恰も目前の出来事のように記すことで、歴史を虚構の世界の出来事として読ませようとしたともいえる。

『鎌倉北条九代記』は、『太平記』巻一「後醍醐天皇御治世の事」における歴史観に拠り、『本朝将軍記』『吾妻鏡』『日本王代一覧』を骨子とし、そこに『理尽鈔』の言説や仏教に関する諸説等を加えて編集した作品である。史書を分かり易い言葉や表現に直し、事柄によせて教訓や人物批評を交え、歴史上の出来事を生き生きと記すことで歴史読み物としての面白さを追求しようとしたのである。

七、了意作品との関わり

『鎌倉北条九代記』が浅井了意作である可能性については、先学により以下のような指摘がなされている。まず、了意関連作品に共通する批判性ということがある。松田修は『浮世物語』（五巻五冊、寛文五（一六六五）年頃刊）・『伽婢子』（十三巻十三冊、寛文六（一六六六）年刊）・『鎌倉北条九代記』・『狗張子』（七巻七冊、元禄五（一六九二）年刊）に至る了意関連の諸作品には、庶民階級を虐げる暴政への告発の精神が貫かれているとする。[20]

次に、了意関連作には『理尽鈔』の利用がある。『可笑記評判』（十巻十冊、万治三（一六六〇）年刊）巻七―十六「西明寺殿・最勝園寺殿御修行の事」の、時頼・貞時の善政の件や賞罰に関する記述等がそうである。また『鎌倉北条九代記』の姉妹作とされる『鎌倉管領九代記』（九巻十五冊、寛文十二（一六七二）年刊）には『鎌倉北条九代記』とよく似た歴史叙述の方法が見られ、特に巻二「基氏軍記」下―七、巻四「満兼軍記」八、巻五「持氏軍記」上―八等における刑罰や邪欲、仁政に関する言説に『理尽鈔』からの引用と思われる箇所を確認できる。

さらに了意作『本朝将軍記』との共通点もある。『本朝将軍記』「鎌倉将軍記」巻一～五の多くの内容が『鎌倉北条九代記』と重複し、一部に文章表現の類似がある。ただし『鎌倉北条九代記』が直接拠ったのは『日本王代一覧』と『吾妻鏡』であり、『本朝将軍記』をふまえつつ、もう一度原拠に戻り、内容増補させたのが『鎌倉北条九代記』であるように思われる。

以上のように『鎌倉北条九代記』と了意関連の仮名草子作品とには、批判的言説の表現・典拠・構想面で類似がみられる。これは『鎌倉北条九代記』を了意作とする根拠ともなり得るだろう。『鎌倉北条九代記』を含めた了意関連作品における批判的言説の在処と、『理尽鈔』や他の軍書講釈書との関わりについては、なお今後の課題としたい。

＊『鎌倉北条九代記』の引用は、臼杵市立臼杵図書館蔵本（十二巻十二冊、延宝三（一六七五）年十月江戸仲野佐太郎・京仲野次郎右衛門板〈四門／軍／四四〉国文研マイクロフィルム）に、『日本王代一覧』は浜松市立賀茂真淵記念館蔵本（七巻七冊、寛文三（一六六三）年正月村上勘兵衛板〈二五四〉国文研マイクロフィルム）に、『太平記評判秘伝理尽鈔』は土佐山内家宝物資料館山内文庫蔵本（四十五冊、「恩地左近太郎聞書」付、正保二（一六四五）年八月板〈ヤ二一〇／一五一〉国文研マイクロフィルム）に拠り、また東洋文庫『太平記評判秘伝理尽鈔』一～四巻（今井正之助・加美宏・長坂成行校注、二〇〇二年～〇七年、平凡社）を参考にした。

注

（1）『鎌倉北条九代記』の諸本調査については、野口文子「『北条九代記』の研究――諸本及び回国使をめぐって――」（『国文』九八、二〇〇三年七月）に調査がある。以下の引用も同じ。

（2）北条秀雄『新修浅井了意』（笠間書院、一九七四年）二二八～二三〇頁。

（3）松田修「浅井了意論」（『松田修著作集』第一巻「仮名草子とその作家たち」右文書院、二〇〇二年、初出一九六三年二月）

四一〇頁。

（4）増淵勝一「北条九代記の世界」（『北条九代記』（上）、教育社、一九七九年）三六頁。

（5）井上泰至「読み物としての近世軍書」（『国語と国文学』八一―四、二〇〇四年四月）四九頁。

（6）松田修「『浮世物語』の挫折」3書、三八頁。

（7）増淵4書。

（8）笹川祥生「『北条九代記』論――「今」を「昔」に包み込むこと――」（『戦国軍記の研究』和泉書院、一九九九年、初出一九九七年）二七四頁。

（9）花田富二夫「近世初期口頭のメディア――了意周辺――」（『仮名草子研究――説話とその周辺――』新典社、二〇〇三年、初出二〇〇一年一〇月）四四三頁。以下の引用も同じ。

（10）井上泰至「読み物的刊行軍書の確立――『北条九代記』を中心に」（『近世刊行軍書論　教訓・娯楽・考証』笠間書院、二〇一四年、初出二〇〇四年四月）。

（11）諏訪春雄『安倍晴明伝説』（ちくま新書、二〇〇〇年）五六頁。

（12）拙稿「『鎌倉北条九代記』の背景――『吾妻鏡』『将軍記』等先行作品との関わり――」（『東京学芸大学紀要　人文社会科学系Ⅰ』六一、二〇一〇年一月）。

（13）『太平記』巻一「後醍醐天皇御治世の事」の梗概は、国文学研究資料館蔵無刊記片仮名本（四十巻二十一冊〈タ四／三〇／一～二一〉巻一、1ウ～3ウ）の本文に拠った。なお『鎌倉管領九代記』巻一冒頭の「基氏軍記上」「鎌倉草創」・「北条氏滅亡」にも『鎌倉北条九代記』の内容を網羅する鎌倉幕府の歴史の概略が記されている。

（14）榊原千鶴によると、林家編纂の史書『本朝通鑑』には、後白河院の暗君ぶりを強調し武家政権誕生の必然性を記す意図があったという（「江戸幕府草創期の『源平盛衰記』」『軍記物語の生成と表現』和泉書院、一九九五年）二二九頁。なお『本朝編年小史』自序には「頼朝乱に戡《か》つて、首めて闔国の総司を領す。然して後に、朝綱日に解け、武威月〳〵に振ふ」（2ウ）とある。同様の説は『桑華紀年』巻三、10ウ、『七武』「鎌倉右大将」28ウ29オにもある。

(15) 若尾政希「近世初期における楠木正成像の転換」(『「太平記読み」の時代　近世政治思想史の構想』平凡社、一九九九年)八七頁。

(16) 今井正之助は、『理尽鈔』の言説として君主の武威を確立維持するために上代よりも厳正な賞罰が必要との言説があるとする(「評」の世界――正成の討死をめぐって――」『『太平記秘伝理尽鈔』研究』汲古書院、二〇一二年、初出二〇〇〇年九月)四八頁。

(17) 『太平記』巻三十五「北野通夜物語事」には「君は民を以て体と為し、民は食を以て命と為す。夫れ穀尽《こくつき》ぬれば民窮《きう》し、民窮《きうし》ぬれば年貢《みつぎ》を備《そなふる》事なし。痩《ひ》馬の鞭《むち》を恐れざるか如く、王化《くわ》をも恐れず、利潤《りじゆん》を先として、常に非法を行《をこな》ふ。民の誤《あやま》る処は吏《り》の科《とが》也。吏《り》の不善は国王に帰す」(11ウ)と、民の窮乏が国王を脅かすものであることと、民と国王を結びつける官吏の責務を説いている。

(18) 松田修「『浮世物語』の挫折」(松田3書、初出一九五七年五月)三八六～三八八頁。

(19) 笹川8論文(5)。

(20) 松田3論文、四〇八～四一三頁。

第三節　『鎌倉北条九代記』の背景
――『吾妻鏡』『本朝将軍記』等先行作品との関わり――

一、はじめに

『鎌倉北条九代記』（十二巻十三冊、延宝三（一六七五）年刊）は、源頼朝の鎌倉幕府成立から北条高時の死去までの約一五〇年間の歴史を記した書である。北条秀雄『新修浅井了意』には、浅井了意の真偽未決作品としてあげられている。(1) 大本、漢字片仮名交じり文で、延宝三（一六七五）年十月仲野板とその求板である同年月梅村北村相板、文化十五（一八一八）年秋田屋板等がある。(2)

『鎌倉北条九代記』は各巻に章立てをして事柄を括り、ほぼ年代順に出来事を記している。それら歴史叙述の拠り所となった先行作品については、第二節にて指摘した。そこで本節では『鎌倉北条九代記』の歴史的叙述の特徴をさらに考察するため、先行作品との関係を一覧に示した。

二、『鎌倉北条九代記』と先行作品

次に『鎌倉北条九代記』の出典と思われる書を一覧にした。はじめに出典書名をゴシック体で記し、一字下げて『鎌倉北条九代記』の対応する巻章名を示した。（　）には出典の巻等を示した。

『本朝将軍記』（十六巻十七冊、浅井了意作、寛文四（一六六四）年刊、巻一～巻五）

巻一―二「右大将頼朝草業《うたいせうよりともさうげう》」～巻十二―十八「相模守太郎邦時誅《くにときちう》せらる付公家一統《とう》」（原文片仮名文、以下同）

『日本王代一覧』（七巻七冊、林恕編、寛文三（一六六三）年刊、巻四～巻六）

巻一「本朝将帥《ほんてうしやうすい》の元始《げんし》」～巻十二―十八「相模守太郎邦時誅《くにときちう》せらる付公家一統《とう》」

『吾妻鏡』（五十二巻、慶長十（一六〇五）年古活字版、巻一～巻五十二）

巻一―一「本朝将帥《ほんてうしやうすい》の元始《げんし》」～巻十―六「惟康《これやす》親王御家督《かとく》付蒙古《まうこ》太元来歴《らいれき》」

『職原抄』（二巻二冊、北畠親房作、正保二（一六四五）年刊、巻下「外武官」「征夷使」）

巻一―一「本朝将帥《ほんてうしやうすい》の元始《げんし》」

『鎌倉物語』（五巻五冊、万治二（一六五九）年刊、巻一「鎌倉の郡」）

巻一―三「鎌倉草創《かまくらさう〱》付来歴《らいれき》」

『平家物語』（十二巻十二冊、慶長古活字版）

巻一―八「木曽義仲《きそよしなか》上洛《らく》付平家都落《みやこおち》」（巻五「都遷」～巻八「水島合戦」）

巻一―十「勝長寿院造立《せうぢやうじゆゐんざうりう》」（巻八「名虎」～灌頂巻「大原入」）

『鎌倉将軍家譜』（一冊、刊不明「文治三年七月」）

巻一―十七「頼朝上洛幷に官加階付摠追捕使《そうついふし》を申《まう》し賜《たま》はる」

『太平記評判秘伝理尽鈔』（四十巻、刊不明）

巻二―七「諸将連署《れんしよ》して梶原景時《かげとき》を訴《うつた》ふ」（巻一「後醍醐天皇御治世事」）

巻七―十「泰時政務《せいむ》付奉行頭人《とうにん》行跡《かうせき》評議《ひやうぎ》」（巻五「相模入道田楽を弄する幷に闘犬の事」）

巻七―十七「泰時奇物《きぶつ》を誡《いまし》めらる」（巻九「足利殿打越大江山事」）

巻七―十八「火柱《ひばしら》の相論《さうろん》付泰時詠歌《えいか》幷境目論《さかひめろん》の批判《ひはん》」（巻九「足利殿御上洛事」）

巻八―十七「相模守時頼入道政務《せいむ》付青砥《あをと》左衛門廉直《れんちよく》」（巻三十五「青砥左衛門事」）

巻九―三「時頼《ときより》入道青砥《あをと》左衛門尉と政道閑談《かんだん》」（巻三十五「時頼禅門諸国修行事」）

巻九―四「時頼入道諸国修行《しゆぎやう》付難波《なんば》の尼公《にこう》本領《ほんりやう》安堵《あんど》」（巻三十五「時頼禅門諸国修行事」）

巻十一―十三「回国《くはいこく》の使《つか》ひ私欲《しよく》悲法《ひほう》付羽黒山伏《はぐろやまぶし》訴《うつた》へ」（巻三十五「貞時回国事」）

巻十一―十七「貞時《さだとき》入道諸国行脚《あんぎや》付久我通基公《こがのみちもとこう》還職《げんしよく》」（巻三十五「貞時回国事」）

巻十二―十三「楠木正成天王寺出張《しゆつちやう》付高時入道奢侈《しやゐ》」（巻三「主上御夢楠事」）

『保暦間記』（一冊、慶長古活字版）

巻一―二十一「右大将頼朝薨去《こうきよ》」巻一

巻八―七「三浦泰村《やすむら》権威《けんゐ》付景盛《かげもり》入道覚地《かくぢ》諷諫《ふうかん》」

巻十一―八「将軍惟康源姓を賜《たまは》る付太元使《つかひ》を日本に遣《つかは》す幷に北条時輔《ときすけ》逆心露顕《ろけん》」～巻十二―十七「新田義貞義兵を挙ぐ付鎌倉滅亡」

『太平記』（四十巻四十冊、慶長八（一六〇三）年古活字版）

巻四―十二「北条時政《ときまさ》入道卒去《そつきよ》付榎島参籠《えのしまさんろう》の奇瑞《きずい》」（巻五「時政榎島に参籠の事」（原文片仮名文、以下同じ））

巻九―四「時頼入道諸国修行付難波尼公本領安堵」（巻三十五「北野通夜物語の事付青砥左衛門が事」）

巻十二―六「三位殿局《つぼね》付東宮立《とうぐうだち》」（巻一「立后の事付三位殿御局の事」）

巻十二―九「後醍醐帝《ごだいごてい》御謀反《むほん》」～巻十二―十七「新田義貞《よしさだ》義兵《ぎへい》を挙《あ》ぐ付鎌倉滅亡《めつばう》」（巻一「中宮御産祈りの事」～巻十「五大院右衛門宗繁、相模太郎を賺す事」）

『承久記』（二巻、刊不明）（巻上）

巻五―七「北面西面《ほくめんさいめん》の始《はじ》め付一院御《ご》謀反《むほん》の根元《こんげん》幷平九郎胤義《たねよし》仙洞《せんとう》に参《まい》る」～巻六―三「本院新院《しんゐん》御遷幸《せんがう》幷土御門院配流《はいる》」

『見聞軍抄』（八巻八冊、寛永（一六二四～四三）頃刊、巻七「三浦泰村合戦の事」）

巻八―十「上総権介秀胤《ひでたね》自害《じがい》」

『増鏡』（十七巻六冊、慶長元和古活字版）

巻十―五「宗尊《そうそん》親王御出家付薨去《こうきよ》」（巻七「北野の雪」）

巻十―十一「亀山院御《かめやまのゐん》譲位《じやうゐ》付蒙古賊船退去《ぞくせんたいきよ》幷東宮立」（巻九「草枕」）
巻十―十三「主上東宮御元服《げんぶく》」（巻十「老のなみ」）
巻十一―四「准后貞子《じゆこうさだこ》九十の賀《が》」（巻十「老のなみ」）
巻十一―六「伏見院《ふしみのゐん》御即位《そくゐ》」（巻十一「さしぐし」）
巻十一―八「久明《ひさあきの》親王征夷《せいゐ》将軍に任《にん》ず」（巻十一「さしぐし」）
巻十一―九「浅原《あさはらの》八郎禁中にして狼藉《らうぜき》」（巻十一「さしぐし」）
巻十一―十「中院《ちうゐん》本院御落飾《らくしよく》付西園寺実兼《さねかね》太政大臣に任《にん》ず」（巻十一「さしぐし」）
巻十一―十四「寧一山来朝《ねいいつさんらいてう》」（巻十一「さしぐし」）
巻十一―十五「後伏見院《ごふしみのゐん》御譲位《じやうゐ》」（巻十一「さしぐし」）
巻十一―十八「後宇多《ごうだの》上皇御出家付将軍久明《ひさあきの》親王帰洛《きらく》」（巻十二「浦千鳥」）
巻十二―一「後二条院崩御《ほうぎよ》付花園《はなぞの》、院御即位」（巻十二「浦千鳥」）

『**五代帝王物語**』（一冊、写本）
巻十―六「惟康《これやす》親王御家督《かとく》付蒙古《まうこ》太元来歴《らいれき》」
巻十―七「蒙古《まうこ》牒書《てうしよ》を日本に送《おく》る」
巻十―八「将軍惟康源姓を賜《たまは》る付太元使《つかひ》を日本に遣《つかは》す幷北条時輔《ときすけ》逆心露顕《ろけん》」

『**中朝歴代帝王譜**』（七冊、寛永九（一六三二）年林道春跋、写本）
巻十―六「惟康親王御家督付蒙古太元来歴」

『**八幡愚童訓**』（甲本、一冊、写本）

巻十―七「蒙古牒書《てうしよ》を日本に送《おく》る」

巻十一―一「蒙古襲来《まうこしうらい》付神風賊船《かみかぜぞくせん》を破《やぶ》る」

『**蒙古襲来絵詞**』（刊三冊、絵巻）

巻十一―一「蒙古襲来《まるこしうらい》付神風賊船《かみかぜぞくせん》を破《やぶ》る」

『**元亨釈書**』（慶長四（一五九九）年古活字版、虎関師錬作、三十巻十冊）

巻二―十二「寿福寺建立《じゆふくじこんりう》付栄西禅師伝《えうさいぜんじのでん》」（巻二「伝智一之二」「建仁寺栄西」）

巻七―八「下河辺行秀《しもかうべゆきひで》法師補陀洛山《ふだらくせん》に渡る付恵蕚《ゑがく》法師」（巻十六「力遊九」「唐補陀落寺慧蕚」）

巻八―十五「陸奥守重時相模守時頼出家付時頼省悟《せいご》」（巻十七「願雑十之二　王臣二」「副元帥平時頼」）

巻十一―十四「寧一山来朝《ねいいつさんらいてう》」（巻八「浄禅三之三」「宋一寧」）

『**黒谷法然上人一代記**』（十巻十冊、武藤西察作、寛文六（一六六六）年刊）

巻四―三「黒谷源空《げんくう》上人流罪《るざい》付上人伝記《でんき》」

『**一遍上人縁起**』（十巻、宗俊撰、万治二（一六五九）年刊）

巻十―十二「改元付蒙古《まうこ》の使追返《つかひをつかへ》さる幷一遍《へん》上人時宗開基《じしうかいき》」

『日蓮聖人註画讃』（五巻一冊、日澄作、寛永九（一六三二）年刊）

巻九―二「日蓮上人宗門を開く」

『安倍晴明物語』（六巻七冊、浅井了意作、寛文二（一六六二）年刊）（巻三「庚申の夜殿上の人々をわらはせし事」）

巻二―十五「太輔房源性異僧《いそう》に遇《あ》ふ付筭術《さんじゆつ》の奇特《きどく》付安倍《あべ》晴明《せいめい》が奇特《きとく》」

『可笑記評判』（十巻十冊、浅井了意作、万治二（一六五九）年刊）（巻十第一「忠功有て譏を蒙る事」）

巻四―二「頼家卿御息善哉《ぜんざい》鶴岡《つるがをか》御入室《にうしつ》」

『京雀』（七巻七冊、寛文五（一六六五）年刊）（巻六「七条通」「材木町」）

巻十―十二「改元付蒙古《まうこ》の使《つかひ》追返《をつかへ》さる并一遍《へん》上人時宗《じしう》開基《かいき》」

巻一―二「右大将頼朝草業」の源頼朝が政権を掌握する経緯から巻十―六「惟康親王御家督」までは『吾妻鏡』を典拠とする。ただし巻五―七「北面西面の始」から巻六―三「本院新院御遷幸」までの承久の乱についての記事は『承久記』に拠る。また巻五―七「蒙古、牒書を日本に送る」から巻十二―九「後醍醐帝御謀反」の前後までは『日本王代一覧』を、それ以降は『太平記』を主典拠とする。

また『本朝将軍記』については『鎌倉北条九代記』全巻をとおして同記事がみられることから、『鎌倉北条九代記』は『本朝将軍記』を作品の骨格として用い、『吾妻鏡』等により増補を行ったことがうかがえる。

『鎌倉北条九代記』の内容的特徴としては、第一に『太平記』『太平記評判秘伝理尽鈔』をふまえた武家政権の盛衰と王権の衰微についての言説があることである。特に鎌倉将軍および執権北条氏の是非を問うた言説が中心として引かれている。源頼朝を「源家中興の英雄《えいゆう》たり」（巻一―五、7ウ）、「仁慈《じんじ》類なき良将《りやうしやう》」（巻一―七、10オ）と称え優れた良将として位置づける。その一方で、二代将軍頼家を慣例制度の改変や政治への無関心と遊興で政道を乱した悪将と批判する。しかし以降の将軍実朝・頼経・頼嗣・宗尊親王・惟康親王・久明親王・守邦親王の諸将軍については、その是非を述べることなく、評価はむしろ将軍に代わって次第に政権を掌握した執権北条氏に向けられる。頼家時代にすでに時政の権勢が記され（巻二―一）、頼経時代には政子と義時の意向が公家・皇室にも及ぶようになったことが記される（巻五―一、巻五―五、巻五―八、巻六―四）。

そうした義時・政子への評価として、義時以上に政子の発言力の大きかったことに言及する点に特徴がある。巻五―五「二位禅尼を許す」では、政子の才智を称えつつも「鎌倉の蠹贅《とぜい》」と酷評しており、女性の政治への介入が乱国の基であるとする著者の考え方がうかがえる。

次に泰時・時頼については、廉直と仁政による理想的な政治を行った人物として評される。しかし最後の執権である高時については、幕府を滅亡に導いた暗主として痛烈に批判する。これは『太平記評判秘伝理尽鈔』や『保暦間記』『神皇正統記』等の先行書における言説をふまえたものである。『鎌倉北条九代記』はそれらの典拠の説に拠り、国家の安泰は泰時・時頼の時代にあり、それは二人の廉直と仁に基づく人民救済の政治ゆえであったとする。

その他、北条家と関係し禁中での勢力を得たとされる西園寺家や、逆に北条家との関係悪化のために衰退した藤原道家の件については、『本朝将軍記』『増鏡』『神皇正統記』にも同様の記事言説があるが、『鎌倉北条九代記』は『日本王代一覧』に拠る。

『鎌倉北条九代記』における第二の特徴として、『吾妻鏡』から天変地異の記事を多く取り入れ、災害による人民の窮乏と愁嘆の様子を描き、それに対する当代政治の対応がいかにあったかを述べる点があげられる。これは、天変地異が政治の明暗を予兆するという考え方に基づいたものである。例えば巻三―三では、『吾妻鏡』から大雨による被害の記事を引用し、人民困窮の様を書き加えた上で、頼家が蹴鞠に興じ災害には無関心であったと述べる。また巻六―五では、鎌倉での天変地妖のことを『吾妻鏡』から引用し、それが淳厚の世に戻る瑞相であるとする。さらに巻六―十三では、『吾妻鏡』の疫病流行による神祭の記事に加え、疫病を鎮めるのは廉直と仁慈の政治であることを陰陽師国道が泰時に説くという話である。『本朝将軍記』も『吾妻鏡』を基本的な典拠としているが、当書にはこうした天変地異の記事の引用はほとんどなく、『鎌倉北条九代記』の『吾妻鏡』引用方法の一つの特徴とみることができる。

第三の特徴には、歴史記述の間に仏教関係の話をしばしば取り入れていることである。栄西や日蓮、法然、一遍等の僧侶の伝などは『元亨釈書』『日蓮聖人註画讃』『黒谷法然上人一代記』『一遍上人縁起』等の仏書を引用したものと思われる。

第四に、歴史からやや離れた逸話・奇談的内容の話を取り入れていることがある。巻二―十五の安倍晴明の奇術、巻三―八の富士の人穴の話、巻四―十二の時政に現れた江ノ島弁財天の霊験、巻七―十一の明石の神子の失敗譚等がそれで、『吾妻鏡』『本朝将軍記』の歴史記述とは異なった視点から、説話的興味を添えている。

第五の特徴として、歴史的な知識の提供や啓蒙を意図した言説である。巻一―九の弁財天の由来、巻六―七の優曇華の説、そして巻十―六の蒙古の由来説などがあげられる。殊に蒙古の由来については『五代帝王物語』『蒙古襲来絵詞』『八幡愚童訓』等の先行書にはない記述があり、出典については今後の課題としたい。

注

（1）北条秀雄『新修浅井了意』（笠間書院、一九七四年）。

（2）　野口文子「『北条九代記』の研究——諸本および回国使をめぐって——」（『国文』九八、二〇〇三年一二月）。

＊諸文献は以下の書を参考にした。

『鎌倉北条九代記』十二巻十三冊、延宝三（一六七五）年江戸仲野佐太郎・京仲野次郎右衛門板。臼杵市立臼杵図書館蔵本。

『本朝将軍記』十六巻十七冊、東京国立博物館蔵本。

『全釈吾妻鏡』一～五、新人物往来社、一九七六年、七七年。

『太平記』一～二、新潮日本古典集成、新潮社、一九七七年、八〇年。

『承久記』新撰日本古典文庫一、現代思潮社、一九七四年。

『校本保暦間記』和泉書院、二〇〇一年。

『神皇正統記　増鏡』日本古典文学大系、岩波書店、一九七四年。

『仮名草子集成』第十八巻「鎌倉物語」東京堂出版、一九九六年。

『仮名草子集成』第一巻「安倍晴明物語」東京堂出版、一九八〇年。

『仮名草子集成』第十五・十六巻「可笑記評判」東京堂出版、一九九四年、九五年。

『愚管抄』日本古典文学大系、岩波書店、一九六七年。

『東海道名所記　東海道分間絵図』叢書江戸文庫、国書刊行会、二〇〇二年。

『日本高僧伝要文抄　元亨釈書』新訂増補国史大系、吉川弘文館、一九六六年。

『六代勝事記　五代帝王物語』中世の文学、三弥井書店、二〇〇〇年。

『仮名草子集成』第二十五・二十六巻「見聞軍抄」東京堂出版、一九九九年、二〇〇〇年。

『寺社縁起』「八幡愚童訓」日本思想大系、岩波書店、一九七五年。

『国文東方仏教叢書』「伝記部上」「一遍上人縁起」東方書院、一九二五年。

第四節　『北条記』諸本考

一、はじめに

『北条記』は、戦国期の武蔵・相模地方を中心とする動乱を記した軍書である。関東公方や上杉氏との確執、そして後北条氏と呼ばれる北条早雲・氏綱・氏康・氏政・氏直五代にわたる武将の活躍を大枠とし、それを取り巻く里見義弘・上杉謙信・武田信玄・豊臣秀吉らとの攻防を描く。笹川祥生によると、成立は明暦～寛文頃（一六五五～七二）という(1)。

『北条記』には『小田原記』『東乱記』『相州兵乱記』『関侍伝記』とも称される異本が多く存する。岩沢愿彦によると『北条記』には五巻本・六巻本・十巻本の系統があり、『相州兵乱記』も含めてそれらは影響関係にあるとする(2)。梶原正昭は『永享記』から『北条記』への影響や、六巻本から十巻本・五巻本・『相州兵乱記』が作られたことを指摘し(3)、大津雄一は、六巻本から十巻本、五巻本第一種、五巻本第二種というテキスト生成の過程があるとする(4)。本節では先学の指摘をふまえつつ、諸本を分類整理し、各系統の特徴について述べる。

二、『北条記』の諸系統

『北条記』諸本は、次のように分類される。

1、六巻本『東乱記』『北条記』『小田原記』
2、十巻本『小田原記』『小田原軍記』
3、五巻第一種本『小田原記』
4、五巻第二種本『小田原記』
5、九巻本『小田原記』
6、『相州兵乱記』『鎌倉兵乱記』『北条記』『北条始末記』（六巻本系）
7、『関東兵乱記』『関東記』『大田道灌記』（十巻本系）
8、七巻本『関侍伝記』

まず1の六巻本『北条記』（『東乱記』『小田原記』）は、関東公方足利持氏と管領上杉憲実の不和に端を発した永享の乱に始まり、結城合戦、上杉氏と足利成氏の対立、太田道灌の乱、北条早雲の蜂起、両上杉・北条の対立、上杉謙信の台頭、北条・武田の攻防、今川氏の没落等を経て、秀吉により北条氏が滅亡するまでの経緯を記す。

次に2の十巻本『小田原記』は、六巻本『北条記』の巻一、永享の乱から成氏の件までの部分を省き、六巻本の巻二から巻六の太田道灌の死から北条氏滅亡までを十巻とし、北条氏関連の事項に重点を置いている。特に後半部の巻五から巻八（「臼井城合戦之事」～「会津沙汰之事」）の部分に増補内容が多いのが特徴である。

3の五巻第一種本については、十巻本同様、六巻本の巻一の部分を省き、「伊勢平氏由来之事」から巻一を始め、北条氏の台頭から滅亡までの歴史としている。六巻本・十巻本にはない章段に「早雲寺建立之事」（巻一―十六）・「氏綱連歌之事」（巻一―二十六）・「結城政勝加勢ヲ請事」（巻二―四）・「沼田陣之事」（巻二―五）・「天狗沙汰之事」（巻二―九）・「笠原越前追善之事」（巻二―十）・「長尾景虎管領ニ押成事」（巻二―十一）・「手嶋美作守カ事」（巻二―十三）・「忍成田家伝之事」（巻二―十四）・「景虎上洛之事」（巻二―十五）・「河中島合戦之事」（巻二―十六）・「尺八ノハヤル事」（巻二―十八）・「京公方之事」（巻二―二十）・「上総軍之事付関東諸家之事」（巻二―二十一）・「関東諸家之事」（巻二―二十二）・「成田父子不快之事」（巻二―二十三）・「松田由来之事」（巻四―十）・「岩付太田味方ニ成事」（巻四―十一）・「梶原小田城ヲ取事」（巻四―十二）・「梶原母ヲ盗出ス事」（巻四―十三）の各章がある。その一方で、六巻本や十巻本にはあって五巻本にはない章段に「甲相和談之事」（十巻本巻五―十）・「伊勢国司之事」（六巻本巻四―十四、十巻本巻六―六）・「会津沙汰之事」（十巻本巻八―六）、そして「太田美濃守入道三楽斎事」（六巻本巻六―十一、十巻本巻十―四）から「北条之系図」（六巻本・十巻本巻末）までの記事がある。

4の五巻第二種本は、大津雄一の指摘のように、五巻第一種本巻一冒頭と同じく「伊勢平氏由来之事」（巻一―一）に始まるが、次の「太田道灌最後之事」（五巻一種本で巻一―二）・「山内扇谷不和之事」（五巻一種本で巻一―三）・「高見原合戦之事」（五巻一種本で巻一―四）がない。巻数や章立ては五巻第一種本とほぼ同じ体裁を取るが、内容については簡略化の傾向にある。

5の九巻本は、前半の巻一から巻四までは五巻第二種本と類似するが、巻五以降は十巻本に近くなる。また五巻第一種本と同じ奥書を有することなどは注意を要する。

6『相州兵乱記』は、市古貞次が述べるように[5]、六巻本の序から巻三「箕輪城合戦之事」の内容を四巻仕立てにしたものである。『鎌倉兵乱記』もこれに同じである。また『北条始末記』は、同じく六巻本の巻二「早雲蜂起之事」から巻六「川上喜介聞書事」までを五巻にする。

7の『関東兵乱記』は、十巻本と同じく「太田道灌最後之事」から始まり、「箕輪城合戦之事」までを二～四巻仕立てにしたものである。

8の『関侍伝記』は、大津雄一によると五巻第二種本に六巻本の内容を加えて作られたとされるが、内容的にはむしろ九巻本と六巻本を組み合わせて作られたといえる。
では次に、今回調査した『北条記』諸本を分類し、書誌を示す。

三、『北条記』諸本

1、六巻本（写本、『東乱記』『北条記』『小田原記』）

①　刈谷市中央図書館村上文庫蔵本（六巻六冊、片仮名文）〈三一七六／六／四甲二〉国文学研究資料館マイクロフィルムによる。
（外題）「東乱記／一（二〜六尾）」。（序）なし。（目録題）「東乱記巻第一（〜六）目録」、「或号北条記」（巻二〜六）。（内題）なし。（備考）六巻巻末に「北条家五代法名」を付す。

②　無窮会神習文庫蔵本（六巻三冊、片仮名文）〈三二一五〉
（外題）「東乱記／上（中・下）」。（序）なし。（目録題）「東乱記巻第一（〜六）目録」、「或号北条記」（巻二〜六）。（内題）なし。（印記）「井上頼国蔵」「松田本生」「田口明良蔵」ほか。（識語）「延宝二年八月日写之」（第三冊、44ウ）。

③　彰考館蔵本（四巻三冊、巻三・四欠、片仮名文）〈丑部二六〉国文研マイクロ
（外題）「東乱記　一（二・五）」。（序）なし。（目録題）「東乱記…」「北条記…」「小田原記…」。（内題）なし。（尾題）なし。（備考）「寛政三年春塙検校本写」（第三冊裏表紙見返）とあり。『彰考館図書目録』（一九七七年）に「東乱記　立原家本（関東諸国ノ戦記）」とあり。

④　彰考館蔵本（八巻四冊、片仮名文）〈丑部二六〉国文研マイクロ

（外題）「東乱記　一〜二（三〜四、五〜六、七〜八止）」。（序）「関東之史記（略）文化十一年冬十二月上埜源先書於柳毛精書之」（第一冊、1オ〜2オ）。「倩三余ノ晦ニ国史ヲ勘へ見ルニ（略）」（第一冊、総目録の次、8オ）。（目録題）「東乱記巻ノ一（〜八）」。（内題）「巻ノ一（〜五・七・八）」「巻六」。（尾題）「第一ノ巻畢」他。（印記）「松屋」。（識語）「関東兵乱記別名考」の次に「文化十一年甲戌十二月日／幕府御歩兵隊士兼古今要覧編集佐郎／石井市右衛門／平朝臣盛時」。（備考）巻一・二、巻三・四が六巻本の巻一、二巻に相当する。

⑤
筑波大学附属図書館蔵本（六巻二冊、平仮名文）〈ヨ三八〇／八九〉
（外題）「東乱記　関東合戦記　一二　上」、「東乱記　三四五　下」。（序）なし。（目録題）「東乱記巻第一（〜五）目録」、「小田原記」（巻六）。（内題）なし。

⑥
内閣文庫蔵本（六巻四冊、片仮名文）〈一五五／一四二〉
（外題）「北条記　一（二・三四・五六）」。（序）なし。（目録題）「東乱記（略）」（巻一）、「北条記（略）」（巻二〜五）、「小田原記（略）」（巻六）。（内題）なし。（尾題）なし。（印記）「書籍館印」「和学講談所」「浅草文庫」。

⑦
内閣文庫蔵本（六巻二冊、片仮名文）〈一六九／五〇〉
（外題）「北条記　上（下）」。（序）なし。（目録題）「北条記（略）」。（内題）「北条記（略）」。（尾題）なし。
（印記）「秘閣図書之章」。

⑧
宮内庁書陵部蔵本（六巻三冊、平仮名文）〈五五七／七一〉書陵部マイクロフィルム
（外題）「小田原記　共三　一之二（三之四、五之六）」。（序）なし。（目録題）「小田原記巻第一（〜六）／目録」。（内題）なし。（印記）「飯田城主堀氏書庫」ほか。

⑨
国立国会図書館蔵本（一巻一冊、片仮名文）〈一三二／一六九〉
（外題）「小田原記　全」。（序）なし。（目録題）「小田原記／目録」。（内題）なし。（備考）巻六「川上喜助

聞書事」までの十一章に、巻一「太田道灌之事」、巻二「太田道灌最期事」「山内扇谷不和之事」「高見原合戦之事」を加えた全十五章。

（未調査）

○　東京大学史料編纂所蔵『小田原記』（一冊）〈四一四一／三〇／五〉

④彰考館本『東乱記』（八巻四冊）には「倩三余ノ晦ニ国史ヲ勘ヘ見ルニ（略）」という序文がある。同様の序文は、6（1）①～④の『相州兵乱記』『鎌倉兵乱記』にもある。各本の巻一は「仁王五十六代ノ帝清和天皇（略）」という無題の文章で始まるが、④彰考館本ではこれに「関東公方ノ御事」という章名が付けられている。

2、十巻本（写本、『小田原記』『小田原軍記』）

①　内閣文庫蔵本（十巻十冊、片仮名文）〈二六三／七七〉

（外題）「小田原軍記　一（二～十終）」。（序）「倩三余ノ暁ニ国吏《(ママ)》勘ヘ見ニ（略）横井宗可入道七十歳時綴写」（1オ～3オ）。（目録題）「小田原軍記巻第一（～十）目録」。（内題）「小田原軍記巻第一（～十）」。（尾題）「小田原軍記巻第一（～十）終」。

②　筑波大学附属図書館蔵本（十巻十冊、片仮名文）〈ヨ三八〇／一〇五〉

（外題）「小田原記　第一（～十終）」。（序）「倩三余ノ暁ニ国吏《(ママ)》勘見ニ（略）横井宗可入道七十歳時綴写」。（目録題）「小田原記（略）」。（内題）「小田原記（略）」。（尾題）「小田原記（略）」。

③　加賀市立図書館聖藩文庫蔵本（十巻十冊、片仮名文）〈二一一二／八三〉国文研マイクロ

（外題）「小田原記／第一（二〜十畢）」。（序）なし。（目録題）「小田原記（略）／川上喜助（介）録」。（内題）「小田原記（略）」（巻一〜四、七〜十）、「小田原軍記（略）」（巻五・六）。（尾題）「小田原記（略）」。（印記）「錦城小学校印」「聖藩文庫」。

④内閣文庫蔵本（十巻四冊、片仮名文）〈一六八／六五〉

（外題）「小田原記　一（〜四）」（巻三は一部破損）、第一冊の題簽右横に貼紙、朱書「一名相州兵乱記」。（序）なし。（目録題）「小田原記（略）／川上喜助（善助）録」。（内題）「小田原記（略）」。（尾題）「小田原記（略）」。（印記）「秘閣図書之章」「昌平坂」ほか。

⑤国立国会図書館蔵本（十巻四冊、合二冊、片仮名文）〈二二二／一〇二〉

（外題）「小田原記／一之二（三之五・六之八・九之十止）」。（序）なし。（目録題）「小田原記（略）／川上喜助（善助）録」。（内題）「小田原記（略）」。（尾題）「小田原記（略）」。（印記）「山名氏蔵書」ほか。

⑥東北大学附属図書館狩野文庫蔵本（十巻四冊、片仮名文）〈狩三／四九一〇／四〉

（外題）なし。目録・内題「小田原記」。（序）なし。（目録題）「小田原記（略）／川上喜助録（之）」。（内題）「小田原記（略）」。（尾題）「小田原記（略）」。（印記）「養間斎蔵書印」「守静亭図書記」ほか。

○宮城県図書館伊達文庫蔵『小田原軍記』（十巻十冊）〈二一〇／五-オ五〉

（未調査）

①内閣文庫本には6（1）①内閣本『相州兵乱記』と同様の序文があり、「横井宗可入道」の名が記される。また③〜⑤本の各巻目録題には、「川上喜助（善助）」なる名が記される。

3、五巻・第一種本（写本、『小田原記』）

①　内閣文庫蔵本（五巻五冊、片仮名文）〈一六九／五一〉
（外題）「小田原記／一（二〜五）」。（序）なし。（目録題）「小田原記巻第一（〜五）目録」。（内題）なし。（尾題）なし。（印記）「昌平坂学問所」「林氏蔵書」「浅草文庫」ほか。（識語）「右之一部文禄二年九月相州小田原而誌之于時廿五歳也」（巻五、後表紙見返）。（備考）『内閣文庫国書分類目録』には、当本を寛文五（一六六五）年写とする。

②　静嘉堂文庫蔵本（五巻五冊、片仮名文）〈一〇四九七／五／七三一六〉
（外題）「小田原記／一（〜五）」。（序）なし。（目録題）「小田原記巻第一（〜五）目録」。（内題）なし。（尾題）なし。（印記）「静嘉堂蔵書」「色川三中蔵書」。（識語）「右小田原記一部五巻文化八年十二月念四日／以一揩紳家秘蔵古本伝写了／幕下徒歩士中山平四郎源信名」（巻五、39ウ）。「右之一部文禄二年九月相州小田原而認之于時廿五歳也」（巻五、39ウ）。（備考）中山信名旧蔵本。

③　國學院大学図書館蔵本（五巻五冊、片仮名文）〈二一〇・四七／一七〉
（外題）「小田原記／一（〜五）」。（序）なし。（目録題）「小田原記巻第一（〜五）目録」。（内題）なし。（尾題）なし。（印記）「皇典講究所図書之章」「紫香蔵」「新宮之印」。（識語）「右之一部文禄二年九月相州小田原而認之于時廿五歳也」（巻五、37オ）。「右小田原記一部五巻文化八年十二月念四日以一揩紳家秘蔵古本伝写了／幕下徒歩士中山平四郎源信名」（巻五、37ウ）。

④　島原図書館肥前島原松平文庫蔵本（三巻三冊、巻三・四欠、片仮名文）〈二九／一二〉
（外題）「小田原記／一（二・五）」。（序）なし。（目録題）「小田原記巻第一（二・五）目録。（内題）なし。

（尾題）なし。（識語）「右之一部文禄二年九月相州小田原ニテ認之于時廿五才也」（巻五、33ウ）。（印記）「尚舎源忠房」「文庫」。

（未調査）

○　東京国立博物館蔵『小田原記』（五巻五冊、文化八（一八一一）年写）〈五一六二〉

いずれの本にも「右之一部文禄二年九月相州小田原而誌于時廿五歳也」という識語がある。また②静嘉堂文庫本にある中山信名の奥書を③國學院大本も有している。

4、五巻・第二種本（写本、『小田原記』）

①　金沢大学附属図書館北条文庫蔵本（五巻五冊、片仮名文）〈四／二一／二五〇〉

（外題）「小田原記　壱（弐・参・肆・伍）」。（序）なし。（目録）なし。（内題）「小田原記巻一（～五）」。（尾題）なし。（印記）「江月照松風吹」「飯塚文庫」ほか。

②　東京大学総合図書館南葵文庫蔵本（五巻五冊、片仮名文）〈G二四／五七〇〉

（外題）「小田原記　一（五止）」。（序）なし。（目録）なし。（内題）なし。（尾題）なし。（印記）「坂田文庫」「朽木文庫」「南葵文庫」。

③　国立国会図書館蔵本（二巻二冊、片仮名文）〈八三九／一七〉

（外題）「小田原記　乾（坤）」。（序）なし。（目録題）「小田原記巻之上（下）／目次」。（内題）なし。（尾題）なし。（印記）「根岸信輔氏寄贈」「青山文庫」ほか。

④　東京大学総合図書館南葵文庫蔵本（二巻一冊、巻一・二欠、片仮名文）〈G二四／四二九〉
（外題）「関東記　三（四終）小田原」。（序）なし。（目録題）なし。（内題）なし。（尾題）なし。（印記）「旧和歌山徳川氏蔵」「南葵文庫」。

⑤　内閣文庫蔵本（五巻五冊、明治八（一八七五）年写、片仮名文）〈一六九／四八〉

5、九巻本（写本、『小田原記』）

①　高知県立図書館山内文庫蔵本（九巻三冊、片仮名文）〈ヤ二一一／五二〉国文研マイクロ
（外題）「小田原記　一二三（七八九）」「小田原記　巻四（以下破損）」。（序）なし。（目録題）「小田原記巻第一（〜九）目録」。（内題）なし。（尾題）なし。（印記）「山内文庫」「秦山書蔵」。

②　尊経閣文庫蔵本（九巻二冊、片仮名文）〈二／三／四三〉
（外題）「小田原記　自一至四（自五至九）」。（序）なし。（目録題）「小田原記巻第一（〜九）」。（内題）「小田原記巻第一（〜九）」。（尾題）なし。（印記）「前田氏尊経閣図書館」。

③　金沢市立玉川図書館蔵本（九巻二冊、片仮名文）〈一六八／二／一（二）／一三二〉
（外題）「□田原記　上」「小田原記　下」。（序）なし。（目録題）なし。（内題）なし。（尾題）なし。

いずれの本にも、五巻第一種本と同じ「右之一部文禄二年九月相州小田原ニテ誌之／于時廿五歳也」の識語がある。
なお、②尊経閣本と③玉川図書館本は、他本には見られない大和綴の枡形本である。

6、六巻本系（写本、『相州兵乱記』『鎌倉兵乱記』・『北条始末記』）

（1）『相州兵乱記』『鎌倉兵乱記』

① 内閣文庫蔵本（四巻四冊、片仮名文）〈一六八／三五一〉
（外題）「相州兵乱記　一名関東兵乱記　一（〜四）」。（序）一冊目冒頭に「倩三余ノ暇ニ国吏（右に朱書で「史」）ヲ勘ヘ見ルニ（略）」。（目録題）「相州兵乱記（略）」。（内題）「相州兵乱記（略）」。（尾題）なし。（印記）「書籍館印」「和学講談所」「浅草文庫」ほか。（備考）序の頭注に朱書（同筆か）で「善幹案スルニ相州兵乱記トテ四冊シタルハ後ノ事ナリ然レハ此序モ後ノ事ニヤ」とあり。本文に朱の頭注・傍注あり、巻四最終丁本文後に「以東乱記校合」と朱書する。

② 加賀市立図書館聖藩文庫蔵本（三巻三冊、片仮名文）〈二一二／四二〉国文研マイクロ
（外題）「□□□□□上」「鎌倉兵乱記　中（下）」。（序）一冊目、目録丁の次に「倩三余之晦ニ（略）」。（目録題）「鎌倉兵乱記目録　上（中・下）巻」。（内題）「鎌倉兵乱記」（巻一）。（尾題）なし。

③ 鶴舞中央図書館蔵本（一巻一冊、巻一のみ、片仮名文）〈河カ一〇一〉国文研マイクロ
（外題）「鎌倉兵乱記　全」。（序）一冊目、目録丁の次に「倩三余ノ暇ニ（略）」。（目録題）「鎌倉兵乱記／目録」。（内題）「鎌倉兵乱記」。（尾題）「鎌倉兵乱記終」。（識語）尾題の次に「于時寛文三ノ初秋書写之畢／大澤氏繁久」。（備考）表紙右下に貼紙「河村秀穎本／名図」とあり。

④ 青山歴史村青山会文庫蔵本（一巻一冊、巻一のみ、片仮名文）〈六一一〉国文研マイクロ
（外題）「鎌倉兵乱記　全」。（序）一冊目、目録丁の次に「倩三余ノ暇ニ（略）」。（目録題）「鎌倉兵乱記／目録」。（内題）「鎌倉兵乱記」。（尾題）なし。

⑤ 加賀市立図書館聖藩文庫蔵本（一巻一冊、巻一のみ、片仮名文）〈二一二／三八〉国文研マイクロ
（外題）「関東兵戦記」。（序）なし。（目録）なし。（内題）「関東兵戦記」。（尾題）なし。

（未調査）

○　神宮文庫蔵『相州兵乱記』（四巻四冊）〈一二二九〉

○　小浜図書館酒井家文庫蔵『相州兵乱記』（三巻三冊）

①本から④本には、彰考館蔵八巻四冊本『東乱記』と内閣文庫蔵十巻十冊本『小田原記』と同様の序文がある。また、それらの本の巻一冒頭の「仁王五十六代之帝（略）」の文章には、「御当家之事」又は「関東公方御事」の章題が付けられる。

（2）『北条始末記』

①　加賀市立図書館聖藩文庫蔵本（五巻五冊、片仮名文）〈二一二二／四〇〉国文研マイクロ
（外題）「北条始末記　一（二・四・五終）」。（序）なし。（目録題）「北条始末記第一（二〜五）目録」。（内題）「北条始末記第一（〜五）」。（尾題）なし。

②　群馬大学総合メディアセンター新田文庫蔵本（五巻二冊、片仮名文）〈N二一〇／四七／H八一／一〜二〉
（外題）「北条記　ホ上」「北条記／并小田原記　ホ下」。（序）なし。（目録題）「北条記第一（〜四）」「北条記目録」（巻五）。（内題）「北条記第一（二・三）」。（尾題）なし。（印記）「新田岩松家蔵書」。

7、十巻本系（写本、『関東兵乱記』『太田道灌記』『関東記』）

①　島原図書館肥前島原松平文庫蔵本（二巻二冊、片仮名文）〈一九／三〇〉

（外題）「関東兵乱記　上（下）」。（序）なし。（目録題）「関東兵乱記上（下）／目録」。（内題）なし。（尾題）「終」（巻上。巻下なし）。（備考）『肥前島原松平文庫目録』に「近世初期」とあり。

②

加賀市立図書館聖藩文庫蔵本（二巻二冊、片仮名文）〈二一二／三九〉国文研マイクロ
（外題）「太田道灌記　上（下）」。（序）なし。（目録題）「太田道灌記巻上（下）／目録」。（内題）なし。（尾題）「太田道灌記巻上（下）終」。

③

国立国会図書館蔵本（二巻二冊、合一冊、片仮名文）〈一三一／五〇〉
（外題）「関東兵乱記　上（下）」。（序）なし。（目録題）「関東兵乱記上（下）／目録」。（内題）なし。（尾題）なし。（印記）「岡山学校」ほか。

④

内閣文庫蔵本（二巻二冊、片仮名文）〈一六八／三四八〉
（外題）「関東兵乱記　上（坤）」。（序）なし。（目録題）「関東兵乱記上（下）／目録」。（内題・尾題）なし。
（印記）「和学講談所」「浅草文庫」ほか。

⑤

兵庫県立篠山市青山会文庫蔵本（二巻一冊、片仮名文）〈二一〇／五〇〉国文研マイクロ
（外題）「関東兵乱記」。（序）なし。（目録題）「関東兵乱記上（下）／目録」。（内題・尾題）なし。

⑥

加賀市立図書館聖藩文庫蔵本（五巻五冊、片仮名文）〈二一二／三七〉国文研マイクロ
（外題）「関東兵乱記　一（二～五終）」（序）なし。（目録題）「関東兵乱記巻第一（～五）目録」。（内題）「関東兵乱記巻第一（～五）」。（尾題）「関東兵乱記巻第一（二・三・五）終」。「関東兵乱記第四終」。

⑦

加賀市立図書館聖藩文庫蔵本（四巻四冊、片仮名文）〈二一二／三六〉国文研マイクロ
（外題）「関東記　一（～四終）」。（序）なし。（目録題）「関東記巻一（三・四）」「関東記巻之二」。（内題）なし。（尾題）「関東記終」（巻四）。

⑧　彰考館蔵本（三巻一冊、片仮名文）〈丑部二六〉国文研マイクロ
（外題）「関東兵乱記」。（序）なし。（目録題）「関東兵乱記上（中・下）／目録」。（内題）「関東兵乱記中」。

（尾題）なし。

⑨　鶴舞中央図書館蔵本（一冊、下巻、片仮名文）〈河ク／五七〉国文研マイクロ
（外題）「関東兵乱記　全」。（序）なし。（目録題）「関東兵乱記／目録」。（内題・尾題）なし。

（未調査）
○　東京都公文書館蔵『関東兵乱記』（『雑纂』八所収）
○　天理図書館蔵『関東兵乱記』（八巻七冊、巻二欠）

8、七巻本（写本、『関侍伝記』）

①　国立国会図書館蔵本（七巻三冊、片仮名文）〈わ二一〇／四／五二〉
（外題）「関侍伝記　一（二〜七終）」。（序）なし。（目録題）「関侍伝記巻第一（〜七）目録」。（内題）「関侍伝記巻第一（〜七）」。（尾題）なし。（印記）「米沢蔵書」ほか。

②　内閣文庫蔵本（七巻七冊、片仮名文）〈特六六／三〉
（外題）「関侍伝記　一（二〜七）」（「記」は朱書で傍書）。（序）なし。（目録題）「関侍伝記巻第一（〜七）目録」。

（内題）「関侍伝記巻第一（〜四・六）」「関侍伝記第五（七）」。（尾題）「関侍伝記…」（巻一〜五）、巻六なし、

「右尾巻」（巻七）。（印記）「大学蔵書」「浅草文庫」「昌平坂学問所」「文化己巳」ほか。

③　島原図書館肥前島原松平文庫蔵本（一冊、巻一、片仮名文）〈一九／一九〉

（外題）「関侍伝記」。（序）なし。（目録題）「関侍伝記巻第一目録」。（内題）「関侍伝記巻第一」。（尾題）なし。（備考）『肥前島原松平文庫目録』に［近世初期］とあり。

いずれの本にも巻一冒頭に「仁王五十六代之帝（略）」の文章が無題で入る。

9、『小田原北条記』『北条軍林綱鑑』（写本、揚風軒温故子序）

① 日本大学文理学部図書館武笠文庫蔵本（十一冊十一巻、片仮名文）〈M五二五／三〉

（外題）「小田原記　一（二・四〜六）」「三」「小田原記」（巻七）、巻八〜十一なし。（序）「小田原北条記序……旹宝永丙戌暦林鐘日／揚風軒温故子（印）」。（目録題）・（内題）「小田原北条記巻第一（〜十一）」。（尾題）なし。（跋）「正徳元辛卯年孟春日／一翁軒」。（印記）「宮木文庫」「早川家蔵書印」。（備考）「伊勢平氏由来之事」から「小田原陣聞書之事」まで。1〜8の諸本とは内容を一部異にする。

② 無窮会神習文庫蔵本（三巻一冊、片仮名文）〈五五三七〉

（外題）「北条軍林綱鑑」。（序）「北条軍林綱鑑序……旹宝永丙戌暦林鐘日／揚風軒温故子（印）」。（目録題）なし。（内題）「北条軍林綱鑑巻之一（〜三）」。（尾題）なし。（跋）なし。（印記）「井上頼国蔵」「井上氏」ほか。（備考）序記には①本と同じ「揚風軒温故子」の名があるが、本文は一部異なる。「伊勢平氏由来之事」から「武州忍之成田氏家系之事」まで全五十二章だが、巻三は途中で終わっている。

10、板本『北条盛衰記』（七巻七冊、寛文十三年江戸本屋作兵衛板ほか）

『北条盛衰記』は『北条記』を再編集し板本化した書である。七巻本のほか、八巻本、十巻の改題本『北条五代実記』等があり、全ての諸本に寛文十二年の江西逸志子なる人物の序文がある。本書の成り立ちや特徴については、次の第五節で述べる。

（別作品）

○　彰考館蔵『北条記』（写本、一冊）〈丑部二四〉

○　内閣文庫蔵『北条記』（写本、二巻二冊）〈一六九／四七〉

○　内閣文庫蔵『北条記』（写本、一冊）〈一六九／四九〉内題「天正北条記」。

○　栃木県立図書館黒崎文庫蔵『北条記抄』（写本、一冊）〈K九一四／一三〉

四、まとめ

今回の調査で、新たに九巻本の存在が分かった。諸本の先後関係についてはなお不明な点が多いが、六巻本→十巻本→五巻本（第一種）→五巻本（第二種）・九巻本→七巻本（『関侍伝記』）の順に成立し、その間に『相州兵乱記』『太田道灌記』などが派生したのではないかと考える。

いずれの諸本も加筆削除や簡略詳述を行い独自の内容を有しているが、『関侍伝記』だけは傾向が異なり、六巻本と九巻本の内容を組み合わせて編集している。このことから写本『北条記』諸本の中で最も成立が遅いのは『関侍伝記』ではないかと考える。

諸本により「横井宗可入道」や「川上喜助（喜介・善助）」なる人名が序や目録に付されるが、著編者との関係は不明である。諸本の本文をより詳細に比較分析することや、『甲陽軍鑑』『今川記』等の周辺軍記との関わり方などを考察することで、『北条記』の成立事情を少しでも解明することができるだろう。

注

（1）笹川祥生「北条記」（『日本古典文学大辞典』第五巻、岩波書店、一九八八年）四三〇頁。
（2）岩沢愿彦「北条記」（『群書解題』第四巻、一九七六年）一五二頁。なお『北条記』諸本について花見朔巳「相州兵乱記」（『新校　群書類従解題集』名著普及会、一九八三年、五八九頁）、笠原伸夫「戦国雑史攷――中世の終焉」（『中世の美学増補版』桜楓社、一九七六年、二六〇頁）にも指摘がある。
（3）梶原正昭「永享の乱関係軍記について」（『室町・戦国軍記の展望』和泉書院、二〇〇〇年、初出一九六四年二月）。
（4）大津雄一「北条記」（『戦国軍記事典　群雄割拠篇』和泉書院、一九九七年）一四〇頁。
（5）市古貞次「相州兵乱記」（『群書解題』第四巻、一九七六年）二八頁。

第五節　『北条盛衰記』の板木修訂
――七巻本から八巻本へ――

一、はじめに

室町・戦国期の関東の動乱を、北条氏五代を中心として記した軍記に『北条記』（『東乱記』『小田原記』『小田原軍記』とも）がある。室町軍記『永享記』の流れを汲み、それに北条氏関連の記事を加えたものである。成立は寛永頃とされ、写本として流布、六巻本をはじめ五巻本・九巻本・十巻本等の異本が存する。(1)

この『北条記』をもとに編集・板行された書に『北条盛衰記』（七巻七冊、寛文十三（一六七三）年江戸本屋作兵衛板）がある。『北条盛衰記』と『北条記』との関係については、大津雄一によると「『北条記』をもとに三浦浄心などの記事を加えた」とあり、『北条盛衰記』が『北条記』以外の作品をも用いていることがわかる。

では、『北条盛衰記』は、『北条記』をはじめとする先行軍記をどのように利用しているのだろうか。本節では、まず『北条盛衰記』の諸本研究を行った上で、本書の構成と叙述方法について述べる。次に、諸本によって大幅な内容の改変がみられることから、その修訂方法と意図について考察する。

二、『北条盛衰記』の諸本

『北条盛衰記』の諸本は次のとおりである。

1、寛文十三年江戸本屋作兵衛板『北条盛衰記』（大本、七巻七冊）
2、寛文十三年江戸鈴木太兵衛板『北条盛衰記』（大本、七巻七冊）
3、刊年不明江戸鈴木太兵衛板『北条盛衰記』（大本、八巻十冊）
4、刊年不明大坂長岡庄次郎板『北条五代実記』（大本、八巻十冊）
5、天明三年江戸山崎金兵衛板『北条五代実記』（大本、十巻十冊）
6、天保六年大坂秋田屋市兵衛板『北条五代実記』（大本、十巻十冊）

右のように、本書ははじめ江戸で刊行され、後に大坂でも行われる。また3鈴木太兵衛板で七巻本から八巻本となり、さらに5山崎金兵衛板で十巻本となる。書名についても、4長岡庄次郎板で『北条五代実記』と改称される。では次に、諸本の書誌について述べる。

1、寛文十三年江戸本屋作兵衛板（大本、七巻七冊）

（表紙）紺色。縦二十六・五センチ　横十八・七センチ。

（題簽）原題簽。左肩無辺。「北条盛衰記　一（～七）」。

（序題）「北条盛衰記序」。

（序記）「寛文十二年壬子林鐘吉旦／江西ノ逸志子誌ス」。

（目録題）「北条盛衰記巻一之目録」「北条盛衰記巻之二（～七）目録」。

（内題）「北条盛衰記巻之一（～七）」。

（尾題）「盛衰記巻一終」「北条盛衰記巻四終」「北条盛衰記巻之七終」、巻二・三・五・六なし。

（構成・丁付）

序　二丁「一（〜二）」。

巻一　目録一丁「一」。本文二十七丁「二（〜廿八）」。

巻二　目録一丁「一」。本文二十六丁「二（〜廿七了）」。

巻三　目録一丁「一」。本文二十六丁「二（〜廿七終）」。

巻四　目録一丁「一」。本文二十八丁「二（〜二十九）」。

巻五　目録半丁「一」。本文十三丁「二（〜十四）」。

巻六　目録半丁「一」。本文二十五丁「二（〜二十六）」。

巻七　目録半丁「一」。本文二十九丁「二（〜三十）」。

（挿絵）なし。

（柱刻）上部に柱題・巻数。下部に丁付がある。

（柱題）序「序」。目録「永亨記巻一（二）目録」「永亨記巻之三（四・六・七）目録」「永亨記巻之五」。本文「永亨記巻一」「永亨記巻之二（〜七）」。

（匡郭）四周単辺。縦二十・一センチ　横十五・七センチ（巻一、1オ）。

（本文）漢字片仮名交じり。序文は漢文。句読点は巻三までなし。巻四より「。」「・」。

（行数）序、毎半丁七行。目録、毎半丁十二行。本文、毎半丁十二行。

（刊記）「寛文十三年癸丑孟秋吉辰」、左下枠内に「江戸神田鍛治町／本屋作兵衛鋟梓」（巻七、30ウ）。

（所蔵）東北大学附属図書館狩野文庫〈一一五九一／七〉。

（その他の所蔵）

広島県立中央図書館浅野文庫〈四二〇／一〉。神奈川県立図書館かながわ資料室〈K二四・七／二〉。刈谷市中央図書館村上文庫〈二九八〇ワ／四甲三／六二〉巻二、二十二丁〜二十七丁目落丁。カリフォルニア大学バークレー校東亜図書館〈三三六三・九一三三三・一／一／一六七三〉。彰考館〈丑／弐四〉七巻二冊。宮内庁書陵部〈二三五／二一四〉七巻一冊。東洋大学附属図書館哲学堂文庫〈ほ／一／左〉七巻六冊。巻四・五合綴、巻三のみ、八巻本の取り合わせ本。高鍋町立高鍋図書館明倫堂文庫〈九一／三七八九〉合一冊。巻四〜巻六（二十五丁まで）。

2、寛文十三年江戸鈴木太兵衛板『北条盛衰記』（大本、七巻七冊）

（表紙）紺色。縦二十七・二センチ　横十九・〇センチ。

（題簽）「北条盛衰記一（〜七）」。

（序題・序記）1に同じ。

（刊記）「寛文十三年癸丑孟秋吉辰」、左下枠内に「江戸神田鍛冶町／鈴木太兵衛刊行」（巻七、30ウ）。

（所蔵）駒澤大学図書館沼澤文庫〈沼一七六八〉。

（備考）1の刊記の書肆名を入木で変えている。その他は1に同じ。

3、刊年不明江戸鈴木太兵衛板『北条盛衰記』（大本、八巻十冊）

（表紙）紺色。縦二十五・五センチ　横十八・一センチ。

（題簽）原題簽、左肩双辺「小田原／北条盛衰記／一之上（一之下・二・三・四之上・四之下・五〜八）」。

（序題・序記）1に同じ。

（目録題）「北条盛衰記巻之一上（〜七）目録」「北条盛衰記第八目録」。
（内題）「北条盛衰記巻之一上（巻一之下・巻之二〜巻之七）」「北条盛衰記巻第八」。
（尾題）「北条盛衰記巻一之上終」「盛衰記巻一下終」「小田原北条記巻之三終」「北条盛衰記巻四下終」「巻之七終」「北条盛衰記巻之八終」。巻二・四上・五・六なし。
（構成・丁付）
序　二丁「一（〜二）」。
巻一上　目録半丁「一」。本文二十丁「二（〜二十二）」六丁目が「六七」で七丁目なし。
巻一下　目録一丁「一」。本文二十五丁「二（〜二十六）」。
巻二　目録一丁「一」。本文三十四丁「二（〜卅四終）」六丁目が二丁「前六」「後六」。
巻三　目録一丁「一」。本文三十九丁「二（〜四十）」。
巻四上　目録一丁「一」。本文十八丁「二（〜十九終）」。
巻四下　目録一丁「一」。本文二十五丁「二（〜廿六終）」。
巻五　目録一丁「一」。本文二十二丁「二（〜廿三終）」。
巻六　目録一丁「一」。本文三十丁「二（〜卅一終）」。
巻七　目録一丁「一」。本文二十二丁「二（〜二十三終）」。
巻八　目録半丁「一」。本文十九丁「二（〜二十）」。
（挿絵）なし。
（柱刻）上部に柱題・巻数。下部に丁付がある。
（柱題）序「序」。目録「永享記巻一（一下・三、五、六、八）」「永享記巻之二（四下）」「永享記巻四（七）目録」。

本文「永享記巻一」「永享記巻一下」「永享記巻之二」（二～四、後六、七～三十四丁）、「永享記巻二」（五・前六丁）、「永享記巻三」（二・七～二十七、三十八～四十丁）、「永享記巻之三」（三～六・二十八～三十七丁）、「永享記巻四」（二～六、十二～十三、十六～十九丁）、「永享記巻之四」（七～十一、十四、十五丁）、「永享記巻之四下」（二～八、十、十四、十五、十七～二十一、二十五、二十六丁）、「永享記巻四下」（九、十一～十三、十六、二十二～二十四丁）、「永享記巻之五」（二、四、五、九～十四丁）、「永享記巻五」（三、六～八、十五～二十三丁）、「永享記巻之六」（二～九、十一～二十二、二十七、二十八丁）、「永享記巻六」（十、二十三～二十六、二十九～三十一丁）、「永享記巻之七」（二～七丁）、「永享記巻七」（八～二十三丁）、「永享記巻八」（二～四、七～十、十三～十六）、「永享記巻之八」（五、六、十一、十二、十七～二十）。

（匡郭）四周単辺。縦二十・一センチ　横十五・七センチ。

（本文）漢字片仮名交じり。序文は漢文。句読点は巻三までなし。巻四より「。」「・」。

（行数）序、毎半丁七行。目録、毎半十二行。本文、毎半十二行。

（刊記）左下枠内に「江戸神田鍛冶町／鈴木太兵衛刊行」。

（所蔵）玉川大学図書館〈W二一〇・四／ホ／二〉。

4、刊年不明大坂長岡庄次郎板『北条五代実記』（大本、八巻十冊）

（表紙）紺色。縦二十六・〇センチ　横十八・六センチ。

（序題）「北条盛衰記　一名北条五代実記」（1オ）。序記は1に同じ。

（題簽）原題簽、左肩双辺「北条盛衰記　一上（一下・二・三・四上・四下・五～八）」。

（序題・序記）1に同じ。

（刊記）「浪華　長岡庄次郎板」（巻八、20ウ）。

（所蔵）岡山大学附属図書館小野文庫〈九一三・五／四〉。

（その他の所蔵）内閣文庫〈一六九／八四〉。

（備考）その他の項目は3本に同じ。刊記は3の刊記を削り入木している。巻一上の題簽は、岡山大本の題簽破損のため内閣文庫本による。

5、天明三年江戸山崎金兵衛板『北条五代実記』（大本、十巻十冊）

（題簽）「北条五代記　一（～十）」。

（序題）「北条五代実記」（1オ）。序記は1に同じ。

（目録題）「北条五代実記巻之一目録」「北条五代実記巻之二（～十）」。

（内題）「北条五代実記巻之一（～十）」。

（尾題）「北条五題実記巻之一（～二）終」「北条五代実記巻之十大尾」巻三～九なし。

（刊記）「天明三年癸卯三月購版／江戸／本石町十軒店／山崎金兵衛／大坂／心斎橋筋南久宝寺町／河内屋八兵衛」（巻十、20ウ）。

（所蔵）北海学園大学附属図書館北駕文庫〈国五／二六〉国文研マイクロ。

（その他の所蔵）

金沢大学附属図書館北条文庫〈四／二一／二五九〉十巻四冊。彰考館〈丑／弐四〉。

（備考）目録題・内題・尾題が修訂される。4本に、巻一と四が上下であったのをそれぞれ二巻とし十巻本とする。柱刻はそのままのため、巻数との齟齬がある。4本の目録の各章段の下にあった丁数は削除される。

その他は4本と同じ。

6、天保六年大坂秋田屋市兵衛板『北条五代実記』（大本、十巻十冊）

（表紙）紺色。縦二十五・一センチ　横十七・八センチ。

（題簽）「北条五代記㊀（～十）」（巻一・二、下部欠）。

（刊記）「天保六乙未年発兌／心斎橋通南久太良町／大阪書林 大野木宝文堂 秋田屋市兵衛板」（巻十、後表紙見返）。

（所蔵）内閣文庫〈一六九／八一〉。

（その他の所蔵）

　東北大学附属図書館狩野文庫〈四九四六／十〉。小浜市立図書館酒井家文庫。多久市郷土資料館聖廟附属資料（九巻九冊、巻一欠）〈一八／一〉。

（備考）板は5本と同じで、天明三年の刊記を残したまま、巻十の後表紙の見返に広告と新たな刊記を奥付のかたちで付ける。

　狩野文庫本は、巻三、二十七丁・二十八丁目の間に一丁を新たに彫り直し、表裏に三―十七「氏綱逝去事」の終わり五行と、巻三―十八「由比浜大鳥居建立之事」の一部文言を変えた丁を入れる。ただし二十九丁目にも同内容（5と同板）があり、重複する。

（未調査）國學院大学図書館蔵本

『北条盛衰記』は、まず七巻本として寛文十三（一六七三）年に1の江戸本屋作兵衛から出版される。その求版が2

の鈴木太兵衛より刊記の書肆名だけを変えて出されるが、その後、同じ鈴木太兵衛のもとで大幅な修訂と板木の増補が行われ、七巻から八巻に、巻一・四がそれぞれ上下巻に分かれた十冊本となる。以降は、4の大坂長岡庄次郎板を経、天明三（一七八三）年に5の江戸山崎金兵衛と大坂河内屋八兵衛の相板として出され、その後天保六（一八三五）年に6の大坂秋田屋市兵衛により求板が出される。なお『寛文十一年刊書籍目録』に「五／比《ママ》条盛衰記」とあるが、五冊本も存在したのだろうか。(2)このほか『延宝三年刊書籍目録』『正徳五年書籍目録大全』には七巻本として書名がみえる。

本屋作兵衛については、1本『北条盛衰記』の他はその名を確認できず、(3)情報が乏しい。2、3の鈴木太兵衛は、正保（一六四四～）から元禄（～一七〇三）頃にかけて京にあった書肆で、本書のほかに『諸神本懐集』（承応三（一六五四）年刊）、『無量寿経鈔』（延宝七（一六七九）年刊）等にその名を確認できるが、求板や覆刻を多く出す本屋である。(4)また、いずれの作品の刊記にも住所を記さない。2板は、1の本屋作兵衛板の「江戸神田鍛冶町」の住所をそのままに、書肆名だけを入木で変えるという不自然なかたちである。

井上泰至の「近世刊行軍書年表稿」(5)によると、『北条盛衰記』が刊行された前後の寛文十二（一六七二）年から延宝六（一六七八）年頃に集中して江戸の本屋から軍書が刊行されている。仲野左太郎板『鎌倉管領九代記』（寛文十二（一六七二）年刊）・『鎌倉北条九代記』（延宝三（一六七五）年刊）や、渡辺善右衛門尉板『後太平記』（延宝五（一六七七）年刊）・松会板『信玄軍談記』（延宝三（一六七五）年刊）・鱗形屋板『義氏軍記』（延宝六（一六七八）年刊）等がそうである。あるいは『北条盛衰記』は、江戸でのそうした軍書ブームの中で板行されたとも思われる。

三、七巻本『北条盛衰記』と『北条記』九巻本・六巻本および『関侍伝記』

板本『北条盛衰記』が七巻本から八巻本、十巻本へと展開する経緯を述べる前に、七巻本が写本『北条記』をどう利用しているのかについて述べる。

七巻本『北条盛衰記』は、写本『北条記』の九巻本と六巻本を主典拠とし、両巻の内容を取り合わせて作られている。特に巻六以降は九巻本『北条記』を主としているようである。では、七巻本『北条盛衰記』はどのようにそれらの写本を用いているのだろうか。このことについて、同じく写本『北条記』の六巻本・九巻本を利用している『関侍伝記』と比較して考えてみたい。この『関侍伝記』（写本、七巻七冊）は写本『北条記』の異本で、島原図書館肥前松平文庫・国立国会図書館・内閣文庫等に所蔵される(6)。

次に示すのは、初代北条早雲の出自について述べた箇所である。Ⅰ・Ⅱに七巻本『北条盛衰記』の典拠である六巻本・九巻本『北条記』の本文をあげ、Ⅲに七巻本『北条盛衰記』、Ⅳに『関侍伝記』の対応箇所を示した。波線部・傍線部は、Ⅲ『北条盛衰記』がⅠ・Ⅱ『北条記』から引用した箇所である。

Ⅰ　**六巻本『北条記』**（写本、『東乱記』とも）**巻三―二「上杉敗北并竜若最後事」**

②竜若殿ノ乳母ノ夫、日方新介ト云者、其弟長三郎・九里采女正ナト云侍、憲政重恩ノ者共ナレハ、二心非シト深ク被レ憑ケルニ、憲政ハ越後ヘ行玉ヒ、景虎ハ未レ来、若シ小田原ヨリ攻メハ難レ叶ト思ヒケレハ（略）

（刈谷市中央図書館村上文庫本『東乱記』巻三、12オ）

Ⅱ　**九巻本『北条記』**（写本、『小田原記』とも）**巻三―二「上杉敗北并竜若最後之事」**

①憲政ハ、少年ノ比ヨリ栄花ニノミ誇リ、民ノ費、世ノ謗ヲ不レ知、剰武勇モ不レ勝シテ家ヲ亡シ、子息竜若ヲ指置、家来ノ子景虎、シカモ二代逆心仕タル人ヲ養子ニシテ、家督ヲ被レ渡シコト、氏神春日大明神ノ神罰ヤラン

ト、諸人疎ミ果ケル。

（高知県立図書館山内文庫本『小田原記』巻三、20オウ）

Ⅲ　**『北条盛衰記』**（板本、七巻七冊）**巻三―二「上杉敗北付竜若最後之事」**

夫レ①憲政ハ、民ノ愁ヲ不レ愁、又世ノ謗《ソシ》リヲ不レ顧《カヘリミ》、酒宴遊興《エンユウケウ》ニ驕《ヲゴ》リヲ極メ、武勇《フユウ》ハ父ニ劣《ヲト》リ、剰《アマサ》ヘ子息竜若丸ヲ指置《サシヲキ》テ、家来ノ子景虎、殊ニ二代逆心シタル者ヲ養子ニシテ、上杉ノ家督ヲ被《レ》レ譲《ラ》シ事、上杉家ノ滅亡也。氏神春日大明神ノ神罰ヤラント、皆人疏《ウト》ミ果ニケル。然ルニ、子息②竜若丸ニ上杉ノ侍少々残リテ付順フ中ニモ、竜若丸ノ乳母《メノト》ノ夫《ヲツト》ニ、目方新介ト云者、其弟同長三郎・九里采女《ウネメ》正ナト云侍ハ憲政重恩ノ者共ナレハ、、ヨモ二心ハアラジト深ク頼ミ思ハレシニ、憲政ハ越後ヘ被《レ》レ行《カ》、景虎ハ未レ来、若シ小田原ヨリ責《セメ》来ラハ難レ叶《シ》ト思ヒケレハ（略）

（村上文庫本『北条盛衰記』巻三、11オ）

Ⅳ　**『関侍伝記』**（写本、七巻七冊）**第四―二「上杉敗北幷竜若最期之事」**

①憲政ハ、少年ノ比ヨリ栄花ニノミ誇リ、民ノ費、世ノソシリヲシラス、剰武勇モ不勝シテ、家ヲ亡シ、子息竜若ヲサシ置、家来之子景虎、シカモ二代逆心シタル人ヲ養子ニシテ家督ヲ渡サレシ事、氏神春日大明神ノ神罰ヤラント諸人ウトミ果ケル（略）②竜若殿ノ乳母ノ夫目方新助ト云モノ、其弟同長三郎・九里采女正ナト云侍、憲政重恩ノ者共ナレハ、弐□（心カ）ハアラシト深ク被レ憑ケルニ、憲政ハ越後ヘ行玉ヒ、景虎未レ来、若シ小田原ヨリ責ハ難レ叶ト思ヒケレハ（略）

（国会本『関侍伝記』、19オ～20オ）

傍線部・波線部からわかるように、Ⅲの七巻本『北条盛衰記』は、Ⅰ六巻本『北条記』とⅡ九巻本『北条記』の内容を組み合わせ、適宜言葉を加えて記している。これに対し、Ⅳ『関侍伝記』は、ほぼⅠ六巻本『北条記』の①とⅡ

九巻本の②の文をそのまま組み合わせている。『関侍伝記』が典拠の本文を忠実に引用しようとしているのに比べ、七巻本『北条盛衰記』の方は、比較的自由に表現を変えていることがわかる。

右の引用では、Ⅲ『北条盛衰記』とⅣ『関侍伝記』は、Ⅰ・Ⅱ二種類の『北条記』から同じ箇所を利用している。しかし多くの場合はⅠ・Ⅱの異なる箇所を利用していることから、Ⅲ・Ⅳ両作品間には直接の影響関係はない。また七巻本『北条盛衰記』には写本『北条記』以外の作品の利用があるが、『関侍伝記』にはそれが殆どない。九巻本・六巻本『北条記』を用いる点では同じでも、Ⅲ『北条盛衰記』とⅣ『関侍伝記』には作品構成の面で違いがある。

七巻本『北条盛衰記』における先行書の利用方法については、六巻本『北条記』からは巻二―四「早雲蜂起之事」以降の記事を、九巻本『北条記』からは巻一―一「伊勢平氏由来之事」以降の記事を利用するが、巻六以降は、九巻本『北条記』からの引用が主になる。また、『北条記』以外に、『北条五代記』（十巻十冊、三浦浄心作、寛永十八（一六四一）年刊）・『甲陽軍鑑』（二十巻二十三冊、明暦二（一六五五）年刊）といった『北条記』関連作品以外からの引用があることも特徴である。そこで次に、七巻本『北条盛衰記』における『北条記』以外の書の利用方法について考察する。

四、七巻本『北条盛衰記』における他の典拠利用

まず『北条五代記』からは、北条氏関連記事のうち、とくに北条氏一門の威勢や繁栄ぶりを示す逸話を取り入れる傾向にある。例えば、松山城を攻める北条氏綱が、上杉方の難波田弾正の和歌に主君への忠心を見る話（巻二―十一、『北条五代記』二―一）、北条家臣山角信濃守の知略（巻二―十二、『五代記』一―三）、氏綱が戦機を占い鴻之台の戦に臨む話（巻四―一、『五代記』五―三）、三浦三崎の唐人町の賑わい（巻四―六、『五代記』十―三）などがある。

第二に、徳川氏に関する記事を『甲陽軍鑑』から引用する。巻五―三「味方原合戦付信玄死去ヲ隠ス事」は、元亀

三（一五七三）年十二月二十二日に三方ヶ原で武田信玄に徳川家康が敗北した合戦である。ここでは、家康方の鳥井四郎左衛門の討死の様や、夏目次郎左衛門の活躍、大久保七郎右衛門らの策で信玄らを退けたことなどを『甲陽軍鑑』第三十九、巻十二「味方原合戦事」をもとに、家康方の武将の活躍を称える書き方をする。こうした徳川氏に配慮した書き方は、後の八巻本でさらに顕著になる。

第三に、成田氏に関する記事に典拠『北条記』の諸本にはない話が含まれることがある。巻七―八「忍城攻并ニ成田松田隠謀露顕之事」は、秀吉の忍城攻撃の話である。これは九巻本『北条記』巻九―八の成田氏長家臣らの忍城籠城、成田氏長の降参や松田尾張守の内通露見の話に基本的に拠るのだが、その上で新たに、秀吉方の浅野弾正長政・石田治部少輔軍による水攻めの失敗、成田方の別府小太郎・野沢金十郎・橋爪孫兵衛の活躍、そして成田近江の逆心といった『北条記』諸本にはない話を新たに書き加えている。また巻七―十一も、九巻本『北条記』巻九―十の記事に拠りながら、忍城籠城の兵等が主君氏長への忠義を貫き籠城を続ける話を新たに加えている。出典は不明であるが、両話ともに新たに加味されたのは、北条氏滅亡の際の成田氏家臣の美談といえる。こうした話が付加されていることについては、『北条盛衰記』著者へ成田氏周縁から何らかの働きかけがあったのか、不明であるが、作品の特徴の一つとしてあげられる。以上のように、七巻本『北条盛衰記』は、六巻本・九巻本『北条記』を主筋としつつ、他の軍記作品等にも取材し、北条氏をはじめ徳川氏・成田氏の事跡を詳述し称意を示していることがわかる。

五、八巻本『北条盛衰記』の修訂

七巻本『北条盛衰記』の板木は江戸本屋作兵衛から鈴木太兵衛へ渡り、一旦は七巻本のままで板行されるが、その後鈴木太兵衛のもとで八巻本へと修訂増補される。

八巻本『北条盛衰記』は、七巻本の巻七を二分して後半を巻八とし、八巻本とする。また巻一と巻四をそれぞれ上下に分け全十冊とする。八巻本は基本的には七巻本の板木を用いているが、その殆どの板木の一部を修訂し、さらに新たな板木をも挿入することで大幅な内容の改変・増補を行っている。その修訂方法については、語句レベルの細かなものから板木の半分以上を修訂したものまである。

（1）語句レベルの修訂

まず語句レベルの修訂には、①各巻目録の各章段の下に丁数を付け、掲載頁を示す。②本文の漢字にルビを付ける。③本文の語句や表現を訂正する、といった点があげられる。

①については、例えば『鎌倉北条九代記』（十二巻十三冊、延宝三（一六七五）年刊）の目録にも、各章段の下に丁数を記している。これは目録から本文検索ができるよう読みやすさの便宜を図ろうとしたものである。②のルビについては、七巻本にあったものが八巻本で摩滅により消えたルビもあるが、基本的に八巻本になるとルビは増えている。例えば鞍鐙《クラアフミ》（巻一上、4オ。七巻本は巻一、3オ）や、「鵜蚌《テイハウ》《ハマクリ》」（巻一下、8ウ。七巻本は巻一、11ウ）の左ルビなどがある。また③の語句・表現の訂正については、「彼入道父子扇谷《アフキガヤツ》ノ味方ニテ」（巻一下、8オ。七巻本は傍線部「下風《シタテ》」巻一、11オ）等と、平易な表現に直す例がある。また「石巻《イシマキ》左馬ノ丞康昌《ゼウヤスマサ》ヲ使《ツカイ》トシテ言上ス。頓《ヤガ》テ上洛《ラク》可レ仕」（巻七、4オ。七巻本は傍線部「上洛《ラク》アリ」巻七、4オ）等というように、繰り返しを避けて訂正した箇所もある。「自害《ジガイ》スルヨリ外ノ事非《アラ》ジト各馳行《ハセユク》処ニ」（巻二、25オ。七巻本（巻二、23オ）に傍線部なし）等という箇所も、七巻本の本文を整えようとした意図による。八巻本はこうした細かな修訂により、より良質な本文作りを目指している。

（2）内容レベルの修訂

七巻本『北条盛衰記』は全八十八章段、そして八巻本『北条盛衰記』は全一四一章段で、板木の追加や修訂で約一・六倍に増えている。八巻本では内容増補にあたり、『北条五代記』・『鎌倉管領九代記』（九巻十五冊、寛文十二（一六七二）年刊）・『甲陽軍鑑』・『太閤記』・『武者物語抄』（七巻七冊、松田秀任作、寛文九（一六六九）年刊）等の、『北条記』以外の作品からの引用がある。特に巻一上―二～八、巻六―十四・十五では右の作品を利用しての新たな内容作りが行われている。すでに七巻本『北条盛衰記』において『北条五代記』『甲陽軍鑑』の利用があったが、八巻本ではさらにそれらの作品からの引用が多くなっている。また『鎌倉管領九代記』『太閤記』『武者物語抄』は八巻本『北条盛衰記』で新たに典拠となる作品である。

八巻本『北条盛衰記』におけるそれら典拠の利用方法を具体的に述べると、前半の巻一上から巻四下には、主に『鎌倉管領九代記』からの引用がある。それにより北条早雲が台頭する以前の関東の情勢として、まず関東公方足利成氏を中心とする話が新たに加えられる。次に、管領上杉氏・今川氏真・武田信玄らとの攻防の記事が引かれている。そして後半では、巻五を中心に『甲陽軍鑑』が引かれ、武田勝頼と北条氏政の合戦が記される。終結部の巻七・八では、『太閤記』巻十二から、秀吉の小田原攻撃による北条氏の滅亡の記録が引かれる。

また『北条五代記』は八巻本でもよく利用され、北条氏や小田原の地に関する様々な逸話が記される。例えば北条早雲が今川氏親の援軍をもって伊豆国を支配し、村人を憐憫する話（巻一上―一、『北条五代記』巻一―二）、綸旨により早雲寺が関東第一の名寺、勅願寺となった話（巻二―四、『五代記』巻一―一）、氏綱の江戸神田明神での神能興行の事（巻二―七、『五代記』巻四―六）、浅草観音堂再興の事（巻二―十一、『五代記』巻二―五）、大亀が小田原の浜に出現し、氏康が北条の繁栄のしるしとした話（巻二―十七、『五代記』巻八―九）、氏康の和歌の才と仏教信仰（巻四上―八、『五代記』巻六―四）、氏政の三浦三崎遊覧（巻四上―十一、『五代記』巻十―三）、小田原に猿楽四座が集まる話（巻四下―二、『五代記』巻七―四）などがある。また秀吉の小田原攻略が記される巻七以降においても、なお賑わいを見せる小田原城と町中の様子（巻七―八、『五代記』巻七―三）、討死した名射手鈴木大学の話（巻七―十、『五代記』巻一―四）などが引かれる。また八巻本『北条盛衰記』巻一上の冒頭には、「早雲庵宗瑞《スイ》ト云、次第ニ武威盛《サカン》ニシテ、氏綱・氏康・氏政・氏直、相継テ関八州悉《コト〱》ク切順《シタカ》へ、東八ヶ国ノ大名小名、門前ニ市ヲ成ス。諸国ノ往来貴賤《キセン》ト、トモニ小田原ニ集《アツマ》リ、五代ノ繁昌《ハンシヤウアゲ》勝テ計《カソ》フベカラズ」（巻一上、2オ）という文言が新たに加えられる。このように北条氏の威勢と繁栄ぶりが『北条五代記』の利用によって具体的に示されるのである。

なお八巻本『北条盛衰記』には出典不明の話も多い。そのうちの多くが合戦描写や武勇譚であるが、活躍が記されるのは北条氏側の者に限らない。巻一下―九「権現山合戦之事」は、北条方の上田蔵人の籠もる権現山城を上杉憲房が攻め落とした戦いであるが、八巻本では新たに、北条方の拠点本覚寺を落とした上杉の大将藤田虎寿丸の知略が記される。巻二―五「江戸合戦之事」では、北条方の苦林平内や松田大道寺らの活躍とともに、上杉方の武者水沢藤次の勇姿も描かれる。さらに巻八―四「忍城責之事」は、成田下総守氏長方の籠城する忍城を、石田三成を大将とする秀吉軍が攻める話であるが、八巻本では、新たに秀吉方の木村常陸助をはじめとする武者の名が羅列され、敵味方入り乱れての激戦ぶりが描かれる。これらの合戦描写や武勇譚は、勝敗の行方や諸勢力の趨勢を示す表現として、娯楽的興味を添えつつ創作されている。

以上のように八巻本『北条盛衰記』は、先行資料から情報を収集・編集し、創作的な要素を加味して、北条氏の栄華と滅亡の記録を中心とした関東の動乱を記した書、井上泰至のいう所謂歴史読み物(7)の制作を目指したといえるだろう。

しかし、より豊富な内容と整った本文作りのためのみに、ほぼ全ての板木に修訂を加えるような面倒な作業を行うだろうか。他にも理由がありそうである。次に、八巻本『北条盛衰記』における人物の記され方に注目し、修訂の意図についてさらに考えてみたい。

六、八巻本『北条盛衰記』と出版規制

八巻本『北条盛衰記』後半の、巻四下以降には、徳川家康に関する記事についての修訂が目に付くようになる。まず語句レベルについては、例えば合戦場面などで七巻本に「家康公衆」とあるのを、八巻本では入木で「浜松勢」に変え、暈かした表現にしている（巻五―三、4オ（七巻本は巻五、5オ）。巻六―七、19オ（七巻本は巻六、19オ））。

次に内容レベルについては、一例として元亀三（一五七二）年十二月二十二日の三方ヶ原での合戦があげられる。ここでは、少勢の徳川家康軍が武田信玄・北条氏政軍に敗れ、中根平左衛門らが討死し、徳川軍が退く場面が次のように記される。この部分は両本とも同じ板木を用いており、傍線部が八巻本で修訂された箇所である。①～⑥に分けて両本に対応する箇所を示した。

（七巻本）

①家康殿ヲハ本多肥後守イタシ、静々ト引取ケル。②肥後守度々取テ返シ、終ニ討レニケリ。③家康公モ、敵大勢重リテ引退キカタクミヱケレハ、已《ステ》ニ討死セントセシニ、④夏目次郎左衛門ト云者走リカヽリ、馬ノ口ヲ取テ味方へ引向々、敵ヲ斬《キリ》伏、大勢ノ中ヱ乱入討死シケル。⑤成瀬吉右衛門・日下部《クサカベ》兵右衛門・小栗忠蔵・嶋田次兵衛等歩立《カチタチ》ニテ供シケル。家康公モヤウ〳〵ニテ浜松ノ城ヱ入ニケル。（略）⑥信玄方、夜ニ入リ、城際《キワ》ヲクツロケ、篝《カヾリ》ヲ焼テ、後陣ノ下知次第ニ攻入ベシト、馬ノ鞍ヲ卸《ヲロ》サズ待明ス。

（巻五―三「味方原合戦」5オウ）

（八巻本）

①家康《イエヤス》公、流石名将故《サスカメイシヤウユヘ》、浜松勢何《ハママツセイイツレ》モ鑓《ヤリ》ヲ合セ、静々ト引取ケル。②肥後守度々取テ返シ、終ニ討死ス。③此合戦急ニシテ、寄《ヨセ》手小田原ヨリノ加勢、大藤式部モ討死ス。高《タカ》木九助、甲州勢ヲ追返《オヒカヘ》ス。シカモ敵ノ首取テ家康《イエヤス》公ノ御感《コカン》ニ影《アツカ》ル。④夏目《ナツメ》次郎左衛門取テ返シ、敵ヲ斬《キリ》伏、大勢ノ中ヱ乱入討死シケル。⑤成瀬吉右衛門・日下部《クサカベ》兵右衛門・小栗忠蔵・嶋田次兵衛等ヲ初《ハシメ》トシテ浜松勢下々《ハママツセイシタ〱》ニ至迄《マテ》、一人トシテ勝負《シヤウブ》セヌハナシ。（略）⑥甲州勢、夜ニ入リ、犀《サイ》カ岸へ落《オチ》テ死《シ》スル者、人馬トモニ其数《ソノカス》ヲ不知《シラ》。昔《ムカシ》平家ノ軍兵《クンベウ》クリカラガ谷へ落《オチ》シモ角《カク》コソ有ヘケレ。

（巻五―三「味方原合戦」5オウ）

これを見ると、とくに③の内容が大きく変わっている。七巻本の③は、家康が敵勢に包囲され討死かという場面であるが、八巻本の③ではそれを削除し、代わりに、武田と組んで徳川に敵対した小田原（北条氏）方の大藤式部の討死のことと、徳川方の高木九助が家康の御感を蒙ったという話に変えている。また八巻本の①⑤では、家康を名将と称え、家臣らの奮戦を記す。そして⑥では、七巻本で夜間もなお臨戦態勢にある武田軍の揺るぎない様子を記していたのを、八巻本では夜間になると多くの武田兵が岸下へ落ちていくという武田の失態ぶりを記すというように、全く違う内容となっている。このように八巻本では徳川勢の負けざまを書かず、逆に武田側のそれを記し、家康の威勢とその家臣の奮戦ぶりを新たに記すのである。

このほか八巻本において修訂が行われた家康関連記事として、例えば次のような箇所がある。

・恵林寺が再興されたという記事の後に、家康が勝頼菩提の寺を建立し、恵林寺とその寺に寺領を与えたという話を新たに付け、「誠ニ御芳情ノ程コソ有難ケレ」（巻六―三、10ウ）と家康を称賛する。

・駿河国について、七巻本では、初め織田信長から今川氏真に譲られようとしたが、家康から所望があったため家康に与えられたとある（巻六―四、10ウ）。しかし八巻本では、信長よりまず家康に渡り、その後家康から氏真にその半国が与えられたが、信長により再び家康に戻された、とする（同丁）。そのようにして、家康が駿河国を所有するにふさわしい人物であることの経緯を説明している。

・上州上田での家康と真田安房守の合戦で、家康衆が上田を落とせず帰参したのを、家康が立腹したという箇所を削除し（七巻本、巻七―一、3オ）、真田軍が上田城を堅固に持ち固めたために戦いが延引した、という表現に変える（八巻本、同丁）。

・家康が甘縄城に籠もる北条氏勝に秀吉への降参を勧めたことや、降参した氏勝に同道して秀吉へ出仕したこと（七巻本、巻七―七、20オ）を削除・修訂し、氏勝降参の一件は秀吉との応酬のみで行われたとし、北条氏滅亡への家康の関与を消す（巻七―九、19オ）。

このように八巻本では、いかなる場面でも家康の立場が配慮され、威勢と慈悲ある武将として記されるのである。徳川家康関連記事への慎重な姿勢はすでに七巻本にもみられた。例えば永禄十二年の薩埵山での北条氏康・氏政と武田信玄との合戦（巻四―八「今川氏真没落之事」）では、正月二十三日、家康が信玄の要請で出陣し氏真と掛川で戦ったという六巻本『北条記』の記事を避けるといった記し方などがそうである。八巻本はこうした徳川関連記事への配慮をさらに強く押し進めているといえる。

もう一点、八巻本『北条盛衰記』の、足利氏関連記事についての改変がある。八巻本の巻一下―四は、北条早雲が堀越御所の足利政知を討ち伊豆国を支配する話であるが、そこで早雲が家臣らに次のように語る。ここの両本の板木は同じで、傍線部は八巻本で修訂された箇所である。

（七巻本）

「（略）管領《クハンレイ》両上杉ハ、モト藤原《フヂハラ》家ノ流《ナカ》レナレハ、世ヲ治ムル事相応《サウヲウ》ナシ。我ハ元来《モトヨリ》平氏ナレハ源氏尽《ツキ》ヌ比《コロ》、世ヲ保ツベキ者也。今即チ時到《イタ》リヌ。如何《イカ》ニモシテ両上杉ヲ討亡《ウチホロホ》シ、国ヲ保チ治ムベキ」ト自《ミ》ラホノメカレケレハ（略）

（巻一—五「早雲三嶋参籠付霊夢之事」10オ）

（八巻本）

「（略）管領《クハンレイ》両上杉ハ、モト源家ノ家臣トシテ、公方成氏ト戦フ。下《シモ》トシテ上ヲ犯科《ヲカストカ》有リ。天、豈《アニ》是ヲ悪《ニクマ》サランヤ。非道ノ者ヲ討テ世ヲ治ヘキ時到《イタ》リヌ。如何《（ルビなし）》ニモシテ両上杉ヲ討亡《ウチホロホ》シ、国ヲ治《ヲサメ》、万民ヲ安《ヤスン》セン」ト自《ミツカ》ラホノメカレケレハ（略）

（巻一下—四「早雲三嶋参籠付霊夢事」5オ）

七巻本では、両上杉氏ではなく北条氏こそが源氏足利が滅びた後に世を治める者だとする。これを八巻本では、このたび主君足利を犯す両上杉を討ち北条が世を治める時がきた、と変えている。八巻本では、上杉氏を足利に背く非道の者とし、それを成敗する立場に北条氏を置くことで、足利氏を上位に立てようとしている。

また八巻本で新たに加えられた巻一上—二から八の章段では、北条早雲が台頭する以前の、関東公方足利成氏についての話が中心となり、成氏の生い立ちや上杉氏との確執といった、北条氏とは直接に関係のない話が記される。例えば巻一上—四「成氏上杉ト合戦之事」がある。これは七巻本の巻一—一「伊勢平氏由来之事」と巻一—二「早雲移韮山城事」の間に挿入された新たな章段で、典拠未詳であり、或いは八巻本作者の創作かとも思われる。そこでは、関東公方足利成氏と管領上杉との合戦の際、まず上杉方の太田以下十九人の武士の姓名と、成氏方の結城成朝以下二十七名の名が、こちらは姓名ではなくフルネームで羅列される。そしてまず、一番手として成氏方から結城新七郎左衛門、二番に小山・宇都宮、三番に那須入道といった武者が上杉勢と戦う。そして一旦は上杉方が劣勢になるも長尾弾正らの参軍で上杉の大勢に成氏軍が敗れるという筋であるが、七千余騎の成氏が、二万余騎の上杉軍と、少勢ながら互角に戦うという足利贔屓の書き方となっている。

また巻一上―二「左兵衛督成氏被誅上杉憲忠」では、『鎌倉管領九代記』巻五―四より、足利成氏と上杉房顕らとが戦う話を引用し、その上で「馳集テ彼是一千余騎ニハ不レ過」（11オ）という少勢の成氏軍が「宗徒ノ一族、其ノ外家臣数万騎」（11オ）という大勢の上杉勢と対抗するとする。そして、一色太郎以下三十数名に及ぶ成氏方の武者名が羅列され、「鎌倉方ニモ先亡《ホウ》ノ余類、身命ヲ捨テ挑戦《イドミタヽカ》フ」（11オ）のだが、その奮戦も空しく成氏方の負けとなり、鎌倉を落ちる際に「此時伊豆ノ藤家ガ一族五十騎、松田河村ノ一党廿三人踏留《フミトヾマ》リ、枕《マクラ》ヲ並《ナラヘ》テ討死ス」（11ウ）と、足利方に加勢した者たちの勇敢な最期のことが記される。

このように、足利成氏とその家臣の武勇を称意をもって記す書き方が八巻本『北条盛衰記』でなされていることにも留意すべきであろう。関東足利氏の嫡流である喜連川氏は、徳川幕藩体制の中で高家としての格式を与えられ特異な存在として重んじられた(8)。そうした社会的背景のもとに、足利氏への配慮から修訂が行われた可能性もある。

七、八巻本における歴史の虚構化

写本『北条記』九巻本・六巻本ともに、最終巻は「北条与関白不快事」にはじまり、豊臣秀吉の小田原征伐により北条氏が滅亡する経緯が記される。この時徳川家康も秀吉方として参戦し（「山中合戦之事」）、山中城落城後、北条氏勝は家康と同道し秀吉に下る（「氏勝降参之事」）。その後、小田原城は家康の拝領となる（「氏政氏照最後事」）。では、秀吉・家康と敵対し滅ぼされた北条氏のことを『北条盛衰記』ではどのように記し、話を終結させているのだろうか。

八巻本『北条盛衰記』が『北条五代記』等を引用して北条氏の活躍と武威を記していることは前述した。ただし北条氏四代目の氏政については、しばしば批判的言説が行われていることに留意したい。

まず、巻六―十五「氏康氏照名言之事」では、『武者物語抄』（七巻七冊、松田秀任作、寛文九（一六六九）年刊）より、北条氏康が十二歳の子息氏政の食事法を嘆き、北条家の滅亡を予知するという話（巻六―四）を引き、北条氏滅亡への伏線として用いている。

もう一例、秀吉の攻撃に備えようと山中城を普請し家臣らを籠城させた北条氏政の策を、家臣朝倉能登守が旧臣の命を損ねるものと歎く次のような場面がある。これは七巻本にはなく、八巻本で新たに板を加えて作られた内容である。

朝倉《アサクラ》ハ広間《ヒロマ》ニ出テ親敷《シタシキ》方ニ付テ申様ハ、「北条家滅亡《メツハウ》爰《コヽ》ニ極《キハマ》リヌ。山中ノ普請《フシン》等浅《アサ》ハカニテ、多勢ヲ請《ウ》クベキ城ニ非《アラ》ズ。然ルニ、旧《キウ》臣ノ者共ヲ籠置《ヲキ》給ハンハ、無《ナキ》カ如クニ思《ヲホ》シ召《メ》サルト覚《ヲホ》ヘタリ。（略）当家十箇年ノ政《セイ》道ヲ見ルニ、理ニ違《タカ》フ事ノミ多カリシ間《アヒタ》、墓々敷《ハカ〱シキ》事ハ有間敷《アルマシキ》ト意得候へ」ト云含《イヽフクメ》別《ハカ》レニケリ。（八巻本、巻七―二、8オ）

傍線部には、氏政の失政を指弾する家臣朝倉の言葉がある。じつはこの箇所は、『太閤記』巻十二「従小田原頭分之士山中へ三人遣事」からそのまま引用したものである。『太閤記』巻十二ではこの他にも、秀吉の小田原征伐を記すにあたり、まず冒頭の「相模国小田原氏政家伝之事」で北条氏五代の歴史を簡単に紹介しているが、その記述中にも北条氏政を「近年数国ヲ押領《ワウリヤウ》シ振《フルヒ》二猛威《マウイ》ヲ一不レ恐《レ》二朝恩ヲ一不レ重《ンゼ》二武命ヲ一」と難じる文言がある。こうしたあからさまな氏政批判は『北条記』諸本や『北条五代記』(9)、七巻本『北条盛衰記』にはみられない。八巻本『北条盛衰記』は、『太閤記』のこれら北条氏への批判的言説をも取り入れているのである。このことから八巻本が七巻本『北条盛衰記』よりは客観的な視点にあることがうかがえる。

八巻本『北条盛衰記』における北条氏政への批判は、家康との対比というかたちでもなされている。次にあげるのは、北条氏政が武田信玄と謀り、零落した今川氏真を討とうとしたために、氏真一家が浜松へ落ちたのを、家康が迎えて饗応したという七巻本・八巻本『北条盛衰記』の話である。なお、八巻本のこの部分は板が改められており、引用した両本の全文が異なる。①②は両本の対応部分である。

（七巻本）

①氏真モ御前モ御普代《フダイ》ノ侍共モ、皆腹立、早々小田原ヲ引払ヒ、浜《ハマ》松エ落玉フ。氏真ハ家康公ヲ頼ミ、子共引グシ浜松へ落玉へハ、②家康公兼テ約束ノ事ナレハ、則近所ニ屋形ヲ作リ、氏真ヲスへ申、馳走《チサウ》カキリナシ。

（七巻本『北条盛衰記』巻五―二、3オ）

（八巻本）

①氏真《ウチサネ》其外下々ニ至ル迄、氏政人倫《ウチマササシンリン》ニ非スト立腹《リツフク》カキリナシ。扨《サテ》可レ有ニ非ス、氏真《ウチサネ》小田原ヲ引払《ヒキハラ》ヒ、家康公ヲ御頼《ヲンタノミ》有テ、妻子引具シ浜松《ハママツ》へ落玉フ。御心ノ内サコソ思ヒヤラレタリ。（略）②家康《イエヤス》公、先年ノ御言《オンコト》葉モ有、屋形《カタ》ヲ作リ、氏真《ウチサネ》ヲ居《スエ》、御懇情《ココンセイ》不レ浅《アサカラ》、御労《オンイタハリ》ヲ施《ホトコ》シ玉フ。是ソ誠ニ可レ為《シタル》レ仁政。

（八巻本『北条盛衰記』巻五―二、3オ）

八巻本では波線部のような文言を加え、親族関係にある今川氏真を殺害しようと計る北条氏政を、氏真と周辺人が「人倫ニ非ス」と評したと述べる。語り手もまた「御心ノ内サコソ思ヒヤラレタリ」と、氏真に同情的である。そして氏真を厚遇する家康の振る舞いを「仁政たるべし」と称賛する。このように八巻本では、氏政と家康の振る舞いの是非が対照的に記され評価される。氏政を批判し家康を称賛するこうした書き方は出版上の配慮からと思われるが、七巻本に比べると八巻本が北条氏側から離れた視点で著されていることがわかる。

もう一点、八巻本の巻八―八「小田原落城付氏政氏照最後之事」では、小田原城開城の場面に新たに次のような記述を加えている。

> 扨モ北条一家ノ一族、其門葉、国々ノ大名ニ至ル迄《マテ》モ運尽《ウンツキ》ヌレバ、勇気《ユウキ》ヲ失ヒ、城ヲ出ル時ハ、只《タヽ》一命ヲ助《タス》カラントバカリ思ヒ、親《ヲヤ》ヲ捨《ステ》、子ヲ捨《ステ》、取物《トルモノ》モ取《トリ》アヘズ、我先《サキ》ニト落行躰《オチユクテイ》、浅増《アサマシ》カリシ次第也。諸大名ノ北ノ方、常ハ翠帳紅衾《スイチヤウカウケイ》ノ内ニ有テ、春ハ花、秋ハ月ニメデ、終《ツイ》ニ庭ノ土《ツチ》ダニモ曽《カツ》テ踏《フミ》玉ハザルニ、歩行《カチ》ハダシニテ乳母《オチ》ダニモ連《ツ》レズシテ、離《ハナレ》々ニ此彼《コヽカシコ》ニ臥転《フシマロン》テ落行有様《アリサマ》、紅涙袖《コウルイソテ》ヲシボリケル（略）兼テ角トシリナバ、城ヲ枕《マクラ》ニシテ討死スベキニ、関八州ノ人数ヲ乍《ナカラ》レ持《モチ》、一戦ダニモ不《ス》レ及《ハ》、空《ムナ》シク籠城シ角闇々《カクヤミ〱》ト亡《ホロ》ビ給フ。生《イキ》テノ恥辱《チジヨク》、死シテノ恥《ハヂ》、無念《ムネン》ト云モ愚《オロカ》也。
> （八巻本、巻八―八、15ウ16オ。七巻本に該当内容なし）

ここでは、北条一族一門をはじめ諸国大名とその妻らが城を落ちる時の悲哀や無念の様子が叙情的・感傷的に記される。これらの表現からは、八巻本『北条盛衰記』の創作的姿勢がうかがえる。

以上のことから、八巻本の修訂方法は次の四点にまとめられる。

① 誤字訂正、ルビの付加、分かり易い言葉に書き直すなど表現上の改変を行う。
② 『北条記』以外の書を利用し、北条氏やその周辺人物についての情報を集め編集する。
③ 徳川氏、足利氏を優位に記す。

④　創作的表現を施す。

このうちの③については、徳川・足利氏に関わる記事への懸念が何方からか出されたか、あるいは板元の自主規制が働いたかによると考えられる。八巻本『北条盛衰記』の修訂は、まず③についての出版規制上の問題に端を発し、その上で①②④の作品全体に亘る修訂が行われたのではないだろうか。①②④は、内容的充実と微細な箇所に亘る文章表現の改良、そして読みやすさを目指した改変である。こうした手の込んだ作業は、作品に思い入れのある人物、七巻本の編者（江西逸志子か）の所為とも予想される。制作に関わる者の意識がクレーム箇所への対応からやがて作品全体の脚色や創作による改変へと広がり、ひいては作品の通俗化・虚構化を促していく。このように、出版規制への配慮を契機に書き手が創作的興味を喚起させていくということも、あるいはあったのではないだろうか。

寛文期前後刊行の近世軍書で、『北条盛衰記』ほど大幅なものではないが、本文修訂が行われた作品に『三好記』（三巻三冊、寛文三（一六六三）年刊）[10]や『続撰清正記』（七巻七冊、寛文四（一六六四）年長尾平兵衛板）がある。『三好記』修訂本（京中野太郎左衛門板、加賀市立図書館聖藩文庫本）では、巻下十七丁目の板を改め、「又十七」の板を追加し、阿波国を襲う海賊を一宮長門守家来三寺弥三太夫が撃退する武勇伝が付加される（巻下―十一「阿波国盗賊之事」）。また阿部一彦によると、『続撰清正記』は『清正記』（三巻三冊、寛文三（一六六三）年長尾平兵衛板）を修訂し木村又蔵ら清正周辺人物の武辺咄を加え説話的興味を加味しているという。[11]これらの作品についても、何らかの出版上の配慮がなされた上で創作的要素が付加されたといえるのではないだろうか。

八、まとめにかえて

大幅な修訂増補により情報の集大成と創作という方法を八巻本『北条盛衰記』が行ったことは、記録性を重視するものとしての後続の片仮名軍書の性格に影響を与えた。延宝三（一六七五）年刊『鎌倉北条九代記』、延宝五（一六七七）年刊『後太平記』、延宝六（一六七八）年刊『西国太平記』に歴史読み物としての性格が備わることについては、井上泰至[12]の指摘がある。大本の紺色無地表紙、片仮名文という体裁で、記録でありながら創作的内容をも含む書としての様式は、近世軍書のみならず元禄期頃より盛んになる仏教長編小説（勧化本）や通俗軍談のそれへと継承される。八巻本『北条盛衰記』は、こうした近世期片仮名通俗本の先駆的存在といえるだろう。

なお長谷川泰志[13]によると、寛永無刊記版の求版である寛文二年版『太閤記』が、入木と新板により、無刊記版にはなく異版の正保・万治版で新たに作られた内容を増補し、異版の完全な取り込みを行っているという。この寛文二年版『太閤記』における改変は、八巻本『北条盛衰記』の内容増補の方法と同じであり、参考になる。長谷川は、これを当時修史事業を目指していた林家との緊密な関係の中で板元の林和泉掾や編者が行ったものと推測している。ただし『北条盛衰記』の場合、板元の鈴木太兵衛の活動が明らかでなく、寛文二年版『太閤記』のようなケースに当てはまるのか、今後なお検討していく必要がある。

注

（1）萩原竜夫『北条史料集』（戦国史料叢書、人物往来社、一九六六年）「北条記」解題。岩沢愿彦「北条記」（『群書解題』第四巻、一九七六年）一五二頁。岸正尚「『小田原北条記』の世界」（『小田原北条記　上』ニュートンプレス、一九九七年）。笹川祥生「北条記」（『日本古典文学大辞典』第五巻、岩波書店、一九八八年）四三〇頁。大津雄一「北条記」（『戦国軍記事典　群雄割拠篇』和泉書院、一九九七年）一四〇頁。梶原正昭「永享の乱関係軍記について」（『室町・戦国軍記の展望』和泉書院、二〇〇〇年、初出一九六四年二月）。拙稿「『北条記』（『東乱記』『小田原記』）について」（『東京学芸大学紀要　人文社会科学系Ⅰ』六三、二〇一二年一月）。

（2）『江戸時代書林出版書籍目録集成1』（慶應義塾大学附属研究所斯道文庫、井上書房、一九六二年）一三七頁。
（3）塩村耕「近世前期江戸の出版界について」（『近世前期文学研究――伝記・書誌・出版』若草書房、二〇〇四年）三七八頁。
（4）市古夏生『元禄・正徳　板元別出版書総覧』（勉誠出版、二〇一四年）二〇八頁。
（5）井上泰至「近世刊行軍書年表稿」（『近世刊行軍書論　教訓・娯楽・考証』笠間書院、二〇一四年）。
（6）1拙稿。
（7）井上5書「読み物的刊行軍書の確立――『北条九代記』を中心に」九五頁。
（8）佐藤博信「古河氏姫に関する考察」（『古河公方足利氏の研究』校倉書房、一九八九年、初出一九八一年）一八八頁。
（9）『北条五代記』巻十―五「笠原新六郎氏直へ逆心の事」では、「氏直運命《うんめい》つき楚忽《そこつ》に出城《しゆつじやう》、是天のなす所也」（28ウ）、「氏直の滅亡《めつばう》、秀吉《ひでよし》公のためにはあらず、新六郎がためなり」（29ウ）という説に留まる。
（10）『三好記』（三巻三冊、寛文二（一六六二）年桃渓山人序）の加賀市立図書館聖藩文庫本と兵庫県篠山市青山会文庫本は、ともに寛文三（一六六三）年中野太郎左衛門の刊記を持つが、聖藩文庫本には本文の一部に板木の差し替えがある。聖藩文庫本は、青山会文庫本にある巻下、十七丁目を、十七・又十七丁の二丁に改め、十一「阿波国盗賊之事」の内容を増補する。
（11）阿部一彦「『清正記』諸本の展開」（『近世初期軍記の研究』新典社、二〇〇九年、初出一九九九年一月）六七～七二頁。
（12）井上7論文。なお、元禄期・宝永期軍書の出版事情については、倉員正江「軍書『九州記』絶版と江戸の出版規制――柳川古文書館所蔵安東家史料を中心に――」（『人間科学研究』五、二〇〇八年三月）に、『九州記』（十八巻、元禄十三（一七〇〇）年刊）が絶版に至るまでの、柳河藩藩儒安東侗菴、板元、作者の意向や動向を安東家史料をもとに考察している。また倉員「軍書『西国盛衰記』の板木修訂に見る出版規制意識――島津歳久自害記事をめぐって――」（『かがみ』四一、二〇一一年二月）は、『西国盛衰記』（十八巻、馬場信意作、宝永八（一七一一）年刊）が、『九州記』絶版後に書肆山岡勘右衛門が信意に執筆を持ちかけ、また出版規制への警戒から板木修訂を画策したとする。また近世軍書ではないが、仮名草子『智恵鑑』（十巻十冊、辻原元甫作、万治三（一六六〇）年跋）の出版後、細部から内容改変に至るまでの大幅修訂が行われていることが勝又基「『智恵鑑』修訂考」（『語文研究』八九、二〇〇〇年六月）・柳沢昌紀「『智恵鑑』の出版と修訂」（『芸文研究』九一―一、二〇〇六年一二月）の指摘にある。柳沢はこの修訂が元甫の自著の完成度を高めようとする志によるものと述べており、参考になる。

（13）　長谷川泰志「林和泉掾時元と『太閤記』の出版」（『鯉城往来』創刊号、一九九八年三月）。

第二部　説話考証随筆・談義本・読本の研究

第一章　『広益俗説弁』の研究

第一節　『広益俗説弁』の性格

一、内容の特色

1、項目について

井沢蟠竜作『広益俗説弁』は、正編二十一巻、後編・遺編各五巻、附編七巻、残編八巻の全四十六巻からなる説話考証随筆である。正徳五（一七一五）年に正編二十巻が出され、以後、正編に加えて後編・遺編（享保二（一七一七）年刊）、附編（享保四（一七一九）年刊）、残編（享保十二（一七二七）年刊）と、段階的に増補されていった。

『広益俗説弁』の説話考証随筆としての性格、また後代の説話集や説話考証作品への影響、そして説話愛好グループにおける蟠竜の交友については、白石良夫による考察が備わる。(1) 本節ではこれをふまえながら『広益俗説弁』の説話考証随筆としての特徴について述べてみたい。

まず『広益俗説弁』の説話集としての性質を本作品の項目立てから考えてみる。『広益俗説弁』の項目は、各編ともに「神祇」から始まり、続いて「天子」（残編なし）、「皇子・后妃」（後編なし、遺編「皇子」、附編「皇女・后妃」、残編「后妃」）、「公卿」「士庶」「婦女」（後編なし）、「僧道」「近世」（附編・残編なし）、「雑類」という順で、日本におけるあらゆる人物・事物の説話をあげている。

後小路薫は近世初期の孝子説話について、「「本朝」とことわるとき、そこには『二十四孝』に代表されるような膨大な中国の「孝子説話」が強く意識されていたのである」と指摘する。(2) そのように、寛文期頃より板行された日本の説話伝記集、例えば『本朝蒙求』（三巻三冊、菅亭編、延宝七（一六七九）年序）、『本朝遯史』（二巻二冊、林読耕斎作、寛文四（一六六四）年刊）、『本朝列女伝』（十巻十冊、黒沢弘忠作、寛文八（一六六八）年刊）、『本朝法華伝』（三巻三冊、元政作、寛文元（一六六一）年刊）などの説話集は、いずれも中国説話の影響のもとに素材を日本の古典作品に求めているのだが、中には『広益俗説弁』とよく似た話の項目立てを有するものがある。例えば『本朝儒宗伝』（三巻三冊、巨勢正純・正徳編、元禄三（一六九〇）年刊）には「天皇」「本朝師儒」「大臣」「王子」「姫嬪」「庶姓」とある。また『本朝語園』（十巻十二冊、孤山居士作、宝永三（一七〇六）年刊）には「天地」「帝王」「人臣」「孝子」（略）「飛仙」「釈門」「天地神祇」（略）「獣虫」「艸木附器物」、さらに『本朝孝子伝』（三巻三冊、藤井懶斎作、天和四（一六八四）年刊）には「天子」「公卿」「士庶」「婦女」「今世」とあって、『広益俗説弁』の項目立てに比較的類似している。『広益俗説弁』は、『本朝孝子伝』をはじめとする孝子伝類の「天子」以下の項目立てに倣い、新たに「神祇」その他の項目を増補させている。

2、考証の規範――儒学・神道書との関わり――

『広益俗説弁』のように、冒頭に「神祇」の項を掲げている説話集としては、古くは『古今著聞集』があげられる。また近世の説話集では、和歌の徳の様々を語る『和歌威徳物語』（五巻五冊、元禄二（一六八九）年刊）が、「神感」「君恩」「人愛」と、神の霊験譚による和歌の徳を示す「神感」の話から始まる。

『広益俗説弁』には、『日本書紀』『古事記』『先代旧事本紀』等の神道書や、度会延経、忌部正通、松下見林、貝原益軒、白井宗因といった神道家や儒家の諸説が引用されている。中でも蟠竜が規範とするのは、師山崎闇斎の垂加神道の説である。例えば正編巻一冒頭の「天神七代の説」では、まず次のような神仏習合説を俗説としてあげる。

俗説に云、天神七代とは過去《くはこ》七仏なり。高天原《たかまの》とは天を云。根《ねの》国・底《そこの》国にさまよふとあるは、地獄に堕《をつ》ることといふ。

（『広益俗説弁』巻一、1オ、原文ルビ片仮名）(3)

これについて、蟠竜は次のように評する。

神明は天にあり、人にあり。神代久しき事にあらず。なを今日の上にありて、其身《そのみ》、則《すなはち》神明と同《どう》一体《たい》なれば、正直《ちよく》の教《をしへ》を守《まも》り明徳《とく》を明らかにするときは、心裏《り》の神《み》舎《あらか》忽《たちまち》ひらけて、神明《めい》を拝《はい》し奉るなり。此の固有《こゆう》の神明をしらずして一生を終《をは》るを、根国《ねのくに》・底国《そこのくに》にさまよふといふなり。

（『広益俗説弁』巻一、2オウ）

これと同様の説は『神道夜話』（一冊、若林強斎作）(4)にも次のようにある。

心は則一身の神明にて、其舎る処は則ち高天原也。視聴言動、日用全体、往として此心の主宰にあづからずと云ことなし。未発の静処より已発の動処に至るまで、恐れ慎しむの守りを失ふことなく、私意私欲のきざしもなく、声色邪妄の誘ひもなければ、高天原ほがらかにして、心の神明常に存す。（略）人は天地の神物と云ひ、心は一身の神明とは云。かゝる有難き身を持ちながら、心を根国にさまよひ、形は人に似て禽獣と斉しくなしむれば、幽には天地神明の罰を蒙り、明には父兄・宗族・郷党・州閭に辱しめらる。あさましきことに非ずや。

（原文片仮名文）

蟠竜はこうした垂加神道の説に基づき、神仏習合説にいう「過去七仏」「地獄」の表現を改め、仏説を否定しているのである。では、蟠竜の説話考証は、どのような書に拠り行われているのだろうか。

『広益俗説弁』の俗説考証の方法は、まず俗説としての伝説説話を示した後に、一字下げで蟠竜の考察を述べるというものである。同様の説話考証の形式は、『本朝神社考』（六巻六冊、林羅山作）をはじめ『異称日本伝』（三巻十五冊、松下見林作、元禄六（一六九三）年刊）や『閑際筆記』（三巻七冊、藤井懶斎作、正徳五（一七一五）年刊）、『本朝俗談正誤』（三巻三冊、元禄四（一六九一）年刊）、『扶桑隠逸伝』（三巻三冊、元政作、寛文四（一六六四）年刊）等にも見られ、当代の歴史・説話考証の一つの形式としてあったことがうかがえる。

また、蟠竜は俗説の考証の際に多くの書物を引用している。それらの書数の多さは『広益俗説弁』の正編・遺編・附編の巻末に示された引用書目を見ても一目瞭然であるが、考証の為に引用した書のみならず、蟠竜が書名をあげずに俗説の出典として用いた書も多い。次に、蟠竜がどのような書からどのように俗説を引用・参考にしているのか考えてみたい。

まず、『広益俗説弁』が参照した書として林羅山『本朝神社考』がある。次に『広益俗説弁』正編各話と対応する『本朝神社考』の内容を（　）中に示した。

巻一「天照太神宮を大日如来と云、或は呉泰伯と云説」（上之一「伊勢　斎宮」＊類話）
巻一「賀茂皇太神は造化の雷をまつるといひ、或は出雲路の女の産る子と云説」（上之一「賀茂」＊一部）
巻二「祇園牛頭天王は天竺の神といふ説」（上之二「祇園」）
巻二「東寺の門前にて稲を荷へる老人を稲荷と崇る説」（上之二「稲荷」＊類話）
巻二「山王権現、比叡山に出現の説」（上之二「日吉」＊類話）

巻三「熱田大明神、楊貴妃となりて唐朝を乱し給ふ説附蓬萊の説」　（中之三「熱田」＊一部）
巻三「愛宕神は日羅を祀り、本地は勝軍地蔵と云説」　（中之四「愛当」）
巻三「金峰山神は金剛蔵王といひ、或ひは安閑帝の霊をまつるといふ説」　（中之四「金峰山」）
巻三「富士浅間神は赫夜姫を祀るといふ説附富士山、孝霊帝の御宇に現ずる説」　（中之四「富士山」＊一部）
巻三「笠島道祖神、藤原実方を蹴殺す附実方、雀となる説」　（下之五「笠島道祖神」＊類話）
巻三「松浦大明神は藤原広継を祀るといふ、或松浦佐用姫を祀ると云説」　（中之三「松浦」＊一部）
巻七「神功皇后、乾珠・満珠を竜宮に仮て新羅をしたがへ、弓弭にて新羅王は日本の狗なりと岸石に書付給ふ説」　（上之二「住吉」＊類話）
巻八「守屋大臣を逆心といふ説」　（下之五「厩戸皇子」）
巻八「柿本人麿、柿樹より生すといふ説」　（下之六「柿本人丸」＊一部）
巻八「菅丞相、天よりくだり給ふ説」　（上之二「北野」）
巻九「在原業平卒去の年しれず、あるひは昇天せりと云説」　（下之六「小野篁」＊類話）
巻十「浦嶋子、蓬萊にいたり三百四十余年を経て帰説」　（下之五「浦嶋子」）
巻十「藤原千方が説」　（下之五「千方」＊一部）
巻十「都良香仙となる附羅生門鬼の説」　（下之六「都良香」＊一部）
巻十「俵藤太秀郷、三上山の蜈蚣を射る説付同人、将門を討説」　（下之五「俵藤太」「神田」＊類話）
巻十「藤原忠文、将門追討の賞なきを恨て悪霊となる説」　（中之三「橋姫」＊類話）
巻十一「鎮西八郎為朝、竜宮にいたる説」　（下之五「為朝祠」＊一部）
巻十二「源義経、天狗に剣術をまなび、或ひは六韜をよみて軽捷の術を得たる説」　（下之六「僧正谷」＊一部）

巻十三「朝比奈義秀、鬼嶋にわたる説」（下之五「朝夷名」＊一部）
巻十四「天女、三保松原にくだる説」（下之五「三保」＊類話）
巻十四「玉藻の前、殺生石となる説」（下之六「玉藻前」＊一部）
巻十四「花の本おだまきの説」（下之五「嫗嶽明神」＊一部）
巻十五「片岡飢人を達磨と云説」（下之五「片岡」）

このように、『広益俗説弁』と『本朝神社考』とに共通する話は二十八話にのぼる。一例として、次に『広益俗説弁』巻二「祇園牛頭天王は天竺の神といふ説」の俗説と、それに対応する『本朝神社考』上之二「祇園」の内容、そして『本朝神社考』が引用する『三国相伝陰陽輨轄簠簋内伝金烏玉兎集』の該当部分をあげる。

俗説云、北天竺吉祥《じやう》天の王舎《しや》城の王を商貴帝《しやうきてい》と号《がう》す。三界《かい》に遊びて諸星《しよせい》に探題《たんたい》たり。天刑星《げうせい》となづく。娑婆界《しやばかい》にくだつて牛頭《ごづ》天王といふ。是《これ》、毘盧舎那《びるしやな》の化身《けしん》也。かたちは人間《けん》に類《るい》すといへども、頭《かしら》は犢《こうし》の角《つの》をいたゞき、夜叉《やしや》のごとし。これをまつりて祇園社《ぎをんしや》と称《しやう》す。（『広益俗説弁』巻二「祇園牛頭天王は天竺の神といふ説」俗説、３ウ）

簠簋内伝に云、北天竺吉祥天の王舎城の王を商貴帝と号す。三界に遊戯し、諸星に探題たり。天刑星と名づく。娑婆界に降りて牛頭天王と号す。毘盧遮那の化身、頭に犢角を戴き、猶夜叉の如し。形ち人間に類す。（『本朝神社考』上之二「祇園」29ウ30オ、原文漢文）

北天竺摩訶陀国《ちくまかだこく》、霊鷲山《りやうじゆせん》の艮《うしとら》、波尸那《はしな》城の西、吉祥天《きちじやうてん》の源《もと》、王舎《しや》城の大王を名づけて商貴帝《しやうきのみかど》と号す。曽《むかし》は帝釈天に仕《つかふまつ》て、善現天に居して、三界の内に遊戯《ゆげ》して、諸星の探題《たんたい》を蒙て、名づけて天形星《ぎやうしやう》と号す。信敬の志深きに依りて、今娑婆《しやば》世界に下生して、改めて牛頭《ごづ》天王と号す。頭に黄牛の面を戴《いた》き、両角尖《かくするど》にして、猶し夜叉《やしや》の如し。

（『三国相伝陰陽輨轄簠簋内伝金烏玉兎集』巻一、3オ、寛永六年板、原文漢文）

三作品のおおまかな内容は一致するが、文章や語句表現の上で『広益俗説弁』により近いのは『本朝神社考』である。ただ『本朝神社考』で「毘盧遮那」とあるのをここでは「毘盧舎那」と変えている。『広益俗説弁』のそうした改変は、先に示した『広益俗説弁』と『本朝神社考』の内容対照表の（＊一部）（＊類話）の話によく現れている。

（＊一部）とは、両話の内容・文章が部分で一致し、『広益俗説弁』が『本朝神社考』の話を引用しつつも、他の書の説を取り合わせ、一話としたと思われるものである。例えば巻十三「朝比奈義秀、鬼嶋にわたる説」の俗説の前半は『本朝神社考』下之五「朝夷名」に、そして後半は古浄瑠璃「あさいなしまわたり」（寛文二（一六六二）年刊）に拠る。

（＊類話）とは、『本朝神社考』が直接の典拠とはいえないが、参照したと思われる話である。『広益俗説弁』巻十「藤原千方が説」は、『本朝神社考』と『太平記』巻十六「主上重ねて山門臨幸の事」に同内容があるが、『太平記』の方が『広益俗説弁』の話と類似した文章であり、引用の際はこちらに拠ったと思われる。このように『広益俗説弁』の俗説の作品引用の方法は、話によって異なっている。

『広益俗説弁』が俗説を述べる際に『本朝神社考』を引用・参考にしていたことは、『広益俗説弁』正編巻末の引用書目に「神社考」の書名があること、渡辺守邦により、蟠竜作『本朝俗説弁』巻四「阿倍晴明道満に殺され蘇生して道満をうつ説」が『本朝神社考』と『簠簋抄』の異なる晴明伝承の混態であるとの指摘[5]があることからも考えられることである。

『本朝神社考』が『広益俗説弁』の俗説の拠り所になった理由には、第一に、当書が全国の神社に由来の説話縁起を集大成していることがあげられるだろう。第二に、『本朝神社考』が前代以前の神仏習合説を引用しては儒家神道の立場から難じていることから、蟠竜は儒家の立場から『本朝神社考』を引用したと考えられる。

その他『広益俗説弁』が利用、参考にしたと思われる書には『本朝諸社一覧』（八巻八冊、坂内直頼作、貞享二（一六八五）年刊）や『諸神記』（三巻三冊、卜部兼敦作、写本）などの貝原益軒・好古の著作がある。これらとの関係をあげると次のようになる。

巻二「春日大明神、仏を作り給ふ説」（『扶桑記勝』三十三巻九冊、写本、巻二。『南遊紀行』三巻三冊、正徳三（一七一三）年刊、巻上）

巻二「東寺の門前にて稲を荷へる老人を稲荷と崇る説」（『扶桑記勝』巻二）

巻三「愛宕神は日羅を祀り、本地は勝軍地蔵と云説」（『筑前続風土記』元禄十六（一七〇三）年序、写本、巻二十「鷲尾権現並愛宕権現」）

巻四「鳥居・華表の説」（『日本釈名』三巻三冊、元禄十三（一六九〇）年刊、上「鳥居」）

巻四「日待・月待・庚申待の説」（『日本歳時記』七巻四冊、貞享五（一六八八）年刊、巻二）

巻五「応神天皇、尾籠と勅ありし説」（『諺草』七巻七冊、元禄十四（一七〇一）年刊、巻七「尾籠」）

巻七「神功皇后、乾珠・満珠を竜宮に仮て新羅をしたがへ、弓弭にて新羅王は日本の狗なりと岸石に書付給ふ説」（『八幡宮本紀』七巻八冊、元禄二（一六八九）年序、巻一、巻二）

巻十三「嶋村弾正左衛門、蟹となる説」（『扶桑記勝』巻三）

巻十九「鐘馗の像の説」（『日本歳時記』巻二）

巻十九「七夕の説」（『中華事始』六巻三冊、元禄十（一六九七）年刊、巻二「七夕」）
巻二十「牛黄の説」（『大和本草』二十一巻十冊、宝永六（一七〇九）年刊、巻一）

このうち、『広益俗説弁』巻七「神功皇后、乾珠・満珠を竜宮に仮て新羅をしたがへ、弓弭にて新羅王は日本の狗なりと岸石に書付給ふ説」の俗説は、神功皇后が新羅征伐の時に阿曇の磯良丸を呼び、その妹豊姫を竜宮に遣わして二つの珠を献上させ、その珠をもって新羅王を降伏させたという話である。同じ話は『八幡宮本紀』（七巻八冊、貝原好古作、元禄十（一六九七）年刊）のほか『本朝神社考』上之二「住吉」や『八幡愚童訓』上「降伏事」（群書類従本）、『太平記』巻四十「神功皇后高麗を攻め給ふ事」（彰考館蔵天正本）等にも見ることができるが、『広益俗説弁』の俗説文は、『本朝神社考』の筋を『八幡愚童訓』と『八幡宮本紀』の内容で書き変えて作られているようである。『広益俗説弁』が俗説の書名を明かさないのは、このように複数の書をもとに蟠竜が説話をまとめ直して述べている場合があるためとも思われる。

また俗説考証については、考証文の始め終わりに貝原好古の名と『八幡宮本紀』の書名を記し、ほぼ全文を当書の巻一・二から引用している。同様に巻二「春日大明神、仏を作り給ふ説」の俗説批判は、益軒作『扶桑記勝』『南遊紀行』の説に拠る。また巻四「日待・月待・庚申待の説」は、『日本歳時記』や懶斎『閑際筆記』巻中の説に基づいたと思われる。このように蟠竜は先学の考証の説をそのまま『広益俗説弁』俗説の考証として用いるということをしばしば行っている。その際、蟠竜が範とするのは、林羅山・貝原益軒・貝原好古・藤井懶斎・松下見林・白井宗因・黒川道祐といった儒家の説なのである。

3、俗説の典拠・類話——文芸作品の利用——

『広益俗説弁』正編の巻五「天子」以降は、人物や事物を扱った内容になり、考証のために引用する書にも変化がみられる。巻一～四「神祇」の巻では、『日本書紀』『古事記』『先代旧事本紀』『延喜式』等の歴史の書や風土記、また『垂加草』をはじめとする神道書や儒家の書が多かった。しかし巻十「士庶」以降になると、『大鏡』『今昔物語集』『古事談』『源氏物語』『平家物語』や和歌集などの文芸作品や、地誌、家系図などの類が増えてくる。巻二十「仏家」では漢籍の引用も目立つ。

俗説の典拠については、これまで板垣俊一[6]により、『前太平記』等の作品があげられているが、その他にも、例えば巻二「山王権現比叡山に出現の説」の、伝教大師が延暦寺を建立する説、また釈尊が来日して白髭神と出会い山王権現と現じたという俗説は、『太平記』巻十八「比叡山開闢の事」や謡曲「白髭」に一致している。また巻二「住吉大明神白楽天青苔白雲の詩歌の説」の俗説は、謡曲「白楽天」に拠る。このように蟠竜が俗説の典拠としてよく用いる書には『太平記』『源平盛衰記』『前太平記』（四十一巻四十一冊）『鎌倉北条九代記』（十二巻十二冊、延宝三（一六七五）年刊）等の戦記・軍記類や謡曲・幸若・御伽草子や古浄瑠璃がある。

次にそれらの作品をあげ、対応する『広益俗説弁』正編の各巻を並べてみる。＊に対応する典拠作品の巻章段を記した。

『平家物語』（百二十句本）

巻六「安徳天皇は八俣の大蛇が化身にて宝剣を取り返す説」　＊巻十一「剣の巻上」
巻七「日本武の尊、吾妻とのたまふ説附草薙剣の説」　＊巻十一「剣の巻上」
巻十「渡辺の綱、宇治の橋姫・宇多の森・羅生門の鬼を斬る説」　＊巻十一「剣の巻下」

『源平盛衰記』（慶長古活字版）

巻三「笠嶋道祖神、藤原実方を蹴殺す附実方、雀となる説」　＊巻七「笠島道祖神」

巻六「清和天皇、相撲の勝負によつて即位の説」　＊巻三十二「維高維仁位論」

巻十二「梶原景時、土肥の杉山にて頼朝をたすくる説」　＊巻二十一「兵衛佐殿隠臥木」

『太平記』（彰考館蔵天正本）

巻二「山王権現、比叡山に出現の説」　＊巻十八「比叡山開闢の事」

巻十「藤原千方が説」　＊巻十六「主上重て山門臨幸の事」

巻十「渡辺綱、宇治橋姫・宇多の森・羅生門の鬼を斬説」　＊巻三十二「鬼丸鬼切の事」

巻十一「源頼政、鵼を射て菖蒲の前を賜る説」　＊巻二十一「覚一真性連平家の事」

巻十二「北条時政は法師時政が後身といふ説」　＊巻五「榎嶋弁才天の事」

巻十三「結城入道、地獄に堕る説」　＊巻二十「結城入道病死の事」

巻十五「志賀上人、京極御息所に逢て歌をよめる説」　＊巻三十六「志賀寺上人の事」

『鎌倉北条九代記』

巻十三「仁田忠常、富士の狩に野猪をとゞむる説附同人、富士の人穴に入て地獄をめぐる説」　＊巻三「仁田四郎入富士人穴」（類話）

巻十六「北条の師時、北条宗方が怨霊に害せらるゝ説」　＊巻十二「北条師時頓死附怨霊」

巻十六「白拍子微妙、孝行の説」　＊巻三「白拍子微妙成尼」

巻十六「讃岐局が怨霊、北条政村が女子をなやます説」　＊巻九「讃岐局成霊」

『前太平記』

巻五「天智天皇、腹赤の御贄の説」　＊巻四「禁中行事共事」

巻六「天武天皇御宇、国栖の奏はじまる説」　＊巻四「禁中行事共事」

巻九「六孫王経基、禁庭にをいて鹿を射給ふ説」　＊巻一「経基射鹿給事」

巻十「俵藤太秀郷、三上山の蜈蚣を射る説附同人、将門を討説」　＊巻六「俵藤太秀郷事」

巻十「藤原忠文、将軍追討の賞なきを恨て悪霊となる説」　＊巻十一「藤原忠文卒去事」

巻十「土蜘蛛の説」　＊巻十七「頼光朝臣瘧病事」

巻十「渡辺綱、相馬の良門を討附綱詠歌の説」　＊巻十九「平良門蜂起事付多田攻事」

巻十「渡辺の綱、宇治の橋姫・宇多の森・羅生門の鬼を斬る説」　＊巻十七「洛中妖怪事付渡部綱斬捕鬼手事」、巻二十「大江山城落事」

巻十一「八幡太郎義家、鳴弦の説」　＊巻三十八「堀河院御物怪事付前奥州鳴弦事」（類話）

巻十一「同義家、地獄に堕る説」　＊巻三十八「無間地獄事」（類話）

幸若舞

巻八「大織冠鎌足、蜑女を頼みて宝珠を取かへす説」　＊「大織冠」

巻九「百合若大臣、むくりこくり退治の説」　＊「百合若大臣」

巻十「信太小太郎が説」　＊「信田」

御伽草子

巻九「田村利仁、異国を征するとき不動明王にうたるゝ説附田村利宗、鈴鹿の鬼をうつ説」　＊『田村草子』

巻十「俵藤太秀郷、三上山の蜈蚣を射る説附同人、将門を討説」　＊『俵藤太物語』

巻十「源頼光、酒顛童子を討つ説」　＊『酒呑童子』

巻十四「常盤前、青墓にて殺さるゝ説」　＊『山中常盤』（類話）

謡曲

巻二「住吉大明神・白楽天、青苔白雲の詩歌の説」　＊「白楽天」

巻二「山王権現、比叡山に出現の説」　＊「白髭」

巻三「熱田大明神、楊貴妃となりて唐朝を乱し給ふ説附蓬莱の説」　＊「楊貴妃」

巻五「継体天皇花筐の説」　＊「花筐」

巻六「天武天皇御宇、国栖の奏はじまる説」　＊「国栖」

巻八「大織冠鎌足、蜑女を頼みて宝珠を取りかへす説」　＊「海士」

巻九「在原行平、須摩《（ママ）》の浦にながされ、松風・村雨に逢説」　＊「松風」

巻九「蟬丸は延喜帝第四の宮にて盲目といふ説」　＊「蟬丸」

巻九「太政大臣師長、入唐の沙汰の説」　＊「絃上」

巻十「平維茂、戸隠山の鬼を斬説」　＊「紅葉狩」

巻十「土蜘蛛の説」　＊「土蜘蛛」

巻十二「源義経（略）五条橋にて千人斬の説」　＊「橋弁慶」
巻十二「野口判官の説」　＊「野口判官」
巻十三「薩摩守忠度、箙に短冊をつけし説」　＊「忠度」
巻十三「最明寺時頼、廻国の説」　＊「藤栄」
巻十三「佐野源左衛門常世が説」　＊「鉢木」
巻十三「日下左衛門、芦苅の説」　＊「芦刈」
巻十四「小野小町、草子洗の説」　＊「草子洗小町」
巻十四「小野小町、鸚鵡がへしの歌の説」　＊「鸚鵡小町」
巻十四「檜垣遊女は白拍子のはじまりといふ説」　＊「檜垣」
巻十四「玉藻前、殺生石となる説」　＊「殺生石」
巻十五「西行法師、普賢菩薩を拝する説」　＊「江口」

古浄瑠璃
巻六「花山院、后あらそひの説」　＊「花山院后諍」
巻十一「八幡太郎義家、阿部貞任が為に擒となる説附松浦党の説」　＊「八幡太郎義家」「松浦合戦」
巻十三「朝比奈義秀、鬼嶋にわたる説」　＊「あさいなしまわたり」

その他
巻二「出雲大社に毎年十月、諸神あつまり給ふ説」　＊『野槌』下之四「神無月」

巻三「蟻通明神の説」
巻九「紀実定、冠を落して貫之と改むる説」
巻十六「太田道灌、子息を悼る歌の説」

＊『枕草子春曙抄』巻十一「やしろは」
＊『謡曲拾葉抄』巻二「蟻通」（類話）
＊『武者物語抄』巻二

これを見ると、『広益俗説弁』の俗説の典拠として、特に謡曲がよく引用されていることがわかる。近世人に謡曲がいかに親しまれていたかを示すものであろう。

俗説の引用の方法についいては、典拠となる一書をそのまま引用するのではなく、他書により部分を改変することが多い。例えば『広益俗説弁』巻三「熱田大明神、楊貴妃となりて唐朝を乱し給ふ説附蓬莱の説」の俗説は、『本朝神社考』中之三「熱田」に謡曲「楊貴妃」の内容を取り混ぜて俗説として示しているという具合である。このように、『広益俗説弁』の俗説が複数の書を編集して成されたのだとすると、蟠竜の一連の俗説批判もまた、特定の書や人物の言説に忠実に拠り必ずしも成されたわけではないことがうかがえる。

なお後編以降は、「俗間印行の太平記に」（附編巻三十二「薩摩氏長が説」）と、俗説を引いた書名をしばしば明記するようになる。遺編巻二十六「大石山丸が説」や残編巻四十五「呉越軍の説」「波羅奈国沙門が説」「竹枯る説」三話にも、『太平記』の書名をあげてその説の誤りを正している。その他、『義経記』（附編巻三十三「源義経妻室の説」）、『下学集』（附編巻三十三「遊女を傀儡といふ説」）、『江源武鑑』（附編巻三十五「菅家万葉集の説附諸書」）などの書も批判の対象となるなど、考証の対象にもやや変化がみられる。

しかしいずれにしても『広益俗説弁』全編に一貫するのは、俗説が生成された所以や由来を典拠の考察をとおして知ろうとする説話考証への興味であろう。例えば、「厩戸皇子を八耳と称する説」（正編巻八）では、厩戸皇子の「八人一度にいふことばをきゝ、わけ給ふ。是によつて八耳の皇子となづけたり」という俗説について、「八耳」の本来の意味と類話を『日本書紀』『神代直指抄』等を引いて説明している。また「愛護若が説」（遺編巻二十七）では、愛護若の俗説の原話が『秋夜長物語』に拠っているとする。時代考証としては「斎宮は恬子内親王より後断絶と云説」（遺編巻二十八）で、系図をもとに伊勢斎宮七十五代の名前と在位期間を二丁にわたって羅列することで、斎宮断絶の説が根拠のないことを示している。さらに「軽大臣、灯台鬼となる説」（正編巻八）、「在原行平、須摩《ママ》の浦にながされ、松風・村雨に逢説」（巻九）では、俗説を「事を好む者」の仕業とし、「源義経、天狗に剣術をまなび、或ひは六韜をよみて軽捷の術を得たる説」（正編巻十二）では、それを説話中の人物を信奉する者の所為としている。これらは、俗説が生成される背景について言及したものである。

　こうした説話考証への興味は、やがて説話中の人物評価へと展開し、その行為の是非が取り沙汰されるようになる。「松田左馬助、忠義の説」（正編巻十三）では、忠臣とされる松田左馬助を不孝者とし、「平貞盛は仁義の良将といふ説」（後編巻二）では平貞盛の不仁を、「鎌田兵衛政清は忠臣といふ説」（遺編巻二十七）ではその不忠を、「狭穂姫が説」（附編巻三十一）では狭穂姫の不義不貞を説いている。また正編・後編・遺編「近世」の巻に人物評論がまとまっている。この巻では、当代の敵討や事件・逸話を取り上げ、俗説に孝行者・忠臣として賞美される人物を逆に批判し、義理、孝行、忠義、貞節のあるべき姿を説いている。

　留意すべきは、親への孝を、忠義をはじめとする様々な徳目との兼ね合いの中で、どう貫いていくかという問題を提起していることである。蟠竜はまず「人たるものはひとしく父母の遺体」（正編巻十七「ある者、他の罪を我身に負説」）であることを孝の基本理想とし、孝を忠よりも優位に位置づけようとしている。孝・忠の問題については、貝原益軒は『君子訓』（三巻十二冊）[7]で、「父者子之天也。夫者妻之天也。是を以て推すに、君は臣の天なり。凡そ君父と共に背くは、則ち天に背くなり。其咎大なり。この三は、天下の大倫にて、五倫の内にて尤も重し」（巻下）と、孝・忠・貞を並列的に位置づけている。それに対し蟠竜の場合、孝を最も重視すべきものと説く。そうした言説がどのような道徳観に根付いたものなのか、なお今後検討されるべきだろう。

以上、『広益俗説弁』の、特に正編の内容を中心にその概要を述べた。神代の説より始まる『広益俗説弁』の説話考証は、歴史上の様々な人物を話題にしながら、やがて当代の人間が心得るべき道徳観を示すに至っている。

白石良夫は、『広益俗説弁』が朱子学の格物理論を読み物として実現させたとする。(8)「神代久しき事にあらず、なを今日の上にありて、其身則ち神明と同一体」（正編巻一「天神七代の説」）という蟠竜の言説は、世の人の道徳の根本を神道に求めようとするものである。『広益俗説弁』は、神・儒の説に基づいた蟠竜の世界観を説話考証によって具現化させた書といえる。

二、諸　本

『広益俗説弁』の正編、後編、遺編、附編、残編は、異なる時期に刊行され、段階的に編を合わせているため、諸本によっては複数の刊記を有する。本作品についての書誌や刊行の経緯については、渡辺守邦(9)や白石良夫(10)の論が備わる。ここではそれら先行研究に基づきつつ、諸本整理を行う。

1　京茨城多左衛門板（正編〜残編、半紙本）

（1）正編（正徳五（一七一五）年板）二十一巻

内容　熊谷竹堂序・蟠竜自序・総目録（首巻）。本文（巻一〜巻二十）。引用書目・版行目録・跋文・刊記（巻二十）。

刊記　「正徳五乙未歳季冬穀旦／京六角通御幸町西江入／書林茨城多左衛門板行」（二十巻、跋文（36オウ）の後、

36ウ、左下枠内）。

所蔵　岡山大学附属図書館池田家文庫（二十一巻二十一冊〈三八〇／二二〉）・今治市河野美術館（十七巻五冊、巻一〜四欠〈二〇三／一三〉）・東京都立中央図書館加賀文庫（十四巻十四冊、巻十四〜二十欠、巻十三は十九丁目まで〈一〇六四四〉）。

（2）正編（正徳五（一七一五）年板）・後編（享保二（一七一七）年板）・遺編三十一巻

正編（二十一巻）（1）に同じ。

後編（五巻）。

内容　総目録（巻一）。本文（巻一〜巻五）。跋文・刊記（巻五）。

刊記「享保二丁酉孟春／六角通御幸町西仁入町／書林　茨城多左衛門刊」（巻五、跋文（18オウ）の後、18ウ、左下枠内）。

遺編（五巻）

内容　総目録・本文（巻一）。本文（巻一〜巻五）。引用書目・版行目録・刊記（巻五）。

刊記「六角通御幸町西入町／書林茨城多左衛門版行」（巻五、版行目録（21オウ）の後、21ウ、左下枠内）。

所蔵　慶應義塾大学附属研究所斯道文庫（三十一巻二十九冊〈一〇四／二九〉）・福井市図書館（三十一巻三十一冊〈総二二／二一―一／四―一〉）。

（3）正編首巻（享保四（一七一九）年板）一巻

内容　序文・総目録・本文まで1に同じ。本文（十九丁）の後に版行目録・刊記（二十丁）を付す。

刊記　「享保四孟春吉旦」「平安／六角通御幸町／西江入町書舗／茨城多左衛門／繡梓」（正編首巻、版行目録（20オウ）の後、20ウ、左上・左下枠内）。
所蔵　弘前市立図書館石見文庫〈W〇四九／一一三〉。

（4）附編（享保四（一七一九）年板）七巻
内容　序文・総目録・本文（首巻）。本文（巻一～七）。引用書目・版行目録・刊記（巻七）。
刊記　「享保四孟冬吉旦」「平安／六角通御幸町／西江入町書舗／茨城多左衛門／繡梓」（巻七、版行目録（24オウ）の後、24ウ、左上・左下枠内）。
所蔵　学習院大学文学部日本語日本文学研究室〈九一四・六／五〇〇五〉。

（5）正編～残編、四十六巻
①正編（正徳五（一七一五）年板、二十一巻）・後編（享保二（一七一七）年板、五巻）・遺編（五巻）・附編（享保四（一七一九）年板、七巻）・残編（享保十二（一七二七）年板、八巻）。
残編（八巻）
内容　序文・総目録・本文（巻一）。本文（巻二～巻八）。跋文・刊記（巻八）。
刊記　「享保十二丁未歳季春穀旦／京六角通御幸町西江入／書林茨城多左衛門板行」（巻八、跋文（18オ～19ウ）の後、19ウ、左下枠内）。
所蔵　高知県立図書館山内家資料（四十六巻四十六冊〈ヤ〇三〇／三〉）・上田市立上田図書館花月文庫（十四冊三十八巻。正編巻十六～巻十八、後編巻三～巻五、残編巻七～八欠〈随筆一八〉）、津市図書館稲垣文庫（四十六巻四十六冊〈稲〇三〉〉。

②正編（享保五（一七二〇）年板、二十一巻）以下①に同じ。

正編（二十一巻）

内容　序文・総目録（首巻）。本文（巻一〜巻十九）。本文・引用書目・跋文・刊記（巻二十）。

刊記「享保五庚子歳季冬穀旦／京六角通御幸町西江入／書林茨城多左衛門板行」（巻二十、跋文（36オウ）の後、36ウ、左下枠内）。

備考　1（1）本の版行目録を削除、刊記を修訂。

所蔵　国文学研究資料館（四十六冊〈ヤ五／二四五〉）・宮内庁書陵部（四十六冊〈一〇六／二九〉）。

③正編（刊不明板、版行目録、跋文、刊記なし）以下①に同じ。

所蔵　内閣文庫（四十六冊〈二一二／六九〉）・和歌山大学附属図書館紀州藩文庫（四十六冊〈三八〇／一六〉）・天理大学附属天理図書館吉田文庫（二十四冊。正編二十一冊、残編三冊〈四四〉）・金沢大学附属図書館（四十五冊。首巻欠）・学習院大学文学部日本語日本文学研究室（四十五冊。首巻欠〈九一四・六／五〇〇四〉）・国文学研究資料館鵜飼文庫（三十一冊。正編〜遺編〈九六／一〇八二〉）・架蔵（四十二冊。後編巻四、遺編巻三、四、附編巻一欠）。

④正編（首巻に享保六（一七二一）年板、二十一巻）以下①に同じ。

正編（二十一巻）

内容　序文・総目録・蔵版目録・刊記（首巻）・本文（巻一～巻十九）・引用書目・版行目録・跋文・刊記（巻二十）。

刊記　「享保六孟春吉日」「六角通御幸町西へ入町南側／平安城　柳枝軒　茨城多左衛門印行／御書物附巻山香曇有数品」（首巻、蔵版目録（20オウ）の後、20ウ、左上・左下枠内）。

所蔵　静嘉堂文庫（四十六冊〈八三／三一〉）・東北大学附属図書館狩野文庫（四十六冊〈一七六／四六〉）・日本大学文理学部図書館上田文庫（四十六冊）・大阪天満宮御文庫（四十六冊〈近別三六／五〉）・東京大学総合図書館（四十六冊〈近世／四三・一／四〉）・彦根市立図書館琴堂文庫（二十冊〈〇二／三二〉）・宮内庁書陵部（三十六冊。巻一～四、七、二十九～三十二、三十四巻欠〈一〇六／一〇〉）。

備考　（3）の首巻本文（十九丁）に新刻の一丁を加え、柳枝軒蔵版目録と刊記を付す。なお東大本のみ、正編二十巻の最終丁（三十六丁）は、1（1）の丁。

2　大坂加賀屋善蔵板（正編～残編、四十六巻、半紙本）

（1）正編（享保五（一七二〇）年板、二十一巻）・後編（五巻、文化九（一八一二）年板）・遺編（五巻）・附編（七巻）・残編（八巻、文化九（一八一二）年板）

刊記　「享保五庚子歳季冬穀旦／浪華心斎橋通北久太郎町／書林　加賀屋善蔵板」（正編、巻二十、跋文（36オウ）の後、36ウ、左下枠内）。

「文化九壬申晩冬求版／浪華心斎橋通北久太郎町／書林　加賀屋善蔵梓」（後編、巻五、跋文（18オウ）の後、18ウ、左下枠内）。

「文化九壬申晩冬求版／浪華心斎橋通北久太郎町／書林　加賀屋善蔵梓」（残編、巻八、跋文（18オ～19ウ）

の後、19ウ、左下枠内）。

所蔵　早稲田大学図書館（二十一冊〈イ〇三／〇〇九五四〉）・東京国立博物館（二十冊。首巻欠〈二三七八〉）・京都大学経済学部図書室（二十一冊〈二〇／一／koe〉）・内閣文庫①（二十一冊〈二一二／七〇〉）・抱谷文庫（二十一冊〈六三五〉）・大東急記念文庫（二十一冊〈一〇二／五／二〉）・国立国会図書館（二十一冊〈一二八／一一八〉）・国文学研究資料館（二十一冊〈ヤ五／二三五〉）・内閣文庫②（二十一冊〈二一二／七一〉）。

備考　早大本は『俗説贅弁』『俗説贅弁続編』三冊を付して二十四冊。抱谷文庫本・国文研②本の正編には刊記と跋文なし。大東急本・国会本・国文研本・内閣文庫②本は、正編・残編の刊記「北久太郎町」を削除。

（2）正編（二十一巻）・後編（五巻、文化九（一八一二）年板）・遺編（五巻）・附編（七巻）・残編（八巻、文政八（一八二五）年板）

刊記　「寛政十二年庚申正月発行／文政八年乙酉十月補刻／大阪心斎橋通安土町／加賀屋善蔵梓」（残編、巻八、20オ）。

所蔵　金沢市立玉川図書館近世資料館村松文庫（二十一冊〈二一・〇／一〇〉）。

（3）正編（二十一巻）・後編（五巻、文化九（一八一二）年板）・遺編（五巻）・附編（七巻、享保四（一七一九）年板）・残編（八巻、文政十一（一八二八）年板）

刊記　「享保四年孟冬」「六角堂御幸町西へ入ル町／書林／茨城多左衛門開版」（附編、巻七、版行目録（24オ）にあり）。

「文政十一年戊子冬／心斎橋筋通安土町／浪華書肆／加賀屋善蔵」（残編、巻八、20オ）。
所蔵　大阪天満宮御文庫（二十一冊〈別三六／四〉）。

注

（1）白石良夫「井沢蟠竜著述覚書」「考証の季節」（『江戸時代学芸史論考』（三弥井書店、二〇〇〇年）。
（2）後小路薫「近世説話の位相――鬼索債譚をめぐって」（『元禄文学を学ぶ人のために』世界思想社、二〇〇一年）一一六頁。
（3）『広益俗説弁』『本朝神社考』の本文引用は、架蔵本に拠る。また『簠簋内伝金烏玉兎集』の引用は、寛永六（一六二九）年村上平楽寺板（新城図書館牧野文庫本、国文研マイクロフィルム）に拠る。
（4）『神道大系　論説編十三　垂加神道（下）』（神道大系編纂会、一九七八年）三六九頁。
（5）渡辺守邦「羅山の見た晴明伝承」（『説話文学研究』三〇、一九九五年六月）。
（6）板垣俊一『叢書江戸文庫　前太平記　上』（国書刊行会、一九八八年）解題、四三一頁。
（7）本文引用は『益軒全集』巻之三（国書刊行会、一九七三年）「君子訓」下、四一五頁。なおその他の益軒周辺の資料も当書に拠る。
（8）白石1書、八六、一〇一頁。
（9）渡辺守邦「広益俗説弁」（『研究資料日本古典文学　第三巻　説話文学』明治書院、一九八四年）三一六頁。
（10）白石1書、七八〜八四頁。

第二節　『広益俗説弁』と周辺書

——俗説の典拠類話と俗説批評の背景——

一、はじめに

井沢蟠竜の説話考証随筆『広益俗説弁』（正編～残編、正徳五（一七一五）年～享保十二（一七二七）年刊）は、上代から当代までの様々な説話を取り上げ考証した書である。集められた説話は、神仏に関するものから歴史的な事項、人物の逸話、巷説、地理に関する説、俗信などあらゆる事象に及んでいる。

これらの説話の典拠・類話、および俗説考証の背景については、第一節にて述べた。本節ではまずその補遺として『広益俗説弁』俗説の典拠を示し、次に、俗説批判の背景について考察する。

二、俗説の典拠・類話（補遺）

『広益俗説弁』が引く俗説の典拠・類話についてさらに調査の及んだものを次に示した。始めに典拠の書名や章段をあげ、二字下げで『広益俗説弁』の巻と章段名を示した。また『広益俗説弁』と典拠とに複数章段の対応がある場合は『広益俗説弁』の巻章段を並べ、その下に典拠の巻章段を（　）で示した。

『諸社根元記』（写本、一冊）巻上「新羅大明神」
　巻一「神祇」補説「三輪神《みわのかみ》の説」

『本朝諸社一覧』（八巻八冊、坂内直頼作、貞享二（一六八五）年刊）巻一―十九
　巻四「神祇部　雑書」「神《しん》をかみと訓ずるは、かゞみの中略と云説」

『古事記』上巻
　巻一「神祇」「木花開耶姫《このはなさくやひめ》、無戸室《うつむろ》に入て焼たまはざる説」

『参考平治物語』（三巻六冊、今井弘済訂、内藤貞顕校、元禄六（一六九三）年刊）
　巻九「公卿」「平清盛《きよもり》、雷《いかづち》におそるゝ説」　（巻三「清盛出家并滝詣附悪源太為雷事」）

『平家物語』（十二巻十二冊、元禄十一（一六九八）年刊）
　巻十二「士庶」「斎藤別当実盛《さいとうべつとうさねもり》を義勇の士といふ説」　（巻七―七「さねもりさいごの事」）
　巻十五「僧道」「元昉《げんばう》僧正、還亡《げんばう》の相ある説」　（巻七―八「げんばうの事」）
　巻二十四「僧道」「文覚《もんがく》上人、頼朝を相《そう》する説」　（巻五―十「伊豆院宣の事」）
　巻二十六「士庶」「大石山丸が説」　（巻五―五「朝敵ぞろへの事」）
　巻三十一「后妃」「二代の后《きさき》の説」　（巻一―六「二代のきさきの事」）
　巻三十二「士庶」「佐々木盛綱《もりつな》、馬にて海をわたす説」　（巻十―十四「ふぢとの事」）

巻三十三「婦女」「嶋《しま》の千載《せんざい》・若《わか》の前《まへ》の説」　（巻一―五「祇王事」）

『平家物語評判秘伝抄』（十二巻二十四冊、慶安三（一六五〇）年刊）巻七下「実盛」

巻十二「士庶」「斎藤別当実盛《さいとうべつとうさねもり》を義勇の士といふ説」

『源平盛衰記』（四十八巻二十六冊、慶長古活字版）

巻二十三「士庶」「鷲《わしの》尾《を》三郎経春が説」　（巻三十六「鷲尾一谷案内者」）

巻三十一「公卿」「螺贏《すがる》、雷《いかづち》を取《とる》説」　（巻十七「栖軽取雷」）

巻三十九「士庶」「畠山重忠《はたけやまのしげたゞ》、巴女《ともへぢよ》とたゝかふ説」　（巻三十五「巴関東下向」）

『参考太平記』（四十一冊、今井弘済訂、内藤貞顕校、元禄四（一六九一）年刊）

巻十二「士庶」「北条時政《ときまさ》は法師《ほうし》時政《じせい》が後身《こうしん》といふ説」　（巻五「時政参籠江島事」）

巻二十三「士庶」「畑時能《はたときよし》、流矢《ながれや》にあたる説」　（巻二十二「畑六郎左衛門事」）

巻二十三「士庶」「今庄入道浄慶が説」　（巻十七「義鑑坊匿義治事」）

巻二十四「僧道」「妙吉《めうけつ》侍者《じしゃ》は天狗の化現といふ説」　（巻二十六「妙吉侍者事」）

巻四十「婦女」「塩谷高貞《ゑんやのたかさだ》が妻《め》の説」　（巻二十一「塩冶判官讒死事」）

『前太平記』（四十一巻四十一冊、藤元元作、貞享（一六八四～）～元禄初期頃成立）

巻二十一「天子」「貞純《さだすみ》親王、白竜となり給ふ説」　（巻一「貞純親王化白竜給事」）

巻二十二「士庶」「平将門《たひらのまさかど》、箕田城《みたのしろ》をせむる説」　（巻四「重箕田城合戦事」）
巻二十二「士庶」「平貞盛《たいらのさだもり》は仁義の良将といふ説」　（巻六「五郎将為討死事」「貞盛仁和寺詣事」）
巻二十二「士庶」「碓井貞光《うすゐのさだみつ》、頼光《よりみつ》の臣となる説附同人、盗賊保輔《やすすけ》をからむる説」　（巻十六「碓井貞光事」、巻十七「碓井貞光虜保輔事」）
巻二十二「士庶」「卜部季武《うらべのすへたけ》が説」　（巻十五「頼光朝臣総州下向事付卜部季武事」）
巻二十二「士庶」「酒田公時《さかたのきんとき》、頼光《らいくはう》の臣となる説」　（巻十六「頼光朝臣上洛事付酒田公時事」）
巻二十六「天子」「花山院御出家《ごしゆつけ》の時、侍臣《じしん》、阿部晴明《あべのせいめい》に内通する説」　（類話・巻十八「主上潜幸花山寺事」）
巻二十六「士庶」「相馬《さうま》の将門謀叛《まさかどむほん》のとき六郎公連《きんつら》諫死《かんし》の説」　（巻一「将門僉議事付公連諫死事」）
巻二十八「婦女」「伊予守　源　頼義母修理命婦《いよのかみみなもとのよりよしのはゝしゆりめうぶ》の説」　（巻二十三「千手丸殿誕生事」「千手丸殿元服事」）
巻三十一「后妃」「狭穂姫《さほひめ》が説」　（類話・巻二十六「後冷泉院御即位事付落星事」）

『太閤記』（二十二巻二十二冊、小瀬甫庵作、寛永年間（一六二四～四三）刊）
巻十三「士庶」「松田左馬助、忠義の説」　（巻十二「松田尾張守謀反之事」「氏政氏照兄弟切腹之事」）

『本朝故事因縁集』（五巻五冊、元禄二（一六八九）年刊）
巻十一「士庶」「紀良貞《きのよしさだ》、蛙《かへる》の女に化《ばけ》たるに逢説」　（巻五―一五五「住吉和布」）
巻十二「士庶」「北条時政《ときまさ》は法師時政《ほうしじせい》が後身《こうしん》といふ説」　（巻三―六十「榎嶋弁財天」）
巻十三「士庶」「嶋《しま》村弾《だん》正左衛門、蟹《かに》となる説」　（巻一―八「宇治川蛍戦」、巻二―四十六「平家蟹」）
巻十三「士庶」「常陸坊海尊《ひたちぼうかいそん》、仙《せん》となる説」　（巻一―十五「常陸坊海尊成仙人」）

巻二十六「天子」「崇徳院《すとくいん》、讃岐松浦風《さぬきのまつがうらかぜ》の御歌の説」（巻一―二十九「讃岐国松浦恋忘貝」）
巻二十八「僧道」「西行法師、崇徳院御廟《しゆとくいんごべう》に詣《まうで》て歌《うた》を読《よ》む説」（一部同話・巻五―一〇八「勝鬼坊塚中言語」）
巻二十九「雑類」「摂津国《つのくに》二恨坊火《にこんぼうがひ》、河内国《かはちのくに》婆火《うばがひ》、近江国《あふみのくに》油盗《あぶらぬすびと》の説」（一部同話・巻四―九十一「摂州高槻二恨坊之火」）
巻二十九「雑類」「播摩国《はりまのくに》不増不減《ふぞうふげん》の水の説」（巻五―一五〇「播州不増不減之水」）
巻三十「雑類」「周防国天養果《すわうのくにてんようくは》の説」（巻四―一〇〇「周防国天養果」）

『本朝女鑑』（十二巻十二冊、寛文元（一六六一）年刊）
巻七「皇妃」「雄略帝《ゆうりやくてい》の后幡梭媛《はたひひめ》、帝《みかど》を諫《いさむ》る説」（巻三―二「幡梭皇后」）
巻七「皇妃」「光《くわう》明皇后、浴室《よくしつ》におゐて阿閦《しゆく》仏を拝《はい》し給ふ説」（巻三―五「光明皇后」）
巻十四「婦女」「日向髪長媛《ひふがのかみながひめ》が説」（巻七―一「髪長媛」）
巻十四「婦女」「松浦左用姫《まつらさよひめ》、望夫石《ばうふせき》になる説」（巻五―六「狭夜姫」）
巻三十一「后妃」「狭穂姫《さほひめ》が説」（巻五―一「狭穂姫」）
巻三十三「婦女」「筑紫磐井《つくしのいはゐ》が母が説」（巻九―二「筑紫磐井母」）
巻三十三「婦女」「菊池寂阿《じやくあ》が妻が説」（巻四―六「菊池入道寂阿妻」）
巻三十三「婦女」「結城親光《ゆうきちかみつ》が妻が説」（巻四―四「結城親光妻」）
巻三十三「婦女」「奈良左近《ならさこん》が妹《いもと》が説」（巻八―七「奈良左近妹」）
巻三十八「后妃」「檀林皇后辞世御歌《だんりんくはうごうじせいのをんうた》の説」（巻二―三「檀林皇后」）

『比売鑑』（三十一巻三十一冊、中村惕斎作、宝永六（一七〇九）・正徳二（一七一二）年刊）巻十七

巻十六「婦女」「小督局《こごうのつぼね》、名言《めいごん》の説」

『古老軍物語』（六巻六冊、万治四（一六六一）年刊）

巻八「公卿」「道臣《みちをんの》 命《みこと》 物部《もの丶べ》の祖にして武士《ぶし》をもの丶ふと訓ずるはじめといふ説」（巻一「武士をもののふといふ事」）

巻十六「士庶」「大内義隆《をほうちよしたか》、方角《はうがく》を忌《いむ》説」（巻五「大内義隆公、家に武道すたれて滅却せし事」）

古浄瑠璃『清原右大将』（一冊、延宝五（一六七七）年刊）

巻二十六「士庶」「多田満仲《まんぢう》、清原《きよはら》右大将秋忠《あきたゞ》が為に讒《ざん》せらる丶説」

古浄瑠璃『恋塚物語』（一冊、延宝九（一六八一）年刊）

巻二十三「士庶」「渡辺左衛門 源 渡《みなもとのわたる》、僧となつて俊乗坊重源《しゅんぜうばうでうげん》と号する説」

＊『内裏雛』巻三「恋塚寺」、『都名所車』「鳥羽恋塚寺」にも同話あり。

『塩尻』（百巻、天野信景作）

巻十一「士庶」「紀良貞《きのよしさだ》、蛙《かへる》の女に化《ばけ》たるに逢説」（巻十二）

巻二十六「天子」「崇徳院《すとくいん》、讃岐《さぬきの》 松浦風《まつがうらかぜ》の御歌の説」（巻十二）

『本朝通紀』（五十五巻、長井定宗編、元禄十一（一六九八）年刊）

巻十四「婦女」「紫式部《むらさきしきぶ》、楽天が香炉峰《かうろほう》の詩《し》の意《こゝろ》にてすだれをあぐる説」（前編巻二十二、18ウ〜19オ）

＊『膾余雑録』（五巻五冊、承応二（一六五三）年刊）巻一（16オ）にも同説あり。

巻十五「僧道」「元肪《げんばう》僧正、還亡《げんばう》の相ある説」（前編巻十、18オ〜19ウ）

巻三十二「士庶」「垂水広信《たるみのひろのぶ》が説」（後編巻十、4オ〜5オ）

『本朝俗談正誤』（三巻三冊、元禄四（一六九一）年刊）

巻七「皇妃」「南朝の准后《じゆこうかうご》廉子《こ》、追出《たいしゆつ》せられ給ふ説」（巻二—三十「気《き》に容《いり》の扈従《こしやう》を家老《からう》にする誤」、原文片仮名文）

『新編鎌倉志』（八巻十二冊、河井恒久撰、貞享二（一六八五）年刊）

巻十二「士庶」「源頼朝、伏木《ふし》のなかに仏像《ぞう》をかくす説」（巻一「相承院」）

巻三十二「士庶」「里見《さとみ》氏、尼《あま》をうばひて妻とする説」（巻二「高松寺」）

『京童跡追』（六巻六冊、中川喜雲作、寛文七（一六六七）年刊）

巻五「天子」「垂仁《すいにん》天皇御宇、八つの日出しを射《ゐ》さしめ給ふ説」（巻四「玉造稲荷」）

『江戸名所記』（七巻七冊、浅井了意作、寛文二（一六六二）年刊）

巻十二「士庶」「渋谷金王丸《しぶやのこんわうまる》、後に土佐房《とさぼう》と号《がう》する説」（巻七—二「渋谷金王桜」）

＊『古郷帰乃江戸咄』（六巻八冊、貞享四（一六八七）年刊）にも同話あり。

三、『広益俗説弁』俗説批評の周辺

俗説を述べた後に「按ずるに」で始まる『広益俗説弁』の俗説批評については、当代の通史・史論・随筆類にも類似した内容を見ることができる。林羅山『本朝神社考』や貝原益軒・好古の言説・思想が『広益俗説弁』に影響を及ぼしていることは先述した。ここではさらに『広益俗説弁』の俗説批判のいくつかをあげ、それに通じる説をあげて影響関係を考えたい。

次に、『広益俗説弁』の諸説を①以下に示し、他書の説を併記して比較する。

1、歴史的考証に基づく仏説批判

①「東寺の門前にて稲《いね》を荷《にな》へる老人を稲荷《いなり》と崇《あがむ》る説」（二「**神祇**」）

（俗説）空海《くうかい》、東寺の門前にて、老人の稲を荷へるにあひ、約束《やくそく》の旨《むね》あつて、これを祭《まつ》りて東寺の鎮守《ちんしゅ》とす。稲《いな》をになへる故《ゆへ》に、稲荷《いなり》大明神と号す。（評）今按るに、非なり。『諸神記』云、「元明天皇和同四年二月九日、倉《うが》稲魂神《のみたまのかみ》、始《はじ》めて伊奈利《いなり》山に現《げん》ず。地主神《ちしゅしん》は則ち荷田《かだ》明神也。其の地《ち》に之を祝《まつ》る。故《ゆへ》に稲荷《いなり》大明神と号《ごう》す」（5ウ6オ、原文ルビ片仮名）[(1)]

『神社便覧』（一冊、白井宗因作、寛文四（一六六四）年跋）

一書に曰く、「弘法、東寺の門前に稲を荷へる老翁《をきな》に逢へり。大師、以て東寺の鎮守と為す。其の稲を荷なふを以ての故に稲荷と名づく」云云。蓋し此の意に非ざる也。此の地主、荷田の太明神の地に倉稲の魂を置く也。斯

に依りて稲荷の二字を神号と為す也。(2)（10ウ、原文漢文）

『扶桑記勝』（三十三巻九冊、貝原篤信作）巻二「山城」

稲荷と云者は、所謂荷田神地置倉稲《うがの》魂故也。世俗に、「空海東寺の門前に於いて負稲老人に逢ふ」と云説有り。之を用ひず。『山城風土記』の説も負稲老人の事なし。(3)

②「愛宕神《あたごの》は日羅《ら》を祀《まつ》り、本地《ち》は勝《しやう》軍地蔵《ぢぞう》と云説」（巻三「神祇」）

（評）愛宕《あたご》の神は伊弉並《なみ》尊と火皇彦霊《ほのむすび》命をまつり奉る。（略）『豊芦原卜定記《とよあしはらぼくてう》』云、天神第七の陰《め》神なり。（略）此神、火を防ぎ、且《か》つ産《さん》火を忌《いみ》給ふは、軻軼突智《かくつち》にやかれて退去《かんさります》によつてなり。（略）又黒川氏云、「勝軍地蔵といふ事は仏経になきことなるを、天応《をう》年中に慶俊《けうしゆん》といふ僧、我朝武《ぶ》を尚《たつと》ぶ国なる故、勝軍の二字を附会せし」といへり。（7ウ～8ウ）

『雍州府志』（十巻十冊、黒川道祐作、貞享元（一六八四）年序）巻三「神社門下　愛宕権現」

慶俊、勝軍地蔵を併祭す。然れども地蔵に元と勝軍の号無し。本朝、武を尚ぶに依りて、慶俊附託して謂へらく、「本尊は勝軍地蔵なり。之を崇むるときは則ち必ず勝利を得ん」と。茲に依りて、武家専ら之を尊崇す。(4)（8オ、原文漢文）

『遠碧軒記』（延宝三（一六七五）年成、黒川道祐作）

本社は本伊弉冊の尊にて陰神也。（略）さていざなみの尊、軻遇突智を産み給ひて、其火のために焼かれて死す。

夫ゆへに産火をことの外に禁ずるは此子細なり。(5)（原文片仮名文）

③

「大隅《すみ》正八幡宮は天竺陳《ちん》大王の孫と云説」（巻三「神祇」）

（評）此説、甚だ非なり。『諸神記』云、「大隈正八幡宮は、中は応神天皇、右は神功皇后、左は仁徳天皇」とあり。（19ウ）

『塩尻』（天野信景作、元禄十（一六九七）年〜享保十八（一七三三）年頃成）巻十一

大隈正八幡は俗に天竺陳大王孫也といふ、非也。『諸神記』に「大隈正八幡は中は応神天皇、右神功皇后、左仁徳天皇」とあり。(6)

④

「日待・月待・庚申《かうしん》待の説」（巻四「神祇　雑著」）

（俗説）俗間に、僧徒、巫覡《ふげき》をして日待・月待・庚申待をなすもの有。（略）まつりて夜ふさゞれば、福録《ふくろく》を得ると云。（評）今按るに、各《をのく》非なり。（略）山崎垂加の云、「日月星辰のまつりは天子の事なるを、道士《どうし》おかしぬるより、釈氏もならひて日まち・月まちすとて、酒をのみ碁《ご》・双六《すご》をうちて、夜をあかし朝《あした》にいたる。人のおろかなる、これにひかれてたからをついやすのみならず、天罰《ばつ》をかへり見《み》ざる、かなしむべきなり」といへり。（26オ〜27オ）

右の「山崎垂加云」以下は、『垂加翁神説』（三巻、山崎闇斎撰、跡部良顕編）巻上に同様の説がある。

『閑際筆記』（三巻七冊、藤井懶斎作、正徳五（一七一五）年刊）巻中

俗これを察せずして僧を請《こい》うけ、（略）巫覡尼媼《ふげきにをう》をして、己《をのれ》に代《か》はり夜を守《まも》らしむ。其の既に守るが如きに至りては、又哇音奕棊《あをんばくき》、飲燕歌舞《いんゑんかぶ》至らざる所なし。是の如くして睡《ねむ》りを防《ふせ》ぐ則《とき》は、神助《しんじょ》ありと謂ふ。惑《まど》へることの甚《はなは》だしきなり。(7)（30ウ31オ、原文片仮名文）

⑤**「夢想薬《むそうくすり》を売説《うる》」（巻二十八「雑類　人物」）**

俗間、「いづれの神いずれの仏の夢想《むそう》をうけて此薬をひろむ」といひて売《う》る者あり。（略）（評）かならず、かゝる薬などをみだりに用る事なかるべし。（9オ）

『本朝俗談正誤』巻一―八「病《やまひ》に夢想薬《むさうくすり》をのむ誤」

ちかごろことにはやり出《いだ》したる事也。げに〳〵しき神仏の直《ぢき》に出《いで》て合《あは》されたる薬にても、その一薬《いちやく》を以て万病《まんべう》を治《ぢ》する道理《だうり》、さらになき事也。(8)（9オ）

①と③で、蟠竜は『諸神記』（『諸社根元記』）の説をもとに、稲荷大明神とは倉稲魂神と荷田神のこと、大隅八幡神は天竺陳大王とは無関係と指摘する。また②では、愛宕神は伊弉冉尊と火皇彦霊命であり、勝軍地蔵を本地とするのは慶俊という僧による附会であると俗説の神仏習合説を否定している。さらに④⑤では、祭式を犯す僧徒等や偽の神仏信仰者を批判する。これらはいずれも白井宗因・貝原篤信・黒川道祐ら当代の儒学者の説に通じていることがわかる。さらに以下、『広益俗説弁』の俗説批判と儒学者の説を比較してみる。

2、人物・事物に関する俗説の考証

①
「富士《ふし》浅間神は赫夜《かくや》姫を祀《まつ》るといふ説」（巻三「神祇」）

（俗説）此国に老翁《らうをう》・老婆《らうば》あり。（略）あるとき竹の節《ふし》の間だに一女を得たり。そのかたち甚だ美《び》にして、夜も光りかゝやく故に、赫夜《かくや》姫と名づく。（略）（評）開耶姫《さくやひめ》・赫夜姫《かぐやひめ》、相にたるが故に謬《あやまり》伝へ、剰《あまつさへ》好事の者《もの》、『華《くは》陽《よう》国志』に載《のす》、竹間の男子の事になぞらへ（割注）『異苑』云、「漢《かん》に昔し女子水浜に浣《あら》ふ。大節の竹有り。流れて女の足の間に入る。之を推すに去らず。小児の啼き声有り。之を破りて一男児を得」和漢同日の妄誕なり。

（評）まうけたる説《せつ》なるべし。（9ウ～12ウ）

『閑際筆記』巻中
『増続韵府群玉《ぞうぞくいんふくんぎょく》』に、『華陽国志《くはやうこくし》』を引いて云く、「夜郎《らう》に初め女子《しよし》あり。遯水《とんすい》に浣《あら》ふ。三節《さんふし》の大竹有つて、足間《そくかん》に流れ入る。其の中に声《こへ》あるを聞きて、竹を剖《わ》れば則ち一子を得たり。懐帰《くはいき》して之を養《やしな》ふ。其の長《ひとゝなる》に及んで武《ぶ》才有り。自立《じりう》して夜郎侯《やらうこう》と為《な》る。竹《たけ》を以て姓《うじ》と為《す》」。我が竹採《と》りの翁《をきな》物語りは、之れを傅会《ふくはい》するか。鴨《かも》川丹塗《にぬ》りの矢《や》も又同日《じつ》の譚《たん》なり。（19オ）

②
「天智《ち》帝、山科《しな》に御幸《こう》有て登天し給ふ説」（巻五「天子」）

（評）松下氏云、（略）『日本紀』云く、「天智天皇十年九月、寝疾不予《みやまひしたまふ》。十月、疾病《みやまひ》弥《いよ〳〵》重《をもし》。十二月乙丑、近江宮《あふみのみや》に崩《ほう》じ玉ふ（略）」是、国史《し》の明文なり。崩じ給ふ所は近江の滋賀《しが》の宮なり。しかるを後世あやまつて行叡《えい》居士《こし》が事を混雑《こんざつ》して、天智天皇の事とするのみ。（15ウ16オ）

＊これは『前王廟陵記』（二巻二冊、松下見林作、速水常成補）巻上「今按」以下の文をそのまま引用している。

『閑際筆記』巻上

『日本紀』に曰く、「十年九月、天皇《てんわう》疾《やまい》に寝《いね》て不予なり。天皇疾病《しつへい》弥《いよ〳〵》留《とゞ》まる。勅《ちよく》して東宮《とうぐう》を臥内《ぐはだい》《ねや》に引《ひ》き入れ、詔《みことのり》して曰く、「朕《ちん》疾《やまひ》はなはだし。後《のち》の事《こと》を以て汝《なんぢ》に属《しよく》す」十二月癸亥の朔《さく》、天皇近江《あふみ》の宮《きう》に崩《ほう》じて新宮《しんきう》に殯《かりもがり》す」と。夫《そ》れ此の如し。奚《なんぞ》山科《しな》に幸《みゆき》するに暇《いとま》あらん。（23ウ）

③「清和天皇、相撲《すまう》の勝負《しようぶ》によつて即位の説」（巻六「天子」）

（評）文徳帝在位《ざいゐ》の時、相撲《すまう》の勝負《しようふ》によつて惟仁即位とは、弥誤《あやま》れり。『三代実録』に、「嘉祥三年三月廿五日、惟仁誕生。十二月廿五日立《た》て皇太子と為《す》。天安二年八月廿七日、文徳天皇崩御《ほう》。同十一月七日、天皇位《くらゐ》に太極《こく》殿《てん》に即《つ》く」とあり。此とき、惟仁八歳にならせ給ふといへども、其母尊《たつと》き故《ゆへ》にかくのごとし。殊《こと》に惟喬方《これたかかた》より相撲《すまう》に出たりといふ紀名虎《きのなとら》は、「承和《せうわ》十四年六月己酉《つちのとのとり》、散《さん》位正四位下紀朝臣名虎卒《きのあそんなとらそつ》す」と『続日本後紀』に見えたり。此時、惟仁いまだ誕生なきをもつて、俗説の相違《ゐ》を知るべし。（11ウ12オ）

『羅山先生集』（七十五巻、林鵞峯編、寛文二（一六六二）年刊）巻二十六「惟喬弁」

『三代実録』に云く、「嘉祥三年三月二十五日癸卯、惟仁誕生、十一月二十五日戊戌に立ちて皇太子と為る」時に誕育九箇月也。是年僅に八歳、夫れ良房の威を以て誕育の年、既に太子と為る。縦使《たとひ》惟喬、其位を望むとも、豈に克く及ぶことを得んや。必ず然るべからず。若し夫れ那都羅、名虎と倭訓同くして一人ならば、則ち奈何んぞ

惟喬の外祖父を以て力士と争ひ角《たくらへ》んや。況んや名虎が死すること、已に久しきをや。（23ウ）[9]

蟠竜の俗説批評は、右の『羅山先生集』「惟喬弁」をもとにより詳細な考証を付け加えたもの。なお次の『雍州府志』や『本朝通紀』巻十六、十四丁裏にも右と同様の内容がある。

『雍州府志』巻二「神社門上　惟喬宮」

伝へ言ふ、惟喬・惟仁両親王、継嗣を争ふ時、相撲の勝負を以て之を決すと。故に角觝の徒、専ら斯の社を崇む。誠に笑ふべし。凡そ儲を定るは天下の大事也。軽く角力を以て決すべき者にあらず。且つ『続日本紀』を案ずるに、承和十三年、紀名虎卒す。此の時、惟仁親王未だ誕せず。豈に名虎・善雄、角觝の事有んや。（25ウ〜26オ）

④「延喜・天暦の聖代と云説」（巻六「天子」）

（評）諸実録を考るに、延喜・天暦の帝の聖《せい》徳、かつてなし。（以下略、醍醐帝の不孝、村上帝の淫乱を指摘する）ある人のいはく、「『千載《さい》集』の序《じよ》に、「延喜《えんき》のひじりのみよには『古今集』をゑらばれ、天暦《りやく》のかしこきおほんときには『後撰《ごせん》集』をあつめ給ひ」とあるを見て、延喜《えんき》・天暦《りやく》をならべて聖《ひじり》の御代《みよ》とあやまりいふなるべし」と。左もあらんかし。（12オ〜13オ）

『本朝俗談正誤』巻二—四十九「延喜《えんぎ》・天暦《てんりやく》を聖《ひじり》の御代《みよ》と云誤」

『古今集《こきんしう》』『後撰集《ごせんしう》』などの序《じよ》に、ひじりの御代とかきしは、その時の当代《たうたい》なるゆへに、いはひ奉りていへるなり。それを後の世の人は何《なに》の詮議《せんぎ》もなく、尭舜《ぎやうしゆん》の御世のやうにをもへり。和哥集《わかしう》のあやまりにてはなくして、後《のち》の人の本朝《てう》の学問《がくもん》にうときゆへなり。（略）聖武《しやうむ》、政《まつり》にをこたりて、正月元日の天下安全《あんぜん》の御政をもつとめ玉はず。（略）清麿の大忠により、その後《のち》桓武《くはんむ》天皇出玉ひて、聖武《しやうむ》・孝謙《かうけん》の虐政《ぎやくせい》をあらため玉ひ、神も王法も、なをのこる世となれり。其の後、醍醐《だいご》・村上《むらかみ》より政をとろへて（略）（24ウ～26オ）

⑤

「醍醐《だいご》天皇、寒夜《かんや》に御衣《ゐ》をぬぎて民《たみ》の苦《くるしみ》を知《しり》給ふ説」（巻六「天子」）

（評）延喜帝、寒夜に御衣をぬぎ給ふとは、一条帝の御事を取ちがへたるものなり。（14オ）

『閑際筆記』巻上

醍醐帝《だいごてい》、一条帝、寒夜《かんや》に御衣《ぎよい》を薄《うす》くして、以て民労《みんらう》を察《さつ》す。然れども仁政《じんせい》未だ達《たつ》せず。孟子の所《ゆる》レ謂《いは》徒善《とぜん》か。（21ウ）

⑥

「百合若《ゆりわか》大臣、むくりこくり退治《たいぢ》の説」（巻九「公卿」）

（評）『歴代皇紀編《くはうきへん》年集成《しうせい》』『八幡《まん》愚《ぐ》童訓《どうきん》』等を考るに、「弘《こう》安四年、蒙古《もうこ》より、高勾麗《こうらい》を案内者《あんないしや》として日本を襲《をそひ》しが、筑前博多《ちくぜんはかた》にて大風にあひ、船《ふね》やぶれてくつがへりて、死《し》する者多《をほ》し。同国志摩《しま》郡鷹嶋《たかしま》（略）といふ所にて、敵の大将范文虎《はんぶんこ》等、よき船をゑらびのりかへる」とあり。むくりこくりとは、蒙古《もうこ》《もく》・高勾麗《こうくらい》《こくり》なり。高麗を『通鑑』『東国通鑑』『北史《ほくし》』に「高勾麗《こくり》」と書《しよ》し、『後漢書《ごかん》』『綱鑑大全《こうかん》』等には「高勾驪《こくり》」と記せり。『中原康富《やすとみ》日記』に、「高勾麗」を「こくり」と訓《くん》ず。『名目抄《もくせう》』に、「麗《らい》、本音《ヲン》、リ」とあり。（4ウ～5オ）

『扶桑記勝』巻七「筑前　筑後」

蒙古と高麗の兵、日本に来たりしを、日本にてむくりこくりと云。むくりとは蒙古也。音通ず。こくりは高句麗也。高麗の本名也。高句麗こくりと音通ず。此事『康富記』に見えたり。（略）蒙古高麗の兵、筑前博多に攻め来る。日本人ふせぎたゝかふ。其後むくり、こくりが船暴風にあひ、五龍山にて船やぶれ、おぼれて死する者多し。残る大将范文虎以下、よき船をえらび乗て逃る。

⑦「蟬《せみ》丸は延喜帝《えんきてい》第四の宮にて盲《もう》目といふ説」（巻九「公卿」）

（俗説）蟬丸は延喜帝第四の宮なり。うまれながら盲《もう》目にて、よく琵琶《びは》を弾《だん》じ給ふ。（略）後世《こうせい》、王坂と書《しよ》し、四宮河原《みやかはら》の名あり。（略）（評）今按るに、三光院殿の御説《せつ》に「世人、蟬丸を盲目と云はあやまりなり。『後撰《せん》集』に、相坂の関《せき》に庵室《あんしつ》をつくりすみ侍りけるとき、行かふ人を見てよめる、「これやこのゆくもかへるもわかれつゝしるもしらぬもあふさかのせき」とあり。「行かふ人を見て」とあるにて、盲目ならざるをしるべし。又、延喜帝《ゑんぎてい》の皇《わう》子といへる説は、弥誤《あやまり》なり。『古今』に、此人のうたいれり。延喜五年に『古今集』を撰《えら》べるとき、醍醐《だいご》帝《てい》御としわづかに二十三歳にならせ給ふをもつて誤りをしるべし」とあり。（略）又、王坂、四宮河原の事、弥非《ひ》なり。（8オ～9オ）

『本朝通紀』前編巻二十

世伝ふ、蟬丸は延喜帝第四の皇子也。故に隠栖の近畔《ほとり》、四の宮河原の名有りと。此の説、非也。夫れ国史を按るに、帝の春秋《むかし》今歳僅かに二十二、豈に敦実に事へて、而して後、去りて幽居を求むるの皇子有らんや。時代を以て正説に非ざること知りぬべし。或ひは又曰く、「蟬丸は目盲《しい》て世を遯れ、時時琵琶を弄じて楽しむ。（略）」然ども、詠歌の序に曰く、「蟬丸会坂の関に在りて往来の人を見る」と。盲人に非ざること、又知りぬべし。(10)（9ウ～10オ、原文漢文、ルビ片仮名文）

＊ここでは醍醐帝の年齢を二十二とする。

『雍州府志』巻三「神社門下　諸羽大明神」

俗に謂ふ、「蝉丸は延喜第四の宮なり」と。此の社、四の宮と称するに依りて是を蝉丸の宮と謂ふは、是謬伝なり。（15ウ）

⑧「浦嶋子《うらしまこ》、蓬莱《ほうらい》にいたり三百四十余《よ》年を経《へ》て帰説」（巻十「士庶」）

（評）『日本紀《き》』に「雄略帝の御宇二十二年七月、丹後の国余社《よさ》郡《こほり》管《くだ》川の人、水江の浦嶋子、蓬莱にいたる」とあり。「舎人親王《とねりしんわう》の『日本紀』を奏《そう》上せられしは、元《げん》正帝《てい》の養老《ようらう》四年五月廿一日」と『続日本紀』に見えたれば、彼《かの》浦嶋子が蓬莱より帰れること、『日本紀』編纂《へんさん》の前にあるべし。しからずは、親王、何によつて、浦嶋が蓬莱にゆけることを知給はんや。殊に聖武《しやうむ》の朝《てう》にゑらばれしといへる『万葉集《まんようしう》』に、浦嶋が古郷《ふるさと》にかへりて死《し》せしことをのせたるを見れば、其後百余《よ》年を経《へ》て淳和《じゆんわ》帝の御宇にかへれりと云浦嶋子は、同名《めう》異人なること明らかなり。（1オウ）

『本朝通紀』前編巻三

右挙する所の嶋子が事跡、悉く『日本紀』の載する所にして聊《いさゝ》か殊説を雑《まじ》へず。然れども『日本紀』仙山に遊ぶの事を謂ひて、帰郷の年月を謂はざる也。『扶桑略記』及び『万葉集』の註、各〳〵載す浦嶋が子、雄略二十二年を以て登仙し、淳和天皇天長二年、故郷に帰ると。然れども親王の『日本紀』を撰する、元正天皇の時に在り。元正帝、淳和帝に先だつこと九代、親王何を以て其の蓬莱に到ることを知ることを得んや。『記（紀カ）略』『万葉』

の説、疑ふべし。『本朝神仙伝』唯だ云ふ、「百年を経て故郷に帰らば『日本紀』の撰、嶋子が帰郷の後に在り」是を以て之を見るときは、則ち『仙伝』の説、其の実を得たるか。惜しい哉、親王の記冊、嶋子が帰国の年月を闕く。（27オ～28ウ）

⑨「源の義経天狗に剣術《けんじゆつ》をまなび（略）五条《てう》の橋《はし》にて千人斬《きり》の説」（巻十二「士庶」）

（評）鞍馬《くらま》の僧正が谷は、僧正と云天狗《ぐ》すめる故の名にはあらず。『真言伝《しんごんでん》』に、「鞍馬の僧正が谷、稲荷《いなり》山の僧正が峰は、壱演《いちいん》僧正（略）のおこなひ給ひける跡」と記せり。（略）義経、亡父《ばうふ》の追善に往来《わうらい》の者を千人きるといへるは、是いかなる事ぞや。（略）何の罪《つみ》もなきものを千人きりころさば、追善《ついぜん》にはあらで、追悪《ついあく》なるべし。思ふにこれも、武夫は人だにきればよしとこゝろへ、義経の武勇《ぶゆう》を称《せう》せんとて、跡《あと》かたなき事を妄作《まうさく》し、かへつて其人を罪《つみ》するのみ。（2ウ～4ウ）


『内裏雛』（六巻六冊、享保二（一七一七）年刊）巻四「僧正谷」

此谷は大天狗僧正坊の住《すみ》し所といふはあやまりなり。僧正が谷といふは壱演《いちゑん》僧正の閑居《かんきよ》の地なり。[11]（21オ）

『本朝俗談正誤』巻三―六十七「判官《はうぐはん》千人ぎりのあやまり」

義経《よしつね》は無分別《むふんべつ》なる人なりしかども、又さやうのわけなき千人ぎりといふ事、あとかたなき事也。勇将《ゆうしやう》はみだりに鳥《とり》けものをもころさず。まして人をや。（略）一人にてもみだりにころす人は、武士《ぶし》にても人にてもなし。虎《とら》狼《をゝかみ》也。（14ウ15オ）

⑩「松浦《まつら》佐用姫《さよひめ》、望夫石《ぼうふせき》になる説」（巻十四「婦女」）

（評）望夫石といふもの、和漢おほし。程伊川《ていいせん》の説《せつ》に、「望夫石はたゞ是江山を望みて石人の形のごとき者あり。今天下凡江辺に石の立るものあれば、則ち呼《よ》んで望夫石とす」と『二程全書』に見えたり。これをもつて俗説の誤りを知るべし。（4ウ）

『新編鎌倉志』巻四「望夫石」

異国にも又本朝にも、西国辺の海岸に往々にあり。程伊川云、「望夫石は、只是江山を望んで、石人の形の如くなるものあり。今天下凡そ江辺に石の立つ者あれば、皆呼んで望夫石とす」爰にあるものも此類なり[12]。（原文片仮名文）

⑪「妙吉侍者《めうけつじしや》は天狗の化現といふ説」（巻二十四）

『鎌倉志』、『鎌倉大草子』を引きて云、（以下略、次の『新編鎌倉志』の文章を引く）。（3オ）

『新編鎌倉志』巻三「浄智寺」

『鎌倉大草子』に、「京村雲大休寺の開基妙喆《めうてつ》侍者は、夢窓国師の法眷にて、源直義の帰依僧なり。関東へ下向、浄智寺に住、大同妙喆和尚と号す。悟道発明の人にて、正念に終り給ひし事、寺の旧記に残れり。しかれども『太平記』には、嘗てしらざる事を、いかなる無智愚盲のわざにやありけん、妙喆を妙吉《めうきつ》と書き、或は愛宕の天狗の化したると記し置たり」とあり。

『雍州府志』巻四「寺院門上　瑞竜寺」

世に村雲の妙吉と称する者は、妙喆の誤りなりと。『太平記』に載する所も、亦妙喆を誤まり、且つ天狗星の化する所なりとす。是又虚誕の説なりと。按ずるに斯の義、之を取るに足る者か。（46オ）

以上はいずれも批評の拠り所とした書名をあげつつ考証している。①⑥は説話生成の経緯を考証するもので、①はかぐや姫の話が木花咲耶姫の話と『華陽国志』の話に基づいていること、⑥は百合若伝説が『八幡愚童訓』や『中原康富日記』等の説を合わせて作られたとする。

また②③④⑤⑦⑧⑨⑩⑪は、説話の誤りを指摘するもので、②では『日本書紀』の記事から天智天皇が山科にて登天したという説の非を、③では『三代実録』『続日本後紀』の記事から惟喬・惟仁位争いの話の年代的矛盾を、④では『千載和歌集』序によって延喜・天暦を聖代とする誤説が作られたこと、⑤では延喜帝の仁政説は一条帝の説を取り違えたものであること、⑦では蟬丸が延喜帝の第四皇子とする説と盲目説を『後撰和歌集』『古今和歌集』をもとに否定している。また⑧では『続日本紀』『万葉集』の記事から浦島説話の年代的矛盾を、⑨では義経伝説にいう僧正谷の地名の由来が間違いであることと義経が千人斬りをした説の誤りを、⑩では松浦佐用姫伝説の望石夫がただの石にすぎないこと、⑪では『鎌倉志』の記事から『太平記』の誤りを指摘している。

3、人物批評（他書と同説）

ここでは、歴史上の人物への評価がなされており、他書に同説があるものをあげる。

①「聖武《しやうむ》天皇は聖主《しゆ》といふ説」（巻六「天子」）

（評）聖武帝に聖徳《せいとく》ましませし事、かつてなし。（略。以下、帝の仏教信仰、元昉を重んじた非、光明皇后の不義を指摘する。）在位《ざいゐ》の政行《せいこう》、明主《めいしゆ》のするところにあらず。しかるを聖《せい》人といひつたふるは、仏法《ぶつほう》にふかく帰依《きえ》し、僧《そう》を尊《たつと》み、寺を多《おほ》く建《たて》られし故《ゆへ》、全《まつた》く浮屠氏《ふとし》の私言《しげん》なり。（4ウ～6ウ）

『大日本史賛藪』（五巻、安積澹泊作、享保元（一七一六）年成）巻一「聖武天皇の賛」

即位の初、天変を畏れ、黎庶を憫《あわれ》み、徽猷《きゆう》善政、頗る古先哲王の風有り。（略）而して帝、挙動軽佻、土木妄《みだ》りに作《おこ》り、下を恤むの誠、仏に事《つか》ふるの心に勝つ能はず。天下の財力を殫《つく》して、以て方広仏像を鋳《ちゆう》し、国分の二寺を七道諸国に刱《そう》建し、億兆の民を率《ひき》いて、以て浮屠《ふと》の法に帰せしむ。(13)（原文漢文）

『閑際筆記』巻上

此帝《てい》の仏に惑《まど》へること甚《はなは》だし。（二十六「後」丁表）

②「光《くわう》明皇后、浴室《よくしつ》におゐて阿閦《しゆく》仏を拝《はい》し給ふ説」（巻七「后妃」）

后、すでに玄昉《はう》僧正に通《つう》じ、善珠《ぜんじゆ》法師をうみ給へるなど、婦徳《ふとく》にそむきたる人也。彼《かの》、浴室《しつ》をたてゝみづから千人の垢《あか》を去《さる》とて貴賤《きせん》と共に沐《もく》浴せしも、淫《いん》欲をほしゐまゝにせんが為《ため》なり。（11ウ～12オ）

『本朝通紀』前編巻十一

太后光明子は、淡海公第二の女也。（略）后甚だ仏を好み、浮屠に淫し、帝を勧めて寺院を造る。（略）〔膾余録曰〕后、帝を勧めて国分東大の両寺を建て、租税を費《つい》やし、民力を傷《やぶ》る。帝、輙《たやす》く之に従ふ。孱弱《せんぢやく》言ふべからず。（略）温室を設け、親から千人の垢を去り、共に沐《もく》し共に浴《よく》す。淫酗《ぎやう》も亦孔《はなは》だ醜《あし》、。（11ウ～12ウ）

『大日本史賛藪』巻二「聖武の藤原皇后伝の賛」
孝謙皇帝の穢徳、彰聞するを怪しむ無きなり。

③「元肪《はう》僧正、還亡《けんばう》の相ある説」（巻十五「僧道」）

（評）文敏《びん》翁評《へう》に云、「むかし漢の高祖《そ》、柏《はく》人といふところにに宿《しゆく》せんとしていはく、「柏人は人に迫《せま》るなり」とて、宿せずしてされり。岑彭《れんはう》、蜀《しよく》を伐《う》つとき、営《えい》するところの地、彭亡《はう〱》といふを聞て、他処《たしよ》にうつらんとせしかども、日ぐれに及びしかば、心にまかせずしてとゞまりしに、蜀の刺客《しかく》、いつはり降《くだ》つて同宿し、其夜、岑彭をさしころしたり。後人これを論じて、「高祖、柏人の名をいみ、これを去て福を全くし、岑彭、彭亡の地をにくみ、これにとゞまつて災《わざはひ》を生《せう》ず」といへり。これ玄肪に似たり。しかれども、肪たとひ唐《もろこし》にありとも、淫《いん》悪あらば、なんぞ身を全《まつた》くせん。帰朝《きてう》すとも、淫悪《いんあく》なくんば、なんぞ災《わざはい》を生《せう》ぜんや。肪が淫《いん》なる、蠱《こ》なる、皆悪といふべし。支那《しな》・本邦《はう》、地《ち》を易《か》へば皆なしからん」とあり（割注）羅山文集。（評）考見るべし。（13ウ～14オ）

右の文は、『羅山先生集』巻二十六「環亡弁」をそのまま引用したもの。また、『本朝通紀』巻十、十八丁裏～十九丁表も同じ文を引く。

④「鳥羽院嫡《ちやく》を廃《はい》し給ふ故、保《ほう》元の乱《らん》おこる説」（巻二十一「天子」）

（評）『古事談』を見るに、「鳥羽院の皇子崇徳院《すとくいん》、実《じつ》は白川法皇の御子なり。其故は、待賢《たいけん》門院璋《しやう》子、法皇御養子の儀にて入内せられしに、法皇密通《みつつう》ありて懐妊《くはいにん》の、ち、鳥羽院の妃《ひ》となり、程なく崇徳院を生給《うみ》へり。鳥羽院、其の由をしろしめして、叔父子《をぢご》とおほせられ、常に御不快《くはい》にておはしけり」とあり。これをもつて思へば、禍《わざはい》のもとは白川帝に萌《きざ》せり（略）（割注）参考保元物語。（7オ～8オ）

右の全文は『参考保元物語』（九冊、今井弘済考訂、内藤貞顕校、元禄六（一六九三）年刊）巻三、四十九丁裏～五十丁表の内容を引用したもの。

『保建大記打聞』（三巻三冊、谷重遠作、享保五（一七二〇）年刊）巻一

崇徳天皇、陽《うへ》は鳥羽の御子と申せども、実は白河天皇孫婦の待賢門院に通じ玉ふて出来たる御子なり。災孽《わざはひ》の俑《はじめ》、此の帷薄の穢れより起れり。（注、21ウ、原文片仮名文）(14)

『読史余論』（新井白石作、正徳二（一七一二）年成）巻上「上皇御政務の事」

白河、その義女に私し、その妊《はら》めるをもて孫婦とし、その免ずるを待ちてやがて天位を嗣《つが》しむ。鳥羽また聚麀《しゆいう》して、多くの男女をうましめたり。其子、なにの罪かある。其母を寵して其子をにくみ、かつはまた艶妻にまどひて幼子をたつ。崇徳、また其仮父をうらみて同母の弟をせめ(15)（略）

⑤**「武田信玄は曽我時致《むね》が再生《さい》といふ説」**（巻二十三「士庶」）

（評）曽我五郎時致は、淫奔放蕩《いんほんはうとう》のそしりありといへども、工藤祐経《すけつね》を討《う》つて父が讐《あだ》を復《かへ》せり。取るところなき者にあらず。武田入道信玄は彼《かれ》に異《こと》なり。其罪悪《ざい》の尤《けやけき》ものをあぐるに、父信虎《とら》を追出《をい》して甲州を領せり。（略）

信玄、父を追出ありしはことはりながら、「一生『論語』を手に取りたまはず」と『軍鑑《ぐんかん》』に記《き》したり。思ふに、晩年になりとも『論語』を手にふれなば、不孝を悔《くゐ》、旧悪《きうあく》を改むるこゝろも有べきにと、いと恨《うら》めし。（16オウ）

『閑際筆記』巻上

世に伝ふ、「武田信玄《たけたしんけん》、其の父信虎《のぶとら》を逐《を》ふより、後《のち》『論語《ろんご》』を読《よ》むことを廃《はい》《すつる》す。是《これ》羞悪《しうを》《はぢにくむ》の心ろ、猶《なを》存ること有り」然らば盍《なん》ぞ其の心を推《を》して、父《ち》を道路《だうろ》に死《し》せざらしめんや。此れ、其の二世《にせ》を没《を》へずして国亡《くにほろ》ぶ所以《ゆへん》なるか。（2オ）

⑥「鎌《かま》田兵衛政清《まさきよ》を忠臣《ちうしん》といふ説」（巻二十七「士庶」）

（評）鎌《かま》田が忠義《ちうぎ》、かつて聞ず。其罪悪《そのざいあく》、長田《をさだ》よりも重《をも》し。（略）義朝が父をころせるは、其もと鎌田がすすめより出たれば、鎌田は君《きみ》を弑《しい》せし者なり。其後、義朝《とも》が長田に害《がい》せられたるも、父をきりし報《むく》ひなり。これをもつておもへば、鎌《かま》田は為義を弑《し》せしのみにあらず。義朝をも弑《し》せるものなり。（2オ～3ウ）

『大日本史賛藪』巻三上「源義朝の伝の賛」

頼朝、鎌田政家の後を録せしは、厚しと謂ふべし。然れども、義朝に父を殺すを勧めし者は政家なり。

⑦「佐々木盛綱《もりつな》、馬《むま》にて海《うみ》をわたす説」（巻三十二「士庶」）

（俗説）佐々木の盛綱、備前《びぜん》の児島《こじま》を馬にて渡《わた》せしとき、頼朝、書を賜《たまは》りて武功《ふこう》を賞《しやう》せらる。（略）（評）今按るに、是れよりさきに、源の頼信《よりのぶ》、馬《むま》にて海《うみ》を渡《わた》されしことあり。（以下、『今昔物語集』巻二十五「源頼信朝臣、責平忠恒語」第九の、源頼信が海を渡って平忠常を攻めた話を引く。）頼信は頼朝五代の祖《そ》なり。其《そ》の武功《ぶこう》をわすれ給ふはいぶかし。（8オ～9ウ）

『読史余論』巻中「中世以来、将帥の任、世官世族となりし事」

『宇治拾遺物語』に、河内守頼信、上野守にてありしとき、平忠恒をうつ。海の浅所を知りて渡る。（略）海を渡る事、藤戸を始とするは非歟。

⑧**「西行法師、江口の遊女《ゆう》に逢説」**（巻三十三「僧道」）

（俗説）西行法師は鉄肝石腸《てつかんせきてう》の人なり。江口の遊女に一宿《しゆく》してかれにたはれず。（略）（評）今按るに、西行が鉄肝《てつかん》石腸《せきてう》、おぼつかなし。（略）嫌疑《けんぎ》を避《さく》るの心はあるか。あらば、など娼家《しやうか》に宿《しゆく》するや。言行表裏《げんこうへうり》、大にいぶかし。（14ウ15オ）

『本朝通紀』後編巻一

西、黒衣法筵《えん》の身を以て、強ひて婦家に宿し、而も女を引きて終夜《よもすがら》談話す。是、世僧の愧《は》づる所にして、西が節操《せつそう》の顕はるゝ所なり。（26ウ）

⑨**「平重盛《しげもり》、源頼朝《よりとも》を伊豆国《いづのくに》に流《なが》す説」**（巻三十八「公卿」）

（評）頼朝を伊豆に流《なが》せしは、重盛《しげもり》一世《せ》の不覚《ふかく》なり。（略）頼朝の時にいたつて範頼《のりより》・義経《よしつね》・義仲《よしなか》を滅《ほろぼ》し、其身《み》も程《ほど》なく薨《かう》ぜらる。其子頼家《よりいえ》・実朝《さねとも》、相つゞきて弑《し》せられ、天下、北条《ほうでう》が掌握《しやうあく》となれり。これこそ、義家の嫡孫《ちやくそん》滅《ほろ》びたりともいふべし。しかれども、終《つい》に関東《くはんとう》より乱《らん》を起《をこ》して北条《ほうでう》をかたぶけし者《もの》もなく、九代まで不義《ふぎ》の富《とみ》をなせり。又、重盛《しげもり》、善者《ぜんしや》なりといへども、聖賢《せいけん》にあらざれば、あやまりなき事あたはず。（略）金《かね》を径山《きんざん》に渡《わた》し、念仏《ねんぶつ》の礼賛《らいさん》、熊野《くまの》の命請《いのちごひ》、布引滝《ぬのびきのたに》に難波《なんば》をいれしたぐひ、是《これ》、其愚《そのぐ》なる所なり。（11ウ〜13オ）

『閑際筆記』巻上

平重盛《たいらのしげもり》卿を孰《たれ》か有徳《いふとく》の人に非《あら》ずと謂《い》はん。但し少《すこ》し不明《ふめい》の処ろあり。金《かね》を育王山《いわうざん》に嚫《ほどこし》、頼朝《よりとも》を豆州に放《はな》つの類《たぐい》を観《み》て知《し》るべし。（2ウ）

ここでは歴史上の人物に対する評価がなされる。①では仏者の諭う聖武天皇の明主説の非、②③④⑧は光明皇后・元肪・白川帝・西行の淫悪、⑤⑥⑨では武田信玄・鎌田政清・平重盛の不義不覚を指摘する。

蟠竜の批評の方法としては、③④のように他説をそのまま引用してその著者や書名を明記する場合と、⑤〜⑨のように自説他説の区別なく述べる場合とがある。⑤では、『閑際筆記』にもいう信玄の親不孝説をふまえ、信玄の曽我時致再生説を否定し、また⑦では、『読史余論』にもいう馬で渡海したのは源頼信が初めてであるとする説を、先祖頼信のその功績を見逃した頼朝への批判として展開させ、⑨では、平重盛が頼朝を助命した非について、『閑際筆記』にもいう重盛評を併せて述べている。これら蟠竜の諸説のどこまでが独自の論であるのかは明らかにはできないが、いずれにしても、蟠竜の言説は、当代儒学者の説に従った人物観や歴史観を持っていたことは確かなようである。

4、年代考証・人物批評（独自の説）

次にあげるのは、年代考証や人物批評で、他書の説とは異なる評価が蟠竜により成されているものである。

〈婦女伝〉

①「雄略帝《ゆうりやくてい》の后幡梭媛《はたひひめ》、帝《みかど》を諌《いさむ》る説」（巻七「后妃」）

（評）近年印行《いんこう》の書に、幡梭媛《はたひひめ》を婦徳《ふとく》ありと称《せう》せし説、あまたあり。しかれども、幡梭媛は仁徳《とく》の皇《くわう》女にて、母は日向髪長姫《ひうがのかみながひめ》なり。幡梭媛、其兄履仲帝《そのあにりちうてい》に愛《あい》せられて、中蔕《し》姫をうみ、又、雄略帝《ゆうりやくてい》の后となり給ふ。中蔕姫も其伯父《をぢ》大草香《くさかの》皇子（略）の妻《め》となる。あるひは妹《いもと》を娶《めと》り姪《めい》を娶《めと》る。倫理《りんり》を絶滅《ぜつめつ》すること、こゝにいたれり。なんぞ賢《けん》女とするにいたらむ。（10ウ11オ）

『大日本史賛藪』巻二「雄略の草香幡梭皇后伝の賛」

后、直言して之（注：雄略帝）を諌め、惟《たゞ》に舎人、誅戮より免れしのみならず、又能く、暴君をして善言を聞くを楽しましむ。楚の樊姫《はんき》の荘王を諌めしより賢《まさ》れり。

『本朝通紀』前編巻三

〔藤井氏曰〕人主の内助有る、其の益小さきに非ず。周宣の姜《きやう》后、漢明の馬后、唐の太宗の長孫后の如き、以て見るべし。其の君の非を格《たゞ》すこと、動《やゝ》もすれば諌臣に過ぐ。我が茲《この》皇后、豈に亦た彼に媿《はぢ》んや。伏して以てすれば、皇后、舎人が死を救ひて、而して帝の忿戻《ふんれい》も亦た立ちどころに解く。夫の斉の晏子、景公を諌めて圉人を殺すことを止るの事をと相ひ近からずや。（23ウ24オ）

②「井上皇后、大蛇となる説」（巻七「后妃」）

（評）『水鏡《かゞみ》』に、「井上夫人は光仁帝の妃《ひ》なり。此腹《はら》に、他部《をさべの》親王とてありしを、東宮《とうぐう》にたて給ふ。此とき、藤川百川、光仁《くわうにん》帝第一の皇子山の部親王をすゝめて、継母《けいぼ》井上皇后に通《つう》ぜしめ、帝に后をうとませ奉る。后も山の部にしたしみて、帝をそむき給ふ心出来りしかば、百川さま〴〵にはかりごとをめぐらし讒《ざん》をかまへて、皇后・他部をうしなひ、山部を位につけまいらす。桓《くはん》武天皇これなり」（略）称徳《しようとく》帝、荒淫《くはういん》無《ぶ》道の主《しゆ》なりといへども、百川なんぞ臣《しん》たるの道をわするゝや。是れ等の不忠《ふちう》、豈に天罰《ばつ》をまぬがれんや。しかるを、皇后の怨念《をんねん》によれりと思へるは、理《り》にくらきが故なり。（12ウ～13ウ）

『水鏡』巻下「光仁天皇」

百川目聞心賢くして、如何様此第一の御子は行末の賢王、天下の宝にて御座せんずる御心ある君と見定め奉りける。百川の心中こそ誠に賢き心なりけれ。（略）只偏に百川は我身の命を惜む心無くして、天下世間の世を身に替へて思ひ遣るあまりの賢臣の心の故なりけり。（略）此因果にて我命の死せんずらんとは百川もさとり乍、我身に替へて寿をも惜まず、只世の為、天下の為、人の能からん為をのみ思ひ入て、遂に早く早世しけん。百川惜し共云ふ計り無し[16]。

『大日本史賛藪』巻二「光仁の井上皇后伝の賛」

事、『水鏡』に在り。本書、往々、旧史の諱む所を直書し、頗る其の実を得たる者有り。然れども、此れ、豈に人道ならんや。蓋し謂《おも》ふに、百川、后の淫縦《いんしよう》を悪《にく》み、其の罪悪の稔るを待ちて、然る後、帝に奏して之を廃せしは、則ち或は之れ有らんも、未だ必ずしも、設計すること此の如く鄙褻《ひせつ》ならざらん。此れ、殆ど伝者の妄のみ。然れども旧史は、「后と太子と、並びに巫蠱《ふこ》を以て廃せられ、日を同じくして卒《しゆつ》す」と書すれば、則ち、掩匿《えんとく》して其の故を書せずと雖も、亦必ず非常の事有り。今、得て覈《しら》ぶべからざるなり。『水鏡』に又云ふ、「后、生《いき》ながら化して竜と為る」と。（略）妒悍《とかん》の婦人は、人の畏憚する所なれば、之を謂ひて竜と為すも亦宜なり。

③「狭穂姫《さほひめ》が説」（巻三十一「后妃」）

狭穂姫《さほひめ》が所為《しよゐ》、一事《じ》の感《かん》ずべきものなし。まづ狭穂姫、兄《あに》が叛心《ほん》をあらはすとき、顔《かんばせ》を犯《をか》して諫《いさ》めざるは不孝《こう》なり。次《つぎ》に、短剣《つるぎ》をあたえたるを請《うけ》たるは不義《ふぎ》なり。次に、やむことを得《え》ずして剣《つるぎ》を請《うけ》ば、其刀《かたな》をもつて自害《じがい》せざるは不勇《ゆう》なり。次《つぎ》に、帝《みかど》に問《とは》れて、かくすことあたはざるは不智《ち》なり。次に、皇子《わうじ》をいだきて敵《てき》の城《しろ》にいれるは、不貞《てい》不忠《ちう》なり。（略）舎兄《あに》あることを知《しつ》て、夫君《をつと》あることを知《し》らずといふべし。（18オ〜19オ）

『本朝通紀』前編巻一

狭穂姫、性《ひとゝなり》謹恭にして専ら婦道を守り、后と為るに逮《およ》んで、倦々《けん〱》として倍々后職《こうしよく》を修む。既に兄逆志を為すに至りて、天下の為に其の計を告げ、兄の為に死を倶にして、忠敬の道を全うす。貞女なりと謂つべし。身死し尸壊《しかばねくづ》ると雖ども、其の名は方策に存して千数百歳凜々《りん〱》として後世に泯《ほろ》びず。後世貞烈の風を知ることを要せば、惟だ此の人に存する者なり。借《惜カ》い哉《かな》、皇后苟くも兄の命を救はんと欲せば、初め天皇に奏するに、妾が望みを許すこと有らば社稷の大事をして之を告げしむることを以てせば、天皇其の請を許さんこと必せり。是に至りて其の約を堅くし、兄の反状を奏して、而して後、先言を奉じて兄命を請はゞ、狭穂彦其の誅を免がれ、自らも亦た后位を全うせんか。其の慮り、斯《こゝ》に及ばずして、兄妹ともに共に亡死す。呼嗚《あゝ》、千歳の下《もと》悲しむべきかな。（25オウ）

『大日本史賛藪』巻二「垂仁の狭穂姫皇后伝の賛」

楚の棄疾・唐の李璀《りさい》、父の逆を以て君に告げて、而も身を以て父に従ふ。後の君子、未だ、二子を以て逆党と為す者有るを聞かざるなり。是の由りて之を言へば、皇后の、兄に従ひて死せしは、独り罪すべけんや。且つ狭穂彦は皇后の言を以て誅死す。皇后、復た、面目の以て世に立つもの無ければ、則ち其の死するは、固より悲しむべし。（略）皇后の若き者は、女徳を辱しめざる者と謂ふべし。

④「檀《だん》林皇后《くはうごう》辞世《じせい》の御歌《をんうた》の説」（巻三十八「后妃」）

（評）檀《だん》林皇后《くはうごう》野葬《やそう》の事、正史《し》・実録《じつろく》にかつて見えず。（略）然るを妖《よう》僧附《ふ》会《くはい》して「葬儀《そうぎ》を用ひず、中野《や》に棄《すつ》」と記《き》せしより、後世《こうせい》したがふて、其事蹟《そのじせき》をのこせり。（8ウ9オ）

『大日本史賛藪』巻二「嵯峨の橘皇后伝の賛」

薄葬を遺令し、民力を愛惜せるは、蓋し、死生の理に達せる者有り。豈、賢に非ずや。

〈頼朝説話〉

⑤「梶原景時《かぢはらかげとき》、土肥《とひ》の杉山《すぎ》にて頼朝《よりとも》をたすくる説」（巻十二「士庶」）

（評）或《あるひと》曰、楚《そ》の項羽《こうう》が将、丁公《ていこう》といふ者、高祖《こうそ》を追《をふ》て、短兵《たんへい》をもつてちかづきけるが、高祖のことばにめで丶かへりき。項羽ほろびて後、来りて高祖にまみゆ。高祖これを軍中にとなへて、「臣として君に天下をうしなはしむるものなり。此後、人臣としてこれにならふことなからしめむ」とて、終《つゐ》にきれり。頼朝の梶原を近従《しう》せしめしは、漢高《かんこう》の智《ち》におよばざるにや。（割注）右、山崎垂加説。（略）（評）梶原《かぢはら》が頼朝をたすけしは、忠《ちう》にたれども、平家《へいけ》に属《しよく》しながらなせしことなれば、則《すなはち》ふたご丶ろなり。（略）か丶るものを忠義《ちうぎ》といへるも、俗説の

あやまりなり。（8オ〜9オ）

右の「山崎垂加説」までの内容は、山崎闇斎著『大和小学』（万治三（一六六〇）年刊）の三十三丁裏、三十四丁表の文章の引用である。

『閑際筆記』巻上

義経不弟にして勇略《ゆうりやく》あり、乱を作《をこ》し国を争《あらそ》ふ。（略）景時蓋《けだ》し謂《い》ふ、「頼朝《よりとも》若《も》し早《はや》く計《はか》らずんば、悔《くゆ》ると雖《い》ふとも益《ゑき》なからん」と。故へに勧《すゝ》めて之《これ》をころさしむ。思《をも》ひ無《な》きに非《あら》ず。只管《なをざり》に梶原《かぢわら》を悪《にく》むは、児女《じじよ》の情《じよう》なり。（25ウ26オ）

『大日本史賛藪』巻四「梶原景時父子の伝の賛」

梶原景時は、源頼朝の親愛する所たり。其の智数に任じて、善く人の意を揣《はか》り、軍謀を賛画《さんかく》して、汗馬の労有り。（略）然れども、佞媚傾陥《ねいびけいかん》にして、英俊を排掩す。源義経を讒構して、遂に兄弟相容るる能《い》はざらしめ、頼朝、已れをして之を撃たしむれば、則ち禍を昌俊に嫁して、以て之を避く。何ぞ其れ功なるや。（略）以て讒夫の戒と為すべきなり。

⑥**「頼朝薨逝《よりともこうせい》の説」（巻三十二「士庶」）**

（評）さしもの頼朝卿《よりともきやう》の、女わらはべのごとく、死霊《しれう》などにおびやかされて、やみ〳〵と死《し》し給ひけんは、無下《むげ》にくちをしく、痛《いた》はしき御事なるべし。『東鏡《あづまかゞみ》』には日々《にち〳〵》天気《てんき》の陰晴《いんせい》まで記《き》しぬるに、頼朝卒去《そつきよ》の事を欠《かき》たる

はいぶかし。とにもかくにも、云甲斐《いひがい》なき御最期《ごさいご》なりけんかし。（11オ）

『閑際筆記』巻下
「源頼朝の卒月《そつげつ》、『東鑑』に之を闕《か》く。終《を》はりを克《よく》せられざるを以て也」是、世に傳説《ふせつ》なり。『百錬抄』に云、「平治元年正月十一日、右大将頼朝、疾に依りて出家す。十三日に薨《こう》ず」暴病暴死《ぼうへうぼうし》なること、諒《まこと》に是れ疑《うたが》ふべし。
（2ウ）

〈その他〉

⑦「在原行平《ありはらのゆきひら》、須磨浦《すまのうら》にながされ松風《まつかぜ》・村雨《むらさめ》に逢《あふ》説」（巻九「公卿」）

（評）行平、須磨《すま》の浦《うら》に配流《はいる》の事はまことにて、松風・村雨が事は非《ひ》なり。（以下、『後撰集』とその抄、『古今集』『撰集抄』を引用し、須磨配流の事実を指摘する。）（5ウ～7オ）

『本朝通紀』前編巻十九
行平、嘗て罪在りて須磨の浦に左遷せられ、貶所に在ること三年、徒然《つれ〳〵》として日を遣《や》るの余り、松風・村雨の二海女に顧聘して之を戯淫し、或は又絵嶋に逍遥して水《しつ》を詠る女の詠歌を感嘆する事、野史・俗紀載て聒々たり。然れども『三代実録』及び『行平上表』等、未だ嘗て左遷を言はず。故に其の履蹟《りせき》《あと》、枚挙するに足らず。除き以て伝考に譲る。或ひは伝ふ、「行平の左遷、仁和三年に在り」と。夫れ『仁和実録』を按るに、行平の奥羽按察使を辞する、仁和三年也。正説に非ざること又明けし。（16オウ）

⑧「松田左馬助、忠義《ぎ》の説」（巻十三「士庶」）
左馬介、父が逆意《ぎやくゐ》を君に告《つぐ》ることは、李璀《いさい》に同じといへども、李璀《さい》は、父死るときに自殺《じさつ》し、左馬介は、父誅《ちう》せらる、ときに死せず。棄疾《きしつ》は、父をすて讐《あだ》につかふるを忌《いみ》て死し、左《さ》馬介は、父を棄《すて》、讐《あだ》につかえても、恥《はぢ》るこゝろなし。古語《こご》に「忠臣をもとむるはかならず孝子の門に於《をい》てす」とあれば、左馬介を忠臣とするは義《ぎ》にかなはず。（15ウ～16オ）

『塩尻』巻六
忠孝類説に左馬介が志を哀れむ。然れども、其父を諫むる時死せず、亦父の謀逆を告る時死せず、亦其父諫せらるゝ時死せず、主降城陥る時に死せず。（略）但し左馬介、年甚だ若し。其志は観るにたれり。

⑨「平の貞盛《さだもり》は仁義《ぎ》の良将といふ説」（巻二十二「士庶」）
（『今昔物語集』巻二十九「丹波守平貞盛、取児干語」第二十五の話を引く）貞盛の不仁、此の如《ごと》し。俗説《ぞくせつ》もつとも相違《ゐ》せり。（4ウ～6オ）

『羅山先生集』巻三十九「平貞盛」
君の為に賊を討ち、父の為に讎を復ゆ。忠有り、孝有り。亦善からずや。（原文漢文）

①から④までは婦女伝である。このうち①の幡楼姫、③の狭穂姫、④の檀林皇后はいずれも貞女・賢女として『本朝女鑑』『比売鑑』にも取り上げられ、『大日本史賛藪』や『本朝通紀』でも評価されるが、『広益俗説弁』では逆に

批判的で、①③ではその不義不貞を指摘し、④では仏説としての檀林皇后の野葬説を否定している。また②の井上皇后については、嫉妬ゆえに竜蛇と化したという悪女説が『水鏡』にある。しかし蟠竜は、井上皇后の非よりも、むしろ『水鏡』では賢臣として評される藤川百川の不忠を主張している。

次の⑤梶原景時、⑥の源頼朝の話についても、蟠竜はともに二人には批判的であり、『閑際筆記』の評とは異なる。ただし⑤にあげた『大和小学』や『大日本史賛藪』には梶原景時への批判があり、これらの人物の是非については諸説あったことが推測される。

その他、⑦の謡曲「松風」にいう在原行平と松風村雨の話については、『本朝通紀』に、須磨配流の事実は無しと述べられているのに対し、蟠竜は、行平が六十九歳で須磨に配流された事が『古今和歌集』等に記されていると指摘する。

また⑧では、『太閤記』に忠義の徒と称された松田左馬介を、蟠竜は不忠者と批判する。左馬介については『塩尻』でも、その忠孝に疑念ありとされているものの、若年ということで、その志についてはそれなりに評価されている。それに比べると、蟠竜の左馬介への批判はなかなか手厳しい。⑨では、『前太平記』で仁義の良将とされ、『羅山先生集』でも忠孝ありと評される平貞盛を、蟠竜は『今昔物語集』の記事から、不仁の者として批判している。総じて蟠竜の人物評価は、他説よりもやや否定的といえる。

加えて、例えば3の①や⑥、4の⑤の評のように、人物の是非をより明確に示そうとするためか、『読史余論』や『大日本史賛藪』等での多角的な評価のしかたに比べると、蟠竜の論は単純化され、わかりやすくなっている。

『広益俗説弁』と『閑際筆記』『本朝通紀』との関係については、正編末の引用書目一覧に『本朝通紀』の書名、遺編の引用書目一覧に『閑際筆記』を見る。なお井上泰至によると、『広益俗説弁』と『本朝通紀』との叙述方法に類似性があるとの指摘もあり、[17]『広益俗説弁』が『本朝通紀』を参考にしていたことが考えられる。

また『読史余論』『大日本史賛藪』については、蟠竜は何らかのかたちで間接的にそれらの書の説を見聞きすることができたのではないかとも思われる。当代の知識人と蟠竜との関係、とりわけ谷秦山や椋梨一雪との交友関係については白石良夫[18]による論が備わる。また加藤祐一郎[19]、本間純一[20]によって柳枝軒と蟠竜との関わりが論じられている。蟠竜は、そうした知識人や書肆との関わりをとおして、当代の儒学者間で行われていた人物批評や史論を享受したのではないだろうか。

注

（1）『広益俗説弁』の本文引用は、架蔵本に拠り、欠本部分については、高知県立図書館山内家資料本（国文学研マイクロフィルム）で補った。

（2）『神社便覧』の本文引用は、名古屋大学附属図書館神宮皇学館文庫本〈一七五／二／Si〉国文研マイクロフィルムに拠る。

（3）『扶桑記勝』の本文引用は、『益軒全集』巻之七（国書刊行会、一九七三年）三五八・四九〇頁に拠る。

（4）『雍州府志』の本文引用は、『新修京都叢書』第十巻（臨川書店、一九六八年）に拠る。

（5）『遠碧軒記』の本文引用は、『日本随筆大成』第一期巻十（吉川弘文館、一九七五年）四〇頁に拠る。

（6）『塩尻』の本文引用は、『日本随筆大成』第三期巻十三（吉川弘文館、一九七七年）一五四・二五三頁に拠る。

（7）『閑際筆記』の本文引用は、酒田市立図書館光丘文庫蔵本〈七六〉国文研マイクロフィルムに拠る。なお、市古夏生によると『閑際筆記』正徳五年板には五月刊のものと九月刊の二種があり、出版規制に関わる内容改変が見られるという（「『閑際筆記』をめぐって――出版規制の問題――」『近世初期文学と出版文化』若草書房、一九九八年、初出一九九〇年三月）。本節で用いたのは九月板。

（8）『本朝俗談正誤』の本文引用は、元禄四（一六九一）年刊矢口丹波記念文庫本〈〇四七八〉国文研マイクロフィルムに拠る。

（9）『羅山先生集』の本文引用は、『羅山先生文集』（京都史蹟会、一九一八年）巻一、三〇五頁・巻二、六頁に拠る。
（10）『本朝通紀』の本文引用は、元禄十一（一六九八）年刊盛岡市中央公民館本〈二八一／五三二／二〉国文研マイクロフィルムに拠る。
（11）『内裏雛』の本文引用は、享保二（一七一七）年刊国文学研究資料館本〈ヤ六／二九五〉に拠る。
（12）『新編鎌倉志』の本文引用は、『大日本地誌大系』第十九巻（雄山閣、一九二九年）六六・八四頁に拠る。
（13）『大日本史賛藪』の本文引用は、『日本思想大系』四十八（岩波書店、一九七四年）三四・七二〜七三・七五〜七八・一四四〜一四五・一九四〜一九五頁に拠る。
（14）『保建大記打聞』の本文引用は、享保五（一七二〇）年柳枝軒識金沢市立図書館稼堂文庫本〈〇九一九／二八三〉国文研マイクロフィルムに拠る。
（15）『読史余論』の本文引用は、『日本思想大系』三十五（岩波書店、一九七五年）二二二・二八四頁。
（16）『水鏡』の本文引用は、『新訂増補国史大系』第二十一上（吉川弘文館、一九六六年）八三〜八四頁。
（17）井上泰至「江戸時代最も読まれた通史」（『館報　池田文庫』一四、一九九九年四月）八頁。
（18）白石良夫「井沢蟠龍著述覚書」（『江戸時代学芸史論考』三弥井書店、二〇〇〇年）。
（19）加藤祐一郎「井沢蟠龍における今昔物語集の受容」（『中央大学国文』三八、一九九五年三月）。
（20）本間純一「書肆と説話――柳枝軒・茨木多左衛門の出版活動から――」（『説話・伝承学』八、二〇〇〇年四月）。

第三節　金王丸と土佐房昌俊
――『広益俗説弁』巻十二より――

井沢蟠竜の説話考証随筆『広益俗説弁』（正徳五（一七一五）年～享保十二（一七二七）年刊、正編・後編・遺編・附編・残編）に、次のような内容がある。

> 俗説云、渋谷金王丸は武蔵《むさし》の国渋谷《しぶや》の産《さん》なり。左馬頭《さまのかみ》源義朝につかふ。義朝事あつて後《のち》、剃髪《ていはつ》して諸国《しょこく》を修《しゅ》行す。頼朝のときに及び、出てつかへ、名を二階堂《かいどう》土佐《とさ》房《ぼう》昌《しやう》俊《しゆん》（一に正存）とあらたむ。
>
> （『広益俗説弁』巻十二「士庶」「渋谷の金王丸、後に土佐房と号する説」16オ、原文ルビ片仮名文）

中世から近世期にかけて流布した金王丸を土佐房とする伝承については、横川修二[1]、丹和浩[2]による論が備わる。横川は、渋谷金王八幡神社に伝わるという社伝のほかに、『古郷帰乃江戸咄』（六巻八冊、貞享四（一六八七）年刊）や『江戸名所記』（七巻七冊、寛文二（一六六二）年刊）、『江戸雀』（十二巻十二冊、延宝五（一六七七）年刊）、浄瑠璃「源氏烏帽子折」（元禄三（一六九〇）年正月竹本座初演か）の話をあげている。丹は、八坂本『平家物語』をはじめ、古浄瑠璃『待賢門平氏合戦』（寛永二十（一六四三）年刊）、浄瑠璃「仏御前扇軍」（享保七（一七二二）年竹本座初演）や浄瑠璃「御所桜堀川夜討」（元文二（一七三七）年竹本座初演）等の話をあげ、金王丸と土佐房を同一人物とする説は「比較的広く行われた伝承だったのではないか」と指摘する。

以下、両氏のあげた諸作品をはじめ、『広益俗説弁』以前の物語や演劇・地誌、随筆記録の類における金王丸・土佐房の人物像が『広益俗説弁』の説にどのような影響を与えているか、そして当書の俗説考証がどのような視点で述べられているのかを考えてみたい。

まず金王丸が登場する作品には、丹の指摘にあるように、『平治物語』、幸若「鎌田」、謡曲「金王丸」、西沢一風作浮世草子『風流御前義経記』（八巻八冊、元禄十三（一七〇〇）年刊）、近松門左衛門作浄瑠璃「鎌田兵衛名所盃」（一冊、正徳元（一七一一）年以前、竹本座初演）等がある。いずれも『平治物語』の、金王丸が主君義朝の死を常葉に伝える話に基づき、金王丸が義朝の仇を討つために活躍する場面を中心にその武勇を描いている。

一方、土佐房昌俊に取材した作品としては、『平家物語』『義経記』『源平盛衰記』、謡曲「正尊」（別称「正存」）がある。[3]土佐房昌俊（正尊）が主君源頼朝の命で義経を討とうとするが逆に捕えられ斬首となる話であるが、このうちの『義経記』古活字本に、『広益俗説弁』の俗説にいう「二階堂」の名前がみえる。

金王丸と土佐房が同一人物として登場する作品のうち、八坂本[4]『平家物語』「土佐坊夜討」では、義経が土佐坊を捕えた際、土佐坊が金王丸と呼ばれていた頃に義朝が可愛がっていたことでこれを助命しようとする場面がある。また幸若「堀川夜討」では、土佐坊が幼少の金王丸の頃、長田館の合戦で活躍したと頼朝が語る場面がある。

また古浄瑠璃『待賢門平氏合戦』では、「しぶやの金王丸」が義朝の死に伴う武勇談の後に、「かうや山にまいり、よしともの御あとを、よきにとふらい申けり、かまくらに下り、よりともにかしづき、しやうぞんとそ申ける」（第六段目）[5]とある。この『待賢門平氏合戦』の内容は、前の八坂本『平家物語』、幸若「堀川夜討」に比べると『広益俗説弁』の右の俗説に近くなっている。しかしこれら三作品ではなお、金王丸・土佐坊同一人物説が物語に付加的・断片的に示されるに止まっている。それが近松の浄瑠璃「源氏烏帽子折」になると、第一段で「渋谷の金王昌俊獅子王」が義朝を弔い出家して「土佐坊昌俊」と改名し、第三段以降では土佐坊が義経を守護し、頼朝の命で義朝の仇を討つというように、両者が同一人物であることを前提とした物語が展開している。
一方、江戸の地誌にも両者を結びつけた以下のような記述が見られる。

渋谷《しぶや》の金王丸《こんわうまる》は、左馬頭《さまのかみ》源《みなもと》の義朝にめしつかはれし童《わらは》なり。大かうのつはものにて、たび〳〵手がらをあらはしけり。しかるに、平治元年に、大納言藤原の信頼《のぶより》にくみして、むほんをおこし、待賢門のいくさにうちまけ、東国におちられしに、尾張《おはり》の国野間《のま》の内海《うつみ》に御家人《ごけにん》長田庄司忠宗《おさだのしやうじたゞむね》がもとにおちきたり給ふを、長田《おさだ》こゝろがはりして、義朝をうち奉る。金王丸くちおしく思ひ、はしりまはりて、手むかふものども切ふせて、そのゝち都にのぼり、義朝の妾《おもひもの》常盤《ときは》がもとにきたり、このありさまを、かたりてのち出家して、諸国を修行し、よし朝の跡をとふらひ奉る。（略）ある説には、頼朝《よりとも》の仰せによりて、判官義経《よしつね》の打手になりて、都にのぼり、堀川の御所夜討《ようち》の大将土佐房正尊《とさばうしやうぞん》はこれ、そのかみの金王丸也といひつたへし。（略）

（『江戸名所記』巻七―二「渋谷　金王桜」）(6)

これとほぼ同様の内容は、『古郷帰乃江戸咄』巻三―十一「渋谷八幡宮金王桜」にもある。両作品ともに、金王丸の物語に加えて、別説として堀川夜討で活躍した土佐房正尊の話をあげ、両人は同一人物であるらしいと述べている。このように、金王丸・土佐坊同一人物説は、演劇や地誌の類によって当代に流布したものと思われ、『広益俗説弁』の俗説はその影響下にあることがわかる。

では、『広益俗説弁』ではこうした俗説をどのような書から引用し、どのような立場で考証しているのだろうか。『広益俗説弁』では、俗説を記した後に、「今按るに」で始まる蟠竜の俗説考証がなされる。ここでは『平治物語』『源平盛衰記』および「諸家系図」を引くことが明記される。

このうち『平治物語』については、『参考平治物語』(7)（三巻六冊、今井弘済・内藤貞顕考訂、元禄六（一六九三）年刊）の以下の内容とほぼ一致している。

主君義朝が尾張の国智多郡野間の内海で長田荘司忠宗によって殺された後、金王は都へ上り（巻二「義朝野間下向并忠致心替事」62オ〜67ウ）、その後常磐の許に行き、義朝が長田四郎の為に討たれた旨を告げた後（巻三「金王丸従尾張馳上事」2ウ）、義朝の菩提を弔うために僧法師になってある寺へ入って出家し、諸国七道修行した。（同巻、3ウ）

蟠竜はこの『参考平治物語』にいう主君義朝の菩提を弔うために出家した金王丸の話を証左とし、その上で、金王丸が出家の「後に出て仕官せし事は、いづれの書にもかつて見えず」（16ウ）と、俗説に疑問を呈している。

そして次に『源平盛衰記』を引用し、土佐房昌俊の出自について記している。これについては、『参考源平盛衰記』（四十九巻、写本、今井弘済・内藤貞顕考訂、元禄二（一六八九）年成立）には、土佐房について次のようにあり、『広益俗説弁』の説と一致する。

此昌俊と云は、本大和国の住人なる上、奈良法師也。（略）当国に針庄とて西金堂の御油の料所あり。不慮の沙汰出来て、当庄の代官小河四郎遠忠と云者が西金堂衆に敵して、興福寺の上綱に侍従律師快尊を相語ひて、年貢所当を打止むる間、堂衆又昌俊を語ひて、大勢を引率し、針の庄に推寄て、遠忠を夜討にす。快尊又大衆を語ひて、土佐坊を追籠て、春日神木をかざり、洛中へ振入奉り、昌俊を禁獄せらるべきの由奏聞す。（略）大衆発向の処に、昌俊数多の凶徒等を卒して、衆徒の会合を追払ひ、春日神木を伐捨奉る。大衆憤深くして、天奏を経に就、昌俊を召けれ共、敢へて勅に従はず。之に依て衆徒の訴訟鬱深しと雖も、両方の理非未だ聞召開かず。急ぎ参洛を企て、道理を申されれば、聖断あるべきの由宥仰下されければ、昌俊即ち上洛す。召誡すべきの旨、別当兼忠に仰す。昌俊を召捕て、大番衆土肥次郎実平に預けられけり。月日を送りける程に、心様甲斐甲斐敷者なりければ、実平に親しくなりぬ。随又公家も御無沙汰なりけれ共、南都は敵人強ければ、環住せん事難治にて、実平に相具して関東に下り、兵衛佐殿に奉公す。心際不覚なしとて、身を放さず召仕給けり。兵衛佐治承の謀叛の時、昌俊二文字に結び雁の旗を賜たりけるとかや。去は本南都の者也、七大寺詣と号して差上す。

（巻四十六「頼朝義経中違事」24オ～26オ、原文片仮名文）(8)

これによると、土佐房昌俊は、もと大和国の奈良法師で、針の庄の代官と争い、その後関東に下向して源頼朝の家臣となったとある。この『参考源平盛衰記』の文は、『広益俗説弁』の『源平盛衰記』引用文とほぼ一致し、『広益俗説弁』と『参考平治物語』『参考源平盛衰記』との関わりがうかがえる。

　さらに蟠竜は、金王丸と土佐房両名の出自の違いを「諸家系図」より明らかにしようとする。

諸家系図《しよけけいづ》を考《かんがふ》るに、渋谷《しぶや》は源氏にして、二階堂《かいどう》は藤氏なり。其出自《すいし》大に異《こと》なり。是等《これら》をもつてみれば、金王丸《こんわうまる》と土佐坊《とさぼう》は別《べつ》人なるべし。（18オ）

『広益俗説弁』巻二十「引用書目」に書名のある『尊卑分脈』(9)や、水戸藩の史臣丸山可澄が彰考館の修史の過程で編集した家系図集『諸家系図纂』（三十巻、元禄五（一六九二）年成）を見ると、土佐坊昌俊の氏名「二階堂」は「藤原乙麿卿孫」の項目にあり、また金王丸の氏「渋谷」は「宇多源氏」の項目にあって、蟠竜の説を裏付けることができる。

『参考平治物語』『参考源平盛衰記』は、『参考太平記』等とともに水戸藩主徳川光圀の命による『大日本史』編纂の一助として成された書である。両書はともに、史実の考証究明のための資料として扱われた。『広益俗説弁』で『平治物語』『源平盛衰記』が、同じく水戸藩の歴史編纂事業として成された「諸家系図」と並べて引用されたことは、幡竜がそれらの書を、俗説としての浄瑠璃や草子類とは異なる、正史の書と見做していたことがわかる。

『大日本史』の「本紀」七十三巻と「列伝」百七十巻は、『広益俗説弁』正編刊行と同じ年の正徳五年に脱稿された。そのうち巻一八〇「列伝四」「源頼朝下」には、源頼朝が土佐房昌俊に命じて義経を殺害させようとしたことが『吾妻鏡』『玉海』を引いて記されている。また巻二二九「列伝五」「源義朝」では『参考平治物語』をひいて、義朝が長田荘司平忠到によって風呂場で殺害された時、金王丸が忠致の家来数人を斬ったことが記されている。このように『大日本史』では、各記事に『広益俗説弁』が引用した書と同じ書をもって歴史を記している。『広益俗説弁』の俗説考証は、こうした国をあげての歴史編纂・考証の風潮のもとに成されたのではないだろうか。

注

（1）横川修二「金王丸から土佐坊昌俊へ」（『観世』三六―一、一九六九年一月）。

（2）丹和浩「『新板知仁勇／三鼎金王桜』について」（『叢』一二、一九八九年二月）二三七頁。

（3）岡見正雄「義経記関連史料・文学対照表」（『義経記』日本古典文学大系、岩波書店、一九五九年）に、土佐房が登場する関連書の一覧が備わる。

（4）『八坂本平家物語』（山下宏明編、大学堂書店、一九八一年）四三五頁。

（5）『古浄瑠璃正本集』第一（角川書店、一九六四年）一三七～一三八頁。

（6）本文引用は、『仮名草子集成』第七巻（東京堂出版、一九八六年）一一一頁に拠る。

（7）本文引用は、元禄六年京茨城多左衛門方道刊本に拠る。
（8）本文引用は、彰考館蔵本〈丑／二一〉国文研マイクロフィルムに拠る。
（9）『国史大系』五十九、六十上（吉川弘文館、一九六六年）五〇六、四四二頁。
＊『広益俗説弁』の本文引用は、架蔵本に拠る。

第二章　談義本・読本と思想

第一節　増穂残口の神像説
――『先代旧事本紀大成経』との関わりを中心に――

一、はじめに

増穂残口は、享保期を主として活躍した神道講釈家である。その経歴や事蹟、そして神道講釈に熊沢蕃山や吉田神道の説が背景にあることについては、家永三郎(1)、中野三敏(2)、田中則雄(3)、川平敏文(4)の論が備わる。残口は、国学隆盛期の前夜にあって「残口八部書」を次々と世に出した。それらの書に繰り返し説かれる、日本の神々の像の建立を勧めた神像設置推奨論は、残口神道説の特徴といってよい。下條正男によると、残口が神官となった京都下京区の朝日神明宮には、木像仏や霊石があったという。残口作『神国増穂草』(三巻、宝暦七(一七五七)年刊)には、日本姫の像を三千体あまりも流布させたと記される(5)。

残口の神像説の意義について、田辺建治郎(6)は、神道を庶民の日常生活の教えとして普及させたことにあるとする。また田辺は、残口の神像説が垂加神道の影響下にあるとする。天神・地神のうち地神を人体形化の神とする、神を身体として表象する垂加神道の説が残口説に近いという。

天神七代・神五代の説は、中世神道を通して定着していったが、近世期には山崎闇斎とその門下により、地神五代を「身化」の神、つまり形ある神とする説が出される(7)。残口はその説に拠り、「是人間に下り給ふ御像《すかた》をとらざれば知りがたきゆへ、表状《おもてかみ》にあらはす」(『異理和理合鏡』三巻三冊、正徳六(一七一六)年刊、巻三―十八、3オ)(8)と、神の御形を象ることの必然性を主張したと思われる。では、「身化」の神説に基づいたという残口説の立場とはどのようなものであったのか。垂加神道説を含めた当代思想との関わりをもう少し詳しく考察する。

二、残口の神像説と垂加神道

残口のいう神像設置の説は、当代の儒・仏・神道家への批判の上に成り立っている。その著『有像無像小社探』（二巻二冊、享保元（一七一六）年刊）では、昨今に異国の教えが神国日本の道を損なっていることを繰り返し批判する。

天竺も支那《から》も、我朝の今に競《くらへ》ては、人物の盛《さかん》なる事は及ぶべからず。然りといへども、吾日本の神の道のみ有名無実にして、決《さだ》かに古風に帰らず、たま〳〵繁昌《はんじやう》なるは習合《しうがう》家に入て、僧徒《そうと》のさしひきに落つ。左なきは社荒れ、鳥井かたぶきて宮守《もり》もなく、参詣も希《まれ》にして（略）つゐに神名をうしない跡形《あとかた》なく成りぬ。

（『有像無像小社探』八、11ウ12オ）(9)

天竺・支那の仏教・儒教に比べ、日本の神道は本来の道を失い両部習合家のものとなり、衰微しつつあるとする。そして、

今時の覚仏・覚儒は、我国神の訓をば童敷く覚え、見下す儘に、国に流《つたは》る祭礼・神事も偏に俗説とあなどる。是、智解・学術の博智・多聞たるをほこり、文盲を軽ずる事（略）

（『死出田分言追加』一冊、享保十四（一七二九）年成）(10)

と、当世儒家や仏家が博学を誇り我が国古来の神道を侮り蔑る風潮を批判する。

儒仏論争とは、林羅山ら儒家神道をはじめ、垂加神道や伊勢神道の度会延佳などの神・儒一致を説く神道家が、両部習合家を神道本来の道を失わせるものとして批判する説である。そのうち、残口のように儒仏両徒を批判して、神道の衰微を危惧するのは跡部良顕である。その著『垂加翁神説』（三巻、写本）には次のようにある。

仏徒勢ひに乗じて神社皆本地垂迹を説き、神書にも仏語を交へて牽合付会し、両部習合の神道となる。悲哉、博識の学者、神職の者も亦多くこれに雷同し、神道の正伝正説、微にして衰ふ。亦近世偏辟の儒者、異国を仰ぎ儒道を尊びて、我国を賤しみ、神道を嘲る者多くして、忠孝の義を背く。
（序、原文片仮名文）(11)

両部習合神道が正伝を失わせ、学識を誇る儒学者も異国偏重で神道を蔑ろにしていると難じたもので、残口の『有像無像小社探』の説はこうした儒家の説を引いたものと考えられる。

また残口の『異理和理合鏡』には、当代の儒家を批判した次のような言もある。

日本にて儒者《じゆしや》と呼《よば》る丶人、法体剃髪《ほつたいていはつ》は何とも得期不《あこぜぬ》ものにや。（略）所に入りて郷《ごう》にしたがふ日本の国風《こくふう》にも迯《はづれ》て、あまつさへ嫌《きら》い唁《の丶》しる。天竺人の服《きもの》を着《ちやく》し、頭を丸め、法印、法眼、法橋の僧綱《そうごう》をかたる事、いかなるゆへぞ。
（『異理和理合鏡』地、十七、1ウ）

仏者の説に、天照太神は大日如来の変作、此芦原国は阿字原なりといふなれば、それでは日本は天竺の下屋鋪のやうにて、うれしからず。儒者の説に、天照太神は呉の泰伯なりと沙汰すれば、それでは和国が毛唐人の新田場に聞えて気味悪し。

（『異理和理合鏡』地、二十、12ウ）

当世の儒者と仏者の姿は区別がつかず、教義の上では神道が仏説と儒説に取り込まれているという、儒仏神が混乱するという指摘である。これは度合延佳『陽復記』や、山崎闇斎『風葉集』首巻（一巻）の次のような説に通じている。

近代儒《きんだいじゆ》を学《まな》ぶ人の、かしらおろすは、仏氏《ぶつし》の人を崇敬《そうぎやう》すれば、かの崇敬《そうぎやう》を羨《うらや》みたるに似《に》たり。（略）思ひやるに、かしらおろして深衣《しんえ》きたる姿《すがた》、仏氏《ぶつし》のいふ蝙蝠僧《へんぷくそう》とやらんには猶おとるべきかとあさまし。

（『陽復記』上、原文ルビ片仮名）[12]

野馬台の詩に、東海姫氏国と云、俗儒因て言ふ、天照太神は太伯也と。其姫氏を以て、誤りて之を女体と謂ふ。（略）噫、儒生、姫氏国の言に惑ひ、太伯を誣ひて之に附けんと欲す。仏者は太日霎の名に託して太日を牽き、之に合せんと欲す。（略）是皆、周礼造言の刑を犯し、国神正直の誨に違ふ。実に神聖の罪人也。

（『風葉集』首巻、原文漢文）[13]

異教によって我が国の道が混乱衰微してしまうことを憂慮したものである。残口の説は、これら度合延佳、山崎闇斎や跡部良顕ら垂加神道や伊勢神道において説かれた当代儒家・仏家への批判をふまえたものといえる。

三、残口の神道説と『先代旧事本紀大成経』

残口の儒・仏家批判の特徴として、儒家の説く「無形」の神への批判がなされていることがさらにあげられる。

近代儒士は、理当《りとう》心地を本とし、二気の良能造化《りやうのうぞうくは》の迹《あと》と談《だん》じて、無形《むぎやう》を以て神を扱《さば》く。
（『有像無像小社探』八、14ウ）

理当《とう》心地、無形の神をかたるより、悉《こと〴〵》く神像《みすがた》を両部家に奪《うば》はれ、此国神の繁昌《はんじやう》を彼仏に盗《ぬす》まれ、我国の光《ひかり》を彼国の耀《かゞやき》とする。
（『神国加魔祓』三巻三冊、享保三（一七一八）年刊、地、8ウ）(14)

右にいう理当心地とは、神道を朱子学の立場から捉えた林羅山の説である。神とは形なきもので、陰陽二気のはたらきや天地の運用をなすもの、また万物を生み出す根源でもあり、虚にして霊なるものとする。

これに対し残口は、羅山のいうこの「無形の神」の説が神道の本道を失わせ、信仰の拠り所を曇らせ、結局は両部習合説に取り込まれてしまうと批判する。こうした残口の神道説はその著書にしばしば見られ、羅山神道説を否定しつつ、形ある神、いわゆる垂加神道家に説くところの気化神化の有体の神の説を取り上げ、その上で次のように述べる。

和朝を神国と申は、神に形《かたち》をとりて、とこしなへに神の在《ゐ》ますと、事相《じさう》に寄《よせ》て知《しら》する道を神道と唱《とな》ふるぞ。

（『有像無像小社探』十二、17ウ18オ）

日本が神国たる所以は「とこしなえに神の在ます」国であることを、神の像によせて民に知らせることを道とするためとする。このように残口の神像説は、羅山のいう無色無形の「形無き神」への反駁を出発点とする。しかし垂加神道や伊勢神道家の説には、残口のように「身化」の説をもって羅山説を批判しようという論理はない。

では神の形をめぐる残口の説はどのような思想をふまえたのであろうか。これについては太子流神道の経典『先代旧事本紀大成経』（以下『大成経』と記す）に、次のような内容を見ることができる。

神は、儒宗焉《これ》を道《い》ふと雖ども、唯た両気《ふたいき》の霊《あや》しみを標《あら》はししのみ。其の躬体《かんすかた》の常《とことは》に鎮《しづまり》ますを知らず。或は時に現じ、時に滅すと議《はか》り、或は人の魂の凝《こ》れる鬼と議《はか》る。

（『大成経』「大《おほ》ひなる経《つね》なる序《ついで》の伝《ふみのつたへ》」22ウ、原文漢文）[15]

これは儒家が神を陰陽二気の働きと言うのみで、神が「常鎮」することを説かないことを批判したものである。また同書「憲法本紀」（延宝三（一六七五）年『聖徳太子五憲法』として刊行）の「儒士憲法」第十五章にも次のような説がある。

後儒は、神は気の変霊に在りと謂ふ。故に常躬・鎮坐を云ふことを無みす。

（『聖徳太子五憲法』「儒士憲法」5オ、原文漢文）[16]

これもまた、後儒（宋儒）の説に神を陰陽二気が変じたものと説くのは、常鎮する我が国の神を無にすることだと批判したものである。さらに同書第十二章にも、日本の神について次のような説がある。

吾か国は天降の神、地生の祇、開闢より来《このかた》鎮坐す。幼児と雖へども知らずと云ふことなし。

（『聖徳太子五憲法』「儒士憲法」４オ）

ここでは、日本国には天降の神と地神が古来より鎮座（神霊がそこに留まること）すると説く。また『大成経』「儒士憲法」では、儒家にいう所謂神滅説を批判し、常鎮する神としてのあり方を説いている。こうした『大成経』の説は、残口『有像無像小社探』にいう我が国の「とこしなへに」存在するという神の説に通じている。

残口の儒家批判が『大成経』に基づくことは、その著書『神国増穂草』の次の言からもうかがえる。

憖《なまじゐ》に識了《しきりやう》・智解《ちげ》の族《やから》、己《おのれ》が了智《りやうち》の及《およ》ばざることをばしらず、幽妙《ゆうみやう》・玄遠《げんゑん》の不測《ふしき》なるをも幻術《げんじゆつ》とおぼし、吾国神の霊験《れいげん》をすべて虚誕《きよたん》とす。是《これ》、宋《そう》儒渡《わた》りてより以降《いご》の、我国智学《ちがく》のもの、やまひなり。之《これ》に依《よつ》て、無色無《むしきむ》形《ぎやう》の気化《きくわ》として、再来《さいらい》・変作《へんさ》の形化《けいくわ》の神をとかず。理当心地《りとうしんち》にして、心の外に神なしとたつ。此は是《これ》、天地一《いつ》般《はん》の沙汰にして、我国斎元《さいげん》の道にあらず。

（『神国増穂草』中、３オ４ウ）[17]

これは、昨今の博学を誇る者たちが我が国の神の霊験を幻術虚誕と謗る風潮を、朱子学以来の「無形」神の説に感化された、我が国「斎元」の道を損なうものとするものである。この残口と同様の説は『大成経』「儒士憲法」（『聖徳太子五憲法』）第十一章に次のようにある。

「孔子怪力乱神を語らず。其の欲する所、常道治倫に在り。故に語らず」是れ異儒のみ。吾国は彼の方に同じからず。怪は、神の功用。説かざるときは則ち神徳を無《な》みす。神は吾国の徳体、説かざるときは則ち斎元を無《な》みす。

（『聖徳太子五憲法』「儒士憲法」4オ）

我が国において、怪異・霊験とは神の功用であるという。そして我が国の「徳体」（徳の形）としての神を説かないのは、我が国独自の「斎元」の法を軽んじることだと述べる。このように『大成経』「儒士憲法」は、人知では測りがたい怪異・霊験を、目にみえぬ神のひとつの「形」の表れ方として捉えようとすることに特徴がある。先にあげた残口『神国増穂草』の、霊験を神の「形化」と見る説は、『大成経』のこの内容に通じている。

『大成経』は、聖徳太子に仮託された偽書である。全七十四巻のうち三十七巻は延宝七（一六七九）年に江戸戸嶋惣兵衛から刊行されたが、虚偽の記述のため天和二（一六八二）年に絶版となる。本書は、神道を中心とする儒仏神三教調和思想を説こうとするのが基本的立場である。『神国増穂草』に『大成経』「神職憲法」(18)の書名がみえることから、残口は『大成経』を見ていたようである。田辺建治郎も残口の「斎元」という用語が『大成経』に拠るとする(19)。残口はその神像説の基本理念として『大成経』を利用したのだろう。以下、残口が『大成経』をふまえたと思われる説をさらにあげてみたい。

四、残口神道説における『大成経』利用の様々

残口の神道説には、神国日本が他国に優越するという言がある。『有像無像小社探』には次のようにある。

日本に生れたる者、第一に知るべき事は、三千世界の中に日本程尊《たつと》き国はなし。（略）此は是天照大神の生れさせ給ふ国、その日輪の皇孫《すべみまご》、日本の王位をふみはじめ給ふより、億々万歳まで日輪の種《たね》をついで、日本をふまへさせ給ふにより、天より伝はりし三種《みくさ》の神宝《かんだから》、国の守りとならせ給ふゆへと知るべし。

（『有像無像小社探』二、4ウ5オ）

ここでは、日本国が他国に優越する理由に、天照大神の裔孫である帝が代々国を治めていることをあげ、三種の神器がその象徴であるとする。これについては、度合延佳著『日本書紀神代講述鈔』（五巻五冊、度会延佳作・山本広足編、寛文十二（一六七二）年序）や跡部良顕『垂加翁神説』にも次のような説がある。

今上皇帝迄神胤相続し、神器を伝へさせ給ふ事、異国にも其ためしなく（略）

（『日本書紀神代講述鈔』巻四）(20)

天照太神、三種の神器を皇孫瓊々杵尊にさづけて、我国の主とし給ひし昔より、今にいたりて皇統たへず、神器あひつたふる、異国にもためしなき御事也。

（『垂加翁神説』巻之上）

このように残口の説は、当代神道家のそれに従ったものである。しかし次の残口の言については、伊勢・垂加神道に説を見ない。

吾神国《わがしんこく》は、三の神器《かんだから》を治国《ちこく》の要《やう》として、上《かみ》一人に授《さづか》り給へば、下に立《た》つ蒼生草《あをひとぐさ》は、其の命令《めいれい》を逆《さか》はざる事と思

ひ定め、下として上を犯《おか》し奉る事なき国《こく》風故に（略）

（『神国増穂草』上、7オ）

日本国は、三種の神器を帝の象徴とし、下の身分の者が決して上の者を犯すことのない秩序正しい国であるという。これについては、『大成経』に次のような説がある。

吾か生《ま》す瑞朗《みつほ》の中《なか》つ国《くに》、地津主根《つちつぬし》の神《かん》国也。諸他《ひと》の州《くに》に異《たくら》はぬ尊《たと》み国《くに》なり。君《きん》つ胤《みたね》の永久《ひたふら》す君《きみ》なる国也。万臣《もろをん》、君たらず、公国《おほやけくに》なり。故に皇子《すべみこと》と雖ども、一たひ臣《やつこ》に下るときは、則ち日祚《あまつひつき》に復ること無し。是れ吾嫡胤《あかはつみたね》の皇《すべらき》也。今、此の斎元《いみつもと》、他《あた》し国《くに》に斎《ひと》しからざる道を以て、上天《かみあめ》の日の尊の、吾れと、地の神《くに》ん産《う》みの吾国とに合て、而も三勝《みけ》の霊法《けやけのり》を為し、三璽を以て、之を信《しるし》と為し（略）

（巻十「天神本紀」下、23ウ～24オ、天照大神の言）

三つ器《たからもの》は、是れ天璽物《あめのみしるしもの》、王道《きみみち》の極也。是、斎元の道、其学の元也。

（巻六「神祇本紀」下、7ウ）

『大成経』によると、日本国は皇位継承の正しき国であり、君臣上下の弁えのある他国に比類なき「斎元」の国であるという。神胤としての帝が統治する秩序揺るぎない国家であるという点において、日本国が他国に優越するという『大成経』のこれらの内容は、残口の説に通じている。なお残口は「宗源」「斎元」の道について次の説明も加えている。

凡《およ》そ一世界《いっせかい》の建立《こんりう》に、惣・別の二つあり。惣の天地といふは宗源《そうげん》の道《みち》にして、別の天地を論《ろん》ずるは斎元《さいげん》の道なり。

（『神国増穂草』下、3オ）

「物」（「総」とも）は「一般」、「別」とは「特別」の意で、世界には「物」即ち一般的で万国共通の「宗源」の道と、「別」即ち我が国独自の「斎元」の道の二道があるという。『大成経』序では、この二世界を次のように述べる。

宗源《たかつみもと》の総道《すべみち》は、吾れ異し一つに通へる地《ところ》、斎元の別道《わけみち》は、吾国独り勝《け》なる旨（略）

（「神代皇代大成経序《かんみよすめみよのおほひなるつねのりのついでぶみ》」14ウ）

「宗源」の「総」道は、我が国と異国が同じく持つ道、「斎元」の「別」道は、我国独自の優れた道であるとするもので、残口の説に等しい。

「宗源」「斎元」は、『大成経』の教義の要である世界の三道説「宗源・斎元・霊宗」のうちの二道のことである。「宗源」については、そもそも吉田唯一神道で唱えられた説であるが、[21]『大成経』を注釈した偏無為（依田貞鎮）によると、「宗源」は「万国の総道」（『大成経小補』巻三「神道大宗」「三部」[22]）であり、「斎元」とは「吾か国の別道にして、異国不倶の正道也」（同）という。このように『大成経』では、宗源・斎元の道の相違を示した上で「斎元」の国である日本国の優越性・独自性を強調している。この「斎元」の国日本神道の独自性については、残口『神国増穂草』にも次のようにある。

自然《しぜん》と此国の天地《てんち》に付《つ》きし不易《ふえき》の神化《しんくわ》、斎元《さいげん》の道、土水《どすい》の気質《きしつ》、敬神《けいしん》の霊魂《れいこん》は、人々具《ぐ》し備《そな》へたれば、外国の法《ほう》則《そく》に移《うつ》りがたし。

（『神国増穂草』上、4オ）

日本の民に自然に備わるという普遍の神性「斎元」の道が他国に類のないものと言及する残口の説は、『大成経』の説に拠ったものと言える。その上で残口は、神像を建立することが世の中にいかに有益であるかについても言及している。その著『神路之手引草』（三巻三冊、享保四（一七一九）年刊）には次のようにある。

天の照覧《らん》を知《し》るほどの者こそ、独《ひと》りをつゝしむおそれは有り。愚者《しや》は眼前《がんぜん》の賞罰《しやうはつ》なくては、いかんぞ高《たか》く遠《とを》き天徳《てんとく》に本《もと》づくべき。それが為《ため》に降臨応化《かうりんおうくわ》の神《かみ》を、村々所々《むら〳〵ところ〳〵》に立てて、以て人の信敬《しんけう》を増《ま》さしめ、それより誘《いさな》ひて天徳の恵《めぐ》みを知《し》らしむ。（略）罪なく科《とが》なく、天徳にしたがふ者《もの》にもちゆる具《ぐ》にはあらず。止事《やむこと》なくして民《たみ》の愚《ぐ》を教《おし》ゆる器《うつは》なり。神人合一《しんじんがういつ》の神化《しんくは》をしらば、随類の神を立て、愚盲《ぐもう》を救《すく》うこそ天徳の命《めい》に叶《かな》ふべきを、一概《いちがい》に理処《りしよ》の心地《しんち》にかたよりて、いかでは下類《けるい》の楽欲《けうよく》に向《むか》ふべき。

（『神路之手引草』地、3オウ）[23]

「降臨応化」の「形ある」神を示すことが、庶民を教え導くことの方便として有効であるという。同様の説は、やはり『大成経』（『聖徳太子五憲法』第十三章）にも次のようにある。

頃ろの儒は、神奇仏妙を損虚す。有るか如くを有りと為すときは、則ち法立ち、人伏す。有を扨《かす》めて無と為すときは、則ち法廃し、人逸す。故に皇制を弱め神力を抜く。

（『聖徳太子五憲法』「儒士憲法」4ウ）

神を「存在する」と説くことが国家統治のために有効であるとする「儒士憲法」の説をふまえ、残口は神像設置の意味を説いたといえる。

五、まとめ

以上、残口の神像説が『大成経』に拠ることを指摘した。残口は日本唯一の「斎元」の道の再興を目指すため、当代儒家の「無形の神」説を批判し、「形ある神」の存在を説いたのである。『大成経』の儒家批判は、羅山らの排仏論に反駁してなされた仏教側の護法論の一つ、神不滅論を日本神道に援用した説である。こうした論理は、真言神道の書『両部神道立派口決鈔』（六巻、慶安作、享保四（一七一九）年刊）によっても次のように展開されていた。

唯一儒門に謂ふが如く、より生じ、断無に帰すならば、此の自在、此の功徳、何くより来たるや。又、何くに神霊有りて、大廟を建て、社頭を立つるや。（『両部神道立派口決鈔』巻四、原文漢文）[24]

儒家の説では神の功徳もその存在も示すことができないと非難する、神不滅論に基づいた批判である。同じく『神社啓蒙邪誣論』（一冊、寂本作、貞享三（一六八六）年刊）や、『神仏冥応論』（五巻五冊、日達作、享保五（一七二〇）年刊）においても、『大成経』を論拠として反駁している。このように近世前期より儒家神道にいう神滅説への仏家側の論駁書が行われていた。『大成経』は、そのような仏家神道の論理の拠り所であった。

残口の神道説には『大成経』や垂加・伊勢神道のみならず、神像説の時には批判の対象としたはずの理当心地論も含まれており、そのほか熊沢蕃山や吉田唯一神道の説等と、あらゆる説が混在している[25]。残口は、特定の思想を宣布するという立場ではなく、ある程度自由な立場から、当代に行われていた様々な思想的言説に目を配り、編集し、巧みな言い廻しと平易な表現で談義を説いたのである。そうした諸説混合の論法が、『人間一生誌』（三巻三冊、雍州逸士作、享保五（一七二〇）年刊）、『弁惑増鏡』（三巻三冊、伊藤栄跡作、享保十五（一七三〇）年刊）、『残口猿轡』（六巻六冊、享保七（一七二二）年刊）などの批判を生み出す要因となったとも思われる。[26] その一方で、垂加神道の『弁弁道書』（二巻二冊、佐々木高成撰、元文二（一七三七）年刊）に、「増穂老人《ますほらうじん》の八部の書」の「天地一般《いっぱん》の神」の説や「形体《けいたい》の神明《しんめい》」（20オ）の説が紹介されていたりもする。[27] また中野三敏の指摘にあるように、残口は伊勢神道の書『神道俗説問答』（三巻一冊、浅井家之作、享保十七（一七三二）年刊）、橘家神道の『三光待神道四品縁起』（二巻二冊、橘三喜作、享保十七（一七三二）年刊）、『本朝麓の近道』（三巻三冊、前野慎水作、享保十六（一七三一）年刊）、『本朝神路之事触』（三巻三冊、坪内真左得（前野慎水）作、享保十七（一七三二）年刊）などの書の序跋も手掛けており、それら当代諸神道家との交流もあった。[28] なお残口の説を継承した『絵本本津草』（三巻三冊、人見英積作、享保十三（一七二八）年刊）や『本朝麓の近道』は、神道を庶民向けに平易に説いている。このように残口の説は多くの賛否論を呼び、後続の談義本に大きな影響を与えた。残口の談義本は、当代の儒家・仏家神道説の教義を、平易に面白く説くという方法で広く普及させたといえる。

注

（1）家永三郎「増穂残口の思想」（『日本近代思想史研究』東京大学出版会、一九五三年）。

（2）中野三敏「増穂残口伝（上）（下）」（『近世中期文学の研究』笠間書院、一九七一年）、中野三敏「増穂残口の事蹟」（『戯作研究』中央公論社、一九八一年、初出一九七三年一月）等。

（3）田中則雄「増穂残口の誡の説――その文学史との接点――」（『雅俗』六、一九九九年一月）。

（4）川平敏文「増穂残口――舌耕の思想家」（『国文学　解釈と鑑賞』六六―九、二〇〇一年九月）。

(5) 下條正男「増穂大和と朝日神明宮」(『神道大系　月報』一〇、神道大系編纂会、一九八〇年一月)。
(6) 田辺建治郎「近世神道思想研究――増穂残口の神像論――」(『國學院大学大学院紀要　文学研究科』二二、一九九一年三月)一一八頁、一四七～一四九頁。
(7) 高島元洋『山崎闇斎　日本朱子学と垂加神道』(ぺりかん社、一九九二年)四九七～五〇三頁。
(8) 正徳六(一七一六)年刊愛媛大学図書館鈴鹿文庫本〈一二一／一〇〉国文研マイクロフィルム。
(9) 享保元(一七一六)年刊神宮文庫本〈一／七七五〇〉。
(10) 『神道大系　論説編二十二　増穂残口』(神道大系編纂会、一九八〇年)三九三頁。
(11) 『神道大系　論説編十二　垂加神道(上)』(神道大系編纂会、一九八四年)三八三頁。
(12) 『日本思想大系　近世神道論　前期国学』(岩波書店、一九七二年)八八頁。
(13) 11書、三三一頁。
(14) 享保三(一七一八)年刊愛媛大学図書館鈴鹿文庫本〈一七〇／四〉国文研マイクロフィルム。
(15) 『大成経』本文引用は、国会本(四十冊〈一九五／一一四〉)による。刊記「延宝七己未季秋九月日／江戸室町三丁目戸嶋惣兵衛刊行」(序巻28ウ)。
(16) 大和文華館本〈一／一〇二八〉。刊記「延宝三乙卯年　江戸室町三丁目／五月吉日　戸嶋摠兵衛刊」(「釈氏憲法」6ウ)。
(17) 宝暦六(一七五六)年序、中村幸彦氏蔵本〈ナ二／一〇八／三〉国文研マイクロフィルムに拠る。ただし落丁部分は『神道大系　論説編二十二　増穂残口』に拠った。
(18) 「神職憲法《しんしよくけんぽう》の中に、神書《しんしよ》を読《よ》む者《もの》、義解《ぎげ》をもつてすべからず。義解《ぎげ》をもつてすれば、神文《しんもん》却《かへつ》て異文《いぶん》となると」(『神国増穂草』中、19ウ20オ)。
(19) 田辺6論文、一三三頁。
(20) 『神道大系　論説編六　伊勢神道(下)』(神道大系編纂会、一九八二年)二八二頁。
(21) 「宗《そう》とは万法一《まんほういつ》に帰《き》す。源《いん》とは諸縁基《しよえんき》を開《ひら》く」(『唯一神道名法要集』無刊記、国文学研究資料館鵜飼文庫本〈九六／四一〉

巻上、3ウ、原文漢文）。
(22) 国文学研究資料館本（三十二冊、写本）〈ヤ一一／八一二〉。識語「寛延四年辛未秋七月織女祭日／隠士偏無為謹テ興雲閣ニ書ス」。
(23) 享保四（一七一九）年刊酒田市立図書館光丘文庫〈二二一二〉。
(24) 『神道大系　論説編二　真言神道（下）』（神道大系編纂会、一九九二年）七八二頁。
(25) 吉田神道や熊沢蕃山から残口への影響については、中野2両書、田辺6論文に詳しい。
(26) 残口への批判書については、河野省三「近世神道の社会教化」（『神道の研究』第七章、森江書店、一九三〇年）三三五頁、河野省三「平易通俗な神道思想の宣伝」（『近世神道教化の研究』第七章、宗教研究室、一九五五年）一二二頁、中野2両書に詳しい。
(27) 元文二（一七三七）年刊矢口丹波記念文庫本〈一五八七〉国文研マイクロフィルム。
(28) 中野2両書。

第二節　大江文坡の談義の方法
――『成仙玉一口玄談』を中心に――

一、はじめに

大江文坡は、明和期から寛政期にかけて上方を中心に活躍した仙道家である。文坡の事蹟や思想については、浅野三平、中野三敏に論が備わる。それによると、初期には勧化本や奇談・怪談集などを手掛けていたが、安永頃から占トの書や霊符伝、運気考や神仙伝といった道教関係の書を次々と著するようになる(1)。その教えの中心的理念「清浄無為真一」を談義調に説いたのが、神仙教の入門書とも言うべき『成仙玉一口玄談』（五巻五冊、天明元（一七八一）年刊）である。

本節では、大江文坡が当書で唱えた「清浄無為真一」がどのような方法で説かれているのか、またどのような思想を背景とするのかを考察する。また文坡の勧化本『小野小町行状伝』（七巻七冊、明和四（一七六七）年刊）や談義本『抜参残夢噺』（三巻三冊、安永三（一七七四）年刊）等をも視野に入れ、『成仙玉一口玄談』を中心とする文坡の談義の手法について述べてみたい。

二、『小野小町行状伝』の卒塔婆問答

大江文坡の勧化本『小野小町行状伝』は、小野小町の諸伝説や『前々太平記』（二十一巻二十二冊、橘墩作、正徳五（一七一五）年刊）を主典拠とした小野小町の一代記である。(2) 本作品の特徴は、小町の輪廻転生という従来の小町説話にはない話が含まれることである。陸奥へ下った在原業平は、老婆となって現れた小町の霊と卒塔婆をめぐり次のような問答をする。

陸奥八十嶋の荒野のとある茅屋に宿を求めた業平は、百歳余りの老婆に問われるままに、真雅僧都の弟子として信仰する真言密教について語る。業平は弘法大師が奇瑞をもって示した即身成仏の義を引いて大師の偉大さを示すが、老婆は奇瑞霊験では即身成仏の証しにはならないとこれを否定する。

老嫗《うば》の曰、「金剛般若経《こんがうはんにやきやう》に云《いは》ずや。若《も》し色《しき》を以《もつ》て我《われ》を見《み》、音声《をんじやう》を以て我《われ》を求《もと》めば、この人邪道《ひとじやだう》を行《ぎやう》する也。如《によ》来《らい》を見《み》ること能《あた》はずと説《とき》玉ふに非《あら》ずや」業平又答《またこたへ》て曰、「起信論《きしんろん》に、言《こと》を離《はな》れて相《さう》を説《とき》、心《しん》を離《はな》れて相《さう》を縁《えん》すと云ことを知《しら》ずや」老嫗《うば》の曰、「諸法寂滅相《しよはうじやくめつさう》、言《こと》を以《もつ》て宣《のぶ》べからず」と答へければ、業平爰《こゝ》に於《をい》て一句《いつく》の返答《へんたう》なく、心中《しんちう》にこの老嫗《うば》を大に恠《あやし》みける。

（『小野小町行状伝』巻五「小野の幽魂業平問并秋草原上に髑髏の和歌」7オ、原文片仮名文）

小町は二重傍線部のように『金剛般若経』を引き、色相や音声では真の仏を求めることはできないと業平に反論する。話は次のように続く。

秋嵐《しうらん》はげしく、業平一衣《いちゑ》の苦寒《くかん》に堪《たへ》かねたるを、老嫗《うば》つく〴〵見《み》て、卒都婆《そとば》二・三枚《まい》を携《たづさ》へ来《きたり》て、打破《うちわつ》て是《これ》を炉中《ろちう》に焼《たく》。業平大に驚《をどろ》き止めて曰、「汝が焼所《たくところ》の物《もの》は、仏体《ぶつたい》を彫刻《てうこく》せる卒都婆《そとば》に非《あら》ずや」老嫗《うば》の曰、「誠《まこと》に然《しか》り。已《すで》に斯朽木《かくちき》となる。何《なん》ぞ恐《をそ》る、ことかあらんや」業平更《さら》に止《とゞ》めて、「たとへ朽壊《くち》たりとも仏体《ぶつたい》なり。何《なん》ぞかく打破《うちわつ》て焼《たく》ことを恐《をそ》れざる」老媼《うば》なを聞《きか》ず、再《ふたゝ》び取《とつ》て炉中《ろちう》に焼《た》きて曰《いゝ》けるは、「夫諸仏《それしよぶつ》は一切衆生《いつさいしゆじやう》を済度《さいど》し、奪苦与楽《ばつくよらく》を以て願《ぐはん》とす。已《すで》に仏体《ぶつたい》なるこの朽木《くちき》ならば、柴薪《たきぎ》となつて既今《いま》我々《われ〱》が苦寒《くかん》を救《すく》ふべし。貴僧《きそう》たゞ論《ろん》を休《や》めて炉《ろ》を擁《よう》し、今宵《こよい》の寒気《かんき》を凌《しのぎ》玉へ」と云《いゝ》つゝ、卒都婆《そとば》に踞《しりうた》げし、両足《りやうそく》を伸《の》べて自若《じじやく》たり。

（同書、7オウ）

仏体としての卒塔婆であるからこそ、燃されて苦寒にある者を救うのだと説く老婆の言葉に感服した業平は、不思議に思って老婆の身の上を問う。すると老婆は、自らは玉造小町のなれの果てであると明かし、業平の眼前から消える、という内容である。

この話が参考にしたと思われる謡曲「卒都婆小町」は、小町が卒塔婆に腰を掛けているのを旅僧に咎められ、仏体としての卒塔婆の意味について僧らと問答するという内容であった。それを『小野小町行状伝』では、小町が卒塔婆を燃して旅の僧ならぬ業平と問答するという話に改変させている。

また、『小野小町行状伝』の傍線部のように、小町が卒塔婆を燃して仏の本来の意味を示すという話は、木仏を火に燃して仏心を示したという中国鄧州の禅師丹霞天然の禅話「丹霞焼木仏」を想起させる。これは『景徳伝灯録』などの仏書に見える公案で、『五灯会元』（二十一巻、和刻本）にも次のようにある。

慧林寺に於て、天の大寒に遇ふ。木仏を取りて火に焼きて向ふ。院主訶して曰、「何ぞ我か木仏を焼ことを得る」師、杖子を以て灰を撥て曰、「吾焼きて舎利を取らん」主曰、「木仏何ぞ舎利有らん」師曰、「既に舎利無くんば、更に両尊を取りて焼かん」主自《そ》の後眉鬚堕落す。

（『支那撰述　五灯会元』巻五「丹霞天然禅師」12オ、原文漢文）(3)

丹霞禅師が寒日に木仏を焼いたこと、またそこから真の仏についての問答となったという話は『小野小町行状伝』の卒塔婆問答と通じるところがある。

この丹霞禅師の話は、『小野小町行状伝』以前の近世文芸作品にもしばしば引用されている。例えば道元の法語『永平開山道元大和尚仮名法語』（一冊、明暦三（一六五七）年刊）、また『飛鳥川』（三巻三冊、中山三柳作、慶安五（一六五二）年刊）(4)、『為愚痴物語』（八巻八冊、曽我休自作、寛文二（一六六二）年刊）、『今長者物語』（一冊、延宝三（一六七五）年頃刊）(5)等の仮名草子や、『田舎荘子』外編（六巻六冊、佚斎樗山作、享保十二（一七二七）年刊）、『夢中一休』（四巻四冊、田中長与作、寛保二（一七四二）年刊）(6)等の談義本にも取られている。

このうち『為愚痴物語』では、ある田舎の大長者が里の童子に、二つに割った木の片側には仏を、もう片側には畜類を象った時の、それを見る人の心の様子を次のように語る。

> 木をわすれて、かたちにまよひみれば、仏とたつとみ、おそるゝ心有。又ちくるいとあなどりいやしむ心もあり。かたちをわすれて木と見れば、仏とたつとむべき心もなく、又ちくるいといやしむべき心もなく、たゞ同じ木なるがことし。かるがゆへに、丹霞《たんか》はかたちをわすれて、木《もく》仏をわり、たきゝと成と云り。恵林寺《ゑりんじ》の院主《いんしゅ》は、木をわすれて、かたちにまよひしまゝ、眉鬚《まゆげ》堕落《だらく》す。是みな心のなすわざなり。
>
> （『為愚痴物語』巻六—十二「大福長者、弟子にをしゆる事」(7)）

形に引かれて起こる様々な念を捨てるために、丹霞はその形を壊して無心の境地に帰そうとしたという。『田舎荘子』外編にも、釈迦尊が閻羅王に、丹霞禅師のことを次のように語る話がある。

丹霞《たんか》が木像を打わりて火に焼《たき》、（略）無礼千万慮外なるやうなれ共《ども》、実《じつ》に我を尊《たつと》ぶ也。世間にはやる妄想の釈迦をたゝき殺さねば、誠の釈迦はあらはれざるが故也。
（『田舎荘子』外篇、巻之六「如来真実法門」）(8)

「妄想の釈迦」とは、当世人が無我無欲を論ぜずして行う私心の仏法のことである。木仏を燃すことは、人の妄想雑念を滅却しようとすることであり、それによって「誠の釈迦」は現れると説いている。こうした丹霞の話は、禅話『永平開山道元大和尚仮名法語』（一冊、万治二（一六五九）年刊）にも次のようにある。

丹霞和尚《たんかをしやう》は、寒夜《かんや》に木仏をわりて、火に焼《たき》ぬ。（略）是只有相《うさう》の仏をさして、我心の無相《むさう》の仏を知らざるゆへに、有相《うさう》の仏を打破《だは》して、無相真実《むさうしんじつ》の仏を我等に悟《さと》らしめんために、なす所《ところ》の方便《はうべん》なり。無相真実《むさうしんじつ》の仏とは、一念《ねん》不生《ふしやう》の心、是《これ》也。故に金剛《こんがう》経に云く、「三十二相《さう》を以て仏とせば、転輪聖王是《てんりんじやうわうこれ》仏なるべし。若色《もしいろ》を以て我を知《し》り、声を以て我を求《もと》めば、此《この》人邪道《じやだう》を行《ぎやう》ずる者なり。如来を見《み》ること能《あた》はず。」と説き玉へり。明《あきら》かに知《しん》ぬ、有相《うさう》の仏は、是無性《これむしやう》の仏にして、実相《じつさう》の仏にあらざることを。
（『永平開山道元大和尚仮名法語』五「大疑」5オ、6オ、原文片仮名文）(9)

二重傍線部の「金剛経」の説は、同じく禅の法語にも次のようにある。

若《もし》心に相を執《しつ》して、心の外《ほか》に求むる事あるを、是をなづけて邪念とす。邪念わづかに生ぜば、十万億土のへだて也。此故に経に曰《いわく》、「若色《もししき》をもつて我《われ》を見《み》、音声《おんじよう》をもつて我を求めば、この人邪道を行《ぎやう》じて、如来を見《み》ることあたはじ」（略）只ほかに求むる心念《しんねん》をやめて、己れに還《かへつ》て直《じき》に見《み》れば、即《すなわ》ち如来をみん。

（『塩山和泥合水集』三巻三冊、抜隊得勝作、寛永三（一六二六）年刊、巻中、原文片仮名文）(10)

経に曰く「若し色《しき》を以て我れを見《み》、音声《をんじやう》を以て我を求めば、此の人邪道《じやどう》を行じて如来を見上《みたてま》つる事能はじと」(11)

（『遠羅天釜』続集、白隠作、寛延四（一七五一）年刊、4ウ）

『永平寺開山道元大和尚仮名法語』では、「金剛経」の言説（二重傍線部）と丹霞禅師の話（傍線部）を併せて説いており、その点において『小野小町行状伝』の卒塔婆問答の内容とよく類似している。『小野小町行状伝』はこうした仏説を謡曲「卒都婆小町」に取り合わせて話を作り、小町と業平の卒塔婆をめぐる問答から「真の仏」という問題に言及しているのである。

文坡は、後の『成仙玉一口玄談』においても「真の仏」のことに言及している。そこで次に、『成仙玉一口玄談』では文坡の説がどのように展開していったのかを考えてみたい。

三、『小野小町行状伝』から『成仙玉一口玄談』へ

大江文坡の談義本『成仙玉一口玄談』は、駿河国平林村の篝良と四海屋和荘兵衛の異国巡りに、守一仙人の談義を交えた物語である。天女の羽衣を纏い異国伯西児（ブラジル）まで飛行した篝良が、『異国奇談　和荘兵衛』（四巻四冊、遊谷子作、安永三（一七七四）年刊）の主人公和荘兵衛に出会い、ともに南方の広大な銀河を見物する。『異国風俗　笑註烈子』（五巻五冊、笑止亭作、天明二（一七八二）年刊）に、列子をもじった烈子なる人物がやはり異

国巡りをする話があるように、天を飛ぶこの和荘兵衛と箒良の姿は、ともに『荘子』「逍遥遊」の、風に乗って天を飛翔したという列子を模したようである。

和荘兵衛はそこで箒良に、大人国の宏智先生の説を語って聞かせる。それによると、大人国の人はその大智によって仁義も法もなく安泰である。それに比べ、小身の日本人の智は甚だ矮小であるから、老荘思想や儒教や仏教などの方便によって人を治めなければならないのだと言う。するとそこへ守一仙人が現れ、宏智先生の説を次のように批判する。

此阿弥陀《このあみだ》が六十万億那由他恒河沙由旬《まんおくなゆだごうがしやゆじゆん》の身《み》を以《もつ》て、宏智先生《くわうちせんせい》を見《み》るときは、汝《なんぢ》を宏智《くわうち》が見《み》るより又些少《またちいさい》〱。すればまづ宏智先生《くわうちせんせい》は、阿修羅王《あしゆらわう》も知《し》らねば元《もと》より阿弥陀《あみだ》はなを知《し》らぬと見《み》へたり。

（『成仙玉一口玄談』巻二「阿修羅王握日月之談」）[12]

守一仙人は、仏説に比べた時の宏智先生の言説の小ささを指摘する。守一仙人が難じるのは、例えば『異国奇談　和荘兵衛』にいう「我世界《わがかい》は智大《ちおふき》く悪《あく》をせぬ故に、仁《じん》も義《ぎ》も礼《れい》も法《ほう》も用る所なければ、教もいらず」（巻四「大人国」[13]）といった宏智先生の慢心である。

さらに守一仙人は、「仏」ということについて次のように語る。

金剛経《こんがうきやう》に釈迦《しやか》の説《とか》れしを見《み》ざるや、「三十二相《そう》八十随好《ずいぎやう》紫金《しこん》の相《そう》を以《もつ》て如来《によらい》とせば、転輪聖王《てんりんぜうわう》も是如来《これによらい》なるべしや。須菩提仏《しゆぼだいほとけ》に白《もふ》して言《もふさ》く、世尊我仏《せそんわれほとけ》の説《とき》給ふ義《ぎ》を解《さと》りたり。然《しか》れば如来《によらい》は三十二相《そう》を以《もつ》て如来《によらい》とは為《な》すべからずと。爾時釈迦偈《そのときしやかげ》を説《とい》て曰《いはく》、若色相《もししきそう》を以《もつ》て我《われ》を見《み》、音声《おんじやう》を以《もつ》て我《われ》を求《もと》めば、此人《このひと》は仏道《ぶつどう》を行《ぎやう》ずるではない、邪道《じやどう》を行《ぎやう》ずるなり。如来を見《み》る事能《ことあた》はじ」と。此如来《このによらい》を見《み》る事《こと》あたはじと釈迦《しやか》のもふさるゝは、如来《によらい》は色相音声《しきそうおんじやう》などの外相《ぐはいそう》を見《み》て、是《これ》が仏《ほとけ》じやとおもふな、仏《ほとけ》といふは一心性《いつしんしやう》の事《こと》なりといふの義《ぎ》なり。

（『成仙玉一口玄談』巻三「忍辱仙人離諸相之談」）

ここでは『小野小町行状伝』の卒塔婆問答で小町が語った「金剛経」の説、すなわち三十二相や八十随好といった優れた性質・姿形からは、真の如来を見ることができないとする説が再び繰り返される。そして守一仙人は、「一心性」つまり人が本来持っている心、仏心とは、いかにして求められるかということを以下に説いていくのである。

四、大江文坡の「真一の心性」

守一仙人は『異国奇談　和荘兵衛』での宏智先生の説を破して、仏心を得るための真の教説を展開していく。まず儒・仏・神道はいずれも「一心性」を説くことにおいて等しいという教理一致を主張する（巻三「忍辱仙人離諸相之談」）。そして守一仙人の主張する神仙教によると、「清浄無為真一」の霊旨を悟ることは即ち不老不死の神仙の境地に入ることだという（巻四「長生不死無量寿之談」）。それに向けての日々の心得を、次のような譬えを用いて述べる。

劇場《しばい》の役者《やくしや》が舞台《ぶたい》にて狂言《けうげん》をする意持《こゝろもち》が、すぐに仙法仏法《せんぽうぶつぽう》を修行《しゆぎやう》する人《ひと》の会得《こゝろへ》になる事《こと》なり。（略）一切皆仮《いつさいみなかり》の狂言《けうげん》、一切《いつさい》の作《なす》こと皆仮《みなかり》なりと、我《が》もなく執着《じうちやく》もなく、唯舞台《たゞぶたい》を勤《つとめ》て、見物《けんぶつ》に褒美《ほめられ》たり笑《わら》はれたりするのみ。晩《ばん》の果太鼓《はてだいこ》に、見物《けんぶつ》の後《あと》や前《さき》に我家《わがや》に立帰《たちかへ》りて見《み》れば、一日の歓楽《くわんらく》、愁歎《しうたん》、恋慕《れんぼ》、修羅《しゆら》、闘争《とうじやう》、捨身立身《しやしんりつしん》は、皆夢《みなゆめ》の世《よ》の境界《きやうがい》、是《これ》を以《もつ》て修行底《しゆぎやうてい》の用心《ようじん》といふなり。

（巻四「守一仙人看劇場之談」「観芝居狂言離我之談」）

守一仙人は、世を仮の世とみなして、あたかも舞台の上の役者のように無心に振る舞い、役をこなして生きることが、すなわち仙法や仏法の心得であるとする。こうした説は、例えば仮名草子『水鏡抄』（一冊、山岡元隣作、明暦二〈一六五六〉年刊）にも次のようにある。

なにごともみないつはりの世の中に、しぬるといふもまことならねば（略）これふしやうふしのくすりとはいふなり。（『水鏡抄』巻下、8ウ9オ）(14)

この世は全て仮の世であるとし、生き死にさえも真実かどうかわからない程の空なる心を持つことが、生きることの安定となり、不老不死の秘訣となるという。このように、仏教の教えから不老不死の境地を説こうとする説が文坡以前の作品にも存在していた。

ただし『成仙玉一口玄談』では、さらに次のような心得を説いていることに注意したい。

其仮《そのかり》の役《やく》を大切《たいせつ》にして、意《こゝろ》をつくし思《おも》ひれを尽《つく》して為《な》すゆへ、其《その》一日の狂言《けうげん》面白《おもしろ》く、役者《やくしや》も次第《しだい》に芸道昇進《げいどうせうしん》して、極《ごく》上々吉、至極《しごく》の位《くらひ》に昇《のぼ》る事《こと》なり。（略）扨此《さてこの》士農工商《しのうこうしやう》の男女《なんによ》、それぐの役《やく》がらにて、衣装《いしやう》より万事《ばんじ》に至《いた》り気《き》をつけて、着《き》たり仕《し》たりする事《こと》は、役者《やくしや》の舞台《ぶたい》を勤《つと》むる意《こゝろ》と同《おな》じ。（略）夫此世界《それこのせかい》は一大劇場《おほしばい》にて、によつと此世《このよ》に生《うま》れ出《いづ》るは舞台《ぶたい》へ出《いづ》るなり。舞台《ぶたい》へ出《いで》て初段《しよだん》の浮世《うきよ》交《まじは》りの芸《げい》を勤《つとむ》るより、二段《にだん》、三段目《さんだんめ》、四段目と、それ〳〵に渡世《とせい》産業《すぎわい》の己《おの》が役《やく》を上手《じやうず》に勤《つと》め、人々《にん〳〵》その仕打《しうち》をはげみ、思《おも》ひいれに亡破《ぼは》なく、遂《つゐ》に五段目《だんめ》の切狂《きりけう》言《げん》、臨終《りんじう》の果太鼓《はてだいこ》まで味噌《みそ》つけぬ様《やう》に相勤《あいつとむ》るを、是《これ》を至極上々吉《しごくじやう〳〵きち》の人間《にんげん》といふべし。

（『成仙玉一口玄談』巻四「士農工商渡世意得談」）

ここでは、役者が役を大切に行うのと同じように、この世で与えられた分際を大切にし、上手に勤めて世を渡っていくことが肝心であると述べている。人生を大劇場に見なす文坡の説は、例えば『相生玉手箱』（五巻五冊、池田遊鶴序、安永三（一七七四）年刊）にも「隠元禅師《ゐんげんぜんじ》は此世界《せかい》を大劇場《だいぎぢやう》《おほしばゐ》といはれしよし」（巻三、第七「世界の劇場」1オ）(15)とある。

このように渡世を舞台に喩える教説は、禅の書にも見出すことができる。『竹窓随筆』（雲棲蓮池袾宏作、承応二（一六五三）年刊）では、禅僧と念仏僧との見仏についての問答に俳優の少年が加わり、次のように語る。

「劇場の中に於ひて、或は君と為り、或は臣と為り、或は男と為り、或は女と為り、或は善人と為り、或は悪人と為る。其の所謂君臣・男女・善悪の者を求めて、以て有と為るときは、実に無く、以て無と為るときは、則ち実に有り。蓋し有は是無に即して有り。無は是有に即して無し。有・無倶に真に非ず。而して我は則ち湛然・常住也。我の常住なるを知らば、何をもつて争ふことを為ん」二僧対ふる無し。

（『竹窓随筆』「禅仏相争」36ウ、原文漢文）(16)

ここでは、教説に捕らわれて仏の心を見失った僧たちを、俳優の少年が舞台上での自らの心境に喩えて諭している。舞台上で少年が扮する様々な人物は、実在するのかしないのか判らない夢のような存在である。しかし役中の少年自身は常に落ち着いて安住している、その心がすなわち仏心であると語る。守一仙人の説は、こうした禅話をふまえたもので、その上で与えられた役を大切にはげみ、また我執を捨てて破綻なくこなすことが肝要だと述べる。そうした考え方は、『田舎荘子』にも、次のような説がある。

生《いけ》る時は其《その》職を尽して、私《し》心《しん》《わたくしごゝろ》なく是《これ》を愛し、是《これ》をおしへ、是《これ》を治め、死《し》する時は其帰《そのき》を安《やす》むじて、国も子孫も造物者にかへし、我は隠居して、一《いち》毫《ごう》《ひとつのけさき》も此《こゝ》に執《しゅ》滞《たい》《とりとゞこほる》すべからざるもの也。

（『田舎荘子』巻中「古寺幽霊」）（17）

以上のことから、守一仙人の言説は、『竹窓随筆』の俳優の少年のいう「我はすなはち湛然常住」という心の境地の上に、さらに『田舎荘子』以来の「それ〳〵に渡世産業の己が役を上手に勤め」るという心得を加え、渡世のための教訓として展開させたといえる。

五、仏心と日輪、水晶玉

守一仙人は、本来の心「真一」について次のように説明する。傍線部・波線部は作品間で対応すると思われる箇所である。

此真一《しんいつ》は有《う》に非《あら》ず無《む》にあらず。無《む》なり有《う》なり、不生不滅《ふしやうふめつ》にして無障無礙《むしやうむげ》也《なり》。猶《なを》し虚空《こくう》のごとしといはんと欲《ほつ》すれば、歴然《れきぜん》として体《たい》あり。

（『成仙玉一口玄談』巻四「以眼鏡取日輪火之談」）

ここにいう「真一」とは、虚空のようでまた明瞭に姿形があるという。これは次のように太陽の真火にも喩えられる。

彼日輪《かのにちりん》は有《あり》とやせん無《な》しとやせん。実《じつ》に有《あり》とすれば、已《すで》に黄昏《くはうこん》の時至《ときいた》れば、忽《たちま》ち西山《せいざん》に入《い》り西海《さいかい》に没《ぼつ》す。無《な》しとすれば、暁《あかつき》に至《いた》り東方《とうほう》に出現《しゆつげん》す。（略）天《てん》に於《おい》ては日月《じつげつ》、人間に於《おい》ては魂魄《こんぱく》、これが天地《てんち》の間《あいだ》の働きを為《さ》し、是《これ》が人間《にんげん》の生涯《せうがい》の内《うち》には働《はたら》きをさすか、如何《いかに》〱。（略）日輪太陽《にちりんたいやう》の真火《しんくは》三千大世界に充満《じうまん》して、汝等《なんぢら》が眼前《がんぜん》はいふに及《およ》ばず、汝等《なんぢら》が五体《ごたい》もこと〲く此太陽《このたいやう》の真火《ひ》の中《なか》に在《あ》る（略）　（同右）

太陽もまた有るか無きかはっきりしない。この太陽は、人間の魂に等しく、天地に働き、人を働かせる。天地に火が満ちるとする説は、仮名草子にも次のような説を見ることができる。

元来《ぐわんらい》の火は、きゆる事なきにや。まことに乾坤《けんこん》じうまんの火、いつきえはてん。

（『可笑記』五巻五冊、如儡子作、寛永十九（一六四二）年刊、巻二）(18)

心は火《ひ》、念は煙《けふり》のごとし。煙は薪《たきゞ》に応《おう》じてたつもの也。又煙なき火あり、是天心《しん》にて、真《まこと》の火也。

（『為愚痴物語』巻一―二「陰陽の気、胸中一寸四方に有事」）(19)

有法悟《ほうこ》の中に、「心は、身にやどる。其やどりなき時は、心もやどらす。たとへば、火と云物は、法界《ほうかい》に普《あまね》し。石の中、水の内にあつて、色形《かたち》見えず。縁《えん》によりて、火の形ちみゆる。縁《えん》つきぬれは、雲や煙《けふり》ときえのぼる」

（『悔草』三巻三冊、正保四（一六四七）年刊、下巻）(20)

また心を太陽に喩える説としては、白隠『闡提老翁辻談義』（一冊、明和七（一七七〇）年刊）に次のようにある。

我に神仙長生不死《しんせんちやうせいふし》の大還丹《たいげんたん》、即坐成仏《そくざじやうぶつ》の秘訣《ひけつ》あり。（略）涅槃《ねはん》の大彼岸《ひがん》に到《いた》らんと欲《ほつ》せば、謹《つゝしん》で精《せい》を静《しづ》め、心を凝《こ》らして、你《なんぢ》が臍輪《さいりん》、気海《きかい》、丹田《たんでん》の間を点検《てんけん》せよ。全《まつた》く男女《なんによ》の相《さう》なく僧俗《そうぞく》の形《かたち》なし。（略）大凡世間一切《およそせけんいちさい》諸《しよ》有《う》の有情《うじやう》、王侯《わうこう》より庶人《しよにん》に到《いた》り、若幼《らうやう》、尊卑《そんひ》、僧俗《そうぞく》、男女《なんによ》、馬牛犬豕《ばぎうけんし》、豺狼麋鹿《さいらうびろく》に到《いた》るまで、正因仏性《しやうゐんぶつしやう》の大事《だいじ》を具足《ぐそく》せずと云ふ事なし。是を実相真如《じつさうしんによ》の日輪《にちりん》と名《な》づけ、本有常住《ほんうじやうちう》の月輪《ぐはちりん》と云ふ。

（『闡提老翁辻談義』15ウ、16ウ、18ウ）[21]

ここでは人の本来の心である仏性を「実相真如の日輪」と述べ、これを悟りによって修得する智恵の意とする。[22] 心を太陽の真火に喩える守一仙人の説は、このような仮名草子や禅の法語の類に拠ったものと思われる。

さらに守一仙人は、心は摩尼宝珠の水晶玉のように清浄潔白なものであるとする。心を玉に喩えることは、やはり禅語や仮名草子に次のようにみられる。

人々の本心本性は、空生仏出世已前、今日明日尽未来際も、唯だ我能く用ひて、孤明歴々、寂静虚露なるものなり、（略）無性なる一顆の明珠ともいふなり。

（『天桂禅師法語千里一鞭』一冊、安永四（一七七五）年刊）[23]

仏心をたとへは、すこしもにごりなき水晶《すいしやう》の玉のごとし。よき玉には火もやどる程に火をとり、（略）その玉をわりて見るに、火もなし、水もなし。五しきにもそまず。ちりあくたにもまじはらず。いかにも、きよきすいしやうなるがごとし。

（『為愚痴物語』巻五―十八「一休、まんばうの本則さつけ給ふ事」）[24]

守一仙人は、このような仏説をもとに次のように述べている。

此玉《このたま》はすき通《とふ》りて、中《なか》を見《み》れば何《なんに》もなく、只今《たゞいま》の水精玉《すいしやうだま》を見《み》るが如《ごと》く、光浄《ひかりきよ》くして垢穢《あかけがれ》の為《ため》に染《そめ》られず。

（『成仙玉一口玄談』巻五「成仙玉発五色光之談」）

人は数々の煩悩で玉を色づけているが、煩悩を取り去れば「元来清浄潔白《ぐわんらいしやう〴〵けつはく》なる真一《しんいつ》の水精玉《すいしやうだま》」（同書）になるという。それはあたかも水晶玉が太陽の火を受け取り、それ自体は燃えずして艾に火がつくような様子であるという。

彼水晶《かのすいしやう》の眼鏡《めがね》を用《もつ》て日《ひ》にむかへ、下《した》にほくち又《また》は艾等《もぐさとう》を置《おく》ときは、暫《しばら》くして彼日輪《かのにちりん》の火《ひ》、ほくちにても艾《もぐさ》にても火移《ひうつ》りて燃《もゆ》るなり。

（『成仙玉一口玄談』巻四「以眼鏡取日輪火之談」）

同様の説は、仮名草子『あみだはだか物語』（二冊、明暦二（一六五六）年刊）にもある。

あみだほとけは石《いし》の中のひのごとし。此ひ、はうかい十はうのこくうにみち〳〵て、くうごういぜんより有ひなり。（略）みだほとけも、はうかいのこくうに、しぜんとして、くうごういぜんより、いつもたへせずまし〳〵て、きたりて、あらはれたまふこともなく、また、さりて、かくれ給ふこともなく、みやうがうをとなへ、しんじつ、しんじんのふかきしゆうじやうのきのまへには、らいがうみち〳〵て、くはうみやうをてらし給ひ、これをじやうどゝさだめ、すみたまふなり（略）すいしやうは、ないげしんじつ、しやう〴〵にして、まさにきよければ、おなじく、あらはれやどりたまふゆへに、水火《すいくは》をとるものなり。（略）みだほとけは、けんどん、じやけん、はういつなる人、まづしき人、いやしきひと、きらひなく、をしなへてみな、やどりたまふといへども、ないげしやう〳〵にして、まことのこゝろなければ、あらはれたまはず。

（『あみだはだか物語』巻上(25)）

阿弥陀仏とは、まるで火のように空劫以前より常に十方の虚空に満ち、有るか無きかの様子で衆生を照らしているとする。この阿弥陀仏の説もまた、先の文坡の説いた太陽の説と類似している。『あみだはだか物語』ではさらに、清らかな水晶玉が水火を取るように、清らかで誠の心には仏も現れるのだと説いている。こうした水晶玉についての説は、道書『太上感応編俗解』（二巻二冊、南部草寿作、延宝八（一六八〇）年刊）にも次のようにある。

夫《それ》一切《さい》の品物、天より出る物なれば、品物と天と本是一体也。人猶を品物の長也。此故に、人心・天心よく相通《つうずる》こと、殷武《いんぶ》の夢《ゆめ》して傅説《ふえつ》を得《うる》が如し。是に依て人心信を以てすれば、水晶《すいしやう》石を以て、日月に対するに、天上の水火、自《を》のづから降《くだ》り得が如し。一心懇精《ごんせい》なる時は、物各《をの》〳〵其応あらずと云ことなし。

（『太上感応編俗解』序、原文片仮名文(26)）

人心が水晶玉のように清ければ、天の心と通じ、その水火を受けることができるとあり、文坡の説に通じている。このように守一仙人を通して語られる文坡の「一心性・真一」の説は、禅法語や道教の書、そしてその影響下にある仮名草子や談義本の説と類似していることがわかる。

六、『抜参残夢噺』の手法

文坡の談義に仏教や道教的要素があることを述べた。文坡は仏法の方便を認めようとする。『成仙玉一口玄談』で守一仙人は当代の仏家について次のように述べる。

唯南無阿弥陀仏《たゞなむあみだぶつ》の六字《ろくじ》を唱《とな》へさへすりや、爰《こゝ》へ往生《わうじやう》が出来《でき》るとは、何《なん》と下直物《やすいもの》の最上《さいじやう》。こんな下直《げじき》な代物《しろもの》は、儒教店《じゆきやうみせ》にも神道店《しんとうみせ》にも、其外《そのほか》の市立法会《いちたちはうゑ》にもまたと類《るい》はない。さるに依《よつ》て今《いま》もむかしも此念仏店《このねんぶつみせ》には、諸人群《しよにんくん》集《じゆ》することなり。

（『成仙玉一口玄談』巻二「釈迦如来説大身之談」）

このように、今も昔も仏家の説法が多くの信者を集めているとする指摘は、同じ文坡作の『抜参残夢噺』（三巻三冊、明和八（一七七一）年刊）にも見ることができる。この書は『抜参夢物語』（一冊、是道子作、明和八（一七七一）年刊）への反駁書である。文坡が難じた『抜参夢物語』は、明和八（一七七一）年早春に流行した抜参りを、非礼・非道の行いとし（「抜参の弁」）、次のように批判する。

神は奇妙《きめう》不思議《しぎ》自由自在《じゆうじざい》をなすものと思ふてゐるはきつい間違《まちがひ》なり。正《たゞ》しき道《みち》に奇妙《きめう》不思議《しぎ》といふ事はなし。奇《き》妙《めう》不思議《しぎ》をなすものは皆外道《みなげどう》にして正道《しやうどう》にあらず。

（『抜参夢物語』「道中難儀の弁」21ウ）(27)

神の霊験を否定し抜参行為を批判するこの是道子の説に対し、文坡は『抜参残夢噺』で、弘法大師と猿田彦神の問答話に託し次のように反論する。

奇《き》妙不思議からでなりと其道へ引き入れ、とつくりと我手の物にして置《をい》て、其道《そのみち》を教《をしへ》るが仏《ほとけ》の方便《はうべん》、神《かみ》の神便《しんべん》なり。（略）弘法《こうぼう》はやつはり無間《けん》で奇妙不思議《きめうふしぎ》な大師《だいし》じやと申が貴僧《きそう》の為《ため》じやない、衆生《しゆじやう》の為《ため》じや。

（『抜参残夢噺』巻一「猿田彦弘法俗説の弁」7ウ、9オウ）

神仏の数々の奇瑞霊験譚は、衆生済度の為に仏がなした方便であるから必要であるという。このように、禅や道教を基調にする語りの方法や神仏の方便を認めようとする姿勢は、文坡が仏・道教側の立場にいたことを示している。『成仙玉一口玄談』をはじめ文坡が神仙教の普及のために手掛けた書の多くに「清浄無為真一」なる用語が見受けられる。この言葉の意味について、文坡は『烏枢沙摩金剛　修仙霊要籙』（二巻二冊、天明元（一七八一）年序、寛政七（一七九五）年刊）で「真一の霊旨とは、禅宗にては本来の面目といふ義に同じ」（『烏枢沙摩金剛　修仙霊要籙』巻之乾「不壊金剛解穢神呪を説いて衆生を化度する因由」[28]）と述べる。このことから「真一」とは、仏教の悟り、特に禅宗に言う「本来の面目」と同意であることがわかる。こうした「真一」の解釈のあり方からも、文坡の説く神仙教が仏教、とくに禅の教えを基本としていたことがうかがえる。

七、まとめ

以上、『成仙玉一口玄談』および『小野小町行状伝』『抜参残夢噺』から文坡の思想的立場について考察を行った。文坡が繰り返し説く「真一」や神仙教なる教説は、当代の読者には耳慣れない説として捉えられていたであろう。しかし実はその説の拠りどころは禅であり、すでに法語や仮名草子、そして文坡以前の談義本によって行われていた説をふまえたものであった。それらを新奇な言葉を用いることで、あたかもこれまでにない珍しい教えのように表現した点に、文坡の談義の特徴があるといえる。

文坡の談義のもう一つの特徴に、虚構の人物に託して先行の教説を論破するという方法がある。『小野小町行状伝』

では業平の仏説を、『成仙玉一口玄談』では『異国奇談　和荘兵衛』の宏智先生の説を、また『抜参残夢噺』では『抜参夢物語』にいう是道子の説を、小町・猿田彦・守一仙人をして論破させている。宗教や思想を、事柄や人物に託して平易に記すという寓言の方法は、仮名草子や文坡以前の談義本にも広く行われてきたことであるが、文坡の談義においては、喩えとしての虚構の世界の構築により工夫を凝らしている。文坡が談義本を手がけた安永・天明期は、談義本の盛行期を過ぎた時期に当たる。従来の書にはない複雑な内容構成と、新奇さを重視した表現方法は、そうした時代の産物であったといえる。

注

（1）浅野三平「大江文坡の生涯と思想」（『中世・近世文化と道教』第三巻、雄山閣、一九九七年、『近世中期小説の研究』桜楓社、一九七五年にも収録、初出一九六四年二月）、中野三敏「大江文坡のこと」（『経済往来』二七―七、一九六五年七月）、「文坡仙癖」（『江戸狂者伝』中央公論新社、二〇〇七年）、田中則雄「文化史の中の大江文坡」（『文学』三―三、二〇〇二年五月）、飯倉洋一「大江文坡と源氏物語秘伝――〈学説寓言〉としての『怪談とのゐ袋』冒頭話――」（『「奇談」書を手がかりとする近世中期上方仮名読物史の構築』二〇〇七年三月、初出二〇〇六年二月）、松岡芳恵「大江文坡「怪談もの」小考」（『東洋大学大学院紀要　文学研究科　国文学専攻』四七、二〇一一年三月）等がある。

（2）『日本古典文学大辞典』第一巻「小野小町行状記」（岩波書店、一九八八年）中村幸彦解説、五一一頁。本文引用は、刈谷市中央図書館村上文庫本〈三八七五／七／四甲五〉国文研マイクロフィルムに拠る。

（3）熊本大学教育学部蔵本〈一八八・八／J九二／S〉国文研マイクロフィルム。

（4）「丹霞禅師は、木仏を、火に焼けるとやらん」（『仮名草子集成』第一巻、東京堂出版、一九八〇年）二二七頁。

（5）「たんかは、かたちをわすれて、木仏をわり、たきゞと成、といへり」（『仮名草子集成』第五巻、一九八四年）三四〇頁。

（6）「唐土の丹霞師仏像を打破火にくべて焼て居たり」（巻之二「木仏真仏」駒澤大学図書館蔵本〈永久七三一一四〉13オ）。

（7）『仮名草子集成』第二巻（一九八一年）二六三頁。
（8）『叢書江戸文庫　佚斎樗山集』（国書刊行会、一九八八年）一二〇～一二二頁。
（9）カリフォルニア大学バークレー校三井文庫蔵本〈一八八一・二四／三〇一一〉国文研マイクロフィルム。
（10）『日本思想大系　中世禅家の思想』（岩波書店、一九七二年）二一九頁。
（11）『白隠禅師法語全集　第九冊　遠羅天釜』（禅文化研究所、二〇〇一年）四五五頁。
（12）『成仙玉一口玄談』（『新日本古典文学大系　田舎荘子　当世下手談義　当世穴さがし』（岩波書店、一九九〇年）二八三・二八七・三一〇・三二一・三二五～三二六・三二九～三三〇頁。
（13）『叢書江戸文庫　滑稽本集（一）』（国書刊行会、一九九〇年）五〇頁。
（14）京都大学文学研究科図書館潁原文庫本〈Ｐｂ／四〇〉。
（15）富山大学附属図書館ヘルン文庫本〈二一八八〉国文研マイクロフィルム。
（16）『和刻本漢籍随筆集』第十五集（汲古書院、一九七七年）。
（17）8書、三〇頁。
（18）『仮名草子集成』第十四巻（一九九三年）一六五頁。
（19）7書、一一三頁。
（20）『仮名草子集成』第二十四巻（一九九九年）一四七頁。
（21）新潟大学附属図書館佐野文庫本〈三四／九三〉国文研マイクロフィルムに拠る。なお談義本『こころの鬼』（一何斎鈍通序、安永七（一七七八）年刊）の巻五「天道親大常を説て道少が夢を覚し給ふ事」にも、日天子の説教を聞いた南都道少が大常を悟り、「不知の知といふ心中の明玉《めいぎょく》を取出して日輪に奉り」（11ウ）という話がある。
（22）鎌田茂雄『日本の禅語録　十九　白隠』（講談社、一九七七年）「藪柑子」現代語訳、三二〇頁に、見性得悟の時、真如実相の智慧の光が現れるとある。
（23）『国文東方仏教叢書　第二部第二巻　法語部下』（名著普及会、一九九一年）三三三頁。

(24)　7書、一三三五頁。
(25)　『仮名草子集成』第一巻（東京堂出版、一九八〇年）四七四〜四七五頁。
(26)　『神道大系　論説編十六　陰陽道』（神道大系編纂会、一九八七年）一四九頁。
(27)　『抜参夢物語』『抜参残夢噺』ともに西尾市岩瀬文庫蔵本〈九一／七〉合冊。
(28)　26書、三〇五頁。

第三節　『南総里見八犬伝』と聖徳太子伝

一、はじめに

『南総里見八犬伝』において、「仁」の持ち主である犬江親兵衛が里見家の理想国家成立のために八犬士の中でも重要な位置にあることは、濱田啓介(1)、前田愛(2)、野口武彦(3)の指摘するところである。濱田、野口は、仁善の王国設立のためには、親兵衛の仁の象徴としての妙薬によって、不殺を信条とする所謂仁戦が展開されているとする。また前田は、親兵衛の仁は人倫と秩序の象徴としての医療・薬剤によって具現化されているとする。各氏の指摘するように、『八犬伝』では「仁義礼智忠信孝悌」の八行のうち特に「仁」が最も重要な徳目として位置づけられている。作中にも里見義実の言葉に次のようにある。

仁《じん》を根《もと》として、余《よ》の七行《しちこう》は、各《おの〳〵》節《ふし》なり。然《され》ば孝悌忠信《こうていちうしん》も、又義《ぎ》も礼智《れいち》も、仁《じん》なければ、その徳聖《とくひじり》に至りがたかり。この故《ゆゑ》に八士《はつし》の一人《いちにん》、曼讃信《まさし》の一仁先出世《いちじんまづしゆつせ》して、忠孝義信《ちうこうぎしん》、礼智《れいち》も悌《てい》も、皆這仁《みなこのじん》に由《よ》らんのみ。

（第九輯巻之八、第百六回、3オ）(4)

八犬士のそれぞれが持つ八行の信条は、いずれも親兵衛の有する仁の意味に収斂されているといってよい。

では『八犬伝』の八犬士の要として仁を司り、起死回生の神薬を施す犬江親兵衛の人物造型は、どのような論理のもとに、またどのような説話を背景として描かれているのだろうか。本論ではこのことについて、主に聖徳太子伝との関わりを指摘しながら述べてみたい。

二、親兵衛の仁の出現

犬江親兵衛こと大八は、年齢には勝って知恵が早くつき、身体も大きくなったが、左の掌を開くことがなかった。周囲はこの親兵衛の身体の全からぬことを心配し、医療や神仏に願いをかける。親兵衛が始めてその左手を開いたのは、四歳の時、父山林房八と犬田小文吾の争いに巻き込まれ、誤って房八に蹴られて気絶、そこに現れたゝ大法師がその手首の脈を取ろうとした時であった。

生《うま》れてより、握詰《にぎりつめ》たる左《ひだり》の拳《こぶし》を、初《はじめ》て撥《ひら》きたりけるに、掌《たなそこ》の中《うち》に玉《たま》ありて、信乃《しの》・小文吾《こぶんご》等《ら》が玉《たま》と異《こと》ならず。是《これ》には仁《じん》の字《じ》見《あらは》れたり。（第四輯巻之四、第三十七回、13オ）

本話の典拠としては、従来高田衛により、掌に金鈴を持って生まれたという『封神演義』の怪童子・哪吒太子との関係が指摘されている。[5] このように掌より器物を持って生まれたり、或いは生まれながらに掌に文字が記されてあったという話としては、堤邦彦の指摘する目貫を持って生まれた武田信玄の曽我五郎転生譚や、[6] また『通俗医王耆婆伝』（五巻、鹿鳴野人訳、宝暦十三（一七六三）年刊）の、針薬嚢を持って生まれた耆婆、[7] そして合巻『浮世源氏絵』（別名『小野小町浮世源氏絵』十五編六十巻、山東京山作、歌川国貞他画、天保元（一八三〇）年～嘉永元（一八四八）年刊）の、右手に小町という文字が記されてあったという小野小町、[8] 歌舞伎「桜姫東文章」（四世鶴屋南北作、文化十四（一八一七）年初演）の、掌に香箱を握って生まれたという桜姫の話[9]など、その人物の出世の意味や因縁を示した話[10]を見ることができる。

そして聖徳太子もまた、掌に舎利を持って生まれた人物であることが『太子伝古今目録抄』（一冊、顕真撰、嘉禄三（一二二七）年成立か）[11]をはじめとする中世以来の太子伝に記され、寛文六（一六六六）年刊の絵入本『聖徳太子伝』（十巻十冊）にも取り入れられる。それには、敏達天皇二年二月十五日、太子二歳の時、右手から舎利を出したと、仏法を流布させる人物としての奇瑞譚が記される。さらに『先代旧事本紀大成経』（四十巻、延宝七（一六七九）年刊ほか、以下『大成経』と記す）「聖皇本紀」にも、同じく敏達天皇二年二月十五日の記事として次のような記事がある。

太子、東に向きて左の手を開き玉ふ。掌中に舎利有り。（略）生まれてより今迄、未だ左の手を拔かず。此の時始めて拔き玉ふ。

（巻三十五「聖皇本紀」上上、4ウ〜5オ、原文漢文）[12]

ここでは、太子が舎利を出したのが左の手であったとする。同じく『八犬伝』の犬江親兵衛が仁の玉を出したのもやはり左の手であった。

太子の手から舎利が出現した説については、太子伝の注釈書の類に論議がなされている。その中で『聖徳太子伝暦要解』（十巻、松誉巌的作、元禄七（一六九四）年刊）[13]や『聖徳太子伝私考』（九巻九冊、北潭作、享保九（一七二四）年識語）[14]では、『大成経』「聖皇本紀」の説を引いて左手説の論拠としており、当代に「聖皇本紀」が太子伝の一つとして定着していたことを知る手掛かりとなる。

さらに『大成経』のもう一つの太子伝「帝皇本紀」には、聖徳太子が掌より瓢箪の種を出したという話がある。敏達天皇元年正月、讃岐の国より霊瓢が献上された。この瓢箪の様子については後述する。天皇はこの霊瓢を、聖徳太子生誕の奇瑞であるとして太子に授けた時、太子は始めて右の手を開く。

厩戸の王、畏《かしこ》まり敬ひて霊瓢を侍《たま》はりて、始めて右の手を開き下ふ。一の瓢《ひさご》の仁《さね》有り。（略）是より先、王子誕生《あれまし》てより已未、未だ左右の手《みて》を開き下はず。此の時を以て始めて披《ひら》き下ふ。群臣諸造、奇と為さずと云ふこと無し。（評）厩戸の皇子、大ひに三法を弘め下ふ。是、儒宗を弘め下ふ、其天の瑞也。

（巻三十一「帝皇本紀」中上「敏達天皇」３オ）

太子が掌より、霊瓢の中にあるはずの一粒の瓢箪の種を出現させたとするこの話は、太子が種、即ち仁（儒教）を世に広める人物であることを示したものである。その意味で『大成経』「帝皇本紀」のこの話は、『八犬伝』の犬江親兵衛が、やはり世に仁をもたらすべく仁の玉を持って生まれたことと通じている。

『大成経』は、『日本書紀』主典拠としつつそこに独自の記述を挿入し、神代から推古天皇までの歴史を記した書で、延宝七（一六七九）年の板行後、虚偽の史実ありとして間もなく絶版となった。「帝皇本紀」は、そのうちの巻二十九から巻三十四で、継体天皇から推古天皇の歴史を記す。また「聖皇本紀」は巻三十五から巻三十八で、こちらは『聖徳太子伝暦』を典拠とし、「帝皇本紀」と時代を重複させつつ、欽明天皇から推古天皇までの歴史を記す。本書の内容的な特徴として、河野省三が「聖徳太子の偉大性を昂揚し、特にその思想的位置を高く確立すること」と述べるように⒂、「帝皇本紀」の敏達天皇元年の聖徳太子生誕以降は聖徳太子の事跡に重点が置かれ、『日本書紀』にはない特異な記事が数多く記される。また「聖皇本紀」は『聖徳太子伝暦』を典拠とすることにより、「帝皇本紀」の聖徳太子の事項をさらに詳細に記す役割を果たしている。『八犬伝』の犬江親兵衛の仁出現譚は、『大成経』のこの「帝皇本紀」と「聖皇本紀」の二つの本紀に記された聖徳太子伝をふまえて作られたといえる。以下さらに親兵衛と聖徳太子伝との関連について述べていきたい。

三、親兵衛と信乃

仁の人・犬江親兵衛の出世の時には予兆が語られる。その最初のしるしは「八房の梅」の出現である。『大和名所記』（二十巻、林宗甫作、延宝九（一六八一）年刊）に次のような説がある。

犬塚《いぬづか》　いぬづかは聖徳《しやうとく》太子の白雪丸《はくせつまる》とめされしいぬをうづみし所なり。郡山にあり。太子伝抄（巻五、29ウ）(16)

これは『日本書紀』巻第二十一、崇峻天皇即位前紀に、物部守屋の家臣捕鳥部万《ととりべのよろず》の飼っていた白犬が忠死したのを、朝廷が憐れんでその亡骸を万と共に墓に埋めたという話から派生した伝説であろう。(17)『八犬伝』第二輯巻之五の、犬塚信乃が愛犬与四郎の亡骸を埋めた話は、聖徳太子に纏わる『大和名所記』の白雪丸の伝説を「犬塚」という地名に因んで取り入れたと思われる。

『八犬伝』第三輯巻之一、犬塚信乃がその根元に与四郎を埋めた梅の木は、翌年枝ごとに八つの実を付ける。この「八房の梅」で当時特に有名だったのは、越後国蒲原郡小嶋村にあるという親鸞ゆかりの梅であろう。『和漢三才図会』（百五巻、寺島良安作、正徳二（一七一二）年序）(18)や『親鸞聖人御旧跡幷二十四輩記』（七巻、竹内寿庵作、享保十六（一七三一）年刊）(19)、略縁起『御開山聖人　御一生記』（一冊）(20)には、鳥屋野のとある民家の梅に八つの房の実を実らせたという親鸞の仏法の奇瑞譚が記されている。『八犬伝』では、親鸞ゆかりのこの八房の梅伝説に拠りながら、さらに、梅の実にそれぞれ「仁義礼智忠信孝悌」の八つの文字が浮かび上がっていたという独自の話を脚色している。では、それはどのような説話に基づいたものなのであろうか。

植物や果実の類に文字が現れたという話については、例えば『広益俗説弁』（井沢蟠竜作、享保二（一七一七）年刊）遺編巻二十九には、木の中に文字があったという話数話を記している。(21) しかし『八犬伝』「八房の梅」の話の性格と最も類似しているのは『大成経』「帝皇本紀」「聖皇本紀」の聖徳太子伝の、先述の瓢箪の話である。「帝皇本紀」敏達天皇元年正月の記事には、朝廷に献上されたという霊瓢の様子について、次のように記してある。

瓢の腹に図有り。或《ある》は人なり、或は木なり。図の上に字有り。是れ秦字也《はたな》。即ち其人の名なり。図と字と並びに高《たか》し。猶を巧の造り上つるがごとし。（巻三十一「帝皇本紀」中上「敏達天皇」2オ）

と、瓢箪には人の姿と各人物の名前が浮かび上がっていたとある。聖徳太子生誕の奇瑞として現れたというこの霊瓢は、太子が後に賢聖の人となるであろうことを示したものということができる。

一方『八犬伝』の「八房の梅」に現れた「仁義礼智忠信孝悌」の文字もまた、信乃が与四郎の菩提を弔うため木の幹に刻んだ「如是畜生発菩提心」の八文字を受けたもので、やがて信乃に続き賢聖の人・八犬士が出現することを示した奇瑞であった。その点において『大成経』の聖徳太子生誕に因んだ霊瓢譚と、『八犬伝』「八房の梅」とは、話の性格上類似している。

さらに『大成経』「聖皇本紀」の敏達天皇元年正月の話は、「帝皇本紀」のこの霊瓢譚と同様の内容を「賢聖瓢」という名で載せ、瓢箪に浮かび上がった字図についてもう少し詳細な次のような説明を加えている。

孔夫子と有り。又栄啓期と、四皓と、鬼谷先生と、蘇秦と、張儀との九像有り。並びに楷字《かいぢ》の銘、及び其の好木像有る。瓢の長《た》け五寸、五行の徳に合ふ。（略）此の瓢を名て、賢聖瓢と曰ふ。

（巻三十五「聖皇本紀」上上「敏達天皇」3ウ4オ）

瓢箪に現れたのは、孔子をはじめとする九人の人物の名前と姿絵であったとする。その中には『抱朴子』に「良（筆者注・張良）の本師の四皓、角里《ろくり》先生、綺里季の徒は、皆仙人なり。」（内篇、巻五「至理」(22)）とある。これらは、俗世にあっては仁者として活躍し、後には富山に隠棲する八犬士の姿を想起させる人物達であるといえるだろう。

この「賢聖瓢」の話は『和漢三才図会』(23)や『聖徳太子伝図会』（六巻六冊、若林葛満作、西村中和画、享和四（一八〇四）年序）(24)、そして聖徳太子の略縁起『法隆寺伽藍本尊霊宝目録』(25)等に記されており、ある程度流布したようである。また「賢聖瓢」は「八臣瓢」とも呼ばれていたようで、主に法隆寺関連の資料『聖徳太子伝私記』（二巻、顕真撰、嘉禎四～寛元（一二三八～四六）年間成）(26)や『斑鳩古事便覧』（一冊、覚賢編、天保七（一八三六）年頃成）(27)に、法隆寺蔵の聖徳太子の遺品の一つとして次のように記されている。

一　賢聖の瓢　〇春秋の瓢、又八臣瓢と名づく。（略）九人の名の文字有り。此の中、栄啓期は臣に非ず、故に八臣と名づくと。

（『斑鳩古事便覧』「霊宝無銘分」原文漢文）

瓢の面に浮かび出た九人のうち一人は臣下ではないので、故に「八臣瓢」と称するとの説明がある。「八臣瓢」は、管見の限りでは法隆寺周辺の写本にのみ記された名のようであるが、この説もまた「八房の梅」の典拠である可能性があるとしたい。以上のことから、『八犬伝』の「八房の梅」の話は、和州犬塚に伝わる聖徳太子と白雪丸の話、そして越後国の親鸞ゆかりの八房の梅の話の上に、さらに『大成経』の聖徳太子伝「賢聖瓢」（あるいは別伝「八臣瓢」）

の話を組み合わせ、八行の士の出世のしるしとして考案されたといえる。

八房の梅の実に八行の文字が現れたことの意味、つまりそれが八犬士を世に出す伏姫の神事であったことを信乃が始めて理解するのは、第四輯巻之四、大八こと親兵衛が仁の玉を出現させた直後であった。またその時親兵衛の両親房八と沼藺の生き血を浴びたことにより、親兵衛と骨肉の兄弟にも等しい関係になったことを知った信乃は、そこで肌身離さず持ち歩いていた梅の種を再び示す。親兵衛は「仁」の玉を、そして信乃は梅の「種」をここで同時に現したのである。「仁」という言葉には、もともと「果実の種」という意味がある。『大成経』の聖徳太子伝もまた、瓢箪の「種」から儒教の「仁」の意味を引き出した話であった。八房の梅は八犬士出現のしるしであり、そして同時に「仁」を媒介とした信乃と親兵衛との因縁を示すものでもあったのである。

四、親兵衛と伏姫

犬塚信乃のほかに、物語中で親兵衛との強い因縁が示されているのは伏姫である。八犬士の中でも親兵衛だけが富山の洞窟で伏姫に養育され、伏姫の与えた起死回生の神薬を持って再び俗世に登場するという、伏姫とは特に近しい存在として描かれている。

この親兵衛の再登場に際しては、伏姫の託宣がなされている。それは第九輯巻之六、里見の御曹司義通が賊徒蟇田素藤と八百比丘尼妙椿の謀略によって捕らわれた時、子犬を抱いた女児をとおしてなされる。

神女《しんによ》の託宣《たくせん》に、今茲《ことし》は義通災厄《よしみちさいやく》あり。そは天命《てんめい》にて免《まぬが》れがたかり。この故《ゆゑ》に八幡《はちまん》・諏訪《すは》の、神力《しんりき》も甲斐《かい》なきに似《に》たり。なれども命《いのち》に恙《つゝが》なきは、神《かみ》の助《たすけ》あれば也。愆《かゝ》れば撃《うた》れし伴当《ともびと》們《ら》も、命数《めいすう》其首《そこ》に尽《つき》ざるは、回陽《くわいやう》の時《とき》

なきにあらず。そを里見《さとみ》殿《どの》怒《いかり》に乗《まか》して、克《かち》を一時《いちじ》に拿《とら》んと欲《ほり》せば、士卒《しそつ》を多《おほ》く喪《うしな》ひて、事《こと》に益《あき》なきのみならず、
反《かへつ》て敵《てき》の辱《はづかしめ》に遇《あは》んのみ。
（第九輯巻之六、第百二回、4ウ）

そして里見義実が富山参詣の折、伏姫より義通救済の命を受けたという親兵衛が現れ、里見家の危機を救う（第九輯巻之六、第百三回）。このように親兵衛は、里見家の危機を救い、当家に安泰をもたらすために世に現れた、伏姫の分身として描かれる。

この伏姫の背景については『八犬伝』の一説に、「姫神《ひめがみ》は原是《もとこれ》富山《とやま》なる、観世音《くわんぜおん》の化現《けげん》也」（第九輯巻之五十二、第百八十勝回中編、17オ）とある。これは『聖徳太子伝』（十巻十冊、寛文六（一六六六）年刊）[28]等の太子伝にいう、聖徳太子は救世観音の化身であるとする説を取ったものであろう。

さらに太子伝の一説によると、聖徳太子は天照大神の再来ともされる。『聖徳太子伝』には次のようにある。

天照《てんせう》太神は本地《ほんち》観音《くはんをん》にてまします。（略）我朝《わがてう》にえんをむすび給ふゆへに天照《てんせう》太神と顕《あらは》れまして、天魔邪神《まじやじん》をたいらげて、この地を領《れう》し給ふ。後《のち》には聖徳《しやうとく》太子と化現《けげん》して、守《もり》屋の逆臣《ぎやくしん》を追罰《ついばつ》して仏法《ぶつほう》をひろめ給ひし也。
（巻八「三十九歳　黒駒太子奉踏事」46オウ）

ここでは、聖徳太子は天照大神の化身として世を治めるために現れたと述べている。

伏姫と天照大神との関連については、播本眞一により、伏姫の所持する玉が「天津八尺の勾瓊」であることから、伏姫に天照大神に連なる天神としての性格があるとの指摘があり、参考になる。[29] さらに『大成経』「天神本紀」によると、天照大神の掌の神性について次のような記述がある。

天照太神、其八坂瓊《やさかに》を以て左右手掌《たぶさ》の中《なか》に持ち、心持《さなごも》ちして、而も左の元指《もとゆび》を押して曰く、「太恵《ふとめぐみ》の常恵《とこめぐみ》に恵《めぐめ》にせよ」次に首《かしら》指を押し、而も曰く、「太覚《ふとさとし》の愛《めぐみ》、覚《さと》しに覚《さと》せ」次、高《たか》つ指を押し、而も曰く、「太誠《ふとまめ》の慈誠《いつくまめ》に誠せよ」次に腰《こし》つ指を押して、而も曰く、「太克《ふとせめ》の悲《かな》しみ克《せめ》に克せよ」次に尾指を押て、而も曰く、「太節《のり》の惻節《いたつのり》に節《のり》せよ」遂に手掌《たなごゝろ》を押、而も曰く、「太徳《ふといきをひ》の撫徳《なでいきをひ》に徳《いきを》へ」（評）是、左は陽の位、仁《めぐみ》て太体《をゝすがた》を脩《をさむ》る、其理の元也。（略）右は陰の位、仁小にして用《こと》を尽しぬ、其理元也。（略）仁《めぐみ》の徳《いきをひ》、義礼《よろしいやまひ》、智信《さとしまこと》を含み、天の時に合《かな》ひ、地の行《はこび》に合ふ。（略）天皇《すべらぎ》の心《みこゝろ》と為り、天皇の行《みをこなひ》と為り、永《ひた》ぶるに天下を治め下ふ、其法の元也。

（巻十「天神本紀」下、28オ〜29ウ）

天照大神が八坂瓊の玉を左右の掌に持ちながら述べた言葉で、傍線部のように左手の各指には仁の「太体《をゝすがた》」が、そして右の掌には小「仁」が備わっているとする。この天照大神の仁は代々の天皇に受け継がれ、永久に天下を治めるものとする。『八犬伝』第二輯巻之三に、信乃の母手束が滝の川の弁財天参りの折、上天より八房に乗った伏姫が「左手《ゆんで》に数顆《あまた》の珠《たま》を拿《もち》て」（27オ）現れる場面がある。伏姫のこの姿は、ちょうど『大成経』にいう、天照大神が左手に大いなる仁を持つという説に重なり合う。天照大神の左右の掌にある仁は、敏達天皇の代に聖徳太子により人間界にもたらされることになる。天照大神の掌からその申し子聖徳太子の掌へ受け継がれた仁。この構図は、『八犬伝』において、伏姫から犬江親兵衛に仁の教えがなされたことに、そのまま当てはまる。

五、親兵衛の仁の性格

『八犬伝』第九輯巻之七で伏姫が親兵衛に示した仁とは、

今《いま》より勉《つとめ》て殺生《せつせう》を、好《この》まで忠恕惻隠《ちうじよそくいん》を、心《こゝろ》とせば事足《ことた》りてん。（略）只当前《たゞたうぜん》の敵《てき》を撃《うち》て、降《くだ》るを殺《ころ》さず、走《はし》るを捨《すて》て、人《ひと》を征《せい》するに徳《とく》をもてせば、則《すなはち》忠恕《ちゆうじよ》の義《ぎ》に称《かな》ふて、仁《まさし》といふ名《な》に羞《はぢ》ざるべし。

（第九輯巻之七、第百四回、10オウ）

と、戦いにおいては敵にも慈悲をもって対し、むやみな殺生を戒めることであった。第九輯巻之四十二上、国府台の合戦では、親兵衛は施薬の頭人を戦地に遣わして負傷人の人命救済に当たり、義成の大仁至徳を世に知らしめる。

もともと仁を不殺生の意に取ることは、仏書や『彝倫抄』（一冊、松永尺五作、寛永十七（一六四〇）年刊）[30]といった近世の教訓書にも見ることができるが、中でも聖徳太子伝には、太子の説いた仁の教えとして記されている。『聖徳太子伝暦』（二巻、寛永五（一六二八）年刊）には、敏達天皇七年二月、聖徳太子が天皇に、六斎日は梵天帝釈が天降り国政をご覧になる日なので、殺生を禁じるべきこと、それが仁の基本となると説いたとある（巻上、5オウ）。また同書の推古天皇十九年五月に、太子が天皇に「釈氏《しやくし》の五戒には、一に不殺生、外典の仁也。彼れ此れ相ひ合へり」（巻下、5ウ、原文漢文）[31]と説いたとある。

また歴史書の類には、為政者による貧民救済のための施薬のことが記されている。聖武天皇后が「仁慈」にして悲田院と施薬院を置いたこと（『続日本紀』二十二、淳仁天皇）、淳和天皇后の「慈仁」（『三代実録』三十五、陽成天皇）、醍醐天皇の「仁恵之深」き政策（『扶桑略記』延長八（九三〇）年二月）として施薬院の事業政策の記録を見ることができる。

さらに『大成経』にも、聖徳太子による施薬院設置の記事がある。「帝皇本紀」推古天皇十年十月十七日、天皇は聖徳太子の「宜く仁の徳を施し下ふべし」（24オ）という勧めに従い、全国から病人を集め施薬部を設置する。

> 即ち勅《みことのり》して、使ひを東西の州《よも》邦《くにぐ〱》に遣し、国司《みこともち》に流告《ふれ》て、治療難《なをしがた》き異病《あやしやみ》・難病《わろやみ》する不便《もや〱もなき》の者を以《も》て、幾華《みやこ》に贈《をく》らしむ。即ち施薬院《みくすしどの》を立《た》てゝ、内極《おほうち》の西《にし》の門《みかど》に諸を並べて施薬部を置《を》き下ふ。（略）輪毛《わけ》の織香《をりか》、及び谿羽《たには》の張戸《はりこ》に命《みことのり》して、薬蔵《みくすりほこら》より薬を出し、懇念《ねんごろ》に之を療治《やまひなをさ》しむ。
>
> （巻三十三「帝皇本紀」下上「推古天皇」24ウ～25オ）

天皇は太子の進言により、仁政の一環として施薬院を設置し民の病の治療をおこなったとある。これは『聖徳太子伝暦』推古天皇元年の項の割注に「本願寺の縁起」の引用として、太子が四箇院を建立し、施薬院にて薬を調合し病人に施したとある記事（巻上、24オ）を、太子の仁に基づく政策として独自に改変した話である。親兵衛の仁の具現化としての施薬は、『大成経』にいうこの太子の施薬の話や、歴代の為政者の行った貧民救済としての政策の記事を、戦地での人命救済という構想に応用したものと考えられる。

さらに親兵衛の施薬の話で特徴的なことは、起死回生の神薬を用いることにより、仁＝不殺生の主題を全うさせていることである。「神薬」とは、神仙から授かる不老長寿の霊薬の意である。聖徳太子撰とされる『法華義疏』序品には「夫れ妙法蓮華経とは、蓋し是れ総じて万善を取りて、合《がっ》して一因と為《す》るの豊田《ぶでん》、七百の近寿《ごんじゅ》、転じて長遠《じょうをん》と成るの神薬なり」（「序品第一」、原文漢文[32]）とあり、法華経とは不老不死をもたらす神薬であるとする。これに関して、

『聖徳太子伝』（寛文六（一六六六）年刊）にも、聖徳太子が蘇我馬子の病を癒すために法華経を講じたという次の話がある。

太子これを治し給ふに、「閻浮《えんぶ》に不死《し》の薬あり。妙法蓮花経是なり」とて、太子かたじけなくも、僧《そう》威威《い》儀《ぎ》に住《ぢう》して法花経を講《かう》読したまひければ、（略）大臣の病忽《たちま》（ママ）に平癒するなり。（巻九、27オ）

ここにも法華経が人間界にとっての仙薬であるとする説がみられる。(33)

伏姫は富山の洞窟で八房に善果を与えようと昼夜法華経を読誦した。そのことが後に八房に菩提心を起こさせ八犬士誕生を導くことになる。そして八犬士の仁義八行の玉が、伏姫が親兵衛に授けた神薬と同じく起死回生の妙薬として効験を現すものであることは、例えば額蔵が義の玉を嘗めて丁田町進の拷問から救われた話や（第五輯巻之一、第四十一回）、大角が幼少より、礼の玉の奇験で病を治したこと（第六輯巻之五下、第六十一回）などに示される。さらに犬士らの玉と親兵衛の神薬が伏姫のなした法華経読誦の果であったことは、『法華義疏』や『聖徳太子伝』の説により明らかになる。

これらのことから『聖徳太子伝暦』『大成経』の聖徳太子伝に基づいた親兵衛の仁の話は、『聖徳太子伝』にいう神薬の霊験譚をからませることで成立しているといえる。

六、八房・与四郎・走帆の背景

犬江親兵衛の神馬走帆は、「其《その》鬣《たてがみ》と尾《を》と四足《よつのあし》は、白《しろ》きこと雪《ゆき》の如《ごと》く」（第九輯巻之二十八、第百四十四回、4オ）という姿であった。そして犬塚信乃の愛犬与四郎も、「其全身《そのぜんしん》、黒白《こくびやく》八个《やつ》の斑毛《ぶち》ありて、その足《あし》はみな白《しろ》かり。因《より》て四《よつ》白《しろ》といふべきを、訛《なま》りて与四郎《よしらう》と呼べるなり」（第四輯巻之四、第三十八回、17オ）とある。ここに「四白」という点で走帆と与四郎とは共通している。

与四郎は、伏姫が信乃の母手束に信の玉を渡す時に現れた犬であるが、犬塚信乃は幼少の頃、この大犬に縄手綱を掛けて馬の代わりとし、巧みに乗りこなして遊んでいた（第二輯巻之四、第十七回）。その姿が、八房に騎乗する伏姫を想起させることは、既に高田衛の指摘にある。(34) 高田は、八房に乗る伏姫、青海波に乗る親兵衛を「騎乗の神性」のイメージで捉え、黒駒に乗って天空を行く聖徳太子を始めとする伝説上の人物と共通の神性があると述べる。そのことをふまえた上で『聖徳太子伝暦』をみると次のようにある。

> 太子、左右に命じて良《よ》き馬を求玉ふ。諸国に府《をゝ》せて貢《たてまつ》らしむ。甲斐の国より、一の驪駒《くろごま》の四つの脚白き者を貢る。数百匹の中に、太子、此の馬を指して曰、「是れ神馬《ば》也」余は皆還《か》へされぬ。（巻上、27ウ）

このように聖徳太子の愛馬・甲斐の黒駒もまた与四郎や走帆と同じく「四白」であったことがわかる。なお同話は『聖徳太子伝』、『大成経』「聖皇本紀」にもみることができる。(35)『聖徳太子伝』には次のようにある。

> この馬は、本信濃国《しなのゝくに》の井上《ゐのうへ》の牧《まき》に、四の脚《あし》しろき黒駒ありけるに、天竜《てんりう》そのうへに落かゝりて、則ちこの黒駒をばうめり。（巻六「二十七歳　甲斐黒駒之事」33オ）

四白の馬と天竜の間の子として甲斐の黒駒が生まれたとある。これは親兵衛の初めの馬青海波が「竜種《たつだね》ともいはゞいふべし」（第九輯巻之八、第百六回、13オ）と言われたことをも想起させる。このように『八犬伝』では、甲斐の黒駒説話を背景として「四白」の犬（馬）に乗る人物の姿を繰り返し描き、伏姫から信乃、そして親兵衛に至る再来の物語を描いている。

伏姫は八房に乗って富山に入り、山中での法華経読誦の功徳により不老不死の神薬を得た。高峰に仙薬のあることは、富士山に伝わるかぐや姫伝説や蓬莱山を求めたという徐福伝説等がある。(36)また『聖徳太子伝』にも、聖徳太子が甲斐の黒駒に乗って日本の山々を巡った話の中に赫炼《かくや》姫と不死薬の話がある（巻六「二十七歳　甲斐黒駒之事」）。この『聖徳太子伝』にいう黒駒伝説関連の話も、伏姫と親兵衛が富山と俗世を往来し神薬を世にもたらした話の背景にあるといえる。

七、まとめ

以上、『八犬伝』の物語構成の方法として『大成経』『聖徳太子伝暦』『聖徳太子伝』の、聖徳太子伝が典拠としてあることを指摘した。

このうち『聖徳太子伝暦』については、寛永五（一六二八）年の板行以降に多くの注釈書が出ている。(37)馬琴も目を通していたようで、『曲亭蔵書目録』に「聖徳太子伝暦　二冊」と書名のあることが服部仁の報告にある。(38)また寛文六（一六六六）年刊『聖徳太子伝』も、聖徳太子を扱った草双紙類に影響を与えており、『聖徳太子伝暦』とともに近世期に最も流布した太子伝といえる。なお『大成経』については、馬琴の『烹雑の記』（三巻、文化八（一八一一）年刊(39)）に次のようにある。

近来《きんらい》「先代旧事本紀《せんだいくじほんぎ》」一名「大成経」又「旧事本紀」といふと題《だい》する書《しよ》は、美濃《みの》の黒滝《くろだき》の潮音《てうおん》和尚とかいふ天狗、いさ、か昔《むかし》より伝《つたへ》たる抄物《せうもつ》に取《とい》つけて、七十二巻を偽撰《ぎせん》し、これいにしへ聖徳太子《せうとくたいし》の撰《えらま》せ給ふ旧事本紀《くじほんぎ》なりとて、四十巻ばかり刊行《かんかう》したる（略）

（下之巻）

このことから、馬琴は『大成経』を偽書と見なしつつも『八犬伝』に取り入れていたことがわかる。

聖徳太子が天照大神ゆかりの「仁」を広めた人物であったとする『大成経』の説は、『八犬伝』において『聖徳太子伝暦』『聖徳太子伝』の太子伝と一つになり、親兵衛が伏姫の「仁」を世にもたらす物語へと展開した。それは、伏姫から信乃・親兵衛へと、「掌中の仁（玉・種）」と「犬（馬）に乗る」という構図を繰り返して描いた、伏姫から親兵衛に至る因縁の物語、そして里見家の安泰を祈る伏姫の悲願の物語であった。

注

（1）濱田啓介「八犬伝の構想に於ける対管領戦の意義」（『近世小説・営為と様式に関する私見』京都大学学術出版会、一九九三年、初出一九五四年一〇月）。

（2）前田愛「『八犬伝』の世界――「夜」のアレゴリイ――」（『前田愛著作集』第一巻、筑摩書房、一九八九年、初出一九八九年一二月）八六頁。

（3）野口武彦「「仁」の千年王国――『八犬伝』の対管領大戦争をめぐって――」（『江戸と悪　『八犬伝』と馬琴の世界』角川書店、一九九二年、初出一九九〇年四月）九七～九九頁。

（4）『南総里見八犬伝』の本文は、国立国会図書館蔵本〈本別三／二〉に拠る。

（5）高田衛「哪吒太子・聖徳太子・護法童子」（『完本　八犬伝の世界』ちくま学芸文庫、二〇〇五年、初出一九八〇年一一月）四五七頁。

（6）堤邦彦「曽我五郎転生譚の近世的展開――信玄奇誕説話と近世文芸」（『近世仏教説話の研究　唱導と文芸』翰林書房、一九九六年、初出一九九一年三月）第二部第二章Ⅱ。
（7）第三回「這生《このうま》れ出たる男児《だんじ》、胎中《たいちう》より抱《いだき》たる一嚢《いちなう》、梵志《ぼんじ》開《ひら》き見《み》るに、針《はり》あり、薬物《やくぶつ》あり、又方《はう》策《さく》《やくはうがき》あり」（1オ、原文片仮名文）。
（8）「此ひめぎみいかなる事にや、右の手をひらき給はず。（略）七やのゆをめしたるとき、その手をひらきたるを見れば、小町といふもじ、すみにてかきたるがごとくあり〳〵と見へければ」（七編、11ウ～12オ）。
（9）桜姫は生まれつき左手が開かなかったが、清玄が十念を授けると開き、中から「清玄」と書き付けた香箱の蓋が出る（『鶴屋南北全集』第六巻、三一書房、一九七一年）。
（10）親兵衛の左手に前世の因縁が握られていたことは、内田保廣「親兵衛の左手」（『読本研究』七上、一九九三年九月）に指摘がある。
（11）「一舎利事　扶桑舎利集云、法隆寺仏舎利一粒、白色、小角豆許の如し。（略）太子胎内より掌を拳りて御誕生。後尚以て開かず。二歳の時の春、東方に向かひ南無仏と称するの時、掌中の右より出給ふ也」（『大日本仏教全書　一一二巻　聖徳太子伝叢書』名著普及会、一九八七年、一〇頁、原文漢文）。
（12）『先代旧事本紀大成経』の本文引用は、国立国会図書館本〈一九五／一一四〉に拠る。
（13）「掌《たなごゝろ》を開き玉ふに付て左右の異義あり。爾りと雖も左りを正と為す。聖皇紀上巻上云、二月十五日平旦に、太子東に向かひ、左の手を開く。掌中に舎利有り」（都立中央図書館井上文庫本〈井一七三九〉正徳六（一七一六）年刊、巻之二「二合掌之功徳」1ウ、原文片仮名文）。
（14）「舎利を持し玉ふは、左右に手《て》の内何ぞやと。松子伝には、左の手と云。障子の伝には右と云。聖皇本紀には右に瓢《ひさご》の実を拳《にぎ》る。左《ひだり》の手《て》に舎利を持つと。已上」（都立中央図書館井上文庫本〈井一七四一〉第一冊、27オウ）。
（15）河野省三『旧事大成経に関する研究』「一一、大成経著作の目的」（宗教研究室、一九五二年）二九頁。
（16）『大和名所記――和州旧跡幽考――』（臨川書店、一九九〇年）。

(17) 横山邦治「白狗幻想」(『江戸文学』一二、ぺりかん社、一九九四年七月)に、『日本書紀』のこの本文を引用し、八房に白犬の聖性があるとする。

(18) 巻六十八「越後」「八房梅」(『和漢三才図会(下)』東京美術、一九八六年)八三八頁、『東遊記』(十巻十冊、寛政七～九(一七九五～九七)年刊)巻五「七不思議」(21オウ)、『北越奇談』(四冊、橘茂世作、葛飾北斎画、文化九(一八一二)年刊)巻二「俗説十有七奇」「其十三」(20オ～21ウ)にも同話がある。

(19) 「越後国蒲原郡小嶋村八房梅」(巻二、4ウ)。

(20) 『略縁起　資料と研究　一』(勉誠社、一九九六年)一四八頁。ここでは、越後国「ふしま村」の「くり林きやう順寺」の梅本とする。

(21) 「雑類草木」「木に文字ある説」(『広益俗説弁続編』平凡社東洋文庫、二〇〇五年)一二八頁。『夢渓筆談』『春渚紀聞』『稽神録』にある木中の文字の話を引用する。

(22) 『抱朴子』(石島快隆訳注、岩波書店、一九四二年)一〇四頁。

(23) 「和州法隆寺に一瓢、大さ尺許の者有り。賢聖の像堆《うづたか》く起こり、面容衣冠甚だ巧み也。或は云く、狭貫国《さぬきの》に於て自ら生する所也と。敏達天皇の春、之を献ず。以為《おもへらく》、聖徳太子降誕の瑞なりと」(巻第百「苦瓠《ひやうたん》」)一四一七頁。原文漢文。

(24) 巻三「聖徳太子降誕奇瑞の事」(19オ～24ウ)に同話がある。

(25) 「賢聖瓢《けんせいのひさご》　春秋《しゆんじう》の瓢《ひさご》ともいふ。孔子等《こうしとう》の聖賢《せいけん》の像楷字《ざうかいじ》の銘自然《めいじねん》になりつく。儒宗興行《じゆしうこうきやう》のしるしなり」(『略縁起集成』第一巻、勉誠社、一九九五年、四九五頁、原文漢文)。同話は『御伽藍御宝物略縁由』『聖徳太子略縁起』にもある。

(26) 『法隆寺史料集成』四(法隆寺昭和資材帳編纂所、一九八五年)三六頁に「八臣ノ瓠《ヒサコ》」の記事がある。

(27) 『法隆寺史料集成』十五(法隆寺昭和資材帳編纂所、一九八四年)一四五頁。他に『御舎利殿宝物註文』(尭誉ほか編、天文十九(一五五〇)年成、『法隆寺史料集成』九、一二〇頁)、『法隆寺仏像記』(覚心編、寛正五(一四六四)年以前成、『法隆寺史料集成』八、一三四頁)に記事がある。

(28) 「それ聖徳太子《しやうとくたいし》は、三世《ぜ》の諸仏《しよぶつ》の慈悲《じひ》の色《いろ》をあらはし、救世観音《ぐぜくはんをん》のすいじやく也」(巻一、2オ)、『伝承文学資料集成

第一輯　聖徳太子伝記』（三弥井書店、一九九九年）。以下、本文引用は本書に拠る。

(29) 播本眞一「『南総里見八犬伝』の神々――素藤・妙椿譚をめぐって――」（『八犬伝・馬琴研究』新典社、二〇一〇年、初出一九九六年五月）五三頁。

(30) 「仏法にては、物《もの》の命《いのち》をころさず、只慈悲利益《たゞじひりやく》をする心なれば、殺生戒《せつしやうかい》をのづから仁《じん》の道にこもり申すなり」（『日本思想大系　藤原惺窩　林羅山』岩波書店、一九七五年、三〇六頁、原文片仮名文）。

(31) 寛永五（一六二八）年刊矢口丹波記念文庫本〈〇八三二〉国文研マイクロフィルム。

(32) 『法華義疏』上巻（岩波文庫、花山信勝校訳、一九七五年）九頁。明暦元（一六五五）年、天和二（一六八二）年等の板本あり。

(33) 『聖徳太子伝暦備講』三十巻十五冊、浅井了意作、延宝六（一六七八）年序、巻二十二―二十五に、「大臣臥病とは、太子の曰く、法華経の文に、若し人病有りて是の経を聞くを得ば、病即ち消滅、不老不死と有り。法華を講じて一千人を度せば、大臣宿世の業病と云ふとも、醍醐の妙法薬を以て治せざらんやと」（25ウ、原文片仮名文）とある。

(34) 高田5書、第二章。

(35) 「夏四月、太子、命じて良馬を求めしむ。諸国に府《を、》せて貢せしむ。垗岩《かい》国に貢ぐ所の驪駒《くろこま》、四脚白し。数百駿の中に秀絶、太子此馬を指して曰く、「是れ神馬なり」余皆還せしむ。」（『大成経』巻三十七「聖皇本紀」下上「推古天皇」8ウ9オ）。

(36) 「秦の時除福、五百の童男、五百の童女を将て、此国に止。東北千余里に山有り。富士と名く。亦蓬莱と名く。」（『本朝神社考』中之四「富士」、原文漢文）。「徐市（略）来住の処は即ち富士なりと、或は熊野、熱田と為」（『和漢三才図会』巻五十六「蓬莱山」、原文漢文）。

(37) 服部仁「馬琴所蔵本目録（一）――翻刻『著作堂俳書目録』並に『曲亭蔵書目録』――」（『同朋大学論叢』四〇、一九七九年六月）一五六頁。

(38) 拙稿「黒本『聖徳太子』について」（『叢　草双紙と翻刻の研究』一九、一九九七年六月）。

(39) 『日本随筆大成』第一期二十一（吉川弘文館、一九七六年）四八四頁。

第四節　聖徳太子と瓢簞

――『先代旧事本紀大成経』から『聖徳太子伝図会』へ――

上方読本『聖徳太子伝図会』（六巻六冊、若林葛満作、西村中和画、享和四（一八〇四）年刊）に、聖徳太子誕生をめぐる次のような話がある。

> 皇子《くわうし》降誕《かうたん》のその日《ひ》より曽《かつ》て左右《さゆう》の御手《て》をひらき給はず、御父豊日尊《おんちゝとよひのみこと》を始《はじめ》奉り、心ならずおはせしに、今日瓢《ほんにちひさご》を奉るに及んで、莞尓《につこ》と笑《ゑみ》を啣《ふく》み、褓《むつき》の中《うち》より右《みぎ》の手《て》を出《いだ》し、藟《つる》を手に取《とら》んとし給ふに、此時右の手忽然《こつぜん》として開《ひら》け、御手《おんて》の中《うち》より一ツの瓢《ひさご》の仁《たね》を落《おと》されたり。
> （『聖徳太子伝図会』巻三「聖徳太子降誕奇瑞の事」24オ）

敏達天皇元年正月、讃岐国羽香《はかの》郡の県主物部兄丸《えまる》より、不思議な瓢簞が献上された。薬壷のような形で、表面に人形と秦国の文字が美しく浮かび上がっていた。兄丸によると、一匹の神蛇が現れ霊瓢を守り、やがて牝馬が竜頭で背に鱗《うろこ》のある子馬を産む。子馬は霊瓢の葉を食み、瓢を兄丸家の壷上に置いて虚空へ飛び去ったという。天皇は叡覧あって、これは当月に生まれた厩戸皇子生誕の霊瑞ではないかという。霊瓢は厩戸皇子に献上された後、初笑《はつえみ》の瓢とも、賢聖《けんじょう》の瓢とも称され、大和国法隆寺に奉納されたという。瓢に表れた人物とは、孔子・栄啓期・鬼谷子ほか六人だという。

本書では、この仁《たね》出現譚を「正《まさ》しく聖人降誕《せいじんかうたん》の奇瑞《きずい》、乾図《けんと》を握《にぎ》りて生《うま》るとは、是等《これら》の事をや申めり」（同、24ウ）として、厩戸皇子を天象（乾図）を掌握する人物として位置づける。

この『聖徳太子伝図会』は、聖徳太子の行跡を中心に記した書で、『日本書紀』『聖徳太子伝暦』寛文六（一六六六）年刊『聖徳太子伝』を主典拠とし諸説を加え、神代から皇極天皇までの歴史を記す[1]。

本書の歴史叙述はおおよそ四つに分けられる。まず国常立尊以下の神々の国作り（巻二「皇統連綿の事」）。次に、欽明帝時の仏法伝来とそれをめぐる馬子・守屋の争い（巻二「仏像経巻本朝に来事」〜巻六「蘇我馬子弑逆大体の事」）。聖徳太子による仏法興隆政策と国家治世のこと（巻六「聖徳太子万機を摂政し給ふ事」〜巻六「太子御不予の事」）。太子死後のこと（巻六「太子薨去の事并御子孫の事」）である。また巻一冒頭「太子伝を作大略の事」には和漢の法の歴史が記され、中国の法令の祖は舜・文王で、日本国では聖徳太子の十七条憲法が史上初とする。

留意すべきは「太子《たいし》は唯仏法《たゞぶつはふ》を信《しん》じ給ひしのみにあらず、本朝不易《ほんてうふゑき》の法《はふ》を顕《あらは》し給へる事、御功《おんいさほし》の第《だい》一とすべし」（巻一、3オ）と、聖徳太子の最大の功績を国家人倫を治す法を定めたことにあるとする点である。冒頭にあげた太子誕生のしるしとしての霊瓢譚は、太子が善政をなす人物であることを象徴的に示した話といえる。

中世・近世の聖徳太子伝のうち、『聖徳太子伝私記』（二巻一冊、顕真作）や『聖徳太子伝』（十巻十三冊、寛文六（一六六六）年刊）には、太子二歳の時、左手より仏舎利を出現させた話がある。『聖徳太子伝図会』の仁出現譚は、それらの太子伝にいう仏舎利を瓢箪の種《たね》に変え、仏伝唱導者としての聖徳太子を、仁政を司る人物として改変させているのである。

では『聖徳太子伝図会』にいう太子と「仁」とは、どのような書に拠り描かれたのだろうか。作者若林葛満は次のように述べる。

美濃《みのゝ》国《くに》黒滝《くろたき》の沙門《しやもん》釈《しやくの》何某《なにがし》と云《いふ》もの、編《あめ》る旧事本紀《くじほんぎ》と云書《いふしよ》あり。今《いま》は世《よ》に行《おこな》はれず。此書《このしよ》、太子《たいし》の伝《でん》に於《お》ゐては甚《はなは》だ詳《つまびらか》也。大体《たいてい》太子《たいし》の事を旨《むね》として書《かけ》り。古来《こらい》、国学者《こくがくしや》といふ者《もの》、みな是《これ》を偽書《ぎしよ》とせり。然《しか》れども其所々《そのところ〴〵》信用《しんよう》すべき所《ところ》尤《もつとも》多《おゝ》し。今其実《いまそのじつ》と見《み》えたる物《もの》は、窃に是《これ》をも取《と》れり。（巻一「太子伝を作大略の事」4オ）

美濃国黒滝の沙門とは黄檗僧潮音道海のことで、この道海が関わった「旧事本紀」とは、十巻本『先代旧事本紀』とは別本の、『先代旧事本紀大成経』（全七十四巻、うち三十四巻は延宝七（一六七九）年刊。以下『大成経』と記す）のことである。その巻三十一「帝皇本紀」敏達天皇元年正月に、狭貫《さぬき》国羽香《はか》県主物部兄丸《えまる》より霊瓢が献上されたという、前述の『聖徳太子伝図会』と同話があり、次のような話がある。

時、厩戸の王、畏《かしこ》まり敬ひて、霊瓢を侍《たま》はりて、始めて右の手を開き下ふ。一の瓢《ひさご》の仁《さね》有り。（略）是より先、王子誕生《あれまし》てより已未、未だ左右の手《みて》を開き下はず、此の時を以て、始めて披《ひら》き下ふ。（巻三十一「帝皇本紀」3オ）

太子が誕生以来初めて開いた右手より瓢箪の「仁（種）」を出したというものである。この「帝皇本紀」には次のような評もある。

厩戸の皇子、大ひに三法を弘め下ふ。是、儒宗を弘め下ふ、其天の瑞也。是より先、此宗数々伝はると雖ども、敢へて更に弘まらず。此の王の功しに依りて始めて大ひに弘《ひろ》通まる。（同書、3オウ）

仁出現譚は、儒教を日本国に広める人物としての厩戸皇子が誕生した天瑞であるとする。これをもとに『聖徳太子伝図会』では、皇子が「本朝不易の法」を広めた人物として改変させたのだろう。

さらに一例、『聖徳太子伝図会』が『大成経』を取り入れた箇所についてあげてみたい。①欽明二十三年七月八日、天皇の夢中に秦の政皇帝なる神人が現れ、願わくは来日して天皇の臣となって忠を尽くしたいことと、斯大臣が蘇我馬子と生まれ変わったことを告げる。博士は、政皇帝は秦始皇帝、斯大臣は楷書を作った李斯のことだという。この日より大雨止まず、伯瀬川が氾濫する。三諸の丘の麓が崩れ、大甕が流れ下り、三輪の社前で止まる。甕の中から赤子の泣き声が聞こえたので人々は恐れ逃げ去った。それが天聴に達し、甕を開けさせると美しい男児が現れた。天皇はこれを秦河勝と名付け養育した。河勝は成長とともに才知優れ、稀代の智臣となった（巻四「秦河勝奇異の事」19オ～20オ）。②推古天皇十一年、河勝は聖徳太子の命により本朝初の軍法を講じた（巻六「秦河勝大体」16ウ）。

この①②について、『大成経』巻三十「帝皇本紀」に同話がある。

①是の日従り雨ふりて七日止まず。遂に洪水を漲《みなぎら（ママ）》ん。廿瀬の河溢れて三諸の麓に至る。一の大《ふと》き甕《ほとぎ》有りて、流れ来て三輪の社の広前に止まる。村民《さとたみ》之を得て見るに、其口《くちつところ》無《な》し。中に人の声《をと》有り。之を奇《あや》しみて朝に上る。天皇即ち勅して、人をして之を破らしむる。中に幼児有り。躬は素玉《しらたま》の如し。天皇勅して曰く、「夢の所の政王ならん」挙《あ》げ養《やしな》ひて甚だ寵《めくみ》下ふ。其の夢の事に依りて、姓を賜ひて秦と為し、河依り出づるか故に、号けて河勝と曰ふ。才智俊敏、行儀賢善なり。

（『大成経』「帝皇本紀」巻三十、欽明二十三年七月、25ウ）

②秦大連河勝をして軍旅十二の謀を釈せしめ、広く群卿に将めて軍旅を習はしむ。（評）右、軍学を成す、其の事元也。

（同、巻三十三、推古天皇十一年十一月、26オ）

『太成経』のこの話は、秦河勝が太子の片腕となるべく神意により遣わされた者であることを示しており、それはそのまま『聖徳太子伝図会』に継承されている。

『大成経』は、神代から推古天皇までの歴史を『日本書紀』に大幅な改変を加え、聖徳太子に仮託された偽書である。本書には、神道を旨とする神儒仏三教調和説の立場から歴史を記そうとする意図がある。聖徳太子は天照大神の神託によって生を受け、儒教仏教を神国日本に敷衍させた人物として描かれる。一方『聖徳太子伝図会』においても、まず儒仏の渡朝以前に既に日本国に神道が存在したことから神道の優位を説き、次いで聖徳太子によって仏教が興隆し、また「仁」政が行われたとする点に、三教調和思想がうかがえる。

これまで『聖徳太子伝図会』については、史伝的・実証主義的考証態度を指向し、仏教的信仰への教導を第一義としないことを方針としながらも、出典不明とする「奇異の説」への考証的姿勢の不十分さがある等の指摘がなされてきた。(2)

近世期は、林羅山『本朝神社考』での聖徳太子批判をはじめとし、太子伝承のあり方が多様化した時代である。

『三輪物語』（八巻、熊沢蕃山作）等の儒家側の太子批判に反駁し、澄円『神社考志評論』（三巻、延宝七（一六七九）年刊）や頌祐『儒仏問答』（三巻）といった仏家側による書が行われ、儒仏論争が展開した。

『大成経』は神道を中心とする三教調和思想の立場から、儒家・仏家各々の僻を指摘する一方、二教の神国日本に必要なことを説き、三教の提唱者聖徳太子を擁護・礼賛する。聖徳太子による仁政＝儒教弘通を示した『大成経』の仁出現譚は、むしろ儒仏一致を説く仏教側の立場から生み出された説話であった。そして『大成経』を仰いだ『聖徳太子伝図会』もまた、従来仏教のものであった太子伝を、神道・仏教・儒教の調和の中で描こうとした書といえる。

こうした三教調和思想に立つ聖徳太子伝に、『聖徳太子実録』（二巻二冊、如意林一風作、明和四（一七六七）年序跋）がある。これは昨今の儒仏論争の風潮を批判し、『日本書紀』に立ち帰り太子伝の見直しを図ろうとした書で、太子は仏法のみならず神学・儒学の祖でもあるとする。『聖徳太子伝図会』の著者は、本書を「歯《は》に懸《かく》るにもたらざる事《こと》ども也」（巻二「仏法興廃の事」24オ）として一蹴するが、儒仏の太子伝評を吟味し、太子が三教いずれをも重視したと言及する点において、『聖徳太子伝図会』もまた『聖徳太子実録』と同類の書である。あるいは『聖徳太子伝図会』は、『大成経』を用いることで『聖徳太子実録』より一歩を出ようとしたのかもしれない。

『大成経』の聖徳太子と瓢の仁の話は、『聖徳太子伝図会』以前にも、『上宮太子伝講録』（文貫奥書、大谷大学図書館蔵、享保三（一七一八）年成）などの写本系の聖徳太子伝に見える。また法隆寺献納宝物の中に、元禄七（一六九四）年に桂昌院より寄進されたという「賢聖瓢壷」があるという。(3) そして『聖徳太子伝図会』刊行後は、聖徳太子関連の図会ものに享受されるようになる。『三国七高僧伝図会』（六巻六冊、杓杞庵一禅編、松川半山画、万延元（一八六〇）年刊）、『聖徳太子伝図会』（松本正造編、明治二十（一八八七）年刊）、『聖徳太子御一代記』（明治二十（一八八七）年野村銀次郎刊）、『聖徳太子伝図会』（明治二十二（一八八九）年鬂々堂刊）、『聖徳太子御一代記図絵』（不二良洞編、明治二十六（一八九三）年刊）、そして国芳筆浮世絵「聖徳太子御一代記」などが幕末から明治二十年代にかけて行われた。それらは『聖徳太子伝図会』の本文や挿絵を摂取し、『大成経』以来の仁出現譚を語っている。以上のように『大成経』の太子伝は、『聖徳太子伝図会』より明治期の太子伝に至るまで継承されていくのである。

注

（1）横山邦治『読本の研究』（風間書房、一九七四年）第一章四節「図会ものの諸相」三四六～三五一頁。渡浩一「伝奇から史伝へ――聖徳太子伝図会――」（『国文学　解釈と鑑賞』五四―一〇、一九八九年一〇月）。

（2）渡1論文。

（3）田中作太郎「賢聖瓢壷　法隆寺献納宝物展から」（『MUSEUM』一四〇、一九六二年一一月）一六～一七頁。

第五節　読本『小野篁八十嶋かげ』における篁説話の展開

一、篁伝説

小野篁は、様々な伝説・逸話が粉飾されてきた人物である。篁に関する主な伝承については、①詩才（『江談抄』三、四、『撰集抄』八—一他）、②隠岐配流（『宝物集』二、『今昔物語集』二十四—四十五他）、③冥土往来（『江談抄』三—三十八・三十九、『今昔物語集』二十—四十五他）、④足利学校設立（『本朝語園』五—十他）等があげられる。近世中期以降は、それら篁説話をもとに、歌舞伎『小野篁千本扇』（京沢村座、佐渡島三郎左衛門作、享保七（一七二二）年刊）、浄瑠璃『小野篁地獄讃談』（元禄頃）等の演劇や、浮世草子『小野篁恋釣船』（五巻五冊、其笑・瑞笑作、寛延二（一七四九）年刊）、『小野篁甘露雨』（五巻五冊、文秀作、宝暦十二（一七六二）年刊）、勧化本『小野小町行状伝』（七巻七冊、大江文坡作、明和四（一七六七）年刊）、黄表紙『小野篁地獄往来』（一冊、山東京伝作、北尾政演画）、そして読本『小野篁八十嶋かげ』（八巻、是水叟菊亮作、速水春暁斎画、文政二（一八一九）年刊）等の作品が成された。

本節では、小野篁説話の集大成ともいえるこの『小野篁八十嶋かげ』（以下『八十嶋かげ』と記す）について、従来の篁説話をどのように継承・発展させたのか、近世期における篁説話の変遷とその背景について考察してみたい。

二、『八十嶋かげ』と『小野小町行状伝』

『八十嶋かげ』は、角書に『小野篁一代記』とあるように、小野篁の事跡を中心とした物語で、読本の一代記ものの系譜にある。

篁に関する種々の伝承をまとめ物語化するにあたり、『八十嶋かげ』が拠りどころとした作品に、『小野小町行状伝』（以下、『行状伝』と記す）がある。『行状伝』は『前々太平記』（二十一巻二十二冊、正徳五（一七一五）年刊、橘墩作）を大きな枠組みとし、坂上田村麻呂の蝦夷征伐、早良太子の謀反といった平安初期の歴史の中で、小町の一生（玉造小町とその転生である小野小町）と、田村麻呂、小野岑守、篁、在原業平、飛騨匠など小町をめぐる人物らの行跡を、諸伝説をふまえつつ描いたものである。『八十嶋かげ』は、この『行状伝』の内容のうち、早良太子の怨霊が小野岑守を祟る（巻二「岑守膝上生人面瘡并延鎮教童濯鏤字水」）という内容を物語の発端として取り入れ、それを新たに次のような話として展開させている。

> 早良太子の遺児・岩人（守熊）は、都を追われ、乳母・芹生とともに陸奥に隠れ住むが、粗暴な振舞をやめない。早良太子の怨霊は、岩人に小野家を滅ぼせと告げ、幻術を与える。霊は岑守の子・篁をはじめとする小野一族に祟るといい、岩人に幻術を授ける。岩人は天下を狙おうと志す。（巻二、第六回「ころも川」）

右の傍線部が『行状伝』に対応する内容である。そしてこの守熊という人物を造形するにあたっては、『行状伝』のほかに『善鳥知安方忠義伝』（五巻五冊、山東京伝作、文化三（一八〇六）年刊）の次の内容にも拠っている。

平将門の遺児・平太郎とその姉・如月尼は、都を追われ陸奥へ隠れ住むが、平太郎は粗暴な振る舞いをやめない。ある日、平太郎は肉芝仙にあい、自らの出自を知る。肉芝仙は平太郎に幻術を授け、如月尼に術をかける。姉弟は父の遺志を継ぐべく、天下を狙おうとする。

（巻之一「信夫山」第二条〜「安積山」第四条）

波線部のように、『八十嶋かげ』は、平将門の遺児平太郎の人物像を守熊（岩人）に投影させ、天下を狙う悪人として描いている。

また『八十嶋かげ』巻六、第十七回「よそい船」、第十八回「からうた」には、朝敵守熊に荷担する藤原常嗣の陰謀が、篁隠岐配流説話にもとづいて描かれている。篁が渡唐を拒否し、嵯峨天皇の逆鱗をかって隠岐流罪となった、という話は、『行状伝』巻四「参議小野岑守卒去并小野篁左遷隠岐国」にもある。

承和三年二月、遣唐使として藤原常嗣を正使に、篁を副使に任命。出航時、嵐となり中止。翌年三月、再び出航するが、篁、俄に病気と称して渡唐を辞退。常嗣の下位にあることへの不満による。帰郷して暗に常嗣を誹謗する詩「西道謡」を作る。嵯峨上皇逆鱗あって、承和五年十二月、篁は隠岐に流罪となる。

これは『前々太平記』巻十二「賜餞遣唐使付小野篁配流事」とほぼ同内容であり、類話は『宝物集』巻二、『今昔物語集』巻二十四―四十五、『撰集抄』巻八―一などにもみえるが、いずれも『行状伝』と同じく、隠岐配流の原因を篁の常嗣への私的怨恨としている。これに対して『八十嶋かげ』には、事件前に常嗣から篁や妻・清香へのたび重なる侮辱がなされる（第十七回「よそい船」）という話があり、常嗣が守熊の一味として天下を狙おうとする（第十五回

「ひのはかま」という、常嗣を「悪」とする新たな設定がなされている。また篁が遣唐使を辞退する場面では、常嗣の態度への不快感ばかりではなく、渡唐への学問的立場からの疑問、そして朝敵・守熊一味への警戒、という篁の心情が細かく描写されている。このように『八十嶋かげ』では、常嗣への遺恨よりもむしろ国家・朝廷のことを考慮する篁の姿が強調されており、その点、従来の話に比べると、篁をより英雄として描こうとする作者の意図がみられる。

『八十嶋かげ』以前、篁隠岐配流事件に取材した浮世草子に『小野篁恋釣舟』『小野篁甘露雨』がある。『小野篁恋釣舟』は、篁隠岐配流説話に音済皇子・鉢房皇子の位争いを加えた作品であるが、篁隠岐配流のことについてはやはり『八十嶋かげ』と同様、常嗣は鉢房皇子とともに天下調伏を企む悪役として設定され、「無悪善」の言葉をめぐって篁に詮議をかけ、これを陥れようとする。また『小野篁甘露雨』においても、「竹をはらふて万代や経ん」という短冊をめぐり、篁を反逆罪に陥れようとする常嗣の悪事が、浦島太郎伝説や、空海・守敏の雨乞争いなどを交えて描かれている。『八十嶋かげ』で描かれる常嗣の謀反と篁への陰謀という話の筋は、これら浮世草子作品に素材を求めることができるであろう。

以上のように『八十嶋かげ』は、『行状伝』『善知鳥安方忠義伝』を典拠とし、『小野篁恋釣舟』『小野篁甘露雨』といった先行作品の趣向を取り入れることにより、守熊・常嗣という「悪」を造形し、篁に敵対する守熊・常嗣という構想をかたちづくっている。その上で、朝敵を討とうとする篁、それを神力により擁護する延鎮、忠臣松人、山吹、また奇術を使って篁を守る漢志和の活躍などが、『行状伝』を利用しながら描かれている。

三、小野篁と北斗信仰

『八十嶋かげ』における篁について、留意すべきはその出生譚であろう。

嫡子葛絃君を失った岑守は、興福寺の賢憧上人により法華懺法を行い、自身も求聞持の法を修して一子を祈願する。満願の夜、北の方・榊の上の夢に、北斗七星の「天罡星《はぐんせい》」が地に堕ち、四・五歳ほどの美童子と化し、竹林に入ろうとする。榊の上がこれを抱き留めると、美童は、我を愛愍撫育せよという。後日、榊の上は懐妊、延暦二十一年春正月に赤子誕生し、「竹村」と名づける。夫婦ともに寵愛し、北斗の化身と崇める。（巻三、第七回「たけの子」）

これは、『行状伝』巻二「小野篁初現竹裡并粟田別業曲水之宴」の、以下のような内容によるものである。

岑守は世継ぎなきことを憂い、鞍馬寺に詣ず。延暦四年春正月、庭園の竹林にて四・五歳ほどの美童に会う。美童は、我を哀愍撫育せよと告げる。岑守は多聞天の授けた子と思い、養子として育てる。

『行状伝』においては、篁は父・岑守の多聞天（毘沙門天）信仰により授かった子とされる。一方『行状伝』では、『前々太平記』巻八や『本朝神社考』巻五—二十五の、藤原伊勢人の毘沙門信仰や延鎮の神力、田村麻呂が毘沙門天の化身であったこと等の一連の毘沙門霊験譚をふまえ、篁出生譚もその一説として記される。それに対し、『八十嶋かげ』では、『行状伝』の篁出生譚の筋立てを利用しつつも、北斗七星「天罡星《はぐんせい》」の化身としての篁という設定が新たになされている。では、北斗星の化身としての篁は、どのような人物として描かれているのであろうか。

四、国家鎮護・帝の守護者としての篁

『八十嶋かげ』巻七下、第二十一回「五条ざか」では、隠岐流罪となった篁に帰京の赦しが出される。円王と別れの宴を開く折、円王の娘が奏でる琵琶の音色に羯鼓が響くのを聞き、篁は天象を測る。

「仰《あふひ》で緯象《てんもん》を緜藐《ながむる》に、即今《そくこん》、酉《とり》の剋《こく》は羽《う》の音《いん》に膺《あた》れり。商《しやう》の方《かた》より風起《かぜおこつ》て、急兵将《きうひやうまさ》に北極《ほくきよく》の帝位《ていゐ》に逼《せま》らんとす。楽《がく》にも、商紊《しやうみだ》れ陂《かたぶ》けば、その臣壊《しんくづ》るといふ。されば、王位《わうゐ》を杞《をかさ》んとする、その気《き》すでに顕《あらは》れける。されども北斗七星《ほくとしちせい》の中《うち》、揺光《ようくはう》の破軍星《はぐんせい》、北極《ほくきよく》の帝位《ていゐ》に対《むか》ふて、守護《しゆご》する勢《いきほ》ひあるこそ美《いみじ》けれ。そも〳〵亡父岑守《ぼうふみねもり》、北斗《ほくと》に祈誓《きせい》して丸《まろ》を得《え》たりとかねてきく。さる所以《ゆえん》もあらば、主上《きみ》の御運慶賀《ごうんめでたく》て、不肖《ふせう》の丸《まろ》を帰落《きらく》なさしめ、賊徒《ぞくと》を斃《たふ》さんとの前兆《ぜんへう》なる歟《か》。記念《かたみ》の鼓《つゞみ》、自然《しぜん》と鏗鎗《なりし》は、望気《ばうき》を看認《みとむ》る験《しるし》ならん。荒面白《あらおもしろ》の時節《じせつ》やな。たゞ関心《きづかは》しきは朝廷《てうてい》のこと、這地《このち》に穿議《せんぎ》のすぢもあれど、周章《こゝろせかれ》ばとく立《たゝ》ん」とうながし給へば、円王押輟《とゞめ》（略）（7ウ8オ）[1]

音律と天象によって吉凶を測る占術については、『五雑組』（十六巻、明謝肇淛作、寛文元（一六六一）年刊）「天部一」に、中国古来の占術法に基づいた次のような説がある。

周礼に、十有二風を以て、天地の和を察し、乖別の妖の祥を命す。（略）古人、音律の微を以て天地を察し、吉凶を弁ずるに足ること、此の如し。（巻一「天部一」35ウ36オ、原文漢文）[2]

また『事物紀原』巻二「律呂」の項にも、「『月令章句』に曰く、上古の聖人、陰陽に本づき、風声を別かつ。乃ち竹を截ちて管と為し、之を律と謂ふ」（巻二「律呂」30オウ）(3)と、古代の聖人が陰陽に基づき竹筒をもって風を聞き分け、それを律としたとある。『八十嶋かげ』では、幼名を「竹村」と名づけられた篁に竹にまつわるこうした中国の伝承を取り入れ、音律と天象によって陰陽を測る人物として描いたのであろう。「五条ざか」のこの場面で篁は、帝位の北極星を守る北斗星のように陰陽を測り、帝を守護すべき人物として生れたことを改めて自覚するのである。

『八十嶋かげ』での篁は、北斗「天罡星」の化身とされる。ついては、この「天罡星」に「はぐんせい」と振り仮名が付されていることに注意したい。破軍星とは、『異制庭訓往来』(4)に「北斗七星の中に、武曲破軍、及び天狗星等是れ也」（原文漢文）とあるように、北斗星の一星である。「天罡星」については、福永光司(5)によるとこれも北斗星の一部であるという。『八十嶋かげ』がこちらの表記を用いたのは、三十六人の「天罡星」と七十二人の「地煞星」が降臨するという、近世中期頃から盛んに訓訳・翻訳がおこなわれた『水滸伝』を意識してのことかもしれない。

篁が北斗「破軍星」の化身であるという説は、『江談抄』や『今昔物語集』の篁冥途往来説話として中世にすでに存在する。『下学集』文明十一年本には「小野《をの》の篁《たかむら》　嵯峨帝の時の人、官議参《（マヽ）》に至る。峯守の息也。即ち破軍星の化身也。故に冥府に往還するか」（『下学集』原文漢文）(6)とある。下って近世の作品にも、例えば浮世草子『玉箒木』（林義端作、元禄九（一六九六）年刊）に次の話がある。

此鷹峯《このたかゞみね》の北小野庄杉坂村《きたおの、せうすいさかむら》には、小野篁《おの、たかむら》の社《やしろ》おはします。されば此篁《たかむら》は、もと破軍星《はぐんせい》の化身《けしん》にて、測《はか》らざるの人なり。そのかみ、その身は朝廷《てうてい》につかへながら、いとまあれば地府冥途《ぢふめいど》にかよひて、琰王《えんわう》・倶生神《ぐしやうじん》を友とし、つねにたましゐ遊行して、天堂にいたり給ふと聞つたふ。（略）

（『玉箒木』巻一「○小野篁公」11オ）(7)

この話は、冥官の篁が男を死んだ妻のもとへと案内するが、男は途中、冥土の傾城に心を奪われてしまったために畜生道に堕ち、猫と化してしまう。だが、篁の加護によりやがて蘇生する、という内容のものである。破軍星の化身・篁の冥途往来説話は、中世から近世に至るまで様々な作品に記され、生きながら冥途と現世を往来し、人の生死を司る「不測の人」としての篁が語り継がれていった。『八十嶋かげ』の篁には、そうした神秘的力を持つ人物としての篁像も投影されていると思われる。

五、まとめ

浮世草子に描かれる篁には、悪人に対峙する正しき人として、また不測の人としての印象が付される。さらに読本『八十嶋かげ』では、勧化本や先行読本の趣向を摂取しつつ、北斗星の化身として陰陽を測り、天下を狙う悪人から帝を守護するという、より神的で強大な力を持った人物となる。こうして国家的英雄としての小野篁像が『八十嶋かげ』において作られているといえる。

注

（1）国立国会図書館本〈一九〇／二一／一八九〉。
（2）架蔵本。
（3）『和刻本類書集成』第二輯（汲古書院、一九七六年）六〇頁。
（4）『日本教科書大系　往来編　古往来（四）』（講談社、一九七〇年）二七七頁。

（5）　福永光司「道教における鏡と剣」（『道教思想史研究』岩波書店、一九八七年）一二一頁。
（6）　『古本下学集七種　研究並びに総合索引』（風間書房、一九七一年）二八九頁。
（7）　国立国会図書館本〈京／一一六〉。

第三章　馬琴読本の世界

第一節　『盆石皿山記』小考

一、はじめに

曲亭馬琴著『盆石皿山記』（二巻二冊、前編文化三（一八〇六）年刊、後編文化四（一八〇七）年刊）は、所謂「伝説もの」に分類される中本型読本である。本作品の典拠として、麻生磯次[1]は番町皿屋敷・鉢かつぎ・苅萱桑門伝説を、また横山邦治[2]は浄瑠璃「播州皿屋敷」（為永太郎兵衛・浅田一鳥作、寛保元（一七四一）年大坂豊竹座初演）を、中村幸彦[3]は、紅皿欠皿伝説を、さらに高木元[4]は「皿々山」「継子の椎拾い」「継子と井戸」などの口承伝説等の典拠を指摘している。本節では、『盆石皿山記』の典拠と構成方法について、物語の筋を確認しながらさらに考察してみたい。

二、内容分析

1、明徳の乱

第一回「牝恋ふ鹿」の冒頭には、まず木村源七という人物が登場する。源七はもともと雲州富田の城主塩冶駿河守師高の家臣であったが、師高は応永元年に山名満幸の謀反に与して破れ自害する。これは山名氏清・満幸が足利義満に反した明徳の乱を時代背景とし、時間的設定を行っている。『明徳記』『本朝通鑑』『後太平記』等に関連記事があるが、このうち塩治駿河守の「師高」の名を記している書として『本朝通紀』（前編二十五巻、後編三十巻、長井定宗編、元禄十一（一六九八）年刊）に、明徳二（一三九一）年春二月の記事として、「佐々木高明、家人等を遣して雲州の賊を討ず。塩治師高自殺し、雲州悉く定まる。」（後編、巻之十六、33ウ）(5) とある。『盆石皿山記』では、『本朝通鑑』等に記される歴史上の人物の家臣として木村源七なる人物を設定しているのである。

2、くじかの怨霊

明徳の乱で敗走した木村源七は、連れていた姉の子、三重之介（のちの勇蔵）を見失い、美作国久米の皿山の猟師長助のもとに留まる。以後、源七は長助とともに「只管《ひたすら》殺生《せつしよう》に心《こゝろ》を委《ゆだ》ね」（第一回、2ウ）(6) と、冒頭に「究《きはめ》てすまじき業《わざ》」（1オ）とある「無益《むやく》の殺生《せつしよふ》」（1オ）の罪を重ね、ある日牝のくじかを殺すことでその祟りを受けることになる。このくじかの怨念が発端となり、物語が展開していく。ここで、殺生を罪とする考え方が物語の世界観としてあることがわかる。

その後物語にはくじかの怨霊がしばしば登場し、源七とその家族や広岡兵衛に次のように災いを及ぼしている。

・源七の妻と妾に嫉妬心を起こさせる。（第二回）
・くじかが源七に化け、落穂に鹿の子を生ませる。（第四回）
・広岡兵衛に射られたくじかが、兵衛を罪に陥れ、欠皿の幽霊に化けて井戸に現れる。（第五回）
・勇蔵が仕留めたくじかの皮で作った裲が、赤松義則の嫡子作用丸を包み込んで飛び去り、広岡はその責を負う。（第六回）
・くじかの怨霊が、広岡兵衛とその一族を滅ぼす。（第七回・第九回）

こうしてくじかの祟りを引き起こした木村源七は、出家して角阿弥と名乗り寂霊和尚の弟子となる。最終的に和尚の済度によってくじかの霊は漸く成仏し、赤松義則の嫡子作用丸が無事に戻ってくることで物語は終結する。このように本作では、くじかの怨念の発生と消滅ということが全体の枠組として設定される。怨霊が人物にいかに様々な愛憎を引き起こし、そこに人間模様が描かれるのだが、そこでは殺生戒や家族愛、忠義といった善を人物がいかに貫くかが話の核心となる。では、そうした物語を描くにあたり、先行の伝承・説話はどのように利用されるのか、次に考える。

まず第四回「あやしの有身《はらこもり》」（7ウ）では、くじかの祟りの類話として唐山淮南の陳氏が女子に化けた鹿に会った話と、源経基王が大鹿を退治した話をあげる。しかし、くじかや鹿が人に祟ることや、鹿の子を生んだ女人の話については、現在のところ類話を見出し得ていない。ただし仏教説話などには殺生の罪の応報話があり、また例えば中国の奇病奇疾例を集めた医書『奇疾便覧』（五巻五冊、下津寿泉作、正徳五（一七一五）年刊）にも次のような話がある。

『名医類案』に曰く、至正《しせい》の末《すえ》、越《えつ》に夫婦二人あり。大善寺の金剛神《しん》の側《かたはら》に縛葦《ばくい》して（注）縛は房なり。葦にて葺《ふき》たる家なり。其の婦を居住す。一子《し》を産《う》めり。其の児《ちご》の形《かたち》、首両《かしらふたつ》、額《ひたい》の角《すみ》に肉起《にくをこ》つて角《つの》のごとく、鼻孔昂《びかふかう》縮し（注）昂は字書に挙也。高なり。鼻《はな》の孔《あな》のたかくあがり、しゝまりしかみたるなり。さながら夜叉《やしや》の形《かたち》に似たり。蓋し産婦《さんふ》、是に居《きよ》する故に、偶《たまたま》其の縁に触《ふ》れ感《かん》じて此形を受け得たり。古人の胎教《たいけう》謹《つゝし》まずんばあるべからず。又曰、礬昌《はんしやう》高八と云もの、軒墀《けんち》《のきには》の間に亀を畜《かふ》こと已に数年、子《こ》を生じて百に余《あま》り、其家の産する子、四五人、皆亀胸《きけふ》《はとむね》傴僂《くる》《せむし》す。是蓋し孕婦《ようふ》、其の気に感《かん》じて致す所なり▲泉按るに、妊婦《にんふ》の胎教忽《ゆるかせ》にすべからず。其縁に触れ感ずる時は、種種《しゆく》の怪物《くはいもつ》《あやしき》を妊《にん》ずる者、其ためし少《すく》なからず。余《よ》、目撃《もくげき》《まのあたりみる》す。一農婦《のうふ》あり。褱孕《くはいよう》満月にして腹痛甚しく、呼《さけ》ぶ声四隣《りん》に聞こえ、余《よ》に治を求む。家人告《つ》げて曰、「破水《はすい》至れり」と。余、弓帰湯《きうきとう》を与ふるごとに時許《はか》り、三貼少間《しばらく》あつて腰痛《ようつう》頻にして異物《いぶつ》《あやしき》を生ず。其形《かたち》獺《をそ》に同じ。後に夫《をつと》語りて曰、「妊《にん》四ケ《か》月に及ぶ頃、吾《われ》野《や》に出て耕《たがや》す時に、溝渠《こうきよ》の傍《かたはら》に獺《をそ》睡《すい》臥《ぐは》《ねぶりふす》す。因て持つ所の鍬《くは》を以てこれを殺すことを成《な》す」と。是、其物に感じて積悪《せきあく》の致す所なり。謹しまざるべけんや。

（巻二「鬼胎」24オウ、原文片仮名文）(7)

金剛神や亀の「縁」「気」に触れたためにそれに似た子を生んだ女人の話と、獺を殺した報いで獺を生んだ女人の話である。物類相感や因果応報の道理で異常出産の怪異を解釈したものであるが、『盆石皿山記』でも語り手が落穂が鹿の子を生んだ訳を次のように述べている。

牡鹿《をじか》、仇《あだ》を報《むくは》ん為《ため》、おのれ源七と化《ばけ》て、彼《かれ》が妻《つま》を恥《はづか》しめ、すべて一族《いちぞく》に災《わざはひ》せんと計《はか》りしならん。是併《これしかしながら》落《おち》穂《ほ》が悪心《あくしん》の天罰《てんばつ》にて、畜生《ちくせう》の子《こ》を孕《はらみ》て死恥《しにはぢ》をさらす事、因果覿面《いんぐわてきめん》の道理《ことわり》也。

（第四回、4ウ）

一つは源七がくじかを殺した報いであること、もう一つは欠皿を陥れた落穂への天罰であるとする。このように、殺生や悪心の報いによる出産の怪異を述べた話という点において、『盆石皿山記』の落穂の話は右の『奇疾便覧』の▲以下の話に通じており、それを因果方法の道理をもって説いたといえる。

3、宇那提の森の蛇

第二回、源七は、宇那提の森で妻の晩稲と妾の落穂が互いを呪詛した跡を見付ける。二つの釘の穴から「二つの蛇《へび》、忽然《こつぜん》とあらはれ出、しばし啖《くひ》」(12ウ)合い、釘が鹿の角に変じたのを見て源七は世の無常を観じ出家する。

高木元の指摘にあるように、この場面は浄瑠璃「苅萱桑門筑紫轢」（並木宗輔ほか作、享保二十（一七三五）年、大坂豊竹座初演）の、妻牧の方と妾千鳥の前の黒髪が蛇と化し食い合う様を見て加藤左衛門繁氏が出家する話に拠る。ただし「苅萱桑門筑紫轢」では繁氏が「かく浅ましき体たらく、忌《いま》はしや穢《けが》らはしや、妻子は地獄の家土産《いえづと》」(8)と妻妾への嫌悪を表しているのに対し、『盆石皿山記』の源七の場合は「殺生《せつしよう》をことゝし、剰神通《あまつさへじんつう》を得《え》たる鹿《しか》をころしたる因果眼前報《いんぐわまのあたりむく》ひ来て、さしも睦《むつま》しかりける妻《つま》と妾《てかけ》が、十年の年月を経《へ》て、互《たがひ》にころさんと禱《いの》る事、是《これ》たゞ事とは思はれず。二人《ふたり》の女児《むすめ》も不便《びん》なれど、只恩愛《たゞおんあい》の羈《きづな》を断《たち》、これを菩提《ぼだい》の種《たね》として」（第二回、12ウ）と、妻妾の争いは自らの殺生の罪ゆえと悔いる点に相違がある。これは、物語の最後に源七が娘欠皿と再会し大団円となることへの伏線として作られたといえる。

4、紅皿・欠皿

『盆石皿山記』において、源七の出家譚以降は、晩稲と落穂の娘欠皿・紅皿の姉妹が中心となる。紅皿欠皿の話は全国に伝わる昔話である。『盆石皿山記』以前にこの話に取材した、次の四種の草双紙を確認できる。

① 『新版　紅皿闕皿昔物語』（二巻、山本重春画作、大東急記念文庫蔵）。
② 『紅皿欠皿往古噺』（三巻、丈阿作、鳥居清満画、所在不明、『続帝国文庫　黄表紙百種』所収）。
③ 『紅皿欠皿往古噺』（二巻、富川吟雪画、安永六（一七七七）年刊、都立中央図書館加賀文庫蔵）。
④ 『べにざらかけざら　奥州咄』（三巻、伊庭可笑作、鳥居清長画、天明元（一七八一）年刊、国立国会図書館蔵）。

以下、これらの作品と『盆石皿山記』の紅皿欠皿譚との類似点を指摘してみたい。

○姉妹と継母

『盆石皿山記』の姉妹は「欠皿《かけさら》・紅皿健《べにさらすこやか》に生育《おひたち》て、その標致《きりやう》も劣《おと》らず勝《まさ》らず、只智恵才学《たゞちゑさいがく》のみ異《こと》かはりて、欠皿《かけさら》はよろづの技《わざ》に怜利《かしこく》て、記憶《ものおぼへ》も人にすぐれ、紅皿《べにさら》はすべての事に拙《つたな》くて」（第二回、10オウ）とする。やがて姉妹の母親が、くじかの呪いによって争うようになり、妾の落穂は正妻の晩稲を騙して井戸に突き落とし「おのれ女あるじとなりて、継子欠皿《まゝこかけさら》を憎《にくむ》事、只是讐敵《たゞあたかたき》のごとくす」（第二回、15ウ）と、落穂の継子欠皿を虐めるようになる。また妹の紅皿も「姉《あね》を敬《うやまは》ず、少《すこ》しの過《あやまち》をも母《はゝ》に告《つげ》て折檻《せっかん》させ、よろづわがまゝに動止《ふるまひ》ける」（第三回、17ウ）と姉の欠皿を虐げる。しかし欠皿は、「聊《いさゝか》もうらみず、落穂《おちほ》を実《まこと》の母《はゝ》のごとく敬《うやま》ひ親《したしむ》にも、なき父母の事一日も忘《わす》るゝ隙《ひま》なく」（第二回、15ウ）という「孝女《こうぢょ》」（第三回、25ウ）として描かれている。

継母・実子（妹）と継子（姉）を対立関係にする口承伝承には「糠福米福」がある（『日本昔話事典』(9)）。また、先にあげた①～④の草双紙のうち、継子の欠皿を善人に、継母と紅皿を悪人に描くのは④『べにざらかけざら　奥州咄』である。ここでは継母は奥州安達ケ原の悪婆で、継子の欠皿に当たるのがおさだ、紅皿にはおむねという美しい姉妹が相当し、婆とおむねが継子のおさだを虐げる。

二人ともに器量すぐれ、田舎には惜しき生まれ付きなりけり。此婆、はたして姉のおさだを憎み、妹のおむねを気まま一杯に育て、姉を姉とも思わざりけり。（おさだ）「かかさん、お肩でもさすりませう。」（悪婆）「また姉が差し出た事を言ふ。嫌でござる。これ、おむね、ちとひねってくりやれ。」

（巻上、1オ。なお①～④の草双紙本文引用の際、適宜平仮名を漢字に直した。）

なお、他の①②③の草双紙作品にはこうした人物関係はなく、いずれも妹の紅皿に当たる人物が、継母が欠皿をいじめるのを庇うという姉妹愛を描く話になっており、④『べにざらかけざら　奥州咄』のみが『盆石皿山記』のこの部分の人物関係と類似している。

○木の実拾い

『盆石皿山記』第三回、欠皿は落穂に命じられ宇那提の森で椎の実を拾う。この場面は高木元により口承伝承の「継子の椎拾い」の継子譚が典拠とされる。

『日本昔話事典』によると「継子の椎拾い」の話は、継子と実子の二人の娘を持った母親が、継子には底の破れた袋、実子にはよい袋を持たせて山へ椎拾いにやる。実子の袋が一杯になるが継子はいつまでも拾い続けるという話である。同様の話は①『紅皿闕皿昔物語』にも次のようにみえる。

かくて年月《とし》移りかわりて、御家貧しくなり給い、継母《けいぼ》いよ〳〵悪心つのり、継姫《ままひめ》を欠皿《かけざら》と名づけ、妹姫を紅皿《べにざら》と名づけ、姉みつ姫を憎み、さま〴〵の難題いうていじりけり。姉姫には底なき袋をあずけ、妹姫には底あるをあずけて庭の桃を拾わする。姉欠皿、桃を拾い給えども、底なき袋ゆえ、みな抜けてたまらねば、嘆き給う。（3ウ4オ）

これは母（継母）の言いつけで姉妹が桃の実を拾うという話である。また④『べにざらかけざら　奥州咄』にも姉妹が婆の言いつけで栗を拾う話がある。

黒塚の婆はこれといふ営みもなく、たゞ悪巧みやまでゝ（ママ）にて暮らしけるが、近年栗の値段良きを考え、姉妹の娘に布袋を持たせ、山へやりて、偶さかある落ち栗を拾わせける。その上姉にはそこゝ破れたる袋を宛いけるゆへ、拾いし栗も大かた破れより落ちこぼれ、妹の拾いしより数少なきを憤り、色々折檻する。（婆）「これ、こゝ、なのんつくめろうめ、おおむねはまい日〳〵たらふく拾つてくるに、おのれは漸々六つ七つ。これが切なくは、明日から身に染みて拾へ。そのつらはなんだ」（おさだ）「明日からたんと拾いませうから、か、さん、堪忍して下

さんせ」（おむね）「ほんになあ、姉様のはでへに少なへのふ」　（巻上、5ウ）

第三回、欠皿が椎の実を拾うところに国主赤松義則が通りかかる。義則が欠皿の孝と才を愛で、宮仕を命じたところ、欠皿は盆皿に盛られた塩と松について和歌を詠む。

○欠皿の和歌

森《もり》の中に古《ふる》き地蔵堂《ちざうだう》ありて、何人の願《ぐわん》だてせしにや、皿《さら》に塩《しほ》をうづたかく盛《も》りて、供《そなへ》おきしが、向《さき》の雨《あめ》にうたれて、その塩半解《しほなかばとけ》たるを、近従《きんじゆ》に仰《おふせ》てとりよせ給ひ、又松《まつ》の小枝《こえだ》を手折《たを》らせて、塩《しほ》の上《うへ》に挿《さしはさ》み、「いかに女子《をなこ》、これを題《だい》にして、歌《うた》つかふまつれ」と仰ければ、欠皿《かけさら》、「美作《みまさか》や皿《さら》てふ山《やま》の雪《ゆき》とけて塩垂峯《しおたるみね》にかよふ松風《まつかぜ》」と申ければ、主従感吟《しゆうじうかんぎん》大かたならず、嗚呼《あゝ》と賞《せう》して止《やま》ざりける。　（第三回、19ウ20オ）

高木元は、この部分の典拠に口承伝承の「皿々山」をあげる。「皿々山」とは、継子（姉）と実子（妹）が水汲みをしていると、通りかかった殿様の目に留まり、殿様は姉娘を城へ召そうとするが、継母は実子の妹を遣りたいと言うので、盆と皿と塩と松とを持って来させ歌を詠ませる。姉が「盆皿やさらちゆう山に雪降りてそれを根として育つ松かな」と詠んだので、殿様は姉の方を優れているとし、城に連れ帰ったという話である（『日本昔話事典』）。

この「皿々山」の伝承話は、①③④の作品にも取り入れられている。まず①『紅皿闕皿昔物語』は、さる大名の若殿が、美人の誉れ高い紅皿欠皿姉妹の噂を聞いて、「盆の上に皿を置き、その上に塩を盛り、中へ小松を差し」（六オ）たものを贈らせて、優れた和歌を詠んだ方を妻にしようとする。盆皿を前にした妹の紅皿姫は、姉の欠皿姫を世に立てようとしてわざと歌を詠み損なう。一方姉の欠皿姫は、「ぼんさらやさらてふ山に雪ふりてゆきをねとしてそだつ松かな」（7オ）と詠んで若殿に迎えられるという話である。

また③『紅皿欠皿往古噺』では、九郎判官義経公の若君冠者次郎経久が鞍馬への忍びの旅中で、さゝのさ五兵衛の家に宿を借り、そこで欠皿に出会う。欠皿は「盆のうへに皿を置き、塩を盛り、若松を立てゝ君を寿きければ、欠皿姫とりあへず、「ぼんさらやさらてふ山に雪ふりて雪をねとしてそだつまつかな」と詠じ給ふ」（7ウ8オ）と、和歌をもって経久をもてなすという話である。

さらに④『べにざらかけざら　奥州咄』では、姉妹が留山で栗を拾っていると役人に捕らえられ、裁きの場でかもの次郎が次のものを用意する。


盆に皿を載せ、塩を積み、若松を差し、「これは何なるや」と姉妹に尋ね給ふ。姉のおさだは心しほらしきうまれゆへ、これを見て、「ぼんざらやさらてう山にゆきふりてゆきをねとしてそたつ松かな」と詠じける。おむねは、我助からんと、姉を押しのけ進み出で、「それに持ち給ふは、盆の上へ皿あり、皿の上に塩あり、塩の上に松あり」と申上る。姉が歌の心しほらしきを、義家御聞きあつて、「姉は助け返し、妹のおむねはまづ牢舎申つけよ」との上意なりしかば、母は泣く〳〵姉を連れ帰る。（中巻、6ウ7オ）

その後婆がおさだを責める時、おさだに若君からの求婚の知らせがあり、おさだは召されていくという話である。

口承伝承「皿々山」および①③④の草双紙の和歌はほぼ同じで、『盆石皿山記』で欠皿が詠んだ和歌はその一部が異なる。また、継母の言いつけで外で仕事をするのが姉妹二人ではなく継子の欠皿一人となっている点などは、『盆石皿山記』独自の内容である。このうち『盆石皿山記』の話と最も類似するのは口承伝承「皿々山」と④『べにざらかけざら　奥州咄』である。欠皿が継母に言いつけられて外で仕事をしていると、殿様（その役人）の目に留まったこと、欠皿が塩と小松を盛った盆皿にちなんだ歌を詠んだこと、そしてその功によって宮仕えの幸運を手にするという大まかな筋立てにおいて共通点が見られる。

○継母の干渉

『盆石皿山記』では、継母落穂の悪女ぶりが読みどころの一つである。落穂は、継子欠皿の出世に嫉妬し、代わりに実子の紅皿を赤松義則のもとへ送ったため、赤松の怒りを受け追放される。一方「皿々山」には、継子（姉）が殿様の命で歌比べに召されたのを継母が妬み、実子（妹）を臼の下にして転がして歩いたために妹娘は目が飛び出て田螺になってしまった（『日本昔話事典』）という。『盆石皿山記』の話は、「皿々山」の継母が継子の代わりに実子を差し出そうとしたために母子ともに不幸になるという話型を取り入れたものと思われる。

同じく④『べにざらかけざら　奥州咄』も、姉妹が裁きにあうところへ悪婆が駆けつけ、一人を赦し一人を罰するように願い、おむねを救おうとするが、歌比べでおさだが助かってしまう（6ウ7オ）。これも継子を虐げ実子を幸せにしようとする婆の干渉が却って母子に災いをもたらしている話である。『盆石皿山記』と「皿々山」、『べにざらかけざら　奥州咄』はこうした話の構想面でも共通している。

○紅皿の末路

『盆石皿山記』第六回から八回では、追放された紅皿の末路が描かれる。紅皿は錦織卯三二の妾となるが、久米鉄平とも密通し、それが露顕して二人は名手の里に隠れ住む。やがて貧窮し仲も悪くなり、紅皿は津国乳守の遊里へ売られる。

『盆石皿山記』と同じく紅皿を悪女として描いた④『べにざらかけざら　奥州咄』でも、紅皿に当たるおむねの末路を描いている。姉おさだの進言で妹のおむねも放免となるが、婆はおむねを芸者に出す（中巻、8ウ～10ウ）。おむねは四郎という男と駆け落ちし（下巻、11オ）、生活に困窮（11ウ～12オ）、四郎はおむねを再び切店の遊女として売る（12ウ13オ）。両作品のこの部分は一致しないが、紅皿（おむね）が浮気心のため零落していくという話の性質において共通している。

以上のように、『盆石皿山記』の紅皿欠皿譚は④の黄表紙『べにさらかけざら　奥州咄』と最も類似していることがわかる。『盆石皿山記』は口承伝承「皿々山」や「継子の椎拾い」をふまえながら、④の話を参照している。

5、皿屋敷

欠皿のその後については、狼に襲われるところを播州佐用山脇の郷士の広岡兵衛に助けられ、場面を播州とし、紅皿欠皿伝説の「皿」の連想から皿屋敷伝説に取材し話が展開する。

○勇蔵が皿を割る事

第五回、広岡家に奉公する欠皿は、ある日誤って家宝の皿を一枚割ってしまう。ところが下僕の勇蔵は、「この家《いへ》の掟《おきて》とて、皿《さら》を砕《くだけ》はその人の、命《いのち》をとるとは気疎《けうと》き成敗《せいばい》。世《よ》に播州《ばんしう》の皿屋敷《さらやしき》と、唄《うたは》るゝ朽《くち》をしさ。御子孫長久《ごしそんちやうきう》の基《もとひ》にあらず。何とぞ家法《かほう》をたてなほさんと、忠義《ちうぎ》に凝《こつ》たる心から」（13オ14ウ）残り九枚の皿を皆割ってしまう。そのために広岡兵衛の怒りをかい、勇蔵と欠皿は井戸の側に縛られて折檻を受ける。翌朝人々が見ると、二人は井戸に投身した様子である。その後井戸の側で皿を数える欠皿の幽霊が顕れ、世に播州の皿屋敷、幽霊井戸と呼ばれるようになる。

奉公娘が家宝の揃いの皿一枚を過って割り、娘はその責を負って自害、その後夜になると娘の亡霊が現れ皿を数え、災いが起こり家が衰亡するという皿屋敷伝説もまた全国各地に伝わる伝承で、[10] 随筆や草子・実録・演劇など数多くの作品がある。八重森公子によると、それらはいくつかの型に分類されるという。[11]

そのうちの一つ「米春男の勇志」型は、『盆石皿山記』と同じく残りの皿を家の下男が悉く割ってしまう話である。これは伴蒿渓『閑田耕筆』（四巻四冊、寛政十一（一七九九）年刊）にも記されることから、高木元はこの『閑田耕筆』の記事と『盆石皿山記』との影響関係を指摘している。『閑田耕筆』が引く伝承によると、男が残り十九枚の皿をも割った理由は、陶物でやがていずれは割れてしまうだろう二十枚のために取られる二十人の命を、自分一人の命で助けようとする「義勇」心ゆえであったという。

『盆石皿山記』では、それを勇蔵の主君広岡への忠義心として描き直している。皿を割った罪で勇蔵・欠皿を折檻した広岡兵衛であったが、実はそれは「先祖《せんぞ》の掟《おきて》」（第五回、17ウ）ゆえの建前であった。広岡兵衛は勇蔵を「類稀《たぐひまれ》なる大丈夫《だいじやうぶ》」（17ウ）と称え二人を秘かに逃がす。これは、主人が男の義勇に感じ入ったという「米春男の勇志」の話型を持つ『閑田耕筆』の話に基づいたものである。

○紅皿の怨霊解脱

勇蔵と欠皿は井戸に投身したとされ、欠皿の幽霊が現れる。また第八回では紅皿が久米鉄平に井戸に突き落とされる。欠皿に続き紅皿も井戸に落とされることは、お菊→欠皿→紅皿という連想で、これも皿屋敷伝説を意識した話といえる。

また紅皿の亡霊を寂霊和尚が成仏させる話（第十回）もまた、皿屋敷伝説の菊の亡霊を僧が成仏させる話に基づいたものである。小二田誠二は、実録体小説『皿屋舗弁疑録』（五冊、馬場文耕作）の最終話にある菊の怨霊を成仏させた伝通院三日月了誉上人と、『本朝故事因縁集』（五巻五冊、元禄二（一六八九）年刊）の、下女の怨念を鎮めた僧の話との関連について考証している。(12)また堤邦彦は小二田論文をふまえ、文政年中の江戸麹町常仙寺で、菊女の皿の開帳が行われ、略縁起が刊行された例をあげ、『皿屋舗弁疑録』等の書によって庶民に親しまれた皿屋敷の幽霊咄が、再び唱導の話材となっていたことを指摘する。(13)これらのことからも『盆石皿山記』の寂霊和尚による紅皿の怨霊解脱譚は、実録や仏教説話により人口に膾炙した皿屋敷伝説の一型に基づいたものではないかと思われる。

なお通紅寂霊和尚こと曹洞宗の禅僧通幻寂霊については、高木元によると『和漢三才図会』に丹波永沢寺の「通幻寂霊和尚」として経歴が記されているという。そこには明徳二（一三九一）年寂年とあることから、『盆石皿山記』には明徳の乱とほぼ同時代の人物として用いられたとも考えられる。また堤邦彦によると、通幻寂霊の派下に属する北陸地方の曹洞宗諸寺では女人成仏の済度説話が行われていたという。(14)『摂津名所図会』（十二冊、秋里籬島作、寛政八（一七九六）年刊）「青原山永沢寺」「開基通幻禅師」（巻十二、34ウ）の項に禅師を訪れた竜女を成仏させたという話がある。禅師のそうした女人成仏の逸話が『盆石皿山記』において紅皿の幽霊を成仏させた僧として用いられたのだろう。

○久米鉄平（皿山鉄山）

第七回より久米鉄平という人物が登場する。鉄平は錦織卯三二の妾となった紅皿と密通し、大和国大沢で旅中病人となった広岡兵衛を、また熊野路で卯三二夫婦を殺し、欠皿・勇蔵の仇となる。

鉄平は第十回で「皿山鉄山」と改名する。この名は浄瑠璃「播州皿屋舗」の細川家の家老青山鉄山を連想させる。鉄山は若殿の巴之介暗殺を企むが、陰謀が下女のお菊に漏れたので、これを殺し死骸を井戸に捨てる悪人である。この鉄山のお菊殺害の場面を、『盆石皿山記』では紅皿を邪魔に思った鉄平が井戸に突き落とすという話に変えている。また鉄山の前名の久米鉄平の名からは久米平内を連想させる。久米平内は『皿屋舗弁疑録』では青山主膳お抱えの首切り役人久米平内兵衛として登場する。ここでの青山主膳は「至《いた》つて不仁不義《ふじんふぎ》の人《ひと》」であり、また久米平内兵衛は「剣術捕手《けんじゆつとりて》の上手《じやうず》」で「人《ひと》を殺《ころ》すことを何《なん》とも思《おも》はざる不敵者《ふてきもの》」というように、主従ともに悪人として描かれる。(15)

黄表紙『皿屋舗』（三巻三冊、柳川桂子作、鳥居清経画）では、御台梶の前の謀でお菊が誤って家宝の皿を割ってしまい、御台の命で久米平内に井戸で殺害されるという場面（8オ〜10オ）がある。これは『盆石皿山記』で久米平内が紅皿を井戸で殺害する場面に類似している。ここでの久米平内も「てんせい人をきることをこのみ」（4ウ）という悪人として描かれている（5ウ）。このように『盆石皿山記』では、皿屋敷伝説に登場する久米平内の印象を久米鉄平として描き直している。

6、筑摩の神事

第八回、紅皿は客の米を盗んだ報いで被った鍋が頭から外れなくなる。「頂《いただき》に、すつぽりかぶりしあし鍋《なべ》は、なべて呆《あき》れぬものもなく、息《いき》を筑摩《つくま》の祭《まつり》ならずは、錏《しころ》とられし落武者《おちむしや》の、途《ど》をうしなふに異《こと》ならず」（第八回、8ウ）とあることから、筑摩神社の神事について『和漢三才図会』を見ると次のようにある。

築摩明神《つくまのみやうじん》　同郡に在り　祭神　御食津《みけつ》の神　祭四月朔日　筑摩の庄は大膳の職、御厨《みくりや》の地也。運送の事、延喜式等に載す。故、御食津の神を祭るか。蓋し此神、稲食を掌《つかさど》るに依つて、里の女嫁《よめいり》を為すとき、祭祀には必ず鍋釜を戴《いたゞ》き、之を神に奉る。如《も》し再《ふたゝ》び嫁《よめいり》する者は二枚、三たび嫁する者は三枚、之を被《かづ》きて、祭の日、神幸《みゆき》の後《しりへ》に候す也。中世《なかごろ》、業平の花詞《うた》に倣《ならつ》て、里の婦、笑靨《ゑくぼ》を鬻《ひさ》ぎ、数板を重ねて艶態の故を為す。固《まこと》に胡蘆《わらふ》べし。（略）拾遺　近江なるつくまの祭はやせなんつれなき人の盤の数みん　業平　（巻七十一「近江」「築摩明神」）(16)

これによると、筑摩神社の祭神が御食津神であることから、当社の鍋被りの神事とからませ、紅皿の食犯に神罰が下った話として作ったといえる。

7、源七と欠皿の再会

第十回、欠皿・勇蔵は丹波国光明寺で敵の鉄山を討ち、寂霊和尚の弟子角阿弥となった源七と再会する。ここは、出家した父とその子の再会という点で高木元のいう浄瑠璃「苅萱桑門筑紫轢」や説経「かるかや」に基づいている。ただし説経「かるかや」では、出家した繁氏は法然上人との誓いを守り石動丸と親子の対面を遂げなかった。また「苅萱桑門筑紫轢」では、師の阿闍梨との誓いを守り父親の名乗りをせずにいたところ、連れのお埒が繁氏と気づくという話である。苅萱の世界では、繁氏は出家としての戒めを守ろうとするのである。

これに対し『盆石皿山記』の源七（角阿弥）の場合は、一旦は欠皿・勇蔵と「名告《なのり》あはじと思ひながら」、しかし「彼等《かれら》が孝心《こうしん》の切《せつ》なるに躊躇《ちうちよ》して」（第十回、27ウ）隠れることができない。また様子を見ていた師の寂霊和尚も「いかに角阿弥《かくあみ》、仏《ほとけ》も元《もと》は凡夫《ぼんぶ》なり。子《こ》にあふ事をふかくな恥《はぢ》そ」（27ウ）と、父子の対面を勧めている。このように出家の戒めより親子の縁を重く考えようとする点に、本作品における苅萱説話からの展開をみることができる。

三、おわりに

以上、『盆石皿山記』の話の順を追いながら、先行の伝承・説話との関わりについて考察した。木越俊介は、中本型読本について「半紙本読本に比し読本的規格から自由で文意が平明、世話的で演劇色が強いなどの特色が認められ、実録種の作品も多い」とする。[17]『盆石皿山記』が草双紙や演劇・実録・口承伝承でよく知られた伝承話に取材していることは、そうした中本型読本の性格をよく表している。

注

（1）麻生磯次『江戸文学と中国文学』（三省堂、一九五五年）第三章、六四〇頁。
（2）横山邦治『読本の研究――江戸と上方と――』（風間書房、一九七四年）第一章第二節、二四七頁。
（3）中村幸彦「椿説弓張月の史的位置」（『中村幸彦著述集』第五巻、中央公論社、一九八二年、初出一九六八年三月）四二三頁。
（4）高木元「『盆石皿山記』（前編）――解題と翻刻――」（『研究実践紀要』七、一九八四年六月）三頁。以下の高木論文も同じ。
（5）『本朝通紀』の本文は、盛岡市中央公民館本〈二八一／五三二／二〉国文研マイクロフィルムに拠る。
（6）『盆石皿山記』の本文は、国立国会図書館本〈二〇八／一六二〉に拠る。
（7）『奇疾便覧』の本文は、研医会図書館本〈ＤＩＧ／ＫＮＩＫ／一一〉に拠る。
（8）『浄瑠璃名作集上』（日本名著全集、日本名著全集刊行会、一九二七年）五二三頁。
（9）『日本昔話事典』（弘文堂、一九七七年）七〇〇頁。
（10）伊藤篤『日本の皿屋敷伝説』（海鳥社、二〇〇二年）第二章、一三一頁。
（11）八重森公子「皿屋敷伝説考」（『国文目白』二六、一九八七年二月）。
（12）小二田誠二「実録体小説の原像――「皿屋鋪辨疑録」をめぐって――」（『日本文学』三六―一二、一九八七年一二月）。
（13）堤邦彦『近世説話と禅僧』（和泉書院、一九九九年）第二章Ⅳ「皿屋敷伝説と説法僧」四。
（14）堤13書、第一章Ⅱ「竜女成仏の近世的展開」三。
（15）『近世実録全書』第一巻（早稲田大学出版部、一九二九年）七・八頁。
（16）『和漢三才図会』（東京美術、一九八六年）八八四頁。

(17) 木越俊介「江戸＝〈中本もの〉読本の位置」(『読本【よみほん】事典――江戸の伝奇小説』笠間書院、二〇〇八年)四三頁。

第二節　『新累解脱物語』考

――珠鶏の善を中心に――

一、『死霊解脱物語聞書』と『新累解脱物語』

曲亭馬琴作『新累解脱物語』（五巻五冊、葛飾北斎画、文化四（一八〇七）年刊）は、所謂「伝説もの」[1]に分類される読本である。

本書が『死霊解脱物語聞書』（二巻二冊、残寿作、元禄三（一六九〇）年刊）を一典拠としていることは、既に麻生磯次によって指摘されている。[2]両作品の内容を比較すると、以下のように①から⑥までの内容が対応関係にある。

『死霊解脱物語聞書』…①与右衛門夫婦、助を殺害する。②与右衛門夫婦の娘累、醜貌に生まれる。③二代目与右衛門、累を殺害する。④与右衛門は六人の妻を迎えるが、累の怨霊により悉く死去する。⑤累と助の怨霊が菊に取り憑き、与右衛門や村人を苦しめる。⑥祐天上人、二つの怨霊を成仏させる。

『新累解脱物語』…①与左衛門の虐待による珠鶏の入水。②田糸姫の祟りで与左衛門の娘累が醜貌となる。③与右衛門、累を殺害する。④与右衛門の新妻苧績、人面瘡の累の怨霊より死去する。⑤累・珠鶏・田糸姫らの怨霊が人面瘡となってさくに取り憑き、与右衛門や村人を苦しめる。⑥烏有上人の登場で大団円となり怨霊が退散する。

このように両書は①から⑥と対応しており、『新累解脱物語』が『死霊解脱物語聞書』に拠ることがわかる。『死霊解脱物語聞書』では、先代の与右衛門夫婦が助を殺害した報いが娘の累にかかり、累は助と同じく鬼怒川で不条理な死を遂げる。そこでは、因果譚の世界にあって、虐げられた者としての助と累の怨念と苦悩が語られていた。(3)この『死霊解脱物語聞書』をもとに『新累解脱物語』では新たに玉芝・西入権之丞・千葉惟胤・正胤・田糸姫・苧績といった人物を登場させ、複雑な筋立てを作る。

『新累解脱物語』が『死霊解脱物語聞書』をもとにどのような世界を構築したかということについて、柴田美都枝は、「典拠の祐天上人の死霊教化譚をそのまま採らず、愛執の妄念に動かされる三代に渡る複雑な人間関係を描ききって因果の理を示す内容に作りかえている」と述べる。(4)また高田衛は、登場人物の多淫性の中に発生する「悪因」が、美貌の人による加害と醜貌の人による被害という相克関係に展開し、醜（善）と美（悪）による勧善懲悪世界を構成しているとする。(5)さらに大高洋司は、「本作には、他の多くの馬琴読本に見られるような善悪対立の図式が当て嵌まらない。全編を統べるのは美醜の対立であり、烏有以外の主な登場人物は、皆自らの煩悩に導かれて行動するのである。」とする。(6)

では諸氏のいう様々な煩悩や怨念は、因果の道理のもとにどのように展開し消滅しているのだろうか。またその際、登場人物の善や悪はどのように描かれているのだろうか。以下それらの問題について、『死霊解脱物語聞書』をはじめとする典拠との関連をふまえつつ、本作品の内容を具体的に検討してみたい。

二、珠鶏・田糸姫・累

物語の発端は、羽生村の織越与左衛門が旅人の玉芝の美貌に迷い、珠鶏を虐げて入水に至らせるという話である。珠鶏は、顔色美《がんしよくび》ならずといへども、心ざま怜悧《さかしく》、織績女子《おりつむぐをなご》の業《わざ》はさら也、田殖草苅《たうへくさかる》ことも、をさ〳〵男子《をのこ》に劣《おと》らず（略）与左衛門《よざゑもん》は女婿《むこ》にて、累《かさね》は携養《つれこ》なれども、珠鶏《すけ》はつゆばかりも夫《をつと》を蔑《あなど》らず、又累《またかさね》を愛慈《めでいつくし》むこと、実子《まことのこ》にも過《すぎ》たれば、一郷挙《いちごうこぞつ》てその貞実《ていじつ》を称誉《ほめ》ざるはなし。

（巻一第一回、10オウ）

という「貞実」の女性であった。しかし、与左衛門と玉芝に虐げられることにより、「うち恨《うらみ》つゝ、瞻望《みあげ》たる、睛《まなこ》の光凄《ひかりすさま》じ」（18ウ）い怨念を抱く女性へと変貌する。物語は、「貞実」の女性・珠鶏の不条理な死による怨念の発生により始まる。その後与左衛門は、隅田川の船中で田糸姫を水中に突き落とすという第二の罪を犯す。このため与左衛門は珠鶏に加え田糸姫からの祟りをも受けることになる。

演劇や草双紙における多くの累物では、累は〝醜貌の女人〟であるが、『新累解脱物語』の田糸姫にも同じ印象が与えられている。その姿は、「隻目盲《かためしい》、隻脚蹇《かたあしなへ》、膚《はだへ》はすべて赤松《あかまつ》といふもの、幹《みき》めきて」（巻一第二回、30ウ）とある。これは、「顔《かほ》かたち類《たぐ》ひなき悪女《あくぢよ》にして」（巻上、1オ）[7]肢体不自由な『死霊解脱物語聞書』の累と助の姿をふまえたものである。この田糸姫の醜貌は、後に祟りとして累に受け継がれる。誤って囲炉裏に落ちた累は「片目《かため》は盲《しい》て牡蠣《かき》といふものを押当《あしあて》たるごとく、膚《はだへ》はすべて赤松《あかまつ》の幹《みき》めきて、左《ひだり》の足短《あしみぢか》うなり、その容夜叉《さまやしや》に異《こと》ならず」（巻二第四回、24オ）という、田糸姫と同じ姿に変貌する。さらに、田糸姫と珠鶏の霊が累に憑依し「いかに爹々《てゝご》、過《すぎ》つる年隅田川《としすみたがは》を渡《わた》すとて、醜女《しこめ》を川《かは》へ投入《なげい》れて、金《かね》を奪《うば》ひ去《さり》たる夜《よ》は、今宵《こよひ》にひとしき月にあらずや」（巻三第五回、3オ）と口走らせ、与左衛門を驚かせる。こうして珠鶏と田糸姫の霊は、累に乗り移り一体となり与左衛門に祟ろうとするのである。

三、二人の父親と与右衛門

累が父与左衛門の犯した悪報を受ける一方で、金五郎（与右衛門）もまた、父権之丞の犯した罪の報いを受ける。与右衛門をめぐる因果関係は、河川での殺人・死という、次のような四場面に象徴的に示されている。

①　与左衛門に虐げられた珠鶏が鬼怒川に入水する。（巻一第一回）
②　隅田川で与左衛門が田糸姫を船中から突き落とす。（巻二第四回）
③　隅田川の船中で権之丞が玉芝を田糸姫と誤って殺す。（巻三第五回）
④　与右衛門が鬼怒川で累を誤殺する。（巻四第八回）

留意したいことは、①を物語の発端として、②③④のいずれの場合も人違いや見誤りによって殺害が起きていることである。②では玉芝と思った相手が田糸姫であり、③では玉芝を田糸姫と見誤り、④では苧績を累と見誤っているのである。

さらに、②の与左衛門と④の与右衛門の場合は、その殺人に至るまでの経緯が類似している。②の与左衛門は、闇夜に「縹絰纐纈《はなだかのこ》の単衣《ひとえぎぬ》」（18オ）を着たのを玉芝と思い、共に落ちて行くが、それは実は田糸姫であった。そして④の与右衛門もまた、闇夜に「不動《ふどう》の模様《もやう》」（16オ）の単衣を着たのを苧績と思ったところが、それは累だった。父権之丞から与右衛門へ、そして義父の与左衛門から与右衛門へと、色欲や怨念に悩まされた虚ろな意識の中で、罪は繰り返され、与右衛門は与左衛門とともに「悪業深《あくごうふか》き絹川《きぬがは》のおなじ流《ながれ》に繋《つなが》れ」（巻三第六回、23オ）る。こうして、珠鶏・田糸姫の怨念と権之丞・与左衛門の罪は、それぞれ累と与右衛門の身の上にもたらされ、二人は「二世《にせ》の仇《あた》」（同、23オ）として対峙することになる。

なお③については、権之丞が船中で玉芝を斬り「紅波船底《こうはふなぞこ》に暈《かさ》して、竜田川《たつたがは》に黄葉《もみぢ》を流《なが》すがごとし」（7オ）となる場面であるが、これは伊達騒動に取材した歌舞伎「伽羅先代萩」での高尾が船中で殺害される場面を想起させる。馬琴が読本『高尾船字文』（五巻五冊、寛政八（一七九六）年刊）に伊達騒動高尾物の浄瑠璃・歌舞伎の趣向を取り入れていることは、石橋詩世の指摘がある。(8) また、馬琴は合巻『達摸様判官贔屓』（六巻、歌川豊国画、文化十四（一八一七）年刊）でも高尾丸での高尾殺害の場面を描いている（巻一、11ウ12オ）。よって『新累解脱物語』の③もまたそれと同じ趣向を用いたと思われる。

四、貞女殺しということ

そもそも『死霊解脱物語聞書』で累が殺害された理由は、醜貌にして「心ばへまでも、かだましきゑせもの」（巻上、1オ）であったのを与右衛門が疎んじたためであった。また歌舞伎『伊達競阿国戯場』（桜田治助他作、安永七（一七七八）年江戸中村座初演）や浄瑠璃、草双紙の累物では、累が自らの醜貌に気付いて嫉妬の女となったために与右衛門により殺害される。

しかし『新累解脱物語』での累殺しは、そうした他の累物とはやや趣を異にしている。累は、「金五郎を敬《うやま》ひ斉眉《かしづく》こと、孟徳耀《もうとくよう》が梁鴻《りやうこう》に偶《あへ》るがごとし」（巻三第六回、22ウ）と、『劉向列女伝』（八巻四冊、承応二（一六五三）年刊）の「其の姿貌甚はだ醜にして、徳行甚はだ修まれり」（巻八―十八「梁鴻妻」27ウ）(9)という孟徳耀に喩えられている。

珠鶏と累の死について烏有上人は、「珠鶏《すけ》と累《かさね》は貞実《ていじつ》にして、一朝彼冤《いつちようかのべん》を稟《うけ》、珠鶏《すけ》は存命《ながらへ》、累《かさね》は死《し》す。こゝをもて累《かさね》が怨《うらみ》ます〳〵ふかし」（巻五第十回、21オ）と語る。珠鶏と累の怨念は人面瘡となって現れる。人面瘡とは近世の文芸において人の罪業や怨念を描くことに用いられてきた怪異であるが、(10)本作品でも虐げられた女たちの恨みがその病に示されている。

そして、人面瘡と同じく累の怨念を表すのが、産土神祭の踊りの日に累が着た単衣の絵柄である。(11)それは、「縑《かとりのきぬ》に不動尊《ふどうそん》の横《よこ》ざまに這《はひ》給ふが、瓢《ひさご》の核《たね》に等《ひと》しき白《しろ》き抜歯《ぬかば》をあらはしたるありけり。眼《まなこ》にはいかめしう摺箔《すりはく》して、火炎《くわゑん》燃出《もえいづ》るばかりに彩色《いろどり》たれば」（巻四第八回、15オ）というものであった。累物で、累は紅葉や竜田川の模様の小袖を着ていることが多い。(12)『新累解脱物語』の挿絵でも、累と田糸姫の着物には紅葉の模様が描かれている。しかし累が最後に着たのはそれではなく、不動尊の忿怒の形相を描いたものである。それは、後に累が鬼怒川で殺害されることを示すものではなく、やがて現れる怨念を象ったもの、累が貞女から怨霊へと変貌することを暗示したものといえるだろう。

なお、貞女が夫に虐げられたことを恨み、怨霊と化して夫や夫の恋人を祟るという筋立ては、『雨月物語』「吉備津の釜」を想起させる。女主人公の磯良は、夫の正太郎に貞節を尽くして仕えるが、正太郎は磯良を騙して遊女の袖と駆け落ちする。磯良は夫の裏切りを恨み生霊となって袖を殺し、また死後は怨霊と化して正太郎を襲い殺すという筋において共通する。また本文についても類似する表現が次のようにある。傍線部が対応部分である。

①いとおどろ〳〵しき女子二人《をなごふたり》、左右《さゆう》の岸《きし》に立《たち》て、父《ちゝ》を疾視《にらむ》眼光《まなこひか》りわたり、わらはを招《まね》く手《て》の細《ほそ》やかにて、物凄《ものすさま》じき事比《ことたぐへ》んやうもあらざりし。（『新累解脱物語』巻三第五回、2オ）

驚きて見れば、古郷《ふるさと》に残せし磯良《いそら》なり。顔の色いと青ざめて、たゆき眼《まなこ》すざましく、我を指《さし》たる手の青くほそりたる恐ろしさに、「あなや」と叫《さけ》んでたふれ死《し》す。

（『雨月物語』「吉備津の釜」）(13)

②与右衛門は只《たゞ》ひとり、法蔵寺《ほふざうじ》の墓原《はかはら》なる、草《くさ》の中《うち》にぞ臥《ふし》たりける。あまりの不思議《ふしぎ》さに、傍《かたはら》を見かへれば、昔郷人等《むかしさとびとら》が社《こう》を結《むすび》て、珠鶏《すけ》が菩提《ぼだい》の為《ため》に建立《こんりふ》せし、石《いし》の地蔵尊立《ぢざうそんたち》給へり。その面影《おもかげ》、嚮《さき》の法師《ほふし》に肖《に》たりければ、さてはこの御仏《みほとけ》の現化《げんげ》し給ふこそと思ふに、感涙《かんるい》をとゞめかね、やがてわが家《いへ》に立帰《たちかへ》りて

（『新累解脱物語』巻五第九回、15オ）

時うつりて生《いき》出づ。眼《め》をほそくひらき見るに、家と見しはもとありし荒野《あらの》の三昧堂《さんまいだう》にて、黒き仏のみぞ立たせまします。里遠き犬の声を力に、家に走りかへりて

（『雨月物語』「吉備津の釜」）

このように『新累解脱物語』では、怨霊が出現する場面や、与右衛門の地獄巡りの場面において『雨月物語』「吉備津の釜」の表現を取り入れ、貞女の怨念の激しさと怪異性を表現している。馬琴が諸作品に『雨月物語』を典拠として取り入れていることは、すでに後藤丹治(14)、麻生磯次、横山邦治等の指摘があり、『新累解脱物語』における『雨月物語』「吉備津の釜」利用も十分考えられる。

五、与右衛門の罪の在処

『新累解脱物語』では、与左衛門の珠鶏殺害、与右衛門の累殺害という〝貞女殺し〟が繰り返し描かれる。では、父と同じ罪を繰り返した与右衛門は、その運命とどのように向き合っていくのか、以下に考えてみたい。

与右衛門が父より受け継いだ自身の悪報を知るのは、父権之丞がかつて田糸姫を陥れたことを、正胤の使者から聞いた時である（巻四第七回）。それまでは、苧績による奸計が明らかになれば無実の罪も晴れ主君正胤のもとへ「召《めし》かへさるゝに程《ほど》もあらじ」（6オ）と抱いていた期待を、使者の言葉から失った与右衛門は「とても久後《ゆくすゑ》たのもしげなき、村落《かたゐなか》に老死《おいしな》んより、憎《にく》しとおもふ苧績《をうみ》を殺《ころ》し、活《いく》るとも死《しす》るとも、存亡《そんぼう》は天《てん》に任《まか》すべう思ふ也。賢《かしこ》き人の後《のち》に聞《き》て、短慮《たんりよ》也とて笑《わら》はゞ笑《わら》へ」（18オウ）と、飲み干した酒の茶碗を累の前で投げ割り、自らを陥れた苧績を殺しに家を出る。これは、それまで累と夫婦になったことを「過世《すぐせ》の縁《えに》し」と諦め、「いと睦《むつま》しく相語《かたらひ》ける」（巻四第七回、5オ）と振る舞っていた、かつての与右衛門の様子からは豹変した姿である。「そもいかなればわが身《み》かく腹《はら》あしき人の子《こ》と生《うま》れて、この煩悩《ぼんなう》をなす事ぞ」（6ウ7オ）と、与右衛門は、親の罪は子の罪という因果の理を顧みることなく苧績を憎み、累の貞実さを忘れ、「煩悩」に引かれ悪へと転化していく。

ところで、与右衛門のように奸計によって窮地に陥れられるという話は、『勧善常世物語』（五巻五冊、文化二（一八〇五）年刊）の主人公常世の場合にも見られる。常世は継母手巻の奸計によって父正常から不義の疑いをかけられ、鎌倉の下向を命じられる。常世は父の命に従うが、旅宿を訪れた家僕周六から、鎌倉下向は常世を遠ざけるためであったことを知り、身の薄命を嘆きつつも、「仮令《たとひ》伯夷《はくい》が首陽《しゆよう》には飢《うへ》るとも、終《つひ》に重耳《ちやうじ》が晋《しん》に帰《かへ》るの日《ひ》をまつべし」（巻二第三、8ウ）[15]と、父親への〝孝〟を貫こうとしている。常世は、後に自らを陥れた継母の手巻をも救済するという孝行者として描かれる。

対して『新累解脱物語』の与右衛門の場合は、主君への忠心が問題となるのだが、父権之丞からの悪報を負っていたために、それを貫くことはならなかった。そうした因果は、与右衛門の親ゆずりの美貌にも示されている。それゆえに主君正胤より寵愛を得ていた与右衛門は、もとより忠義の徒とはなり得なかったのである。丹羽謙治は、与右衛門の人物像について運命の糸に操られ翻弄される人物と指摘する。[16]では、そうした与右衛門像を描いた馬琴の意図はどこにあるのだろうか。

『死霊解脱物語聞書』では、先代与右衛門と与右衛門の罪の軽重について村人が次のように語っている。

　終《つゐ》に与右衛門が手《て》にかゝり、かのかさねも此絹川《きぬがは》に沈《しづ》み果《はて》しは、是も因果《いんくわ》のむくひならんと、思ひ合《あわ》せて見る時は、今の与右衛門もさのみはにくき事あらじ。（巻下、25ウ）

累の死は、父親の先代与右衛門が助を殺した「因果のむくひ」を子の与右衛門が受けたためなのであり、与右衛門だけを咎めることはない、という。同様に『新累解脱物語』でも、与右衛門の罪について人面瘡が「汝《なんぢ》過《あやまつ》てこれを絹川《きぬかは》に殺《ころ》せしは、天《てん》なり。ふかく咎《とがむ》るに足《た》らず」（巻五第九回、6オ）と語る。この人面瘡の言葉により与右衛門の罪は曖昧なものとなり、むしろこれまで見過ごされてきた与左衛門の珠鶏殺しの罪が顕われることになる。こうして与右衛門の罪は義父与左衛門に戻され、最終的には珠鶏の善行の行方が取り沙汰されることになるのである。

六、珠鶏の善

『死霊解脱物語聞書』で、累や助の怨霊は「単直仰信《たんじきこうしん》、称名念仏《しやうみやうねんぶつ》の行者《ぎやうじや》」である祐天上人の「決定信心《けつぢやうしん〳〵》」（巻下、16オ）の法力によってともに成仏を遂げる。同じように、累物の一つ、浄瑠璃「信田小太郎／小山判官新板累物語」（並木良輔他作、寛延三（一七五〇）年八月江戸肥前座初演）でも、祐頓上人が称名念仏で累の怨霊を成仏させている。また浄瑠璃『伊達競阿国戯場』では、祐天上人の六文字の名号の功徳により高雄の霊が消滅する。

しかし『新累解脱物語』で、人面瘡をとおして現れた四人の怨念は、各々の仇が死をもって罪を贖った時に滅却する。累と山梨印幡の怨霊は、苧績が自害した時に（巻五第九回）、珠鶏と田糸姫の怨霊は、与左衛門と権之丞が自害した時に（巻五第十回）成仏しているのである。そこには、怨念の消滅のためには死をもって報いなければならないという勧善懲悪の道理がある。大高洋司が烏有上人を「傍観者的立場をとり続ける」と指摘するように、(17)『新累解脱物語』において神仏の霊験や烏有上人の法力は怨霊の解脱のために働いていない。烏有上人はただ、祟りという現象や因果応報の理を、次のように村人たちに説き示すのみである。

悪人《あくにん》の臨終《りんじう》は、邪念頓滅《じやねんとんめつ》することあたはず。譬《たとひ》は穢《きたな》き物《もの》を焼《たく》に、臭香《くさきか》且《しばら》く室《いへ》の中《うち》に残《のこ》るがごとし。こゝをもて祟《たゝり》をなす事あり。その祟《たゝり》にあふもの、みづからこれに触《ふれ》れば也。故《ゆゑ》いかにとなれば、かの本然《ほんぜん》の善《ぜん》、人欲《じんよく》の私《わたくし》に覆《おほ》れ、種々《しゆ〳〵》の悪業《あくごう》をなすものも、心鎮《こころしづか》なるときは、やうやくわが悪《あく》をしる。知《し》るといへども悔《くひ》ひ改《あらたむ》るに至《いた》らざれば、天《てん》かならず物《もの》に仮託《かたく》してこれを罰《ばつ》す。世《よ》に冤魂《おんれう》の説《せつ》は我《われ》より彼《かれ》を慝《ひく》に成《な》る。

（巻五第十回、21ウ22オ）

ここにいう悪人とは、死してなお邪念の去らない者としての累あるいは山梨印幡のことをいう。そして人々がそれらの祟りを受けるのは「我より彼を慝《ひく》」ゆえに、つまり祟りを受ける側の「人欲の私」が悪霊の邪念を引き寄せるからだという。

烏有上人は、珠鶏や田糸姫の霊が数々の怪しみをなしたことについても、「汝等《なんぢら》、珠鶏《すけ》は絹川《きぬかは》に投《しづ》めりと思ふによつて、鬼魅罔両《きみもうりやう》これに仮託《かたく》す」（22ウ）と、怪異は、村人の思念に魑魅魍魎が引き寄せられたために現れたものだと村人らに説いている。こうした烏有上人の死霊・生霊の説は、当代におこなわれた鬼神の説、例えば新井白石『鬼神論』（四巻一冊、寛政十二（一八〇〇）年刊）に、次のような同様の説を見ることができる。

或は冤恨を抱きて枉げて殺され罪あらずして殺されたる類也。（略）或は婦女のふかく恨み妬みをつゝめる、（略）かの富貴権勢の人々の強死せること、伯有がごとき強死とは、病あらずして死するをいふ。皆こと〳〵く死して後、その気散ずることを得ずして、沈魂滞魄なを天地の間にありて、あるひは妖をなし怪をなし、あるひは厲をなし疫をなす。（略）妖は人になりておこる也。人きづなければ、妖おのづからをこらずと見えたり左伝にいづ。我心いむ所ありて、或はうたがひ、或は怖るゝがゆゑに、かの妖を感じ、招けるもの也。（上巻、18オウ、21オ）(18)

烏有上人は、『鬼神論』等の儒説にいう鬼神の説や同気相感説に基づいて祟りの現象を解釈し、それを天の理による勧善懲悪説に結びつけて説いているのである。この説により、祟った側よりも祟られた側の行いに視点が向けられることになる。

さらに留意すべきは、烏有上人はここで珠鶏・田糸姫・累の怨念を悪としながらも、なお彼女らに「本然の善」があったことを認め、一方で「悔い改めるに至ら」なかった与左衛門と権之丞を、むしろ天によって罰されるべき悪人として見なしていることである。そして珠鶏と田糸姫の命を助け、教化して悪念を払い、珠鶏の貞実と田糸姫の出家への志を全うさせようとしている。こうして烏有上人によって、物語の発端に描かれた珠鶏の善は、物語の最後まで貫かれることになるのである。

七、おわりに

以上のように『新累解脱物語』は、『死霊解脱物語聞書』をもとに、貞女が怨霊になる物語を創作した。それに当たり『雨月物語』「吉備津の釜」の趣向を取り入れたが、「吉備津の釜」の磯良が残虐な鬼と化し正太郎を取り殺したのに対し、『新累解脱物語』では『鬼神論』に言うような当代の気の理論をもって、怨霊と化してしまう珠鶏の心中になお「本然の善」を見ようとしている。それは、貞女や妬婦をめぐる馬琴の女性観の一つと言うこともできるだろう。

大高洋司は、文化四（一八〇七）年までに刊行された馬琴読本に妬婦のモチーフが繰り返し用いられているとする。(19)馬琴読本には、この妬婦譚とよく似た女性の怨念の話がある。例えば『月氷奇縁』（五巻五冊、文化二（一八〇五）年刊）は、『新累解脱物語』と同様に、善良な女性が虐げられ、怨霊となって祟るという話を物語の発端に置いている。怨霊となるのは永原左近の侍女の漣漪《さざなみ》で、自らを折檻死させた左近を恨み、悪人石見太郎に左近を殺させるという話である。ただし鈴木敏也が「漣漪《さざなみ》の怨霊なるものは極めて力弱いもの」と指摘するように、(20)三上和平が石見太郎を手引きしたことが後に明らかになる。一方『新累解脱物語』は、貞節の女としての珠鶏に怨念が生じ消滅するまでの物語である。人物に生じた邪念が様々な人間関係の中で連鎖・増長し、やがて消滅していく様相を、勧善懲悪と因果応報の道理に支えられた世界の中で描いている。そうした点から本作品は、中村幸彦のいう「因果応報の理を説かず、それを構成上に形象化する馬琴一流の技法」を勧化本から取得し「この作の著述をもって体得した」作品といえる。(21)

注

（1）横山邦治『読本の研究——江戸と上方と——』（風間書房、一九七四年）第二章第四節、五一六頁。

（2）麻生磯次『江戸文学と中国文学』（三省堂、一九五五年）第三章、六四一頁。

（3）高田衛『江戸の悪霊祓い師《エクソシスト》』（筑摩書房、一九九一年）第一部第四章、八五～九〇頁。拙稿「助と累——『死霊解脱物語聞書』より——」（『日本文学』五二—八、二〇〇三年八月）。

（4）柴田美都枝『読本の世界　江戸と上方』（横山邦治編、世界思想社、一九八五年）第一章第二節、四一頁。
（5）高田3書、第三部、二八六～二九〇頁。
（6）『曲亭馬琴作　新累解脱物語』（和泉書院、一九八五年）大高洋司解題、二九〇頁。なお本文引用は当書に拠る。
（7）『死霊解脱物語聞書』本文は、国立国会図書館本（二巻二冊、元禄三（一六九〇）年刊）〈一四九／四六〉に拠る。
（8）石橋詩世「『高尾船字文』に関する一考察――伊達騒動高尾物の検討と書名の意味――」（『大妻国文』二五、一九九四年三月）。
（9）本文は、静岡県立図書館葵文庫本〈K〇八三／一一六〉国文研マイクロフィルムに拠る。
（10）花咲一男『人面疔伝奇』（太平書屋、一九八八年）。拙稿「人面瘡考――江戸時代の文芸作品を中心に――」（『東京学芸大学紀要　第二部門　人文科学』五三、二〇〇二年二月）。
（11）累と恋敵の女性との間で小袖が入れ代わるという趣向は、浄瑠璃「信田小太郎／小山判官新板累物語」にも見られる。
（12）阿部さとみ「「累もの」の系譜――趣向の変遷――」（『演劇創造』二七、一九九八年三月）三六頁。
（13）本文は『新編日本古典文学全集』（小学館、一九九五年）三五三頁に拠る。
（14）後藤丹治『太平記の研究』（大学堂書店、一九七三年）三四〇頁。麻生2書、六六二頁。横山1書、二七四頁。
（15）本文は『馬琴中編読本集成』第四巻（汲古書院、一九九六年）に拠る。
（16）丹羽謙治「馬琴読本における『水滸伝』受容の一齣」（『読本研究』五上、一九九一年九月）一二九頁。
（17）大高6書、解題二九〇頁。
（18）本文は富山大学附属図書館ヘルン文庫本〈二三〇五／六〉国文研マイクロフィルムに拠る。なお『燕石雑志』（五巻、文化八（一八一一）年成立）巻二―十一に「鬼神論」がある。
（19）大高洋司「京伝、馬琴と〈勧善懲悪〉」（『京伝と馬琴』翰林書房、二〇一〇年、初出一九八九年六月）二九二頁。
（20）鈴木敏也「『月氷奇縁』の姿相」（『近代国文学素描』目黒書店、一九三四年）二三六頁。
（21）中村幸彦「読本展回史の一齣」（『中村幸彦著述集』第五巻、中央公論社、一九九三年）四〇八頁。

第三節　趣向と世界

――演劇・草双紙から読本への影響――

一、はじめに

近世演劇、歌舞伎・浄瑠璃の分野において、趣向と世界とは作品世界を形作るための重要な理念とされる。またそうした考え方は演劇だけではなく、その周辺の文芸分野にも影響を及ぼしている。例えば演劇と関わりの深い草双紙や、浮世草子、読本の分野においても形と意味を変えながらそれぞれに享受されている。

本節では、演劇・草双紙における趣向と世界という様式・概念が、読本にいかに影響を及ぼしているかということについて、演劇の累物から曲亭馬琴の読本『新累解脱物語』（五巻五冊、文化四（一八〇七）年刊）への影響という観点から考察してみたい。

二、累物の趣向と世界

始めに、歌舞伎・浄瑠璃における趣向と世界の用語の定義を述べておきたい。まず「趣向」について、近石泰秋は次のように述べている。

広義には、主題・構想を含めた作品全体の筋の展開を指し、狭義には、全体の筋の中に目立つ特定の大小さまざまの構想を指す。（略）狭義には、作品の大筋の流れの中で、見所となるべき工夫のなされているところ、すべて趣向である。(1)

また、「世界」の定義と、世界と趣向が及ぼす効果について、今尾哲也は以下のように述べている。

筋や事件を展開させるための枠組みないし時代背景として利用される、既知の伝説・物語・先行作、もしくは一定の人物群をいう。（略）人々に親しまれた正史や稗史を世界として設定し、人々を容易に劇の中に誘い込むとともに、その安定した枠組みの助けをかりて、思い切り大胆に新奇な趣向を働かせ、劇の内容を複雑にしたり、劇の状況に意外性を与えたりするようになった。(2)

本節ではこれらの説をふまえつつ、浄瑠璃「伊達競阿国戯場」（達田弁二・吉田鬼眼・烏亭焉馬作、安永八（一七七九）年三月、江戸肥前座初演）と浄瑠璃「信田小太郎小山判官新板累物語」（以降「新板累物語」と記す。並木良輔他作、寛延三（一七五〇）年八月、江戸肥前座初演）を中心に、世界と趣向の仕組みによって描き出される登場人物像や主題を確認した上で、それらの演劇作品が読本『新累解脱物語』へ与えた影響について考察する。

三、浄瑠璃「伊達競阿国戯場」の趣向と世界

浄瑠璃「伊達競阿国戯場」は、伊達騒動を世界とし、累の趣向を取り入れたもので、安永七（一七七八）年閏七月

江戸中村座初演の歌舞伎「伊達競阿国戯場」を浄瑠璃化した作品である。

累物における浄瑠璃「伊達競阿国戯場」の世界と趣向の問題については、先学の論が以下のようにある。まず累物の世界について、高橋則子は、浄瑠璃「新板累物語」をはじめとする江戸の初期累物に用いられていた信田の世界が、「伊達競阿国戯場」以降は伊達騒動の世界に変化し、より人々に受け入れ易い現実性の強い内容になっていくとする。[3]また累物の趣向の問題について、早川雅水は、累が鏡を見る「鏡の演出」によって、累が可憐で貞淑な女から嫉妬の女へ変貌するという、作品の中でも重要な場面が描かれているとする。[4]服部幸雄は早川説を引き、累が鏡の中に見たものは因果への恐怖であるとする。[5]また東晴美は、浄瑠璃「伊達競阿国戯場」では、累が取り憑くという従来の趣向が高雄に取り憑かれた累という内容に改められたことで夫を愛する一途な累像が形成されたとする。[6]さらに内山美樹子は、第八「垣生村」と第九「土橋」の二段について、怨霊譚を夫婦愛のドラマに昇華させた秀作とする。[7]浄瑠璃「伊達競阿国戯場」は、伊達騒動の世界を有し、鏡の趣向や高雄に取り憑かれる累という趣向を施しつつ、与右衛門と累の夫婦愛という主題を描いた、累物の到達点に位置する作品といえる。

では本作品は、累を扱った他分野の作品にどのような影響を及ぼしているのだろうか。次に読本『新累解脱物語』が演劇・草双紙における累の世界と趣向をいかに享受したかということについて考察したい。

四、田糸姫の邪念

『新累解脱物語』は、物語の基本的な構成を勧化本『死霊解脱物語聞書』（二巻二冊、残寿作、元禄三（一六九〇）年刊）に拠り、浄瑠璃「伊達競阿国戯場」などの累狂言の様々な要素を取り入れて新たな人物を登場させ、複雑な因果関係を描いている。

　それらの登場人物のうち、まず祟りをなす女性である珠鶏と累については、『死霊解脱物語聞書』の助と累をふまえ、田糸姫という女性を新たに登場させている。この人物は、累と同じく「隻目盲《かためしい》、隻脚蹇《かたあしなへ》、膚《はだへ》はすべて赤松《あかまつ》といふものゝ幹《みき》めきて」（巻一第二回、30ウ）(8) という醜貌である。これは『死霊解脱物語聞書』の累・助の目と足が不自由な様と同じ上に、醜貌の印象を加えた人物である。『新累解脱物語』では、珠鶏と累の間にこの田糸姫を登場させ、珠鶏とともに累に祟る女性としている。絹川の船中で、累は父与左衛門に二人の怖ろしい様の女を見たと語っており（巻三第五回、2オ）、珠鶏と田糸姫の怨霊が与右衛門と累に取り憑くであろうことを暗示させている。つまり『新累解脱物語』では、『死霊解脱物語聞書』において祟りをなす助を、珠鶏と田糸姫という二人の人物として書き分け、助の醜貌を珠鶏には描かずに、田糸姫の醜貌として描いているのである。では、田糸姫は、物語においてどのような働きをしているのだろうか。

　田糸姫は、権之丞の美貌に恋慕して出家の志を無くし、後に玉芝の奸計によって権之丞と駆け落ちしようとする（巻二―三）。これは、累が美男の与右衛門との結婚話を断った時の次のような慎みの様子とは対照的である。

　美男《びなん》はかならずしも醜女《しこめ》の対《つひ》にあらず。さる人を夫《をつと》とせば、いく程《ほど》もなく捐《すて》られて、なほ憂事《うきこと》の増《まさ》るとも、その時悔《ときくひ》てさらにかひなし。この婚縁《こんえん》はうけ引《ひき》がたくこそ。（巻三第六回、20ウ）

こうした謙遜の女としての累像は、烏有上人が「珠鶏《すけ》と累《かさね》は貞実《ていじつ》」（巻五第十回、21オ）と評していることからもうかがえる。そしてそれと対照的に田糸姫は浮薄な性格の持ち主として描かれている。

　この田糸姫が権之丞を見初める場面については、演劇からの影響が考えられる。田糸姫が剃髪しようとした時、鴨居の上の陰に隠れていた権之丞を「匜《はんぞう》の水面を通して見知り、田糸姫に「春情《しゅんじょう》はじめてこゝに萌《きざ》」（巻二第三回、6

オ）すというものである。

これについては、先述の早川雅水が指摘する、演劇における鏡の演出が趣向として使われている。それは、鏡（手水鉢などの水鉢などの水鏡の場合もある）の面に「予期せぬもの、かくされていたもの」の姿が映り、それを見て今まで隠されていた事実を認識することにより、舞台上に新局面が展開するという演劇の型で、双蝶々の世界の作品には必ずこの場面があるという。例えば浄瑠璃「双蝶蝶曲輪日記」（二世竹田出雲・三好松洛・並木宗輔作、寛延二（一七四九）年七月竹本座初演）第八「八幡の親里に血筋の引窓」には、二階にいる長五郎の姿が手水鉢の水に映るのを与兵衛が見つけるという場面があり、田糸姫出家の場面と類似している。また浄瑠璃「伊達競阿国戯場」第八段「垣生村の段」に、累が夫与右衛門の言いつけを破って鏡を見、自らの醜貌を初めて知り、歌方姫の美貌に嫉妬するという場面がある。これと田糸姫の場面とは、「醜女が鏡（水鏡）を見て邪念（嫉妬・恋情）を起こす」という点において共通している。東晴美は、浄瑠璃「新板累物語」、黄表紙『祐天上人和尚念仏功力絹川物語』（三巻三冊、伊庭可笑作、鳥居清長画、安永九（一七八〇）年刊）などの江戸の累物において、鏡は不可欠の趣向であるという。これらのことを考えると、『新累解脱物語』は、演劇や草双紙における鏡の趣向を取り入れ、田糸姫に邪念が現れる話を作っているといえる。

なお浄瑠璃「伊達競阿国戯場」には、田糸姫と同じく恋情ゆえに殺された傾城高雄という女性が登場する。高雄は、足利将軍の弟頼兼と恋仲であり、御家転覆を狙う仁木弾正一味に狙われ、仁木の謀略を知った忠臣絹川谷蔵により、頼兼を守るために殺害される。高雄の怨念は妹で絹川の妻となった累に祟り、そこで累の容貌が変わる。一方『新累解脱物語』の田糸姫は、西入権之丞に恋慕し、そのために玉芝らに陥れられ、与左衛門によって川に突き落とされる。やがて田糸姫の怨念は与左衛門の娘累に取り憑き、累の美しかった顔が変貌する。高雄も田糸姫も、ともに、恋情が仇となって殺され、その怨念が累に祟るという点で共通する。

このように、『新累解脱物語』の田糸姫は、『死霊解脱物語聞書』の助をモデルとし、演劇における鏡の趣向や、浄瑠璃「伊達競阿国戯場」の高雄の人物像を取り入れながら、恋情という邪念を持つ女性として描かれている。この田糸姫を登場させ邪念を描くことで珠鶏の与右衛門・累への怨念は控え目になり、むしろその貞実さが強調される。善女としての珠鶏は最終的に救済され、そこで勧善懲悪の道理が示されるのである。

五、美・醜の問題

『新累解脱物語』における田糸姫の描出方法とその意味について述べたが、本作品以前に上演された演劇や草双紙の累物にも、原話『死霊解脱物語聞書』にはなかった美と醜の問題が描かれている。土佐浄瑠璃「桜小町」や浄瑠璃「粧水絹川堤」（東勇助作、明和五（一七六八）年大坂幾竹嶋吉座初演）や浄瑠璃「伊達競阿国戯場」では、美から醜に変じた後の累に悪念が起きており、美・醜の問題が累の性格と運命を左右している。

しかし、これら浄瑠璃・草双紙の累物に登場する美人らには『新累解脱物語』のそれ（玉芝・苧績・西入権之丞）の浮薄・驕慢・残忍さという悪の性格は無い。浄瑠璃「伊達競阿国戯場」においては、累の美貌はむしろ貞節という善を象徴している。高雄についても、頼兼を陥れる悪人とは描かれない。こうした美＝善とする従来の累物の設定に対し、美を驕慢としての悪と描くのは『新累解脱物語』の新たな視点といえる。

『新累解脱物語』には、玉芝・権之丞・与右衛門・苧績という、四人の美人をめぐる恋の話が描かれている。玉芝には与左衛門と権之丞の二人の男をめぐる恋が、権之丞には玉芝と田糸姫をめぐる恋が、与右衛門には千葉正胤と苧績との恋がある。いずれも美に惑うゆえの邪恋である。その一方で、田糸姫と山梨印幡という醜女・醜男が登場し、田糸姫は累に、累と印幡はさくに祟るという、醜人による祟りの系譜が描かれる。高田衛は、『新累解脱物語』における色情と悪因との関係について、次のように述べており、参考になる。

加害＝与右衛門＝蛇と、被害＝かさね＝蛙というほとんど運命と化した因縁図式を視覚することができる。(9) 色情という情動の、こうした抑制を知らない多淫性のなかに、馬琴は意図的に「悪因」の発生を書き込んでいる。その結果、あらゆる人間関係が、色情を媒介にして生ずる加害と被害の相剋関係に展開してゆくのだ。(10)

『新累解脱物語』では、美は驕慢の、醜は邪念・怨念の表象であり、驕慢は邪念や怨念を生み出すものとしてある。物語の始めに、玉芝（美）と与左衛門（醜）とに関係が生まれ、玉芝に迷った与左衛門は珠鶏に迫害を加える。それを発端として、与左衛門は田糸姫を、西入権之丞は玉芝を、与右衛門は累をと、殺害が繰り返し描かれる。高田氏が美を蛇に、醜を蛙に描く図の意味を指摘するように、美が醜者を虐げていくという構図がここにうかがえる。なお注目すべきは、これら三人の男の行った殺害が全て誤殺であったということである。驕慢（美）への迷いとは、それが人の理性を喪失させる妄念であるために、全て誤殺という行為として現れているのである。

このうち最後に行われた与右衛門の累の誤殺は、義父与左衛門と父権之丞の二人の親がかつて犯した殺しの罪を、その子与右衛門が引き受けたことを意味する。つまり与右衛門の累殺しとは、与右衛門の身の上に運命付けられていた行為として記される。こうした親から子への因縁は、浄瑠璃「伊達競阿国戯場」ほか累物での与右衛門の累殺しには描かれないが、『新累解脱物語』においては、親から子へと受け継がれる因果応報の道理が描かれるのである。

六、与右衛門の累殺しについて

次に、『新累解脱物語』の与右衛門の累殺しをめぐって、演劇・草双紙作品における趣向がどのように利用されているか考えてみたい。

浄瑠璃「伊達競阿国戯場」の累は、もともと「せんげんたる容顔《やうがん》」（第五「南禅寺前豆腐屋」）であったのだが、絹川谷蔵との結婚に嫉妬した姉高雄の怨念が取り憑いて醜貌となる。しかし、鏡を見るまでの累は、夫与右衛門（谷蔵）の借金を工面するために、身売りをして尽くす女性である。

一方『新累解脱物語』の累もまた、生まれは美しい容貌であったのが、父与左衛門が田糸姫を川に沈めたのとほぼ時を同じくして醜貌となる。しかし、その後も心立ての良さは変わることなく、夫を思いやる貞実の女性である。累は、祭りの日に、苧績の小袖を貰い受け、それを着て絹川近くの夜道を歩いていたところ、小袖の文様を苧績の目印に殺害を企んでいた与右衛門に誤って殺害される（巻四第八回）。

浄瑠璃「新板累物語」には、弘経寺本尊の開帳で賑わう中、累が密かに廓から持ち出した小袖を金五郎から預かった与右衛門が、追われて来たいささめに小袖を着せ助けるが、累がそれを咎め、嫉妬し、また信田家の家宝・譲葉の鏡に映った自分の醜貌に腹を立て、鏡を絹川に沈めてしまう。そこで与右衛門は主君のためとして累を殺害する。これと『新累解脱物語』の場面を比べると、誰かの代わりにある人物が小袖を着し、そのために誤解が起こり、殺意を持った与右衛門により累が殺害されるという点において同じである。両作品には、小袖が人の邪念を招き、殺しが発生するという共通した趣向が見られるのである。

なお、浄瑠璃「新板累物語」で累が執着するのは竜田川の文様の小袖であり、東晴美の言うように、それはやがて累が絹川で殺害されることを暗示している。一方『新累解脱物語』の挿絵には、同じく竜田川の文様の衣を着た累と田糸姫が描かれる。さらに、累が苧績に代わって着た小袖の文様は、「不動尊《ふどうそん》の、横《よこ》ざまに這給《はひ》ふが、瓢《ひさご》の核《たね》に等《ひと》しき、白《しろ》き板歯《ぬかば》をあらはしたる」（巻四第八回、15オ）というものである。つまり『新累解脱物語』において、小袖は、貞実の人・累の心の奥底に隠された怨念を表出させる小道具として使われているといえる。

ここまで小袖の趣向を用いた累の描かれ方について述べた。次に与右衛門をめぐる演劇類からの趣向の用いられ方について考えてみたい。

まず与右衛門の累殺しを目撃した沙平について、これは与右衛門の累殺しを目撃し、殺しの直後に死のうとした与右衛門を止めた人物である。沙平はその後、村長の娘苧績との婚姻話を与右衛門に持ちかける（巻四第八回）。この沙平は、浄瑠璃「伊達競阿国戯場」の金五郎をモデルにしたものである。「土橋の段」では、与右衛門が醜貌の妻累を厭い他の女房を望むのを知った金五郎が、歌方姫を与右衛門に売り金儲けをしようと企む。両場面ともに、沙平（金五郎）が、金目当てに、与右衛門が何かの負い目を持っていることを利用し、醜貌の妻累の代わりに、美女を与右衛門に娶せようとするという構想面での共通点がある。

しかし、与右衛門の殺しの意味について、浄瑠璃と読本とで描くところは相違する。

内山美樹子は、浄瑠璃「伊達競阿国戯場」で、与右衛門が歌方姫の身代わりに累を殺す場面に、「最愛の夫に忠義を立てさせる名誉の死であると、与右衛門から言ってもらうことが、累にとって最大の鎮魂であると考えるのが浄瑠璃の論理」(11)と、そこに与右衛門と累の夫婦愛という主題があるとする。

では『新累解脱物語』ではどうか。「原来《もとより》われは左遷《さすらへ》の、命《いのち》に換《かえ》よとある妻《つま》を、むじんに殺《ころ》して罪《つみ》をかさね、累《かさね》はともあれ千葉殿《ちばどの》の仰《おふせ》にさへ悖《もと》りしかば、脱果《のがれはつ》べき身《み》にあらず」（巻四第八回、22オウ）と、与右衛門はむしろ妻の累を殺したことが主君千葉殿への面目に関わることではないかと気に懸けている。こちらの与右衛門には、浄瑠璃「伊達競阿国戯場」の与右衛門には備わっていた累への愛情が希薄なのである。また、この与右衛門の忠義心も弱い。浄瑠璃「伊達競阿国戯場」の与右衛門が高雄と累を殺したのは、主君への忠心によるものであった。また浄瑠璃「新板累物語」第四でも、与右衛門の身の上話に、信田家の家臣として御家再興のため忠義を尽くしたいと語っている。これら浄瑠璃作品での累殺しの場面では、与右衛門の揺るぎない忠義心が描かれる。しかし『新累解脱物語』の与右衛門の場合は、奸計により千葉家を追放されたことの、苧績への恨みが殺しの機縁となっており、累殺しにおいて与右衛門の忠義心は描かれない。それは、父与左衛門がかつて犯した罪によって帰参を許されないことを聞かされ、絶望した時（巻四第七回）に消滅する。あるいは与右衛門は、正胤の寵臣であったため真の忠義心を持つことができなかったともいえる。与右衛門は、ついに忠義をなし得ず、よって正胤から授かった妻累への愛情も、正胤との絆が途絶えた時に消滅する。そして以後、与右衛門は累を冷遇するようになる。例えば与右衛門と累が別れ杯を交わす時の、次のような場面がある。

与右衛門は、時《とき》や後《おく》れんとて、酒飲乾《さけのみほし》て累《かさね》にさすを、押戴《おしいたゞ》きてすこしうけ、涙《なみだ》とゝもに飲《のみ》をはり、ふたゝび夫《をつと》に進《まゐ》らすれば、なみ〳〵とつがして一息《ひといき》に、丁《ちやう》と投《なく》れば茶碗《ちやわん》も胸《むね》も、共《とも》に砕《くだく》るばかりにて、利鎌引提《とがまひきさげ》ゆく夫《をつと》を、樹《こ》がくるゝまで目送《みおく》りて、はじめてよゝと声《こゑ》ふり立《たて》、撲地《はた》と転《まろ》びて泣沈《なきしづ》み、（略）　（巻四第八回、19オ）

与右衛門が累から受けた杯を投げて割る、というこの場面は、与右衛門の累への愛情もまた壊れてしまったことをも示している。『新累解脱物語』の与右衛門については、浄瑠璃「新板累物語」「伊達競阿国戯場」の話の筋をふまえながらも、親から子へ受け継がれる因果応報の道理の前に、その忠義と愛情が挫かれている。

中村幸彦は、『新累解脱物語』の創作法について、「天合と言われる親子兄弟、義合と言われる主従、夫婦のその複雑な関係を、悉く因果の理をせめてゆくことで、この作品が構成されている」[12]と述べる。また清田啓子が本作を「因果律に支配される人間群像を描出した」とするように[13]、因果応報の道理が覆う世界の中で、親の罪を負う者としての与右衛門と累は、その忠義と貞節を全うできずにいる者として描かれる。

七、烏有上人の意味

『新累解脱物語』において与右衛門夫婦を救済するのは烏有上人である。烏有上人は、田糸姫出家の場面（巻二第三回）の前後に現われて以降は、結末に再び登場するに止まるが、実は発端から物語の背後にいて人物らを見守っていたことが、最後になって明らかになる。

大高洋司は、読本的枠組みの施し方について、超越者烏有を作品全体の視点としていることから、本作を祐天上人の〈一代記もの〉として位置づけている。(14) それをふまえて本作品を烏有上人の物語として見た時に、原話『死霊解脱物語聞書』の祐天上人の役割と、本作における烏有上人のそれとは、性質を異にしていることがわかる。

『死霊解脱物語聞書』では、絹川で与右衛門に殺害された累が菊に取り憑いたのを、祐天上人が祟りの真相を聞き出し、称名念仏により解脱させようとする。これに対し『新累解脱物語』の場合、烏有上人は、累の霊が現れるまでの巻一から巻四までの長い物語の時々に登場するが、功力で霊を解脱させることをせず、大高の指摘するように傍観者的存在に止まる。井上敏幸は、『死霊解脱物語聞書』の作者残寿の創作意図について、祐天上人の念仏者としての法力・精神力あるいは力行の偉大さを描き、祐天上人における利益の顕現の具体を、現実社会の中に描き出すことにあると指摘する。(15) そうした『死霊解脱物語聞書』の意図と比べると、『新累解脱物語』には、烏有上人の仏力による活躍を強調する姿勢は窺えない。

さくに取り憑いた人面瘡は、珠鶏・田糸姫・山梨印幡・累の四人の怨念が現れたものである。このうち、累と山梨印幡の霊は苧績の自害によって、また珠鶏と累の怨念は与左衛門と権之丞の自害によって晴らされている。いずれの怨念も、『死霊解脱物語聞書』の祐天上人が成したような神仏の力で救われるのではない。また、浄瑠璃「新板累物語」や「伊達競阿国戯場」に描かれたような与右衛門の忠義や夫婦愛によって救われたのでもない。『新累解脱物語』では、与左衛門・西入権之丞・苧績が、罪を悔い自害することで、怨念が消滅するのである。罪を償い、こうして物語は、全ての人物の悪念が消滅し、善に帰すという結果に終わる。烏有上人は、勧善懲悪の道理を示し、人々を善に向かわせる扶助をする人物として位置づけられているのである。そのような意味で『新累解脱物語』が烏有上人を登場させる意図とは、上人の偉大さを宣布することではなく、因果応報の道理が貫かれる作品世界にあって、人物らを善に向かわしめる働き手となることにある。あらゆる邪念が発現する世界で、累や珠鶏、与右衛門らを善へと導くための、いわば交通整理のような役割を担う人物として設定されているのである。これに対し、浄瑠璃「伊達競阿国戯場」の祐天上人は、直接には物語上に登場せず、第九段「土橋の段」に、上人から授かった六字の名号を記した御影が累の攻撃から歌方姫を守るという場面で、その神力が発揮される。そこでは、祐天上人をとおしての神仏の加護が、姫を守護する与右衛門の忠義を助けているのである。

浄瑠璃「新板累物語」の祐頓上人は、第一段の物語の冒頭に登場し、皇室より皇子誕生祈願を求められる。その後は第四段の切に登場し、称名念仏によって累の怨霊解脱を成し、家宝譲葉の鏡を取り戻す契機を作る人物として描かれる。これは、物語の発端と結末に関わる人物という点で『新累解脱物語』の烏有上人と同じ役割であるけれども、その間の話には一切登場しない。『新累解脱物語』の烏有上人は、この浄瑠璃「新板累物語」の祐頓上人の物語への関わり方をより緊密にさせたともいえる。

『新累解脱物語』は、物語を統括する者としての烏有上人を配し、悪因に翻弄される様々な人間模様を描いている。そうした作品の作り方を、演劇用語の「世界」という言葉で表現するとすれば、『新累解脱物語』における「世界」とは、因果応報の道理と勧善懲悪の理念が貫かれる作品世界である。そうした「世界」の中で、先行の累物演劇の筋や場面が「趣向」として用いられる。そうした意味で、馬琴読本における「世界」とは、演劇のそれよりも思想性が強く、作品の理念として機能しているといえる。

大高洋司は、浄瑠璃「伊達競阿国戯場」が馬琴の『新累解脱物語』と『昔話稲妻表紙』（五巻六冊、文化三（一八〇六）年刊）とで共有されるが、両作品には創作姿勢の相違が表出しているとする。[16]また大屋多詠子は、馬琴の巷談ものが浄瑠璃に取材する際、敵役を矮小化させつつ物語の発端となる肉親の悪果を描き、子である主人公をめぐる因果応報の理を強調する傾向があるとし、『新累解脱物語』以降の巷談ものにも類似した演劇享受のあり方があるとする。[17]稗史ものと称される馬琴の作品が、演劇をいかに享受し、登場人物の忠義や情愛の問題や善悪がいかに描かれていくのかについては、今後の課題としたい。

注

（1）『日本古典文学大辞典』第三巻（岩波書店、一九八九年）二九一～二九二頁。
（2）1書、五九六頁。
（3）高橋則子「南北累物狂言作劇考」（『文学』五五、一九八七年四月）一三四頁。
（4）早川雅水「鏡と変身の演出」（『芸文研究』二七、一九六九年三月）二四八頁。以下の論文も同じ。
（5）服部幸雄『変化論』（平凡社、一九七五年）。
（6）東晴美「累狂言の趣向の変遷――「伊達競阿国戯場」以前――」（『早稲田大学大学院文学研究科紀要　別冊二〇　文学芸術学編』一九九四年二月）一一四頁。以下の論文も同じ。
（7）『近松半二　江戸作者　浄瑠璃集』（新日本古典文学大系、岩波書店、一九九六年）内山美樹子解説、二七〇頁。本文引用も本書に拠る。
（8）本文引用は『曲亭馬琴作　新累解脱物語』（和泉書院、一九八五年）に拠る。
（9）高田衛「戯作者たちの〈女〉と〈蛇〉」（『女と蛇　表徴の江戸文学誌』筑摩書房、一九九九年、初出一九七八年二月）一八八頁。

(10) 高田衛「南北・馬琴の試行錯誤」（『江戸の悪霊祓い師《エクソシスト》』筑摩書房、一九九一年、第三部）二八六〜二八八頁。

(11) 内山7解説、四〇五頁。また同書の延広真治の解説「江戸浄瑠璃と「伊達競阿国戯場」」五八一頁にも同様の指摘がある。

(12) 中村幸彦「椿説弓張月の史的位置」（『中村幸彦著述集』第五巻、中央公論社、一九九三年、初出一九六八年三月）四二三頁。

(13) 1書、四五四頁。

(14) 大高洋司「『昔話稲妻表紙』と『新累解脱物語』」（『日本文学』五五―一、二〇〇六年一月）二八頁。

(15) 井上敏幸「『死霊解脱物語聞書』攷」（『読本研究』一〇上、一九九六年一一月）七八・八三頁。

(16) 大高14論文。

(17) 大屋多詠子「馬琴の演劇観と勧善懲悪――巷談物を中心に――」（『日本文学』五二―一二、二〇〇三年一二月）。

第四節　『三七全伝南柯夢』の楠譚

一、はじめに

『三七全伝南柯夢』（六巻六冊、曲亭馬琴作、文化五（一八〇八）年刊）は、浄瑠璃「艶容女舞衣」「女舞剣紅楓」の三勝・半七の心中話に取材した〈稗史もの〉読本である。[1]本作品の特徴として横山邦治は次の五点をあげている。①中国種の影響。②世話ものから時代ものへの変改。③勧善懲悪主義・因果応報観の徹底。④怪奇的要素の存在。⑤五七調主調の特徴的和漢混淆文。[2]このうち②に関連して浄瑠璃世界との関連から大高洋司[3]や石川秀巳[4]の論が備わる。本節では、④の怪奇的要素の面から、霊木信仰の是非論が本作品の主題にいかに関わるかということについて考察してみたい。

物語は、永正年中の頃、大和国の領主続井順昭が茶亭建造のために米谷山の老楠を伐ることに始まる。

続井順昭は家臣の蟻松典膳豊度の進言で米谷の老楠を伐らせようとする。家臣の厚倉二郎大夫友晴は木霊の祟りがあると諫めるが、順昭は反対を押し切って翌日伐採に出立する。ところが木の枝を伐った時、木から鮮血が流れたので樵たちは恐れる。（巻一「深山路の楠」冒頭部）[5]

当話の典拠としては、麻生磯次[6]により『三国志演義』の次の話が明らかにされている。

曹操は新殿建立のため躍竜潭の淵の祠のそばの梨の木を伐ろうとする。しかし人夫らが伐ることができずにいたので曹操自ら当地に赴く。そこに土地の老人が「この木は何百年も経ち神様が宿られているので、伐るのはお控えになるがよろしいかと存じます」と諌めるが、曹操は聞かず木を切りつけると、全身に血が注ぎかかる。その夜梨の木の神が現れ、曹操の簒奪の下心を責め、曹操を殺すと告げる。その後曹操は頭痛に悩まされ落命した。

（『三国志演義』第七十八回）

『三国志演義』で曹操は木の祟りのために病死する。一方『三七全伝南柯夢』では、続井順昭が伐採を断念した後、木を伐ろうとするもう一人の赤根半六が登場する。

怪異のため楠伐採は中断したが、その夜半六は楠の木霊と三輪杉の木霊が楠を伐り倒す方法を話すのを隠れ聞き、帰宅して妻の輪篠《たがしの》に昨夜の出来事を語り、立身出世の機会を得たとするが、輪篠は半六を諌める。しかし半六は翌日蟻松典膳に会い、楠伐採の役目を受け、木の霊の言葉どおりの方法で木を枯らし穴の中の蟻を殺す。半七が枯れた楠に斧を入れたところ誤って斧を取り落とし、下を通りかかった座頭の丹波都を殺してしまう。

（巻一「木精の怪異」「丹波都が伝」）

木を伐る動機が自身の栄耀のためであったこと、周囲の諌言を聞かず行動した点において『三国志演義』の曹操も『三七全伝南柯夢』の続井順昭も半六も同様である。曹操は木の霊の呪いを受け病死するが、『三七全伝南柯夢』の場合はどうであろうか。巻一「木精の怪異」の最後には語り手の次のような文言がある。

輪廻応報《りんゑおうほう》の理《ことわり》は、蟻《あり》といへども漏《もる》ることなし。されば半六、この樹《き》を伐《きつ》て、一旦身《いつたんみ》を立《たつ》るに似《に》たれど、終《つひ》に南《なん》柯《か》の夢《ゆめ》と覚《さめ》て、その児《こ》半七憂苦《ゆうく》に迫《せま》り、父《ちゝ》よ母《はゝ》よと鳴《な》く簑虫《みのむし》の、簑屋《みのや》が軒《のき》の木《こ》からしに、花《はな》も紅葉《もみぢ》も難波《なには》なる、身《み》のよしあしを謡《うたは》るゝ、これその縁起《ことのおこり》なり。（巻一「木精の怪異」22オ）

楠伐採の報いが以降の半六と息子の半七に災いするであろうことが示されている。以下、楠の祟りがどのように物語に関わっていくのかを考えてみたい。

二、「祟る神」としての霊木譚

近世説話には霊木を伐ったため祟りを受ける話がある。例えば『新説百物語』（五巻五冊、高古堂主人作、明和四（一七六七）年刊）には次のような話がある。

丹州の事なりしが、一村の郷士にて気も丈夫成者ありける。其村のやしろに、さして社人とてもなく、一村より扶持を遣はしけり。老婆壱人守りにつけてをきける。此郷士、我屋敷普請するとて、「其宮の前の大木をきりて普請につかはん」と申しけるを、彼老女とゞめていふやう、「此大木はいつの此よりといふことを知らぬ木なり。もしも祟《たゝ》りなと有なんや」と申けるを、何の答もなく切たをし、大普請ほとなく成就いたしける。「祟《たゝり》も人によるものなり」と荒言《くはうげん》杯いたしける。一両月も過ると、彼郷士うつら〳〵とわづらひ出し、をり〳〵はあらぬ事など口ばしりけるが、終に程なく相果ける。沐浴《もくよく》して棺《くはん》に入、僧を頼み番に付置けるか、夜の中に幾度といふ事もなく棺より這出《はい》、つけ木に火をとほし、そこらを見あるき、又は帚木《はゝき》をとりて座敷など払ひける事、夜の内六七度なり。とかくはやくはふむるへしとて、一門中申して明日葬礼をつとめ、其屋敷の門を出るといなや、いなひかりおひたゝしく、大かたなるにて、一向に目もあかれず、やう〳〵はふむりてかへりけると、其村の人かたり侍る。

（『新説百物語』五―三「神木を切りてふしぎの事」）(7)

本話は『三七全伝南柯夢』に同じく、ある村の郷士が屋敷普請のため老女の諫言も聞かず木を伐る話で、その後郷士の身に起きるさまざまな祟りの様が怪異譚として話の眼目となっている。また『新御伽婢子』（六巻六冊、未達作、天和三（一六八三）年刊）にも次のような話がある。

京都五辻の絹屋の背戸に、大きな古榎木があり、これに主がいるといって人々は怖れ敬っていた。絹屋の家主は木陰が暗いのを厭い、枝葉を切ったが、何の祟りもなかった。それで主人は榎木を軽んじ、日雇い人夫に木を伐らせようとするが、怖れて伐ろうとしないので、主人自らが木に斧を入れると、忽ち目が眩んで失神してしまった。その夜、どこからともなく若く身分の高そうな女人が訪れて、足にできた傷をみせ、主人を恨めしそうに見つめ、何か言いたげにさめざめと泣く。元来不敵の男なので、沸き返る茶を女の顔にかけて起き直るうちに、女は消え失せていた。それより男は狂乱し、自分の手足を斧で斬りつけ、茶釜の茶を浴び、悩乱して四時間ばかりして死んだ。後日、例の木を見ると、梢の一茂りが枯れ凋んでいた。人々は、木は神であり、神とは木なのであると恐れをなした。この木は今も葉を茂らせているということだ。

（『新御伽婢子』巻二―十「樹神の罰」）(8)

絹屋の主人が祟りを軽んじて大木を伐ったところ、木の霊という女人が現れた後、男が狂死したという話である。ここでも神木の祟りの怪異が描かれ、神木を傷つけたことの祟りであったとされている。

もう一話、次の『遠山奇談』（前後編八巻、華誘居士作、寛政十（一七九八）年・享和元（一八〇一）年刊）は、大火で焼けた寺院の大堂を再建するため七人の者が信州遠山に木材を求め歩く紀行文的物語である。

夜更け、山中険しい難所を行くと、真那板蔵という所に大檜を見付けた。平五郎は、これは燈灯木という檜であると言って、その由来を語った。

「過し比、此檜御用木《このひのきごようぼく》として、遠州川袋《ゑんしうかはぶくろ》伊左衛門なりしもの請負《うけおい》て、杣日雇《そまひよう》を多《おお》く抱《かゝ》へ、伐出《きりいだ》さんと先《さき》に山入《やまいり》して道《みち》を造《つく》り、これを伐《うた》んとせし宵《よひ》に、其路造《そのみちつく》りし道橋厘木《みちばしりんぎ》こと〳〵く一夜《いちや》の間《ま》にはねちらし、よるべきやうなかりしかば、伊左衛門いかり、「こはにくきしわざ、いづれか王土《わうど》なれば武官《ぶくわん》の命《めい》も又同《またおな》じ。御用《ごよう》にありしを此さまたげ、いかなることぞ」といかりて、「此日《このひ》たとひ夜《よ》に入《いる》とも、けふかぎりに伐出《きりいだ》すべし」とて、手《て》わけして道《みち》をもとのごとく造《つく》り、杣《そま》ども大斧《おおよき》をもつて伐《うち》こみしに、俄《にわか》にくらくなりて、前後《ぜんご》をうしなひしに、あらふしぎや、此大木《たいぼく》の茂《しげ》りし枝々《えだ〳〵》より、こと〴〵く燈灯《ちやうちん》をさげ、其数幾千《そのかずいくせん》といふことなく火《ひ》をともし、木《こ》の下闇《したやみ》に火勢《くわせい》つよく、誠《まこと》に都《みやこ》にて六月祇園会《ぎをんゑ》の宵《よひ》かざりを一つに合《あわ》せしさまにて、皆々《みな〳〵》おそれぬはなし。強気《きがさ》なる伊左衛門も、これには暫《しばらく》こまり、「是をもとむるに手《て》なし。又時節《じせつ》もあるべきものを」とて、武官《ぶくわん》へ此事を委《くわ》しく告《つげ》てやめにけり。其後《そのゝち》是を燈灯木《ちやうちんぼく》と名付《なづけ》しは、此木のことなり」といふ。人々此物語《ものがたり》を聞《きゝ》て、身《み》の毛《け》いよだち、「奇々妙々《きゝめう〳〵》なる檜《ひのき》也」とて恐《おそ》れ入てぞ行過ける。（『遠山奇談』前編巻二―十「ちやうちん木の物がたり」11ウ～12ウ）(9)

御用木として檜を伐ろうとすると道が遮断され、木の枝々に一斉に火がともるなどの怪異が起きたという。以上の話は、人が樹木の霊威を軽んじたために起きた怪異譚である。『三七全伝南柯夢』の楠譚はこうした説話の系統にあり、その上で『三国志演義』の木から鮮血が流れる話を取り入れている。

三、「霊木を伐る」ことの意味

先にあげた『新説百物語』によると、木を伐ろうとした時に老女が諫めたのは「もしも祟りなと有なんや」という恐れからであった。『三七全伝南柯夢』においても、楠を伐ろうとする続井順昭と半六に対し、家臣の厚倉友春と半六の妻輪篠からの諫言がある。順昭を諫める厚倉友春の言葉は次のようなものである。

千載《せんざい》を経《ふ》る樹《き》には、かならず木精《こだま》あり。これを伐《きる》もの祟《たゝり》をうけし事《こと》は、枚挙《かぞへあぐる》に遑《いとま》あらず。是併《これしかしながら》、樹《き》の人《ひと》に殃《わざはひ》するにはあらで、天《てん》その驕奢《おごり》を憎《にくみ》給ふかとおぼし。

（巻一「深山路の楠」９ウ）

友春は、世に沙汰する災いとは、実は祟りではなく、人の驕慢心への天戒であるという。輪篠は夫半六を次のように諫める。

①領主《れうしゆ》の威勢《いきほひ》をもて、伐《きる》ことのかなはざるを、おぼつかなき言《こと》をたのみて、為損《しそん》じ給はゞ、世《よ》の胡盧《ものわらひ》となるのみならず、罪得《つみえ》がましき所為《わざ》ならずや。②又為課《しおほせ》給ふとも、その祟《たゝり》あらんには、わが身はさら也、半七がゆくすゑも不便《ふびん》也。③又祟《たゝり》なきにもせよ、先祖《せんぞ》は楠《くすのき》どのに仕《つかへ》て、譜代相伝《ふだいさうでん》の家隷《いえのこ》なりしと、日来《ひごろ》いひ出《いで》給ひながら、心きたなく栄利《ゑのり》を計《はか》りて、さすがに古主《こしゆう》の名《な》にし負《お》ふ、楠《くすのき》を伐《きり》給はんは、名詮自性《みやうせんじせう》の理《ことわり》とやらん、末《すゑ》栄《さか》ふべくもおもはれず。智恵才学《ちゑさいがく》にも及《および》がたきは、世《よ》の人の貧福《ひんふく》也と思ひたえ、時《とき》を待《まち》給はんこそ、遥《はるか》に心《こゝろ》安《やす》からめ。まげて思ひとゞまり給へ。

（①〜③は筆者が付した。巻一「木精の怪異」17ウ）

輪篠は、①半六が世人の物笑いの種になることの不安、②祟りを夫婦や子の半七が蒙る恐れ、③古主楠氏への忠義心を失わず私欲をなくし、好機を待つべきことの三点を語る。水野稔は、この輪篠の諫言を夫半六への「立身出世主義への不信」であるとする。(10) また徳田武は、楠を伐ろうとする続井順昭に足利氏が楠氏を討伐する印象が重ねられているとする。輪篠は、楠氏の譜代恩顧の家臣赤根家の半六が、主家の敵である続井氏のもとで名を挙げようとすること、二君に仕えることの不義を説いているのである。半六の驕奢を戒めたものといってもよい。

西田耕三は、近世の雷撃震死の説話とは、天意・天罰を語るものであったという。(11) そうした〈天の裁き〉を説く近世説話の性格は『三七全伝南柯夢』にも当てはまる。霊木信仰とは天への信仰でもあり、分を弁え我欲を糺す、人のあるべき道を導く教えなのである。では次に、霊木を伐るということの意味について、楠の祟りの現れ方に留意しつつさらに考えてみたい。

『三七全伝南柯夢』において、楠の祟りは「病」として現れる。発病するのは、楠伐採を謀った続井順昭・蟻松典膳・赤松半六をめぐる周辺人物で、その一人に半六の妻輪篠がいる。

輪篠は、「輪篠《たがしの》が左右《さう》の腕《かひな》、俄頃《にわか》に腫《はれ》て苦痛《くつう》に堪《たへ》ず、病《やみ》てより七日が間湯《あはひゆ》も水《みづ》も咽喉《のんど》に下《くだ》らず。心地《こゝち》死《し》ぬべくおぼえしかば」（巻二「稚児の娟夫」6オ）と病となりやがて死去する。それが楠の祟りであったことは「病《やみ》つきたりしは去年《こぞ》の秋《あき》、御身《おんみ》が米谷《よねたに》の楠《くす》を伐《き》らんとて、蟇目《ひきめ》の法《ほう》を修《しゅ》しはじめ給ひたる日にて侍《はべ》り。これやこの身《み》に報《むく》ひけん、左右《さう》の腕《かひな》の疼《いた》めるは、一二の枝《えだ》を斫《きり》おとせし、祟《たゝり》をわが身一つに稟《うけ》て、夫児《つまこ》のうへに恙《つゝが》なくは、是《これ》にます僥倖《さいはひ》なし」（巻二「稚児の娟夫」6オ）と、輪篠自身の言葉で示される。霊木を伐ったこと、丹波都を過って殺した夫の罪の報いを身の上に受けた輪篠は、家族を災厄から防ぐため、丹波都への償いを果たそうと半七とおさんの結婚を急がせる。輪篠は、丹波都への義理を果たすことで一家にふりかかる災厄を鎮めることができると考えたのである。

先述のように厚倉友春は「樹の人に殃するにあらで、天その驕奢を憎給ふかとおぼし」と、主君順昭を諫めたが、この場合、病を木がもたらす災い・祟りであると捉えている。この輪篠の古樹への崇敬・畏怖の念は、やがて息子半七を動かす力となる。夫が殺した丹波都に報いようと、遺児おさんと半七を夫婦にしようとした母の遺志を叶えようと、半七は園花との結婚を拒む。その後、父半六の計いで、半七・園花は夫婦となるが、半七のおさんへの信義の強さは、やがて父半六や園花の母敷波を追い詰めることになる。

その後輪篠に続き、続井順昭の嫡男吉稚丸と半七が発病する。そしてこの二人の病を契機に、悪臣の布施蝶九郎と今市全八郎の陰謀が起きる。吉稚丸については、病の治癒という名目での遊興が、布施・今市の悪意によりやがて淫楽放蕩の行状となり、父順昭の怒りを買う。そうした布施らの悪事を病のために看過してしまった半七は、主君吉稚丸の罪を我が身に負うことになる（巻三「華洛の僑居」「夜轎の驟雨」）。こうして吉稚丸と半七の病をきっかけに続井家と赤根家主従の家に危機が訪れる。蟄居の身となった半六は、「このときに、米谷《よねたに》の楠《くすのき》を伐《きり》たる事《こと》を後悔《こうくわい》し、輪篠《たがしの》が諫《いさめ》さへ思ひ出《いで》られて朽《くち》をしけれど、今はそのかひなかりけり」（巻四「百度の願事」11ウ）と後悔する。この半六の憔悴ぶりを、長町の三勝を訪れた敷波が、「痛《いたま》しや半六どのは、老《おい》のくり言世《ごとよ》をはかなみ、舞々《まひ〳〵》の老狐《ふるぎつね》に妖《みいれ》られたる愚者《しれもの》よ。わが子憎《こにく》し、と罵《のゝし》るは人前《ひとめ》ばかり。この七年《なゝとせ》が程閉籠《ほどとぢこめ》られて、いとゞしく老髐《おいさらばひ》、慾《よく》に惑《まど》ひし自《み》の悞《あやまち》を、泣《なき》くらし給ふとぞ」（巻六「長町の五味」17オ）と語る。敷波によれば、半六は「慾に惑ひし自の悞を」ひたすら後悔しているという。その後、半七と恩人笠松平三を救うために、半六は次のような遺書を残し自害する。「昔《むかし》栄利《ゑのり》を謀《はか》りて、木精《こだま》の祟《たゝり》を屑《もの》とせず、遂《つひ》に米谷《よねたに》なる、老楠樹《ふるくすのき》を伐《き》りしかば、忽地《たちまち》悞《あやまつ》て丹波都《たばいち》を殺《ころ》し、更《さら》に約《やく》にそむきて、三勝《さんかつ》を失《うしな》ひ、蟻松氏《ありまつうぢ》と婚縁《こんゑん》を締《むすば》したる事は、みづから作《なせ》る孽《わざはひ》なりとは暁《さとり》なから（略）」（巻六「千日寺の柾」27ウ28オ）。

こうして半六は自害して罪を贖い、息子半七を救うことで忠義に帰していく。そして妻の敷波を失った典膳もまた、

「すべてこの件《くだり》の禍《わざわひ》を醸《かも》せし事、半六一個《いつこ》の悞《あやまち》のみならず。われも又当初《そのかみ》、君《きみ》に申しすゝめて、楠《くすのき》を伐《き》らしたる祟《たゝり》を惹《ひけ》るにや。愛《あい》に溺《おぼ》れて、よろづ私《わたくし》したる罪《つみ》あり」（巻六「千日寺の柾」29ウ）と自らの罪を悟る。さらに続井順昭も、「「抑《そも〱》この件《くだり》の縁故《ことのもと》を考《かへがふ》るに、われ過《あやまち》て驕奢《きやうしや》に耽《ふけ》り、怪有《けう》の良材《りやうざい》を索《もとめ》て、米谷《よねたに》の楠《くすのき》を伐《き》らし、無益《むやく》の茶亭《さてい》を造《つく》りて、楽《たのしみ》を民《たみ》とゝもにせず。こゝをもて嫡男吉稚《ちやくなんよしわか》、質弱多病《しつじやくたびやう》なりき。且彼《かつかれ》が養生《ようじやう》の為《ため》に、洛《みやこ》に遊《あそ》ぶに至《いたり》て、忽地家《たちまちいへ》の艱出来《なやみいでき》なんとしつる事、みな木精《こだま》の祟《たゝり》なりけん。設《もし》半七、二郎太夫《じらうだいふ》なかりせば、父子安《ふしあん》然《ぜん》として、今日《こんにち》の歓会《くわんくわい》をいたすこと、ありがたかるべし」と頻《しきり》に慚愧《ざんき》し、俄《にはか》に彼茶亭《かのさてい》を毀《こぼち》て、長《なが》く節倹《せつけん》を事とせしかば（略）」（巻六「千日寺の柾」32オウ）とある。このように物語の最後で、楠を伐った三人の我欲・驕慢への後悔がそれぞれに語られ、半六は死を、典膳は出家を、順昭は節倹という身の処し方で贖罪するのである。

ここで留意したいのは、三人の罪の報い方として、楠の神霊への畏怖や尊敬の念を示すのではなく、自らの身を正すというかたちを取ったことである。大高洋司は、本作品の物語構成を「半六の死によって頭から物語の流れを背後で支えてきた楠の祟りも同時に消滅する」と指摘するが、楠の祟りは人の心のあり方というかたちで、半六らに最後まで関わっていく。つまり輪篠の楠への信仰は、半七・おさんへは忠義・忠孝心として受け継がれ、その結果、楠の霊妙を信じなかった順昭・典膳・半六は、我欲・驕慢の罪を負った者となるのである。

石川秀巳は『三七全伝南柯夢』の物語構成法を「世話浄瑠璃の話型を物語に取り入れながらもその内実を稗史的主題によって組み換えようとする操作がみられる」と指摘する。演劇的話型を読本化するにあたり、『三七全伝南柯夢』では、氏のいう稗史的主題とともに、霊木信仰という思想的問題を取り入れたといえる。また同時に、本作では本来霊木の怪異と霊威を語るものであった「霊木の祟り」の怪異譚を、忠義・忠孝の物語へと展開させるという、怪異説話から読本へという改変も行っているのである。このように『三七全伝南柯夢』における楠譚は、人の心を善へ導く象徴的存在として位置づけられるのである。

四、「淫祠」としての霊木譚

巻一「深山路の楠」で、楠を伐ることを家臣厚倉友春に諌められた続井順昭は、次のように厚倉の言葉を退ける。

> 汝等《なんぢら》、草鞋大王《さうあいだいわう》の故事《ふるごと》を聞《きか》ずや。腐《くち》たる草鞋《わらじ》も崇祀《あがめまつれ》ば霊験《れいけん》あり。愚民《ぐみん》これを悟《さと》らず、この樹《き》の歳経《としへ》たるを奇《き》として、遂《つひ》に神《かみ》とし崇《あがむ》ればこそ、鬼魅罔両《きみもうりやう》の栖《すみか》とはなるなれ。
>
> （巻一「深山路の楠」12ウ〜13オ）

順昭はここで「草鞋大王の故事」の例を引いて楠の祟りを否定する。順昭が引用したこの故事は、次の『鬼神新論』（一冊、平田篤胤作、文化三（一八〇六）年刊）[12]にもある。

> 俗の諺に、鰯の頭も信心から、と云ふ事の有る、これ実にさる事にて、赤県にて、鮑魚を祭りたる祠《ほこら》に祈りて、感応《しるし》ありし事、また途の傍なる立樹に打かけたる草鞋の、幾千々《いくちゞ》となく積りたるを、草鞋大王と号《なづ》けて、祭りたるに、効験《しるし》ありしと云ふの類、和漢に多くあり。扨また云々の神とさし奉らで、只に草鞋鮑魚を的《めあて》に祈りて、効験ありしなどを以て、神霊のより来て、感格あると云ふを、疑ふ人もあらむか。此は鮑魚草鞋などの如きは、人の惑ひ信ずるに付て、遊鬼《うかれがみ》ところ得て寄り来り、その効験を著《あら》はしたるなるべし。
>
> （原文ルビ片仮名）

人が神と崇めればそれに遊鬼などが憑いて、あたかも神の所為のような霊験をなすのだという。順昭は、老楠に宿るとされる神も草鞋大王などの邪神と同属と言う。

こうした邪神信仰への批判は、例えば佚斎樗山の談義本『河伯井蛙文談』（二巻二冊、享保十三（一七二八）年刊）にも次のようにある。

彼の毒蛇《どくじや》悪獣怪鳥《けちやう》魍魎《まうりやう》の類を以《もつて》神とし、祭るものは、かれみづから神となるにはあらず。人情其《その》邪気の猛威を恐《おそ》れて神と号し、其《その》好む所の物を以《もつて》、是《これ》を祭る故に、邪気の霊、其《その》人情の暗く信ずる所に乗じて怪をなすのみ。邪正ともに、気のあつまる所、霊あらずといふことなし。是《これ》も亦、神にあらずとはいふべからず。只邪神といふのみ。

（『河伯井蛙文談』巻下「水神人を以て牲とするの論」）(13)

これは、人が邪神を恐れて祭るゆえに、それに乗じて怪をなすのだとする説である。『和漢故事文選』（八巻、蔀遊燕編、正徳五（一七一五）年刊）巻七「胡穎淫祠を毀事」や、『神道野中の清水』（四巻、伴部安崇作、享保十八（一七三三）年刊）巻四「神に正神邪神ある説」など、当代の説話や神道の書にも広く説かれていた。また読本『席上奇観　垣根草』（五巻五冊、草官散人作、明和七（一七七〇）年刊）巻一「塩飽正連荒田の祠を壊事」にも、神域を犯し祟りをなす邪神の祠を壊す話がある。これらの説は『三七全伝南柯夢』の続井順昭側の説と同じく、自然霊を邪神として否定するもので、本書の主題となる霊木信仰説とは対峙する考え方である。

五、霊木信仰の背景

『三七全伝南柯夢』の楠譚は、山川草木に宿る霊を信仰することにより人の道を求めようとする。ではそれはどのような思想に基づいているのだろうか。次にあげるのは近世中期の談義本作者・増穂残口の神道説である。

凡《およそ》本朝には一寺を建立《こんりう》するにも、一山をひらくにも、寺主神《しゆじん》、山守りの宮を営《いとなみ》て、土地《とち》の鎮《しづめ》をすること、是《これ》神国《しんこく》なるがゆへなり。故に林《はやし》、藪《やぶ》、山《やま》、谷《たに》、峯《みね》、岨《そば》、巷《みちばた》、陌《ちまた》、池《いけ》、沼《ぬま》、海原《うなばら》、離嶋《はなれじま》まで、其由《そのゆ》、其縁《えん》有りて、八百万神の中、陰陽不測《ゐんようふしき》の神、変作して、木火土金水の形取所《かたどるところ》の理《すじめ》在《いま》し、尺の地、寸の土も、神の知《し》り主《つかさど》りたまはざるはなし。狄仁傑《てきじんけつ》が数千《すせ》の社《やしろ》を毀《こぼ》ち、西門豹《さいもんひやう》が巫覡《かんなぎ》を水に沈《しづ》めしたぐひの、淫祠《けがれやしろ》、夭巫《はとのかい》の祭《まつり》の例《ためし》にはあらず。正直《しやうじき》をもつてうやまひ、誠《まこと》を以《もつ》て拝《ぬかづく》ときは、邪神《じやしん》はおそれ退《しりぞ》き、正神光《しやうしんひかり》を増《ま》し給はん事、何うたがひあらん。其里人神を軽《かろ》しめ、おもはぬ災《わざわひ》に逢《あい》、領主神田《りやうしゆしんでん》を奪《うば》ひて、子孫《しそん》の断滅《だんめつ》せし事、万《まん》を以《もつ》て筭《かぞふ》べし。

（『直路乃常世草』二）(14)

日本国においては、山川草木自然界のあらゆる物に神が宿る。よって山を開くにも、土地の神を祭り鎮めなければならないという。

神の長物となり、狐《きつね》にうつり給ふ事、狐は八百歳にして天地を知り、長物は竜《りゆう》と化《け》して上天《じやうてん》す。霊妙《れいみやう》有りて、長寿《ちやうじゆ》なるもの、又凡俗《ぼんぞく》の忌恐《いみおそ》るゝ物なるがゆへに、敬《うやま》ひ遠《とを》ざくる礼、おのづと備《そな》はる。是神の乗《の》りうつり給ふに、便《たよ》りあるがゆへ歟《か》。蛇《じや》ながら、狐ながら、神の乗りたまふと、うやまふときは、邪《じや》をあらため、正に帰《き》して、霊威《れいゐ》神にひとしからん。

（『直路乃常世草』三）

狐や蛇などの霊妙で長寿なる物には、人が正直の心で敬うならば、それらは正しき霊威の神と等しいものとなるという。

日本の神道や仏教が、あらゆる事物や現象に霊の宿りと働きを見ようとするアニミズム的な感覚のもとに成り立っていることは、鎌田東二の論に詳しい。(15)残口もまた、そうした日本人特有の宗教観に基づきながら、神々への無心の信仰を説いている。この残口の神道観と、『三七全伝南柯夢』に示される楠への信仰のあり方とは、霊物を、正直・無心をもって信仰することの大事を説いている点で通じ合っている。

『三七全伝南柯夢』ではさらに、それら自然界の霊妙なるものへの無心の信仰が、人の忠義心を培う導となると位置づけ、物語世界の基本的な思想としている。ここでは、増穂残口を一例とする、民間信仰に根差した近世中期の神道説が、馬琴の読本世界の思想的基盤を担っていることを指摘しておきたい。

注

（1）『日本古典文学大辞典』第三巻（岩波書店、一九八九年）水野稔解説、一一二頁。以下も同じ。
（2）横山邦治『読本の研究――江戸と上方と――』（風間書房、一九七四年）第二章第三節、四四九〜四五三頁。
（3）大高洋司「文化五、六年の馬琴読本」（『読本研究』五上、一九九一年九月）。以下の論文も同じ。
（4）石川秀巳「〈巷談物〉の構造――馬琴読本と世話浄瑠璃――」（『日本文芸の潮流』おうふう、一九九四年一月）。以下の論文も同じ。
（5）本文引用および概要は、『馬琴中編読本集成』第七巻（汲古書院、一九九七年）に拠る。
（6）麻生磯次『江戸文学と中国文学』（三省堂、一九五五年）第三章第二節、一八〇頁。なお『三国志演義』の概要は、中国古典文学大系『三国志演義』下（平凡社、一九六八年）に拠る。
（7）本文引用は、『続百物語怪談集成』（叢書江戸文庫、国書刊行会、一九九三年）に拠る。
（8）『江戸怪談集』下（岩波書店、一九八九年）に拠る。
（9）本文引用は、弘前市立弘前図書館本〈W九一三・五六／六一〉国文研マイクロフィルムに拠る。

（10）徳田武「『三七全伝南柯夢』と『二度梅全伝』『琵琶記』」（『日本近世小説と中国小説』青裳堂書店、一九九二年、初出一九七九年九月）第三部第五章、五二一頁。
（11）西田耕三「雷撃震死の説話」（『人は万物の霊』森話社、二〇〇七年、初出一九九九年三月）一一二頁。
（12）本文引用は、『新修　平田篤胤全集』第九巻（名著出版、一九七六年）五六頁に拠る。
（13）本文引用は、『叢書江戸文庫　佚斎樗山集』（国書刊行会、一九八八年）一五三頁に拠る。
（14）本文引用は、『神道大系　論説編二十二　増穂残口』（神道大系編纂会、一九八〇年）二二一～二二二頁に拠る。
（15）鎌田東二「神と仏のトポグラフィー」（『日本の神１　神の始源』平凡社、一九九五年）第六章。

第五節　『松浦佐用媛石魂録』における忠義と情愛

一、はじめに

曲亭馬琴の読本『松浦佐用媛石魂録』（前編三巻、文化五（一八〇八）年刊、後編七巻、文政十一（一八二八）年刊）は、所謂「伝説もの」[1]に属する作品である。内容的特徴について、麻生磯次は「伝説を七百年後の鎌倉時代に活かさうとし、前身と後身との関係で物語を発展させ」た、輪廻思想の現れた作品であるとし、[2]また水野稔も「輪廻応報の因果観による構想が際立っている」と述べている。[3]また高木元は、物語を貫く構想として、仇討という枠組みや佐用媛と竜神との関連性を指摘する。[4]それらの指摘にあるように、本作品には、松浦佐用媛伝承に基づきつつ、輪廻転生や竜神といった神秘的世界が描かれる。本節では、そうした異世界が設定される意味を考えることにより、登場人物の忠義と情愛という問題がどのように示されているのかについて考察する。

二、佐用媛伝承と秋布・玉嶋

物語の冒頭「領巾《ひれ》麾山《ふるやま》　考《のかうがへ》」では、『万葉集』をはじめとする和漢の諸書にいう大伴狭提彦・松浦佐用媛伝承や望夫石伝承、そして『日本書紀』欽明天皇の条にある調吉士伊企儺とその死を嘆く妻大葉子の話があげられ、それらの女人たちはともに「和漢《わかん》の貞婦《ていふ》」（「領巾麾山考」2オ）[5]であり「節婦《せつふ》の亀鑑《きかん》」（同、4オ）であると評されている。

松浦佐用媛伝承については、近世初期より『堪忍記』（八巻、浅井了意作、明暦元（一六五五）年刊）や『本朝女鑑』（十二巻、浅井了意作、寛文元（一六六一）年刊）、『本朝列女伝』（十巻、黒沢弘忠作、寛文八（一六六八）年刊）などの書に引用され、佐用媛の夫への「別《わか》れをしたふ心ざし」（『本朝女鑑』巻五、13ウ）(6)の深さが記されてきた。

そうした前代の佐用媛伝承をふまえ、『松浦佐用媛石魂録』においては、夫と離別する二人の妻の姿が繰り返し描かれている。その一人目は松浦の賤女玉嶋である。前編上第一回、玉嶋が、夫瀬川健三と我が子松太郎（吉次）を見送り、松浦の浜辺で別離を嘆く。次に前編中第六回では、瀬川吉次の妻秋布《あきしく》が、結婚七日目にして九州の戦地に向かう夫を、望夫石伝承の残る鎌倉の石切山の頂で見送る。夫を失おうとする玉嶋や秋布の悲哀は、先に「領巾麾山考」で示された佐用媛の姿と相俟って強調され、夫への愛情を貫こうとする二人の貞婦の心情の行方が、物語における主題の一つとして示されている。

中でも秋布は、佐用媛の生まれ変わりとして登場する。『松浦記集成』（九巻、河東義剛作、文化四（一八〇七）年成立）(7)や『松浦古事記』（寛政元（一七八九）年成立か）等の地誌類によれば、秋布が誕生した九月九日とは、佐用媛を祭る鏡宮の祭礼の日とされており、秋布が佐用媛の再来であることを示している。秋布誕生の時、佐用媛は博多弥四郎素延の妻に次のように託胎する。

ある夜《よ》弥四郎が妻仮寝《つまうたゝね》の夢《ゆめ》に、五衣《いつゝぎぬ》に緋袴《ひのはかま》したる美女《びぢよ》、手《て》に一面《いちめん》の鏡《かゞみ》を拿《とつ》て、枕方《まくらべ》ちかく立在《たゝずみ》、「わらはは肥《ひ》前国《ぜんのくに》松浦県《まつらがた》に住《すむ》ものぞ。しばしそなたの胎内《たいない》を借《か》りて、前生《ぜんせう》の因果《いんぐわ》を滅《めつ》せんと思ふなり」といふ。

（前編上第二回、22ウ）(8)

この佐用媛の話のように、女人が夢中に現れて託生する話としては、例えば勧化本『小野小町行状伝』（七巻、大江文坂作、明和四（一七六七）年刊）があげられる。

或《ある》夜《よ》良実《よしざね》が室《しつ》、夢《ゆめ》に一美人《びじん》の髣髴《ほうほつ》として、臥内《くはない》に入来《きた》るを見《み》て問て曰く、「美婦《びふ》は何処《いづこ》の人ぞ」と云ければ、かの美婦《びふ》答《こたへ》て、「妾《せう》は坂上田村麿《さかのへたむらまろ》が娘《むすめ》、玉造《たまつくり》の小町《こまち》なり。妾《せう》こゝに来《きた》るは、この小野家《をのゝいゑ》に生《しやう》を託《たく》さんと欲《をも》ふてなり」と、室《しつ》の前《まへ》に進《すゝ》み近《ちか》づく。（略）後果《のちはた》して懐妊《くはいにん》す。（巻之五「小野小町托生野氏」10ウ、原文片仮名文）(9)

『小野小町行状伝』において、玉造小町が小野良実の妻に託生したのは、「前世《ぜんせ》邪婬《じやいん》憍慢《けうまん》の報《むくひ》を贖《つぐの》はしむ」（巻四、14ウ、地獄の冥官の言葉）ためであった。一方『松浦佐用媛石魂録』の佐用媛の場合、離別した夫への絶ち難い情念が業因となり秋布へと輪廻転生するのだが、いずれにしても佐用媛再生譚は、仏教説話のモチーフを援用したものといえる。

では生を変えてもなお消えることのない佐用媛の夫への情念は、秋布をはじめとする者たちへどのように働きかけているのであろうか。以下、そのことについて考えてみたい。

三、秋布の驕慢

佐用媛の再来としての秋布には、まず望夫石伝説以来の、夫への一途な情愛を持つ貞女像が示されている。しかし才色兼備として成長する秋布には、それとは異なる印象が加えられていく。馬琴は秋布の人物造型を佐用媛伝承に拠りつつも、そこに驕慢という性格を新たに秋布に付したと思われる。

前編中第八回、秋布は夫を思う余り戦地へ秘かに書簡を送った。しかし高木元の指摘にもあるように、こうした行為は公にあっては慎むべき行為であった(10)。また、秋布は鼠川嘉二郎武行の邪恋を厭い、その姿を表現した和歌を贈り嘉二郎に恥をかかせる（前編上第三回）。父弥四郎がこれを「よしなきわざくれ」（前編中第四回、1ウ）と窘めたように、このことが発端となり秋布は嘉二郎の恨みを買い、その災厄がやがて父と夫の吉次にも及ぶことになる。後に秋布が「家艱《いへのなやみ》は生才学《なまさいがく》に、博士態《はかせぶり》たるわらはが科《とが》ぞ」（後編二第十三回、7ウ）と後悔するように、秋布の嘉二郎への振舞いは、自らを誇った行為であったといえる。

その後秋布は、その才学を時の執権北条時宗と時宗の母南殿に称えられ、時の権力の象徴的な存在として迎えられる。噂を聞いた人々から詩歌を求められ、秋布は「推辞《いなむ》に拠《よりどころ》なくて、十《と》たびに一度《ひとたび》は脱《のが》れ得《え》ず、筆《ふで》とる事も多《おほ》かりけり」（前編上第三回、31オ）と、その才知を世間に現していく。女人の才学についての当代の社会的な認識としては、例えば教訓書『女訓みさご草』（『大和女訓』後編、二巻、井沢長秀作、享保十四（一七二九）年刊）に次のようにある。

女はいか程《ほど》の芸《げい》ありとも、みづからほこりて、人にしめす事なかれ。長者言曰《ちやうじやげんにいはく》、「男子《なんし》有《あり》レ徳《とく》便《すなはち》是才《これさへ》。女子《ぢよし》無《なき》レ才《さへ》便《すなはち》是徳《これとく》」とあり。是《これ》は才《さへ》なきをよしとするにはあらず。才《さへ》あれども、かくしてあらはさゞるをいへるなり。（下巻、4ウ）(11)

こうした道徳観に基づくなら、秋布は驕慢の女性として位置づけられることになる。

その秋布に横恋慕したのが鼠川嘉二郎であった。嘉二郎は「一目《いちもく》蹇《あしなへ》の醜郎《ぶをとこ》」（前編上第三回、31オ）という身体であった。嘉二郎の人物像が『平山冷燕』の晏文物に基づいていることは麻生磯次の指摘にある(12)。それに加えて、嘉二郎のこの姿は、「一つ目小僧」をも想起させる。柳田国男によれば、この片足一つ目の妖怪には、もともと神に眷属する特別な者としての意味があったという(13)。秋布が嘉二郎に贈った和歌に、一つ目の神である多度太神宮の天目《あまのめ》一箇命《ひとつのみこ》（一目連）と、足の立たない神とされる西宮大神宮の愛瀰詩《えびす》神を、嘉二郎に喩えていた。天目一箇命は、『和訓栞』後編（十八巻、谷川士清作）によれば、

いちもくれん　勢州桑名郡多度山に社祠あり。（略）一目れんは、一目竜の訛言はもとよりにて、一目竜も目一ツノ命の俗謬といふ説、おだやかなるやうなり。(14)

とあるほか、馬琴も『羇旅漫録』（享和二（一八〇二）年成立）にこの神のことを記している。(15) また愛瀰詩神については『本朝神社考』（六巻、林道春作）に次のように記す。

俗に蛭児を称して、西の宮の夷三郎と為す。又澳夷《をきのゑびす》と号す。日本紀、伊弉諾、伊弉冊、為夫婦《みとのまぐはいしたまいて》、蛭児《ひるこ》を生み玉ふ。便ち葦の船に載《の》せて之を流《はなちやり》玉ふ。又曰、蛭児已に三歳《とせ》に雖《なるまで》、脚猶立たず。故に之を天の磐橡《いはく》樟《す》船に載せて、順風《かぜのまに〱》放《はな》ち棄《す》つ。（中之三「西宮」14ウ）(16)

嘉二郎の人物像の背景にそうした神的な印象を見るとすれば、秋布は嘉二郎からの、祟りにも似た恨みを受けたと考えられる。

さらに嘉二郎の邪念は秋布から北条時宗へと向かっていく。嘉二郎が願い出たという秋布と長城野兵太敦宗の和漢文才比べは、嘉二郎の時宗という公への挑戦でもあった。しかしそこで長城野兵太が秋布に敗北し、嘉二郎は政界から追放される。そのことが嘉二郎の怨念を増幅させることになる。鼠川嘉二郎・長城野は伊豆の山中に隠れ住み、「瀬川博多《せがははかた》の両家《りやうけ》に寇《あだ》して、この怨《うらみ》を復《かへ》さん」（前編中第七回、21ウ）と、秋布の周辺人物へと災厄を及ぼすようにな

る。

　後編一第十二回、時宗は、嘉二郎らの偽筆によって書き換えられた博多弥四郎からの願書に、弥四郎が敵の平経高を討たずとも吉次を帰参させて欲しいとあったことで、弥四郎を不忠者として捕え、殺害する。ここで時宗の慈悲心は豹変する。馬琴はこれを「嗚呼《ああ》君《きみ》の寵《ちやう》もたのむべからず。時宗賢良《ときむねけんりやう》ならぬにあらねど、只《たゞ》狐疑《こぎ》の一ト僻《くせ》あり」（後編一第十二回、28ウ）と評している。夫の帰参を願う秋布の密書に対しては、女人の私情としてこれを許容した時宗であるが、秋布の父である弥四郎が吉次の無事を事の第一に願うことは、時宗にとっては逆心であった。こうして秋布の驕慢は、嘉二郎らの怨念を引き起こし、やがて父や夫の立場をも揺るがす元凶として描かれる。

四、竜女としての秋布

父と夫を失った秋布は、鶴岡八幡宮の籠堂でこれまでの慢心を悔い去り、「親《おや》の枉冤《むじつのつみ》を、解諦《ときあか》させ給へかし」（後編二第十三回、7ウ）と願い、八幡宮神の神意を動かす。託宣あって時宗は疑念を晴らし、弥四郎は救済される。この場面より、秋布は驕慢な女から貞女へと変容する。そして秋布は、父や夫へ一途な情愛を表し、公を越えるところの神力を得る。罪障としての驕慢を捨て父の命乞いに一身を捧げる秋布のこうした姿には、説経「まつら長者」のさよ姫との関わりを指摘できるであろう。

　説経「まつら長者」は、父親の菩提を弔うため我が身を売ろうとしたさよ姫の物語である。さよ姫が身を犠牲にして遂げようとした父への孝行心について、田畑真美は、凡夫であったさよ姫が父親への徹底した「孝」によって我執を超克し、捨て身の自己犠牲によって神に変じたと指摘している。[17]『松浦佐用媛石魂録』の秋布が父弥四郎の無罪を晴らそうとする姿は、さよ姫の捨て身の孝心に通じている。また佐用姫の一念が鶴岡八幡宮の神意を動かしたことも、父への孝を貫くことで神力を得たという説経「まつら長者」のさよ姫を彷彿とさせる。

説経「まつら長者」のさよ姫が苦難の旅を続けたのと同じように、秋布は父親と夫の仇討ちを志し肥前国へ放浪の旅に出る。さよ姫が到着したのは陸奥安達郡の大蛇の池で、秋布が辿り着いたのは、竜神の化身、姥口歌二郎の支配する乾坤丸の世界であった。ではこうした異界がなぜ設定されたのだろうか。

後編二第十四回、北条時宗の母南殿は、秋布が「先非《せんひ》を悔《くふ》よしありて、一生涯歌《いつせうがいうた》をば詠《よむ》まじ、問《とは》る丶事《こと》を博士態《はかせぶり》て、論《ろう》ずまじけれ、と誓《ちか》ひ侍《はべ》りき」（後編二第十四回、14オ）と悔いるのを、それこそ変成男子の心構えであると称え、『法華経』「提婆達多品」の八歳竜女の成仏の話がその秋布の心境に合致するのだと語る。

『法華経』「提婆達多品」(18)にある竜女成仏とは以下のような話である。婆竭羅竜王の八歳になる娘の竜女は、優れた理智を備え、悟りを達成しようと努めていたが、舎利仏は竜女に、女人の身に備わる五つの障りを示して成仏できないことを説く。そこで竜女が一つの宝珠を世尊に献上すると、竜女の身体は男性となり悟りをひらいて仏となる。南殿はこの『法華経』「提婆達多品」の竜女成仏・変成男子の教理を「理趣釈経」や「新婆沙論」「涅槃経」等の諸説をも引きながら語るのであるが、ここは仏教を平易に説いた書『万年草』（行願述、住心院記、宝暦十一（一七六一）年序）に拠ることが徳田武により明らかにされている(19)。

南殿によれば、竜女が釈尊に宝珠を献上した時、竜女の角が折れたという。これを「女人《によにん》の角《つの》」である「煩悩妄相《ぼんなうもうざう》、嫉妬執念《しつとしうねん》、愛惜《あいじやく》の心《こゝろ》」の「五欲《ごよく》」（後編二第十四回、15ウ）に喩え、女人はこれを去ることによって変成男子となり成仏疑いなき身となると説く。こうして南殿は、秋布が驕慢の心を去り「親《おや》と良人《おつと》の仇敵《あだかたき》を、狙撃《ねらひうた》んと文辞《ぶんじ》を捐《すて》て、今《いま》より武事《ぶじ》に名《な》を揚《あぐ》べき」（第十四回、15ウ）志を持ったと語る。

しかし、秋布の五欲煩悩は滅したのではない。高木元が秋布を「追う女」と指摘したように、驕慢を去った慎みの内に、なお竜女として夫を慕う秋布の一念は秘められる。父と夫の名誉回復と、瀬川家再興のためと志した仇討ちの旅であるが、肥州を目指す秋布の内心に、死んだとされる夫との再会を求める心がなおもあったことは、後集巻四第十八回、向の磯で福来病を病む物乞いの浦二郎を、夫ではないか、またその亡魂が現れたのではと錯覚し、物乞いが残した円座を掻き撫でて嘆く姿がそれを示している。そうした秋布の秘められた情念が形象化されたのが、秋布が辿り着いた竜宮の世界だったといえる。

説経「をぐり」では、餓鬼阿弥姿となって土車に居る小栗を見た照手が「夫《つま》の小栗殿様の、あのやうな姿をなされてなりともよ、浮き世にござあるものならば、かほど自らが辛苦《しんく》を申すとも、辛苦とは思ふまいものを」(20)と語る。肥留川嘉子はこの場面について、餓鬼阿弥の中に過たず小栗を感じ取った照手の恋の感情を指摘しているが(21)、病に冒された物乞いを見た時の秋布の動揺も、そうした照手の心境に通じている。苦難の旅の中に驕慢を去り、慎みの内に夫を一途に慕うことにより、秋布は貞婦へと変化していく。秋布の場合において竜女成仏とは、成仏することではなく、貞女へと変身することである。こうして物語の冒頭に示された松浦佐用媛伝承は秋布の姿に投影される。

五、玉嶋の肉親愛

次に、佐用媛・秋布と同じく、夫との離別の運命にあった玉嶋とその周辺人物の描かれ方について考える。なお、秋布の情愛とは父弥四郎と夫吉次に対するものであったが、玉嶋の場合、夫瀬川健三の忘れ形見である二人の息子・吉次と浦二郎への母性愛が問題となる。

前編下第十回、吉次が実母玉嶋の家で、叔父の牛淵九郎清縄と争う話がある。清縄は北条家へ敵対した三浦泰村の余類として艱難憂苦の中に成長し、三浦の忠臣と呼ばれた父の子として鎌倉への謀反を企てるのだが、清縄のその志は、竜神洞の竜神によって次のように制せられる。

もし志《こゝろざし》を転《ひるがへ》して、名利《みやうり》を棄《すて》、泥中《でいちう》に尾《を》を曳《ひか》んには、齢《よはひ》百歳《ひやくさい》の上寿《じやうじゆ》をたもち、人の為《ため》に尊敬《そんきやう》せらるべし。又宿志《またしくし》を転《ひるがへ》し得《え》ずして、頻《しきり》に暴慢《ばうまん》を放《ほしいまゝ》にし、名利《みやうり》両《ふたつ》ながら懸念《けねん》せば、その事成《なら》ざるのみならで、年《とし》四十を越《こえ》がたからん。（前編下第九回、4オ）

竜神は、清縄の志す仇討ちを「暴慢」「名利」の心、私利私欲にすぎないとし、家臣は主君と運命を共にすべきと清縄の改心を説いている。しかし清縄は竜神の教戒を心に置きつつも謀反人の平経高に加担し、時宗軍に破れる。その後、清縄が「とても死《し》すべき清縄《きよつな》が首《かうべ》を、彼吉次《かのよしつぐ》にとらせんものを」（前編下第十回、20ウ）と考えたのは、甥と知った敵吉次への、叔父としての愛情と、また忠義のあり方を取り違えた身の過ちを糺そうとする、義士としての心構えからであったと考えられる。

一方、清縄を追う吉次は偶然にも玉嶋と弟浦二郎の住家に辿り着き、実母との再会を喜ぶ。しかし母と弟が清縄を匿っていることを知った吉次は、「親子兄弟《しんしけいてい》の義《ぎ》は私《わたくし》なり。縡《こと》によりては弟《おとゝ》にも、縄《なは》をかけざれば、吉次《よしつぐ》が軍監《ぐんかん》をうけ給はりたるかひもなく、不忠《ふちう》の人となりぬべし」（前編下第十回、16ウ）と、母と母を弁護する浦二郎に詰め寄る。肉親愛より忠義を大事とする息子吉次の目前で、玉嶋は自害する。徳田武の指摘に、吉次と清縄には「公道を堅持する立場が与えられ、玉嶋には人情に従う役割が与えられ、彼女の死は公道の完遂よりも人情を重んじる態度を意味する」とあるように(22)、玉嶋は母として姉として、清縄と吉次を助けるため自害する。そして母と叔父を失った吉次は、「よしや忠義《ちうぎ》は立《たつ》るとも、母《はゝ》を喪《うしな》ひ叔《をぢ》を撃《うち》ては、官位俸禄《くわんゐほうろく》も何かせん。苦《くる》しきものは武士《ものゝふ》の、名《な》のみぞ後《のち》の絆《ほだし》なる」（前編下第十回、21オ）と、そこで初めてこれまで自らが二人の肉親に守られていたことに気付く。こうして吉次の忠義は、玉嶋と清縄の肉親愛によって救済される。

では、玉嶋がその母性愛を注いで守ろうとした吉次・浦二郎兄弟は、それぞれどのような人物として描かれているのだろうか。

六、吉次と浦二郎

吉次と浦二郎は、佐用媛の因縁を引く「祈子《まうしご》」（前編中第六回、20オ）で、「語音応対進止《ごいんおうたいたちふるまひ》、咳《しはぶ》くまでも違《たが》ふことなし」（後編五第十九回、12ウ）というほど瓜二つの双子の兄弟である。吉次・浦二郎兄弟が『平山冷燕』の登場人物、平如衡・燕白頷に基づいていることは麻生磯次の説にあるが、[23] それを双子の兄弟としたのは『松浦佐用媛石魂録』での新たな設定である。

兄弟の片方が片方の分身的な役割を担うという趣向を、馬琴は他の作品にも用いている。読本『常夏草紙』（五巻、文化七（一八一〇）年刊）では、稲城補二郎・瀬二郎という兄弟のうち、兄の稲城補二郎が父親の仇を討つ志半ばで討たれ、その霊が弟の瀬二郎に取り憑き復讐を遂げようとする。馬琴の合巻『蘆名辻褄児仇討』（二編六巻、歌川国丸画、文化十二（一八一五）年刊）は、飯沼保太郎と補二郎兄弟の仇討ちの話で、弟の飯沼補二郎の足にできた人面瘡と、斬られた兄の首が合体して蘇生し、仇を撃つという物語である。大高洋司が『常夏草紙』の補二郎の名に瀬二郎の補いの意があるとするように、[24] 人面瘡を媒介とし兄保太郎が蘇生するという、兄弟が分身として働くという構図を、これらの作品にも見ることができる。

近世文芸における双子の兄弟の物語としては、近松門左衛門の浄瑠璃「双生隅田川」（享保五（一七二〇）年竹本座初演）[25] がある。「双生隅田川」の主人公・梅若と松若は、侍女達が見まがうほど瓜二つの兄弟であった。二人とも吉田の御台の子ではなく、班女の子であった。これと同じく『松浦佐用媛石魂録』の吉次・浦二郎もまた、瀬川健三の正妻木綿妙の子ではなく、賤女玉嶋の子である。また「双生隅田川」では、兄の梅若は百連の陰謀に陥れられ、人買に買われ死ぬが、難を逃れた松若が最後に登場し吉田家を再興する。一方『松浦佐用媛石魂録』でも、浦二郎は吉次に代わり嘉二郎の復讐に曝されるが、吉次はその騒動の間身を隠している。このように、兄弟の片方が騒動の犠牲となるが最後に片方が現れるという物語の構図においても両作品は類似している。

　双子とは、血縁において最も一身体に近い関係といえるが、同時に異なる二つの個でもある。「双生隅田川」『松浦佐用媛石魂録』もともに、分身でありながら別々の運命を持つ兄弟を描いている。『松浦佐用媛石魂録』では、吉次は忠義の徒、浦二郎は孝行の人という、兄弟それぞれの性格と立場を書き分けている。まず吉次は、北条時宗の近習として「忠勤《ちうきん》父《ちゝ》に弥《いや》まして、いさゝかも私《わたくし》なく（略）君《きみ》の為《ため》には命《いのち》を塵埃《ちんがい》ほども惜《をし》まず」（前編上第二回、22ウ）とある。これに対し浦二郎は「野山《のやま》の挊《かせぎ》して、いと窶《やつ〳〵》しく見るかげなけれど、孝行《こう〳〵》は人に勝《すぐ》れ」（前編下第十回、13ウ）た人物である。このうち弟の浦二郎の孝心は、母玉嶋の愛情ゆえに備わったものと考えることができる。一方吉次は、義父母の瀬川健三夫婦を亡くしてより、主君時宗への忠義一途で生きた人物である。浦二郎は兄の危急にあって、兄の忠義の人としての立場を、弟という立場から身を犠牲にして救済しようとした。そうした浦二郎の兄弟愛とは、ほかでもなく母親の玉嶋によって育まれた愛情から生まれたものといえる。玉嶋の浦二郎への母としての慈しみは、玉嶋が吉次を浦二郎と間違え「あなわが子《こ》、はや帰《かへ》りたる歟《か》。いつまで童《わらは》めきたるまさなごとして、老《おい》たる親《おや》を欺《あざむ》きて遊《あそ》ぶぞ。とく〳〵裡《うち》に入《い》れかし」（前編下第十回、12オ）と呼びかけた情愛のこもった言葉などからもうかがえる。そして兄吉次は、その母親ゆかりの肉親愛を弟の浦二郎から受けることになる。

七、浦二郎の病の意味

浦二郎が兄の身代わりとなって被った病は、潮毒による「福来病《ふくらいびやう》」（後編四第十八回、16オ）とも称されている。[26] それは全身が青く膨らみ皮膚がただれ足腰が立たなくなる「癩《らい》とかいふ病者《びやうしや》に似《に》たり」（17ウ）という姿であった。

この浦二郎の病の話の典拠に、徳田武は中国白話小説『金石縁全伝』の金雲程の話をあげている。また徳田は、後編七第二十三回の、乾坤丸で姥口歌二郎の下女たちが浦二郎の乗る宿直葛籠の車を引く場面について、説経「をぐり」の系譜にある浄瑠璃作品での、照手姫が小栗を土車に乗せ引く話に拠るとする。[27] また岩崎武夫は、説経「をぐり」の小栗・照手の道行を、小栗の再生を目指した解放的な陽の道行ととらえている。[28] 女人達が笑い戯れ、或いは憐れみながら浦二郎の車を引く『松浦佐用媛石魂録』のこの場面もまた、説経「をぐり」と同じく間もなく浦二郎の病が回復を遂げるであろうことの物語の伏線となっている。

ところで浦二郎の病の原因とは、吉次・秋布夫婦への嘉二郎の怨恨が兄吉次の身代わりとなった弟浦二郎に祟ったものである。怨恨や邪心によって呪詛を受けたり毒を盛られたりして業病を得る話としては、やはり横山の怒りを買って毒を盛られた説経「をぐり」の小栗の話がある。あるいは説経「しんとく丸」の継母の呪詛を受けた俊徳丸の話も想起される。怨恨に端を発する難病そして女人による救済という設定において、『松浦佐用媛石魂録』のこの浦二郎をめぐる物語は、説経の小栗や俊徳丸の話と類似している。

浦二郎の病は、戊巳の年月日時に生まれた妻糸萩の鮮血を飲むことによって治癒する。このように同じ干支の年月日時生まれの女性の血が人の病を治すという話の様々については諏訪春雄による考察が備わるが、[29] 俊徳丸の業病治癒のため寅の年月日生まれである継母の玉手御前が自らの血を与えたという話が、説経「しんとく丸」の系譜にある浄瑠璃「摂州合邦辻」（菅専助・若竹笛躬作、安永二（一七七三）年豊竹此吉座初演）にある。「摂州合邦辻」の玉手御前も『松浦佐用媛石魂録』の糸萩も、ともに愛する男性を自らの生き血によって蘇生させる。また邪恋が業病を救うという話型も両話ともに同様である。「摂州合邦辻」の玉手御前の場合は、継子への恋という道に外れた情念であり、『松浦佐用媛石魂録』の糸萩は、夫浦二郎と同じ姿形の吉次が、秋布と仲睦まじくすることへの嫉妬心であった。

しかし『松浦佐用媛石魂録』がそれら説経・浄瑠璃作品と異なるのは、二世にわたる因果応報の道理が作品世界に働いていることである。糸萩の身に起きた嫉妬は、糸萩が前世に浦二郎を殺害したことの応報である。そして浦二郎が業病を得たことも、やはり前世からの応報によるものである。浦二郎は吉次の身代わりを申し出た際、「只《たゞ》わが家兄《いろね》のみならず、某《それがし》にも亦《また》脱《のが》れがたき禍《わざはひ》のあるなるべし。か丶れば代《かは》るは代《かは》るにあらず」（後編一第十一回、8ウ）と語る。これはかつて鏡の宮の預言に「兄弟壮年《きやうだいそうねん》にして厄難《やくなん》あらん。弟《おとゝ》は母《はゝ》に養《やしな》せよ」（8ウ）とあったのをふまえたもので、生まれながらに災いの運命が定められているからには、身代わりといっても災いを受けることでは同じであるという浦二郎の解釈である。そして佐用姫の「祈子」としての浦二郎が背負う運命とは、佐用媛のもう一つの望みである、大葉子の夫伊企儺を殺した新羅の胡志和への報いを、浦二郎に病を得させることによって成就させるということである。

大葉子の伝承とは、『松浦佐用媛石魂録』の冒頭「領巾麾山考」に記されるように『日本書紀』「欽明天皇」にあり、もともと松浦佐用媛伝説とは別の説話であった。しかし後世になると、この二説を類似すると説く説が現れる。例えば『万葉集略解』（二十巻、橘千蔭作、寛政八（一七九六）年刊）には、

欽明紀、調吉士《つきのきし》伊企儺《いきな》新羅にて殺されて、其妻大葉子《おほはこ》又とりこにせられし時の哥に、からくにのきのへにたちておほはこは比例ふらすもやまとへむきて、或人和へて詠める哥も同じさまなればのせず。今のさよひめに似たり。

（巻五、38オ。文化九（一八一二）年板）[30]

とある。このほか、『日本書紀通証』（三十五巻、谷川士清作、宝暦十二（一七六二）年刊）[31]には、大葉子の話の注に松浦

佐用媛伝説を引き、また『甲子夜話』続編（百巻、松浦静山作、天保十二（一八四一）年成）[32]では大葉子と松浦佐用媛の説を併記している。

『松浦佐用媛石魂録』では、右の諸書にて類話とされていた佐用媛と大葉子伝承とを合わせ、大葉子の物語を浦二郎と糸萩のそれに託している。従って、佐用媛の再来としての秋布は、後集五第十九回にて夫吉次と再会を果たすのだが、佐用媛の因縁が完全に滅するのは、この大葉子の物語が完結した時となる。それは新羅の胡志和が、大葉子の夫伊企儺を殺したことの報いを受ける時、すなわち胡志和の生まれ変わりである糸萩が、浦二郎の病治癒のための犠牲となった時であり、さらに物語の最終場面に、大葉子の再来である千鳥と伊企儺の再来である浦二郎が結ばれる時である。浦二郎の病は、そうした伊企儺、胡志和、大葉子（佐用媛）をめぐる因果を完結させるための装置として設定されているのである。

なお、業病を負う浦二郎の姿とは、敵地にあって新羅王に死を以て抵抗した忠義の徒・伊企儺の苦難の表象でもあった。その浦二郎を、糸萩は嫉妬という形ながらも秋布や玉嶋と同じく身を犠牲にして救済している。こうして『松浦佐用媛石魂録』では、秋布・玉嶋・糸萩という三人の女人による肉親・夫への情念と救済の物語が繰り返し描かれているのである。

八、佐用媛と姥口歌二郎

『松浦佐用媛石魂録』では、女人たちの情念・情愛が竜（蛇）の印象によって表されている。また乾坤丸の主である姥口歌二郎も竜神の化身として登場する。そこで、最後にこの歌二郎という人物の意味について考える。

歌二郎は、横笛を吹き吉次（浦二郎）の乗る船に現れる。柳田国男によれば、蛇に愛され特別の庇護を受けた人間は、大抵笛吹の名人であるという。(33) そうした伝承を考えると、笛吹きとしての歌二郎と、竜（蛇）女としての佐用媛との関わりを想定できる。

歌二郎は、物語を通してしばしば登場する。まず秋布の前に現れてはその動向を窺っている。後編二第十四回では海原澳進と名乗って登場し、偏哲菴の賊僧から秋布主従を救い、「孝烈《こうれつ》孤忠《こちう》を愛《めづ》れば也」（後編三第十五回、3オ）と、秋布の孝心と俊平の秋布への忠誠を称えている。また後編一第十一回、(34) 歌二郎は鎌倉帰途の船中にある吉次（実は浦二郎）の前に現れ、海賊追補を志す吉次を次のように諭し、自らもまた海賊であることを明かす。

盗賊《たうぞく》をば鎮《しづ》むべし。盗賊《たうぞく》は捕《とら》ふべからず。よしや幾艘幾人《いくそういくたり》の、海賊《かいぞく》を駈捕《かりと》るとも、世上《せじやう》の賊《ぞく》の尽《つく》るにあらず。然《さ》れば盗賊《たうぞく》ありといふ共、鎌倉殿《かまくらどの》の武威《ぶゐ》衰《おとろ》へずは、渠甚麼《かれいか》ばかりの事をかせん。（16ウ）

所詮世の賊徒を絶やすことはできないのだという歌二郎のこの言葉は、時宗が世界の全てを支配しているわけではないことを示したものである。しかし歌二郎は、吉次に敵対する海賊でありながら、吉次を「忠義《ちうぎ》の武士《ぶし》」（17ウ）と称え、厄除の神呪を与え、救済しようとする。歌二郎は、時宗の世界から超越した立場で、世の道理を説き、忠義や孝節を志す者を守護し、そして人々を乾坤丸に導こうとする人物、異界への水先案内人として位置づけられている。

こうして秋布と大葉子の二世にわたる夫への執念は、物語の大団円の場面となる乾坤丸において、佐用媛のものとして包括される。そこで秋布は嘉二郎を討ち、糸萩は夫浦二郎の犠牲になる。そこで漸く佐用媛の因縁は尽き、乾坤丸は消滅する。つまり、乾坤丸とは佐用媛の情念の世界なのであった。

九、おわりに

以上、松浦佐用媛の因縁が、秋布とその周辺人物によって果たされていることを述べた。物語では、様々な人物による夫婦愛や肉親愛が描かれている。佐用媛の情念はそれらの人物の情念の根元として、殊に秋布・玉嶋・糸萩のそれとして受け継がれ、夫や父親の忠義を救済している。ここでの女人の情愛は、忠義の犠牲になるものとしてではなく、忠義の向かうところの北条時宗の世界を越え、神意をも動かし、また竜神の世界から忠義を守り、勧懲を導く力として描かれている。以上のことから『松浦佐用媛石魂録』には、情愛が忠義を救済するものとしてあるという一主題を見ることができる。

注

（1）横山邦治『読本の研究――江戸と上方と――』（風間書房、一九七四年）三七六・五一六頁。
（2）麻生磯次『江戸文学と中国文学』（三省堂、一九五五年）第二章第三節、六〇二頁。
（3）『日本古典文学大辞典』第五巻（岩波書店、一九八八年）水野稔解説、五四〇頁。
（4）高木元「『松浦佐用媛石魂録』論」（『江戸読本の研究――十九世紀小説様式攷』ぺりかん社、一九九五年）第一節、二八六～二九四頁。
（5）中古の諸記録にみえる佐用媛望夫石伝承と佐用媛貞女説については、清田正喜「松浦佐用姫伝説とその文学」（『西南学院大学　文理論集』七―一・二、一九六七年二月、一〇九頁）の指摘にある。
（6）『近世文学資料類従　仮名草子編　6』（勉誠社、一九七二年）。
（7）『松浦記集成』二「鏡大明神」に「祭日九月九日」とある（『松浦叢書』第二巻、名著出版、一九七四年、一九四頁）。また『松浦古事記』巻上「佐用姫神社之事」には、聖武天皇神亀四年の玉津島大明神の託宣に「日の西に篠原の長《をさ》が娘佐用と云ふ貞女あり、夫なる者の入唐を悲しみ死す、其姿霊石と成れり、万代の亀鑑とも成るべし、今詔を申下し之を祭らしむべしと也。此時より世挙て佐用姫の神社と崇む」とある（『松浦叢書』第一巻、八二頁）。

（8）本文引用は、『馬琴中編読本集成』第十巻（汲古書院、一九九九年）に拠る。

（9）本文引用は、刈谷市立中央図書館村上文庫本〈三八七五／七／四甲五〉国文研マイクロフィルムに拠る。

（10）高木4論文、二九九頁。

（11）『江戸時代女性文庫』二十三（大空社、一九九五年）。

（12）麻生2書、一八五頁。

（13）『柳田国男全集』第七巻（筑摩書房、一九九八年）「一目小僧」四二六頁。

（14）『増補語林　和訓栞』（名著刊行会、一九七三年）七四～七五頁。

（15）『日本随筆大成』第一期一（吉川弘文館、一九七五年）二九〇頁。

（16）架蔵本に拠る。

（17）田畑真美「千年目の姫――『まつら長者』考」（『富山大学人文学部紀要』三四、二〇〇一年三月）。

（18）『法華経』（岩波文庫、一九九一年）中巻、二一八～二二五頁。田中貴子や堤邦彦によると、竜女成仏は平安期より女人成仏の手本として定位付けられ、鎌倉期以降には新仏教各派の布教の便法として説かれたという（「古典文学にみる竜女成仏」『国文学　解釈と鑑賞』五六―五、一九九一年五月）。堤邦彦「竜女成仏譚の近世的展開」（『近世説話と禅僧』第一章、和泉書院、一九九九年）五六頁。近世刊行の往生伝類における女人往生の諸説については笠原一男の論がある（『日本宗教史研究叢書　女人往生思想の系譜』第四章、吉川弘文館、一九七五年）。

（19）8書、徳田武解題、五八一頁。

（20）『説経集』「をぐり」（新潮日本古典集成、新潮社、一九七七年）二七六頁。

（21）肥留川嘉子「乙姫と照手と――説経の恋――」（『恋のかたち　日本文学の恋愛像』和泉選書一〇六、光華女子大学日本文

学科編、和泉書院、一九九六年）一三七頁。
(22) 徳田武『日本近世小説と中国小説』（日本書誌学大系、青裳堂書店、一九九二年）第三部第七章、五九三頁。
(23) 麻生2書、一八六頁。
(24) 大高洋司「『常夏草紙』粗描」（『読本研究』八上、一九九四年九月）一一四頁。
(25) 原道生は「双生隅田川」の新趣向として梅若・松若兄弟を双生児とし、妾の班女の同腹と設定したとする（「『双生隅田川』試論――お家騒動劇としての精密化――」『近松浄瑠璃の作劇法』第三部、八木書店、二〇一三年、初出一九九八年一〇月）四五九頁。西田耕三は、説経『すみだ川』では梅若と松若が生死を分担しているとする（「説経試論」『日本文学』二二―一一、一九七三年一一月、六五頁）。
(26) 「くびすじのふくれあがる病気。おたふくかぜ。ふくれやまい」（『日本国語大辞典』第九巻、小学館、一九九〇年、三三四頁）。
(27) 8書、徳田武解説、五八二・五八三頁。
(28) 岩崎武夫「死と再生の語り――文体よりみた『説経節』の世界――」（『仏教文学講座』第七巻『歌謡・芸能・劇文学』勉誠社、一九九五年）二九六頁。
(29) 諏訪春雄「玉手御前の死――血の呪法――」（『文学』五三―六、一九八五年六月）。
(30) 本文引用は、弘前市立図書館本〈W九一一・一二／四〉国文研マイクロフィルムに拠る。
(31) 巻二十四、24オウに、欽明二十三年七月の大葉子の歌の「比例甫囉須母」注に『万葉集』の大伴狭提比古と松浦佐用媛の話を載せる。
(32) 「『日本紀』に、大葉子ひれふりたる事を歌によみ、『万葉集』には、佐用姫の事にいへり」（『甲子夜話続編』二、平凡社東洋文庫、一九七九年）巻二十五、二二一頁。
(33) 柳田国男「桃太郎の誕生」「米倉法師」（『柳田国男全集』第六巻、筑摩書房、一九九八年）五五〇頁。
(34) 佐藤悟は『かくやいかにの記』の記述をもとに、清楽鈎の怪談集『耳食録』が典拠であるとする（「戯作の読み方――

「耳食録」と「松浦佐用媛石魂録」・「邯鄲諸国物語」――」『りんどう』一九、一九九四年六月）。

第六節　『南総里見八犬伝』の犬と猫

――『竹篦太郎』と口承伝承との関わり――

一、はじめに

『南総里見八犬伝』（九十八巻百六冊、曲亭馬琴作、柳川重信ほか画、以下『八犬伝』と称す）には、犬、猫、狸、狐、牛など、様々な動物が登場する。本節では、主人公となる八犬士の「犬」のイメージについて、口承伝承や先行する江戸文芸との関わりから考えてみたい。

二、「犬聟入」

『南総里見八犬伝』肇輯巻五第九回、安西景連軍の兵糧攻めで窮地に追い込まれた里見義実は、ある時戯れに飼い犬の八房に次のように語る。

「今試《いまこゝろみ》に汝《なんぢ》に問《とは》ん。十年《とゝせ》の恩《おん》をよくしるや。もしその恩《おん》を知《し》ることあらば、寄手《よせて》の陣《ぢん》へしのび入《いり》て、敵将安西《てきせうあんさい》景連《かげつら》を、啖殺《くひころ》さばわが城中《ぜうちう》の、士卒《しそつ》の必死《ひつし》を救《すく》ふに至《いた》らん。かゝればその功第一《こうだいゝち》なり。いかにこの事よくせんや」とうちほゝ笑《えみ》つゝ、問給《とひ》へば、八房《やつふさ》は主《しゆう》の皃《かほ》を、つくぐ\とうち向上《みあげ》て、よくそのこゝろを得《え》たるが如《ごと》し。義実《よしさね》いよ〳〵不便《ふびん》におぼして、又頭《またかうべ》を摩《なで》、背《そびら》を拊《なで》、「汝勉《なんぢつとめ》て功《こう》をたてよ。しからば魚肉《ぎよにく》に飽《あか》すべし」と宣《のたま》へば、背向《そがひ》になりて、推辞《いなめ》るごとく見えしかば、義実《よしさね》は戯《たわふ》れに、問給《とひ》ふこと又《また》しば〳〵。「しからば職《つかさ》を授《さづけ》んか。或《ある》は領地《れうち》を宛行《あておこなは》んか。官職《くわんしよく》領地《れうち》も望《のぞま》しからずば、わが女婿《むこ》にして伏姫《ふせひめ》を、妻《めあは》せんか」と問給《とひ》ふ。此《この》ときにこそ八房《やつふさ》は、尾《を》を振《ふ》り、頭《かうべ》を擡《もたげ》つゝ、瞬《またゝき》もせず主の顔《かほ》を、熟視《まもり》てわゝと吠《ほえ》しかば、義実《よしさね》ほゝとうち笑《わら》ひ、「現《げに》伏姫《ふせひめ》は予《よ》に等《ひと》しく、汝《なんぢ》を愛《あい》するものなれば、得《え》まほしとこそ思ふらめ。締成《ことな》るときは女婿《むこ》にせん」と宣《のたまは》すれば、八房《やつふさ》は、前足屈《まえあしをり》て拝《はい》する如《ごと》く、啼声悲《なくこゑかな》しく聞《きこ》えにければ、義実《よしさね》は興尽《きやうつき》て、「あな咻《がま》や、あな忌々《ゆゝ》し。よしなき戯言《たはごと》われながら、慢《そゞろ》なりし」とひとりごちて、軈《やが》て奥《おく》にぞ入《い》り給ふ。

（肇輯巻五第《だい》九回、3ウ4オ）(1)

ところが八房は、敵将の首を取ってくるなら伏姫を娶せようという里見義実の言葉どおり敵将安西景連の首を義実に取ってくる。安西軍を討った義実は、八房を第一の功績者とし厚遇するが、八房は満足せず、義実に何かを乞い求める様子である。その心を察知した義実は八房への愛情を失い、犬を遠ざけようとすると、八房は暴れて大奥に駆け入り伏姫の着物の裾を捉える。伏姫は、父義実の言葉を守るために八房の妻になると言う。八房とともに富山入りした伏姫は、やがて物類相感の道理によって受胎し、その後切腹して八犬士を誕生させる。

（肇輯巻五第九回～第二輯巻二第十三回）

この伏姫と八房の物語は、犬と人が夫婦となるという奇妙な話である。これは中国の『五代史』『後漢書』の槃瓠説話に基づいたもので、日本においても「犬聟入」の口承伝承として流布している。関敬吾『日本昔話集成』第二部「本格昔話」一の一〇六「犬聟入」(2)には、長崎県下県郡仁位村（現在の長崎県対馬市豊玉町仁位）に伝わるという次のような話がある。

ある家に飼い犬がいた。その家のお母さんは、娘の小さい時に庭で便所をさせ、それを掃除するのを嫌がって、この娘が大きくなったらお前の嫁にやるから、娘の粗相を舐めておくれ、と頼んだ。すると犬はいつも娘について粗相の始末をしていた。やがて娘は嫁ぐ年頃になったが、いつも犬が娘の袂を銜えて放さないので、嫁に行くことができなかった。お母さんは以前の約束を思い出し、仕方なく娘を犬の嫁にやった。犬は大喜びで毎日よく働き、獲物を取ってきては嫁に与えていた。ところがある男が、嫁の器量よしに惚れ込み、自分の嫁にしたいと思い、犬が猟から帰る途中をうかがって鉄砲で撃ち殺してしまった。嫁が夫の犬の帰宅が遅いのを心配していると、その男が来て犬は死んでしまったと話し、嫁に求愛して夫婦となった。三年目のある雨の降る日、嫁が男の髭を剃っていると、雨垂れの音が、敵討て、敵討て、というように聞こえてきた。その時夫は、あの犬を殺したのは自分であると明かした。それを聞いた妻は、いくら畜生でも一旦は嫁した身であるから、男は夫の敵だと言い、持っていた剃刀で男を殺して仇を討った。

高田衛は、馬琴の蔵書であった『怪談とのゐ袋』巻五「白犬をもて我夫とす附七人の子の中にも女に心許すまじき事」にも記されるこの「犬聟入」民話と、『八犬伝』との関連を次のように指摘する。(3)

さて伏姫物語のうち、処女懐胎の奇怪な「玄妙なる物類相感」の論法は、あえて要約すれば、伏姫の腹中に成ったものは怪犬八房の子ではなく（かといって人間の子どもでもない）、伏姫と八房のそれぞれの宿因の結果である、というところにその力点があった。それと、金碗大輔の八房殺しを考え合わせると、いま紹介した「犬聟入」民話は、伏姫物語とかなり密接につながっていると考えられる。第一に伏姫が懐胎したのは八房の子ではないという点と、「犬聟入」の〈七人の子〉が犬の子ではないという共通性がある。第二に「犬聟入」では、女は犬を殺した山伏を夫の敵と恨んで討っているが、伏姫の方は末期の述懐で「又《また》八房を夫《をとこ》とせば、大輔はわらはが為に、こよなき讐《あた》に侍《はべ》るめり」と明言している。第三に「犬聟入」では、山伏は女を妻にしているが、大輔は伏姫にとって「親のこゝろに許させ給ひし夫《をとこ》」であった。第四に大輔は「獦人《かりひと》」（猟師）だが、これは山伏の原型と考えられる。シチュエーションが奇妙に一致しているのだ。

こうした諸氏の指摘から、『南総里見八犬伝』の伏姫と八房の物語が、中国の高辛氏槃瓠説話のみならず、日本の口承伝承や説話の類で行われていた「犬聟入」をふまえていることが肯ける。

三、読本『犬猫怪話　竹篦太郎』

この「犬聟入」説話を『八犬伝』に先んじて文芸作品として取り入れた読本に『犬猫怪話　竹篦太郎』（五巻五冊、栗枝亭鬼卯作、文化七（一八一〇）年刊、以下『竹篦太郎』と称す）がある。当作品と『八犬伝』との関わりについては、すでに横山邦治[4]、高田衛[5]、的場美帆[6]等の指摘が備わる。横山邦治は『竹篦太郎』の作品的性格について次のように述べる。

> 竹篦太郎の民話たる犬人婚姻譚を高辛氏の故事に付会して中国臭を持たせ、猿神退治と猫股屋敷の民話を混じて、土岐家のお家騒動の中に猫股退治を付会、仇討話もからませて鬼卯の作品の中でも出色のものであり、曲亭馬琴にその構想を模す意識があったかどうかは別としても、『南総里見八犬伝』の八房伏姫の話と庚申山の話の先蹤としても注目すべきである。

では次に、『竹篦太郎』と『八犬伝』について、内容を比較しつつ関係性を再確認したい。まず、『竹篦太郎』の話は以下のとおりである。

建武二年、京都の按察中納言公善卿に百世姫という一人娘がいた。その乳母の橋立には蘭という百世姫と同年の娘がいた。姫君三歳の頃、蘭が鞠垣の砂に粗相をし、そこへ公善卿らが蹴鞠を催しに来る。慌てた橋立は、飼い犬の白に、粗相を喰らい不浄を清めたなら娘を妻にしようと言うと、白はそれを平らげ、橋立母子は事なきを得た。

（巻一「按察中納言の乳母の娘、犬に嫁する話」）

少々尾籠な話なのだが、この話は、口承伝承「犬聟入」の、娘の粗相を喰らう犬の話に基づいたものと思われ、娘を嫁にやろうと犬と約束するという点において『八犬伝』の話とよく似ている。さらに『竹篦太郎』と『八犬伝』との類似は、次のような話にもみられる。

百世姫十六歳の時、蘭は病にかかり、不浄を食わせながら約束を違えたと口走るので、母の橋立は蘭に十三年前の出来事を明かす。それを聞いた蘭は、

「わが命《いのち》は露斗《つゆばかり》も厭《いと》ひはべらねど、母上姫君《ひめぎみ》の御身《おみ》の上こそ心《こゝろ》にかゝり候。縦令《たとひ》此儘《このまゝ》に果《はて》候とも、未来永《みらいゑい》〳〵畜生道《ちくしやうどう》のくるしみを受《うけ》なんは必定《ひつじやう》なり。左あらば、現《げん》世の母上の御心《みこゝろ》をやすめ、永《なが》く姫君《ひめぎみ》に忠《ちう》を尽《つく》さんこそ本意《ほんい》なれ。わらは犬の妻《つま》とならば、三方四方の悦《よろこび》、此上やあるべき。忠孝の為《ため》に身を犬に任《まか》せ申さん」と涙《なみだ》ながら言《いひ》ければ、母は猶更《なをさら》かなしく、「我一言《わがいちごん》の戯《たわむれ》より、娘《むすめ》一人を畜生道《ちくしやうだう》に沈《しづめ》ることよ」と伏沈《ふししづめ》ば（略）

やがて蘭の病はたちまち平癒し、その夜から白衣の若者が蘭のもとへ通い、蘭は身ごもり、竹篦太郎という白犬を産む（巻一）。この話は『八犬伝』の次の場面と対応している。

（巻一「按察中納言の乳母の娘、犬に嫁する話」4ウ5オ）(7)

伏姫との婚姻の約束を義実が果たそうとしないのに怒った八房が暴れ出し、大奥の伏姫の部屋に駆け入る。伏姫は、父義実がかつて八房に交わした約束の言葉を違えぬよう八房に嫁ぐことを決意、義実は自らが犯した言葉の過ちを後悔する。伏姫は八房とともに富山入りし、やがて物類相感の道理によって身ごもる。伏姫はその後、切腹によって我が身の潔白を晴らし、同時に八犬士を誕生させる。

（『八犬伝』肇輯巻五第九回）

伏姫と同じく、蘭もまた、畜生道に沈みながらも人としての道を貫こうとする。また、『竹篦太郎』で蘭が産んだ白犬の竹篦太郎と、『八犬伝』で伏姫が誕生させた八犬士は、ともに母（蘭・伏姫）の志を受け継ぎ、主君の家（土岐家・里見家）の再興を果たそうと活躍する。さらに、言葉の過ちによって娘を畜生道に沈めてしまった親（橋立・義実）の苦悩を描いた点においても両作品は通じ合っている。こうして「犬聟入」は、読本世界に取り入れられると、忠・孝・貞といった人倫の問題が加味され、『八犬伝』においては玉梓の怨念による因果応報という物語の枠組みが作られることにより、さらに壮大で不可思議な話へと展開していく。

四、犬の化猫退治

『竹篦太郎』の蘭は、白衣の男が忘れられないままに黒白斑《まだら》の犬を出産し、殺すに忍びず養うが、蘭は百世姫の婚礼のために四国へ下ることになり、犬に主家への恩愛を諭して立ち去らせ、母橋立とともに土佐へ下る（巻一）。やがて子犬は竹篦太郎と名乗り、蘭の霊に導かれて百世姫の嫁ぎ先である伊予・土佐国に現れ、太守土岐家の再興の手助けをし、母親蘭の仇討ちを果たすことになる。

一方『八犬伝』においては、伏姫の切腹によって世に現れたのが八犬士であった。この八犬士たちもまたさまざまな活躍をし、やがて里見家の再興を果たすために結集する。『八犬伝』第六輯巻五第六十回、犬士の一人犬飼現八は、下野の国の庚申山に妖怪が出るという話を聞き、山中に向かう。夜中に両眼の光る恐ろしい山猫の妖怪が現れ、現八の狙い澄ました矢が妖怪の左の目を射貫く。

『八犬伝』のこの話に対応するのが『竹篦太郎』の竹篦太郎が化け猫を退治する次の話である。

土岐式部少輔の妾金輪御前は、土岐家の跡継ぎで百世姫の夫である緑之助を殺害して土岐家横領を目論んでいたが、病となる。そこに飼い猫の三毛が金輪に乗り移り、金輪は正体を見られたため蘭を食い殺す（巻二）。土岐家再興を目指す緑之助と忠臣鞍手十内は、蘭の霊の導きにより、四国の山中で、猟師の畑次郎正勝と正勝の飼い犬で蘭の産んだ白犬竹篦太郎と百世姫に出会う（巻三）。安倍保清の手助けを得た十内らは、土佐丸・金輪御前を退治して土岐家を再興しようと宇和島城へ入り、土佐丸らと対面する（巻四・巻五）。三雲立仙という人物は土佐丸の一味と思われたが、実は土佐家の縁者であった。[8] 立仙は十内らの味方となり、土佐家の宝である内侍所の鏡を掲げると、土佐丸と金輪御前はこれに怯える。

（立仙が）懐《ふところ》よりとり出《いだ》すは、刀《かたな》にあらで内侍所《ないしどころ》の御鏡《みかゞみ》なり。錦《にしき》の袋《ふくろ》をおし開《ひら》けば、光明《くわうめう》四方《よも》へ照《てら》しけるに、不思議《ふしぎ》や土佐丸《とさまる》、また沈酔《ちんすい》せし。後室《かうしつ》、むつくと起《おき》て、顔色《がんしよく》土《つち》のごとくになりけり。この時《とき》保清《やすきよ》、次郎《じらう》にきと目《め》くばせすれば、二ツの箱《はこ》を押開《をしひら》く。内《うち》より竹篦太郎《しつぺいたらう》躍出《をどりいで》、後室目《かうしつめ》がけ飛《とび》かゝるに、金輪御前《かなわごぜん》、仰天《ぎやうてん》して、「あな恐《おそろ》しや、竹篦太郎《しつぺいたらう》なりけるぞ」と逃《にげ》まどひぬるを、追詰《をいつめ》〳〵、追廻《をひめぐ》れば、いまは金輪御前《かなわごぜん》も正体《しやうたい》をあらわし、年経《としふ》る猫《ねこ》となりて、爪《つめ》を立《たて》ていどみ戦《たゝか》ひければ、（以下中略）鞍手十内《くらてじうない》、ひとつの箱《はこ》よりあらわれ出《いで》、火《ひ》花《ばな》をちらして戦《たゝか》ひける。此内《このうち》、猫《ねこ》と竹篦太郎《しつぺいたらう》は、爰《こゝ》の隅《すみ》、かしこの詰《つま》りに追《をひ》つめ喰《くひ》あふありさま、おそろしなんども愚《おろか》なり。難《なん》なく竹篦太郎《しつぺいたらう》、猫《ねこ》を喰伏《くひふせ》、喉笛《のとぶえ》にくひつきて、一振《ひとふり》ふるよと見へしが、流石《さすが》の悪獣《あくじう》もよわり果《はて》、傍《かたへ》に伏《ふ》しぬれば、太郎《たらう》は大《おほひ》にうれしげに飛上《とびあが》り〳〵、終《つい》にくひ殺《ころ》しける。

（巻五「安倍保清、土佐丸か術を折く。竹篦太郎、母の仇を復する話」17ウ～19オ）

横山邦治によると、『竹篦太郎』のこの話は、口承伝承の「猿神退治」に拠るものだという。[9]「猿神退治」[10]とは、ある和尚が人身御供の娘を化け物から助けるため、長持ちの中に竹篦太郎という犬を隠し、夜中に化け物たちが生け贄の娘を食べようと集まったところへ、竹篦太郎が飛び出して化物を退治するという伝承話である。『八犬伝』と『竹篦太郎』は、犬の化物退治という点でこの「猿神退治」のモチーフを共有しているという。

さらに「猿神退治」と『竹篦太郎』『八犬伝』の共通点として、化物が犬を恐れるという場面があることがあげられる。「猿神退治」では、山中のお堂に集まった化物たちが「あのことこのこと聞かせんな、竹篦太郎に聞かせんな」と歌って竹篦太郎を警戒するのを、隠れていた和尚が聞く。一方『竹篦太郎』では、竹篦太郎を恐れる化物たちの次のような話がある。

伊予国立烏帽子が峰の麓の与左衛門淵に異形の物たちが集まり、生贄を喰らいながら酒宴を催す。その中に土岐式部少輔の妾金輪に憑いた猫もいた。

暫《しばらく》ありて猫吐息《ねこといき》をはきていひけるは、「我々《われ〳〵》か丶る遊《あそび》をなして余念《よねん》なしといへども、只心《たゞこゝろ》にか丶るは四国《しこく》の竹篦太郎《しつぺいたらう》なり。汝等《なんぢら》も生涯竹篦太郎《しやうがいしつぺいたらう》に逢《あふ》ことなかれ。われも竹篦太郎《しつぺいたらう》に出会《であは》ざるやうにせん。若出会《もしであひ》なば、我《わが》術《じゆつ》も消失《きへうせ》ん。恐《おそ》ろしの竹篦太郎《しつぺいたらう》や」といひければ、満座《まんざ》各《おの〳〵》こゑをそろへ、「竹篦太郎《しつぺいたらう》に逢《あふ》なよ〳〵」と諷《うた》ひ訇《のゝし》りける。

（巻二「与左衛門淵の由来、鞍手十内怪異に逢話」10ウ）

これを隠れ聞いた鞍手十内が、勇者四国の竹篦太郎を求めて出立する、という話である。さて、『八犬伝』においては、犬士を恐れる者に妙椿がいる。里見家の館山城を乗っ取った山賊の蟇田素藤が八百比丘尼妙椿と共寝していると、そこへ八犬士の一人犬江親兵衛が乗り込む。妙椿に熟睡を起こされた素藤は、慌てて身構えるが、親兵衛が現れた時の妙椿は次のような様子である。

又妙椿《みやうちん》は親兵衛《しんべゑ》を、見しより襖《よぎ》を頭《かうべ》に被《かつ》ぎて、狩場《かりば》の野鶏《きゞす》の草に隠《かく》れ、影《かげ》に驚《おどろ》く束鮒《つかふな》の、藻《も》に籠《こも》れるに異《こと》ならず、戦《わな》く随《まゝ》に錦綉《にしき》の夜被《よぎ》の、背筋波打《せすぢなみう》つ生死《いきしに》の、海《うみ》には息《いき》も吻《つき》あへぬ、阿瞞《あま》の身なれど名号《みやうごう》の、六字《ろくじ》も出《いで》ず、九字《くじ》も印得《きりえ》ず、断《き》りしは珠数歟《ずずか》、術《じゆつ》なさに、縮《ちゞ》むは手《て》さへ、脚《あし》なき蟹《かに》の、入《い》る穴《あなほ》欲しと思《おも》ふめる、胸《むね》の機関糸《からくりいと》絶《たえ》て、搾《はたら》くよしもなかりしを（略）

（『八犬伝』第九輯巻十六第百二十一回、17ウ18オ）

と、妙椿は度を超した恐れようである。親兵衛が二人を言葉激しく懲らしめると、素藤は抜き打ちに襲いかかり、その隙に妙椿は逃げようとする。

そが程《ほど》に妙椿《みやうちん》は、襖《よぎ》の裾《すそ》より抜出《ぬけいで》て、雨戸障子《あまどせうじ》を推倒《おしたふ》す、迅速《ときこと》恰《さながら》払《はら》ふが似《ごと》く、身《み》を免《まぬが》れて出《いで》んとせしを、親《しん》兵衛《べゑ》透《すか》さず素藤《もとふぢ》を、そが儘撐《まゝだう》と投伏《なげふせ》て、走り蒐《かゝ》りつ妙椿《みやうちん》が、肩尖丁《かたさきちやう》と拿留《とりとめ》て、弥疾出《いやとくいだ》す霊玉《れいぎよく》の、護身嚢《まもりぶくろ》を刺《さし》翳《かざ》せば、至宝《しほう》の霊験《れいげん》愆《あやま》たず、颯《さ》と濆走《ほとばし》る光に撲《うた》れし、妙椿《みやうちん》は、「苦《あ》」と叫ぶ声共侶《こゑもろとも》に閨衣《ねやぎぬ》は、そが儘親兵衛《まゝしんべゑ》が手《て》に残《のこ》りて、那身《かのみ》は裳脱《もぬけ》て楼上《たかどの》より、庭《には》へ閃《ひら》り墜《おつ》る折《をり》、と見れば妙椿《みやうちん》が身《み》の内《うち》より、一朶《いちだ》の黒気《こくき》涌出《ゆしゆつ》して、鬼燐《おにび》に似《に》たる青光《あおみ》あり、見《み》る間《ま》に西《にし》へ靡《なび》きつゝ、消《きえ》て跡《あと》なくなりにけり。

（同、18ウ）

その後、妙椿は庭の手水鉢の中で牝狸の正体を現すが、背には「如是畜生発菩提心」の文字が浮き出ていたという。『竹篦太郎』では、三雲立仙が内侍所の鏡を掲げると金輪御前と土佐丸がそれに恐れをなした。それと同じく『八犬伝』の妙椿も、親兵衛の翳した「仁」の玉の放つ光に瞬時に滅びた。金輪御前や妙椿が、玉や鏡などの前にはなすすべもなく忽ち滅亡することや、玉や鏡などの神的なものの象徴をもって化物を退治するのが「犬」であることは、『八犬伝』にも『竹篦太郎』にも通じている。

犬が猫（狸）を退治するという話について、大木卓は次のように述べる。

（注：竹篦太郎に）退治される者すなわち怪神の正体は、猿（狒狒を含む）と狸（あるいは貉《むじな》）が圧倒的に多く、続いて猫で、いずれも犬とはあんまりよろしくない手合いである。（中略）『日本書紀』の推古紀に陸奥の国で狢《うじな》が人に化けて歌ったとか、垂仁紀に丹波国桑田村（現在の京都府亀岡市東部）の甕襲《みかそ》という人の家の足往《あゆき》という名の犬が山獣牟士那《むじな》を食い殺し、そのムジナの腹から八畳敷きならぬ八尺瓊勾玉《やさかにのまがたま》が出たとやらの古記録が、この甲斐のムジナ退治（注：山梨県西八代郡の伝承）の話に影を落としているとみられるが、一方では、書紀の記録は丹波の竹篦太郎に近い話が古代にもあったことを示す断片かともうかがえるのである。[11]

このことから、『日本書紀』に由来する犬の猫（狸・狢）退治話が、口承伝承や『竹篦太郎』を経て『八犬伝』へと継承されていることがわかる。

五、まとめにかえて

読本『竹篦太郎』に影響を及ぼした作品として、歌舞伎「竹篦太郎怪談記」（並木正三作、宝暦十二（一七六二）年大坂角座初演）がある。横山泰子は、『竹篦太郎』物語全体の筋や登場人物名、設定などが歌舞伎「竹篦太郎怪談記」に酷似しており、その影響下で竹篦太郎譚の細部が書き込まれたとする。[12] この歌舞伎「竹篦太郎怪談記」のほか、竹篦太郎譚に取材した作品として黄表紙『増補執柄太郎』（三巻、南杣笑楚満人作、歌川豊国画、寛政八（一七九六）年刊）、黄表紙『復讐　しっぺい太郎』（一冊、唐来三和作、泉蝶斎英春画）等があり、「犬聟入」や「猿神退治」の口承伝承の世界が文芸として展開し、江戸の人々に享受されていたことをうかがわせる。

犬の八房が里見家の息女伏姫と夫婦になり、八犬士を誕生させるという『八犬伝』は、どこか奇想天外な物語である。そこには「犬聟入」の動物と人間が共生するという異類婚姻譚としての世界観があり、たとえ犬であってもいちど嫁したからには夫であると思う女が描かれていた。夫婦の愛情が畜生と人間の間にもごく自然にあるというこうした民間伝承的世界は、『竹篦太郎』や『八犬伝』の文芸作品においても新たなかたちで享受されている。『竹篦太郎』の竹篦太郎が、母親の蘭の仇を討ち主君土岐家の再興に努めたのは、主家への恩愛を説いた母の教えがあったからである。『八犬伝』では、伏姫と八房がともに法華経へ帰依することで思いを通じ合わせ、その一念が八犬士を誕生させた。それも一つの夫婦愛のかたちである。その後の八犬士の物語にはしばしば八房の背に跨った伏姫が現れ、犬士の危機を救っている。高田衛が八字文殊曼荼羅の神仏のイメージを見るように、伏姫と八房が人と犬の境を越え一心同体となった姿をそこに見ることができる。「犬聟入」から『八犬伝』へ、口承伝承の世界は江戸の読本にも脈々と息づいているのである。

注

（1）『南総里見八犬伝』の本文は、国立国会図書館本〈本別三／二〉に拠る。
（2）関敬吾編『日本昔話集成』第二部本格昔話一（角川書店、一九五三年）九六頁。
（3）高田衛『完本　八犬伝の世界』（ちくま学芸文庫、二〇〇五年、初出一九八〇年一一月）九五頁。
（4）横山邦治『日本古典文学大辞典』第三巻（岩波書店、一九八九年）二一六頁。
（5）高田3書、七九頁。
（6）的場美帆「『八犬伝』と『竹篦太郎』」（『叙説』三四、二〇〇七年三月）。
（7）『竹篦太郎』の本文は、国立国会図書館本〈二〇一／一七二〉に拠る。
（8）藤沢毅「『竹篦太郎』の失敗」（『鯉城往来』一二、二〇〇九年一二月）に立仙の描写についての論が備わる。
（9）横山邦治「『南総里見八犬伝』における〝八房〟の出自について」（『近世文芸』三九、一九八三年一〇月）五七頁。
（10）関敬吾編『日本昔話集成』第二部本格昔話三（角川書店、一九五三年）一二五二～一二五四頁。
（11）大木卓「竹篦太郎伝説」（『犬のフォークロア――神話・伝説・昔話の犬――』誠文堂新光社、一九八七年）二一七・二一八頁。
（12）横山泰子「『竹篦太郎怪談記』と竹篦太郎譚」（『歌舞伎　研究と批評』二五、二〇〇〇年六月）一七一頁。

第七節　『近世説美少年録』と阿蘇山伝説

『近世説美少年録』第一回、阿蘇山で蜂起した菊池武俊を征伐するため、大内義興は阿蘇沼の畔にある霊蛇の社を本陣とするが、阿蘇沼の氾濫のために多くの人馬を損なってしまう。さらに武俊の立て籠もる阿蘇山の古城に攻め入った大内軍を火災が襲う。地雷の火か、或いは硫黄の火か、足元から起こる爆発で辺りは火の海となった。この洪水と火災のために大内軍は大きな打撃を受ける。

後日、阿蘇の大宮司は義興に「沼水の涌出《わき》て、人馬《にんば》を害《そこな》ひしなどいふ事は、伝へも聞候《きゝ》はず」(1)（第一回）と語る。しかし古来、阿蘇沼がたびたび氾濫していたことは、『釈日本紀』や『太宰管内志』（八十二巻、伊藤常足編、文化元〜天保十二（一八〇四〜四一）年成）や阿蘇神社関連の書の類に記されている。『太宰管内志』によると、

阿蘇宮縁起に、山上の三池、則ち神池也。北の池は阿蘇大神の御池たり。（略）時有りて山上の火燃え水涸れ、黒烟大ひに舛る。或ひは火石を吹き挙げ、硫黄沙の如く四方に降る。或ひは池中鳴動泥水沸騰し、其水山下に溢れ流る。其外種々の霊異有り。（略）凡そ国家に凶有れば則ち種々の霊異有り。其の時之を祈れば必ず其の災を除く。（略）

（「肥後之三　阿蘇郡　阿蘇神霊池」30ウ31オ、原文漢文）(2)

と、噴出する土砂や硫黄、溢れ出る湖水の様が記される。またこのような湖水の異変が国家の凶変を示すものであること、その時は祭礼によって災禍を鎮めることも記されている。阿蘇沼の氾濫と熱火は、霊的な威力をもって当代の

人々にも畏怖の念を抱かせていたようである。

阿蘇池を司る神は、『続日本後紀』に「健磐竜命の神霊池」（巻九、承和七（八四〇）年九月癸巳）とあるように、阿蘇神社の大神・健磐竜命とされる。この神の由来については『太宰管内志』に次のように記されている。

> 縁起に、健磐竜命は神武天皇第二の子、神八井耳命、第六の御子也。御祖神武天皇の日向国より東征賜ひて、大和国橿原に造都し賜ふ。時に遠国尚天皇に随はざる事を愁ひて、七十六年丙子春、御孫健磐竜命に命じ、山城国宇治郷より阿蘇に下らせ賜ふ。（略）是に於て健磐竜命、阿蘇の地を巡見し賜ふ。四面連山有り。其中は則ち湖水也。故に其の西南方の山を嚳、水を通し賜ふ。忽ち水除き皆平田と成る。（略）又民に稼穡を教へて五穀を殖しむ。是に於て土地壁辟《ひらき》カ人民育つ。
>
> （「肥後之三　阿蘇郡　健磐竜命神社」5ウ）

なお『西遊記』（十巻、橘南谿作、寛政七～十（一七九五～九八）年刊）にも、阿蘇の明神が昔当国の守であった時、阿蘇山の四方の湖水を、山を切り通して水を落とし、干した土地に田畑を作ったという命の国造りの話が見える。(3)

なお『阿蘇宮由来略』（二冊、写本）という阿蘇神社関連の書には、国竜神・彦八井耳命について次のような伝説がある。

> 吉見社は国竜神の本祠なり。国竜神は神武天皇の御子彦八井耳命也。（略）天皇六十九年、日向国より草部郷に来りて巡視給ひしに、野山のみにて人居は見えず、爾に広き岩屋の在けるに住居し給ふ。（略）かくて後宮作るべき処を覧求て東南の方に至りませしに、池ありて此処御心にかなひければ、其の水を谷に注き流さんとし給ひけるに、廿尋ばかりの大蛇出て国竜神を追ひ来りしを、御佩刀の剣にて寸段に切殺し給ひき。故に血甚しく流れ

ければ、其の処を血引の原と云ふ。又切られたる大蛇を取り集めて柴草積みて焼き捨てたる処を灰原と云ふ。かくて宮作りて鎮まり坐せる、即ち今の社地なり。はじめ、国竜神大蛇を殺して休息まし、時、其の折り敷き給へる楫枝を採りて倒に土にさし立て、「此の里の蒼生栄ゆへくは此の枝に根出で来て立ち栄ゆべし」とのたまひつるに、果して人民も栄え、楫枝も根つき茂えて、今は其の一本より倒に垂れ下れる枝の八十余里の木になり（略）

（「吉見社」原文片仮名文）(4)

彦八井耳命が池の水を干そうとしたところ、大蛇が命を襲ったのでこれを殺して死骸を焼き、池水を流して出来た土地に宮を建て人民を治めたという話である。この話は、神武天皇の九州征夷の際、子孫の彦八井耳命と孫の健磐竜命により国造りが成され、阿蘇地方がその勢力下に統治されていく物語と見ることができる。

さらに健磐竜命の伝説として、『太宰管内志』に下野という土地にまつわる次のような話がある。

縁起に、健磐竜命国土経管《営カ》終りて後、阿蘇山の麓の下野に至り、猪鹿諸鳥を狩り、其の獲物を以て神祇祖考に祭る。

（「肥後之三　阿蘇郡　健磐竜命神社」14オウ）

また『下野狩集説秘録』（一冊、写本）という阿蘇神社関連の書によると、これを神武天皇の話として次のように記している。

此の下野の御狩は、阿蘇悉く湖にて候を、神武天皇御干し給ふ時、天皇御約束の贄狩也。其の外御祭礼は以後阿蘇の田畠地を相定めて、御祭等も定め候也。此の御狩は万事に就きて始めの御祭礼也。

（原文片仮名文）(5)

これによると、下野狩とは、阿蘇一帯の湖水を天皇が干した時、天皇がその土地の神と約束して以来行われる贄狩であるという(6)。両説ともに阿蘇周辺の国造りを行う健磐竜命（或いは神武天皇）が、国家平穏を祈り阿蘇の土地神や先祖神を祭るために行った神事と言えるだろう。この神事の詳細については『肥後国志略』（三十巻、森本一瑞序、明和九（一七七二）年成）にも次のようにある。

下野《しもの》狩場（略）往古健磐竜の命常に遊猟の地と云ふ。命薨じ玉ひ、御鎮座の後、御遺詞に依て阿蘇鷹山下野の三の馬場にて毎歳二月卯の日、大宮司及び神宮権大宮司等の宮人、各烏帽子狩衣に夏毛の行縢を佩き、腰に幣帛を指し、白木の弓、白羽の箭を以て猪鹿を射取り、神前に供へ、魚鳥は同じく神領の地所々より之を供ふ。（略）（第二十二巻「阿蘇郡上」5オ、振仮名片仮名）(7)

と、狩には白木の弓と白羽の矢を用いたことを伝える。

阿蘇山の付近には、健磐竜命と弓にまつわる様々な伝説が残されているようだ。例えば阿蘇谷的石山の「的石」には、命がこの石を的にして蛇の尾山から矢を放ち、その鏃痕が今も残っているという。またその時命の矢取りを勤めた鬼八という鬼の話（『肥後国志略』）等々、健磐竜命の射芸に関する逸話をいくつか見ることができる。

『近世説美少年録』の話に戻ると、阿蘇沼の洪水で損害を被った大内義興は、阿蘇社頭の榎木の虚穴に棲む大蛇を邪神として焼き殺し、京都に凱旋する（第三回）。また義興の近習陶瀬十郎興房の一子珠之介は、幼少を坂田の山中で暮らし、狩猟に明け暮れる（第八回）。その弓の腕前は、友人鷲津爪作・日高景市との弓比べの時、二人を凌いで第一の兄の格を得る程であった（第十一回）。しかし、近江観音寺の国守佐々木高頼主催の武芸試合で、珠之介こと朱之介は大江杜四郎成勝と射芸を競い、あえなく成勝に惨敗する（第四十一回）。

こうした『近世説美少年録』の大内義興や珠之介の物語と、阿蘇山ゆかりの諸伝説とを重ね合わせてみるのも興味深い。

注

（1）『新編日本古典文学全集　近世説美少年録一』（小学館、一九九九年）四八頁。

（2）国立国会図書館本（二十七冊、天保二（一八三一）年清水勝従・游吉序）〈二二八／二七／一九〉に拠る。

（3）1書注記に拠る。『西遊記』巻四「阿蘇山」15オ。

（4）『神道大系　神社編　阿蘇・英彦山』（神道大系編纂会、一九八七年）三〇頁。

（5）4書、九八頁。

（6）なお村崎真智子は、下野狩とは、阿蘇大明神の子孫阿蘇家が滅ぼした阿蘇谷の大魚（鯰）を慰撫し阿蘇の守護霊とするための儀礼と指摘する（『阿蘇神社祭祀の研究』法政大学出版局、一九九三年）二四五頁。

（7）内閣文庫本（三十冊）〈三〇／二二〉に拠る。

初出一覧

第一部

第一章

第一節　近世艶書文芸における『詞花懸露集』
　『二松』六（一九九二年三月）に加筆。

第二節　『薄雲恋物語』考
　『二松学舎大学人文論叢』四七（一九九一年一〇月）に加筆。

第三節　仮名草子『錦木』の性格
　『近世文芸　研究と評論』四四（一九九三年六月）に加筆。

第四節　『安倍晴明物語』と中世の伝承
　『天空の文学史　太陽・月・星』（鈴木健一編、三弥井書店、二〇一四年一〇月）に加筆。

第二章

第一節　『他我身のうへ』の三教一致思想
　『日本文学』四五―一一（一九九六年一一月）に加筆。

第二節　清水春流と護法書

第三節 『うしかひ草』と「十牛図」「牧牛図」
『日本文学』四五―六（一九九六年六月）に加筆。

第四節 『江戸文学と出版メディア――近世前期小説を中心に――』（冨士昭雄編、笠間書院、二〇〇一年一〇月）に加筆。

第五節 『伽婢子』の仏教説話的世界――教養としての儒仏思想の浸透――
『浸透する教養　江戸の出版文化という回路』（鈴木健一編、勉誠出版、二〇一三年一一月）に加筆。

『先代旧事本紀大成経』における歴史叙述――聖徳太子関連記事を中心に――
『東京学芸大学紀要』四九（一九九八年二月）に加筆。

第三章

第一節 『曽呂里物語』二話――その怪異性について――
『近世部会誌』二（二〇〇七年一二月）に加筆。

第二節 『曽呂里物語』の類話
『東京学芸大学紀要』六〇（二〇〇九年一月）に加筆。

第三節 怪異説話の展開――『曽呂里物語』と『宿直草』――
『日語教育与日本学研究論集』三（北京師範大学、二〇〇八年四月）に加筆。

第四節 『宿直草』の創意――巻四―十六「智ありても畜生はあさましき事」――
『日本文学』五七―六（二〇〇八年六月）に加筆。

第四章
第一節　『鎌倉管領九代記』における歴史叙述の方法
『近世文芸』九八（二〇一三年七月）に加筆。
第二節　『鎌倉北条九代記』における歴史叙述の方法
『文学』一一―三（二〇一〇年五月）に加筆。
第三節　『鎌倉北条九代記』の背景――『吾妻鏡』『本朝将軍記』等先行作品との関わり――
『東京学芸大学紀要』六一（二〇一〇年一月）に加筆。
第四節　『北条記』諸本考
『東京学芸大学紀要』六三（二〇一二年一月）に加筆。
第五節　『北条盛衰記』の板本修訂――七巻本から八巻本へ――
書き下ろし

第二部

第一章
第一節　『広益俗説弁』の性格
『広益俗説弁続編』解説（白石良夫と共編、平凡社東洋文庫、二〇〇五年二月）に加筆。
第二節　『広益俗説弁』と周辺書――俗説の典拠類話と俗説批評の背景――
『東京学芸大学紀要』五七（二〇〇六年一月）に加筆。
第三節　金王丸と土佐坊昌俊――『広益俗説弁』巻十二より――

『日本文学』五四―五（二〇〇五年五月）に加筆。

第二章

第一節　増穂残口の神像説――『先代旧事本紀大成経』との関わりを中心に――

『東京学芸大学紀要』四八（一九九七年二月）に加筆。

第二節　大江文坡の談義の方法――『成仙玉一口玄談』を中心に――

『雅俗』八（二〇〇一年一月）に加筆。

第三節　『南総里見八犬伝』と聖徳太子伝

『近世文芸』七一（二〇〇〇年一月）に加筆。

第四節　聖徳太子と瓢箪――『先代旧事本紀大成経』から『聖徳太子伝図会』へ――

『日本文学』四七―八（一九九八年八月）に加筆。

第五節　読本『小野篁八十嶋かげ』における篁説話の展開

『学芸国語国文学』二六（一九九四年三月）に加筆。

第三章

第一節　『盆石皿山記』小考

『東京学芸大学紀要』五五（二〇〇四年二月）に加筆。

第二節　『新累解脱物語』考――珠鶏の善を中心に――

『鯉城往来』六（二〇〇三年一二月）に加筆。

第三節　趣向と世界――演劇・草双紙から読本への影響――
『江戸文学』三四（ぺりかん社、二〇〇六年六月）に加筆。

第四節　『三七全伝南柯夢』の楠譚
『東京学芸大学紀要』五四（二〇〇三年二月）に加筆。

第五節　『松浦佐用媛石魂録』における忠義と情愛
『読本研究新集』四（翰林書房、二〇〇三年六月）に加筆。

第六節　『南総里見八犬伝』の犬と猫――『竹篦太郎』と口承伝承との関わり――
『鳥獣虫魚の文学史　日本古典の自然観　1　獣の巻』（鈴木健一編、三弥井書店、二〇一一年三月）に加筆。

第七節　『近世説美少年録』と阿蘇山伝説
『叢書江戸文庫　新局玉石童子訓　下』月報（内田保廣・藤沢毅校訂、国書刊行会、二〇〇一年六月）に加筆。

あとがき

本書は、二〇一四年十一月に二松学舎大学大学院文学研究科に提出した博士論文に基づいている。収録した各論文は、一九九一年から二〇一六年までに成したもので、書き下ろしを除く全ての論文に加筆修正を施している。

近世小説における啓蒙性というテーマで本書を編集した。一連の考察で、仮名草子・談義本・読本作品における古典・歴史・思想の俗化・文芸化の方法を多少なりとも明らかにすることができたのではないかと思う。ただ、啓蒙性の比較的強い作品を選んでいったために、井原西鶴や上田秋成などの近世小説の代表作に考察が及ばなかった。以降の課題としたい。

今後はまず、主に仮名草子と軍書の研究、とくに出版の問題や写本の性格、そして叙述方法について引き続き考察していきたいと考えている。また、作者や制作環境のことについても触れることができればと思う。なお、今回いくつかの作品について諸本調査を行い系統付けをしたが、十分に明らかにできないこともあった。例えば近世軍書『北条盛衰記』の出版事情についてや、『詞花懸露集』で彫りの粗雑な覆刻本とそうでない覆刻本の二種の板が作られた訳などがそうである。他作品の諸本研究から同様の事例を探り出すなどして今後さらに考察を進めていきたい。

東京学芸大学在学中には、故小池正胤先生の近世文学ゼミに加わり、先生のご指導のもとで井原西鶴の浮世草子について卒業論文を書いた。思えばそれが筆者の研究の出発点であった。学部卒業後もなお小池先生主催の叢の会におうかがいする機会をいただいた。会には三好修一郎氏、加藤康子氏、高橋則子氏、有働裕氏、山下琢巳氏、黒石陽子氏、丹和浩氏をはじめとする方々がおられ、それらの先輩方や院生の方々から、草双紙の書誌調査の方法や、語釈の際の資料文献の探し方など、近世文学研究のための基礎的知識を教わった。院生時代、研究テーマがなかなか見付けられずにいたところ、小池先生は事につけて筆者を勇気づけて下さった。その励ましのお言葉が、筆者の研究への意欲の源となった。また、卒論の副査であられた嶋中道則先生の研究室にもおうかがいし、投稿論文のご指導を仰いだこともあった。このお二人の先生とのご縁があったからこそ、近世文学を学ぶ者としての道を歩むことになったといっても過言ではない。

二松学舎大学大学院では、青山忠一先生のご指導の下で仮名草子研究に取り組んだ。青山先生の御授業では名調子の雑談が面白く、それをお聴きしているだけで瞬く間に時が過ぎていったものであるが、しかしそうしたとりとめもないお話の中に、仮名草子や西鶴浮世草子をどう読むかという文学研究の本質的な問題や、研究者としてあるべき心構えといった、院生にとって大切なメッセージが込められていたのであった。この青山先生の、仏教学から読む近世前期草子論が、やがて筆者の研究の拠り所となった。仮名草子の三教一致思想がどのように展開するのかを確かめようと、山岡元隣や清水春流の仮名草子、そして談義本や思想の本などを読んでいくうちに『先代旧事本紀大成経』に出会った。本書に収録した増穂残口論や読本『南総里見八犬伝』『聖徳太子伝図会』の研究は、『先代旧事本紀大成経』から近世小説への影響の諸相を考察したものである。また、修士論文のテーマに『詞花懸露集』を中心とする近世艶書文芸研究を選んだのは、西鶴『万の文反古』に至るまでの草子文芸の系譜を確かめたいという思いからであった。学内雑誌への論文を書いては先生に見ていただいたが、相当に未熟な出来であったのを、厳しく、しかしどこか大らかなお心で接してくださっていたように思う。修士論文の副査をしていただいた松本寧至先生にも、『宇治拾遺物語』講読の御授業などをとおして、中世から近代文学に至る作品研究の視点の持ち方を教わった。

院生時代に、青山先生のお供で仮名草子研究会に参加することになった。その頃の会場は大妻女子大学で、冨士昭雄先生、深沢秋男先生、江本裕先生、渡辺守邦先生、岡雅彦先生、花田富二夫先生と、論文でお名前を存じ上げていた先生方が勢揃いされておられた。会では三浦為春の仮名草子『あだ物語』の輪読が行われており、筆者も入会後間もなく担当させていただくことになったのだが、名だたる先生方を前にしての発表で大変緊張したのを覚えている。そうした経験を経て教わった書誌・翻刻・語釈を中心とする研究方法は、いま進行中の『浅井了意全集』（岩田書院）や『仮名草子集成』（東京堂出版）等の仕事に少なからず活かされていると思う。地道な作業ではあるが、古典文学研究の基礎基本として今後も学んでいきたいと考えている。

このほかに近世和歌研究や浮世草子研究会、近世文芸研究と評論の会など都内で開かれる研究会にもおうかがいし、同世代の研究者の発表を聞いて刺激を受けたり、自身も輪読や研究報告の機会をいただいたりした。研究会の魅力は、会の後の懇親会にもあった。その席で改めて行われる発表者への批評は大変刺激的であったし、先生方のさりげない雑談めいたお話を聞くのもとても楽しかった。そうした場での様々な思い出は、筆者にとってかけがえのない財産となっている。今でも、先生方や研究者仲間へ本や論文をお送りすると、時にご批正の交じったお返事をいただいて冷や汗をかくことがある。しかし、そのようにおっしゃって下さる方がおられることが自身にとってどれだけありがたいことか、としみじみと思うこの頃である。

鈴木健一先生には近世和歌研究会でお目にかかり、これまで様々にお世話になった。ご編集のご本への執筆の機会も幾度となくいただいた。また、本を出しませんか、というお話も折々にいただいていたのだが、愚かにも気持ちが定まらず、そうしてあっという間に時が過ぎてしまった。

二〇一三年秋、二松学舎大学大学院の稲田篤信先生に、博士論文提出のご相談を申し上げたところ、大変暖かいお返事を賜ることができた。しかし一冊の本として一貫するテーマの立て方が悩ましく、あれこれと迷っていたのを、稲田先生から「よく考えてみなさい。そうすれば自ずと見つかるはず」と励まされた。鈴木先生にもご相談して表題も漸く決まり、約一年後の二〇一四年の冬に何とか博論を仕上げることができた。本書はそれをもとに、さらに大幅に加筆修正を行ったものである。

本書を成すにあたり、各図書館・文庫には、資料の閲覧や複写の際にご配慮をいただいた。また鈴木健一先生には、博論へのアドバイスをいただいたり、副査をお引き受け下さったり、汲古書院にお話を通して下さったりと、ご厚情を賜った。心より御礼申し上げたい。そして博論の主査をお引き受け下さり、完成へ向けて多くの助言を下さった稲田篤信先生、副査をご担当下さった二松学舎大学大学院文学研究科の磯水絵先生、町泉寿郎先生、国文学専攻の先生方へ厚く御礼申し上げる。また、東京学芸大学日本語・日本文学研究講座の先生方、古典パートの先生方、そして九州宮崎でいつも温かく見守って下さっている父・母・妹、栃木宇都宮の義父・義母・義祖母、そして夫菊池庸介にも、改めて感謝の意を伝えたい。

最後に、汲古書院の三井久人氏には、本書の出版についてお話を進めて下さり、大変お世話になった。また飯塚美和子氏には、編集に際して一方ならぬお力添えをいただいた。校正作業での的確かつ丁寧なご指摘には本当に頭が下がる思いであった。ここに厚く御礼申し上げたい。

二〇一六年十二月吉日

湯浅　佳子

本書は、独立行政法人日本学術振興会平成二十八年度科学研究費助成事業（科学研究費補助金）（研究成果公開促進費、課題番号：一六ＨＰ五〇三七）の助成を受けたものである。

著者略歴

湯浅佳子（ゆあさ　よしこ）（戸籍名　菊池佳子）

1965年、宮崎県生まれ。
二松学舎大学大学院文学研究科国文学専攻博士後期課程単位取得退学。博士（文学）。日本近世文学専攻。現在、東京学芸大学教育学部教授。
共編著に、『仮名草子集成』第55・56巻（東京堂出版、2016年）、『秀吉の虚像と実像』（笠間書院、2016年）、『天空の文学史　太陽・月・星』（三弥井書店、2014年）、『浅井了意全集　仮名草子編４』（岩田書院、2013年）、『浸透する教養　江戸の出版文化という回路』（勉誠出版、2013年）ほか。

近世小説の研究
――啓蒙的文芸の展開――

平成二十九年二月二十日　発行

著者　湯浅佳子
発行者　三井久人
整版印刷　富士リプロ㈱

発行所　汲古書院
〒102-0072　東京都千代田区飯田橋二-五-四
電話　〇三（三二六五）九七六四
FAX　〇三（三二二二）一八四五

ISBN978-4-7629-3633-3　C3093

索　　引

Ⅰ 人名索引 (書肆、編纂所等を含む)

あ行

か行

さ行

た行

な行

は行

ま行

や行

ら行

わ行

Ⅱ 書名索引

あ行

か行

た行

な行

は行

ま行

や行

ら行

わ行